외국어 번역 고소설 선집 1

판소리계 소설 1
─ 춘향전 ─

역주자

이진숙   세명대학교 산학협력단 연구원
김채현   명지대학교 방목기초교육대학 객원조교수
정출헌   부산대학교 한문학과 교수
이상현   부산대학교 인문학연구소 HK교수

이 책은 2011년도 정부(교육과학기술부)의 재원으로 한국학중앙연구원 (한국학진흥사업단)의 지원을 받아 수행된 연구임(AKS-2011-EBZ-2101)

외국어 번역 고소설 선집 1

판소리계 소설 1
― 춘향전 ―

초 판 인 쇄	2017년 11월 20일
초 판 발 행	2017년 11월 30일
역 주 자	이진숙·김채현·정출헌·이상현
감 수 자	권순긍·하상복·박상현·한재표·강영미
발 행 인	윤석현
발 행 처	도서출판 박문사
책 임 편 집	최인노
등 록 번 호	제2009-11호
우 편 주 소	서울시 도봉구 우이천로 353 성주빌딩 3층
대 표 전 화	02) 992 / 3253
전 송	02) 991 / 1285
홈 페 이 지	http://www.jncbms.co.kr
전 자 우 편	bakmunsa@hanmail.net

ⓒ 이진숙 외, 2017. Printed in KOREA

ISBN 979-11-87425-63-2   94810   정가 52,000원
         979-11-87425-62-5   94810(set)

외국어 번역 고소설 선집 1

판소리계 소설 1
― 춘향전 ―

이진숙·김채현·정출헌·이상현 역주

권순긍·하상복·박상현·한재표·강영미 감수

박문사

　한국에서 외국인 한국학에 대한 연구는 지금까지 주로 외국인의 '한국견문기' 혹은 그들이 체험했던 당시의 역사현실과 한국인의 사회와 풍속을 묘사한 '민족지(ethnography)'에 초점이 맞춰져 왔다. 하지만 19세기 말～20세기 초 외국인의 저술들은 이처럼 한국사회의 현실을 체험하고 다룬 저술들로 한정되지 않는다. 외국인들에게 있어서 한국의 언어, 문자, 서적도 매우 중요한 관심사이자 연구영역이었기 때문이다. 그들 역시 유구한 역사를 지닌 한국의 역사·종교·문학 등을 탐구하고자 했다. 우리가 이 책에 담고자 한 '외국인의 한국고전학'이란 이처럼 한국고전을 통해 외국인들이 한국에 관한 광범위한 근대지식을 생산하고자 했던 학술 활동 전반을 지칭한다. 우리는 외국인의 한국고전학 논저 중에서 근대 초기 한국의 고소설을 외국어로 번역한 중요한 자료들을 집성했으며 더불어 이를 한국어로 '재번역'했다. 우리가 『외국어 번역 고소설 선집』1~10권을 편찬한 이유이자 이 자료집을 통해 독자들이자 학계에 제공하고자 하는 바는 크게 네 가지로 요약된다.

　첫째, 무엇보다 외국인의 한국고전학 논저 중에서 가장 큰 비중을 차지하는 사례가 바로 '외국어 번역 고소설'이기 때문이다. 한국의 고소설은 '시·소설·희곡 중심의 언어예술', '작가의 창작적 산물'이라는 근대적 문학개념에 부합하는 장르적 속성으로 인하여 외국인들에게 일찍부터 주목받았다. 특히, 국문고소설은 당시 한문 독자층을 제외한 한국 민족 전체를 포괄할 수 있는 '국민문학'으로 재조명되며,

그들에게는 지속적인 번역의 대상이었다. 즉, 외국어 번역 고소설은 하나의 단일한 국적과 언어로 환원할 수 없는 외국인들 나아가 한국인의 한국고전학을 묶을 수 있는 매우 유효한 구심점이다. 또한 외국어 번역 고소설은 번역이라는 문화현상을 실증적으로 고찰해볼 수 있는 가장 구체적인 자료이기도 하다. 두 문화 간의 소통과 교류를 매개했던 번역이란 문화현상을 텍스트 속 어휘 대 어휘라는 가장 최소의 단위로 살필 수 있기 때문이다.

둘째, 이 선집을 순차적으로 읽어나갈 때 발견할 수 있는 '외국어번역 고소설의 통시적 변천양상'이다. 고소설을 번역하는 행위에는 고소설 작품 및 정본의 선정, 한국문학에 대한 인식 층위, 한국관, 번역관 등이 의당 전제될 수밖에 없다. 따라서 외국어 번역 고소설 작품의 계보를 펼쳐보면 이러한 다양한 관점을 포괄할 수 있는 입체적인 연구가 가능해진다. 시대별 혹은 서로 다른 번역주체에 따라 고소설의 다양한 형상을 발견할 수 있다. 예컨대 민속연구의 일환으로 고찰해야 할 설화, 혹은 아동을 위한 동화, 문학작품, 한국의 대표적인 문학 정전, 한국의 고전 등 다양한 층위의 고소설 인식을 살펴볼 수 있다. 이러한 인식에 맞춰 그 번역서들 역시 동양(한국)의 이문화와 한국인의 세계관을 소개하거나 국가의 정책에 도움을 주고자 하는 한국에 관한 지식을 제공하기 위해서 출판되는 양상을 살필 수 있다.

셋째, 해당 외국어 번역 고소설 작품에 새겨진 이와 같은 '원본 고소설의 표상' 그 자체이다. 외국어 번역 고소설의 변모양상과 그 역사는 비단 고소설의 외국어 번역사례로 국한되는 것이 아니다. 당대 한국의 다언어적 상황, 당시 한국의 국문·한문·국한문 혼용이 혼재되었던 글쓰기(書記體系, écriture), 한국문학론, 문학사론의 등장과 관련해서도 흥미로운 연구지점을 제공해주기 때문이다. 예를 들어 본다면, 고소설이 오늘날과 같은 '한국의 고전'이 아니라 동시대적으로 향유되는 이야기이자 대중적인 작품으로 인식되던 과거의 모습 즉, 근대 국민국가 단위의 민족문화를 구성하는 고전으로 인식되기 이전, 고소설의 존재양상을 발견할 수 있다. 이 원본 고소설의 표상은 한국 근대 지식인의 한국학 논저만으로 발견할 수 없는 것으로, 그 계보를 총체적으로 살필 경우 근대 한국 고전이 창생하는 논리와 그 역사적 기반을 규명할 수 있다.

넷째, 외국어 번역 고소설 작품군을 통해 '고소설의 정전화 과정'을 살펴보는 것이다. 20세기 근대 한국어문질서의 변동에 따라 국문 고소설의 언어적 위상 역시 변모되었다. 그리고 그 흔적은 해당 외국어 번역 고소설 작품 속에 오롯이 남겨져 있다. 고소설이 외국문학으로 번역의 대상이 된다는 사실은, 이본 중 정본의 선정 그리고 어휘와 문장구조에 대한 분석이 전제됨을 의미하기 때문이다. 사실 고소설 번역실천은 고소설의 언어를 문법서, 사전이 표상해주는 규범화된 국문 개념 안에서 본래의 언어와 다른 층위의 언어로 재편하는 행위이다. 하나의 고소설 텍스트를 완역한 결과물이 생성되었다는 것은, 고소설 텍스트의 언어를 해독 가능한 '외국어=한국어'로 재편하는 것에 다름 아니다.

즉, 우리가 편찬한 『외국어 번역 고소설 선집』에는 외국인 번역자만의 문제가 아니라, 번역저본을 산출하고 위상이 변모된 한국사회, 한국인의 행위와도 긴밀히 관계되어 있다. 근대 매체의 출현과 함께 국문 글쓰기의 위상변화, 즉, 필사본·방각본에서 활자본이란 고소설 존재양상의 변모는 동일한 작품을 재번역하도록 하였다. '외국어 번역 고소설'의 역사를 되짚는 작업은 근대 문학개념의 등장과 함께, 국문고소설의 언어가 문어로서 지위를 확보하고 문학어로 규정되는 역사, 그리고 근대 이전의 문학이 '고전'으로 소환되는 역사를 살피는 것이다. 우리의 희망은 외국인의 한국고전학이란 거시적 문맥 안에서 '외국어 번역 고소설' 속에서 펼쳐진 번역이라는 문화현상을 검토할 수 있는 토대자료집을 학계와 독자에게 제공하는 것이다.

물론 우리가 편찬한『외국어 번역 고소설 선집』이 이러한 목표에 얼마나 부합되는 것인지를 단언하기는 어렵다. 이에 대한 평가는 우리의 몫이 아니다. 이 자료 선집을 함께 읽을 여러 동학들의 몫이자 함께 해결해나가야 할 과제라고 말할 수 있다. 이들 외국어 번역 고소설을 축자적 번역의 대상이 아니라 문명·문화번역의 대상으로 재조명될 수 있도록 연구하는 연구자의 과제를 들 수 있을 것이다. 더불어 당대 한국의 이중어사전, 해당 언어권 단일어 사전을 통해 번역용례를 축적하며, '외국문학으로서의 고소설 번역사'와 고소설 번역의 지평과 가능성을 모색하는 번역가의 과제를 이야기할 수도 있을 것이다.

『오사카아사히 신문』 특파원,
나카라이 도스이의
〈춘향전 일역본〉(1882)

半井桃水 譯, 「鷄林情話 春香傳」, 『大阪朝日新聞』, 1882.6.25. ~ 7.23.

나카라이 도스이(半井桃水)

| 해제 |

나카라이 도스이(半井桃水, 1861~1926)는 『오사카아사히신문
(大阪朝日新聞)』의 특파원으로 1882년 한국에 입국했다. 그는 이
시기 한국의 사랑이야기라고 할 수 있는 <춘향전>을 입수했고
한국의 풍토와 인정을 전하기 위해 이를 번역했다. 그리고 나카
라이의 「계림정화 춘향전(鷄林情話 春香傳)」은 『오사카아사히신
문(大阪朝日新聞)』1882년 6월 25일에서 7월 23일까지 20회로 연
재되었다. 쓰시마 태생의 한 의원의 집안에서 태어났고 아버지
를 따라 어린 시절 부산에 머물렀던 경험이 있어 한국문학에 친
숙했던 그였으며, 또한 동아시아 한문맥을 공유한 한국어와 일

11

본어의 관계는 한국어와 서구어와의 관계보다는 번역에 있어 훨씬 더 수월한 것이었다. 따라서 그의 일역본이 이른 시기에 이렇듯 나올 수 있었던 것이다. 고소설을 한국의 설화로 인식했고 이를 번역했던 1890~1910년경의 외국인들과 달리, 그는 한 편의 책자를 번역한 지향점을 보여주고 있다. 경판본 30장본을 저본으로 추적할 수 있으며 부분적인 의역이나 변개양상은 분명히 존재하지만 충실한 직역을 향한 지향점도 보이는 〈춘향전〉 일역본이다.

┃참고문헌 ───────

김신중, 김용의, 신해진,「나카라이 도스이 역,『계림정화 춘향전』연구」,『일본어문학』17, 2003.

이상현,『한국 고전번역가의 초상, 게일의 고전학 담론과 고소설 번역의 지평』, 소명출판, 2013.

이응수, 김효숙,「『계림정화 춘향전』의 번역양상」,『일본언어문화』27, 2014.

전상욱,「〈춘향전〉 초기 번역본의 변모양상과 의미 - 내부와 외부의 시각 차이」,『고소설연구』37, 2014.

_____,「〈춘향전〉 외연의 한 양상」,『열상고전연구』34, 2011.

정대성,「『춘향전』일본어 번안 텍스트(1882~1945)의 계통학적 연구 -〈원전〉의 전이양상과 다성적 얽힘새」,『일본학보』43, 한국일본학보, 1999.

니시오카 켄지(西岡健治),「일본에서의『춘향전』번역의 초기 양상 - 半井桃水 譯,「鷄林情話 春香傳」을 대상으로」,『어문논총』41, 2004.

第一回

(1886. 6. 25)

爰に、朝鮮國仁宗の時に當りて、全羅道南原の府使に李讜と云へる人ありて、其一子を李讜聆とぞ呼びける。

性質穎敏にして、幼稚時より奇童の名声高く、年甫めて十六歳になりしに、夙[に]文章詩歌を善し、世に妙なる才子なりとて人々賞賛[す]程なりしが、特に天然の美質にして、顔[ハ]恰も磨きたる玉の如く、膚ハ残雪より白し。遠山の眉、丹花の唇、誠に一個の好男子なり。然ば、世上の浮たる婦女の思を通ハ[し]、意を傷むる者も多かり[し]が、苟且にも斯る事を心に止ず、終[日]書室に文を繙き、書を習ふを以て此上なき楽とぞなし居たり。

이때 조선국 인종[1] 때에 이르러 전라도 남원의 부사(府使)에 이당(李讜)[2]이라고 불리는 사람이 있었는데, 그 아들을 이당령(李讜聆)[3]이라고 불렀다.

타고나기를 총명하여 유아 때부터 신동으로 명성이 높았으며, 나이가 처음 16세가 되었을 때 벌써부터 문장과 시가를 잘 하여 세상에 기묘한 재주 있는 아이[4]라고 사람들이 칭찬할 정도였다. 특히 타

---

1 조선왕조 제 12대 국왕. 계림정화 춘향전의 번역 원전이라고 생각되는 경판30장본에서는 제 16대 국왕이 '인조'라고 되어 있다.
2 경판30장본의 '니등'을 이당(李讜)으로 적고 있다.
3 경판30장본의 '니도령'을 이당령(李讜聆)으로 적고 있는데, 이는 당(讜)이라는 공통된 글자를 통해 부자관계를 의식한 이름이라고 생각해 볼 수 있다.
4 재주 있는 아이: 일본어 원문은 '才子'다. 재주 있는 사람이라는 뜻이다(金沢庄三郎編, 『辞林』, 三省堂, 1907).

고난[5] 아름다운 자질을 가졌으며 얼굴은 마치 깎아 놓은 옥과 같았고 피부는 잔설(殘雪)[6]보다도 희었다. 잘생긴 눈썹[7], 잘생긴 입술, 실로 하나의 미남이었다.[8] 그러하기에 세상의 들뜬 부녀자들의 생각에 두루 미치어, 마음에 상처를 입는 사람도 많았다. 하지만 잠시라도 이와 같은 것을 마음에 담아두지 않고, 하루 종일 책방에서 책을 읽으며 글을 배우는 것이 더없는 즐거움이라고 생각하며 지냈다.

頃ハ、恰も彌生にして、後園の桃花、半朵綻びて徐吹風に香ひ、南軒の遅梅、落て池に入るも面白[く]、心時めく春の日の眺めにやハ勝ざりけむ。李謫玲は房子を招き、

「汝の郡中、名勝の土地多きは豫て噂に聞及び[し]が、其中、最も勝れたるハ何れの処ぞ、聞まほし」

と問ふ。房子ハ進出、

「平壤の浮碧樓、海州の梅月堂、晉州の矗石樓、江陵の鏡浦臺、襄陽の洛山寺、高州の三日浦、通川の叢石亭、三陟の竹西樓、平海の越松

---

5 타고난: 일본어 원문은 '天然'이다. 인위적인 것을 더하지 않은 상태를 뜻한다. 혹은 사람의 힘을 좌우하여 얻을 수 있는 상태를 뜻한다(金沢庄三郎編, 『辞林』, 三省堂, 1907).

6 잔설(殘雪): 좀처럼 사라지지 않는 눈을 뜻하는데, 겨울에 쌓인 눈이 봄이 되어도 녹지 않고 남아 있는 상태를 나타낸다(藤井乙男·草野清民編, 『帝国大辞典』, 三省堂, 1896).

7 일본어 원문에는 '遠山の眉'로 표기되어 있는데, 이는 '교주본의 높은 산을 멀리서 바라볼 때와 같은 눈썹, 모양이 좋은 눈썹'을 의역한 것이다.

8 원전과의 대비를 통해 이도령의 외모가 원전에 비해 상당히 자세히 묘사되어 있음을 알 수 있다. 이와 같은 표현은 일본문학작품에서 남성의 외모를 칭송할 때 쓰이는 상투적인 어투로, 이러한 아름다운 남성상은 일본의 대표적인 고전문학작품 중에서 일본의 문학사에 큰 영향을 끼친 『겐지이야기(源氏物語)』의 남자 주인공 히카루겐지(光源氏)를 비롯하여 일본문학작품에 등장하는 전형적인 귀인의 모습이라고 할 수 있다.

亭ハ、皆之、名勝の地なれども、八道に名を轟かし小江南と言囃さる
る、南原の廣寒樓こそ、特に勝れて候ふなれ」

と、答ふる言葉を打聞て、李讜聆ハ大ひに喜び、

「幸ひ、明日ハ上巳の節な[り]。我ハ汝を伴ふて廣寒樓に赴かむ、準
備なせよ」

と云ければ、房子も、

「御供いたさん」

と答へて、頓て書室を出で、其が支度にぞ掛ける。

때는 마침 3월[9]이라, 뒤뜰의 복숭아꽃이 반 정도 꽃봉오리를 열고
산들바람에 향기가 나며, 남헌(南軒)의 때늦은 매화가 떨어져서 연못
에 들어가는 것도 재미있는, 마음 설레는 봄날의 풍경을 바라보니
참을 수가 없었다. 이당령은 방자(房子)를 불러,

"너의 고을 중에 명승지가 많다는 것을 일찍이 소문으로 전해 들었
다마는, 그중에서 가장 뛰어난 곳은 어느 곳이냐? 물어보고 싶구나."

하고 물었다.

방자는 나아가며,

"평양의 부벽루, 해주의 매월당(梅月堂)[10], 진주의 촉석루, 강릉의
경포대, 양양의 낙산사, 고주(高州)[11]의 삼일포, 통천의 총석정, 삼척

---

9 3월: 일본어 원문은 '彌生'이다. 음력 3월의 다른 표현이다(棚橋一郎·林甕臣編,
『日本新辭林』, 三省堂, 1897).

10 해주(海州)의 매월당(梅月堂)은 미상이다. 황해도 해주에는 부용당(芙蓉堂), 해
운정(海雲亭), 탁열정(濯熱亭), 지환정(志歡亭), 사미정(四美亭) 등은 있지만 매
월당(梅月堂)은 없다.

11 '고주(高州)'라는 명칭은 나카라이 도스이가 해주, 진주에 맞추어 의도적으로
고성(高城)을 고주(高州)로 변환한 것으로 추정된다.

15

의 죽서루, 평해의 월송정(越松亭)[12]은 모두 명승지라 할 수 있지만, 팔도에 이름을 알리며 소강남(小江南)이라고 소문이 자자한 남원의 광한루야말로 특히 뛰어난 곳이라 할 수 있습니다."

라고 대답하는 말을 듣고는, 이당령은 크게 기뻐하며,

"다행이 내일은 삼월 삼짇날[13]이다. 나는 너를 데리고 광한루에 갈 것이니 준비를 하거라."

고 말하자, 방자도

"분부대로 하겠습니다."

라고 대답하고, 이윽고 책방을 나와 그 준비를 시작하였다.

其日も暮て明れバ、李謹聆ハ房子を從へ鋪物杯の準備をなし、頓て我家を立出し頃ハ、天明なんとして、半ハ未だ明かならず。

澗水、星を宿して、夏ならなくに蛍を見、溪梅、風に飜つて、冬ならなくに雪を現ず。溪谷の水ハ、浅く流れて清く、連綿たる山ハ、高く聳て碧[な]り。斯る折にハ、樵夫杣人だも足を過る習なるに、豈か詩人思を労[し]、騒客筆を悩さざらん。李謹聆主從ハ、行く行く詩を吟、歌を詠じ、此方の景を賞し、彼処の眺を愛、やや廣寒樓に近けバ、李謹聆ハ手を組て暫く諸処を打眺め、房子を側に麾き、

---

12 일본어 원문에 월송정(越松亭)으로 표기되어 있으나, 이는 한국어로 월(月)과 월(越)은 같은 음이기 때문에 착각한 것이 아닐까 생각한다.

13 일본어 원문에는 '上巳の節'로 표기되어 있는데, '상이(上巳)'라는 말은 춘향전에는 없는 표현이다. 일본의 '上巳の節'은 오절구(五節句)의 하나로 주로 여자 아이를 축하하는 히나마츠리(雛祭り)를 뜻하는데, 이때 궁중에서는 '曲水の宴'을 열었다. 나카라이 도스이가 '춘향전'에 등장하는 그네 뛰는 장면을 일본인의 계절감에 맞추어 '曲水の宴'로 표현하고 있는 것은 이와 같은 맥락에서 생각해 볼 수 있다.

「岳陽樓、鳳凰臺の風色、黃鶴樓、姑蘇臺の景色ハ、尚、之よりも勝りたるや」

と問ふに、房子ハ打笑ひ、

「豈か及び申すべき。斯迄景色の佳きのみならず、天気朗明に雲霧晴る時ハ、種々の神仙天降り、楽を奏し、曲を弄ぶ事あり」

抔、尚様々と戯れけり。(此場の畫解ハ、次號に詳なり)

　　그날도 저물고 날이 밝아지자, 이당령이 방자를 거느리고 돗자리 등의 준비를 하여, 이윽고 집을 나설 즈음 아직 새벽¹⁴이라 밝지가 않았다. 계곡물과 별을 숙박지로 삼아 여름도 아닌데 반딧불을 보는 듯, 계곡에 매화는 바람에 널리 퍼져 겨울도 아닌데 눈을 보는 듯하였다. 얕게 흐르는 맑은 계곡물과 늘어선 산은 높이 우뚝 솟아 푸르렀다. 이러한 광경은 나무꾼조차 발을 멈추는 것을 익숙하게 하건만, 어찌 시인이 생각을 고민하고 풍류인이 붓을 들고 고심하지 않을 수 있겠는가. 이당령과 그의 하인은 가는 곳마다 시를 읊고 노래를 부르며, 이곳의 경치를 찬양하고 저곳의 경치를 즐기다가, 어느덧 광한루 근처에 도착하였다. 이당령은 팔짱을 끼고 잠시 모든 곳을 둘러보더니, 방자를 옆으로 불러,

　　"악양루, 봉황대의 경치, 황학루, 고소대의 경치가 이보다 더더욱 뛰어날 수는 없을 것이다."

　　하고 말하자, 방자는 빙그레 웃으며,

　　"어찌 그렇지 않겠습니까? 이토록 경치가 아름다울 뿐 아니라, 날

14　새벽: 일본어 원문은 '天明'이다. 동틀 녘 혹은 새벽녘을 가리킨다.(棚橋一郎·林甕臣編, 『日本新辞林』, 三省堂, 1897).

17

씨도 쾌청하여 구름도 안개도 없는 맑은 날에는 여러 신선이 하늘에
서 내려와 악기를 연주하며 곡을 부르며 놀기도 합니다."

라고 하는 등 더더욱 이리저리 농담을 하였다. (이 장면의 그림에
대한 설명은 다음 호에 상세하게 하겠다.)[15]

第二回
(1886. 6. 27)

此日、南原の妓生春香ハ、曲水に遊バん為、首処那処に徘徊ひけ
る。鹰、如何なる扮粉ぞ。錦繡に、緋緞子を交へたる衣にハ、金銀珠
玉を彫め、黒雲の如く柔軟なる髪にハ、半月に似たる梳を挿し、懸板
の如く広かなる紫の紐を以て、惜気もあらず結下げ、後にハ金鳳釵、
手にハ玉指環、耳にハ月起彈を掛け、腰にハ玉粧刀を横へたり。其顔
を花に比べんか、花も却つて色なきを恥ず。姿を柳に譬へんか、柳も
其軟々たるにハ及バじ。纖手、裳を掲て萬疊の青山を下り、蓮歩、軽
くして九曲水を渉る景狀、得も云ハれざる趣なり。

이날 남원(南原) 기생 춘향은 곡수(曲水)의 연회[16]를 즐기기 위해
이곳저곳을 배회하고 있었다. 그건 그렇다하더라도, 어떠한 옷차림
인가. 금수 비단을 맞추어 만든 옷에는 금은 구슬을 장식하였고, 검

---

15 (　)안의 내용은 번역자인 나카라이 도스이의 해설이다.
16 '曲水の宴'이라 함은 일본 궁중에서 행하는 연중행사의 하나로 물이 흐르는 정
원에 자리를 잡은 출석자들이 술잔이 자신의 앞으로 흘러내려 오는 사이에 시
한 편을 읊고 그 술잔을 받아 마신 후, 별당(別堂)으로 자리를 옮겨 그 시가를 낭
독하는 행사이다.

은 구름과 같이 윤기 있는 머리에는 반달을 닮은 빗을 꽂았으며, 널
빤지와 같은 넓은 보라색 띠로 아낌없이 머리를 묶었다. 뒤에는 금
봉채(金鳳釵), 손에는 옥지환(玉指環), 귀에는 월기탄(月起彈)을 걸고,
허리에는 옥장도(玉粧刀)를 옆으로 찼다. 그 얼굴을 꽃에 비유할 수
있겠는가, 꽃도 오히려 색이 없음을 부끄러워 할 것이다. 모습을 버
드나무에 비유할 수 있겠는가, 버드나무도 그 나긋나긋함은 따라갈
수가 없을 것이다. 섬섬옥수로 치마를 걷어들고 만첩청산(萬疊靑山)
에서 내려와, 연보(蓮步)[17]로 가볍게 구곡수(九曲水)를 건너는 모습은
말로 다할 수 없는 정경이었다.

偖も李道聆ハ、遠近の景色を此に眺る中、忽ち手を拍ち、大ひに嘆じ、

「果して、仙女の降りき」

と、呼ハる声に、房子ハ打笑み、

「蓬莱、方丈、瀛州の三神山に非ざるよりハ、豈で仙女の棲み申さ
ん。嚮の言ハ戯なり」

と云へば、容姿を改めて、

「然らバ、彼処に在者ハ金にやあるならん」

と、恍惚として眺めたるを、房子ハ、再び打笑ひ、

「金ハ麗水に生ず、と云へり。麗水に非ずして、金を出すの地ハあらじ」

「然らば、玉乎」

曰く、

---

17 연보: 누비고 다니기(ねりあるき) 혹은 미인의 발자취를 의미하는데, 이는 제
(齊)나라의 동혼후(東昏侯)가 심비(瀋妃)에게 금제(金製) 연화(蓮花) 위를 걷도
록 했다는 고사에 근거한다(落合直文 著, 『ことばの泉·日本大辞典』, 大倉書店,
1898).

「否、玉ハ崑岡より出づると聞けり。崑岡の外、いづれに玉を出し申さん」

と、此に於て李道聆ハ、色を作して大ひに怒り、

「然らバ、彼処にある者ハ、抑も何なるぞ」

と問詰たり。當時、房子ハ大ひに笑ひ、遥彼方を指して、

「彼ハ有名の妓生にて、生月梅孃、春香なり」

　　　이때 이도령은 멀고 가까운 경치를 이곳에서 바라보던 중, 홀연 손을 치며 크게 감탄하며,

　　"과연 선녀가 내려오는구나."

　　라고 말하였다. 이 소리에 방자는 빙그레 웃으며,

　　"봉래, 방장, 영주의 삼신산(三神山)이 아닌데 어찌 선녀가 살겠습니까? 방금 전의 말은 농담이었습니다."

　　라고 말하자, 모습을 고쳐 보며,

　　"그러면, 저곳에 있는 것은 금이 아니더냐?"

　　하면서 넋을 잃고 바라보는 것을 방자는 재차 빙그레 웃으며,

　　"금은 여수(麗水)에서 난다고 합니다. 여수가 아니고서, 금이 나는 곳은 없습니다."

　　"그렇다면 옥이란 말이냐?"

　　라고 말하자,

　　"아닙니다. 옥은 곤강(崑岡)에서 난다고 들었습니다. 곤강 외에 어떤 곳에서도 옥은 나지 않습니다."

　　라고 하자, 이때에 이르러 이도령은 얼굴색이 바뀌어 크게 화를 내며,

"그렇다면 저기에 있는 것은 대체 무엇이란 말이냐?"

고 추궁하였다. 그때 방자는 크게 웃으며, 아득히 먼 곳을 가리키며,

"그는 유명한 기생으로, 월매가 낳은 딸 춘향입니다."

と答ふるにぞ、李道聆ハ打驚き、尙目を離さず。酔るが如く醒るが
如く、茫然と再び言葉も出ざりしが、稍ありて房子に向ひ、

「渠、果して妓生ならば、一度茲に迎てよ」

と、いと面なげに頼みける。房子ハ、仇し言いひて迷惑限なけれど
も、今更否む術なく、

「唯」

と應へて、階を下り、息喘き急ぎ、馳行つつ稍近づけバ、諸手を擧げ、

「春香、来れ」

と麾くに、彼方ハ驚き、顧みて谷の戸出る鶯の、夫にも紛ふ音を揚げ、

「妾を呼ぶハ、抑誰ぞ」

と、不番間に、房子は近寄り、

「今日しも、南原府使の御子息、廣寒樓に登りたまひ、先刻より卿の
姿を見て、急に伴参るやう我等に仰越されたり。疾とく、彼処へ誘ふ
べし」

と、譯だに告ず迫立てられ、是非なき侭に春香は、絽の前垂を手に
取上げ、房子の後に従ひて、白沙を鶴の歩むが如く、廣寒樓へ早くも
来にけり。

라고 대답하니, 이도령은 깜짝 놀라며 더욱 눈을 뗄 수가 없었다. 취
한 듯 깬 듯 망연히 재차 말도 하지를 못하다가, 잠시 후 방자를 향하여,

21

"저 여인이 진정 기생이라면, 한번 이곳에 데려 오거라."

하며 부끄러운 듯이 부탁하였다. 방자는 덧없는 말이 성가시기만 하였지만 새삼 거절할 수 없어,

"예"

하고 대답하며, 계단을 내려와 숨을 헐떡이며 서둘러 달려가 조금 가까워지자 두 손을 들고

"춘향아 오너라."

하고 손짓하여 부르니, 저쪽에서 놀라 뒤를 돌아보며 계곡 문을 나서는 꾀꼬리의 그것도 혼동할만한 소리를 내며,

"첩[18]을 부르는 것은 대체 누구인가?"

하고 수상하게 생각하던 차에, 방자는 가까이 다가가,

"오늘 마침 남원 부사(府使)의 자제분이 광한루에 올라, 아까부터 네 모습을 보고 급히 데려오라고 나를 보내셨다. 서둘러 저곳으로 가야겠다."

라고 하며 이유도 말하지 않은 채 재촉하였다. 하는 수 없이 춘향은 앞에 흘러내린 옷고름을 손으로 쥐고는, 방자의 뒤를 따라 백사장을 거니는 학처럼 광한루로 서둘러 왔다.

第三回

(1886. 6. 28.)

現や、此類なき美人にて、楚の襄王が夢に見えし神女の俤、魏の曺

---

18 첩: 소실, 첩, 측실의 뜻을 나타낸다(金沢庄三郎編, 『辞林』, 三省堂, 1911).

植が筆を托せし洛神も、斯やと思ふ花の顔面。貴妃、西施も、豈及バ
ん。李謙聆ハ只管恍惚れ、言葉も暫時出ざりしが、坐、漸く定つて
後、李道聆ハ春香に向ひ、年と名とを尋ねしに、春香ハ恥らひし面色
にて、

　「妾が年は、二八にて、名を春香と呼はべる」

　と從容[に]答ふるにぞ、此方ハ大ひに喜びて、

　「然らば、齡ハ我と同じ。又、産れたる月日は」

　と問へば、

　「妾の誕生ハ、夏四月八日」

　とぞ答ふ。李道聆ハ、手を打鳴し、

　「果して月日も同じけれバ、天の結べる縁にこそ」

　と喜ぶ狀ハ、九竜沼に、如意珠を得たるに異ならず。

　　현실에는 비유할 데가 없는 미인으로, 초나라 양왕(襄王)이 꿈에
서 보았다던 신녀(神女)[19]의 모습과 위나라 조식(曹植)이 붓으로 묘사
한 낙신(洛神)도 이러할까 하고 생각할 정도의 꽃 같은 얼굴이었다.
양귀비와 서시(西施)도 따라올 수가 없었다. 이당령은 너무나도 황홀
하여 잠시 동안 말도 나오지 않았으나 자리에서 겨우 진정한 이후,
이도령은 춘향을 향하여 나이와 이름을 물었다. 춘향은 부끄러운 얼
굴[20]로,

---

19 송왕(宋王)의 「고당부서(高唐賦序)」(『문선(文選)』)에 등장하는 여신(女神)으로
　‘무산신녀(巫山神女)’를 말한다. 꿈에서 이 여신(女神)을 만난 것은 초(楚)나라
　양왕(襄王)이 아니라 선왕(先王)인 회왕(懷王)이다.
20 얼굴: 일본어 원문은 ‘面色’이다. 안색의 뜻으로 사용되어 진다(松井簡治·上田
　万年編,『大日本国語辞典』04, 金港堂書籍, 1919).

"첩의 나이는 이팔(二八)이며, 이름은 춘향이라고 합니다."

하고 얌전하게 대답하니, 이 사람은 크게 기뻐하며,

"그렇다면 나이는 나와 같구나. 하면 태어난 월일은?"

하고 물으니,

"첩의 생일은 여름 4월 8일입니다."

하고 대답하였다. 이도령은 손을 치며,

"진정 월일도 같다면, 하늘이 맺어준 인연이로다."

하고 기뻐하는 모습은 구룡소(九龍沼)에 여의주라도 얻은 것과 같았다.

李道聆ハ容を改め、再び春香に云へるやう、

「我も京都に在りし頃、花の晨、月の夕、酒肆青樓に遊び、酒池肉林に奢を極め、淸歌妙舞に歡を尽し、多夥の美人に伴ハれて、月日を送りし事あれども、今日、卿の容姿を見るに、人間界に二人とあらじ。我、吾を怪む迄、恋慕の念に勝られねバ、卓文君の琴に、月老の繩を捲て、百年の佳約を繫がんと思へり。如何に。此義を諾がふべきや」

と云へバ、春香ハ娥眉をひそめ、暫時、沈吟に暮けるが、稍あつて答ふるやう、

「妾が身ハ娼家に産れ、賎しき業をし侍れど、心ハ神に盟を立、人の別室にならぬ覺悟。然れバ、君の仰といへども、決して從ひ侍らじ」

と、差打伏て蕭然たる姿ハ、當に何に譬へん。雨を帯たる芙蓉花も、豈でか之に及ぶべき。

이도령은 자세를 바로 하고, 재차 춘향에게 말하기를,

　　"나도 서울에 있을 때에는, 꽃이 피는 아침, 달이 뜨는 저녁, 주루(酒肆)[21]와 기방에서 놀며 주지육림(酒池肉林)에 사치를 다하며, 맑은 노래와 묘한 춤에 즐거움을 다하여, 수많은 미인들과 함께 세월을 보낸 적도 있었다만, 오늘 너의 모습을 보니 인간계에는 둘도 없는 듯하구나. 나는 내 자신을 의심할 정도로 연모하는 마음을 이기지 못하니, 탁문군(卓文君)의 거문고를 월하노인(月下老人)의 새끼줄로 묶어 백년가약을 맺고 싶다고 생각하는 구나. 어떠하냐? 이 뜻을 받아 주겠느냐?"

　　하고 물으니, 춘향은 눈썹을 찡그리며 잠시 깊은 생각에 잠기더니, 이윽고 대답하기를,

　　"첩의 몸은 기생의 집에서 태어나 천한 일을 하며 시중을 든다고 하더라도, 마음은 신에게 맹세컨대 남의 소실이 되지 않을 각오입니다. 그럼으로 그대의 뜻이라고 하더라도, 결코 시중들 것을 따르지 않을 것입니다."

　　라고 말하며, 고개를 푹 숙인 조용한 모습은 정말로 무언가에 비유할 것이 없었다. 비를 맞은 부용꽃도 어찌 이에 비할 수 있겠는가.

李道聆ハ、言葉を返し、
「假令、六禮ハ具へずもあれ、必ず婚姻ハなすべきに、其儀ハ心易かるべし」
　と云へど、春香ハ推返し、
「萬一も、妾が諾がひし後、君にハ京都に登り賜ひ、高館大家の姫君

21　주루: 술을 파는 곳 혹은 술을 마시는 곳을 뜻한다(藤井乙男·草野清民編,『帝国大辞典』, 三省堂, 1896).

と、再び縁を結び賜ハバ、其時こそハ、妾が身に、忽ち秋の風立て、捨られん事、疑なし。夫を思ヘバ、苟且の仇し縁ハ結バぬこそ、行末、妾の為なれ」

[と]云ふを打消し、道聆ハ、天を仰ぎ地を指し、

「若、不幸にし[て]、父に従ひ、我身京都へ帰るとも、豈で卿を伴ハざらん。其時、萱堂をシャチ轎に乗るとも、卿ハ、美しき雙轎に乗て行ん事、神祇に盟ひて、詐なし」

と云ふを、聞居る春香ハ、尚も心を痛むる様にて、

「今の仰に、露程も詐なくバ、後の為め、一筆、妾に賜はるべし」

と、聞より早く道聆ハ、房子[に]硯を持来らせ、互の縁の薄からぬやうと、墨濃すりて書流す筆[の]命毛、あらん限り變らぬ起證の文言に、

「何年何月何日、李道聆、春香に送る起証の事

抑々、右起証の由縁ハ、三月三日、曲水の遊を見んが為、廣寒樓に登り、天生の配置に逢ひ、百年の佳約を結びたるを証す

日後、背約する事あらバ、此書を以て為に告げ、下正する事」

と、認めたり。

　　이도령은 말을 되받아,

　　"비록 육례(六禮)는 갖추지 못하더라도, 반드시 혼인은 치를 것이니, 그 의식은 마음 쓰지 말거라."

　　고 말하여도, 춘향은 되 물리며,

　　"만에 하나 첩이 승낙한 후에 그대가 한양으로 올라가셔서 고관대작의 집의 딸과 재차 연을 맺으신다면, 그때야말로 첩의 몸은 홀연 가을바람에 버려지게 될 것이라는 것은 의심의 여지가 없습니다.

그것을 생각하면, 덧없이 위험한 인연은 맺지 않는 것이야말로 장래의 첩을 위함입니다."

[하고]말하는 것을 거절하자, 도령은 하늘을 우러르고 땅을 가리키며,

"만일 불행히 아버지를 따라 내 몸이 한양으로 돌아간다고 하더라도 어찌 너를 동반하지 않겠느냐? 그때 어머니를 범고래 가마에 태운다면, 너는 예쁜 쌍가마에 태워갈 것을 하늘과 땅의 신에게 맹세하니 거짓은 없을 것이다."

라고 말하는 것을 듣고 있던 춘향은 여전히 마음이 괴로운 듯,

"지금의 의지에 이슬만큼도 거짓이 없다면, 후일을 위하여 일필(一筆)을 첩에게 내려 주십시오."

라고 하였다. 듣자마자 도령은 방자[에게] 벼루를 가져오게 하여 서로의 인연이 얕지 않을 것이라는 것을, 먹을 짙게 갈아 글을 써내려가는 붓 끝의 긴 털로써, 가능한 변하지 않을 것이라는 것을, 기증(起證)[22]의 문언에,

"몇 년 몇 월 며칠, 이도령 춘향에게 보내는 서약서. 당초에 본 서약서를 쓰는 이유는 3월 3일 곡수(曲水)의 연회를 보기 위해 광한루에 올랐다가, 천생의 배필을 만나 백년가약을 맺었음을 증명하는 것이다. 훗날 배신하는 일이 있다면, 이 글을 가지고 고하여 옳고 그름을 바로 잡거라."

고 적었다.

---

22 원전에서는 불망기(不忘記)로 표기되어 있는 것이 일본어 원문에는 기증문(起證文)으로 변경되어 있다. 여기서 기증((起證)이라는 표현은 주로 에도(江戶)시대의 유곽에서 기생과 기생 사이에서 주고받았던 것인데, 이는 일본인 독자들의 이해를 돕기 위해서 에도시대의 통속소설 속에서 널리 사용된 기증문(起證文)이라는 표현으로 바꾸어 사용한 것이라고 볼 수 있다.

第四回

(1886. 6. 29)

春香ハ、其證書を手に取上げ、幾回となく繰廻し読、收めつつ始め
て喜び、錦の槖の中に納れ、

「斯る誓紙を賜はるからハ、妾が一身、君に任せん。喜バしや」

と云ひながら、彼処の欄干に身を寄せて、纖く優しき手を飜し、

「此山を過ぎ、彼山を越へ、竹の林の深処に傍ひ、梧桐一樹、立る家
こそ、即ち妾の住居に侍れバ、必ず明日ハ忍び賜へ。空しく、妾を待
せ賜ひそ。日も早、西に入たれバ、是より、今日ハ袂を別ち、再び明
日を待侍らん」

と、別を告て、春香ハ我家の方へ立去ける。

춘향은 그 증서를 손에 받아들고, 몇 번이나 반복해서 읽고는 받
아들이고 비로소 기뻐하며, 비단주머니 안에 넣고는,

"이와 같은 맹세의 글[23]을 받았으니, 첩의 한 몸 그대에게 맡기겠
습니다. 기뻐하십시오."

하고 말하면서, 저쪽의 난간에 몸을 기대어 가늘고 부드러운 손을 들어,

"이 산을 지나 저 산을 넘어 대나무 숲의 깊은 곳을 따라 오동나무
한 그루가 서 있는 집, 바로 첩이 살고 있는 곳에 모시고자 합니다. 반
드시 내일은 조용히 찾아오십시오. 공연히 첩을 기다리게 하지 마십
시오. 해도 어느덧 서쪽으로 기울었으니, 이로써 오늘은 헤어지고

---

23 맹세의 글: 일본어 원문은 '誓紙'다. 맹세의 말을 기록한 종이 혹은 계약 문서 등
을 의미한다(松井簡治·上田万年編, 『大日本国語辞典』03, 金港堂書籍, 1917).

재차 내일을 기다리겠습니다.”
라며 이별을 알리고 춘향은 자신의 집을 향해 돌아갔다.[24]

李道聆も房子を伴ひ、頓て我家へ帰りしが、其夜より、精神乱れ我
にもあらで、読む文ハ、字毎に春香と書ける如く、花の梢に香を慕
ひ、声弄ぶ鳥の音も、相見し人の嬌音と聞ゆる迄に、踏迷ふ心に、心
で異見を加へ、思絶んとする程、いとど思ハ増なるべし。

이도령도 방자를 동반하여 이윽고 자신의 집에 돌아갔지만, 그날
밤부터 정신이 흐트러져 자신을 잊었다. 책을 읽으면 글자마다 춘향
이라고 적혀 있는 듯, 꽃의 가지 끝에 향기를 그리워하며 소리를 가
지고 노는 새 소리도 서로 만나는 사람의 교음(嬌音)으로 들리기까
지, 길을 헤매는 마음에 마음속에서는 다른 생각을 더하여, 생각이
끝나지 않을 정도로 한층 생각은 더하였다.

翌日、昼頃ともなりしに、李道聆ハ房子を招き、
「尚、日の暮るに間ありや」
と問へバ、房子ハ天を指し、
「尚、中天に」
と、答へしかば、李道聆ハ大ひに嘆き、
「昨日ハ、太陽の後より推す者にても、ありしならん。特に、歩行の

---

24 원전에서는 담소 끝에 이도령이 춘향의 집을 물었으나, 『계림정화춘향전』에서
는 이도령이 묻기도 전에 춘향이 스스로 자신의 집을 가르쳐주고는 다음 날 찾
아와 줄 것을 먼저 요청하고 있다. 『계림정화춘향전』의 춘향은 연애에 있어서
원전보다 적극적인 여성으로 묘사되어 있음을 알 수 있다.

早かりしに、今日ハ夫に反対、誰が悪戯に、日の後髪を引くにや。暮るに、いとど遅かりけり」

と待てバ、生憎、春の日の何時より特に長くして、遠寺の鐘ハ入相を告げても、赤き花の空、もどかしくこそ思ふめれ。折柄、房子ハ夕飯を調へ、いざと計り差出せバ、李道聆ハ箸だに取らず、

「尙、日の暮るに間ありや。如何に、如何に」

と問けるにぞ、房子ハ、莞爾と打笑みつつ、

「日ハ、早西山に入て、月、東嶺に出たり」

との答に、太く喜て、支度をそこそこ、道聆ハ、房子を従へ城を出、足もそぞろに、春香が家居をさして赴きしに、此時春香ハ、紗窓の中にありて、玉琴を搔捋し、「待人難」と云へる曲を調べける。音声も高く、澄渡り、絶ず。又、委まずして蓮の糸を引が如く、谷の清水の膝に落るか、と怪まれ、軒端に近く吹通ふ、峯の松風も之に和し、花の梢に宿りたる老鶯も、爲に鳴音を留めたり。

다음날, 점심 무렵이 되어 이도령은 방자를 불러,

"아직도 날이 저물 때까지 시간이 있는 것이냐?"

고 물으니, 방자는 하늘을 가리키며,

"아직 중천에"

라고 대답하자, 이도령은 크게 탄식하며,

"어제는 태양 뒤로 쫓아오는 자가 있는 것처럼 특히 진행이 빠르더니, 오늘은 그와 반대로 누군가의 못된 장난[25]인지 태양의 뒷머리

---

25 못된 장난: 일본어 원문은 '悪戲'다. 장난 혹은 타인에게 폐가 될 정도로 장난을 치는 것이라는 뜻으로 사용된다(金沢庄三郎編, 『辞林』, 三省堂, 1907).

를 잡아 댕기는 듯하다. 해가 저무는 게 이다지도 더디단 말이냐?"

하며 기다렸지만, 공교롭게도 봄날의 어떤 때보다 특히 길어져서, 먼 곳에 있는 절에서 일몰을 알리는 종이 울리건만, 붉은 꽃과 같은 하늘이 답답하게 생각될 정도이다. 그때 마침, 방자가 저녁상을 갖추어 일부러 내어오니, 이도령은 젓가락도 들지 않고,

"아직 해가 저무는데 얼마나 있어야 하느냐? 얼마나? 얼마나?"

하고 물으니, 방자는 빙그레 웃으며,

"해는 이미 서산으로 기울고, 달은 동쪽 산마루에 나왔습니다."

라고 대답하니, 크게 기뻐하며 준비도 대충대충, 도령은 방자를 데리고 성을 나가, 발걸음도 들떠서 춘향의 집으로 향하였다. 이때 춘향은 사창(紗窓) 안에서 옥금을 뜯으며, '대인난(待人難)'이라고 불리는 곡을 연주하고 있었다. 높은 소리 구석까지 퍼지어 끝이 없었다. 또한 흐르지 않게 연실을 잡아당기는 듯, 계곡의 깨끗한 물이 무릎에 떨어지는 듯, 기이하게 처마 끝 가까이에 불어오는 봉우리의 솔바람도 이와 하나가 되어, 꽃가지에 머물던 늙은 앵무새[26]도 [그 것을]위하여 울음을 멈추었다.

第五回
(1886. 6. 30)

李道聆主從も、思ハず暫時躊躇しが、稍あつて戶を叩けバ、琴ハ忽ち音を留め、中より出る一人の嫗。是ぞ、春香の母なるが、門の戶少

---

26 교주본의 '늦봄에서 여름에 걸쳐 우는 휘파람새'를 의역한 것이다.

し押開き、夫と見るより打驚き、再び堅く戸を鎖し、中より声を密め
て、云ふやう。
　「君こそハ、南原府使の令郎におハさずや。然れば、斯る事のありて
若顯るる其時ハ、妾母娘の命をも、召れん。急ぎ、お帰りあれかし」
　と、云ふをも聞かず、道聆ハ、
　「其念慮にハ及バぬ」
　と、戸を開かせて、入たりけり。

　　이도령과 그의 하인도 무심코 잠시 동안 주저하였다. 곧이어 문을
두드리니 금은 홀연 소리를 멈추고, 안에서 나오는 것은 한 사람의
노파였다. 이 사람은 춘향의 어머니였는데, 문을 조금 열고 살짝 보
고는 깜짝 놀라며, 재차 굳게 문을 잠그고 안에서 소리를 낮추어 말
하기를,
　　"그대는 남원 부사의 아드님이 아니신가요? 그렇다면 이와 같은
일이 있다는 것이 만일 알려지기라도 한다면 그때는 우리 모녀의 목
숨도 불려가게 됩니다. 서둘러 돌아가십시오."
　　라고 말하는 것을 듣지도 않고, 도령은,
　　"그런 걱정은 필요 없다."
　　하면서 문을 열게 하고는 들어갔다.

　現に、庭園の模様、雅を極めざることなく、席上にハ、種々の書畫
を陳列て、諸々の花を挿せり。道聆が風流を愛るの癖として、豈でか
之を喜バざらん。彼所を眺め、此方を賞し、稍坐定りたる頃、春香
ハ、種々の酒肴を取り来り、先づ李太白が葡萄酒と、陶淵明が菊花酒

とを、鸚鵡の杯に溢々酌ぎ、之を道聆に勧めつつ、怪むべき美音を発して、

「そも此酒ハ、昔時、漢の武帝の承露盤に、降ける露の雫とよ。此杯を酌むときハ、齡もともに鶴壽龜齡、幾世經るらんかたき契ハ」

と、勧酒の曲を唱ひけれバ、李道聆も大ひに喜び、強て酒をぞ過しける。

눈에 보이는 정원의 모습은 우아함이 이보다 더할 수 없고, 자리 위에는 각종 서화(書畵)가 진열되어 있었으며 여러 가지 꽃들로 장식되어 있었다. 도령은 풍류를 사랑하는 습관이 있었는데, 어찌 이를 기뻐하지 않겠는가. 저쪽을 바라보고 이쪽을 감상하며 잠시 후 좌정하였을 무렵, 춘향은 각 종의 술과 안주를 꺼내 왔다. 우선 이태백의 포도주와 도연명의 국화주를 앵무배(鸚鵡杯)[27]에 가득 따라 이것을 도령에게 권하며, 믿지 못할 아름다운 소리를 내며,

"무릇 이 술은 그 옛날 한무제(漢武帝)의 승로반(承露盤)에 이슬을 받은 것입니다. 이 한잔을 마시면 나이도 함께 장수를 할 것이며, 여러 시대가 흘러도 굳은 인연이 될 것입니다."

하고 술을 권하는 곡을 불러 주니, 이도령도 크게 기뻐하며 무리하게 술을 마셨다.

時に春香ハ、道聆に向ひ、

「夜も早、太く更たれバ、寐房に伴ひ参らせん。いざ≪立≫たせ賜へ」

---

27 전복껍질을 앵무새 부리 모양으로 아름답게 세공한 잔을 나타낸다.

と、両手を握り、一間の中に誘ひしが、道聆は寐もやらで、

「若今、其假眠るときは、甚だ興なき業に似たり。宜しく、二人字合せをして、此上の興を添ふべし」

と(聞く、此字合せと云へるハ、互ひに思ふ文字を書きて、情を遣るものなりと)。

此に於て、筆硯を出し、

「我々二人、逢ひしにより、アフト云ふ＜逢＞の字」

と記せば、

「相親しむにより、シタシムト云ふ＜親＞の字」

を書き、

「百年の佳約を結びたれバ、タノシムト云ふ＜楽＞の字」

と、尚、数十の文字を集め、互ひに睦み合ひし後、遂に、鴛鴦の衾を共にせしが、如何なる夢を結びたりけむ。精神恍惚、我にして我に非ず。天の大なるも、銭の穴に似、地の広きも、蟻の膽の如く、南大門を針の目と見る迄に、二人ハ興を催せし後、暫く熟睡なしたりけり。

(第一回の李道聆に、髯を生せしは畫工の誤りに付、取消しではない剗消します。)

　　　이때 춘향은 도령을 향하여,

　　　"밤도 어느덧 매우 깊었으니, 잠자리에 함께 드시지 않겠습니까? 어서 일어나십시오."

　　　라고 하며 양손을 잡고 방 안으로 권하였지만, 도령은 잘 수가 없어서,

　　　"만일 지금 이대로 잠을 잔다면, 너무나도 흥 없는 일과 같다. 적

당히 두 사람 글자 맞추기를 하여 이에 더 흥을 돋우자꾸나.”

라며(듣자하니 글자 놀이라고 하는 것은 서로 생각하는 글자를 적어서 정을 주는 것이라고 한다)²⁸ 이에 붓과 벼루를 꺼내어,

“우리 두 사람 만났으니 ‘만나다’라는 <봉> 자”

라고 쓰더니,

“서로 친하게 지낸다는 것에서, ‘친하게 지내다’라는 <친> 자”

를 적고,

“백년의 가약을 맺었으니, ‘즐기다’라는 <락> 자.”

하고 더욱 수십의 글자를 모아서 서로 사이좋게 논 다음, 이윽고 원앙금침을 함께 하였으니, 어찌 [바로]잠들 수 있었겠는가. 정신이 황홀하여 제 정신이 아니었다. 하늘의 크기도 동전의 구멍을 닮고, 땅의 넓음도 개미의 창자와 같으며, 남대문이 바늘의 눈으로 보이기까지, 두 사람은 [그렇게]흥을 돋우고 난 후에야 잠시 동안 숙면을 취할 수 있었다.

(제1회에서 이도령에게 수염을 그려 넣은 것은 화공의 실수입니다. 지우지 않고 깎도록 하겠습니다.)²⁹

---

28 원전에는 없는 내용으로 나카라이 도스이의 해설이다. 이는 일본에는 이러한 놀이가 없기에 역자가 일본인의 이해를 돕기 위해 설명을 덧붙인 것으로 보인다.

29 원전에는 없는 내용으로 나카라이 도스이의 해설이다. 이것은 제1회에 춘향과 이도령이 만나는 장면의 삽화(揷花) 내용을 가리키는 것인데, 이도령은 성인이 아님에도 불구하고 수염을 기르고 있다. 그것에 대한 교정문으로 화가가 오해했다고는 하지만 당시 일본인의 한국인에 대한 이해를 나타내는 것이라고 볼 수 있다. 또한 ‘지우지 않고 깎도록 하겠습니다’라는 표현은 에도 말기 통속소설가의 풍모를 느끼게 한다.

第六回

(1886. 7. 4)

　春宵短きを若しむと、詩にも作りし如く、程なく東方白渡り、微風吹起て新柳をはらひ、一声の鶯鳥、南枝に囀々頃、李道聆ハ、眼を覚ませし褥の上より、酒を呼び、再び春香に打向ひ、

　「我々二人、斯迄に深き契を結びしも、よくよく怪しき＜因縁＞なり。然れバ、我ハ＜人＞字(＜因＞＜人＞国音通ずる故ならんか)の韻を集めて楽まん」

　と、

　「飛入宮牆下見＜人＞」

　「千里他郷逢故＜人＞」

　「不見洛橋＜人＞」

　「風雪夜帰＜人＞」

　など、集めけれバ、春香も筆を取り、

　「然らバ、妾ハ、百年の佳約を結びたる故、＜年＞の字を集め申さん」

　とて、

　「人老曾無更小＜年＞」

　「咸陽遊俠多少＜年＞」

　と記し、互に勧を極めし後、李道聆ハ、其夜再び忍バんことを約し、頓て春香に別を告げ、我家を指して帰りしが、其夜よりして数ヶ月間、雨も厭ハず、風も冒して、彼花を尋ぬる胡蝶、池を廻る鴛鴦の、須臾も離るる時なくして、漆膠の契深かりしが、忽ち、二人の身の上に、最悲むべき事こそ起[り]たれ。

봄밤의 짧음이 괴롭다는 [내용을 읊은] 시(詩)도 있듯이[30], 어느새 동녘이 환하게 밝아왔다. 미풍이 불어 와서 [새로 난] 버들가지를 흔들고 큰 목소리의 앵무새가 남쪽 가지에서 지저귈 무렵, 이도령은 잠에서 깨어 침실 위에서 술을 찾으며 재차 춘향을 향하여,

"우리 두 사람이 이렇게까지 깊은 연을 맺은 것도 참으로 묘한 〈인연〉이다. 그러니 나는 〈인(人)〉 (〈인(囚)〉 〈인(人)〉이 국음에서는 통하는 것이 있기 때문인가)[31] 자의 운을 모아서 놀아보겠다."[32]

라고 말하며,

"담을 넘어 궁에 들어갔더니 아무도 없고"

"천리타향에서 고향의 친구를 만났구나."

"낙교에는 사람의 모습을 볼 수 없고"

"눈보라치는 저녁에 돌아온 사람이 있구나."

등을 모았더니, 춘향도 붓을 잡고,

"그렇다면 첩은 백년가약을 맺었으니, 〈년(年)〉자를 모아 보겠습니다."

라고 하더니,

"사람이 늙으면 다시 젊어지지 않는다."

---

30 '봄밤이 너무 짧아 괴롭다(春宵短きを若しむ)'라는 내용이 삽입되어 있다. 이는 백락천(白樂天)의 장한가(長恨歌)의 일절인 「춘소고단일고기(春宵苦短日高起)」에 근거한 것으로 원전에 없는 내용이다. 신문 연재소설로 각 회마다 일정한 결말이 요구되는 이유로 전편인 제5회에서 신혼 초야를 급히 마무리 짓게 되는데, 이에 대한 보충설명으로 생각해 볼 수 있다.

31 이는 일본인의 감각으로는 〈인(囚)〉과 〈인(人)〉이 전혀 다른 글자이고, 그 음(音) 또한 〈イン(인)〉과 〈ニン(닌)〉으로 서로 다르기 때문에 일본인의 이해를 돕기 위해 덧붙인 설명이라고 볼 수 있다.

32 원전에서는 첫날밤에 전개된 놀이이지만 나카라이 도스이는 다음 날 아침에 놀이한 것으로 구성하였다.

"함양의 유협에는 젊은이가 많다."

라고 적었다. 서로 즐거움을 만끽한 후, 이도령은 그 날 밤 다시 몰래 찾아 올 것을 약속하며, 이윽고 춘향에게 이별을 고하고 자신의 집을 향하여 돌아왔다. 그 날 밤부터 수개월 동안, 비에도 질리지 않고 바람에도 아랑곳 하지 않으며, 그 꽃을 찾는 나비처럼 연못을 맴도는 원앙새처럼, 잠시도 떨어지지 않고 칠교(漆膠)[33]와 같은 인연은 깊어졌다. 그러나 머지않아 두 사람의 신상에 너무도 슬픈 일이 일어났다.

そは何故、と尋ぬるみ、此時、南原府使李讜ハ、愛民善政の名声高く、頓に国王の御聴に入りしより、即ち従二位に敍し、戸曹参判に任じ、直ちに上京なすべき旨、府使が許に達せられたり。府使一族の喜ハ、何事か之に加へん。斯る喜に引換へて、李道聆ハ此事を聞くや、魂消え、咽喉塡り、又、詮術も知ざりけり。

그것은 무슨 일인고 하면, 이때 남원부사 이당(李讜)은, 애민선정(愛民善政)으로 명성이 높았는데, 갑자기 국왕이 [이를]듣고는 바로 종2품의 벼슬을 내려 호조참판(戸曹参判)[34]에 임명한 후, 즉시 상경하라는 뜻을 부사가 있는 곳으로 보내었다. 부사 일족의 기쁨은 이루 말할 수 없었다. 이와 같은 즐거움에 반해서 이도령은 이 일을 듣자마자, 혼이 나가고 목이 막히어 또한 어찌할 바를 몰랐다.

---

33 칠교: 어떤 사물에 대한 집념이 강한 것을 의미하는 것으로, 한 번 붙으면 떨어지지 않는 상태를 나타낸다(棚橋一郎・林甕臣編, 『日本新辞林』, 三省堂, 1897).

34 호조참판(戸曹参判)은 번역 원전이 아닌 경판35장본의 경우에 해당한다. 원전인 경판30장본에는 '호조판서(呼戸曹判書)'라고 되어 있다.

時に、李讜ハ、道聆を召し、此回栄転の趣を傳へ、

「然れバ、我も日を択び京都に帰る筈なれバ、汝ハ母を伴ひて、我より先に上京の治行なせよ」

と云ハれしにぞ、李道聆ハ気も轉動し、返答る術も知らずして、

「唯々」

と計りに退出、書室に入て支度を調へ、道に、春香が家に赴き、事の仔細を語らんと思へど、涙塡りて、言葉も暫時出ざりしが、

「斯てハ果じ」

と気を励し、一伍一什を物語れバ、春香は、之を聞き、忽ち溢る涙を流し、胸の邊に手を推當、

「此は、抑、誠の事にやある。夢路ならぬか。幻の君が姿ハ、日夜を分たず、我目の先に見るより、斯ハ變化の若しむるか。夫かあらぬか、昨夜迄も、鴛鴦の対の離れじ、と言ひしも、今ハ仇嵐吹分たるる生別。庭に榮ゆる秋蘭の、根を艾るよりも、尚悲し。彼ハ、情なき草なり木なり。我ハ、思も深みどり、松の葉、色の變るとも、變らで共に、千代八千代、齡重ねて後の世も、蝶となり、又花となり、比翼連理に身をなし[て]、片時側を離れじ、と思ひしものを。情なや、今將、斯る悲に逢[ふ]ハ別と、豫てより、知らざりしにハ非ねども、斯程に憂き哀別ハ、世にあるまじ」

と、声を呑み、泣沈たる。秋の蝉、千草に集鳴く虫の音も、孰れ哀を添に鳧。

이때 이당은 도령을 불러 이번 영전(榮轉)의 취지를 설명하고,

"그러하니 나도 날을 잡아 한양으로 돌아갈 것이니, 너는 어머니

를 모시고 나보다 먼저 상경할 준비를 하거라."

고 말했지만, 이도령은 정신이 혼란스럽고 어찌 대답해야 할지도 몰라서,

"예예"

라고 겨우 대답하고 물러 나와, 책방으로 들어와서 준비를 하고 바로 춘향의 집으로 향하여, 자세한 사정을 이야기하려고 했지만, 눈물이 가려 말도 잠시 나오지 않아,

"이렇게는 끝낼 수 없다."

라고 마음을 격려하며, 하나에서 열까지를 이야기하자, 춘향은 이를 듣고 바로 눈물을 흘리고 가슴을 치며,

"이는 진정 사실입니까? 꿈은 아닌가요? 덧없는 그대의 모습이 밤낮을 가리지 않고 내 눈 앞에서 보이는데, 이것은 귀신이 괴롭히는 것입니까? 그런 때문인 건지 어떤지, 어제 밤까지도 한 쌍의 원앙처럼 떨어지지 말자라고 하시더니, 이제 와서는 적이 되어 거센 바람이 불어와 갈라지는 생이별입니까? 뜰에 피는 가을 난초의 뿌리를 자르는 것보다 더욱 슬픈 일입니다. 그들은 감정 없는 풀이고 나무입니다. 우리는 생각도 짙은 초록입니다. 솔잎의 색이 변한다고 하더라도 변하지 않고 함께 천년만년 나이를 거듭하여, 다음 세상에도 나비가 되고 또한 꽃이 되어 비익연리(比翼連理)의 몸이 되어 잠시라도 곁을 떠나지 않으리라고 생각한 것을. 처량하구나. 이제 와서 이와 같이 슬플 줄이야. 만나면 헤어진다는 것을 예전에 몰랐던 것은 아니지만 이처럼 슬픈 이별은 세상에 없을 것이로다."

하면서 소리를 삼키며 눈물에 잠겼다. 가을 매미와 모든 풀에 떼지어 모인 벌레의 소리도 더욱 애처로움을 거들었다.

第七回

(1886. 7. 6)

　道聆ハ涙を押へ、

　「我父、戸曹参判に昇進ありし喜ハ、我等、哀別の悲なり。実や、人間の萬事ハ、彼塞翁が馬に均しく、旦の喜ハ、夕の悲、昨日の禍も、今の福となれバ、斯る悲き秋に遭ふとも、互の心に變なくバ、再び、楽しき春来らん。我真心に、曇なき証の為に、此一品、卿に預置くべし」

　とて、一面の鏡を出し、春香の前に指置て、

　「縦令、数百年を經れバとて、決して曇る事あらじ。特に久しき別に非ず、近きに必ず週会ひ、今の嘆きを語出、斯る切なき思なりしと、昔語になすの日あらん。其を楽みに、此回ハ、一先、袂を分ん」

　と云ふに、春香は、涙を沸ひ、

　「君、今、京城に帰[り]賜ハバ、何れの時か再び来り、妾と手を取り語らひ賜ふぞ。枯木に花の咲く頃か、屏風に画きし鷄の、翼を搏て鳴く頃か。妾が、心に變なきハ、此玉指環の、数百年塵土[の]中に埋まるとも、色を變ぬに均しかるべし」

　と、指環を出して、送りければ、李道聆[ハ]之を受取り、尽きぬ別の懷を述べ、遂に其日ハ立帰りしが、父の言葉のもだし難く、翌日母を伴ふて南原府[を]立出し[に]、稍四五丁も行きつらん頃、路の傍の草の上に坐り、眼を押拭ひ押拭ひ、迎ふるもののありけるを、心茲にあらざれバ、見れども見ず。道聆が身ハ、今、馬上に打乗りて、手綱ハ取れど、心の駒ハ狂ふて止ぬ。

41

도령은 눈물을 참으며,

"우리 아버지가 호조참판으로 승진하신 기쁨이 우리들에게는 이별의 슬픔이 되었다. 정말로 인간 만사는 새옹지마라는 말처럼 아침의 기쁨은 저녁의 슬픔, 어제의 화도 오늘의 복이 될 것이다. 이와 같은 슬픈 가을을 맞이하였더라도 서로의 마음이 변하지 않는다면 재차 즐거운 봄이 올 것이다. 나의 진심에 거짓 없음을 증명하기 위해서 이 한 물건을 너에게 맡겨 두겠다."

라고 하면서, 한 면으로 된 거울을 꺼내어 춘향의 앞에 놓고는,

"설령 수백 년이 지난다고 하더라도 결코 흐려지지 않을 것이다. 특히 오래도록 떨어져 있지도 않을 것이며, 가까운 장래에 반드시 만나서 오늘의 슬픔을 이야기하며, 이와 같은 애절한 생각을 옛이야기 삼아 하는 날이 있을 것이다. 그것을 기대하면서 오늘은 일단 헤어지자꾸나."

고 말하니, 춘향은 눈물을 흘리며,

"그대는 이제 한양으로 돌아가시면 언제 다시 오십니까? 첩의 손을 잡고 말씀해 주십시오. 고목나무에 꽃이 필 무렵입니까? 병풍에 그려진 닭이 날갯짓을 하며 올 때쯤입니까?[35] 첩의 마음이 변하지 않음은 이 옥지환(玉指環)이 수백 년 진흙 속에 묻혀 있다 하더라도 색이 변하지 않는 것과 같습니다."

라며 반지를 꺼내어 주니 이도령은 이것을 받아들고 끝없는 이별의 한을 이야기하며 결국은 그날은 되돌아 왔지만, 아버지의 말도

---

35 본래 있을 수 없는 일이 불가사의한 힘에 의해 실현되는 것을 나타내는 말이다. 여기서는 '기적이라도 일어나지 않으면 만날 수 없는 것인가요?'라는 뜻을 나타낸다.

거역할 수 없어 다음날 어머니를 모시고 남원부(南原府)를 떠나게 되었다. 거의 4-5리도 가지 않았을 즈음 길가의 풀 위에 앉아 있었는데, [흘러내리는]눈물을 닦고 [또]닦으며 다가오는 사람이 있었지만 마음이 이곳에 있지 않으니 보아도 보이지 않았다. 도령의 몸은 지금 말 위에 올라 고삐는 쥐고 있었지만 마음속의 망아지는 미쳐서 멈추지 않았다.

「春香が、嘸や悲嘆に堪ざらめ。今宵ハ、如何に淋しからん」

と、思続けて、覚えずも、滴々と落す一雫。同じ嘆きに、伏柴のこる計りなる。彼方より、堪ずや、

「ワツ」

と、泣声の、忽ち耳を劈けバ、

「是ハ」

と計り振返り、見交ハす顔ハ、紛もなき妓生春香にてありしかバ、

「拟は、名残の惜まれて、玆まで送るなんめり」

と、思へバ、不憫さ遣方なく、馬を下りて、一言の別も告げんと思へども、人目の関に隔てられ、心ともなく行く人も、留まる人も言葉なく、涙ぞ尽ぬ名残にて、未だ遠からぬ道なれど、眼霞み(て見ざりけり。

是より、此方の山[を]越ゆれバ、我思ふ人に五里を隔て、彼処[の]川を渉る時ハ、我恋里に十里を離れ、憂事のみを道連に、数日を經[て]都に着ぬ。

  "춘향이 필시 비탄을 참지 못하고 있을 터인데. 오늘밤은 얼마나 외로울 것인가."

43

라며 생각을 계속하니, 생각지도 않게 뚝 뚝 떨어지는 한 방울의 눈물. 같은 슬픔에 고개를 숙일 뿐이었다. [36]멀리서도 참지 못하는 듯,

"엉"

하고 우는 소리가 갑가기 귀를 세게 찢어,

"이것은?"

하고 주위를 둘러보니, 마주 보이는 얼굴은 분명히 기생 춘향임에 틀림없었다.

"이별의 아쉬움[37]에 여기까지 배웅을 나왔구나."

하고 생각하니, 가엾음에 마음을 풀 길이 없어 말에서 내려 한 마디의 이별이라도 전하려고 생각하였지만, 남의 눈이 있어 그러지도 못하고 그만 가는 사람도 남아 있는 사람도 말없이 끊임없는 눈물로 슬퍼하였다. 아직 먼 길이 아니었으나, 눈앞이 흐려지니 볼 수가 없었다.

이곳에서 부터 이 산을 넘으면 자신이 사랑하는 사람과 5리 떨어지게 되고, 저 강을 건널 때는 자신이 사랑하는 사람과 10리나 멀어

---

36 일본어 원문에 번역 원전의 『계림정화춘향전』에는 없는 일본어 특유의 수사법이라 할 수 있는 가케고토바(掛詞)가 사용되고 있다. 이것은 와카(和歌)나 하이쿠(俳句) 등의 단시(短詩)에서 동음이의어를 활용하기 위해 발달한 기교이지만, 산문에서도 사용된다. 여기서 「伏柴のこる計りなる」의 'こる'는 「木を伐(き)る(나무를 베다)」와 「こりる(질리다, 싫증나다)」를 동시에 의미하는 가케고토바다. 「嘆き」는 「投(な)げ木」에서 연상되는 「紫(땔나무)」를 암시하는 말이다. 또, 「ふし紫のこるばかりなる」는 천재화가집(千載和歌集) 사랑3(恋 三) 799의 「かねてより思ひしことぞふし紫のこるばかりなる嘆きせむとは(예전부터 예상하고 있었어요. 지겨울 정도로 탄식하게 될 것이라고.)」를 근거로 하고 있다. 노래에서 「ふしの紫」는 「こる」의 수식어다.

37 이별의 아쉬움: 일본어 원문은 '名残'이다. 일이 끝난 후에도 계속해서 남아 있는 마음을 뜻한다. 혹은 여운(餘韻), 여정(餘情)으로 표현되기도 한다(松井簡治・上田万年編, 『大日本国語辞典』03, 金港堂書籍, 1917).

지게 되니, 슬픔만을 길동무로 하여 수일을 지나서 한양에 도착하였다.

第八回

(1886. 7. 7)

　扨も、南原府使李譓にハ、日ならず都へ立帰り、そが代りの府使にハ、朴孟端と云へる人命ぜられしが、此人は、世に好色の名声高く、其上、腹黒き性質にて、先の府使にハ似るべうもあらず。誰にも、疎まる[る]人なるが、南原府使に任ぜられし日、欣然として恩を謝し、頓て我家へ立帰りしが、急ぎ房子を側に招き、
　「汝の郷に、香(春香の春の字を忘たるなり)と云へるものあり[や]。如何」
　と問へば、対て云ふやう、
　「我等の故郷南原に、羊ハ更になけれども、羔ハ(蓋し、香と羔と国音同じきが故に、房子ハ早くも誤解したるなり)、十頭計り飼置きたり」
　と云ふに、孟端ハ心を焦ち、
　「我、羔を何にかせん。妓生の中に、カウと云ふ者あらざるや」
　と、問ハれて、房子も其意を解り、
　「妓生に春香とて、名声高き者候ふが、渠が外、南原に香と呼ぶ者さふらハじ」
　と、言畢らぬに、孟端ハ礑と手を拍ち、大ひに喜び、
　「其春香が事なり」
　とて、尚、種々の物語りに、一人、喜居たりける。

얼마 후, 남원부사 이당은 얼마 되지 않아 한양으로 떠나가고, 그를 대신한 부사로는 박맹단(朴孟端)[38]이라고 불리는 사람이 명을 받았다. 그런데 이 사람은 여색을 밝히기로 유명하고 게다가 속이 검은 성격[39]으로 전 부사와는 닮은 점이 없었다.[40] 누구보다도 역겨운 사람인데, 남원부사로 명받은 날 기꺼이 은혜에 감사하며 이윽고 자신의 집으로 돌아갔다. 그러고는 서둘러 방자를 곁으로 불러,

"너의 고향에 향(춘향의 춘 자를 잊어버렸음)[41]이라고 하는 것이 있느냐? 어떠하냐?"[42]

고 물었다. 대답하여 말하기를,

"우리 고향 남원에 양(羊)이 전혀 없지만, 새끼 양은(생각건대 향과 새끼양은 국음이 같음으로, 방자는 [마음]급하게도오해한 것이다)[43] 10마리 정도 기르고 있습니다."

라고 대답하자, 맹단은 조바심을 내며,

---

38 원전에는 신관사또의 이름이 나오지 않는데 일본어 원문에서는 박맹단(朴孟端)이라는 이름을 사용하고 있다. 이는 나카라이 도스이의 창작으로 생각되어진다.

39 성격: 일본어 원문에는 '性質'이다. 본래의 성상(性狀), 고유의 기질(氣質), 타고난 성격, 천성 등의 뜻을 나타낸다(松井簡治·上田万年編, 『大日本国語辞典』03, 金港堂書籍, 1917).

40 "여색을 밝히기로 유명하고, 게다가 속이 검은 성격으로, 전 부사(府使)와는 닮은 점이 없었다."라는 표현에서도 알 수 있듯이 신임관리를 처음부터 부정적으로 묘사함으로써 주인공들과 대립되는 이미지를 부각시키고자 한 번역자의 생각을 엿볼 수 있다.

41 남원부사로 임명된 신관(新官)이 예전에 소문을 들은 바 있는 춘향의 이름을 기억해 내고 하인에게 「香と云へるものありや」라고 물었던 것인데, 이렇게만 물으면 일본인에게는 뜻이 잘 전달되지 않기에 번역자가 설명을 덧붙인 것이다.

42 원전에는 신관(新官)이 '양이가 있느냐'라고 묻는 것으로 되어 있다.

43 이는 신관의 향(香, コウ)을 받아 방자가 다시 새끼양(羔, コウ)으로 오해한 이유를 명확하게 설명하고 있다. 신관과 방자 사이의 오해의 이유를 자세하게 일본인 독자에게 설명하려고 하는 나카라이 도스이의 노력이 엿보이는 부분이다.

"지금 새끼 양을 묻는 것이 아니다. 기생 중에 향이라는 아이가 없느냐 말이다?"

하고 묻자, 방자도 그 뜻을 깨닫고,

"기생 중에 춘향이라고 명성이 높은 아이가 있습니다만, 그 밖에 남원에 향이라고 부르는 아이는 없을 것입니다."

라고 말을 끝내자, 맹단은 갑자기 손을 치며 크게 기뻐하며,

"그 춘향이 말이다."

라며 더욱 여러 가지 이야기에 혼자서 즐거워하였다.

其後、新官孟端ハ、彌々、治行も調ひけれバ、日ならず京都を発足し、南大門を急に下り、七牌、八牌、青坡を過ぎ、新水原に其夜ハ宿し、翌日も早[く]立出、上、下柳川、中彌、烏山、振威、葛原、成歡を徑て、天安の三巨里に泊し、再び、金蹄駅を過ぎ、公州、敬天を徑て、魯城に宿り、斯て、四日の朝未明より、孟端ハ衣冠を改め、從者行列を整へて、魯城てを発足なし、早くも恩津、礪山を越へ、全州に入て、午餐を食し、爐口巖、任實を過て、南原より五里程に至りしに、一邑の官吏、隊伍を整へ、楽を奏して出迎へ、威儀盛觀を極めたり。

그 후 신관(新官) 맹단은 더욱더 준비를 하고, 얼마 되지 않아 한양을 떠나 남대문을 급히 내려가, 칠패, 팔패, 청파를 지나 신수원에서 그날 밤은 묵고, 다음 날 일찍 나서서, 상(上), 하류천, 중미, 오산, 진위, 갈원, 성환을 거쳐 천안삼거리에서 묵은 후, 다시 김제역을 지나 공주, 경천을 거쳐 노성에서 묵었다. 이리하여 나흘째 아침 새벽부터 맹단은 의관을 고쳐 입고 시종과 행렬을 정비하여 노성을 출발하

47

였는데, 어느덧 은진, 여산을 넘어, 전주에 들어가서 점심을 먹고 노구암, 임실을 거쳐 남원에서 5리 정도 떨어진 곳에 이르니, 마을의 관리들이 대오(隊伍)를 정비하고 음악을 연주하여 환영하며 위의성관(威儀盛觀)을 다하였다.

扨も、新官孟端ハ、兼々好色の癖して、京都にありし頃比より、早くも春香の名を聞得、未見恋に焦思れしに、幸ひ此回の転任に、心の中は、春香が事のみ思続けたれバ、赴任の後も、還上、田結、其他の事務ハ打捨置き、先づ、妓生の點考をなさんと、即ち、妓生を召し出しける。

참으로 신관 맹단은 전부터 여색을 밝히는 버릇이 있었다. 한양에 있을 때부터 일찍이 춘향의 이름을 듣고 아직 보지도 않은 사랑에 헤매었는데, 다행이 이번에 전임하게 되자 마음속은 춘향의 일만을 생각하고, 부임 후에도 환상(還上)이나 전결(田結) 등 그 밖의 사무는 제쳐 두고 우선 기생 점고(點考)를 하고자 바로 기생들부터 불러 모았다.

左れば、彩蓮、紅蓮、鳳月、秋月等、有名の妓生ハ盡く来りしに、唯り春香の在らざるより、孟端ハ、太く驚き、左右の者を顧て、
「何故、春香の来らざるや。如何にせしや」
と、問ひけるを、吏房ハ、声を密めて云ふやふ、
「妓生春香ハ、此程より妓籍を離れ、屛居して、操を守りてさふらふ」
と聞くより、孟端ハ、気色を變へ、
「何者が、春香を妾にせしか。奇怪なり。誰かある、渠奴を直に縛来れ」

と、厳しき下知に、縛吏数名、妓生春香が家居をさし、足を早めて
馳行ける。

　　　그렇기는 하지만, 채련, 홍련, 봉월, 추월 등 유명한 기생들이 모두
왔으나 유독 춘향만이 있지 않자, 맹단은 크게 놀라며 좌우의 사람
을 돌아보며,

　　"어찌 춘향이 오지를 않았느냐? 어찌된 일이냐?"

　　하고 묻는 것을 이방은 소리 죽여 말하기를,

　　"기생 춘향은 최근 기적에서 벗어나 집에서 정조를 지키고 있습
니다."

　　라고 대답하자, 맹단은 얼굴색이 변하며,

　　"누가 춘향을 첩으로 삼았단 말이냐? 괴이한 일이로다. 누가 있거
든 그년을 당장 잡아들이도록 하여라."

　　하고 엄하게 지시를 내리니, 포졸 수 명이 기생 춘향의 집을 향하
여 발걸음을 재촉하여 달려갔다.

第九回

(1886. 7. 8)

　却説、南原の妓生春香ハ、前府使の子息、李道聆に深く思ハれ、一
度契を結びしより、比翼連理の誓を込めしも、世に避けがたき哀別
に、今ハ忽ち数百里の、雲間隔て渡る厂、夫慕ハれて鳴く鹿の、秋の
夕ハ、おしなべて悲しきもの[を]、葉隠れに、逢ふ瀬の縁もきりぎり
す、草間の露に影清き、月ハ見し夜に異らねど、異果たる面影に、豈

49

で再び人に見えん。柴の戸堅く鎖しつつ、紅顔、再び粧ふに慵[く]、雲髪、更に梳らず。只管、京都の空なつかしく、愛執の窓に八、暁の寐覚を[し]たひ、烜燒の香りに、過し別の偲ばれば、嘆ハ、日々に十寸鏡、曇らぬ為に遺たる、片見ぞ今ハ中々に、曇る思の中媒にて、此日も、思悩みたる時に、取りての慰と、手慣し琴に夫恋ふ曲、音色やさしく[か]なでける。

　　각설하고, 남원 기생 춘향은 전 부사의 아들 이도령을 깊이 사모하여, 한번 부부의 연을 맺은 이후로 비익연리(比翼連理)의 맹세를 하였다. 하지만 세상에 피할 수 없는 슬픈 이별에, 지금은 홀연히 수 백리의 구름을 사이에 두고 건너는 기러기처럼, 남편을 사모하여 우는 사슴처럼, 가을 저녁을 한 결 같이 슬퍼하였다. 나뭇잎 사이로 보이는 여울 가 풀숲에 귀뚜라미는[44] 풀 사이 이슬에 그림자가 맑으며, 달은 보았던 밤과 다르지 않은데, 쇠약해진 모습은 어찌하여 다시 사람으로 보이는가? 사립문을 굳게 걸어 잠그고, 붉은 얼굴은 다시 단장하기를 게을리 하며, 운발은 더욱더 빗질하지도 않았다. 오로지 한양의 하늘을 그리워하며 사랑의 정에 집착하였다.[45] 새벽녘에 잠이 깰 때마다 훤히 밝아오는 향기에 지나간 이별을 생각하니 슬픔은 나날이 늘어났다. 거울은 흐려지지 않기 위해 남겨준 유품인데[46], 지

---

44 일본어 원문에 원전의 『계림정화춘향전』에는 없는 일본어 특유의 수사법이라 할 수 있는 가케고토바가 사용되고 있다(각주 15 참조). 일본어 원문의 「緣もきりきりす」는 「緣も切り(인연도 끊고)」「きりぎりす(귀뚜라미)」를 동시에 의미하는 가케고토바다.

45 사랑의 정에 집착하였다: 일본어 원문의 '애집(愛執)'은 사랑의 정에 집착하는 것으로 불경(佛經)의 용어이다(大槻文彦編, 『言海』, 日本辭書, 1889-1891).

46 일본어 원문에 원전의 『계림정화춘향전』에는 없는 일본어 특유의 수사법이라

금은 좀처럼 어두워지는 생각 속에서 이 날도 생각에 빠져 있었다. 유일하게 위안이 되는 것은 손에 익은 거문고로 남편을 그리워하는 곡을 음색 아름답게 연주하였다.[47]

折柄、表に人ありて、頻に我名を呼ぶ者あ[り]。春香ハ怪しみて、忽ち、糸の音ハ止れど、應答をせずに居たりける。さるに[て]も、門前[ハ]、ますます喧びすしく、烈しく門を打音に、母に、聞付け立出て、且見れば、縛吏七八名、手に手に得物を携へて、さも荒げしく立居れり。母ハ、太くも驚きしが、心をしずめ、言葉を和らげ。

「何御用ぞ」

と、問ひけるを、耳にも掛ず大音に、

「新府使、孟端君の命を受け、妓生春香を禁しめ帰る」

と、仔細も告げず、戸の内へ馳入らんとなしけるを、

「遣らじ」

「通る」

と、争ひける声聞付て、春香ハ、

할 수 있는 가케고토바가 사용되고 있다(각주 15 참조). 일본어 원문의 「日々に十寸(ます)鏡」는 「嘆は日々に増す(한숨은 날이 갈수록 늘어간다)」와 「十寸(ます)鏡」를 동시에 의미하는 가케고토바로, 여기서 '십촌경(十寸鏡)'는 『진징경(眞澄鏡, 아무 것도 없이 맑게 비치는 거울)』을 뜻한다.

47 원전에서는 춘향이 정절을 지키고 있다는 말을 들은 신관사또가 당장 춘향을 데려오라 명령하고, 포졸들은 곧바로 뛰쳐나가, 춘향의 집에 당도하는데, 이는 벼슬아치 입장에서 일방적으로 묘사한 것이다. 이에 반해 『계림정화춘향전』에서는 포졸들이 뛰쳐나가는 장면에서 제8회가 끝나고, 제9회에서는 이도령을 기다리는 춘향에 초점을 맞춘 후 그 후에 포졸들이 들이닥치는 설정으로 되어 있다. 이 또한 적당한 긴장감이라는 신문연재의 묘미를 살리기 위한 역자의 편집이라고 생각해 볼 수 있다.

「扱こそ、我等が召に應ぜず、引込居を慎り、斯る事に及べ[る]なら
ん。心苦し」

と、思へども、

「打捨置かバ、如何様な無理狼籍を、なすやも知れず。騙すに手なし」

　　그때 마침 밖에서 자꾸 자신의 이름을 부르는 자가 있었다. 의아
하게 여기던 춘향은 홀연 거문고 소리를 끊었지만 응답은 하지 않고
있었다. 그러자 문밖은 점점 더 시끄러워지고 거칠게 문을 두드리는
소리가 들렸다. 이에 어머니가 듣고 밖에 나가서 보니, 포졸 7-8명이
각자 손에 무기[48]를 들고 자못 험악하게 서 있었다. 어머니는 너무나
도 놀랐지만, 마음을 진정시키고 목소리를 부드럽게,

　　"무슨 일입니까?"

　　하고 묻는 것을 귀에도 담아두지 않고 큰 소리로,

　　"신 부사 맹단군(孟端君)의 명을 받고, 기생 춘향을 잡아가고자 한다."

　　라고 상세히 고하지도 않고, 문 안으로 뛰어 들어오는 것을,

　　"멈추시오."

　　"들어갈 것이다."

　　하고 다투는 소리가 들리자 춘향은,

　　"그러고 보니 우리들이 부름에 응하지 않고 집안에 머물러 있는
것을 노여워하여, 이와 같은 일이 생겼구나. 괴로운 일이다."

　　하고 생각하였지만,

---

48 각자 손에 무기: 일본어 원문은 '得物'이다. 모두 자신의 손에 맞는 무기라는 뜻
으로 가장 자신 있게 다루는 무기를 나타낸다(山田美妙(武太郎)編, 『日本大辞
書』, 日本大辞書発行所, 1893).

"내버려 둔다면, 어떠한 난폭한 짓을 당하게 될지도 모르니 달래
는 수밖에 없겠구나."

と、甲斐々々しく、一間の内に立入て、手早く酒肴の準備を整へ、
自ら表に立出て、

「誘、まづ此方へ入り賜へ」

と、縛吏を内に伴ひ入れ、

「いかなる御用か知らねども、是まで御苦労たまハりし、報の徴まゐ
らする。いざや、妾が酌を取り、心計りを勧め申さん。あハれ情に、
今暫時許[し]賜へ」

と、蕭然に、詫る姿の美しく、是を譬へバ、牧丹花の一村雨の露を
帯び、枝重げなる風情なれバ、各々、手をバ下し得ざりし。特に、
種々なる酒肴、口に賤しき下官の面々、誰始めしと云ふにもなく、次
第に廻る杯に、廻らぬ舌の口々に、

「斯迄情ある君を、縛帰るハいと本意なく、寧ろ病と言立て、見逃し
置かんハ如何ぞ」

と、一人が言へバ、皆口々、

「左なり、左なり」

と、動搖めきつつ、笑顔遺して帰行く。

하고 부리나케 방안으로 들어오게 하여 재빨리 술과 안주를 준비
하고 직접 밖으로 나와,

"자 우선 이쪽으로 들어오세요."

하고 포졸들을 안으로 함께 들어오게 하여,

53

"무슨 일인지 모르지만, 지금까지 수고하신 것에 대한 보답의 증표입니다. 자, 첩이 한 잔을 올리니 마음을 받아 주십시오. 자비로 지금 잠시 용서해 주십시오."

하며 쓸쓸하게 부탁하는 모습의 아름다움에, 이를 비교하니 목단화(牧丹花)가 한바탕 비가 내린 후 이슬을 머금어 가지가 늘어진 것과 같은 풍경이니, 각각 손에서 무기를 내려놓았다. 특히, 각 종 술과 안주에 입이 천한 포졸 한 사람 한 사람은 누구라고도 말할 것 없이, 차례로 돌리는 술잔에 [취해서]돌아가지 않는 혀로 저마다,

"이와 같이 정이 있는 너를 잡아가려는 마음은 없으니, 오히려 병이라고 아뢰고 모른척하는 것이 어떻겠는가?"

하고 한 사람이 말하니 모두 저마다 (이구동성으로)

"옳소, 옳소."

하며 동요하면서 웃는 얼굴을 남기고 돌아갔다.

第十回

(1886. 7. 11)

跡見送て、母親ハ、ホット一息つく杖の、

「老の力と懶みたる、娘の身の上、如何あらん。再び来らバ、何として言訳なさバ善からん」

と、思ふ母より、思はるる娘春香が心の中、

「仮令、渠等に賂ふて、一旦危急を逃れても、又、抑、如何なる目にや逢ハん」

と、思へバ、悲しさやるかたなけれど、さすがに母の気をかねて、

「最早、此上、何事のあるべくも候ハず。必ず、案じ賜ひそ」

と、口にハ云へど、心にハ、庭面の桐の秋風に、得堪ず落る音だにも、

若やと心おく、露のそれかあらぬか、袖袂、しぼりも敢ず嘆きける。

　　　뒤를 배웅하고, 어머니는 안도의 한 숨을 쉬며[49],

　　　"늙은이의 힘이라고는 의지할 수 있는 딸[밖에 없는데 그런 딸]의 신세, 어떻게 될 것인가? 다시 온다면, 뭐라고 변명을 하면 좋을까?"

　　　하고 생각하는 어머니. 사랑하는 딸 춘향의 마음속에는,

　　　"설령 그들에게 뇌물을 주어 일단 위기를 피하였지만, 또 그렇다고는 하더라도 어떠한 일이 있을지……"

　　　라고 생각하니, 슬픈 마음을 풀 길이 없었다. 하지만 과연 어머니를 생각하여,

　　　"더 이상 이보다 다른 일은 없을 겁니다. 부디 안심하십시오."

　　　라고 입으로는 [이렇게]말하였지만, 마음에는 뜰의 오동나무가 가을바람을 견디지 못하고 떨어지는 소리에도 어쩌면 이라고 마음을 두며, 그 때문인지 어떤지 [흐르는]눈물을 소맷자락으로 닦으며 슬픔을 참지 못하였다.[50]

----

49 안도의 한숨을 쉬며: 일본어 원문에 번역 원전의 『계림정화춘향전』에는 없는 일본어 특유의 수사법이라 할 수 있는 가케고토바가 사용되고 있다(각주 15 참조). 일본어 원문의 「ホット一息つく杖の」는 「一息つく (한 숨을 쉬다)」와 「つく杖(지팡이를 짚다)」를 동시에 의미하는 가케고토바.

50 그 때문인지~못하였다: 일본어 원문에 번역 원전의 『계림정화춘향전』에는 없는 일본어 특유의 수사법이라 할 수 있는 가케고토바가 사용되고 있다(각주 15 참조). 일본어 원문의 「若やと心おく、露の」는 「心おく (걱정하다)」와 「置く露(이슬이 맺히다)」를 동시에 의미하는 가케고토바.

扨も、縛吏ハ立帰り、己が得物に眼眩れ、妓生春香を助けんと、新府使の前にて云ふやう、

「命の如く、春香を引捕へんと思ひしに、渠ハ此頃病にて、旦も知れぬ様なれバ、暫く許し置たり」

と、言畢らぬに、新官ハ、怒の声を絞上げ、

「汝等、甘くも言葉を設け、我を欺く大罪人。それ、撻て、獄に繋げ」

と、烈しき下知をなしながら、將差(官吏)を召して、

「春香を、一時も早く縛し来れ。若、遅延せバ、重く罪せん。それ、行ずや。疾く、疾く」

と、責立けれバ、將差も是非なく、再び、彼所に向ひける。

한편, 포졸들은 그대로 돌아가서 자신들이 받은 뇌물[51]에 눈이 희미해져, 기생 춘향을 도우려고 신 부사 앞에서 말하기를,

"명령대로 춘향을 잡아 오려고 생각했습니다만, 그는 지금 쯤 병으로 내일도 알지 못하는지라, 잠시 용서해 두었습니다."

하고 변명을 하니, 신관은 화난 소리를 내며,

"너희는 달콤한 말을 늘어놓고, 나를 속이려고 하는 큰 죄인이다. 이 자들을 잡아서 옥에 가두거라."

하고 엄하게 지시를 내리며, 시종[52]을 불러,

"춘향을 한시라도 빨리 붙잡아 오너라. 만약 지체한다면 중히 죄

---

51 뇌물: 원전에서는 뇌물로 다섯 냥을 받는 것으로 되어 있다. 일본어 원문에는 '득물(得物)'로 되어 있는데 이는 제9회에 보이는 '득물(得物)'과는 다른 의미이다.

52 시종: 일본어 원문에는 '將差(官吏)'로 표기되어 있는데, 이는 지방 장관의 심부름을 하는 사람을 뜻한다.

를 물으리라. 행하거라. 서두르거라. 서두르거라."

하고 몰아세우니, 시종도 어쩔 수 없이 다시 춘향의 집을 찾아갔다.

此時迄も、春香ハ、我身の上を

「如何あらん」

と、案煩居たりしに、又もや、縛吏の来りしより、

「早叶ハじ」

と、一間の中へ、逃入らんとなしけるを、

「夫、逃すな」

と、後より襟髪とつて、引きすゆれバ、春香ハ伏転び、怨の声を振立て、

「這ハ、何故の狼籍。妾に咎のあるならバ、聞え賜え」

と、怨ずれバ、將差も不憫と思へども、我身命にハ變難く、

「卿が上ハ憐なれど、將て行かざれバ、我々が、掛替のなき首と[お]別れ。卿ハ、罪なき事なれバ、直にも、赦免の沙汰に及バん。暫時の苦痛を、忍びたまへ。悪くハ、計らひ申まじ。時遅れてハ、互の身の為、却て悪し」

と、或ハ騙し、或は怖し、慰めて、ことを分たる將差の言葉に、

「今ハ、再び拒むとも、よも許されじ。さるとても、彼処に引れ行くならバ、操を破り、仇人の枕の塵や拂はすらん。夫を否まバ、二度と又、我家へ帰ることあらじ。好し死するとも、豈でかハ、貞操の節を破るべき。とハいへ、我なき其跡ハ、一人の母を如何にせん。育ふ術も荒磯の、それより深き恩を受け、仇もて報ふ身の不孝。そハ思ふとも、なまよみの甲斐なきハ、実女にて、仮令海山隔つとも、隔てぬ中

57

の彼君に、斯る事をバ知せもせバ、又、能思案のありもせん。アナ、
形なの我身や」

　　　　이때까지도 춘향은 자신의 신세를,

　　　　"어찌하면 좋을까."

　　　　하고 고민하고 있었는데, 또 다시 포졸들이 왔다고 하여,

　　　　"이젠 이루어질 수 없구나."

　　　　하고 생각하며 방안으로 도망가려고 하는 것을,

　　　　"거기 도망가지 말거라."

　　　　하며 뒤에서 머리채를 잡아당기자, 춘향은 땅바닥에 나뒹굴고 원한의 소리를 지르며,

　　　　"이는 무슨 행패인가? 첩에게 잘못이 있다면 말해 주거라."

　　　　하고 원망하자 시종도 가엽다고 생각하기는 하였지만, 자신의 목숨과 바꿀 수는 없기에,

　　　　"네 처지가 불쌍하기는 하다만 데려가지 않으면 우리들이 소중한 목숨과 이별이다. 너는 죄가 없다면 곧 석방될 것이다. 잠시의 고통을 참거라. [다만]미안함을 헤아릴 수가 없구나. 지체하면 서로의 신상을 위해 오히려 나쁘다."

　　　　라며 때로는 거짓말도 하고, 때로는 겁을 주기도 하고, 때로는 위로도 하며, 일을 분별하는 시중의 말에,

　　　　"지금은 다시 거절한다고 하더라도, 행여 용서받을 수는 없을 것이다. 그렇더라도 그곳에 끌려간다면, 정조를 잃고 원수의 베개의 먼지를 털게 될 것이다. 그것을 거부한다면, 두 번 다시 우리 집으로 돌아올 수는 없을 것이다. 설령 죽는다고 하더라도 어찌 정조를 버

릴 수 있겠는가? 그렇다고는 하더라도 내가 없는 그 뒤는, 홀어머니를 어떻게 한단 말인가? [어머니가 나를 키우심에]거센 파도가 치는 바닷가보다도 깊은 은혜를 받고, 원수로 갚아야 하는 몸이 된 불효. 그것은 [아무리]생각해도 어이없는 일이지 않을 수 없다. 정말로 여자에게 있어서, 가령 바다와 산으로 떨어져 있다고 하더라도 떨어질 수 없는 사이의 그 당신에게, 이와 같은 일을 알리고자 하여도 또한 좋은 생각이 없다. 아아, 안타까운 내 신세야."

と、泣嘆くを、傍に見る母親ハ、生体なく涙に晴間なかりしが、漸々にして顔を揚げ、

「これ、喃、娘、斯迄の言葉を尽し、親と子が詫ても、済ぬ府使の厳命。今ハ、免れん術数もなし。されバ、彼所に赴きて、疾く身の潔白を申立て、帰来ん日を待ぞかし。各々方も、娘が為め、程よく詫びて賜ひね」

と、志づのをだまき繰返し頼む言葉を、頤にうけ、將差ハ頻りに急き立けり。今ハ春香も、心を決め、

「されバ、是より伴ハれん」

と、一間の内に立入り、舊き着物に、汚れたる前垂をかけ、髪ハ、おどろに振乱し、足にハ、破れたる草履を蹈み、姿を悪しさまにやつしたるハ、何とぞして、新官の思を絶せん為ならんか。

「誘や、方々、伴ひ賜」

と、蕭然として立出鳧。

하며 울면서 한탄하는 것을, 옆에서 보던 어머니는 제정신을 잃고

눈물이 그치지 않더니, 겨우 얼굴을 들고,

"이건 말이다 딸아, 이렇게까지 말을 다하여 부모자식이 부탁하여도, 끝나지 않을 부사의 명령이다. 지금은 모면할 방법이 없구나. 그렇다면, 그곳으로 가서 병든 몸의 결백함을 아뢰고, 돌아오는 날을 기다리는 수밖에 없다. 그대들도 딸을 위해 잘 부탁해 주시게나."[53]

라고 하였다. 반복하여 부탁하는 말을 턱으로 받고 시종은 재촉하여 서두르라고 하였다. 지금은 춘향도 마음을 정하여,

"그렇다면 이제 따라 가겠소."

라고 하더니 방안으로 들어가서, 헌 옷에 지저분한 앞치마를 걸치고, 머리는 마구 헝클어뜨린 데다 발에는 헤진 짚신을 신어, 모습을 추하게 하였다. 아무쪼록 신관의 생각을 바꾸게 하기 위한 것일 것이다.

"자 여러분, 함께 갑시다."

라며 숙연한 표정으로 집을 나섰다.

第十一回

(1886. 7. 13)

程なく府廳に赴けば、邏卒、[一]度に立掛り、慈悲も情も荒々しく、手どり足どり新府使の階下にこそハ、引立けれ。

---

53 원전에서는 춘향의 심정을 이해하지만, 그래도 관아로 가라는 충고를 하는 것이 관아의 관리였지만, 『계림정화춘향전』에서는 그 역할을 하는 것이 월매로 나온다. 이성적이고 합리적이며 나아가 자신의 딸을 관리들에게 부탁하는 것도 잊지 않는 어머니의 상을 보여주고 있는데, 이는 원전에서 세속적인 인물로 나온 월매보다 이성적이고 진실 된 어머니의 상으로 그려졌다고 볼 수 있다.

新官ハ、兼てより待設けたる春香が来りし由を聞くと均しく、彼の階上に立出て、熟々と見守れバ、身形賎しく見えたれども、実に荊山の白玉が塵土の中に埋りしに似、又、叢雲に隠れたる月にも勝る風情なり。新官ハ、恍惚として、暫時ハ言葉もなかりしが、稍あつて衣冠を正し、だらけたる眼をわざと瞋らし、

「何如に、春香、汝ハ此邑の妓生にあらずや。何とて身共到着の日、迎には出ざりしぞ。目見には、来らざりしぞ。心得がたき振舞」

と、詰掛れば、春香ハ、いと恥らひし容姿にて、

「妾も以前ハ妓籍にありて、賎しき業をなし侍りしが、過る年、前府使の令郎と仇ならぬ契をなせし後ハ、妓籍を離れ侍るぞかし。されバ、新府使御着の後も、御目見を致さざりし」

이윽고 부청(府廳)에 당도하니, 나졸들이 일제히 달려들어 자비도 인정도 난폭하게, 손과 발을 꼼짝 못하게 묶고 신 부사의 앞으로 끌고 갔다.

신관은 진작부터 기다려 마지않던 춘향이 왔다는 말을 듣자마자, 그 계단 아래로 나아가 엄숙한 표정으로 살펴보았다. 차림새는 천하게 보였지만, 실로 형산(荊山)의 백옥이 진흙 속에 묻혀 있는 듯하였다. 또한, 총운(叢雲)[54]에 숨어 있는 달보다 빼어난 모습이었다. 신관은 황홀해하며 잠시 동안 말을 잇지 못하더니, 잠시 후 의관을 바로하고 단정하지 못한 눈을 일부러 부릅뜨며,

"어찌하여 춘향이 너는 이 고을의 기생이 아니란 말이냐? 왜 내가

---

54 총운: 한 곳에 모여 있는 구름의 뜻으로 여기서는 겹겹이 모여 있는 구름을 나타낸다(落合直文 著, 『ことばの泉・日本大辞典』, 大倉書店, 1898).

도착한 날에 마중을 나오지 아니하였느냐? 처음 만나는 날 오지 않
았으렷다? 납득할 수 없는 행동이다."

라고 말하니, 춘향은 자못 부끄러운 듯한 모습으로,

"첩도 이전에는 기적에 있어서 천한 일을 하였습니다만, 지난 해
전 부사의 자제와 영원한 약속을 맺고 난 후 기적에서 벗어나게 되었
습니다. 그리하여 신 부사가 도착하신 후에 뵙지를 않았습니다."

と、言も果ぬに、新官ハ、いと猛々しき声を振立、

「あな、鳴呼がましき言分かな。汝が如きハ、路上の柳の風がまにま
に伏靡き、墻の側の花の折るに任せる身にあらずや。さるに、操[を]守
るなど、上を軽じ蔑ろにする許し難き罪人なるぞ。寧ろ、かかる言を
いはず、我意のままになれよ」

とて、威しかくれバ、春香ハ更に従ふさまもなく、蕭然として言葉
あらねバ、新官ハ益々焦心猛狂ふて、つつ立起り、

「それ撻て」

と、執杖に命ずる声[と]諸共[に]、

「翳す笞ハ折るるとも、操[の]節の、いかで折られん。たとひ百遍死
するとも、厭ハじ」

と計り、固りし婦女の一念。春香ハ、心も春の残の雪の融くる如く
あるめれど、他の見目も哀れなり。佛家の示せる地獄とて、斯ハあら
じと思わるる。現、怖ろしき責道具。朱杖、棍杖、稲打と、取換へ引
換へ、足音に声を揃へて執杖が打てば、魂消声を立、

「あれ哀しや」

と叫びつつ、彼所に転び此方に伏し、狂廻るを引据て、又もや厳し

く撻てバ、いとめでたき黒髪も、さながら枯野の薄の如く、雪なす膚
も笞にやぶられ、流るる血鹽のすさまじく、目も當てられぬ惨状を、

　　하고 말을 다하니, 신관은 더욱 사납게 목소리를 높여,
　　"오오, 건방진 말이로다. 너 같은 것은 길가의 버드나무처럼 바람
이 부는 대로 휘어지게 되어 있고, 담장 근처의 꽃처럼 꺾어지게 되
어 있는 신세가 아니더냐? 그럼에도 불구하고, 정조를 지킨다는 등
윗사람을 능멸하고 업신여기는 것은 용서할 수 없는 죄인이 되는 것
이다. 차라리 그와 같은 말을 하지 말고 나의 뜻을 따르거라."
　　하며 위협하니, 춘향은 더욱 따르려고도 하지 않고 숙연하게 말도
하지 않았다. 신관은 더욱 애가 타고 광분하여 일어서면서,
　　"저년을 치거라."
　　고 집장에게 명하는 소리와 동시에,
　　"내리치는 곤장이 부러진다고 하더라도 정절이 어찌 꺾이리오.
설령 백 번 죽는다고 하더라도 꺼릴 것입니다."
　　라며 굳은 여인의 뜻을 보일뿐이었다. 춘향의 마음은 봄의 잔설이
녹는 것과 같았으니, 다른 사람이 보기에도 안타까웠다. 불가에서
말하는 지옥도 이 정도는 아닐 것이라고 생각되었다. 보기에도 무서
운 고문도구. 주장(朱杖), 곤장, 도리깨(稻打)를 바꾸어 가며 바꾸어
가며 발소리에 소리를 맞추어서 집장이 때리면, 넋이 나간 소리를
내며,
　　"아아, 슬프도다."
　　하고 비명을 지르며 저쪽으로 구르고 이쪽으로 엎드려 있는데, 미
쳐 구르는 것을 끌고 와서는 다시 엄하게 때리니, 매우 아름답던 검

63

은 머리도 마치 시든 들판의 참억새와 같고, [하얀]눈 같은 피부도 곧
장에 찢기어 흐르는 피로 섬뜩하니, [차마]눈 뜨고 볼 수 없는 참혹한
모습이었다.

新官ハ心地宜気に打眺め、再び声を振立て、

「如何に、春香、斯ても我に従ハずや」

と云ヘバ、苦しき息を吻ぎてハ、

「御言葉とも、覚え侍ず。世の諺に、『忠臣ハ二人の君に仕るを厭
ひ、烈女ハ夫を更めず』、と。妾が口より、嗚呼ながら、今若し国の運
拙く、仇なる人に奪ハれたらんに、君にハ恥をも顧ず、そが仇人に膝
を屈め、言ふがまにまに従ひ賜ふか。假令、何程お責あるとも、妾は
さらさら任せ侍らず。されバ、若めさいなまれんより、太阿劍なり竜
泉劍もて、一思に殺し賜ハれ。されど、妾に願あり。そハ、餘の義に
も候ハず。妾の首を梟されなバ、都の市に掛けたまひ、吾思ふ君の目
にだに觸れバ、今、身につらき筈の恨ハ、却て君が情にこそ」

と、涙を流して伏拝む姿ハ、花なり紅葉なり。何れ仇なる嵐に、身
ハ誘ハで散て行く。夢か現歟。空蝉の羽におく露の命をも、捨て厭ハ
ぬ。其上に、恥かかせたる悔しさに、新官ハ、火の如く怒れる声を振
りぼり。

「あな憎しや、憎しや。ソレ、烈しく撻たずや。我身手づから打つべ
きか」

と、烈しき下知に、執杖が力限りに撻てバ、哀れにも春香ハ、早、
声をだに得立ずなりぬ。

此時、新府使ハ獄吏に命じ、一先、春香を獄屋≪に≫繫がしむ。

신관은 기분 좋게 바라보며 다시 소리를 높여,

"어떠냐? 춘향아, 이리하여도 나를 따르지 않겠느냐?"

고 말하니, 고통스러운 숨을 내쉬며,

"[그]말씀을 알 수가 없습니다. 세상의 속담에 '충신은 두 임금을 섬기지 아니하고, 열녀는 두 남편을 섬기지 않는다.'고 하였습니다. 첩이 말은 이렇게 하면서 지금 만약 나라의 운이 다하였다 하여 해로운 사람에게 빼앗긴다면, 부끄러워 그대(님)를 뵐 수가 없을 것입니다. 그러하니 원수에게 무릎을 꿇고 말하는 대로 따를 수가 있겠습니까? 가령 아무리 매질을 하신다고 하더라도 첩은 결코 흐름에 맡기어 모시지는 않을 것입니다. 그러니 괴롭히지 마시고, 태아검(太阿劍)이나 용천검(龍泉劍)으로 한 번에 죽여주십시오. 그렇다고는 하더라도 첩에게 소원이 있습니다. 그것은 다름 아니라, 첩의 목을 사람들이 보게 하실 거라면 한양의 거리에 걸어주십시오. 제가 사모하는 그(님)의 눈에 띌 수만 있다면, 지금 이 고통스러운 곤장의 한은 오히려 그대(신관)의 정이라고 생각하겠습니다."

라며 눈물을 흘리며 엎드려 비는 모습은 꽃이며 단풍과 같았으며, 결국은 해로운 산바람에 몸이 날리어 떨어져 갈 것만 같았다. 꿈인가 생시인가. 이승의 덧없는 목숨에 연연하지 않았다. 더욱 부끄럽게 만든 불쾌함에 신관은 불같이 화를 내고 목소리를 쥐어짜며,

"이런 고약한 것, 고약한 것. 저것을 매우 치지 못하겠는가? 내가 직접 내리쳐야 하겠는가?"

라고 하며 격하게 분부를 내리자, 집장이 있는 힘껏 내리쳤는데 불쌍하게도 춘향은 이미 소리도 낼 수 없게 되었다.

이때 신 부사는 옥사에게 명령하여, 일단 춘향을 옥에 가두게 하였다.

第十二回

(1886. 7. 14)

茲に、又、妓生春香が母ハ、其日圖らず、捕吏の為に娘が捕れ行き しより、只管、嘆に伏紫の、こる計りなる思ひをバ誰にか告げん。

「神佛、悪もあらで帰来る、娘が顔を見せて賜」

と、悲嘆に其日も暮竹の、世を果敢なみつ身を唧ちつ、しのに乱れ て物思ふ。心を知るや白露の、庭面に集鳴く虫の名も、まつとし聞け バ、いとど尚、帰らぬ我子の気遣しく、老てハ弱きなよ竹の、杖かい 取りてとぼとぼと、我家を出て遠からぬ、府廳をさして赴きしに、娘 が身[の]上知る人の、斯よと語り聞えしより、消[る]計りに打驚き、我 にもあらで春香が幽屏らるる獄屋に走行き、

「喃、我娘春香」

と、一声叫び、其後ハ、到れて生体なかりけり。斯ぞと聞や、南原 の遊手、汝淑、君平、君賓、太平、四賓、李重、毛風軒、安若静[な]ど 云へる輩、春香を慰めばや[と]、均しく此に集ひしが、見れバ母なる其 人が、獄の前に伏たるにぞ、清心丸、童便[と]、種々の薬を溶き與へ、 漸々にして呼活れバ、細き眼[を]僅[に]開き、

「春香、汝ハ早、死せしか。など言葉なき、悲しや」

と、声を放ちて哭きしに、

　　　이에 또한 기생 춘향의 어머니는 그 날 뜻하지 않게 포졸들에게 딸이 끌려가게 된 후로, 오로지 엎드려 한숨만 쉴 뿐 이렇듯 다할 수 없는 생각을 누구에게 호소해야 할지를 몰라,

"신과 부처님 무사히 돌아와서 딸의 얼굴을 볼 수 있게 해 주십시오."

라며 비탄에 젖어 있었는데 그 날도 [그렇게] 저물었다. 세상을 비관하기도 하고 자신의 처지를 원망하기도 하며 정신이 너무 혼란스러웠다. [자신의] 마음을 아는지 모르는지 이슬을 맞으며 정원에 모여 있는 벌레의 울음소리를 듣고 있노라니, 한층 더 돌아오질 않을 자신의 딸이 걱정이 되어 쇄약한 몸으로 지팡이를 잡고 쩔뚝쩔뚝 자신의 집을 나섰다. 멀지 않은 곳에 있는 부청(府廳)을 향하였는데, 딸의 상황을 알고 있는 사람의 이렇다 할 이야기를 듣고는 꺼질듯이 놀라 무아몽중(無我夢中)으로 춘향이 갇혀 있는 옥으로 달려가서,

"아아, 내 딸 춘향아."

하는 외마디 비명을 지르며, 그 뒤는 쓰러져서 인사불성이 되었다. 이와 같은 일을 듣고는 남원의 유수(遊手), 여숙(汝淑), 군평(君平), 군빈(君賓), 태평(太平), 사빈(四賓), 이중(李重), 모풍헌(毛風軒), 안약정(安若靜) 등 동료들이 춘향을 위로해야 한다며 다 같이 이곳으로 몰려왔는데, 보아하니 어머니 되는 그 사람이 옥 앞에서 쓰러져 있었다. 청심환(淸心丸), 동변(童便) 등 각 종의 약을 녹인 것을 먹고서 겨우 호흡이 돌아와서 가느다란 눈을 힘없이 뜨고,

"춘향아, 너는 벌써 죽었느냐? 말도 하지 못하니 슬프구나."

라며 소리 놓고 울었다.

我名の耳にや入りたりけん、春香ハ心を鎭め、且見れバ、母と南原の遊手も、夥多尋ね来つれバ、覚束なくも笑顔を作り、

「能こそ、尋ね賜ハりし」

と。唯一言が、千萬無量。再び目を閉ぢ、言葉もなし。されバ、君

平ハ薬を與へ、李重ハ首なる械を緩め、暫時の苦痛を慰めて、各家に
帰行く。

　跡見送りて、春香の母ハ、漲る涙を拂ひ、我娘の側に転寄り、撻れ
し痕を撫摩りて、

　「軟弱き汝を、斯迄に厳しき責ハ、何事ぞ。聞けバ、前府使の令郎
に、今尚操を立つる為、宿直をせざる罪なりとか。ませた様でも、年
足らぬ汝が身ハ左も思ハめ、男ハ暫時の慰にて、今ハ適當しき妻を
娶り、思出つる事しもあらじ。斯くても、仇し其人に操を立て、此母
に嘆[を]見するか。恨めしや。

　　　자신의 이름이 귀에 들리니, 춘향은 마음을 진정시키고 눈을 떴
다. 어머니와 남원의 유수 등이 많이 찾아왔기에, 불안해하면서도
웃는 얼굴로,

　　"잘 찾아와 주셨습니다."

　　하는 말 한 마디뿐 헤아릴 수 없는 생각이 많았다. 다시 눈을 감고
말도 하지 않았다. 그러자 군평은 약을 먹여 주고, 이중은 목에 씌운
칼을 느슨하게 해주고, 잠시 고통을 위로하고는 각자의 집으로 돌아
갔다.

　　그들을 배웅하고 나서, 춘향의 어머니는 넘쳐흐르는 눈물을 닦고
자신의 딸의 곁으로 구르듯 다가가, 매 맞은 상처를 어루만지며,

　　"연약한 너를 이렇게까지 심하게 때린 것은 무엇 때문이란 말이
냐? 듣자하니 전 부사의 자제에게 지금도 정조를 지키기 위해 수청
을 들지 않은 죄라고 하더라. 조숙한 듯해도 나이 어린 너에게는 그
렇게 생각될 수도 있겠지만, 남자는 잠시의 위로로 지금은 어울리는

부인을 맞이하여 [너를]생각하지 않을 수도 있다. 그런데도 원수 같은 그 사람에게 정조를 바치고, 이 어미에게 슬픔을 보이는 것이란 말이냐? 원망스럽구나,"

　抑、今より十五年前、時しも春の初つ方、汝が父親[ハ]、苟且の病を受て、床に就きしが、日に増し、気候も和らげバ、程なく快からんと思ひしが、甲斐も嵐につれ、小庭先なる早咲の、梅の莟の二ツ三ツ、四ツの汝を振捨て、心強くも散行きし、父親に似たる顔面を見れば、尚更いとをしく、母がかよはき手一ツにも、乾きし処、湿りたる処を撰み、蝶よ花、握れバ消るか、吹バ又飛ぶかと思ひ、慈しみ育てし長の年月も、汝一人を老先の、力とこそハ頼むなれ。さるを、気強き此景状思へバ、此迄育てたる情も、却て仇なり」

　と、繰返しつつ打嘆くを、春香は熟々聞き、

「あな、慈母の気弱さよ。古昔、羑里の獄中に囚たりし其人も、再び我家へ帰るの時あり。鉄瓮城に在りし人も、遂には故郷に帰るの日あり。女ながらも、心弱く答の下に操を折り、仇し男に、など随はん。海より深く、山よりも高き御恩は、あとの世に必ず酬ひ参らせん。此世の不孝は、許させ賜へ。唯、此上のお情にハ、此身が非業に死せし後、如何なる名山大河なりとも、必ず葬り賜はずして、六陳の長き袍に包み漢陽城の内に埋め、我思ふ君の徃来にも、目に觸るやう計らひ賜へ。操を破る事のみは、許してよ」

　とて、聞入ねば、母も再び勧め兼ね、是非なく、是非なくも立帰りぬ。

　그렇다 하더라도, 지금으로부터 15년 전 때는 봄이 시작될 무렵, 너의 아버지는 우연히 병을 얻어 자리에 눕게 되었는데 시간이 지나고 날도 따뜻해지면 머지않아 좋아질 것이라고 생각하였다. 하지만 보람도 없이 작은 뜰에 먼저 핀 매화 꽃봉오리 둘 셋 넷과 같은 너를 버리고 마음 굳게도 떠나버렸다. 아버지를 닮은 얼굴을 보면, 더욱 가여워 어미는 가냘픈 손 하나로 마른자리 진자리를 가리며, 금이야 옥이야 쥐면 꺼질까 불면 또 날아갈까 하고 생각하여 귀여워하며 키워왔다. [그러한] 긴 시간도 너 하나를 노후의 힘이라고 의지해 왔는데, 그런 것을 매정하게도 이런 모습을 보니 지금까지 길러온 정이 오히려 원수 같구나.”

　라며 계속해서 탄식하는 것을 춘향은 묵묵히 듣고는,

　“아아, 어머니의 마음이 여리신 것을. 옛날 유리(羑里)의 옥에 갇혀 있던 그 사람도 다시 자기 집으로 돌아간 적이 있습니다. 철옹성에 있던 사람도 결국에는 고향으로 돌아갈 날이 있었습니다. 여자이지만 마음 약하게 곤장에 정조가 꺾이어 원수 같은 남자를 따를 수는 없습니다. 바다보다 깊고 산보다도 높은 은혜는 다음 세상에서 반드시 갚도록 하겠습니다. 이 세상에서의 불효는 용서하여 주십시오. 다만 한없는 정으로 이 몸이 비명에 죽은 후에는 어떠한 명산대천일지라도 반드시 묻지 마시고, 쌀보리를 옷에 [함께] 싸서 한양성 안에 묻어 주십시오. 제가 사모하는 그대(임)가 왕래하실 때에 보실 수 있도록 해 주십시오. 정조를 깨는 일만은 용서하여 주십시오.”

　라고 하니, 듣고 있던 어머니도 다시 권하지 않고, 어쩔 수 없이 하는 수 없이 돌아갔다.

第十三回

(1886. 7. 15)

抑も、其後春香ハ、厳刑重治を申渡され、獄屋の内に、二年の憂き春秋を送りしが、或る日、假寐の夢に、其身ハ天下を周く廻り、己が住家に立帰れバ、庭の櫻桃の花落ちて、朝夕見馴れし姿鏡の、二ツに破れてありしにぞ、

「手飼の猫の物に狂ひ、飛掛りて破りしならんか。心なしの、悪業よ。彼庭の鮮ハしき花の、嵐を待で散りけんも、故こそあらめと歎つよ」

と、思へば、夢ハ覚にけり。現にも、怪しき夢のあと。

「若、我死する兆にあらずや。死するハ兼ての望なれど、其迄つらき操を守り、うき歳月を送りしと、我思ふ君に、一度も知られぬ事の悔しさ」

と、嘆く折しも、

그 후 춘향은 엄벌로 엄하게 다스려져 옥에서 2년의 우울한 세월을 보내었다. 어느 날 선잠을 자다가 꿈을 꾸었는데, 그 몸이 천하를 두루 돌다가 자신이 살던 집으로 돌아가니, 뜰의 앵두꽃이 떨어져 있고 아침저녁으로 보아온 몸을 비춰주는 거울이 두 조각으로 깨져 있었다.

"손으로 기르던 고양이가 뭔가에 놀라서, 달려들다가 깨뜨린 것인가? 생각이 없는 나쁜 장난이로다. 저 정원의 아름다운 꽃들이 거센 바람이 불지도 않았는데 떨어진 데는 이유가 있을 것이다."

하고 생각하던 차에 꿈에서 깼다. 참으로 이상한 꿈이었다.

　　"혹시 내가 죽을 징조가 아니던가? 죽는 것은 예전부터 바라던 것
이지만, 지금까지 어렵게 정조를 지키며 우기의 세월을 보냈는데,
내가 사모하는 그대(임)에게서 한 번도 [소식을] 알려오는 일이 없음
이 억울하구나."
　　하며 탄식하였다.

　　向邑を虚奉事とか云へる按摩(占をする人なり)の通掛りし故、春香
ハ、獄卒に、
　　「向を通る卜師を、迎[へ]たまへ」
　　と、頼にけれバ、獄卒ハ走出、直ちに按摩を連来りぬ。
　　虚奉事は、手より足迄、幾策となく撫摩り、
　　「斯程に弱き卿をバ、情用捨も荒々しく撻しハ、鬼か、抑蛇か。この
和らかき膚を見て、朱杖、棍杖、稲打を、誰が加へしぞ。腹立し。金
執杖の、情知らずか。李執杖の、心なしか。精しく、我等に語置かれ
よ。其者共が、祭日を撰ばん為に来りなバ、悪しき日柄を撰んで與
へ、卿の仇ハ、復すべし。あな、痛ましや。いとをしや」
　　と、口から出まかせ、追從、軽薄。肩より腰ともみ下る。手先の次
第に狂出、怪しき事に及バんとせしより、春香ハ周章蹴起き、餘の事
の腹立しさに、恥かかさんと思ひしが、
　　「さある時ハ、夢の吉凶占ハずして立帰らん。程よく詐す外ハなし」
　　と、胸をおさへて微笑つつ、
　　「妾も、今ハ斯る身なれど、遠からぬ内、お免しあらん其時こそハ、
今日のお情、必ず酬ひまゐらすべし。先々、妾の夢の吉凶、占ひたまへ」
　　と、見し夢の次第を、具さに物語れば、按摩は渋々算木を取出し、

二度三度押戴き、声高らかに祈るやう、

「天に口なし、之を叩て應ずるハ、神なり。今若、感動ましまさバ、夢の吉凶、示めさせ賜へ。某年某月某日、朝鮮国八道三百六十州の中、全羅道南原府に住める女、當年十九歳、某日、夢の仔細は斯々。伏て乞ふ。邵康節、周昭公、郭璞、李淳風、諸葛孔明、諸位先生、今、此卦に依て、夢の吉凶を決したまへ」

と、占ひ終つて、春香に向ひ、是より如何なる事をいふや。次回に於て分解すべし。

　　그때 마침 건너 마을의 허봉사라고 하는 안마(점을 치는 사람이다)[55]가 지나가고 있어서, 춘향은 옥졸에게,

　　"건너편을 지나가는 점쟁이를 불러 주오."

　　하고 부탁하였다. 옥졸은 달려 나가 바로 안마를 데리고 왔다.

　　허봉사는 손에서 발까지 몇 번이라고도 할 것 없이 쓰다듬으며,

　　"이리도 연약한 너를 배려도 없이 난폭하게 매질한 것은 도깨비이더냐? 뱀이더냐? 이 부드러운 피부를 보고, 주장(朱杖), 곤장(棍杖), 도리깨질을 누가 하였단 말이냐? 화가 나는구나. 김 집장의 무정함이냐? 이 집장의 무심함이냐? 상세히 나에게 말해 보거라. 그 자들이 길일을 택하기 위해서 온다면, 나쁜 날[56]을 택하여 주어 너의 원

---

55 안마(점을 치는 사람이다): 손으로 신체를 누르고 쓰다듬으면서 치료하는 기술을 나타내는데 여기서는 점을 치는 사람으로 표현된 것이 일본인에게는 생소한 표현이기에 번역자가 설명을 덧붙인 것으로 보인다(大槻文彦編, 『言海』, 日本辞書, 1889-1891).

56 날: 일본어 원문은 '日柄'다. 그날의 길흉을 나타낸다(金沢庄三郎編, 『辞林』, 三省堂, 1907).

수에게 복수해 주겠다. 아아! 가엽구나. 애처롭구나."

라며 입에서 나오는 대로 추종하는 것이 경박하였다. 어깨에서 허리로 더듬어 내려가는 손길이 차츰 이상하고 수상한 곳에 이르려고 하자, 춘향은 당황하여 벌떡 일어났다. 지나친 행동에 화가 나고 수치스럽다고 생각하였지만,

"그렇다고는 하지만, 꿈속의 길흉을 점치지 않고는 돌려보낼 수 없다. 적당히 속일 수밖에 없구나."

하고 가슴을 진정시키고 미소를 지으며,

"첩도 지금은 이와 같은 몸이지만, 머지않아 방면될 터이니 그때가 되면 오늘의 인정을 반드시 보답하겠습니다. 우선 첩이 꾼 꿈의 길흉을 점쳐 주십시오."

하고 꾸었던 꿈의 내용을 자세하게 이야기하자, 안마는 마지못해 산목(算木)을 꺼내어 두세 번 흔들고 소리를 높여 기도하며,

"하늘엔 입이 없지만, 이것을 잡아당겨 답해주십시오. 신이시여, 지금 혹시 감동하셨다면 꿈의 길흉을 알려주소서. 모년, 모월, 모일, 조선국 팔도 3백6십 주중 전라도 남원부에 사는 여인, 당년 19세, 모일 꿈의 상세한 내용은 여차여차하니 엎드려 비나이다. 소강절(邵康節), 주소공(周昭公), 곽박(郭璞), 이순풍(李淳風), 제갈공명, 제위선생(諸位先生) 이제 이 점괘에 따라 꿈의 길흉을 알려 주시옵소서."

하며 점보기를 마치고 춘향을 바라보았다. 이제부터 말하려고 하는 것에 대해서는 다음 회에서 자세히 하겠다.[57]

---

57 이 점괘가 어떻게 나오는지 자세한 것은 다음 회에서 알 수 있다고 설명한 마지막 문장은 『계림정화춘향전』을 보다 극적으로 구성하기 위한 장치로 신문연재의 특징을 한 마디로 표현한 부분이라 할 수 있다.

第十四回

(1886. 7. 16)

却說、按摩虚奉事ハ、占終て春香に向、

「今、占ひ得たる処ハ、花落能成実、鏡破豈無声なり。此詩の意味を案ずるに、花ハ落ちてこそ、実も結ぶべけれ。

鏡ハ破れて、音なき理なし。斯てハ、卿の苦しみも、明日ハ却て喜となり、日頃の願の叶ふ吉兆。喜びたまへ。あなかしこ」

と、取留のなき仇口も、若やと思へバ、二年越の笑顔。

「いかで、さることの候ハん。詐きたまふハ、罪にこそ」

と、言ふを打消[し]、虚奉事ハ、

「紐を結て賭する程に、必ず疑ひたまひそ」

と云ひつつ、頓て立帰る跡にハ、一人春香が措所なる物思、

「我意を知りて、虚奉事が飾りし言葉の偽か。さるにても、絶やらぬ縁の紐を結び掛け、賭なすと云し頼母しさ、遽なきことにもあらじ。渠が言葉の皆とも云ハず、一半誠にあるならバ、如何許りか嬉しからん」

と、半信半疑、喜びつつ、又悲みつ。晝夜となく、思ひ続て居たりけり。

각설하고, 안마 허봉사는 점보기를 마친 후 춘향을 향하여,

"지금 점괘에서 얻은 바는 낙화능성실(落花能成實)이요, 경파기무성(鏡破豈無聲)이다. 이 시의 의미를 생각해 보면, 꽃이 떨어졌으니 열매가 맺을 것이요. 거울이 깨졌으니 소리가 나지 않겠는가. 그러니 너의 고통도 내일은 오히려 기쁨이 되어, 평소에 바라던 것이 이루어질 길조이다. 기뻐하거라."

[이러한]종잡을 수 없는 쓸데없는 말이라도 '혹시'나하고 생각하며, 2년 만의 웃는 얼굴.

"어찌 그런 일이 있겠습니까? 거짓을 말하시면 죄가 됩니다."

하고 들은 것을 부정하니 허봉사는,

"옷고름을 맺고 내기할 것이니 절대 의심하지 말거라."

고 말하며 얼마 안 있어 돌아갔다. 혼자 남은 춘향은 싱숭생숭하여 이런 저런 생각을 하며,

"내 뜻을 알고 허봉사가 꾸민 거짓의 말이란 말인가? 그렇다고는 하더라도 끊어진 인연의 끈을 맺어 내기를 하자는 믿음직함은 근거가 없는 것도 아닌 것 같다. 그의 말이 전부는 아닐지라도, 절반은 맞는다면 얼마나 좋을까."

라며 반신반의하며 기뻐했다가 또는 슬퍼했다가 하며, 밤낮 할 것 없이 계속 생각하며 지냈다.

却說、南原の前府使李譓の一子李道聆ハ、父が任所に在し頃、圖らず妓生春香と仇ならぬ契を結びしより、次第に深く語合しも、月に雲の煩あり、花に嵐の免れぬ習。忽ち父に伴ハれ、都に帰行し後も、

「春香が身の、如何にあらん。今尚、妓籍にありやなしや」

と、思絶る暇とてハなかりしが、

「斯て物を思ヘバとて、山河萬里を隔て[し]人に逢ふべき術もあらざれバ、寧ろ学業に心を込め、時節を待ん。爾なり」

と、一度思諦らめ[し]より、夏の夜の蛍を狩り、冬の夜に雪を集め、梁に髻を結び、錐もて股を刺しなどして、倦まず橈まず学びしに、素より利発の性なれバ、忽ち百家の書に通じ、又雙なき儒生となれり。

각설하고, 남원의 전 부사 이당의 외아들 이도령은 아버지가 임지에 있을 때 우연히 기생 춘향과 일시적이지 않은 가약을 맺은 후 차츰 깊이 사랑을 약속하였다. 하지만 달이 구름에 가리고 꽃이 바람을 피할 수 없듯이 갑자기 아버지를 따라 한양으로 올라오게 되었다. 그 후에도,

"춘향의 몸은 어떻게 하고 있는지. 지금도 기적에 있는지 없는지?"

라며 생각이 끝날 틈도 없었는데,

"이렇게 생각한다고 하더라도 산과 강이 만 리 떨어져 있는 사람을 만날 수 있는 방법이 없다고 한다면, 차라리 학업에 마음을 담아 시절을 기다리자. 그렇게 하자."[58]

라며 일단 생각을 포기하고 여름밤의 개똥벌레를 잡고 겨울밤의 눈을 모아서, 들보에 머리를 묶고 송곳으로 허벅지를 찔러가면서, 싫증내거나 방심하는 일 없이 공부하니, 본래[59] 똑똑하게[60] 태어나기도 했지만, 순식간에 백가(百家)의 서(書)에 능통하고 또한 비교할 데가 없는 유생이 되었다.

---

58 이 대목("춘향의 몸은 어떻게 하고 있는지~차라리 학업에 마음을 담아 시절을 기다리자. 그렇게 하자.")에서는 춘향과 헤어져 지금은 한양에 살고 있는 이도령의 모습이 묘사되어 있다. 원전에서는 '이도령이 상경한 후 밤낮으로 학업에 전념'했다고 되어 있지만 왜 그러하였는가에 대한 설명이 없다. 그것을 일본어 원문에서는 보충하여 설명해 주고 있다. 이러한 해석덕분에 열심히 공부해서 과거에 장원급제했다는 사실에 대해 독자들이 설득력을 갖게 한다.

59 본래: 일본어 원문은 '素'다. 변하지 않고, 꾸미지 않으며, 실체 그대로라는 뜻이다. 혹은 평범의 뜻으로 사용하기도 한다(棚橋一郎・林甕臣編, 『日本新辞林』, 三省堂, 1897).

60 똑똑하게: 일본어 원문은 '利発'이다. 영리함 혹은 똑똑함의 뜻으로 사용한다(棚橋一郎・林甕臣編, 『日本新辞林』, 三省堂, 1897).

さても、此頃天下泰平にて、雨順に風調ひ、連年國の百姓ハ壤を撃
て歌ひ、腹を鼓て和しけるにぞ、朝廷ハ、学院に太平科の試驗をぞ、
始められける。李道聆も、微に應じたりしに、一も二もなく及第し、
金鞍白馬を賜りし上、其才藝の秀でたるより、御史の重任に充られけ
る。(訳者曰く、御史ハ案察使の如きものにて、諸道政事の是非、官吏
の善悪を視察するものなり)

　　참으로 이때 천하가 태평하고 우순풍조(雨順風調)라, 해마다 나라
의 백성은 흙을 치며 노래를 부르고 배를 두드리고 평화롭게 지냈으
므로, 조정에서는 학원에 태평과(太平科)의 시험을 시작하였다. 이도
령도 시험에 응시하였는데 두 말할 것도 없이 급제하여, 금으로 된
안장과 백마를 하사받고 그 재예(才藝)의 뛰어남으로 말미암아 어사
의 중임을 맡게 되었다. (역자가 말하기를, 어사는 안찰사(案察使)와
같은 것으로, 모든 도의 정사(政事)의 시비(是非), 관리의 선악을 시찰
하는 것이라고 한다.)[61]

第十五回
(1886. 7. 18)

破たる笠は半面を顯ハし、縷りたる衣ハ、脛を掩ふに足らず。髪
ハ、蜘蛛の菓を束ねたるが如[く]、膚ハ、泥を塗れるに似たり。面影こ

---

61 어사 즉 암행어사에 관한 설명인데, 일본인에게는 익숙하지 않은 표현이기에
　　번역자의 설명을 더하고 있다. 안찰사(案察使)는 메이지(明治) 2년 메이지정부
　　에서 설치한 직무로 부(府), 번(藩), 현(縣)을 감독한 지위인데, 이러한 번역자의
　　설명은 당시의 사람들을 이해시키는 데 도움이 되었을 것이라고 본다.

そ、由ある人の果とも見ゆるべけれど、道行く人も、顔を背向るまで
いぶせき形の乞食者。汚れたる風呂敷包を、いと慵げに肩にかけ、路
の傍の木の根に休ひ、通掛りし農夫に燧を乞ひて、烟草を吸ひ、聞く
とも云ハぬに、身の上話、

　「我等ハ、京都近邊の者にて、名は何某と云ふ者なるが、土地の支配
をする人がいと腹黒き性質にて、苛き租税を非道に取上げ、罪なき者
に罪をあて、罪ある者も、己が気に入りさへすれバ賞むると云ふ。依
估の捌の多きより、斯てハ先の見留もつかぬ。寧そ、住居を換へるが
善ひと、家を仕舞て、定なき旅から旅へ野晒の身ハ、此如く焦悴て
も、今に住所も決めかね、漂ひ寄つた此邊りハ、お上の政事の行届
き、人々喜合へるとか。同じ天地の間に生れ、目鼻も異らぬ人なれ
ど、上の善いのと悪いので、御身と我等ハ大きな幸不幸。羨ましや」

　　찢어진 갓으로 절반의 얼굴이 드러나고, 누더기 옷은 정강이를 덮
기에는 부족하였다. 머리는 거미줄을 지어 놓은 것과 같고, 피부는
진흙을 발라 놓은 것과 같았다. 얼굴에는 근본 있는 사람의 말로처
럼 보이지만, 지나가는 사람도 얼굴을 외면할 정도로 누추한 모습의
거지였다. 지저분한 보따리를 아무렇게나 어깨에 걸치고 길가 나무
밑동에서 쉬면서, 지나가는 농부에게 부싯돌을 빌려 담배를 피우며,
듣겠다고 말 하지도 않았는데 [자신의] 신세 이야기를,

　　"나는 한양 부근에 사는 사람으로 이름은 아무개라고 하는 사람
이오. 토지를 지배하는 사람이 얼마나 음흉한 성격인지, 가혹한 세
금을 도리에 맞지 않게 거두고, 죄 없는 사람에게 죄가 있다고 하고,
죄 있는 사람이라도 자신의 마음에 들기만 하면 칭찬을 하는 등 편파

적인 심판이 많음으로, 이리하여 앞을 확인할 수가 없었다오. 차라
리 주거를 바꾸는 것이 기쁨이라고 생각하여, 집을 버리고 정처 없
이 여행에서 여행으로 들판에 버려진 처지인지라, 이와 같이 초라해
져 지금은 사는 곳도 정해져 있지 않소. 떠돌아다니다가 들린 이곳
은 윗사람들의 정사가 두루 미치어 사람들이 기뻐한다고 들었는데.
같은 하늘 땅 사이에 태어나 눈코도 다르지 않은 사람이지만, 좋은 윗
사람과 나쁜 윗사람으로 그대들과 나는 크게 다르구려. 부럽소이다."

と、打啖つを、熟々聞て農夫は、四方見廻ハし、声を潜め、手鼻を
拭て、咳一咳[ばらい確認]、

「御身の話を聞に付け、黙って居られぬ此地の景況。高くハ云ハれぬ
事ながら、今此土地の府使と云ふも、前の殿とハ雪と炭、黒さも黒し
腹黒の、名声を取つた大悪人。己が驕りの代にとて、租税も年に幾度
か。取ても飽ぬ、非道の振舞。其上、稀なる色好み。邑の女の少で
も、標致が善ひと聞ゆれバ、無理に、侍妾の列に加へ、否と首を振つ
たが最期、厳しき罪に落すが得意。其証遽にハ、此邑に、一と呼れし
妓生春香。前府使李讃の若殿に、飽迄操とやらを立、侍妾に出ぬが聞
えぬと、酷たらしくも拷問三昧。挙句の果ハ、厳刑重治。屈指て見れ
バ、二年越し。今に、獄屋に繋がれて、数の艱苦を嘗むるとよ。夫に
附けても、斯程迄、操の節の色變へず、まつ我妹子を打捨て、知らぬ
顔なる若殿ハ、よくよく無情人にこそ。又、春香も、大体に思諦め侍
妾になれば、南原一つハ手の物なるに、掛換のない命をも捨て、操を
守るとハ、時代遅の堅意地者。我等が娘ハ、二十歳の時、隣邑の李書
房が妻に送りて二ツ月目、別れて帰り、其跡が、邑長許の朴書房、是

も嫁ぎて僅かに五月。夫より趙氏、金氏、魚氏。入ては帰り、来ては
行き、一人の娘に五人の婿。變つた末が、我等の厄介。卅路の上を越
えながら、今尚鰥で暮す故、妓生になとせんと思へど、覚た藝ハ、鋤
鍬もて耕す丈が関の山。色、飽迄黒ければ、紅粉裝るに功績ある五
體。鼻、甚だ低くければ、倒れて傷く憂もなし。されバ、傾城になさ
んと、思ひ知る人々に物語れバ、勿体なしとや思ふらん、笑ふて更に
答へなし。今でハ、別に詮方なけれど、斯る美人を埋木と打捨置くも
遺憾し。一度ハ花が咲かせたしと、思附たハ今も云ふ、府使の侍妾に
なすの一策。先、試みに言入れんと、能知る衙門(官吏なり)に話し置た
り。今日ハ必定、返事のあらんに、急ぎ帰りて問て見ん。侍妾に抱ら
るる前、話の種に見て置ね。一足先に、帰りて待ん。餘り話に実の入
りて、日の傾くも知らざりし」

と、勝手なことを竝立、鍬かい取りて帰り行く。跡に、件の乞食者
ハ、何思ひけむ。暫時が間、茫然として、立も得去らず。嚙へし烟管
の地の上に、落るも知らで居たりしが、屹度心を取直し、何方へか赴
らん。足を早めて、立去りぬ。

하고 푸념하는 소리를 묵묵히 듣고 있던 농부는 사방을 둘러본
후, 소리를 낮추고 손으로 코를 풀고 헛기침을 하며,

"당신의 말을 듣자하니, 잠자코 있을 수가 없는 것이 이곳의 상황
이라오. 큰소리로 말할 수 없는 일이지만, 지금 이 토지의 부사로 말
하자면, 전 부사와는 눈과 숯에 비유된다오. 검기도 검지만 속이 검
은 것으로 명성이 자자한 큰 악인이라오. 우리가 [그의]사치를 대신
해서 내는 조세도 일 년에 몇 번인가? [그렇게]걷고도 질리지 않는

도리에 맞지 않은 행동들. 게다가 어찌나 색을 밝히는지, 고을의 여
인이 조금이라도 얼굴이 예쁘다는 말을 들으면 강제로 소실의 대열
에 넣으려고 하는데, 싫다고 고개를 흔들기만 하면 엄한 벌을 내리
는 것을 잘 한다오. 그 증거가 이 고을 제일이라고 불리는 기생 춘향
이라네. 전 부사 이당의 젊은 자제에게 어디까지나 정조를 지키기
위해 소실이 될 수 없다고 하자, 가혹하게도 고문을 하고 결국에는
엄벌에 처하였소. 헤아려 보니 2년이 넘었구려. 아직도 옥에 갇혀서
무수한 고생을 겪고 있다네. 남편을 따라서 이토록 정절의 색이 변
하지 않고 기다리고 있는 자신의 부인을 버리고 외면하고 있는 젊은
자제는 매우 무정한 사람이오. 또한 춘향도 대체로 포기하고 소실이
된다면 남원 전체가 손 안의 것이 될 터인데, 무엇과도 바꿀 수 없는
목숨을 버리고 정조를 지키다니, 시대에 뒤떨어진 굳은 뜻을 가진
사람이로다. 우리 딸은 스무 살 때, 이웃 고을 이서방의 부인으로 보
내졌다가 2개월 만에 헤어지고 돌아와서, 그 뒤로는 촌장집의 박서
방에게, 이도 시집가서 겨우 5개월. 그로부터 조씨, 김씨, 어씨까지.
시집가서는 돌아오고, 와서는 가고, 딸 하나에 사위가 다섯 명이라
네. 특이한 것(딸아이)이 우리들의 골칫덩어리라네. 30세가 넘어 지
금은 과부로 생활하는데 기생이 되려고 생각해도 배운 재주는 가래
와 괭이를 들고 밭을 가는 것이 고작이라네. 색은 어디까지나 검기
는 해도 화장을 하면 흰해지는 모습. 코는 심하게 낮지만 넘어져도
상처 날 걱정도 없지. 그래서 창녀[62]가 되려고 아는 사람들에게 이야

---

62 창녀: 일본어 원문은 '傾城'이다. 미인을 칭하는 표현 혹은 유녀(遊女)를 칭하는
　　뜻이다. 여기서는 전후 문맥을 고려하여 창녀라고 해석하였다(大槻文彦編, 『言
　　海』, 日本辞書, 1889-1891).

기하였더니, 아깝다고 생각했는지 웃으면서 두 번 다시 대답이 없다
오. 지금은 딱히 방법이 없지만, 이와 같은 미인을 세상에 묻힌 것으
로 버려두는 것도 아까우이. 한 번은 꽃을 피우고 싶다고 하니, 생각
한 지금이라도 부사의 소실이 되는 것이 한 가지 방법인지라, 우선
시험 삼아 말을 넣어보려고 잘 아는 관리[63]에게 말해 두었다오. 오늘
은 반드시 대답이 있을 터인데, 서둘러 돌아가서 물어봐야겠구려.
소실이 되기 전에 이야깃거리로 보아 두게. 한 발 먼저 돌아가서 기
다리고 있어야지. 너무나 이야기에 열중하다보니 해가 지는 것도 몰
랐구려.”

라며 자기 마음대로 늘어놓더니, 괭이를 집어 들고 돌아갔다. 그
후 그 거지는 무언가를 생각하며 잠시 동안 멍하니 서서 가지를 않았
다. 물고 있던 담뱃대가 땅에 떨어지는 것도 모르고 있다가, 정신을
차리고 나서 어디론가 향하였다. 발걸음을 재촉하여 떠나갔다.[64]

第十六回
(1886. 7. 19)

抑、此乞食者を、誰とかしる。是ぞ、御史李道聆が假に姿をやつし
つつ、諸国を巡視なせし末、全羅道南原の府中に入りし時の状なり。
今、農夫の問ハず語を聞て、太くも打驚き、其侭、妓生春香が住居を

---

63 관리: 일본어 원문은 '衙門'이다. 내각의 각 성 즉 관청을 의미한다(棚橋一郎・林
甕臣編, 『日本新辭林』, 三省堂, 1897).
64 원전에는 없는 내용("우리 딸은 스무 살 때~ 발걸음을 재촉하여 떠나갔다")이
삽입되어 있다. 이는 원전의 내용에서 삭제된 해학을 보완하는 의미에서 생각
해 볼 수 있다.

さして赴きしに、昔に變はる草の庵。庭のよもぎふ生出て、三すぢの
道だに跡を絶ち、過し日の香床しき梅ハあれど、五もとの柳を植たる
是が閉居にも遠く及バじ。朝に過るものハ、牆根に巣ふ鳥の他なく、
夕に音訪ふものハ、軒端に通ふ松風のみ。唯見る孤狼の住家にて、浮
世の人の住むべくも見えざれバ、只管呆惑へるのみ。坐に、懷舊の涙
にむせびたりしが、斯て果つべきに非ざれバ、引涙さるる計なる思を
後におく露の袂拂ひて、道聆が、立帰らんとなす折柄。草の戸鎖を推
開き、出る嫗は春香が母なりしより、直に立寄り、我名を乗て、丁寧
に其後の安否を問掛れバ、道聆と云ふ名を聞より飛立程に思ひしが、
昨日に變る面形を見るに呆れて、暫時が程ハ、言葉もあらず眺居た
り。稍ありて、はらはらと落る涙を推抜ひ、變りし姿を訝り問へば、
李道聆ハ差伏附き、面目なげに語るやう、

「今更逢ふて、此景状を見らるる事の面なさよ。我等京都に登りし後
も、春香が事の心に掛り、片時忘るる暇なき[な]り。学の道にも心とま
らず、再度二度、試験をなせしも、遂[に]及第する能ハず。其上、父母
にハ見捨られ、斯浅間しき形になり、我家を出て、此所彼邊知らぬ旅
路を廻る中も、人の情の合力にて、僅かに露命を繋ぎしが、早此頃
ハ、助る人なく、艱苦の餘り恥も厭ハず。舊来の好情に、一飯の哀を
乞ハんと来て見れバ、昔時に變る、此家の景状。シテ、春香ハ恙なき
や。な[ど]斯迄に、住荒れしぞ。心得がたし」

と、問ふ身より、問ハるる母が胸の切なさ。先だつものハ、涙にて、
「よよ」
と計りに泣伏たりしが、漸々涙おし拭ひ、
「君には、未だ知り賜ハずや。娘春香ハ、二年越し、君に操を立る

為、獄屋の中の憂眼難。積り積りて、今ハ早、明日をも知れぬ状なり
かし。その始めハ、斯々にて、終を云へバ爾々」

と、言葉忙しく語聞え、

「何ハ兎もあれ、今が日迄片時忘れぬ君に逢ひ、喜ぶ娘が顔を見て来
ん。はや、疾く疾く」

と、手を取て、府庁の方へ伴ひ行ぬ。

　　도대체 이 거지는 누구란 말인가? 그것은 어사 이도령이 임시로
모습을 변장하여 여러 고을을 순시한 끝에, 전라도 남원부 안으로
들어왔을 때의 모습이었다. 지금 농부에게서 묻지도 않은 말을 듣고
몹시 깜짝 놀라, 그대로 기생 춘향의 주거를 가리키며 향하였는데
예전과는 다른 풀집이었다. 정원은 쑥대밭이 되어 다니는 길의 흔적
이 사라지고, 지난 날 향기가 그윽하던 매화는 있지만 다섯 그루의
버드나무를 심은 이것이 거처라고 하기에는 멀어 보였다. 아침에 지
나가는 이는 담장에 둥지를 튼 새뿐이요, 저녁에 찾아오는 이는 처
마 끝을 지나는 솔바람뿐이라. 그저 보이는 것은 외로운 늑대의 거
처로 세상의 사람이 살 곳으로는 보이지 않으니, 그저 기막히고 당
혹스러울 뿐이었다. 공연히 회환의 눈물에 목이 메었지만, 이렇게
끝날 수는 없기에 본래의 자리로 되돌리려는 생각을 뒤로 하고, 눈
물에 젖은 소매를 닦고 도령은 일어서 돌아가려고 하였다. 그때 닫
혀 있던 사립문을 열고 노파가 나왔는데 춘향의 어머니였다. 바로
다가서서는 자신의 이름을 밝히고 정중하게 그 후의 안부를 물었다.
도령이라고 하는 말을 듣고는 날아갈 듯했지만, 전과는 다른 모습을
보고는 기가 막혀 잠시 동안 말도 하지 못하고 바라만 보고 있었다.

잠시 후 뚝뚝 떨어지는 눈물을 닦으며 달라진 모습이 의심스러워 물으니, 이도령은 고개를 푹 숙이고 면목 없이 말하기를,

"이제 서야 만나 이런 모습을 보이게 되어 면목이 없소. 우리들이 한양으로 돌아간 후에도 춘향의 일이 걱정이 되어 잠시라도 잊은 적이 없었소. 공부에도 마음이 머무르지 않아 2번 3번 시험을 보았지만 결국 급제하지를 못하였소. 게다가 부모님으로부터 버림을 받고 이렇게 천한 모습이 되어 집을 나와 이곳저곳 알지 못하는 여행길을 돌아다니던 중, 사람들의 도움을 받아 가까스로 목숨[65]을 이어왔었소. 하지만 요즘은 도와주는 사람이 없어 너무 고생을 하다 보니 창피한 것도 꺼리지 않게 되었소. 옛정으로 밥 한 끼의 동정을 구하려고 왔는데 옛날과는 다른 이 집의 모습이구려. 그래 춘향은 무사한가? 어찌하여 이 정도로 폐허가 되었는지 납득이 안 되는구려."

라고 하였다. 말하는 사람보다 듣는 어머니의 가슴이 찢어졌다. 먼저 필요한 것은 눈물로,

"흑흑"

하고 엎드려 울기만 하더니 간신히 눈물을 닦고는,

"그대는 아직 모르고 있었단 말인가? 딸 춘향은 2년 넘게 그대에 대한 정조를 지키기 위해서, 옥중에서 근심과 시련을 겪고 있다네. 쌓이고 쌓여서 지금은 어느덧 내일을 모르는 상태가 되었소. 그 시작은 이러이러하고 결과를 말하자면 저러저러하네."

하고 말을 서둘러 [그간의 일들을]말해 들려주었다.

"어찌 되었건 오늘 날까지 한 시도 잊지 못한 그대를 만나 기뻐할

---

65 목숨: 일본어 원문은 '露命'이다 덧없는 목숨을 뜻한다(金沢庄三郎編, 『辞林』, 三省堂, 1907).

딸의 얼굴을 보러 갔다 오세. 어서 서두르게 서둘러."

라며 손을 잡고 부청(府廳) 쪽으로 함께 갔다.

(訳者曰く、「李道聆が御史となり、假に姿を瘦しながら、春香の母に迄詐を構へて徒らに嘆を增さしめたるハ、無情業に似たり」とて、小生、或韓人に詰り問ひしに、其人の答て云へり、「此一ツにハ、御史たる者の法と、又一ツにハ、變れる狀を示して、飽迄、母娘の眞意を探らん爲なり」と。されバ、看客中、同じ思を起すの君もあらんかと、序に記し置くになん。

(역자가 말하기를, "이도령이 어사가 되어 일부러 모습을 변장하여, 춘향의 어머니에게까지 거짓으로 놀리고 장난으로 슬픔을 더하게 한 것은 무정한 것이다"라며, 내가 어떤 한국인에게 따져 물어보니 그 사람이 대답하여 말한 것은, "이는 첫 번째는 어사된 자의 법이고, 또한 두 번째는 변한 모습을 보여줌으로써 어디까지나 모녀의 진심을 살펴보기 위함이다"고 하였다. 그렇다면 관객들 중에도 똑같은 생각을 하는 사람이 있을지 몰라, 생각난 김에 기록해 두는 것이다.)[66]

第十七回

(1886. 7. 20)

梅ハ飛雪を經て、香、益々濃やかに、松ハ氷霜に厄して、色、愈々

---

[66] 이것은 이어사(李御使)가 거지차림으로 춘향의 모친을 만나는 대목에서 신분을 속인 것에 대한 일본인의 이해를 돕기 위한 역자의 설명이다.

深しとかや。扨も、南原の妓生春香ハ、前府使の令郎道聆と、苟且な
らぬ契を結びしより、別れて後も妓籍を去り、堅き操を守りし為、二
年餘り獄屋に繋れ、昼に思ひ、夜に愁ひ、上陽宮に入りし君、深山の
奥に閉じられし人にも増る、千若萬艱。さるにても、操節ハ、益々堅
くして、笞の下の苦患ハ物かハ、

「彼の君が一宵の情にハ、百年の命をも、さらさら厭ふ心なく、飽
迄、操を立ぬきて、死するハ豫の覚悟なれど、別の折も誓ひし如く、
彼玉指環の塵土の中に、百歳千年埋むとも、色變らじと云ひつること
を、我ハ斯程に守れりと、唯の一度知らせもせず、知らもせざる事の
悔しさ。世ハ春なれど、我身のみ秋にも勝る悲しさを、知るや知らず
や。哀を添へ、雲井遥かに鳴渡る、とこ世の鳥も、心あらバ一度京都
へ引返せ。「我ハ果敢なき淡雪の、消るに近き身なりぞ」と、彼方の君
に、言傳てん。

実、頼まれぬ夢の跡、彼虚奉事が云ひし事の、耳に残りて忘られ
ず。思続けていつしかに、昨日と過ぎ、今日と過ち、日数經れども、
逢ふことの叶ハぬのみか、便りだに、泣々過し此迄より、又一人の、
嘆を増せり。由なき夢を、占なはせし」

　　매화는 바람에 흩날리는 눈을 지나 향이 더욱 깊어지고, 소나무는
얼음과 서리와 같은 재난으로 색이 더욱 짙어지는가. 참으로 남원
기생 춘향은 전 부사의 자제 도령과 영원한 가약을 맺고 나서 헤어진
이후, 기적을 떠나 굳은 절개를 지키려고 하다가 2년이 넘도록 옥에
갇혀 있었다. 낮에 생각하고 밤에 생각하며 상량궁(上陽宮)[67]에 들어
간 사람이나 깊은 산 속에 갇혀 있는 사람보다도 더한 천고만간(千苦

萬艱)을 겪어야만 했다. 그렇다고는 하지만, 절개는 더욱 굳어져 곤장으로 인한 고충은 아무것도 아니었다.

"그 분과의 하룻밤의 정에는 백년의 목숨도 전혀 아까울 것이 없다. 끝까지 절개를 지키다 죽겠다고 전부터 각오하고 있었다. 하지만 헤어질 때 맹세하였던 것처럼, 그 옥지환(玉指環)이 진흙 속에 천년 만 년 묻혀 있더라도 색이 변하지 않는다고 했던 것을, 나는 이토록 지켜왔다고 단 한 번도 알리지 못했을 뿐더러 알릴 방법도 없다는 것이 원통할 따름이다. 세상은 봄이지만 나의 신세는 가을보다 슬프다는 것을 아는지 모르는지. 슬픔을 곁들여서 넓은 하늘 멀리 울면서 날아가는 저기 저 기러기,[68] 마음이 있다면 한 번 한양으로 돌아가, '저는 허무하게 금방 녹는 눈처럼 죽을 날이 얼마 남지 않은 몸입니다.'라고 저곳의 그대(님)에게 말을 전해 주었으면…실로 부탁할 수 없는 꿈의 흔적, 그 허봉사가 말한 것이 귀에 남아 잊을 수가 없구나. 계속 생각났지만, 어느덧 어제가 지나 오늘이 지나 며칠이 지나더라도, 만난다는 것은 이루어질 수 없을 뿐더러 소식도 없다. 울며 불며 지내온 지금까지 날보다도 한층 더 탄식이 느는구나. 근거 없는 꿈이라면 점을 치지 말 것을……"

と、今日も沈吟に暮合の、人顔分ぬ頃なりしに、常に變りて、あは

---

67 상량궁(上陽宮)은 낙양(洛陽)의 황성내(皇城內)에 있던 궁전의 이름이다. 양귀비는 황제의 총애를 독점한 후, 아름다운 후궁을 상량궁(上陽宮)에 가두었다. 백낙천의 악부(樂府) 〈상량백발인(上陽白髮人)〉은 상량궁(上陽宮)에 감금당한 궁녀가 자신의 외로운 처지를 노래한 것으로 일본에서도 애창되어진 시문이다.

68 기러기: 일본어 원문은 'とこ世'다. 이는 '常世'를 의미하는 것이다. 영구히 변하지 않음을 뜻하는 표현으로 일본에서 '常世(とこよ)'에서 건너 온 새라 함은 기러기를 뜻한다(大槻文彦編, 『言海』, 日本辞書, 1889-1891).

ただしく入来る一人の媼あり。その後邊より、若き男の切々なる夜服
着たるが、獄屋の方に来にけるを、且、見れバ、

「媼ハ母なるが、何とて、斯る浅間しき男を伴ひ来れるにや」

と、訝りながら立起れバ、母ハ早くも近く立寄り、

「娘、此程、無事なりしや。今日ハ、圖らず珍客の、我等母子を尋ね
来ませり。されバ、暮るも厭ハずして、此迄、伴なひ来りしなり」

と云つつ、後を振向て、

「此方へ来ませ」

と、麾き、再び春香に打向ひ、

「此賓客を、見知れりや。如何に」

と問ふに、春香ハ、

「此等の人を知る謂なし」

と、心の中にハうるさく思へど、母の言葉に、詮方なく延上りつつ
よく見れバ、形こそ異りたれ、片時忘るる暇もなく、焦れ慕ひし人な
るにぞ、

「此ハ、抑、夢歟、幻歟。よも、現にハあらじ」

と計り、喜ぶよりハ疑ひて、暫時、言葉のなかりしハ、理責て哀れ
なり。

　　라며 오늘도 깊이 생각에 잠겨 있는 저녁에, 사람의 얼굴을 알아
볼 수 없을 정도가 되어 평상시와는 달리 분주하게 들어오는 한 사람
의 노파가 있었다. 그 뒤쪽에 젊은 남자가 너덜너덜한 옷을 입고 옥
쪽으로 오는 것이 보이기에,

　　"노파는 어머니인데 어째서 이렇게 볼썽사나운 남자를 데리고 오

는 것일까?"

하고 의아해 하면서 일어나니 어머니는 재빨리 가까이 다가서서,

"딸아 요즘 무사하였느냐? 오늘은 뜻밖에도 귀한 손님이 우리 모녀를 찾아 오셨구나. 그래서 늦은 시간에도 불구하고 여기까지 모셔 왔단다."

라고 말하면서 뒤를 돌아보며,

"이쪽으로 오시게."

하고 손짓하여 부르며 다시 춘향을 향하여,

"이 귀한 손님을 보고 알 수 있겠느냐? 어떠하냐?"

고 물으니 춘향은,

"이런 사람을 알 리가 없지."

라고 마음속에서는 시끄럽다고 생각했지만, 어머니의 말에 하는 수 없이 일어서서 자세히 보니, 모습이 다르기는 해도 한시라도 잊지 않고 애타게 사모하던 [그]사람이 아니던가,

"이는 도대체 꿈인가? 환상인가? 설마 현실은 아니겠지!"

라고 말할 뿐 기쁨보다는 의심으로 잠시 동안 말도 하지 못하는 것이 지극히 가련하였다.

第十八回

(1886. 7. 21)

縁あれバ、千里を隔つるも、又、更に逢ふの期あり。縁なけれバ、合壁も、遂に相逢事能ハず。されバ、南原の妓生春香ハ、一度、李道聆と袂を別ちしより、春に思ひ、秋に悲しみ、二年餘りを經ると雖

91

も、京都の音信絶て聞えず。加之、罪もなきに、我身ハ鉄鎖に繋がれ
て、笞の呵責止む時なし。

　　　인연이 있으면 천리를 떨어져 있어도 또한 다시 만날 날이 있고,
인연이 없으면 가까이에 있어도 결국에는 서로 만날 수 없는 법. 그
런데 남원 기생 춘향은 한번 이도령과 이별하고 난 후, 봄에 생각하
고 가을에 슬퍼하며 2년 정도가 지났다고 하지만, 한양의 소식[69]은
끊기어 듣지를 못하였다. 뿐만 아니라 죄도 없는데 자신은 철쇄에
묶이어 곤장의 가책(呵責)[70]이 멈추지 않는 신세가 되었다.

「思ふ人にハ、逢ふ望絶え、厭ふ処ハ、出るの期なし。斯迄、うたて
き世に処せんより、寧ろ死するに勝れり」

　と、嘆に月日を送る中、よくよく深き縁ありしにや。今日、圖らず
も、廻会ひし其喜ハ、如何ならん。七年の旱に雨を得、九年の洪水に
日を見しも、此喜には、及ぶまじ。扨も、道聆春香ハ、今斯、廻会た
れども、暫時ハ互ひに言葉もなく、顔見合せて居たりしが、稍あり
て、道聆ハ、涙を含で春香に向ひ、

「縦令、碧海の桑田となることハあるとも、かかる卿の姿を見んとハ
思ハざりき」

　と、云ひながら、背中を摩り手足を撫で、心を尽して介抱すれば、
春香も、別れし後、妓籍を去りて新官の怒りに觸れし事の始終を、落

----

69 소식: 일본어 원문은 '音信'이다. 방문 혹은 소식 등의 뜻으로 사용한다(松井簡
　治·上田万年編,『大日本国語辞典』01, 金港堂書籍, 1915).
70 가책(呵責): '가책(呵責)'이라 함은 다른 사람의 잘못이나 허물 등을 꾸짖는다
　는 뜻이다(棚橋一郎·林甕臣編,『日本新辞林』, 三省堂, 1897).

もなく物語り、さて改めて云へるやう、

「妾、この上は、何程の艱苦を受るも、斯とだに一度君に知らるる時ハ、更々厭ふことなけれど、唯、訝かしきハ、君の容姿。

仔細ぞあらん。聞えたまへ」

"사랑하는 사람을 만날 희망이 사라지고 싫어하는 곳에서 나갈 기약도 없다. 이렇게까지 지긋지긋한 세상을 사느니, 차라리 죽는 것이 나을 것이다."

라며 탄식으로 세월을 보내던 중, 어지간히 깊은 인연이 있는 것이 아닌가. 오늘 뜻밖에도 다시 만난 그 기쁨이 어떠하겠는가. 7년 가뭄에 비를 얻은 듯, 9년 홍수에 해를 만난 듯, 이 기쁨에는 이르지 못할 것이다. 그렇다고는 하더라도, 도령과 춘향은 지금 이렇게 다시 만나기는 하였지만, 잠시 동안 서로에게 말도 없이 얼굴을 마주보고 있었다. 잠시 후 도령은 눈물을 머금고 춘향을 향하여,

"설령 상전벽해 되는 일이 있더라도 이와 같은 너의 모습을 볼 줄은 몰랐구나."

라고 말하면서 등을 쓰다듬고 손발을 어루만지며 마음을 다하여 간호를 하였다. 춘향도 헤어진 후 기적을 벗어나서 신관의 노여움을 사게 된 일의 전말을 빠짐없이 이야기하였다. 그러다가 새삼스레 말하기를,

"첩은 이 이상 어떠한 고생을 한다고 하더라도 이렇게 한 번이라도 그대(님)에게 알려지게 되어서 조금도 꺼릴 것이 없습니다만, 다만 의아한 것은 그대(님)의 모습입니다. 상세하게 있는 대로 들려주십시오."

と、問ハれて、又も道聆ハ、母に詐り語[り]しごとく、零落れし身を
嘆きつつ実しやかに物語れば、春香も太く驚き、

「君がめでたき才を具へ、学の道に秀でたるも、首尾よく及第なかり
しハ、誠に是非なき時なり、世なり。されバ、力を落し賜ハず、心を
込めて此上も学の術に上達し、再び時節を待たまへ。妾も、別に金銭
の貯蓄とてハあらねども、四季の衣裳を売却なさば、君一人を二年三
年、育ひ申すも不足ハあらじ。今より、暫く妾が家に足を止めて賜ひ
なバ、母も此上なき力を得ん。

斯て獄に在るからハ、翌が日、死するも厭ハねど、唯悲しきは母の
上のみ。今、若し妾が言葉に任せ、此地に止り賜ひなバ、思置こと絶
てなし。妾を不憫と思ひたまハバ、此義を許し賜ハれ」

と、飽迄潔き真心を聞く嬉しさに、道聆も、早堪兼て、

「身の上の誠を語出んか」

と、はやる心を推静め、

「卿が今の一言を、聞し我等の喜しさ。いかで、否やを言出[ん]。卿
の母ハ、我等の母。是迄、久しく苦労を掛けし酬ひの為、

孝養ハ、卿に代つて必ずすべし。特に、卿も遠からず、赦免の沙汰
に逢ふならんと、世間の人の噂もあれバ、そを楽しみに、今暫し、苦
痛を忍び居らるべし。聞、明日ハ、府使孟端の誕生ありし日に當れ
ば、祝の宴を開かるるとて、城内、人の往来絶ず。

斯る処に長居をなし、咎められても面倒なれバ、今日ハ一先立帰
り、重て忍来らん」

と、別を告て、母を伴ひ春香が家に帰[り]けり。

말을 듣자, 또한 도령도 어머니에게 거짓을 말한 것처럼 영락한 신세를 탄식하며 진짜인양 이야기하였다. 춘향도 크게 놀라서,

"그대가 훌륭한 재주를 갖추고 학문의 길에 열중했음에도 불구하고, 순조롭게 급제하지 못한 것은 정말로 어쩔 수 없는 시절이며 세상입니다. 그렇지만 힘을 잃지 마시고 마음을 다하여 앞으로도 학문을 향상하여 다시 시절을 기리십시오. 첩도 따로 저축해 둔 금전이 없습니다만, 사계절의 의상을 팔아서라도 그대 한 사람을 2년 3년 돌봐드리는 데는 부족함이 없을 것입니다. 이제부터 잠시 첩의 집에 발길을 멈추신다면, 어머니도 더없는 힘을 얻게 될 것입니다. 이렇게 옥에 있는 이상 내일 죽는다고 하더라도 꺼릴 것이 없습니다만, 다만 슬픈 것은 어머니뿐입니다. 지금 혹시 첩의 말대로 이곳에 머물러 주신다면 남은 생각은 없을 것입니다. 첩을 불쌍히 생각하신다면 이 뜻을 용서해 주십시오."

라고 말하였다. 끝까지 고결한 진심을 들은 기쁨에 도령도 이내 참지 못하고,

"신상의 진실을 말해 줄까?"

하는 조급한 마음을 진정시키고,

"너의 지금의 말을 들으니 나는 기쁘구나. 어찌 싫다고 말하겠느냐? 너의 어머니는 우리들의 어머니. 지금까지 오래도록 고생을 시킨 것을 보답하기 위해서도 너를 대신해서 반드시 효도를 하도록 하마. 특히 너도 머지않아 사면의 재판을 만날 것이라는 세상 사람들의 소문도 있으니, 그것을 기대하며 지금 잠시 고통을 참고 있거라. 듣자니 내일은 부사 맹단의 생일이 있어 날이 좋으면 축하연이 열릴 것이라 하여, 성안에 사람들의 왕래가 끊이지를 않는구나. 이와 같

은 곳에 오래 있다가 검문이라도 받게 되면 성가신 일이니 오늘은 우
선 돌아가서 다시 몰래 오겠다."

라며 이별을 고하고 어머니와 함께 춘향의 집으로 돌아갔다.

第十九回

(1886. 7. 22)

花紋綿丹の席ハ、花燈銀燭に映じ、笙簧、伽耶琴の音涌て、歡聲、
正に盛んなり。東西には、郡守県監、列を正し、左右には、夥多の妓
生を列す。酒の池、肉の林、是ハ、抑、何等の筵なるぞ。南原府使孟
端が、今日誕辰の祝とて、近隣郡邑の官吏と、遠近の妓生を召集め、
快楽をなす席の樣にて、城門の内外には、夥多の番卒、列をなして非
常の警に備へ、実、すさまじき勢なり。時に、一人の、襤褸着たる賎
しき男の、憚もなく城門内に入らんとしけるに、番卒は、早くも見咎
め、棒かい取りて追出さんとするを、更に恐るる色もなく、突退蹴退
け、足早に、奥を目掛て馳行しが、今や、酒宴最中にて、音楽の声、
耳を澄し、舞の袂、目を遮り、誰、心附くものなかりしに、忽ち、階
上に声ありて、

「南原府使に、もの申さん。南原府使に、もの申さん」

と、二声計り、呼ぶものありけり。満座の人ハ、大ひに驚き、且、
見れば、藁もて髻を結り、破れし衣服を、しどろに着なし、土足のま
まに上りたる、見る目、可厭乞食なり。

꽃문양의 방석이 있는 자리는 꽃등과 은촛대에 비치고, 생황(笙

簧)과 가야금 소리가 높아지며 환호성이 참으로 대성황이었다. 동서로는 군수와 현감들이 열을 맞추고, 좌우로는 수많은 기생들이 열을 맞추었다. 술로 만든 연못, 고기로 만든 숲, 이것은 도대체 어떠한 자리란 말인가. 남원부사 맹단이 오늘 생일을 축하하며 인근 고을의 관리와 멀고 가까운 곳의 기생을 불러 모아 쾌락으로 이룬 좌석의 모습인데, 성문의 안팎에는 수많은 포졸들이 열을 지어 비상경계를 갖추니 실로 무시무시한 기세였다. 이때에 한 사람의 누더기를 걸친 천한 남자가 거리낌 없이 성문 안으로 들어서려고 하자, 포졸들은 재빨리 불심검문하고 몽둥이를 들고 쫓아내려고 하였다. 한층 두려워하는 기색 없이 밀어제치고 걷어차고 재빠르게 안쪽을 목표로 해서 뛰어 들어갔다. 그러나 지금은 이미 주연이 한창이어서, 음악 소리에 귀를 집중하고 춤추는 소맷자락이 눈을 가로막아, 누구 하나도 신경 쓰는 사람이 없었다. 그런데 갑자기 계단 위에서 목소리가 들리며,

"남원부사에게 아뢰오. 남원부사에게 아뢰오."

라고 두 번씩이나 부르는 자가 있었다. 좌중해 있던 모든 사람들이 크게 놀라서 보니, 짚으로 상투를 묶고 찢어진 의복을 너저분하게 입고 신발을 신은 채로[71] 올라오는 것이, 보기에도 지저분한 거지였다.

「斯る者の、何故に、席をも擇バず来りしか。発狂なせ[し]者ならん」と、人々、呆るる計りなりしが、府使ハ、大ひに気色を損じ、

---

71 신발을 신은 채로: 일본어 원문은 '土足'이다. 신발을 신은 그대로의 발을 뜻한다(金沢庄三郎編, 『辞林』, 三省堂, 1907).

「あな、慮外なり。無作法なり。それ、追出せ。撃出さずや。捕吏
ハ、何処へ行きたるぞ」

と、いきまき言れば、番卒共、手に手に得物携さへて、漸々、此に
馳来り、両手を捕て、引立かかるを、振放して声を荒らげ、

「卒爾な事して、後悔すな。我ハ、決して乞食にあらず。今、此土地
[の]府使朴氏ハ、人を敬ひ、民を愛し、善政の名聞高ければ、誰とて喜
バざる者あらず。今日、誕辰の祝と聞き、我々如き百姓も、聊か寿き
奉まつらんと、千里を遠しとせずして来れり。さるを、怒りて今の景
状、噂と実ハ、大きな相違。

　已矣、已矣」

と、卿ちつつ、坐上を尻目に掛けながら、立帰らんとな[し]けるを、
府使ハ

「暫時」

と、召留め、

「我善政を聞傳え、壽かん為来りしとは、敢て憎むべき者にあらず。
して、何として祝すべきや」

と、問ハれて、もとの座に居り、

「一詩を記して、祝すべし」

と、言葉清しく答へしに、座上の人は、大ひに笑ひ、

「彼、よく一詩を記し得んか。先、試に、筆硯を與へよ」

と、房子に命じて、持来らしむ。

　　"이와 같은 자가 어찌하여 자리를 가리지 않고 왔는가? 미친놈이
　　구나."

라며 사람들은 어이없다는 듯하였고, 부사는 크게 기분[72]이 상하여,

"이런 무례하구나. 버릇이 없구나. 저 놈을 쫓아 내거라. 내치지 않겠느냐? 포졸들은 어디에 있느냐?"

고 노발대발하였다. 군졸들 모두 양손에 무기를 들고 간신히 이곳으로 달려와서, 양손을 잡고 끌어내려고 하는 것을 뿌리치고 소리를 거칠게,

"당돌한 짓을 하고 후회하지 말거라. 나는 결코 거지가 아니다. 지금 이곳의 부사 박씨가 사람을 존중하고 백성을 사랑하여 선정을 베푼다는 소문이 높아 누구하나 기뻐하지 않는 자가 없다. 오늘 생일 축하연이라고 들어 나와 같은 백성도 조금 축하를 바치려고 천리를 멀다 하지 않고 왔다. 그러한 것을 지금의 모습에 화가 나는구나. 소문과 실제가 크게 다르다니. 그만두자. 그만둬."[73]

라며 푸념을 하고 자리 위를 곁눈질로 보고 되돌아 나오려고 하는 것을 부사는

"잠깐만"

하고 불러 세웠다.

"나의 선정을 전해 듣고 축하하기 위해 왔다는 것은 결코 나쁜 사

---

72 기분: 일본어 원문은 '気色'이다. 외관, 조짐, 기색, 모양, 형편, 사정 등의 뜻으로 사용된다(金沢庄三郎編, 『辞林』, 三省堂, 1907).

73 이 대목("당돌한 짓을 하고 후회하지 마라.~소문과 실제가 크게 다르다니. 그만두자. 그만둬.")은 사또의 생일잔치에 참석한 이어사(李御使)가 복장 때문에 거지취급을 당했을 때 한 말이다. 그런데 원전에는 먼저 문지기가 소변을 보러 간틈을 타서 들어가려다 실패한 후 여러 가지 궁리를 하다 부득이 "담이 문허져 거적으로 막앗거날 가마니 들치고 드러"갔다고 되어 있다. 하지만 그렇게 하면 암행어사의 품위가 지켜지질 않기에 거지나 다름없는 남자가 당당하게 생일잔치에 참석할 수 있도록 하는 사전적 장치로 일본어 원문에서는 설명하고자 한 듯하다.

람은 아닐 것이다. 그런데 무엇으로 축하를 할 것이냐?"

고 묻고 나서 원래 자리에 앉았다.

"시를 한 수 적어서 축하드리고자 하오."

라고 말도 시원하게 대답하니, 자리 위에 있던 사람들은 크게 웃으며,

"저 자가 시 한수를 잘 지을 수 있을 것인가? 우선 시험 삼아 붓과 벼루를 주거라."

고 하며 방자에게 명령하여 가져오게 하였다.

此に於て、彼者ハ恐ず憶せず、墨すり流し、南原府使の後なる、床の間目掛て馳行しが、頓て、白壁に立掛りて、あれよあれよと、人々の動揺めく中に、一詩を記し、何処ともなく逃去たり。

「金樽美酒千人血、

玉盤佳肴萬姓膏、

燭淚落時民淚落、

歌聲高處怨聲高」

満座の人ハ、此詩を見て、大に驚き、色を失ひ、互に顔を見合ハせて、茫然たる計りなりしが、府使孟端ハ、猛虎の如く、彼方に狂ひ此方に猛り、

「アレ、曲者を捕へずや。取逃す事かハ」

と云へど、早く影を匿し、素より闇き夜の路、行方知れずになりにける。然れども、孟端ハ怒て止ず、

「假令、何処へ逃るとも、捕へずして、やはか置かん」

と，騒立たる折こそあれ、忽ち、門外喧しく、人馬の音の聞えけるを、何事ならんと訝る中、

「御史のお入り」

と、四方を拂ハせ、夥多の從者を召具して、入来る者ハ、抑々誰ぞ。

여기에 이르러, 그 남자는 무서워하지도 두려워하지도 않고 먹을 갈고는 남원부사 뒤쪽의 객실 상좌를 향해 달려갔다. 이윽고 흰 벽면에 달려들더니 저런 이라고 사람들이 동요하고 있는 사이에 시 한 수를 적고 어디론가 사라져버렸다.

금준에 담긴 맛좋은 술은 천 사람의 피요,
옥쟁반에 놓인 맛좋은 음식은 만백성의 기름이라.
등불에 촛농 떨어질 때 백성의 눈물 떨어지고,
노랫소리 높은 곳에 원성도 높다네.

자리에 앉아 있던 모든 사람들은 이 시를 보고 크게 놀라서 아연실색하여 서로 얼굴을 쳐다보며 망연자실하고 있을 뿐인데, 부사 맹단은 성난 호랑이처럼 저쪽에서 실성하고 이쪽에서 화를 내며,

"저런 수상한 자를 잡지 않고 뭐하느냐? 놓치려고 하는 것이냐?"

고 말하였다. 하지만 이미 모습을 감추었고 [또한] 원래 어두운 밤길이라 행방을 알 수 없었다. 그렇기는 하더라도 맹단은 화를 그치지 않고,

"비록 어디론가 사라졌다고 하더라도 잡지 않고 가만 놔둘 것 같으냐?"

며 떠들어대고 있을 바로 그때 갑자기 문 밖이 시끄러워지더니 사람과 말소리가 들려왔다. 무슨 일인가 하여 의아해 하고 있는데,

"어사 들어가신다."

라며 사방을 제압하고 수많은 수하들을 거느리고 들어오는 자는 도대체 누구란 말인가?

第二十回

(1886. 7. 23)

身にハ、錦の衣を飾り、頭に、玉の冠を頂き、金鞍白馬に跨りて、威風凛々、四方を拂ひ、入来る御史を遥かに見るより、坐中の混雑、一方ならず。全州の判官は、倒まに馬に乗て、馬の首の失せたるを訝り、任室の県監ハ、笠の、顔に落掛りたるを以て、両眼の明を失したるを嘆き、驪山の府使ハ、階上より落ち、赤義の県令ハ、腰を抜すなど、笑ふに堪たる景状なりき。然るに、入来る御史と云ふハ、前刻に、床壁に詩を題し、逃げ出したる者なるにぞ、坐中の人ハ、二度駭驚、

「夢にハ、なき歟」

と、惑へる中、御史は上座に推直り、証の札(銅を以て作りたる札にて、馬を畫けり。是、御史の証なりと云傳)を示しつつ、南原府使の赴任の後、暴虐無道を行ひし罪の箇条を、責めし上、朴孟端には、禁足を命じ、他の府使、県令ハ、任所に帰し、倉廩を開き、米舎を発し、貧しきに給し、餓たるを恤み、罪囚を出して、軽きハ赦免し、重きハ、後日の決獄を、申渡したるにぞ、府民ハ、大ひに喜びて、皆、萬歳を唱へける。

몸에는 비단옷을 걸치고 머리에는 옥관(玉冠)을 얹고 금안백마(金鞍

白馬)에 올라타 위풍당당하게 사방을 제압하며 들어오는 어사를 멀리서 바라보고는 좌중은 매우 혼잡해졌다. 전주판관(全州判官)은 거꾸로 말에 올라타서 말머리가 없어진 것을 의아하게 생각하고, 임실현감(任室縣監)[74]은 갓이 얼굴에 떨어진 것을 가지고 두 눈이 멀었다고 탄식했으며, 여산부사(驪山府使)는 계단에서 굴러 떨어졌고, 적의현령(赤義縣令)[75]은 기겁을 하는 등 [차마]웃지 못 할 광경이었다. 그런데 안으로 들어오는 어사라고 하는 사람은 잠시 전 벽에다 시를 적고 사라졌던 [그]사람이 아닌가. 좌중해 있던 사람들은 다시 한 번 경악하고,

"꿈이 아닌가?"

하며 갈팡질팡하고 있었다. 어사는 상석에 바르게 자리를 잡고는 증표의 패(구리로 만든 패로 말이 그려져 있다. 이것이 어사의 증표라고 전해진다.)를 내보이며 남원부사가 부임 후 저지른 흉악무도한 죄상을 추궁한 다음, 박맹단에게 금족(禁足)[76]을 명하였다. 다른 부사와 현령들에게는 임지로 돌아가게 하고, 곳간을 열어 미곡을 내어 가난한 사람에게 나눠주고 굶주리는 자에게 자비를 베풀었다. 죄인을 꺼내어 가벼운 자는 사면하고 무거운 자는 후일 판결할 것을 명하니, 부민(府民)은 크게 기뻐하고 모두 만세를 불렀다.

　抑も、春香ハ、昨日、李道聆に再会せしが、喜ばしさと悲しさにて、話したいこと聞たいことも、心に任せざりしにぞ、

---

74 일본어 원문에는 임실(任室)로 표기되어 있으나 실제 지명은 임실(任實)이다.
75 일본어 원문에는 적의(赤義)로 표기되어 있으나 남원 근처 지명에 적의(赤義)는 없다.
76 금족: 벌칙에 의하여 외출을 금한다는 뜻이다(棚橋一郎·林甕臣編, 『日本新辞林』, 三省堂, 1897).

「今日ハ、再び忍来ますか、明日ならんか」

と、心もそぞろ思続けて、其日も暮れ、初更の頃となりにける。

折から、見馴ぬ役人来り、

「春香、参れ」

と、召出すにぞ、

「扨は、昨日、道聆が来りし事の、顯ハれいか。若、捕ハれてハ居たまハぬか。いづれ、悲しきことならん」

と、頻りに胸を痛めしが、斯て、果つべきやうもなけれバ、怖る怖る伴はれ、大白洲へ廻りしに、階上には、夥多の官吏列座なし、正面とも覚しき処に、高位の人の、一人在せり。春香ハ、始より、屠所に引るる羊の如く、打萎れつつ、頭も得上げず。其侭、其処に座し居りしに、彼兩班ハ言葉を和げ、

「妓生春香、顔を揚げよ」

と、云ふ一声は、誰ならんか。世に、音声の似しものハ、尠なからざる習なれど、

「斯てハ、思ふ我君に、よも違ふことあらじ。好、是とても気の迷か」

と、思ひながらも、頭を揚げ見れば、顔こそ道聆なれ、昨日の襤褸引換て、今日ハ、錦繍に身を纏ひ、金銀珠玉に装ひたれバ、

「夫か、あらぬか」

と計り、呆れ惑ひて、居たりけり。李道聆ハ、左こそと打笑み、其身ハ、御史と云へる官にて、假に姿を扮せし事を、詳細に説聞せ、更に、是迄の艱苦を謝し、守節の程を賞せし後、

「今宵、不取敢、婚姻を整へ、百年の佳約を結ばんと思ふ」

とて、幾重かの衣服に、金銀寶玉を取添えて、之を、春香に與へ、

母をも此に召迎へて、夥多の引出物を取らせ、目出たく婚姻を整へし
かバ、母も娘も、夢の如く覚ざることを頼めるのみ。

　한편 춘향은 어제 이도령을 재회하였으나, 기쁨과 슬픔으로 말하
고 싶은 것과 듣고 싶은 것도 마음대로 하지 못하였기에,
　"오늘 다시 몰래 오실까? 내일이 되려나?"
　라며 마음도 들떠서 생각을 계속하였는데, 그 날도 저물어 초경
무렵이 되었다.
　마침 그때 안면이 없는 관리[77]가 들어와,
　"춘향아 나오너라."
　고 불러내자,
　"결국 어제 도령이 오신 것이 발각되었는가? 혹시 붙잡혀 있는 것
은 아닌가? 어쨌든 슬픈 일이로구나."
　라며 매우 가슴이 아팠다. 하지만, 이대로 죽을 수는 없는 일인지
라 조심조심하며 끌려 나가 현관 앞의 마당으로 나아가니, 계단 위
에는 수많은 관리들이 줄지어 앉아 있고 정면으로 보이는 곳에는 지
위가 높은 사람이 한 사람 앉아 있었다. 춘향은 처음부터 도살장에
끌려가는 양처럼 기가 죽어 고개도 들지 못하였다. 그대로 그곳에
앉아 있으니 그 양반은 말을 부드럽게,
　"기생 춘향은 얼굴을 들라."
　고 말하는 소리는 누구란 말인가? 세상에 음성이 비슷한 사람은
적잖이 흔히 있는 일이지만,

---

77 관리: 일본어 원문은 '役人'이다. 정부의 관리라는 뜻이다(棚橋一郎·林甕臣編,
　『日本新辭林』, 三省堂, 1897).

"이것은 사모하는 나의 그대(님)와 다르지 않지 않는가? 이거 아무래도 착각인 것일까?"

하는 생각을 하며 고개를 들고 보니 얼굴이 도령이었다. 어제의 누더기와 바뀌어 오늘은 비단에 몸을 두르고 금은주옥(金銀珠玉)으로 장식을 하고 있으니,

"그것인가 아닌가?"

하고 기가 막히고 당황해할 따름이었다. 이도령은 그렇게 빙그레 웃으며, 그 신분은 어사라고 하는 관리이며 [지금까지]임시로 모습을 변장했던 것을 상세하게 설명하고, 더욱 지금까지의 고초에 감사해 하며 수절의 정도를 칭찬한 후에

"오늘 밤 우선 혼인을 이루고 백년가약을 맺고 싶다고 생각한다."

라며 몇 벌의 의복에 금은보옥(金銀寶玉)을 골고루 갖추어 이것을 춘향에게 주었다. 어머니도 이곳에 불러 수많은 답례품을 준비하여 경사스러운 혼인을 이루었다. 하지만 어머니도 딸도 꿈과 같이 깨어나지 않을 것을 부탁할 따름이었다.

斯て、一月餘りも過しに、朝廷、道聆の才能を感じ、更に高位高官を與へ、再び召帰されけれバ、即ち、始の約の通り、美しき雙轎に春香母娘を乗せ、京都に入りし。其後も、益々、李道聆の才名高く、愈々、家、富み栄えけりとよ。

이렇게 한 달 여가 지날 무렵 조정에서는 도령의 재능을 알고, 더욱 높은 관직을 내려 재차 돌아오게 하였다. 바로 처음의 약속대로 아름다운 쌍가마에 춘향 모녀를 태우고 한양으로 들어갔다. 그 후에

도 더욱 이도령의 재주와 명성은 높아져, 마침내 집안이 부유하고 번성하였다고 한다.

誠や、邪に楽しむ者の、恰も楲の火に均しく、一旦熾なりと雖も、彼の府使、朴孟端の如く、忽にして衰ふるものなり。正しくして若しめる者ハ、泥砂に濁れる水に同じ。此妓生春香が如く、日を經て原の清きを得。世上の人よ、邪にして楽しめる朴孟端の如きハ、厭へ。世間の女子よ、此册子を一度読て、守節の尊ぶべきを知れ。

실로 부정을 즐기는 자는 마치 겨릅에 붙은 불과 같이 일단 거세게 타오르는 것 같아도, 저 부사 박맹단과 같이 갑자기 쇠락하게 된다. 올바르게 살려다 고통당하는 사람은 진흙으로 더럽혀진 물과 같다. 이 기생 춘향이와 같이 시간이 지나면 원래대로 깨끗함을 얻게 된다. 세상의 사람들이여, 부정을 즐기는 박맹단과 같은 사람을 꺼리거라. 세상의 여자들이여, 이 책자를 한 번 읽고 수절의 존귀함을 알라.

(訳者曰く、御史が俄かに夥多の從者を引連れ来ること、怪しむべきに似たれども、此國の風として、御史ハ、從者迄様々の形を變て召連ると云ふ)

(역자가 말하기를 어사가 갑자기 수많은 수하를 거느리고 온 것이 의아하지만, 이 나라의 풍습으로서 어사는 그 수하까지 다양한 형태로 변장시켜 데리고 다닌다고 한다.)

미국 외교관 알렌의
〈춘향전 영역본〉(1889)

- 춘향, 무희 아내의 정절

H. N. Allen, "Chun Yang, The Faithful Dancing-girl Wife", *Korean Tales*, New York & London: The Nickerbocker Press., 1889.[1]

알렌(H. N. Allen)

┃해제┃

　알렌(H. N. Allen, 1858~1932)이 미국 공사관 의사 자격으로 한국에 입국한 해는 1884년경이었다. 즉, 그가 영역본을 출판한

1　알렌의 "CHUN YANG, THE FAITHFUL DANCING-GIRL WIFE"의 번역저본에 대해 구자균은 춘향전 이본 가운데서 가장 많이 읽히는 경판본과 완판본을 알렌 영역본과 비교한 후 알렌 영역본이 경판본에 의거하고 있다고 추정한다. 조선 말기 모리스 쿠랑은 『한국서지』에서 경판 30장본으로 추정하였다. 이에 반해 전상욱은 경판 30장본이 아닌 경판 23장본이나 그 이후에 나온 경판본이 번역 저본으로 활용되었을 것이라고 주장한다. 사실 경판30장본과 23장본은 그 내용이 크게 다르지 않다. "경판23장본은 경판 30장본의 사설 내용을 바탕으로 하되 촘촘하게 판각하여 장수를 줄임으로써 수익성을 크게 제고한, 경판 본 축약화 과정상 19세기 후반에 출현했다가 이내 소멸되었던 것으로 믿어지는 판본이다."(김진명 외). 알렌 <춘향전>의 각주는 전상욱의 주장을 수용하여 경판 23장본에 의거하고자 한다. 전상욱이 23장본을 저본으로 추정하는 근거가 되는 대목은 해당 부분에서 각주로 처리하도록 한다.

해는 한국에 온 지 5년이 채 넘지 않았던 시점이었다. 따라서 그의 한국어에 대한 이해수준은 깊을 수는 없었으며 또한 동시기 영미권 서구인을 위한 한국어학서의 수준을 감안할 때, 한 편의 고소설을 충실히 직역하는 작업은 사실상 불가능한 것이었다. 이러한 사정으로 말미암아 경판 23장본 이하 〈춘향전〉을 저본으로 한 그의 영역본은 원전의 세세한 언어표현을 풍성히 재현하지는 못했다. 그의 〈춘향전 영역본〉이 지닌 번역특징은 의역혹은 축역이라고 볼 수 있다. 그럼에도 그의 영역본은 당시 유럽 동양학자들, 애스턴과 모리스 쿠랑, 한성 일어교사였던 오카쿠라 요시사부로와 같은 인물들에게 중요한 한국학적 업적으로 인정받았다.

그 이유는 일차적으로 〈춘향전〉의 기본적 골격과 주요화소를 지키고자 한 알렌의 번역지향이 있었기 때문이다. 또한 그가 변개한 부분 역시 그가 체험했던 한국문화의 지평 안에서 이루어졌기 때문이다. 알렌의 저술목적은 한국인이 반미개인이 아니란 사실을 변론하는 것이었으며, 이를 위해서 알렌은 한국인들의 삶을 한국인들의 언어로 보여주는 설화를 직접 번역하여 재현해주는 방식을 선택한 것이었다. 이러한 지평 속에서 출현한 알렌의 번역물들은 적어도 동시기 쿠랑의 번역지평에는 부합되는 것이었다. 왜냐하면 서구 독자의 취향과 시장을 염두에 둔 홍종우, 로니의 불역본과 달리, 알렌의 텍스트 변용과 그 지향점은 어디까지나 진실하며 진정한 한국의 모습을, 서구에 알리는 것에 있었기 때문이다.

┃ 참고문헌

구자균, 「Korea Fact and Fancy의 書評」, 『亞細亞研究』 6(2), 1963.

오윤선, 『한국 고소설 영역본으로의 초대』, 집문당, 2008.

이상현, 「서구의 한국번역, 19세기 말 알렌(H. N. Allen)의 한국 고소
　　　　설 번역— '민족지'로서의 고소설, 그 속에 재현된 한국의 문
　　　　화」, 부산대 점필재연구소 고전번역학센터 편, 『한국 고전번
　　　　역학의 구성과 모색』, 점필재, 2013.

이상현, 『한국고전번역가의 초상, 게일의 고전학 담론과 고소설 번역
　　　　의 지평』, 소명출판, 2013.

임정지, 「고전서사 초기 영역본(英譯本)에 나타난 조선의 이미지」, 『돈
　　　　암어문학』 25, 2012.

조희웅, 「韓國說話學史起稿—西歐語 資料(第Ⅰ·Ⅱ期)를 중심으로」, 『동
　　　　방학지』 53, 1986.

전상욱, 「<춘향전> 초기 번역본의 변모양상과 의미 - 내부와 외부의
　　　　시각 차이」, 『고소설연구』 37, 2014.

In the city of Nam Won, in Chul Lah Do (the southern province of Korea), lived the Prefect Ye Tung Uhi. He was the happy father of a son of some sixteen years of age. Being an only child the boy was naturally much petted. He was not an ordinary young man, however, for in addition to a handsome, manly face and stalwart figure, he possessed a bright, quick mind, and was naturally clever. A more dutiful son could not be found. He occupied a house in the rear of his father's quarters, and devoted himself to his books, going regularly each evening to make his obeisance to his father, and express his wish that pleasant, refreshing sleep might come to him; then, in the morning, before breakfasting, he was wont to go and enquire how the new day had found his father.

한국의 남쪽 지방인 전라도[2] 남원시에 이등위(Ye Tung Uhi)[3]라는 부사[4]가 살았다. 그는 16세 가량의 아들을 둔 행복한 아버지였다. 그 아들은 외동이라 자연스럽게 귀여움을 많이 받았다.[5] 그는 평범한 젊은이는 아니었다. 남자다운 외모의 미남이고 건장한 체격에 똑똑하고 명석한 머리에 타고나기를 영리했다. 그보다 더 자식으로서의 도리를 다하는 아들을 찾아보기 힘들었다. 그는 아버지의 거처의 뒤쪽에 있는 집에 거하며 공부에 매진을 하였고, 저녁이면 규칙적으로 아버지에게 가서 문안을 드리며 편안하고 개운한 잠을 자기를 바라는 마음을 전하였다. 아침에는 늘 식사 전에 가서 밤새 안녕히 주무셨는지 여쭈었다.

---

2 전라도(Chul Lah Do): 음절의 분절을 정확히 인식하고 각각을 대문자로 표시한 경우로 보인다.

3 이등위(Ye Tung Uhi): 원문의 "니등"에 해당한다. "니등 혼 아들을"에서 '니등 이'에서 '이'를 조사가 아닌 이름의 한 부분으로 인식한 듯하다. 구자균은 알렌의 한국어 실력이 경판본을 읽을 실력이 되지 않기 때문에 누군가 구술한 것을 토대로 영역한 것으로 보았다. 그 근거가 되는 것이 경판본에만 있는 '이등'을 'Ye Tung Uhi'라고 표기한 점이다.

4 부사(Prefect): 알렌은 이 책의 서문에서 다음과 같이 8도의 관리 체계를 구분하고 있다. "Each of the eight provinces is ruled by a governor, who has under him prefects, local magistrates, supervisors of hamlets, and petty officials, so that the whole scale makes a very complete system and affords no lack of officials." 이 서문에 의하면 governor 아래에 prefect, magistrate 등이 있다. 그러나 이 번역본에서 그는 이도령의 부친 이등위와 신관사또를 Prefect, Governor, magistrate 등으로 구분 없이 사용했다.

5 '이도령이 외아들이라 사랑을 받았다'라는 기술은 알렌이 한국의 '남아선호사상'을 보여기 위해 원문에 없는 내용을 첨가한 대목으로 보인다.

The Prefect was but recently appointed to rule over the Nam Won district when the events about to be recorded occurred. The winter months had been spent mostly indoors, but as the mild spring weather approached and the buds began to open to the singing of the joyful birds, Ye Toh Ryung, or Toh Ryung, the son, felt that he must get out and enjoy nature. Like an animal that has buried itself in a hole in the earth, he came forth rejoicing; the bright yellow birds welcomed him from the willow trees, the soft breezes fanned his cheeks, and the freshness of the air exhilarated him. He called his pang san(valet) and asked him concerning the neighboring views. The servant was a native of the district, and knew the place well; he enumerated the various places especially prized for their scenery, but concluded with:

"But of all rare views, Kang Hal Loo is the rarest. Officers from the eight provinces come to enjoy the scenery, and the temple is covered with verses they have left in praise of the place."

"Very well, then, we will go there," said Toh Ryung "Go you and clean up the place for my reception."

이제 기록하고자 하는 사건이 발생한 것은 부사가 남원시를 다스리도록 임명받은 지 얼마 되지 않았을 때이었다.[6] 따뜻한 봄이 다가와 흥겨운 새들의 노래 소리에 꽃들이 피기 시작하자, 겨울 몇 달을

---

6 기록된(recorded): 알렌이 춘향의 이야기를 실제로 일어난 사건으로 기술하는 것처럼 표현하기 위해 첨가된 표현이다.

주로 집안에서 지낸 이도령(Ye Toh Ryung) 즉 아들인 도령(Toh Ryung)은 밖으로 나가서 자연을 즐겨야겠다고 생각했다. 그는 땅속 굴에 파묻혀 지내던 동물처럼 기쁨에 차서 밖으로 나왔다. 샛노란 새들이 버드나무에서 그를 맞이하고, 부드러운 바람이 그의 뺨을 살랑이고, 상쾌한 공기는 그를 신명나게 했다. 이도령은 방산(pan san, 종자)[7]을 불러 인근지역의 경관에 대해 물었다. 하인은 지역 토박이라 그곳을 잘 알았다. 그는 특히 경치가 빼어난 여러 곳을 열거한 후에 마지막으로 말하였다.

"제 아무리 경치가 진기하다 해도 광한루[8]만 하겠습니까? 전국의 팔도 관리들이 경치를 즐기고자 여기에 오고, 사원[9]에는 이곳을 칭송하는 그들의 운문이 많이 남아 있습니다."

"그거 좋구나. 그럼, 그곳으로 가겠다." 도령이 말했다.

"너는 가서 그곳을 깨끗이 청소하여 나를 맞이하라."

The servant hurried off to order the temple swept and spread with clean mats, while his young master sauntered along almost intoxicated by the freshness and new life of every thing round him. Arrived at the place, after a long, tedious ascent of the mountain side,

---

7 방산(pang san, valet)): 방산, 종자. 알렌이 방자를 pang san으로 음역한다. 구자균은 알렌이 〈춘향전 경판본〉을 직접 읽을 실력은 아직 아니어서 누군가가 이야기한 것을 바탕으로 영역했으리라 추정한다. 알렌이 방자를 게일처럼 pang ja가 아닌 pang san으로 음역한 것은 구자균의 진술을 뒷받침해주는 부분이다. 이 영역본에서 방자는 servant, the man, the attendant 등으로 다양하게 표현된다.

8 광한루(Kang Hal Loo): 'Chul Lah Do'의 경우와 마찬가지로 음절의 분절을 정확히 인식한 예라 할 수 있다.

9 사원(temple): 광한루를 'temple'이라 표현한 것은 광한루에 종교적인 색채를 가미한 듯하다.

he flung himself upon a huge bolster-like cushion, and with half-closed eyes, drank in the beauty of the scene along with the balmy, perfume-laden spring zephyrs. He called his servant, and congratulated him upon his taste, declaring that were the gods in search of a fine view, they could not find a place that would surpass this; to which the man answered:

"That is true; so true, in fact, that it is well known that the spirits do frequent this place for its beauty."

하인이 서둘러 가서 사원을 쓸고 깨끗한 자리를 깔도록 시키는 동안 젊은 주인은 한가로이 거닐며 주변의 만물이 주는 상쾌함과 새로운 생명에 흠뻑 빠졌다. 오랫동안 지루하게 산비탈을 오른 끝에 마침내 그 장소에 도착한 도령은 크고 긴 방석 위에 몸을 획 던지고는 눈을 반쯤 감고 화창한 봄날의 향기로운 미풍을 맞으며 그곳 경치의 아름다움을 만끽했다. 그는 하인을 불러 그의 취향에 대해 칭찬하며 단언하길, 만약 신들이 멋진 경관을 찾는다면 이곳보다 빼어난 장소를 찾기 힘들 것이라 했다. 이에 하인이 대답하였다.

"맞습니다. 이곳의 경치가 하도 수려해서 신선들이 이곳을 자주 찾는다는 것은 잘 알려진 사실입니다."

As he said this, Toh Ryung had raised himself, and was leaning on one arm, gazing out toward one side, when, as though it were one of the spirits just mentioned, the vision of a beautiful girl shot up into the air and soon fell back out of sight in the shrubbery of an adjoining court-yard. He could just get a confused picture of an angelic face, surrounded by hair like the black thunder-cloud, a neck of ravishing beauty, and a dazzle of bright silks, -when the whole had vanished. He was dumb with amazement, for he felt sure he must have seen one of the spirits said to frequent the place; but before he could speak, the vision arose again, and he then had time to see that it was but a beautiful girl swinging in her dooryard. He did not move, he scarcely breathed, but sat with bulging eyes absorbing the prettiest view he had ever seen. He noted the handsome, laughing face, the silken black hair, held back in a coil by a huge coral pin; he saw the jewels sparkling on the gay robes, the dainty white hands and full round arms, from which the breezes blew back the sleeves; and as she flew higher in her wild sport, oh, joy! two little shoeless feet encased in white stockings, shot up among the peach blossoms, causing them to fall in showers all about her. In the midst of the sport her hairpin loosened and fell, allowing her raven locks to float about her shoulders; but, alas! the costly ornament fell on a rock and broke, for Toh Ryung could hear the sharp click where he sat. This ended the sport, and the little maid disappeared, all unconscious of the agitation she had caused in a young man's breast by her harmless spring exercise.

하인이 이 말을 하는 동안 도령은 몸을 일으켜 한쪽 팔에 기대어 한 방향을 가만히 응시하였다. 그때 방금 말한 신선인 듯 아름다운 처녀의 모습이 공중에 솟아올랐다 금방 내려가더니 인접한 마당의 덤불 속으로 사라졌다. 그는 단지 먹구름 같은 검은 머리에 싸인 천사 같은 얼굴, 매혹적인 목덜미, 비단결 같은 눈부신 살결의 모습만이 혼란스럽게 떠올렸다. 그는 이곳을 자주 찾아온다는 신선을 보았다고 확신하여 놀라움에 말문이 막혔다. 그의 말문이 트이기도 전에 그 모습이 다시 떠올랐다. 자세히 보니 다름 아닌 아름다운 처녀가 마당에서 그네를 타고 있었다. 그는 숨을 죽이고 꼼짝도 하지 않은 채 앉았는데, 그의 눈은 지금까지 본 적 없는 너무도 예쁜 모습을 담느라 튀어나올 것 같았다. 그는 아름다운 웃는 얼굴과 커다란 산호색 핀으로 타래 머리¹⁰를 고정시킨 비단결 같은 검은 머리를 보았다. 그는 화려한 드레스 위의 반짝이는 보석, 섬세한 흰 손, 미풍에 나부끼는 소매 속의 통통한 팔을 보았다. 그녀가 그네를 타며 더 높이 날아오르자, 아 좋구나! 신발을 신지 않은 하얀 양말에 감싸인 작은 두 발이 복사꽃 사이로 솟아오르니 꽃들이 후두둑 그녀 주위에 떨어졌다. 그녀가 그네를 타는 동안 헐거워진 머리핀이 떨어지자 갈가마귀 같은 검은 머리 타래가 어깨 위로 출렁거렸다. 오호, 값비싼 장신구가 바위에 떨어져 부서졌나 보구나! 도령은 앉은 곳에서 쨍하는 날카로운 소리를 들을 수 있었다. 그러자 사랑스러운 처녀는 놀이를 끝내고 봄날 무심한 자신의 그네가 한 젊은 남자의 가슴에 일으킨 동요를 전혀 알지 못한 채 사라졌다.

---

10 타래 머리(coil): 조선시대 양갓집 처녀들은 흔히 머리를 틀지 않고 댕기 머리를 한다. 알렌이 춘향의 머리 모양을 머리를 땋는 것을 나타내는 plait 혹은 braid가 아닌 coil로 표현한 것은 머리 모양으로 춘향의 기생 신분을 암시적으로 드러내기 위한 장치로 보인다.

After some silence, the young man asked his servant if he had seen any thing, for even yet he feared his mind had been wandering close to the dreamland. After some joking, the servant confessed to having seen the girl swinging, whereupon his master demanded her name.

"She is Uhl Mahs' daughter, a gee sang (public dancing girl) of this city; her name is Chun Yang Ye" — fragrant spring.

"I yah! superb; I can see her then, and have her sing and dance for me," exclaimed Toh Ryung. " Go and call her at once, you slave."

잠시의 침묵 후 젊은이는 아직도 자신이 꿈속을 헤매고 있는 것은 아닌지 두려워 하인에게 뭔가를 본 게 없는지 물어 보았다. 하인은 약간의 농을 한 후에 처녀가 그네 뛰는 것을 보았다고 털어 놓았고, 이에 주인은 그에게 그녀의 이름을 대라고 요구했다.

"월매(Uhl Mah)의 딸로, 남원의 '기생'(관가의 무희)입니다.[11] 이름 은 춘향이(Chun Yang Ye)[12]로 향기로운 봄을 의미합니다."

"이야! 아주 잘됐다. 그럼 춘향을 만나서 나를 위해 노래하고 춤추 게 할 수 있겠구나." 도령은 소리쳤다.

"지금 당장 가서 춘향을 불러라, 이놈아."

---

11 완판본에서는 춘향이 성참판과 월매라는 기생 사이에 난 딸로 춘향 자신은 기 생이 아닌 것으로 나오나, 경판본에서는 춘향은 기생의 소출일 뿐 아니라 현재 에도 기생인 것으로 나온다. 알렌의 영역본도 춘향을 기생의 딸이자 현재 남원 의 기생으로 설정한다.

12 춘향이(Chun Yang Ye): 이 부분 또한 알렌이 구술을 바탕으로 영역했다는 구자 균의 진술을 뒷받침해주는 부분으로 볼 수 있다. 당시 우리나라 언어 습관도 그 러했다는 것을 염두에 두어야 한다. Chun Yang Ye의 음가는 '춘양이'가 맞겠지 만 이의 뜻이 '향기로운 봄'을 의미하기 때문에 우리에게 더 일반적으로 알려진 한자음 '춘향'으로 번역하도록 한다.

The man ran, over good road and bad alike, up hill and down, panting as he went; for while the back of the women's quarters of the adjoining compound was near at hand, the entrance had to be reached by a long circuit. Arriving out of breath, he pounded at the gate, calling the girl by name.

"Who is that calls me?" she enquired when the noise had attracted her attention.

"Oh, never mind who," answered the exhausted man, "it is great business; open the door."

"Who are you, and what do you want?"

"I am nobody, and I want nothing; but Ye Toh Ryung is the Governor's son, and he wants to see the Fragrant Spring."

"Who told Ye Toh Ryung my name?"

"Never mind who told him; if you did not want him to know you, then why did you swing so publicly? The great man's son came here to rest and see the beautiful views; he saw you swinging, and can see nothing since. You must go, but you need not fear. He is a gentleman, and will treat you nicely; if your dancing pleases him as did your swinging, he may present you with rich gifts, for he is his father's only son."

하인은 평탄한 길이든 험한 길이든, 언덕 위와 아래를 헐떡이며 내달렸다. 인접한 주택가의 여자들이 기거하는 처소의 뒤쪽은 지척이지만 출입문은 상당히 돌아가야만 했다. 그는 도착하여 숨을 몰아

쉰 후 처녀의 이름을 부르며 문을 두드렸다.

"거기 누가 나를 부르느냐?" 그녀는 시끄러운 소리가 들리자 물었다.

"아, 누군지는 알 필요 없고," 지친 하인이 대답했다. "중요한 일이다. 문 열어라."

"누구냐? 원하는 게 뭐냐?"

"나는 아무도 아니고 원하는 것도 없다. 허나 부사의 자제인 이도령, 그는 향기로운 봄[13]을 만나기를 원한다."

"누가 이도령에게 내 이름을 말했나?"

"누가 말했는지는 중요하지 않다. 그가 너를 아는 것이 싫다면, 왜 사람들이 보는 데서 그네를 타느냐? 높으신 분의 자제가 아름다운 경치를 보며 쉬러 여기 왔다 네가 그네 타는 것을 보고 난 후 너 외엔 아무 것도 못 보게 되었다. 너는 가야 하지만 걱정 안 해도 된다. 그는 신사이니 너에게 잘 해 줄 것이다. 너의 그네가 그랬듯 너의 춤이 그를 즐겁게 한다면 부사의 외아들이니 너에게 많은 선물을 줄 것이다."

Regretting in her proud spirit that fates had placed her in a profession where she was expected to entertain the nobility whether it suited her or not, the girl combed and arranged her hair, tightened her sash, smoothed her disordered clothes, and prepared to look as any vain woman would wish who was about to be presented to the

---

13 향기로운 봄(the Fragrant Spring): Chun Yang, 즉 '봄 춘(春)', '향기로울 향(香)'을 'fragrant spring'으로 표현한 것은 작가가 영미권 독자를 위해 음의 의미를 풀어서 써준 것으로 보인다. 본문에서는 춘향을 지칭하기 위해 Chung Yang, fragrant spring, Chung Yang Ye 이 번갈아 사용된다.

handsomest and most gifted young nobleman of the province. She
followed the servant slowly till they reached Toh Ryung's stopping
place. She waited while the servant announced her arrival, for a gee
sang must not enter a nobleman's presence unbidden. Toh Ryung
was too excited to invite her in, however, and his servant had to
prompt him, when, laughing at his own agitation, he pleasantly bade
her enter and sit down.

처녀는 센 자존심에 싫든 좋든 귀족의 흥을 돋우어야 하는 직업에
처한 자신의 운명을 한탄하며[14], 머리를 빗고 매만지고, 옷고름을 매
고, 흐트러진 옷을 가다듬어 이 지방의 가장 잘 생기고 가장 재능이
뛰어난 젊은 귀족의 면전에 가게 된 허영기 있는 여자라면 누구나 원
했을 그런 모습으로 갈 준비를 하였다. 그녀는 하인을 천천히 따라
가 마침내 도령이 머무는 곳에 도착했다. 기생은 허락 없이 귀족의
면전에 나서지 말아야 하기에 그녀는 하인이 도령에게 그녀의 도착
을 알리는 동안 기다렸다.[15] 도령이 너무 흥분한 나머지 그녀를 안으
로 들이지 않자 하인이 하는 수 없이 그를 재촉했다. 그때서야 그는
안절부절못하는 자기의 모습에 실소하며 그녀에게 들어와서 앉으
라고 유쾌하게 명했다.

---

14 이 부분은 원문에 없는 내용을 알렌이 춘향이 속한 기생 계급의 처지를 보여주
기 위해 첨가하였다.

15 원문에서는 "계 흥의 이르러 문안을 알외니"로 정도로 표현되는데 알렌은 이 부
분을 상세히 설명하여 낮은 신분의 기생은 양반이 안으로 들어오라는 말을 하
기 전까지는 밖에서 기다려야 하는 한국의 계급 문화에 대한 정보를 서구독자
들에게 알려준다.

"What is your name?" asked he.

"My name is Chun Yang Ye," she said, with a voice that resembled silver jingling in a pouch.

"How old are you?"

"My age is just twice eight years."

"Ah ha!" laughed the now composed boy, "how fortunate; you are twice eight, and I am four fours.[16] We are of the same age. Your name, Fragrant Spring, is the same as your face-very beautiful. Your cheeks are like the petals of the mah hah that ushers in the soft spring. Your eyes are like those of the eagle sitting on the ancient tree, but soft and gentle as the moonlight," ran on the enraptured youth. "When is your birthday? "

"이름이 무엇이냐?" 그는 물었다.

"춘향이입니다."

그녀는 지갑 속에서 짤랑거리는 은화 같은 목소리로 대답했다.

"몇 살이냐?"

"나이는 겨우 2 곱하기 8입니다."

"아하!" 이제는 차분해진 도령이 웃으며 말했다.

"참으로 다행이구나. 너는 2 곱하기 8이고 나는 4 곱하기 4이니 우린 동갑이구나. 향기로운 봄이라는 너의 이름처럼 너의 얼굴도 참으로 곱다. 너의 뺨은 부드러운 봄을 부르는 '매화' 꽃잎 같구나. 너의

---

16 twice eight와 four fours: 이도령과 춘향의 나이인 16세를 '이팔', '사사'와 같은 곱하기 식 그대로 표현했다.

눈은 고목 위에 앉은 독수리눈이지만 달빛처럼 부드럽고 다정하기
도 하구나."[17]

황홀해진 청년은 말을 그칠 줄 몰랐다.

"생일이 언제이냐?"

"My birthday occurs at midnight on the eighth day of the fourth
moon," modestly replied the flattered girl, who was quickly
succumbing to the charms of the ardent and handsome young fellow,
whose heat she could see was already her own.

"Is it possible?" exclaimed he; "that is the date of the lantern
festival, and it is also my own birthday, only I was born at eleven
instead of twelve. I am sorry I was not born at twelve now. But it
doesn't matter. Surely the gods had some motive in sending us into
the world at the same time, and thus bringing us together at our
sixteenth spring-tide. Heaven must have intended us to be man and
wife"; and he bade her sit still as she started as though to take her
departure. Then he began to plead with her, pacing the room in his
excitement, till his attendant likened the sound to the combat of
ancient warriors.

---

17 "너의 빰은 ~ 하구나.": 원문의 "미화월미의 두루미도 갓고 셕은 남게 안즌 부엉
이도 갓고 줄에 앉는 쵸록제비로다."에 해당한다. 원문은 춘향의 전체 모습이 두
루미, 부엉이, 족제비같다로 표현되어 있는데 알렌은 '빰은 매화 꽃잎 같고, 눈
은 독수리 같지만 달빛처럼 부드럽다'로 변경하여 춘향의 얼굴 부위별 아름다
운 모습으로 변경한다.

"음력 4월 8번째 날의 자정입니다."

도령의 아침을 받은 춘향은 얌전하게 대답했다. 그녀는 열정적이고 잘생긴 그 젊은 남자의 매력에 곧 빠져들었고 그녀의 마음도 이미 그와 다르지 않다는 것을 알았다.

"이럴 수가!" 그가 외쳤다.

"그날은 등 축제일[18]이고 또한 나의 생일이기도 하다. 그러나 난 12시가 아니라 11시에 태어났다[19]. 12시에 태어났더라면 좋았을 텐데. 그러나 중요하지 않아. 신들이 우리를 같은 날에 세상으로 보내서 우리가 16세 되는 봄에 함께 하게 한 것에는 분명히 어떤 뜻이 있을 것이야. 우리가 부부가 되도록 하늘이 정했음이 분명해."

그는 춘향이 마치 떠날 것처럼 일어서자 그대로 가만히 앉아 있으라고 말한 후 그녀에게 애원하며 들떠서 방을 서성대기 시작했다. 하인은 이를 고대 전사들의 전투 소리에 비유했다.

"This chance meeting of ours has a meaning," he argued. "Often when the buds were bursting, or when the forest trees were turning to

---

18 등 축제(the lantern festival): 알렌은 4월 초파일이 석가탄신일로 등을 다는 날인 것을 알았지만, 보다 구체적으로 그것이 단순한 등이 아니라 연꽃 모양의 등임을 표현하지는 않았다. 불교에서 연꽃의 의미에 대해 모르고 있는 것인지, 아니면 의도적으로 배제한 것인지 의심스럽다. 참고로 Lotus Lantern Festival은 연등제를 뜻한다.

19 원문에서는 춘향은 "ㅎ 스월 쵸파일 ㅈ시로쇼이다" 말한다. 이에 이도령은 "동년 동월이니 텬졍비필이여니와 다만 일시가 틀니니"이다. 원문에 의하면 춘향은 4월 8일 자시(11-1시)에 태어났고 이도령의 생일은 같은 해 4월이지만 구체적인 일과 시는 밝혀지지 않았다. 그러나 알렌은 두 사람이 동년 동월 동일에 태어났지만, 이도령이 12시가 아닌 11시로 춘향보다 1시간 더 빨리 태어난 것으로 각각 구체적으로 변경하여 두 사람이 천생배필임을 강조한다.

fire and blood, have I played and supped with pretty gee sang, watched them dance, and wrote them verses, but never before have I lost my heart; never before have I seen any one so incomparably beautiful. You are no common mortal. You were destined to be my wife; you must be mine, you must marry me,"

　　"우리의 이 우연한 만남은 운명이다." 그는 주장했다.
　　"꽃이 피거나 숲이 단풍으로 울긋불긋할 때 나는 때로 예쁜 기생들과 놀고 술을 마시고 그들의 춤을 보고 그들에게 시를 지어주기도 했지만 결코 어느 누구에게도 마음을 뺏겨 본 적이 없었다. 너보다 더 아름다운 여인을 본 적이 없다. 너는 필멸하는 보통 사람이 아니야. 너는 나의 아내가 될 운명으로 너는 필히 나의 것이고, 너는 나와 결혼해야 한다."

She wrinkled her fair brow and thought, for she was no silly, foolish thing, and while her heart was almost, if not quite won by this tempestuous lover, yet she saw where his blind love would not let him see.

"You know," she said, "the son of a nobleman may not marry a gee sang without the consent of his parents. I know I am a gee sang by name, the fates have so ordained, but, nevertheless, I am an honorable woman, always have been, and expect to remain so."

"Certainly," he answered, "we cannot celebrate the *six customs ceremony' (parental arrangements, exchange of letters, contracts, exchange of presents, preliminary visits, ceremony proper), but we can be privately married just the same."

"No, it cannot be. Your father would not consent, and should we be privately married, and your father be ordered to duty at some other place, you would not dare take me with you. Then you would marry the daughter of some nobleman, and I would be forgotten. It must not, cannot be," and she arose to depart.

그녀는 우둔하고 어리석은 바보가 아니기에 아름다운 이마를 찡그리면서 생각했다. 그녀도 완전히는 아니지만 이 격정적인 연인에게 마음이 빼앗겼다. 그럼에도 그녀는 도령이 맹목적인 사랑 때문에 보지 못하는 것을 보았다.

"저기," 그녀는 말했다. "귀족의 자제는 부모의 허락 없이는 기생과 결혼할 수 없습니다. 기생으로 불리는 운명을 타고 났지만, 나는 지조가 있습니다. 지금까지 항상 그래왔고 앞으로도 그럴 것입니다."

"분명히," 그가 대답했다. "우리는 육례[20](부모의 주선, 편지 교환, 계약, 선물 교환, 예비 방문, 정식 결혼식)를 갖출 수는 없지만, 그래도 육례를 갖춘 것과 마찬가지로 비밀리에 결혼할 수 있다."

"안됩니다. 그럴 수는 없습니다. 도령님의 아버지가 동의하지 않을 것입니다. 만약 우리끼리 몰래 결혼한다 하더라도, 당신 아버지

---

20 육례(六禮): 납채(納采), 문명(問名), 납길(納吉), 납폐(納幣), 청기(請期), 친영(親迎)을 말한다. 원주의 부모의 주선, 편지 교환, 계약, 선물 교환, 예비 방문, 정식 결혼식이란 절차는 이와 차이가 있다.

가 명을 받고 다른 곳에 가야한다면 당신은 감히 나를 데리고 가지
못할 겁니다. 떠난 후 당신은 어떤 귀족의 딸과 결혼을 하고 나는 잊
히겠지요. 그래서도 안 되고, 그럴 수는 없습니다."[21]

그녀는 일어나 가려고 했다.

"Stay, stay," he begged. "You do me an injustice. I will never
forsake you, or marry another. I swear it. And a yang ban(noble) has
but one mouth, he cannot speak two ways. Even should we leave this
place I will take you with me, or return soon to you. You must not
refuse me."

"But suppose you change your mind or forget your promises;
words fly out of the mouth and are soon lost, ink and paper are more
lasting; give me your promises in writing," she says.

"제발 그대로 있어 다오." 그는 애원했다.

"나를 잘 알지 못하는구나. 내가 너를 버리거나 다른 이와 결혼하
는 일은 절대 없을 것이다. 맹세한다. '양반(yang ban, 귀족)'[22]은 한
입으로 두 말을 하지 않는다. 설혹 우리가 이곳을 떠난다 하더라도

---

21 알렌은 고소설에 빈번히 등장하는 이태백, 두목지, 번쾌, 항우, 탁무군 등 중국
고사 속의 인물들을 전체적으로 생략한다. 고소설 속의 중국 고사를 중요하게
생각하여 번역했던 게일과 달리 알렌은 한국인의 정신세계에 중국 고사가 차지
하는 영향을 미비하게 생각했거나 아니면 한국문화와 상관없는 것으로 생각한
듯하다.

22 양반(yang ban, noble): 지금까지 양반을 'noble'로 표현했는데, 이도령이 자신의
계급을 양반으로 지칭하는 부분에서는 음을 그대로 옮겨 강조한 후에 풀이를
덧붙였다. 서구독자들은 한국의 귀족을 나타내는 음가가 '양반'임을 이 대목에
서 알게 된다.

나는 너를 데리고 갈 것이고 가더라도 곧 너에게 다시 올 것이다. 너는 나를 거절해서는 안 된다."

"가령 당신이 마음이 변하거나 자신이 한 약속을 잊어버리면요? 입에서 뱉은 말은 쉽게 사라지지만 잉크와 종이는 더 오래가니, 당신의 약속을 글로 적어주세요." 라고 그녀는 말했다.

Instantly the young man took up paper and brush; having rubbed the ink well, he wrote:

"A memorandum. Desiring to enjoy the spring scenery, I came to Kang Hal Loo. There I saw for the first time my heaven-sent bride. Meeting for the first time, I pledge myself for one hundred years; to be her faithful husband. Should I change, show this paper to the magistrate."

Folding up the manuscript with care he handed it to her. While putting it into her pocket she said:

"Speech has no legs, yet it can travel many thousands of miles. Suppose this matter should reach your father's ears, what would you do?"

"Never fear; my father was once young, who knows but I may be following the example of his early days. I have contracted with you, and we now are married, even my father cannot change it. Should he discover our alliance and disown me, I will still be yours, and together we shall live and die."

She arose to go, and pointing with her jade-like hand to a clump of bamboos, said:

"There is my house; as I cannot come to you, you must come to me and make my mother's house your home, as much as your duty to your parents will allow."

As the sun began to burn red above the mountains' peaks, they bade each other a fond adieu, and each departed for home accompanied by their respective attendants.

이 말에 곧 젊은이는 종이와 붓을 꺼내 잉크를 잘 문지른 후 다음의 글을 적었다.

"각서[23]. 봄 경치를 즐기고자 광한루에 왔다 이곳에서 하늘이 보내준 배필을 처음으로 보았다. 첫 만남에 한 백년 충실한 남편으로 그녀와 함께 할 것을 서약한다. 내 마음이 변하면 이 글을 치안판사[24]에게 보여주어라."

그는 조심스럽게 종이를 접어서 그녀에게 건네주었다. 그녀는 그 것을 주머니에 넣으면서 말했다.

"다리 없는 말이 수천 마일을 간다고 합니다. 가령 이 일이 당신 아버지의 귀에 들어가면 어떻게 하겠습니까?"

---

23 각서(memorandum): 원문의 "불망긔" 즉 不忘記에 해당된다. 알렌의 번역저본이 경판본임을 추정하게 하는 단어이다.

24 치안판사(magistrate): 언더우드(1925)에 의하면 'magistrate: 관장, 수령, 원, 군수'이다. 현대영어사전에서 magistrate는 치안판사의 의미로 'A magistrate is an official who acts as a judge in law courts which deal with minor crimes or disputes'이다. 이 단어를 통해 서구 독자들은 한국의 magistrate의 직책을 가진 사람은 작은 범죄를 취급하는 지역의 사법권을 가진 관리로 인식하게 된다. 사법권을 가진 지방관의 의미가 강한 이 부분에서만 치안판사로 번역하고 이후에는 『한영자전』(디방관: 1. territorial officials, 2. magistrates)에 의거해 지방관으로 번역한다.

"걱정 말라. 우리 아버지도 한 때 젊었고, 어쩌면 나는 젊은 시절 아버지의 전철을 밟고 있는 것인지도 모른다. 나는 너와 혼인계약을 맺었으니 지금 우리는 결혼을 한 것이다. 아버지라 하더라도 이 사실을 바꿀 수 없다. 아버지가 우리의 결합을 알고 나를 내친다고 하더라도 나는 여전히 너의 것이고 우리는 함께 살다 죽을 것이다."

그녀는 가려고 일어나면서 옥 같은 손으로 대나무 밭을 가리키며 말했다.

"저기가 나의 집입니다. 내가 당신에게 갈 수 없으니 당신이 나에게 와야 합니다. 나의 어머니의 집을 당신 집으로 생각하고 당신 부모님에게 드리는 도리에 저촉되지 않는 한도 내에서 나의 집에 편히 드십시오.[25]"

해가 산봉우리 위로 빨갛게 타오르기 시작하자 그들은 서로에게 애정 어린 작별을 고한 후 각자 하인을 대동하고 집으로 떠났다.

Ye Toh Ryung went to his room, which now seemed a prison-like place instead of the pleasant study he had found it. He took up a book, but reading was no satisfaction, every word seemed to transform itself into Chun or Yang. Every thought was of the little maid of the spring fragrance. He changed his books, but it was no use, he could not even keep them right side up, not to mention using them properly.

---

[25] "저기가~ 드나드십시오." 원문에서는 춘향이 단지 집의 위치만 알려주는데 알렌은 원문에 없는 이 부분을 첨가하였다. 이 첨가로 인해 알렌은 한국에서는 사랑도 중요하지만 그에 못지않게 효가 중요함을 알려 이후에 이도령이 부모를 따라 춘향을 떠나는 장면과 춘향이 결국 이를 받아들이는 장면이 서구독자들에게 설득력을 가지게 한다.

Instead of singing off his lessons as usual, he kept singing, Chun Yang Ye poh go sip so (I want to see the spring fragrance), till his father, hearing the confused sounds, sent to ascertain what was the matter with his son. The boy was singing,

"As the parched earth cries for rain after the seven years' drought, so my heart pants for my Chun Yang Ye, whose face to me is like the rays of the sun upon the earth after a nine years' rain."

이도령은 방으로 갔지만 이제 이곳은 항상 그래왔던 즐거운 서재 가 아니라 감옥 같은 장소가 되었다. 그는 책을 집어 들었지만 읽는 것 이 영 재미없었고 모든 단어가 '춘' 또는 '향'으로 바뀌는 듯 했다. 그 의 모든 생각은 향기로운 봄이라는 예쁜 아가씨에 가 있었다. 다른 책 으로 바꾸었지만 소용이 없었다. 책을 제대로 읽지 않은 것은 말할 것 도 없고 심지어 책을 거꾸로 들고 있었다. 평상시처럼 글을 읊지 않고 대신 '춘향이 보 고 싶 소(Chun Yang Ye po go sip so)'라고 계속 노래하 였다. 결국 그의 아버지가 이 혼미한 소리를 듣고 사람을 보내 아들에 게 무슨 일이 생겼는지 확인했다. 그 아들은 노래하고 있었다.

"7년 가뭄 뒤에 갈라진 땅이 비를 내려달라고 외치듯이 나의 마음 도 나의 춘향이를 갈망하고, 그녀의 얼굴은 나에게 9년 동안 비가 내 린 후에 땅에 내리쬐는 햇살과 같구나."[26]

---

26 "7년 가뭄 뒤~같구나.": 알렌은 이도령이 천자문을 열거하는 장면, 중국 고전을 읽으면서 말장난 하는 부분 등을 삭제하고 대신 이 부분만 번역했다. 이 영역본의 전체 어조는 익살스러운 대목들이 제거되어 건조하다. the seven years' drought와 a nine years' rain: 7+9=16, 즉 춘향과 이도령의 나이를 상징적으로 나타낸다.

He paid no heed to the servants, and soon his father sent his private secretary, demanding what it was the boy desired so much that he should keep singing. "I want to see, I want to see," Toll Ryung answered that he was reading an uninteresting book, and looking for another. Though he remained more quiet after this, he still was all impatience to be off to his sweetheart-wife, and calling his attendant, he sent him out to see how near the sun was to setting. Enjoying the sport, the man returned, saying the sun was now high over head.

"Begone," said he, "can any one hold back the sun; it had reached the mountain tops before I came home."

그는 하인들을 조심하지 않았다. 곧 그의 아버지는 비서를 보내 아들이 무엇을 그토록 원해서 저렇게 "보고 싶소, 보고 싶소."하며 계속 노래를 하는지 알아오도록 명을 내렸다. 도령은 재미없는 책을 읽고 있어서 다른 책을 찾는 중이었다고 대답했다. 이 이후 그는 조금 조용해졌지만 여전히 사랑하는 연인이자 아내에게 달려가고 싶어 안달 나 종자를 보내 해가 어느 정도 저물었는지 알아보게 했다. 하인은 그를 놀려먹는 것에 재미가 붙어 돌아와서는 해가 현재 머리 위에 높이 떠 있다고 말했다.

"썩 꺼지거라." 그는 말했다.

"해가 산꼭대기에 있는 것을 보고 집으로 들어왔는데 누가 해를 붙잡고 있기라도 한단 말이냐?"

At last the servant brought his dinner, for which he had no appetite.

He could ill abide the long delay between the dinner hour and the regular time for his father's retiring. The time did come, however, and when the lights were extinguished and his father had gone to sleep, he took his trusty servant, and, scaling the back wall, they hurried to the house of Chun Yang Ye,

As they approached they heard someone playing the harp, and singing of the "dull pace of the hours when one's lover is away." Being admitted, they met the mother, who, with some distrust, received Toh Ryung's assurances and sent him to her daughter's apartments.

마침내 하인이 저녁식사를 가지고 왔지만 도령은 먹고 싶은 마음이 없었다. 그는 저녁 식사 시간과 부친이 보통 침실에 들기까지의 긴 시간을 참을 수 없었다. 드디어 때가 되어 불이 꺼지고 부친이 잠자리에 들자, 그는 믿을만한 하인을 데리고 뒷담을 기어올라 춘향이의 집으로 서둘러 갔다.

그들은 가까이 다가가면서 누군가가 하프를 켜며 "님 없는 시간의 더딘 발걸음"[27]을 노래하는 소리를 들었다. 안으로 들어가서 춘향모를 만났는데 그녀는 약간 못미더워하면서도 도령의 장담을 믿고 그를 딸의 처소로 보냈다.

---

27 "님 없는 시간의 더딘 발걸음": 원문의 "더인는"에 해당한다. 가사문학의 대인난편(待人難編)으로 약속한 때에 오지 않은 사람을 기다리는 고통을 노래한 것이다. 알렌은 이 '대인난'의 한자를 풀어서 번역한 셈이다.

The house pleased him; it was neat and well-appointed. The public room, facing the court, was lighted by a blue lantern, which in the mellow light resembled a pleasure barge drifting on the spring flood. Banners of poetry hung upon the walls. Upon the door leading to Chun Yang's little parlor hung a banner inscribed with verses to her ancestors and descendants, praying that "a century be short to span her life and happiness, and that her children's children be blessed with prosperity for a thousand years." Through the open windows could be seen moonlight glimpses of the little garden of the swinging girl. There was a miniature lake almost filled with lotus plants, where two sleepy swans floated with heads beneath their wings, while the occasional gleam of a gold or silver scale showed that the water was inhabited. A summer-house on the water's edge was almost covered with fragrant spring blossoms, the whole being enclosed in a little grove of bamboo and willows, that shut out the view of outsiders.

그는 깔끔하게 잘 꾸며진 이 집이 마음에 들었다. 뜰과 마주한 객실에는 푸른 등이 밝혀져 있는데 은은한 빛을 받아 마치 봄 홍수에 이리저리 떠다니는 놀잇배처럼 보였다. 벽 위에는 시가 적힌 족자들이 걸려 있었다. 춘향의 아담한 응접실로 이어진 문에 걸린 족자에는 "장수와 행복을 누리기엔 백년이 짧고, 자자손손 천년의 번성을 누리기를" 기원하며 조상과 후손에게 바치는 운문이 적혀 있었다. 열려진 창문을 통해서 어렴풋한 달빛 속에 그네 타는 처녀의 작은 정원이 보였다. 연잎으로 덮인 작은 연못에 두 마리의 고니가 졸린 머

133

리를 날개에 묻고 둥둥 떠다녔다. 때때로 번쩍이는 금빛 또는 은빛
의 비늘은 물속에 뭔가 있다는 것을 나타내었다. 연못 끝의 정자는
향기로운 봄꽃으로 덮여 있고 전체가 작은 대나무 숲과 버드나무들
로 에워싸여 외부인의 시선을 차단하였다.

While gazing at this restful sight, Chun Yang Ye herself came out,
and all was lost in the lustre of her greater beauty. She asked him into
her little parlor, where was a profusion of choice carved cabinets and
ornaments of jade and metal, while richly embroidered mats covered
the highly-polished floor. She was so delighted that she took both his
hands in her pretty, white, soft ones, and gazing longingly into each
other's eyes, she led him into another room, where, on a low table, a
most elegant lunch was spread. They sat down on the floor and
surveyed the loaded table. There were fruits preserved in sugar,
candied nuts arranged in many dainty, nested boxes; sweet pickles
and confections, pears that had grown in the warmth of a summer
now dead, and grapes that had been saved from decay by the same
sun that had called them forth. Quaint old bottles with long, twisted
necks, contained choice medicated wines, to be drunk from the little
crackled cups, such as the ancients used.

이 한가로운 모습을 응시하는 동안 춘향이가 몸소 밖으로 나왔는
데, 모든 것은 그녀의 아름다움이 발산하는 광채 때문에 사라졌다.
그녀는 그를 작은 응접실로 안내했다. 여기에는 옥과 금속으로 만든

장신구와 조각된 고급 서랍장들이 많이 있었고, 반질반질한 바닥 위에는 화려하게 수놓은 자리가 깔려 있었다. 그녀는 너무 기쁜 나머지 희고 부드러운 예쁜 손으로 그의 두 손을 잡은 채 갈망하듯 응시한 후 그를 낮은 탁자인 상 위에 매우 멋들어진 식사가 차려져 있는 다른 방으로 데리고 갔다. 그들은 바닥에 앉아서 잘 차려진 상을 살펴보았다. 상 위에는 설탕 절임 과일, 여러 아기자기한 여러 상자 속에 꾸며진 설탕으로 졸인 호두강정, 달콤한 피클과 당과, 지난 여름의 온기 속에서 자랐던 배, 그리고 포도알을 키운 바로 그 햇볕으로 말린 건포도가 있었다. 옛 사람들이 사용했던 잔금이 진 작은 잔으로 주둥이가 길게 구부러진 진기한 옛 술병에 담긴 최고급 약주[28]를 마실 수 있었다.

Pouring out a cup, she sang to him:

"This is the elixir of youth; drinking this, may you never grow old; though ten thousand years pass over your head, may you stand like the mountain that never changes."

He drank half of the cup's contents, and praised her sweet voice, asking for another song. She sang:

"Let us drain the cup while we may. In the grave who will be our cup-bearer. While we are young let us play. When old, mirth gives place to care. The flowers can bloom but a few days at best, and must then die, that the seed may be born. The moon is no sooner full than

---

28 잔금이 진 잔(the little crackled cups): 빙열(도자기 유약에 생기는 균열 중 빙상(氷狀)의 가느다란 균열)을 염두에 둔 번역이다.

it begins to wane, that the young moon may rise."

The sentiments suited him, the wine exhilarated him, and his spirits rose. He drained his cup, and called for more wine and song; but she restrained him. They ate the dainty food, and more wine and song followed. She talked of the sweet contract they had made, and anon they pledged themselves anew. Not content with promises for this short life, they went into the future, and he yielded readily to her request, that when death should at last overtake them, she would enter a flower, while he would become a butterfly, coming and resting on her bosom, and feasting off her fragrant sweetness.

술을 따르며 춘향은 그에게 노래를 불러주었다.

"이 술은 젊음을 주는 묘약이니 마시고 당신의 젊음이 영원하기를. 수천만 년이 흐른다 해도 당신이 산처럼 변하지 않고 서 있기를."

그는 술잔을 반쯤 비우며 그녀의 달콤한 목소리를 칭찬하고 다른 노래를 청했다. 그녀가 노래했다.

"마실 수 있을 때 잔을 비우자. 죽어 무덤 속에 가면 누가 우리에게 술을 따르리오.[29] 젊어서 놀자. 늙으면 환희 대신 근심이 온다네. 꽃이 예쁘다 한들 이삼일 피고 지지만 꽃씨가 생기지. 달은 차자마자 이울지만 초승달이 떠오르지."[30]

---

29 죽어 무덤에~ 따르리(In the grave who will be our cup-bearer): 고소설의 문장구조를 그대로 반영하여 영역하였다. 알렌이 판소리의 특징인, 계속 이어가는 말놀이를 살려서 번역하려고 노력한 흔적들이 곳곳에 보인다.

30 전상욱이 알렌 영역본의 번역저본을 경판 30장이 아닌 경판 23장 이하로 판단하는 근거가 되는 대목 중의 하나이다. 전체적으로 알렌은 춘향의 권주가를 의

이 노래가 마음에 와 닿고 술로 기분이 좋아지자 그는 흥이 났다. 그가 술잔을 쭉 비우고 술과 노래를 더 청했지만 그녀가 말렸다. 그들은 맛있는 음식을 먹고 술과 노래를 더 이어갔다. 그녀가 그들이 맺은 아름다운 계약에 대해 언급한 후 그들은 곧 맹세를 새롭게 했다. 그들은 이 짧은 생애 동안의 약속에 만족하지 못하고 미래로 나아갔다. 그는 그녀의 요구를 기꺼이 받아 들여 그들에게 마침내 죽음이 닥친다면, 그녀는 꽃이 되고 그는 나비가 되어 그녀의 품에 와서 쉬며 그녀의 향긋한 달콤함을 맛보겠다고 약속했다.[31]

The father did not know of his son's recent alliance, though the young man honestly went and removed Chun Yang's name from the list of the district gee sang, kept in his father's office; for, now that she was a married woman, she need no longer go out with the dancing-girls. Every morning, as before, the dutiful son presented himself before his father, with respectful inquiries after his health, and his rest the preceding night. But, nevertheless, each night the young man's apartments were deserted, while he spent the time in the house of his wife.

그 젊은이가 정말로 부친의 집무실에 보관되어 있던 남원의 기생 명부에서 춘향의 이름을 삭제했음에도 부친은 아들과 춘향의 최근

역하였다. 알렌 영역본의 "꽃"과 "달"의 비유는 경판 23장본의 "화무십이홍이요 달도 츠면 기우ᄂᆞ니"에 해당된다. 그러나 경판 30장본의 춘향 권주가에는 꽃과 달이 나타나지 않는다.

31 알렌은 원문에서 춘향과 이도령이 합궁하는 장면을 간략하게 서술한다.

결합을 알지 못했다. 그녀는 이제 결혼한 여자이니 더 이상 다른 무희들과 나갈 필요가 없었다.[32] 효자인 아들은 전과 마찬가지로 아침이면 부친 앞에 가서 전날 밤의 그의 건강과 평안을 여쭈었다. 그러나 밤마다 젊은이의 거처는 비어 있었으니 그가 그 시간을 아내의 집에서 보내기 때문이었다.

Thus the months rolled on with amazing speed. The lovers were in paradise. The father enjoyed his work, and labored hard for the betterment of the condition of his subjects. Never before had so large a tribute been sent by this district. Yet the people were not burdened as much as when far less of their products reached the government granaries. The honest integrity of the officer reached the King in many reports, and when a vacancy occurred at the head of the Treasury Department, he was raised to be Ho J oh Pansa(Secretary of Finance). Delighted, the father sent for his son and told him the news, but, to his amazement, the young man had naught to say, in fact he seemed as one struck dumb, as well he might. Within himself there

---

32 "그 젊은이가~필요가 없었다.": 신임사또 기생점고 때 경판 23장본에서는 이방이 춘향이 기생명부가 없는 이유로 '춘향이 디비졍속하고 지금 슈졀ᄒᄂ이다'(관기와 양반 사이에 난 자녀에 한하여 자기 집 여종을 바치면 천민에서 해방시킬 수 있었다.)로 든다. 경판 30장본에서는 좀 더 구체적으로 "구관 ᄉᄶ ᄌ졔 도련님과 상약ᄒ 후 디비졍속ᄒ고"로 나온다. 경판본에서는 춘향이 기생이었으나 이도령과 언약한 후 더 이상 기생이 아닌 것으로 그린다. 알렌은 기생점고 때 신관사또와 이방의 이 대화를 뒷부분에서 삭제하고 그 대신 그 근거를 앞부분으로 당긴다. 즉 이 부분에서 이도령이 기생명부에서 춘향의 이름을 삭제하는 대목은 원문에 없는 내용으로 알렌이 첨가한 부분이다. 이는 이후 신관사또가 기생점고 때 춘향의 이름이 없는 것에 대한 합리적인 근거가 된다.

was a great tumult; his heart beat so violently as to seem perceptible, and at times it arose and filled his throat, cutting off any speech he might wish to utter. Surprised at the conduct of his son, the father bade him go and inform his mother, that she might order the packing to commence.

여러 달의 시간은 놀라운 속도로 흘러갔다. 연인들은 천국에 있었다. 부친은 맡은 일을 즐겼고 백성들의 더 나은 삶을 위해 열심히 일했다. 지금 이 지역은 다른 때보다 훨씬 많은 공물을 나라에 바쳐도 백성들은 소출을 더 적게 정부 곳간에 보냈던 시절보다 힘들지 않았다. 그 관리의 강직함이 여러 보고를 통해 왕의 귀에 들어갔다. 재무부의 수장 자리가 비었을 때 그는 호조판서(Ho Joh Pansa, 재무부 장관)로 승진하였다. 부친은 이 소식에 매우 기뻐하며 아들을 불러 그 소식을 전했다. 그러나 그의 예상과 달리 젊은이는 아무 말도 하지 않았다. 사실 충격을 받아 벙어리가 된 듯했고, 정말 벙어리가 될 것처럼 보였다. 사실 그의 마음은 크게 요동쳤다. 그의 심장은 누구라도 느낄 수 있을 만큼 심하게 두근거렸고, 때때로 심장이 올라가 그의 목구멍을 채워[33] 그가 뱉고 싶은 어떤 말을 막았다. 부친은 아들의 행동에 놀라 그에게 어머니에게 가서 이 소식을 전하여 그녀가 짐

---

33 "그의 심장은~채워": 원문의 "낙담상혼ᄒ여 목이 며여"에 해당된다. 장기의 이동에 의해 감정의 기복이 생긴다는 개념은 서양의 개념이 아닌가 싶다. 셰익스피어 리어왕의 한 구절에 "돌아다니는 자궁"이란 표현이 있는 것을 참고할 수 있다. 히포크라테스 시대에는 히스테리는 자궁에서 유래한 신체 기관의 병으로 간주되어 여성에게만 있는 병이며 '자궁의 질식'에 의해 몸 전체에 전이되는 특수성을 갖고 있다고 생각했다. 여기서 알렌은 '낙담상혼'을 심장의 이동으로 인한 증상으로 표현하였다.

을 꾸릴 수 있게 하라고 명했다.

He went; but soon found a chance to fly to Chun Yang, who, at first, was much concerned for his health, as his looks denoted a serious illness. When he had made her understand, however, despair seized her, and they gazed at each other in mute dismay and utter helplessness. At last she seemed to awaken from her stupor, and, in an agony of despair, she beat her breast, and moaned:

"Oh, how can we separate. We must die, we cannot live apart"; and tears coming to her relief, she cried: "If we say goodby, it will be forever; we can never meet again. Oh, I feared it; we have been too happy — too happy. The one who made this order is a murderer; it must be my death. If you go to Seoul and leave me, I must die. I am but a poor weak woman, and I cannot live without you."

      그는 모친에게 갔지만 곧 춘향에게 달려갈 기회를 잡았다. 처음에 춘향은 도령의 모습이 심각한 병에 걸린 사람 같기에 그의 건강을 많이 염려했다. 그러나 그가 상황을 설명하자 그녀는 절망감에 사로잡혔고 그들은 크게 실망하며 속수무책으로 서로를 응시하였다.[34] 마침내 그녀는 명함에서 깨어난 듯 하더니 절망의 고통으로 가슴을 치

---

34 "처음에 ~응시하였다.": 원문은 "치힝졔구를 추리는 쳬하고 춘향의 집으로 가니 춘향이 밧비 누와 도령의 손을 잡고 목이 메여 울며"로 전후 설명없이 춘향이 상황을 바로 알아차리는 것으로 나온다. 이에 반해 알렌은 이도령이 춘향에게 전후 사정을 설명하다는 부분을 첨가함으로써 서구독자들의 이해를 돕고 서사를 유기적으로 전개하고자 한다.

며 구슬피 울었다.

　"아이고, 어떻게 우리가 헤어질 수 있나요? 차라리 죽는 게 낫겠어요. 우리는 떨어져 살 수 없어요."

　그녀는 고통의 눈물을 흘리며 울었다.

　"우리가 안녕이라 말하면 그것으로 우리는 영원한 이별을 하게 될 것이고, 우리는 결코 다시는 만날 수 없을 것이에요. 아아, 우리가 너무 행복했기에 나는 이별이 두려웠어요. 이 명령을 내린 사람은 살인자군요. 이 이별은 나의 죽음이 될 것입니다. 당신이 나를 떠나 서울로 가면 나는 필히 죽습니다. 나는 불쌍하고 약한 여자라 당신 없이는 살 수 없어요."

He took her, and laying her head on his breast, tried to soothe her. "Don't cry so bitterly," he begged; "my heart is almost broken now. I cannot bear it. I wish it could always be spring-time; but this is only like the cruel winter that, lingering in the mountain, sometimes sweeps down the valley, drives out the spring, and kills the blossoms. We will not give up and die, though. We have contracted for one hundred years, and this will be but a bitter separation that will make our speedy reunion more blissful"

"Oh," she says, "but how can I live here alone, with you in Seoul? Just think of the long, tedious summer days, the long and lonely winter nights. I must see no one. I cannot know of you, for who will tell me, and how am I to endure it?"

"Had not my father been given this great honor, we would perhaps not have been parted; as it is I must go, there is no help for it, but you must believe me when I promise I will come again. Here, take this crystal mirror as a pledge that I will keep my word."; and he gave her his pocket-mirror of rock crystal.

그는 그녀의 머리를 잡고 가슴에 안고는 달래고자 애썼다.

"그렇게 서럽게 울지 말라." 그는 애원했다.

"나의 가슴은 지금 찢어질 지경이다. 너무도 아프다. 나는 항상 행복한 봄이기를 소망했지만, 이 이별은 산에 머물다가 때때로 골짜기를 휩쓸고 내려와 봄을 몰아내고 꽃을 죽이는 잔인한 겨울과 같을 뿐이다. 우리는 포기하지 않고 죽지도 않을 것이다. 우리는 백년 계약을 했다. 이것은 우리가 더 많은 축복을 받으며 곧 다시 만날게 될 그날을 위한 고통스러운 이별일 뿐이다."

"아아," 그녀는 말했다.

"당신은 서울에 있는데 어떻게 내가 혼자 여기서 살 수 있나요? 길고 지루한 여름날, 길고 외로운 겨울밤을 생각 좀 해보세요. 어느 누구도 만날 수 없으니 당신 소식을 알 수 없어요. 누가 있어 나에게 말해주겠어요? 그것을 어떻게 견디라 말입니까?"

"부친에게 이 큰 영광이 주어지지 않았다면 우리가 헤어지는 일도 없었을 텐데. 상황이 이러하니 어쩔 도리 없이 가야하지만 너는 다시 돌아온다는 나의 약속을 믿어야 한다. 자, 약속을 지킨다는 나의 맹세이니 이 수정 거울[35]을 받아라."

---

35 수정 거울(crystal mirror): 완판본 춘향전에서 춘향과 이도령은 이별할 때 이별주만 나누는 반면 경판본과 알렌의 영역본에서는 정표로 거울과 반지를 교환한다.

그는 그녀에게 주머니용 수정 거울을 주었다.

"Promise me when you will return," said she; and then, without awaiting an answer, she sang: "When the sear and withered trunk begins to bloom, and the dead bird sings in the branches, then my lover will come to me. When the river flows over the eastern mountains, then may I see him glide along in his ship to me."

He chided her for her lack of faith, and assured her again it was as hard for one as the other. After a time she became more reconciled, and taking off her jade ring, gave it to him for a keepsake, saying:

"My love, like this ring, knows no end. You must go, alas! but my love will go with you, and may it protect you when crossing wild mountains and distant rivers, and bring you again safely to me. If you go to Seoul, you must not trifle, but take your books, study hard, and enter the examinations, then, perhaps, you may obtain rank and come to me. I will stand with my hand shading my eyes, ever watching for your return."

Promising to cherish her speech, with her image in his breast, they made their final adieu, and tore apart.

그녀가 말했다. "언제 돌아올지 약속해 주세요."

그리고 대답을 기다리지 않고 노래했다.

"마르고 시든 줄기에서 다시 꽃이 피기 시작했을 때, 죽은 새가 가지에서 노래할 때, 그때 내 님은 오겠지. 강이 동쪽 산 위로 흐를 때, 그때서야 나는 배를 타고 미끄러지듯 오는 그를 볼 수 있겠지."

그는 그녀에게 믿음이 부족하다고 나무라며, 자신도 그녀만큼 힘
들다고 재차 말했다. 곧 그녀는 마음의 평정을 조금 찾고는 옥반지
를 빼서 그에게 정표로 주었다.

"나의 사랑은 이 반지처럼 끝이 없어요. 아아, 당신은 가야하지만,
나의 사랑은 당신과 함께 할 것입니다. 이 반지는 당신이 험한 산을
건너고 먼 강을 건널 때 나의 사랑으로 당신을 보호할 것이고 그리고
당신을 다시 나에게 안전하게 올 수 있게 할 겁니다. 서울에 가면 허
송세월하지 말고 책을 가까이 하고 열심히 공부해 시험에 합격해야
합니다. 그래야 관직에 올라 나에게 다시 올 수 있을 테니까요. 나는
손으로 눈 위를 가리고 서서 당신이 돌아오는지 항상 살피겠어요."

그는 그녀의 모습을 마음속에 간직한 채 그녀의 말을 소중히 할
것을 약속했다. 그들은 마지막 작별 인사를 나누고 헤어졌다.

The long journey seemed like a funeral to the lover. Everywhere
her image rose before him. He could think of nothing else; but by the
time he arrived at the capital he had made up his mind as to his future
course, and from that day forth his parents wondered at his stern,
determined manner. He shut himself up in his room with his books.
He would neither go out, or form acquaintances among the young
noblemen of the gay city. Thus he spent months in hard study, taking
no note of passing events.

긴 여정은 그 연인에게 마치 장례식과 같았다. 도처에서 그녀의 모
습이 그의 앞에 나타났다. 그는 다른 것을 생각할 수 없었다. 그러나

수도에 도착할 쯤 그는 앞으로의 진로에 대해 마음을 정했다. 그의 부모님이 그날부터 계속된 그의 확고하고 단호한 태도에 놀랄 정도였다. 그는 방에 박혀서 책만 읽었다. 그는 나가지도 않고 활기찬 도시의 젊은 귀족들과 어울리려고도 하지 않았다. 그는 여러 달을 밖의 일에 전혀 신경 쓰지 않고 공부에 매진하며 보냈다.

In the meantime a new magistrate came to Nam Won. He was a hard-faced, hard-hearted politician. He associated with the dissolute, and devoted himself to riotous living, instead of caring for the welfare of the people. He had not been long in the place till he had heard so much of the matchless beauty of Chun Yang Ye that he determined to see, and if, as reported, marry her. Accordingly he called the clerk of the yamen, and asked concerning "the beautiful gee sang Chun Yang Ye." The clerk answered that such a name had appeared on the records of the dancing girls, but that it had been removed, as she had contracted a marriage with the son of the previous magistrate, and was now a lady of position and respectability.

"You lying rascal!" yelled the enraged officer, who could ill brook any interference with plans he had formed. "A nobleman's son cannot really marry a dancing girl; leave my presence at once, and summon this remarkable lady' to appear before me."

한편 신임 지방관[36]이 남원에 왔다. 그는 철면피에 몰인정한 정치꾼이었다. 그는 방탕한 사람들과 어울렸고, 백성의 삶을 염려하기

145

보다는 방종한 삶에 몰두했다. 이곳에 온지 얼마 되지 않아 춘향이
의 비할 바 없는 아름다움에 대한 소문을 수없이 들어 그녀를 만날
것을, 그리고 만약 소문대로라면, 그녀와 결혼할 것을 결심했다.[37]
이리하여 그는 아문의 서기[38]를 불러 "그 아름다운 기생 춘향이"에
대해 물어보았다. 서기는 그런 이름이 무희의 명부에 있었지만 전
지방관의 아들과 결혼한 후 명부에서 이름이 삭제되었고 지금은 존
경받는 신분의 부인이 되었다고 대답했다.

"이 거짓말쟁이 천한 놈아!"

관리가 격분하여 고함을 질렀다. 그는 자신이 이미 계획한 것을
방해하는 것은 무엇이든 참지 못했다.

"귀족의 아들은 사실상 무희와 결혼할 수 없다. 당장 가서 '그 잘
난 숙녀'를 내 앞에 데리고 오라."

The clerk could only do as he was bidden, and, summoning the
yamen runners, he sent to the house of Chun Yang Ye to acquaint her
with the official order.

The runners, being natives of the locality, were loath to do as
commanded, and when the fair young woman gave them "wine
money" they willingly agreed to report her "too sick to attend the

---

36 지방관(magistrate): 이도령의 부친과 구분하기 위해 지방관으로 표현했다.

37 that he determined to see, and if, as reported, marry her: 쉼표(,)의 사용이 자유로운
문장이다. "만약에", "듣던 대로라면"등의 삽입구를 쉼표를 사용해서 넣은 형태
인데, 이는 판소리계의 휴지를 반영한 결과인 듯하다. 판소리 문체의 구기(口氣)
를 살리는 영역을 시도한 흔적으로 보인다.

38 서기(clerk): 원문의 "이방"에 해당된다.

court." Upon doing so, however, the wrath of their master came down upon them. They were well beaten, and then commanded to go with a chair and bring the woman, sick or well, while if they disobeyed him a second time they would be put to death.

서기는 시키는 대로 할 수밖에 없어 아문의 사령들을 불러 춘향이의 집에 가서 관의 명령을 알리라 명했다.

사령들은 그 지역의 토박이로 명대로 하는 것이 싫었다. 또 아름다운 젊은 여인이 그들에게 '술값'을 주자 그녀가 '너무 아파 관가에 나갈 수 없다'고 보고하는데 기꺼이 동의했다. 그러나 그들이 그렇게 하자마자 상관의 분노가 그들에게 떨어졌다. 그들은 흠씬 맞고 한 번 더 명령을 어기면 죽게 될 것이니 의자를 가지고 가서 춘향이 아프든 안 아프든 그 여자를 데리고 오라는 명령을 받았다.

Of course they went, but after they had explained to Chun Yang Ye their treatment, her beauty and concern for their safety so affected them, that they offered to go back without her, and face their doom. She would not hear to their being sacrificed for her sake, and prepared to accompany them. She disordered her hair, soiled her fair face, and clad herself in dingy, ill-fitting gowns, which, however, seemed only to cause her natural beauty the more to shine forth. She wept bitterly on entering the yamen, which fired the anger of the official. He ordered her to stop her crying or be beaten, and then as he looked at her disordered and tear-stained face that resembled choice

147

jade spattered with mud, he found that her beauty was not overstated.

그들은 어쩔 수 없이 다시 춘향의 집에 가서 그녀에게 그들이 받은 벌을 설명하였다. 그러나 그녀의 아름다움과 그들의 안전을 염려하는 그녀의 마음씨에 감동을 받아 그녀 없이 돌아가 그들에게 닥칠 운명을 맞이하겠다고 말했다. 그녀는 자기 때문에 그들을 희생시킬 수 없다며 따라 나설 준비를 했다. 그녀는 머리를 헝클고 예쁜 얼굴을 더럽게 하고 우중충하고 몸에 맞지 않는 옷을 입었다. 그러나 오히려 이런 모습이 그녀의 타고난 아름다움을 더 빛나게 하는 듯했다. 그녀가 아문에 들어서자 서럽게 울어 그 관리의 분노에 불을 질렀다. 그는 계속 울면 매로 칠 것이니 그치라고 명했다.[39] 헝클어지고 눈물로 얼룩졌지만 진흙이 묻은 최상급의 옥[40] 같은 춘향의 얼굴을 보고 나서 그 관리는 그녀의 아름다움이 과장된 것이 아님을 알게 되었다.

"What does your conduct mean?" said he.

"Why have you not presented yourself at this office with the other gee sang?"

"Because, though born a gee sang, I am by marriage a lady, and not subject to the rules of my former profession," she answered.

---

39 "그는~명했다.": 원문에서는 신관사또가 분노하자 나졸들이 춘향의 머리채를 잡고 당기며 내동댕이치는 장면이 나오지만 알렌은 이를 생략하고 신관사또가 울면 매로 다스리겠다고 윽박지르는 것으로 대체한다.

40 최상급의 옥(choice jade): 원문의 "형산 빅옥"에 해당된다. 알렌은 전반적으로 중국고사에 나오는 인명, 지명 등을 그에 해당되는 일반적인 표현으로 바꾸어 번역한다.

"Hush!" roared the Prefect. "No more of this nonsense. Present yourself here with the other gee sang, or pay the penalty."

"Never" she bravely cried. "A thousand deaths first. You have no right to exact such a thing of me. You are the King's servant, and should see that the laws are executed, rather than violated."

"네가 이러는 이유가 무엇이냐?" 그는 물었다.

"너는 왜 다른 기생들처럼 관가에 나오지 않았느냐?"

"비록 기생으로 태어났지만 결혼하여 부인이 되었으니 이전 직업의 규칙을 따르지 않아도 되기 때문입니다." 그녀는 대답했다.

"입 다물라!" 부사가 고함을 질렀다.

"더 이상의 헛소리는 안 된다. 다른 기생들처럼 아문으로 나오라. 그렇지 않으면 벌을 받을 것이야."

"절대 그럴 수 없습니다." 그녀는 용감하게 소리쳤다.

"천 번을 죽는다 해도 그럴 수 없습니다. 나에게 그런 일을 강요할 권리가 당신에겐 없습니다. 당신은 법이 잘 집행되도록 살펴야 하는 왕의 신하입니다. 이렇게 법을 어기시면 되겠습니까?"

The man was fairly beside himself with wrath at this, and ordered her chained and thrown into prison at once. The people all wept with her, which but increased her oppressor's anger, and calling the jailer he ordered him to treat her with especial rigor, and be extra vigilant lest some sympathizers should assist her to escape. The jailer promised, but nevertheless he made things as easy for her as was possible under the circumstances. Her mother came and moaned over her daughter's condition, declaring that she was foolish in clinging to her faithless husband, who had brought all this trouble upon them. The neighbors, however, upbraided the old woman for her words, and assured the daughter that she had done just right, and would yet be rewarded. They brought presents of food, and endeavored to make her condition slightly less miserable by their attentions.

　　그 남자는 이 말에 완전히 정신이 나가 당장 그녀를 사슬에 묶어 감옥에 처넣으라고 명했다. 사람들은 모두 그녀의 처지를 슬퍼했고 이로 인해 학정자[虐政者]⁴¹의 분노가 오히려 더 커졌다.⁴² 그는 간수를 불러 특별히 엄격하게 그녀를 다루고 몇몇 동정자가 그녀의 도망을 돕지 못하도록 각별히 살필 것을 명했다. 간수는 그렇게 하겠다고 약속했지만 그럼에도 상황이 허락하는 한 그녀의 편의를 봐주었다. 춘향모가 와서 딸의 처지에 눈물을 흘리며 그들 모녀를 이런 곤경에 처하게 만든 그 신의 없는 남편에게 딸이 매달리는 것은 어리석은 짓이라고 단언했다. 그러나 동네 사람들은 그런 말을 하는 노파를 비난하며 딸의 처신이 옳으니 머지않아 반드시 보답을 받을 것이라 그녀를 위로했다. 그들은 먹을 것을 선물로 가져 와 그들의 관심

41　학정자(oppressor): 원문에서는 신관사또의 폭정을 기술하는 부분은 많으나 그를 지칭하여 학정자라고 명확하게 말하는 부분은 없다. 이에 반해 알렌은 그를 'oppressor'로 단정한다.

42　"커졌다.~그는": 원문에서는 두 단어 사이에 나졸들이 춘향을 형틀에 묶어 서른 장을 치는 잔혹한 장면이 있다. 알렌은 이 부분을 생략하고 바로 간수들이 춘향을 옥에 가두는 장면으로 전환한다. 원문이 잔혹함을 행위로 나타내는 반면에 알렌은 이를 학정자처럼 인물의 성격을 보여주는 명확한 명사로 표현한다.

으로 그녀의 처지가 덜 비참해질 수 있도록 노력했다.

She passed the night in bowing before Heaven and calling on the gods and her husband to release her, and in the morning when her mother came, she answered the latter's inquiries as to whether she was alive or not, in a feeble voice which alarmed her parent.

"I am still alive, but surely dying. I can never see my Toh Ryung again; but when I am dead you must take my body to Seoul and bury it near the road over which he travels the most, that even in death I may be near him, though separated in life."

Again the mother scolded her for her devotion and for making the contract that binds her strongly to such a man. She could stand it no longer, and begged her mother that she would go away and come to see her no more if she had no pleasanter speech than such to make.

"I followed the dictates of my heart and my mind. I did what was right. Can I foretell the future ? Because the sun shines to-day are we assured that tomorrow it will shine? The deed is done. I do not regret it; leave me to my grief, but do not add to it by your unkindness."

Thus the days lengthened into months, but she seemed like one dead, and took no thought of time or its flight. She was really ill, and would have died but for the kindness of the jailer.

그녀는 그 밤 동안 하늘을 향해 절하며 신과 남편에게 자기를 풀어 달라 간청하며 보냈다. 아침에 춘향모가 와서 딸이 살았는지 죽

있는지 물어보자 춘향은 부모가 깜짝 놀랄 정도로 힘없는 목소리로 답했다.

"아직은 살아 있지만 죽어가고 있는 것은 분명해요. 나의 도령을 다시는 볼 수 없겠지요. 내가 죽으면 어머니는 나의 시체를 서울로 가지고 가 그가 자주 다니는 길옆에 묻어 주세요. 살아서는 이별해도 죽어서는 그의 옆에 있을 수 있으니까요."

모친은 다시 한 번 하필 이몽룡과 그런 계약을 하고 그에게 헌신하는 대가로 이런 처지가 된 일을 책망했다. 그녀는 더 이상 참을 수 없어 모친에게 그런 듣기 싫은 말만 하려면[43] 더 이상 오지 말아 달라 애원했다.

"나는 나의 가슴과 마음이 시키는 대로 했습니다. 나는 옳은 일을 했습니다. 앞으로의 일을 어떻게 알 수 있습니까? 오늘 해가 뜬다고 해서 내일도 해가 뜰 것이라 어찌 장담할 수 있습니까? 이미 지난 일입니다. 후회하지 않습니다. 내 슬픔은 내가 감당할 몫이지만 어머니는 모진 말로 나를 더 슬프게 하지 마세요."

그리하여 여러 날들은 또 몇 달로 늘어났다. 그녀는 죽은 사람처럼 시간이나 시간의 비행에 대해 전혀 생각하지 않는 듯했다. 그녀는 많이 아팠다. 간수가 친절하게 돌봐주지 않았다면 이미 죽었을지도 모른다.

At last one night she dreamed that she was in her own room,

---

43 원문에서는 춘향모가 춘향에게 "어미 간쟝 티오지 말고 슈쳥 거힝ᄒ면 그 아니 깃불쇼냐"라는 하는 대목이 나온다. 그러나 춘향모가 직접 딸에게 신관사또에게 수쳥들라는 대화문을 춘향의 정절과 이도령과 그런 인연을 맺은 것을 탓하는 서술로 바꾸어 춘향모를 덜 부정적인 인물로 보이게 한다.

dressing, and using the little mirror Toh Ryung had given her, when, without apparent cause, it suddenly broke in halves. She awoke, startled, and felt sure that death was now to liberate her from her sorrows, for what other meaning could the strange occurrence have than that her body was thus to be broken. Although anxious to die and be free, she could not bear the thought of leaving this world without a last look at her loved husband whose hands alone could close her eyes when her spirit had departed. Pondering much upon the dream, she called the jailer and asked him to summon a blind man, as she wished her fortune told. The jailer did so. It was no trouble, for almost as she spoke they heard one picking his way along the street with his long stick, and uttering his peculiar call. He came in and sat down, when they soon discovered that they were friends, for before the man became blind he had been in comfortable circumstances, and had known her father intimately. She therefore asked him to be to her as a kind father, and faithfully tell her when and how death would come to her. He said:

"When the blossoms fade and fall they do not die, their life simply enters the seed to bloom again. Death to you would but liberate your spirit to shine again in a fairer body."

마침내 어느 날 밤 그녀는 방에서 옷을 입으며 도령이 준 작은 거울을 보고 있다 특별한 이유도 없이 갑자기 거울이 반으로 깨어지는 꿈을 꾸었다. 그녀는 깜짝 놀라며 깨어났고 죽음이 이제 그녀를 슬

153

품에서 해방시키는 것이라 확신했다. 그녀의 몸이 거울처럼 그렇게 쪼개지는 것이 아니라면 그 이상한 꿈이 달리 무엇을 뜻하겠는가. 죽어 자유로워지기를 진정 원했지만 사랑하는 남편의 마지막 얼굴을 보지 못하고 이 세상을 떠난다고 생각하니 견딜 수가 없었다. 남편의 손만이 그녀의 혼이 이 세상을 떠날 때 그녀의 눈을 감게 할 수 있기 때문이었다. 그 꿈을 곰곰이 생각한 뒤 그녀는 자신의 운을 알고 싶어 간수에게 판수[44]를 불러 달라 요청했다. 간수는 전혀 힘들이지 않고 그렇게 했다. 그녀가 그 말을 한 것과 동시에 그들은 어떤 사람이 긴 막대기로 길을 짚어 가며 특이한 소리를 내는 것을 들었기 때문이다. 판수가 들어와서 앉았는데 판수와 춘향은 바로 상대방이 친구라는 것을 알았다.[45] 그 남자는 맹인이 되기 전에는 사는 것이 넉넉했고 그와 그녀의 아버지는 각별한 사이었다. 그래서 춘향은 판수에게 친절한 아버지가 되어 줄 것과 그녀에게 언제 어떻게 죽음이 닥칠 지를 있는 그대로 말해줄 것을 요청했다. 그는 말했다.

"꽃이 시들어 떨어진다고 해도 꽃은 죽지 않고 그 생명은 꽃씨로 들어가 다시 꽃을 피운다. 너의 죽음은 단지 너의 영혼을 해방시켜 더 아름다운 몸으로 다시 빛나게 할 것이다."

---

44 판수(a blind man): 점을 치는 일을 직업으로 하는 맹인을 의미하는 판수로 번역한다.

45 원문에서 허봉사는 춘향에게 음흉한 행동을 하는 것으로 나온다. 그러나 알렌은 이런 부분을 생략하고 춘향이 허봉사를 점잖게 타이르기 위해 그가 춘향부와 각별한 사이었다는 말을 하는 대화문을 일반 서술로 변경한다. 알렌은 이 영역본에서 전체적으로 해학적인 부분, 성적인 부분, 욕설과 관련된 부분 등을 누락하고 이 누락으로 생기는 서사의 틈을 유기적으로 전개하기 위해 대화문을 일반 서술문으로 바꾸어 전후 맥락을 이어준다.

She thanked him for his kind generalities, but was impatient, and telling her dream, she begged a careful interpretation of it. He promptly answered, that to be an ill omen a mirror in breaking must make a noise. And on further questioning, he found that in her dream a bird had flown into the room just as the mirror was breaking.

"I see," said he. "The bird was bearer of good news, and the breaking of the mirror, which Toh Ryung gave you, indicates that the news concerned him; let us see."

Thereupon he arranged a bunch of sticks, shook them well, while uttering his chant, and threw them upon the floor. Then he soon answered that the news was good. "Your husband has done well. He had passed his examinations, been promoted, and will soon come to you."

She was too happy to believe it, thinking the old man had made it up to please his old friend's distressed child. Yet she cherished the dream and the interpretation in her breast, finding in it solace to her weary, troubled heart.

그녀는 그의 친절이 깃든 일반적인 덕담에 감사드렸지만 조바심에 꿈에 대해 말하며 꼼꼼히 해몽해 줄 것을 간청했다. 그는 흉조가 되려면 거울이 깨어지면서 소리가 나야한다고 즉시 대답했다. 좀 더 물어보고 나서 그는 그 꿈에서 거울이 깨어지는 순간 새 한 마리가 그녀의 방으로 날아 들어온 것을 알았다.

"알았다." 그가 말했다.

"그 새는 희소식을 가지고 왔어. 도령이 너에게 준 거울이 깨어진 것은 그 소식이 그와 관련된 것임을 암시하는 것이야. 어디 한번 보자."

그런 후 그는 한 다발의 막대기를 배열해서 주문을 외며 잘 흔들더니 바닥에 던졌다. 그러더니 그는 그 소식은 좋은 소식이라고 바로 답했다.

"네 남편이 성공했다. 그는 시험에 합격했고 승진해서 곧 너에게 올 것이다."

그녀는 그 말이 너무 좋은 말이라 믿을 수가 없었다. 노인이 옛 친구의 불쌍한 딸을 기쁘게 해주려고 이야기를 꾸며냈다고 생각했다. 그러면서도 그녀는 그 꿈과 해몽을 가슴에 소중이 간직하며 지치고 힘들 때마다 마음의 위안으로 삼았다.

In the meantime Ye Toll Ryung had continued his studious work day and night, to the anxiety of his parents. Just as he began to feel well prepared for the contest he awaited, a royal proclamation announced, that owing to the fact that peace reigned throughout the whole country, that the closing year had been one of prosperity, and no national calamity had befallen the country. His Gracious Majesty had ordered a grand guaga or competitive examination, to be held. As soon as it became known, literary pilgrims began to pour in from all parts of the country, bent on improving their condition.

그동안 이도령은 부모님이 걱정할 정도로 밤낮으로 공부에 계속 매진했다. 기다리던 시험에 충분히 준비가 되었다고 느낄 때쯤 마침

왕이 포고문을 내었다. 온 나라에 평화가 깃들고, 한 해가 풍족하게 마무리되고, 국가에 어떠한 재앙도 닥치지 않았으니[46] 임금이 '대과거(guaga)' 즉, 선발 시험[47]의 실시를 명한다는 취지였다. 공고가 나자 즉시 문인 순례자[48]들이 출세하기를 열망하며 전국 방방곡곡에서 몰려들기 시작했다.

The day of the examination found a vast host seated on the grass in front of the pavilion where His Majesty and his officers were. Ye Toh Ryung was given as a subject for his composition, "A lad playing in

---

46 "온 나라가~ 않았으니": 시절이 태평하거가 나라에 경사가 있을 대 임시로 실시했던 과거인 원문의 "틴평과"에 해당하는 영역이다.

47 알렌은 조선의 과거시험에 대해 다른 저서에서 다음과 같이 설명한 바 있다. "초창기의 과거 시험은 우리에게 큰 구경거리가 되었다. 시험 때가 되면 전국에서 모여든 수백 명의 응시자들이 궁전 뒤에 있는 한 구내의 땅바닥 위에 앉아서 중국 고전에서 뽑은 어떤 주제에 관한 수필을 열심히 쓴다. 중국에서와 마찬가지로 그들은 평민의 신분에서 입신양명(立身揚名)하기 위해 몇 해를 두고 과거에 도전한다. 과거에 급제한 사람이 시골에서 벼슬하지 못하고 묻혀 사는 형제 앞에 나타나는 장면은 얼마나 가관이었겠는가!"(H.N.알렌 지음, 신복룡 역주, 『조선견문기』, 집문당, 2010, p77.) 참고로 그리피스 또한 조선의 과거시험을 주목했다. "향시(鄕試)나 대과(大科)를 치르기 위해 조정에서는 시관(試官)을 임명한다. 이들은 급제한 사람들에게 자격증을 부여한다. ……지정한 날이 되면 수천 명 또는 그 이상의 시생들이 이 시간을 기다리며 준비해 둔 것들을 가지고 지정된 장소에 모여든다. 과제가 준비되는 시간은 시끄럽고 연기가 자욱하다. 한 자라도 더 보려는 사람, 책을 다시 검토해 보는 사람, 중얼거리며 외어 대는 사람, 또는 자기의 습관이나 기호에 따라 먹고, 마시고, 떠드는 사람들이 그득하다. 시험은 시부(詩賦)의 작문과 질문에 대한 구어, 서면의 답변으로 되어 있다."(W.E.그리피스 지음, 신복룡 역주, 『은자의 나라 한국』, 집문당, 2010, pp.438~439.)

48 "이것이 ~시작했다.": 원문의 "틴평과를 뵈실 시 니셩이 셔칙을 품고 네위에 드러가" 부분에서 과거를 보고자 전국에서 몰려드는 선비들의 모습, 한국의 과거 문화를 보여주기 위해 알렌이 첨가하였다. 또한 알렌은 이러한 선비들을 문인 순례자(literary pilgrim)로 영역하여 과거 시험 준비와 합격이 종교적 고난과 열망에 견줄 수 있음을 드러낸다.

the shade of a pine tree is questioned by an aged wayfarer."

The young man long rubbed his ink-stick on the stone, thinking very intently meanwhile, but when he began to write in the beautiful characters for which he was noted he seemed inspired, and the composition rolled forth as though he had committed it from the ancient classics. He made the boy express such sentiments of reverence to age as would have charmed the ancients, and the wisdom he put into the conversation was worthy of a king. The matter came so freely that his task was soon finished; in fact many were still wrinkling their brows in preliminary thought, while he was carefully folding up his paper, concealing his name so that the author should not be recognized till the paper had been judged on its merits. He tossed his composition into the pen, and it was at once inspected, being the first one, and remarkably quickly done. When His Majesty heard it read, and saw the perfect characters, he was astonished. Such excellence in writing, composition, and sentiment was unparalleled, and before any other papers were received it was known that none could excel this one. The writer's name was ascertained, and the King was delighted to learn that 't was the son of his favorite officer. The young man was sent for, and received the congratulations of his King. The latter gave him the usual three glasses of wine, which he drank with modesty. He was then given a wreath of flowers from the King's own hands; the court hat was presented to him, with lateral wings, denoting the rapidity — as the flight of a bird — with which he must execute his Sovereign's commands. Richly embroidered breast-plates were given him, to be worn over the front and back of his court robes. He then went forth, riding on a gayly caparisoned horse, preceded by a baud of palace musicians and attendants. Everywhere he was greeted with the cheers of the populace, as for three days he devoted his time to this public display. This duty having been fulfilled, he devotedly went to the graves of his ancestors, and prostrated himself with offerings before them, bemoaning the fact that they could not be present to rejoice in his success. He then presented himself before his King, humbly thanking him for his gracious condescension in bestow such great honors upon one so utterly unworthy.

시험 당일 엄청난 인파가 임금과 신하들이 있는 전각 앞 풀 위에 자리했다. 이도령에게 주어진 작문 주제는 '소나무 그늘에서 놀고 있는 소년이 노년의 여행자에게 질문을 받다.' 이었다.

젊은이는 곰곰이 생각하며 오랫동안 잉크 막대를 돌[49]에 문질렀다. 그러나 일단 그의 특기인 아름다운 글씨로 글을 쓰기 시작하자 영감을 받은 듯 고대의 명저에서 글을 옮겨 적듯 글을 술술 적어갔다. 그는 소년을 통해 고인들에게 감동을 주었을 것이 틀림없는 장유유서를 담은 정서를 표현하였다. 또한 그가 두 사람의 대화 속에

---

49 잉크 막대(ink stick), 돌(stone): 원문의 "먹"과 "용연"에 해당된다. 『한영자전』 (먹: ink, 연석(벼루): inkstone). 알렌은 '먹'을 ink stick으로 번역함으로써 막대 모 양으로 된 먹을 연상하게 한다.

담은 지혜는 왕이 경청할 만 했다. 그는 글이 술술 잘 풀려서 시험을 금방 마쳤다. 그와는 달리 사실 많은 이들은 이마를 찡그리며 여전히 무엇을 쓸지 몰라 고민하고 있었다. 그는 작성자의 이름이 채점하기 전에 드러나지 않도록 조심스럽게 시험지를 접어 통에 넣었다. 첫 번째로 그리고 놀랄 만큼 빨리 낸 시험지라 제출된 즉시 확인되었다. 임금은 그 글을 듣고 그의 완벽한 글자를 본 후 깜짝 놀랐다. 글씨와 작문과 정서의 우수함이 다른 작품과의 비교를 불허했다. 다른 시험지를 보기도 전이지만 이미 이 글을 능가할 글은 나오지 않을 것이라 추정되었다. 글쓴이의 이름을 확인한 후 왕은 제출자가 자기가 총애하는 신하의 자제라는 것을 알고는 크게 기뻐했다. 젊은이는 왕의 부름을 받고 어전에 가 왕의 축하를 받았다. 왕은 관행대로 세 잔의 술을 주었고, 그는 예의를 갖추어 마셨다. 그런 후 그는 왕으로부터 직접 화환을 받았다. 관모가 하사되었는데, 관모의 양쪽 날개는 신속함을 의미하는 것으로 군주의 명령을 '새의 비행처럼' 빠르게 집행하라는 뜻이었다. 화려하게 수놓인 흉배들이 그에게 주어졌는데 관복의 앞과 뒤에 붙이는 것이었다. 그런 후 그는 멋지게 장식한 말을 타고 앞으로 나갔고, 궁중 악사와 시종 무리들이 그를 앞섰다. 그는 대중 행차 3일 동안 모든 곳에서 백성들의 환호를 받았다. 이 의무를 다 한 후에 조상 묘에 가서 앞에 음식을 놓고 엎드려, 조상님들이 그의 성공을 함께 만끽할 수 없다는 사실을 애통해 했다. 그는 어전에 나아가 이토록 하찮은 사람에게 이토록 큰 영광을 베풀어 주신 자애로운 하사에 감사드린다고 공손하게 말했다.

His Sovereign was pleased, and told the young man to strive to imitate the example of his honest father. He then asked him what position he wished. Ye Toh Ryung answered that he wished no other position than one that would enable him to be of service to his King. "The year has been one of great prosperity," said he. "The plentiful harvest will tempt corrupt men to oppress the people to their own advantage. I would like, therefore, should it meet with Your Majesty's approval, to undertake the arduous duties of Ussa" – government inspector.

He said this as he knew he would then be free to go in search of his wife, while he could also do much good at the same time. The King was delighted, and had his appointment – a private one naturally – made at once, giving him the peculiar seal of the office.

임금은 기분이 좋아졌고 젊은이에게 정직한 아버지의 본을 받기 위해 노력하라고 말했다. 그리고 그는 이도령에게 어떤 자리를 원하는지를 물었다. 그는 왕을 위해 봉사할 수 있는 자리라면 어떤 자리라도 좋다고 대답했다.

"올해는 큰 풍년이 든 해입니다." 그는 말했다. "풍년이 되면 부패한 사람들은 자신들의 이익을 위해 백성들을 억압하고 싶은 유혹을 느낄 것입니다. 그래서 저는 전하께서 허락해 주신다면 고되겠지만 어사(Ussa) 즉 정부 감시관[50]의 임무를 맡고 싶습니다."

---

50 정부 감시관(government inspector): 알렌은 어사를 Ussa로 음역한 후 "government inspector"로 그 의미를 풀어준다. 왕이 직권으로 비밀리에 임명하는 직이기 때문에 왕을 대신한 감시관의 의미로 government inspector보다는 royal inspector가 더 적절했을 것 같다. 참고로 『한영자전』(어사御使: a royal inspector who travels

그가 이렇게 말한 것은 좋은 일을 많이 하면서 동시에 자유롭게 아내를 찾으러 갈 수 있다는 것을 알기 때문이었다. 왕은 기뻐하며 직의 특성상 비공개로 그 자리에서 그를 어사직에 임명하고 또한 그에게 그 직을 상징하는 특이한 인장을 주었다.

The new Ussa disguised himself as a beggar, putting on straw sandals, a broken hat, underneath which his hair, uncombed and without the encircling band to hold it in place, streamed out in all directions. He wore no white strip in the neck of his shabby gown, and with dirty face he certainly presented a beggarly appearance. Presenting himself at the stables outside of the city, where horses and attendants are provided for the ussas, he soon arranged matters by showing his seal, and with proper attendants started on his journey towards his former home in the southern province.

신임 어사는 거지로 변장했다. 그는 짚신과 부러진 모자[51]를 착용하였고 모자 밑의 빗지 않은 머리는 머리를 제자리에 고정시킬 둥근 띠[52]가 없어 사방으로 흩어졌다. 목 부분에 흰 띠도 안 달린 허름한 가운[53]을 입고 얼굴도 더러운 그는 틀림없는 거지꼴을 하고 있었다.

---

incognito to examine into the acts of officials).

51 부러진 모자(broken hat): 원문의 "헌 파립" 즉 "해어지거나 찢어져 못 쓰게 된 갓"에 해당한다. 『한영자전』(파립: a worn out hat).

52 둥근 띠(the encircling band): 성인 남자가 상투를 틀 때 머리털을 위로 걷어 올리기 위해 이마에 두르는 건(巾)인 망건(網巾)을 가리킨다.

53 허름한 가운(shabby gown): 원문의 "헌 도포"에 해당한다. 『한영자전』(도포: the outer coat-of a scholar).

어사가 부릴 수 있는 말과 부하들이 제공되는 시의 외곽 마구간에 모습을 드러낸 그는 인장을 보임으로써 곧 일을 진행시켰다. 그는 그와 함께 할 부하들을 대동하고 남쪽 지방에 있는 옛 집을 향해 떠났다.

Arriving at his destination, he remained outside in a miserable hamlet while his servants went into the city to investigate the people and learn the news.

It was spring-time again. The buds were bursting, the birds were singing, and in the warm valley a band of farmers were plowing with lazy bulls, and singing, meanwhile, a grateful song in praise of their just Bang, their peaceful, prosperous country, and their full stomachs. As the Ussa came along in his disguise he began to jest with them, but they did not like him, and were rude in their jokes at his expense; when an old man, evidently the father, cautioned them to be careful.

"Don't you see," said he, "this man's speech is only half made up of our common talk; he is playing a part I think he must be a gentleman in disguise."

부하들이 시로 들어가 백성들을 살피고 새로운 소식을 얻는 동안 그는 목적지에 도착한 후 초라한 촌락의 외곽에 머물고 있었다.

다시 봄날이었다. 꽃망울이 터지고 새는 노래하고 따뜻한 골짜기에서는 한 무리의 농부들이 게으른 황소로 쟁기를 갈며 정의로운 왕

과 평화롭고 부강한 나라와 배부른 상황을 칭송하는 감사의 노래[54]
를 불렀다. 어사는 변장을 하고 나타나서는 농부들과 시시껄렁한 농
을 하기 시작했다. 그러나 그들은 그가 마음에 들지 않아 그에게 무
례한 농담을 했다.[55] 아버지인 듯한 노인이 그들에게 조심하도록 주
의를 주었다.

"모르겠느냐?" 그는 말했다. "이 사람은 일반 백성의 말을 어설프
게 쓰고 있다.[56] 그는 연극을 하고 있어. 내 생각에 그는 변장한 신사
가 분명해."

The Ussa drew the old man into conversation, asking about
various local events, and finally questioning him concerning the
character of the Prefect. "Is he just or oppressive, drunken or sober?
Does he devote himself to his duties, or ivc himself up to riotous
living?"

"Our Magistrate we know little of. His heart is as hard and
unbending as the dead heart of the ancient oak. He cares not for the
people; the people care not for him but to avoid him. He extorts rice
and money unjustly, and spends his ill- gotten gains in riotous living.

---

54 알렌은 원문의 농부가를 간략하게 서술한다.

55 "그들은~했다": 알렌은 이몽룡이 농부들과 언어유희 하는 부분을 과감히 생략
했는데, 이와 관련하여 몇 가지 이유를 추정해 볼 수 있다. 첫째, 알렌의 번역 목
적이 한국 문화를 알리는 것인데 이러한 언어유희가 한국의 문화를 알리는 것
과 별 상관이 없다고 판단하여 의도적으로 생략했을 수 있다. 두 번째는 알렌이
전체적으로 등장인물들의 해학적인 부분을 삭제하였듯이 이몽룡의 진중한 모
습을 고수하기 위해 의도적으로 생략했을 수도 있다.

56 "이 사람은~ 쓰고 있다": 서민의 말과 양반의 말이 다른 것, 곧 계층어가 다르다
는 것을 적실히 보여주는 대목이다.

He has imprisoned and beaten the fair Chun Yang Ye because she repulsed him, and she now lies near to death in the prison, because she married and is true to the poor dog of a son of our former just magistrate."

어사는 그 노인을 대화에 끌어들여 그 지역의 여러 가지 사건들에 대해 물어본 후 드디어 그에게 부사의 인품에 대해서도 질문했다.

"그는 공정한가 아니면 폭압적인가? 술에 취해 사는가 아니면 말짱한가? 공직 수행에 충실한가 아니면 방탕한 삶에 빠졌는가?"

"우리는 지방관에 대해 아는 바가 없소. 그의 심장은 오래된 참나무의 죽은 심장처럼 단단하고 매정하오. 그는 백성을 돌보지 않고 백성은 그를 좋아하지 않고 피하기만 하오. 그는 그릇되게 곡식과 돈을 착취하고 부당하게 얻은 재물을 방탕한 삶에 쓰오. 아름다운 춘향이가 그를 거부했다고 해서 그녀를 감옥에 가두고 매질을 했소. 그녀가 지금 감옥에서 사경을 헤매고 있는 것은 덕이 높은 구관(舊官)의 아들인 빌어먹을 개와 결혼해 절개를 지켜서라오."

Ye Toh Ryung was stung by these unjust remarks, filled with the deepest anxiety for his wife, and the bitterest resentment toward the brute of an official, whom, he promised himself, soon to bring to justice. As he moved away, too full of emotion for further conversation, he heard the farmers singing,

"Why are some men born to riches, others born to toil, some to marry and live in peace, others too poor to possess a hut."

　　이도령은 이 황당한 상황을 듣고 심장을 가격당한 듯 했다. 아내
에 대한 말할 수 없는 근심과 짐승 같은 관리를 향한 뼛속 깊은 분노
로 그를 곧 심판할 것을 맹세했다. 대화를 더 이상 못 할 정도로 감정
이 격해진 그는 걸어가면서 농부들이 노래하는 것을 들었다.
　　"어이하여 누구는 부자로 태어나고 누구는 고생하러 태어나고,
누구는 결혼해서 편안하게 살고 누구는 지독히 가난해 오두막 한 칸
도 없는가?"

He walked away meditating. He had placed himself down on the
people's level, and began to feel with them. Thus meditating he
crossed a valley, through which a cheery mountain brook rushed
merrily along. Near its banks, in front of a poor hut, sat an aged man
twisting twine. Accosting him, the old man paid no attention; he
repeated his salutation, when the old man, surveying him from head
to foot, said:

"In the government service age does not count for much, there
rank is every thing; an aged man may have to bow to a younger, who
is his superior officer. 'T is not so in the country, however; here age
alone is respected. Then why am I addressed thus by such a miserable
looking stripling?"

The young man asked his elder's pardon, and then requested him
to answer a question. "I hear," says he, "that the new Magistrate is
about to marry the gee sang, Chun Yang Ye; is it true?"

"Don't mention her name," said the old man, angrily. "You are not worthy to speak of her. She is dying in prison, because of her loyal devotion to the brute beast who married and deserted her."

그는 골똘히 생각하면서 걸어갔다. 백성들의 수준에 맞게 자신을 낮추자 그들의 마음을 느끼기 시작했다. 이렇게 곰곰이 생각하면서 그는 산 개울이 졸졸졸 흐르는 개울 사이를 지났다. 계곡 둑 가까이의 허름한 오두막 앞에 노인이 앉아 끈을 꼬고 있었다. 노인에게 다가갔지만 그는 본체만체했다. 이도령이 거듭 인사를 하자 노인은 그를 머리에서 발끝까지 훑어본 후에 말했다.

"공직에서는 지위가 제일이고 나이는 그다지 중요하지 않아 나이든 사람이라도 어린 상관에게 절을 해야 하는지도 모르지. 그러나 시골은 달라. 여기서는 나이로만 존중받지.[57] 헌데 이토록 비참한 꼴을 한 풋내기가 왜 나에게 말을 거나?"

젊은이는 노인이 아량을 베풀어 자신의 질문에 대답해 줄 것을 간청했다.

---

[57] "그가 거듭 인사를 하자~나이만이 존중받지": 알렌은 이 영역문을 통해 시골에서는 관직의 고하보다 '장유유서'란 덕목을 최우선한다는 사실을 보여준다. 원문에서는 어린 이도령이 노인에게 양반 행세한답시고 "져 늙으니, 말 좀 무러보즈"로 되어 있어 노인의 장유유서를 강조하는 말과 이도령이 다시 "닉 언제 반말ㅎ여다고" 하는 대화문이 서사 전개상 이상하지 않다. 그러나 알렌의 영역문에서 이도령의 반말이 누락되어 있는데다 또한 "he repeated his salutation"에서 알 수 있듯이 이도령의 인사말이 노인에게 하대했다는 뉘앙스가 전혀 없다. 『언더우드 사전』에 의하면 salutation은 '인사, 경례, 문안, 축하'로 풀이된다. 영역문상으로는 노인의 대꾸가 한국의 노인공경문화를 알 수 있게 하는 대목이지만 동시에 서구독자들에게는 뜬금없는 서사 전개로 느껴질 수도 잇다. 이것은 알렌이 전체적으로 이도령의 익살스러운 부분 등을 제거하였기 때문에 생긴 결과로 보인다.

"신임 지방관이 기생 춘향이와 곧 결혼한다는 소식을 들었는데 사실이오?"

"춘향 이름을 들먹이지 마오." 노인이 화를 내며 말했다.

"당신은 그녀에 대해 말할 자격이 없어. 춘향이 감옥에서 죽어가고 있는 것은 결혼을 해 놓고는 그녀를 버린 짐승 같은 놈을 향한 변함없는 정절 때문이지."

Ye Toh Ryung could hear no more. He hurried from the place, and finding his attendants, announced his intention of going at once into the city, lest the officials should hear of his presence and prepare for him. Entering the city, he went direct to Chun Yang Ye's house. It presented little of the former pleasant appearance. Most of the rich furniture had been sold to buy comforts for the imprisoned girl. The mother, seeing him come, and supposing him to be a beggar, almost shrieked at him to get away.

"Are you such a stranger, that you don^t know the news ? My only child is imprisoned, my husband long since dead, my property almost gone, and you come to me for alms. Begone, and learn the news of the town."

"Look! Don't you know me? I am Ye Toh Ryung, your son-in-law," he said.

"Ye Toh Ryung, and a beggar! Oh, it cannot be. Our only hope is in you, and now you are worse than helpless. My poor girl will die."

"What is the matter with her ? " said he, pretending.

이도령은 더 이상 듣고 있을 수가 없었다. 그는 서둘러 그곳을 떠나 부하들을 만나 관리들이 그의 존재에 대해 듣고 미리 대비하지 않도록 곧장 시[58]로 들어갈 생각이라고 밝혔다. 그는 시에 들어간 후 바로 춘향이의 집으로 갔다. 이전의 아늑했던 모습은 거의 찾아 볼 수 없었다. 대부분의 값비싼 가구는 감옥에 갇힌 딸을 뒷바라지할 물품을 사느라 모두 팔려 나가고 없었다. 춘향모는 그가 오는 것을 보고 거지라고 생각하고 빽 소리를 지르면서 꺼지라고 했다.

"넌 어떤 낯선 사람이건데 소문도 듣지 못한 것이냐? 나의 하나뿐인 자식은 감옥에 갇히고 남편은 죽은 지 오래고 재산도 바닥났는데 너는 나에게 와서 구걸을 하느냐. 썩 나가서 동네 소문이나 들어보아라."

"보시오. 나를 모르오? 당신 사위 이도령이오." 그가 말했다.

"이도령이 거지라니! 아이고, 그럴 리가 없다. 우리 단 하나의 희망은 너 하나뿐이었는데, 지금 너는 도움이 되기는커녕 그보다 더 못하게 되었구나.[59] 불쌍한 내 딸은 다 죽게 생겼네."

"춘향에게 무슨 일이 있소?" 그는 모르는 척하며 물었다.

The woman related the history of the past months in full, not sparing the man in the least, giving him such a rating as only a woman can. He then asked to be taken to the prison, and she accompanied him with a strange feeling of gratification in her heart

---

58 시(city): 원문의 "남원성"에 해당된다. 『언더우드 사전』에 의하면 'city: 도회, 대처, 성, 시, 부'로 풀이된다.

59 알렌은 이몽룡이 월매에게 밥을 구걸하는 장면을 생략하였다. 근대적 소설로 전용하는 과정에서 판소리계 소설 특유의 장면묘사가 생략된 결과라고 생각된다.

that after all she was right, and her daughter's confidence was ill-placed. Arriving at the prison, the mother expressed her feelings by calling to her daughter:

"Here is your wonderful husband. You have been so anxious to simply see Ye Toh Rynng before you die; here lie is; look at the beggar, and see what your devotion amounts to! Curse him and send him away."

그 여자는 여자들 특유의 눈으로 그를 뜯어보면서 지난 몇 달 사이에 일어난 일을 하나도 빠짐없이 전부 이야기했다. 어사는 자기를 감옥으로 데려가 달라고 부탁했다. 춘향모는 결국 자신의 말이 옳고 딸의 믿음이 잘못된 것에 대해 마음속으로 이상한 만족감을 느끼면서[60] 그를 따라갔다. 감옥에 도착한 춘향모는 딸을 부르면서 그 느낌을 드러냈다.

"여기 그 잘난 네 남편 왔다. 네가 죽기 전에 이도령 만나기만을 그토록 바라더니. 여기 왔다. 저 거지를 보고 너의 헌신이 결국 어떻게 되었는지 보거라! 이제 실컷 욕하고 멀리 내쫓아라."

The Ussa called to her, and she recognized the voice.

"I surely must be dreaming again," she said, as she tried to arise; but she had the huge neck-encircling board upon her shoulders that marked the latest of her tormentor's acts of oppression, and could not

---

60 "결국~느끼면서": 원문에 없는 내용으로 알렌이 첨가하였다.

get up. Stung by the pain and the calmness of her lover's voice, she sarcastically asked:

"Why have you not come to me? Have you been so busy in official life? Have the rivers been so deep and rapid that you dared not cross them? Did you go so far away that it has required all this time to retrace your steps?" And then, regretting her harsh words, she said: "I cannot tell my rapture. I had expected to have to go to Heaven to meet you, and now you are here. Get them to unbind my feet, and remove this yoke from my neck, that I may come to you."

어사가 춘향을 부르자 그녀는 그 목소리를 알아차렸다.

"필히 꿈을 또 꾸는 게야."

그녀는 일어서려고 애쓰면서 말했다. 그러나 그녀는 고문가가 가장 최근에 내린 잔혹 행위를 표지하는 목을 빙 두른 커다란 틀[61]을 어깨 위에 두르고 있었기 때문에 일어날 수가 없었다. 찌르는 듯한 고통에 그리고 연인의 차분한 목소리에 충격을 받은 그녀는 비꼬면서 물었다.

"왜 안 왔어요? 공직 생활하느라 너무 바빴나요? 강이 너무 깊고 빨라 도저히 건널 수 없었나요? 너무 멀리 가서 발걸음을 되돌려 다시 오는데 이토록 많은 시간이 필요했나요?"

그러곤 심하게 말 한 것을 후회하면서 그녀는 말했다.

---

61 목을 빙 두른 커다란 틀(huge neck-encircling board): 원문의 "칼" 즉 죄인에게 씌우던 형틀로 두껍고 긴 널빤지의 한끝에 구멍을 뚫어 죄인의 목을 끼우고 비녀장을 지른 것에 해당되는 표현이다. 참고로 게일이 이 칼을 'cangue'로 번역하는데 반해 알렌은 뜻풀이하여 번역한다.

　　"나의 이 기쁨을 말로 표현할 수가 없네요. 당신을 만나기 위해 하늘에 가야 한다면 그렇게라도 하고 싶었는데 오늘 당신이 여기에 왔군요. 내가 당신에게 갈 수 있도록 발을 풀어주고 목에서 이 멍에를 치우라고 해주세요."

He came to the little window through which food is passed, and looked upon her. As she saw his face and garb, she moaned:

"Oh, what have we done to be so afflicted? You cannot help me now; we must die. Heaven has deserted us."

"Yes," he answered; "granting I am poor. yet should we not be happy in our reunion. I have come as I promised, and we will yet be happy. Do yourself no injury, but trust to me."

She called her mother, who sneeringly inquired of what service she could be, now that the longed-for husband had returned in answer to her prayers. She paid no attention to these cruel words, but told her mother of certain jewels she had concealed in a case in her room.

"Sell these," she said, "and buy some food and raiment for my husband; take him home and care for him well. Have him sleep on my couch, and do not reproach him for what he cannot help."

　　그는 음식이 전달되는 작은 문으로 다가와서 그녀를 바라보았다. 그녀는 그의 얼굴과 옷차림을 보며 슬피 울었다.

　　"아이고, 우리가 무슨 일을 했다고 이토록 고통 받아야 하나요? 이제 당신이 나를 도울 수 없으니 우리는 죽게 생겼네요. 하늘이 우리를 버렸어요."

그가 대답했다.

"그래. 내가 가난하다고 해도 그래도 우리가 다시 만나니 행복하지 않느냐? 약속대로 왔으니 우리는 다시 행복할 것이다. 너 자신을 상하게 하지 말고 나를 믿어라."

춘향이 모친을 부르자 춘향모는 오매불망 기다리던 네 남편이 기도에 답하여 돌아왔으니 무슨 일을 해주면 되냐고 비아냥거렸다. 그녀는 이런 모진 말에 괘념치 않고 모친에게 방의 상자에 숨겨두었던 보석이 있다고 알려주었다.

그녀는 말했다.

"그것들을 파세요. 남편에게 음식과 의복을 장만해 주시고, 그를 집으로 데리고 가 잘 보살펴 주세요. 내 침대에서 주무시게 하고 나를 구하지 못한다고 질책하지 마세요."

He went with the old woman, but soon left to confer with his attendants, who informed him that the next day was the birthday of the Magistrate, and that great preparations were being made for the celebration that would commence early. A great feast, when wine would flow like water, was to take place in the morning. The gee sang from the whole district were to perform for the assembled guests; bands of music were practising for the occasion, and the whole bade fair to be a great, riotous debauch, which would afford the Ussa just the opportunity the consummation of his plans awaited.

그는 춘향모와 함께 나섰지만 부하들과 만나기 위해 곧 떠났다. 그들은 이도령에게 그 다음날이 지방관의 생일이라 이른 아침부터 시작될 생일 축하 잔치를 위해 엄청난 준비를 하고 있다고 알려주었다. 술이 물처럼 흐를 큰 잔치가 아침부터 벌어질 것이다. 전 지역의 기생들이 잔치에 모인 손님들을 위해 춤을 출 것이다. 악단들이 이 날을 위해 연습했으며 온 사람들이 한바탕 질퍽하게 놀 잔치를 준비하였다. 어사는 바로 이 잔치를 기회로 삼아 그의 계획을 이루고자 하였다.

Early the next morning the disguised Ussa presented himself at the yamen gate, where the servants jeered at him, telling him: "This is no beggars' feast," and driving him away. He hung around the street, however, listening to the music inside, and finally he made another attempt, which was more successful than the first, for the servants, thinking him crazy, tried to restrain him, when, in the melee, he made a passage and rushed through the inner gate into the court off the reception hall. The annoyed host, red with wine, ordered him at once ejected and the gatemen whipped. His order was promptly obeyed, but Ye did not leave the place. He found a break in the outside wall, through which he climbed, and again presented himself before the feasters. While the Prefect was too blind with rage to be able to speak, the stranger said:

"I am a beggar, give me food and drink that I, too, may enjoy myself."

다음날 이른 아침 변장한 어사가 아문 문 앞에 나타났다. 문지기들은 그를 비웃으며 말하였다.

"이곳은 거지들이 올 수 있는 잔치가 아니야."

그들은 그를 내쫓았다. 그는 아문 안에서 나오는 음악 소리를 들으면서 관문 앞을 떠나지 않았다. 그는 마지막으로 다시 한 번 관문으로 들어가려고 했는데 처음보다 성공적이었다. 문지기들은 그를 미쳤다고 생각하고 막고자 했지만 소란 통에 그는 관문을 통과하고 안쪽 문으로 내달아 잔치 마당으로 달려갔다. 술로 얼굴이 벌게진 주인은 짜증을 내며 그는 내보내고 문지기들은 매로 다스리라 명령했다. 그의 명령은 즉시 이행되었지만 이(Ye)는 그곳을 떠나지 않았다. 그는 외벽에 틈이 있음을 발견하고 그 담에 올라가서 다시 잔치 손님들 앞에 나타났다. 부사는 분노로 기가 차 말문이 막힐 지경인데 낯선 이가 말했다.

"나는 거지요. 나도 즐길 수 있도록 음식과 술을 주시오."

The guests laughed at the man's presumption, and thinking him crazy, they urged their host to humor him for their entertainment. To which he finally consented, and, sending him some food and wine, bade him stay in a comer and eat.

To the surprise of all, the fellow seemed still discontented, for he claimed that, as the other guests each had a fair gee sang to sing a wine song while they drank, he should be treated likewise. This amused the guests immensely, and they got the master to send one. The girl went with a poor grace, however, saying: *' One would think from the looks of you that your poor throat would open to the wine without a song to oil it," and sang him a song that wished him speedy death instead of long life.

　　손님들은[62] 그 남자의 주제넘음을 비웃고 그가 미쳤다고 생각하여 주인에게 그들의 여흥을 위해 그의 말을 들어주라고 부추겼다. 이에 동의한 주인은 그에게 음식과 술을 보내 모퉁이에 앉아서 먹도록 명령했다.

　　모두의 예상과 달리 그 사람은 여전히 만족하지 않았다. 그는 다른 손님들 모두 아름다운 기생의 노래를 들으며 술을 마시는데 자신도 같은 대접을 받아야 한다고 주장했다. 이 말을 들은 손님들은 매우 즐거워하며 주인에게 기생 한 명을 그에게 보내라고 했다. 지명된 기생은 마지못해 가더니

　　"행색을 보니 당신의 불쌍한 목은 흥을 돋울 노래 없이도 술이 잘 넘어가겠군요." 라고 말하며 그에게 장수 대신 빠른 죽음을 기원하는 노래를 불러 주었다.[63]

After submitting to their taunts for some time, he said,

"I thank you for your food and wine and the graciousness of my

---

62　손님들(guests): 원문에서는 웃으면서 어사를 대접하라고 청하는 이는 "운봉영장"이나 알렌은 이를 잔치에 온 "손님들"로 변경한다.

63　"그에게 ~주었다.": 거지 이도령이 오래 살지 말고 일찍 죽었으면 좋겠다는 저주의 내용이다. 이 부분은 전상욱이 영역본의 번역저본이 경판 30장본이 아닌 경판 23장본으로 추정하는 또 다른 근거가 되는 대목이다. 경판30장본의 기생 권주가의 경우 기생이 마지 못해 노래를 부르는 상황은 똑같지만 권주가의 가사는 일반적인 권주가의 가사를 따르고 저주를 하는 내용은 없다. 그러나 경판23장본의 경우 "드리셰오 드리셰오 이 술 혼 잔 드리셰오 이 술 혼 잔 움퀴시면 혼 오리다 논졍결치"의 부분이 영역본과 유사하다.

reception, in return for which I will amuse you by writing you some verses"; and, taking pencil and paper, he wrote:

"The oil that enriches the food of the official is but the life blood of the down- trodden people, whose tears are of no more merit in the eyes of the oppressor than the drippings of a burning candle."

그들이 조롱하는 것을 한 동안 묵묵히 들은 후에 그는 말했다.

"음식과 술로 나를 후하게 대접해주신 것에 감사하며, 이에 대한 보답으로 시를 지어 당신들을 즐겁게 해드리고자 합니다."

그리고 그는 연필과 종이[64]를 가져다가 다음의 시를 적었다.

"관리의 음식을 맛나게 하는 기름은 폭정에 짓밟힌 백성들의 생명의 피요, 폭정자의 눈에는 그들의 눈물이 양초의 촛농만큼이나 하찮구나."[65]

When this was read, a troubled look passed over all; the guests shook their heads and assured their host that it meant ill to him. And

---

64 연필과 종이(pencil and paper): 원문의 "지필"에 해당한다. 조선 시대 당시에는 연필이 아닌 붓이 필기구였지만 게일과 마찬가지로 알렌도 글을 쓰는 도구의 의미인 筆을 brush가 아닌 pencil로 번역하다. 『한영자전』에 의하면 글을 쓰는 필기구에는 pencil을 그림을 그리는 필기구는 brush로 번역되어 있다.

65 "관리의~보이는구나": 원문의 "금쥰미쥬는 천일혈이요 옥반가효는 만셩고라 촉누낙시의 민눈낙이요 가셩고쳐원셩고"에 해당된다. 원문에서 이도령은 기름 膏와 높을 高의 운자에 맞추어 운문을 지었다고 볼 수 있다. 알렌은 이를 서술 형식으로 전환하고, 원문의 운자에 해당되는 영시의 각운, 두운을 사용하지 않았다. 내용에서도 약간의 변화가 있다. 원문의 '금주미주'를 생략하고 '옥반가효는 만셩고의 천일혈'로 묶고, '촉누낙시의 민눈낙' 즉 '촛불 눈물 떨어질 때 백성 눈물 떨어지고'를 '관리들은 백성의 눈물을 떨어지는 촛농마냥 하찮게 여긴다'로 풀고 '가셩고쳐 원셩고'는 생략하였다. 생략과 변용에도 불구하고 전체적인 원문의 의미는 제대로 전달되고 있음을 알 수 있다.

each began to make excuses, saying that one and another engagement of importance called them hence. The host laughed and bade them be seated, while he ordered attendants to take the intruder and cast him into prison for his impudence. They came to do so, but the Ussa took out his official seal, giving the reconcerted signal meanwhile, which summoned his ready followers. At sight of the King's seal terror blanched the faces of each of the half-drunken men. The wicked host tried to crawl under the house and escape but he was at once caught and bound with chains. One of the guests in fleeing through an attic-way caught his topknot of hair in a rat-hole, and stood for some time yelling for mercy, supposing that his captors had him. It was as though an earthquake had shaken the house; all was the wildest confusion.

이 시를 듣고 여러 사람의 얼굴에 당혹감이 스쳤다. 손님들은 머리를 흔들며 주인에게 나쁜 일이 생길 징조라고 장담했다. 모든 사람들이 이런 저런 중요한 약속을 들먹이며 이 자리를 떠날 변명거리를 찾기 시작했다. 주인은 웃으며 다들 앉으라고 말하고 하인들에게는 무례한 그 침입자를 잡아서 감옥에 가두라고 명령했다. 그들이 붙잡으려 하자 어사는 대기 중인 부하들을 불러들이는 미리 약속한 신호인 관인장을 꺼냈다. 왕의 인장을 보고 술에 반쯤 취한 사람들은 공포로 얼굴이 하얗게 질렸다. 못된 주인은 마루 아래로 기어서 도망치려고 했지만 곧 잡혀 사슬에 묶었다. 한 손님은 다락방으로 도망치던 중에 쥐구멍에 머리꼭지 묶음이 끼자 그를 찾는 자들에게 붙잡혔다고 생각하고 자비를 베풀어 달라고 외치며 한동안 서 있었다. 마치 지진이 그 집을 흔드는 것 같았다. 모든 것이 대혼란이었다.

The Ussa put on decent clothes and gave his orders in a calm manner. He sent the Magistrate to the capital at once, and began to look further into the affairs of the office. Soon, however, he sent a chair for Chun Yang Ye, delegating his own servants, and commanding them not to explain what had happened. She supposed that the Magistrate, full of wine, had sent for her, intending to kill her, and she begged the amused servants to call her Toh Ryung to come and stay with her. They assured her that he could not come, as already he too was at the yamen, and she feared that harm had befallen him on her account.

어사는 품격 있는 옷으로 갈아입고 조용히 명령을 내렸다. 그는 그 지방관을 즉시 서울로 보내고 그의 관직 수행에 대해 더 조사하기 시작했다. 그러나 곧 그는 춘향이를 데리고 올 의자를 자신의 부하 편으로 보내면서 무슨 일이 일어났는지 그녀에게 말하지 말라고 명했다. 그녀는 술에 취한 그 지방관이 자기를 죽이려고 부른다고 생각하였다. 그녀는 즐거워하는 하인들에게 도령을 불러 그녀와 함께 머물 수 있게 해 달라고 간청했다. 그들이 그가 이미 아문에 있어 올 수 없다고 단언하자 그녀는 자기 때문에 그에게 나쁜 일이라도 생긴 것은 아닌지 염려했다.

They removed her shackles and bore her to the yamen, where the Ussa addressed her in a changed voice, commanding her to look up and answer her charges. She refused to look up or speak, feeling that the sooner death came the better. Failing in this way, he then asked her in his own voice to just glance at him. Surprised she looked up, and her dazed eyes saw her lover standing there in his proper guise, and with a delighted cry she tried to run to him, but fainted in the attempt, and was borne in his arms to a room. Just then the old woman, coming along with food, which she had brought as a last service to her daughter, heard the good news from the excited throng outside, and dashing away her dishes and their contents, she tore around for joy, crying:

"What a delightful birthday surprise for a cruel magistrate!"

All the people rejoiced with the daughter, but no one seemed to think the old mother deserved such good fortune. The Ussa's conduct was approved at court. A new magistrate was appointed. The marriage was publicly solemnized at Seoul, and the Ussa was raised to a high position, in which he was just to the people, who loved him for his virtues, while the country rang with the praises of his faithful wife, who became the mother of many children.

그들은 그녀의 족쇄를 풀어 주고 그녀를 아문으로 데려갔다. 어사는 목소리를 바꾸어 그녀에게 고개를 들어 죄를 고하라고 명령했다. 그녀는 더 빨리 죽으면 죽을수록 좋은 일이라고 생각하면서 고개를 들기도 말하기도 거부했다. 이 방식이 통하지 않자 그는 본래의 목소리로 그를 바라보라고 청했다. 그녀는 놀라서 위를 쳐다보았다. 당황한 그녀의 눈앞에 님이 어사 옷을 입고 그곳에 서 있는 것이 아닌가. 그녀는 기쁨의 눈물을 흘리며 그에게 달려가려 했지만 정신을 잃고 쓰러지고 말았다. 그녀는 그의 팔에 안겨 방으로 옮겨졌다.[66] 바로 그때 춘향모는 딸에게 먹일 마지막 음식을 가지고 오다 밖의 흥분한 인파로부터 좋은 소식을 듣고는 접시와 음식을 내던지고 기뻐서 방방 뛰었다.

"못된 지방관에게 이 얼마나 즐거운 깜짝 생일 선물인가?"

모든 백성들은 그 딸과 함께 기뻐했지만 어느 누구도 춘향모가 그런 행운을 누릴 자격이 있다고 생각하는 것 같지는 않았다.[67] 왕은 어사의 처결을 승인했다. 새로이 신임 지방관이 임명되었다. 춘향과 어사의 결혼식이 서울에서 공개적으로 거행되었고 어사는 더 높은 관직으로 승진하였다. 그는 백성들에게 공정했고 백성들은 그의 덕을 사랑하였다. 한편 온 나라에 그의 아내의 정절을 칭송하는 노래가 울려 퍼졌다. 그녀는 자녀들을 여럿 낳았다.

---

66 "정신을~갔다.": 알렌은 원문의 "목이 메여 말을 일우지 못ㅎ거늘"에 없는 "정신을 잃고 말았고, 그의 팔에 안겨 방으로 갔다."를 첨가하고 자연스럽게 이어지는 원문의 "어시의 ㅅ미를 잡고 눈물이 비오듯 ㅎ며 어시 옥슈를 잡고 위로 왈 이런 고쵸를 격그미 다 ㄴ의 불찰이라 일러 무엇ㅎ리 만단으로 위로ㅎ더라"는 누락하였다.

67 "어느 누구도~않았다.": 원문에 없는 내용으로 알렌이 첨가한 부분이다. 춘향모는 춘향의 정절을 비판하고, 거지가 되어 돌아왔다고 생각했던 어사를 구박한다. 알렌은 이러한 춘향모가 어사 사위를 맞을 자격이 없다고 생각한 모양이다.

한성고등학교 학감 다카하시 도루의 〈춘향전 일역본〉(1910)

高橋亨 譯, 「春香傳」, 『朝鮮の物語集附俚諺』, 日韓書房, 1910.

다카하시 도루(高橋亨)

┃해제┃

　다카하시 도루(高橋亨, 1878~1967)는 1904년 한국 정부의 초대를 받아 관립중학교 외국인 교사가 되었으며 1908년 관립 한성고등학교의 학감으로 승진했다. 즉, 이러한 한국에서 교육활동을 기반으로 그는 한국어문법서를 1909년 간행한 후, 1910년 일한서방 출판사를 통해 『조선의 이야기집과 속담』(1910)을 발행했다. 다카하시의 〈춘향전 일역본〉은 한국의 구술문화를 탐구한 『조선의 이야기집과 속담』(1910)에 수록되어 있다. 그의 〈춘향전〉 번역 역시 알렌과 동시대적인 지평을 지니고 있었다. 그것은 '설화'로서 고소설을 번역하고자 한 지향점이라고 볼 수 있다. 1910년대 이전 〈춘향전〉 이본 중에서는 이 일역본의 저본으로 추정되는 〈춘향전〉을 발견하기 어렵다. 반면 명백한 개작의 흔적이 남겨져 있는데, 먼저 첫날밤 묘사장면을 생략하고 춘향을 이상적인 인물로 묘사한 점을 들 수 있다. 둘째, 춘향의 이별과 한과 관련된 화소의 선택적 삭제를 통해 비장미를 약화시켰다. 반면 금옥 사설, 서책 사설, 보고지고 타령, 시간확인 사설, 춘향을 잡으러 온 사령들을 술 먹이는 대목, 월매의 어사 박대 등과 같이 흥과 해학의 미를 지닌 부분들을 부각시킨 점을 지적할 수 있다. 셋째, 서사의 합리적 개작의 모습을 들 수 있다. 호소이 하지메는 원전을 읽지 않아도 이 번역본만으로도 〈춘향전〉을 충분히 이해할 수 있다고 평가한 바가 있다. 즉, 당시 한국주재 일본인에게 있어 다카하시의 〈춘향전 일역본〉은 한국 문화와 고소설을 이해하는 데 있어, 충분히 도움을 줄 수 있는 작품이었던 것이다.

▌참고문헌 ─────

권혁래, 「근대 초기 설화·고전소설집 『조선물어집』의 성격과 문학사적 의의」, 『한국언어문학』 64, 한국언어문학회, 2008.

_____, 「다카하시가 본 춘향전의 특징과 의의」, 『고소설연구』 24, 한국고소설학회, 2007.

이상현, 『한국고전번역가의 초상, 게일의 고전학 담론과 고소설 번역의 지평』, 소명출판, 2013.

정대성, 「『춘향전』 일본어 번안 텍스트(1882~1945)의 계통학적 연구 -〈원전〉의 전이양상과 다성적(多聲的) 얽힘새」, 『일본학보』 43, 한국일본학보, 1999.

다카하시 도루, 구인모 역, 『식민지 조선인을 논하다-다카하시 도루가 쓰고 조선총독부가 펴낸 책, 『조선인』』, 동국대학교 출판부, 2010.(高橋亨, 『朝鮮人』, 京城: 朝鮮總督府, 1921.)

다카하시 도루, 박미경 편역, 『다카하시 도루의 조선속담집』, 어문학사, 2006(高橋亨, 『朝鮮の俚諺集附物語』, 日韓書房, 1914.)

今は昔、全羅道南原郡守李氏の忰に李夢竜なる秀才ありけり。父に
従ひて南原郡邑に在り。父の隣室を與へられて家庭教師に就きて日夜
研学するに、才氣爛発一を聞いて十を知り、屢屢教師を驚かすにぞ、
父も我家風を発揮するは夢竜なりとていとど望みを囑してけり。

지금은 옛날이지만, 전라도 남원 군수 이 씨의 자제에 이몽룡이라
는 수재가 있었다. 아버지를 따라 남원군의 읍내에서 살았다. 아버
지의 옆방에서 가정교사에게 밤낮으로 가르침을 받았는데, 재기 난
발하여 하나를 들으면 열을 알아 자주 교사를 놀라게 하였으며, 아
버지도 우리 가풍을 발휘(發揮)[1]하는 것은 몽룡이라 하며 한층 더 바
람을 부탁하였다.

夢竜漸く長じて十六歳、風姿も亦俊秀にして皓たる美少年となり
ぬ。其年の五月五日端午の名節に一僕を従ひて郡邑郊外の小丘に遊
び、折柄不寒不熱人體に快き初夏の日影を新緑の下に浴びつつ、遙に
丘下を見渡せば、邑内の少女共今日をはれと新衣を着て、三々五々林
間に鞦韆を吊して嬉々として遊び戲るる光景手に取るが如し。其の内
に一際目立ちて宛ら真菰の中に菖草一本咲けるが如く見ゆるは、郡の
退妓月梅の祕藏娘春香なり。年は二八かまだ二九には足らぬ程にて、
鞦韆にて思ひ切り高く往来せる様、美しき鳥の樹間に翺翔するが如
し。夢竜之に目止まり春香の血俄かに湧き、僕を顧みてさあらぬ面持
して問ひけらく。見よ、彼処の樹間に勢よく往来するものは何か、金

---

1 발휘: 일본어 원문은 '発揮'이다. 빛내다는 뜻이다.(金沢庄三郎編, 『辞林』, 三省
堂, 1907).

ならずやと。僕は頓智に富める男と見え意を解せぬ様にて、郎君何を仰せらるる、此処は麗水ならされば金片往来することありとも覚えずと答ふ。夢竜は更に、然らば玉かと問へば。彼は、此処は崑岡にあらされば玉ありとも覚えずと答ふ。さらば何か何物か汝急ぎ此に伴ひ来れと命すれば、僕は莞爾として曰ふ、彼女は郡邑第一の美女の名高き、退妓月梅の一女春香なり。

　　몽룡은 점점 자라 16세가 되어, 모습 또한 준수하며 빛이 나는 미소년이 되었다. 그 해 5월 5일 단오에 종 한 명을 거느리고 군읍 교외의 작은 언덕에서 놀다가, 바로 그때 날씨가 춥지도 않고 덥지도 않게 딱 알맞은 인체에 상쾌한 초여름의 햇살을 신록 아래에서 쬐면서, 아득히 떨어진 곳의 언덕 아래를 건너보았더니, 마을 내 소녀들도 모두 오늘을 기다렸다는 듯이 새 옷을 차려 입고, 삼삼오오 숲속에서 그네를 매달아 즐겁게 놀고 있는 광경이 손에 잡히는 듯하였다. 그 중에서도 한층 눈에 띄며, 마치 꽃바구니 속에 붓꽃 한 송이가 웃고 있는 듯 보이는 것은, [남원]군의 퇴기 월매가 애지중지하는 딸 춘향이었다. 나이는 이팔(二八, 16세) 혹은 아직 이구(二九, 18세)는 되지 않은 정도이며, 그네에서 높이 힘차게 왕래하는 모습이 아름다운 새가 나무 사이에서 날아다니는 듯하였다. 몽룡은 이것에 눈이 멈추고 청춘의 혈기가 끓어올라, 하인을 돌아보며 아무렇지도 않은 표정으로 물었다.

　"보거라. 저곳의 나무 사이에 힘차게 왔다 갔다 하는 것이 무엇이냐? 금이 아니더냐!"

　종은 재치[2]가 뛰어난 남자로 뜻을 이해하지 못한 척하며,

　　"도련님, 무엇을 올려다보고 계십니까? 이곳이 여수라면 모를까 금 조각이 왕래하는 곳이 아닙니다."

　　라고 대답했다. 몽룡은 한층 더

　　"그렇다면 옥이더냐."

　　고 물었다. 종은,

　　"이곳이 곤강(崑岡)이라면 모를까, 옥이 있을 리가 없습니다."

　　라고 답하였다. 그러자,

　　"무엇이더냐? 무슨 물건이더냐? 너는 서둘러 여기로 데리고 오너라."

　　고 명하자, 종은 빙그레 웃으며 말하기를,

　　"그녀는 군읍에서 제 일의 미녀로 이름이 높은 퇴기 월매의 외동딸 춘향입니다."

　今此処に連れ来らんとて走り丘を下りて主人の威を借り声高に、春香郡守の公子のお召しなるそ急ぎ上り来れと呼ぶ。春香は鞦韆の遊興方に蔗境に入りたるに、俄かに公子の召し玉ふと聞き、驚きもし又心も進まず、僕に向ひて声も優しく、閻魔大王妾を召すか、劉玄德南陽の高夢を覚ますか、如何なればしかく急ぎ呼立つるか。かつ又妾は年未だ幼くして母の許に養はるる身なれば誰が召し玉ふとも一人若き男の側に往くべからず。家に還りて母君の許しを得てこそ仰せに従はめと云ふにぞ、僕はからからと打笑ひ、代々妓生の汝の家に一人男の側に往かれずとは、家鴨の児か水を恐ろしといふに同じ。いざ来れ、我

---

　2 재치: 일본어 원문은 '(とんち)'다. 어떤 기회나 고비에 처했을 때 나오는 지혜, 혹은 즉시 나타나는 지혜를 뜻한다(松井簡治·上田万年編, 『大日本国語辞典』03, 金港堂書籍, 1917).

が公子の待ち玉はむと手を執らん許りにして拉し去れり。夢竜は上り
来る春香を熟々視れば、実に金と見玉と見しもことわり、例へば朧月
雲間に残りたる、秋草溪流に咲きたるが如し。夢竜始めて心を動かし
たる女に打向ひたれば、俄かに言葉の出づべくもあらず。口籠りつつ
汝は幾歳かと問へば、四々十六なりと云ふ。我も二八十六なれば相年
の丁度よしと独語の如く呟き。猶しみしみと顔打眺むるにぞ、春香も
悪からぬ男振りの、まして威勢神の如き郡守の若殿なれば真直に打向
はんも眩しきが如く、眼は常に青草に墮ちて見上る能はず。稍ありて
小さきこえにて此処は人目餘り繁く、又我母の思はむことも恐ろしけ
れば早く返し玉はれと願ふ。夢竜は打笑ひ、人目とは何の人目があら
ん、此処の人民共は皆我父君の臣僕なり。聊にても我に無禮の事を為
さば、明日忽ち其の家を喪はせん者共なり。憚かることかと猶離さん
とはせず。予れ今宵汝の許に往かんに、汝は母によく傳へて、必ず家
に在りて我を待てとて漸く許して返したり。

　　지금 이곳으로 데려 오고자 달려 언덕을 내려가, 주인의 위세를
빌려서 목소리 높여,
　　"춘향아, 군수의 공자가 부르시니 서둘러 올라오너라."
　　고 불렀다. 춘향은 그네 타는 즐거움에 푹 빠져 있었는데, 갑자기
공자가 부르신다는 소리를 듣고, 놀랍기도 하고 또한 마음이 내키지
도 않아, 종을 향해 목소리도 상냥하게,
　　"염라대왕이 첩(妾)[3]을 부르는가? 유현덕이 남양(南陽)의 높은 꿈

---

　3 첩: 소실, 첩, 측실의 뜻을 나타낸다(金沢庄三郎編, 『辞林』, 三省堂, 1911).

을 깨우는가? 어떠한 이유로 그렇게 서둘러 부르는가?[4] 또한 첩은 나이가 아직 어려서 어머니 슬하에서 양육 받고 있는 몸인지라, 누가 부르신다고 하더라도 젊은 외간 남성 곁에 갈 수가 없거늘. 집에 돌아가서 어머니의 허락을 얻은 후에 부르심에 따르겠노라."

고 말하자, 종은 껄껄 웃으며,

"대대로 기생인 너의 집에서 외간 남성 곁에 갈 수 없다는 것은, 집에 오리새끼가 물을 무서워한다고 말하는 것과 같다. 자 오거라, 우리 공자가 기다리신다."[5]

라며 손을 잡을 듯이 하며 끌고 갔다. 몽룡은 올라오는 춘향을 주의 깊게 바라보며,

"실로 금을 보고 옥을 보는 듯하구나. 예를 든다면 영롱한 달이 구름 사이에 남아 있고, 가을 풀이 시냇가에서 피어난 듯하다."

몽룡은 처음으로 마음을 움직이게 한 여인을 마주 보고 있으니, 갑자기 말이 나오지를 않았다. 입을 우물거리며

"너는 몇 살이더냐?"

고 물으니,

"사사(四四) 십육입니다."

라고 대답하였다.

"나도 이팔 십육이거늘 같은 나이로 그거 잘 되었구나."

라고 혼잣말로 중얼거렸다. 한층 차근차근 얼굴을 바라보자, 춘향도 싫지 않은 남자다운 모습과 더구나 위세가 신과 같은 군수의 젊

---

4 염라대왕이~서둘러 부르는가 : 이도령의 종이 다급히 춘향을 부르러 오자 춘향이 꾸짖는 대목인데, 이는 다카하시의 일역본에서만 볼 수 있는 독특한 표현이다.
5 대대로~기다리신다 : 다카하시 본에서만 볼 수 있는 독특한 언어표현이다.

은 자제이기에, 똑바로 마주 보려고 하여도 눈이 부시는 듯하여, 눈은 언제나 청초하게 떨구고 올려다보지를 못하였다. 잠시 후 작은 목소리로,

"이곳은 남의 눈이 많은 곳이기도 하고, 또한 우리 어머니를 생각하면 무서우니 빨리 돌려보내 주십시오."

하고 부탁하였다. 몽룡은 웃으며

"남의 눈이라는 것은 어떤 남의 눈이 있단 말이냐? 이곳의 인민들은 모두 우리 아버지의 신복이니라. 조금이라도 나에게 무례한 일을 한다면, 다음날 바로 그 집을 모두 초상을 치르게끔 할 것이다. 꺼릴 것이 무엇이냐?"

고 말하며, 더욱 되돌려 보내 주려고 하지 않았다.

"나는 오늘 밤에 네가 있는 곳으로 갈 테니, 너는 어머니에게 잘 전하여서 반드시 집에서 나를 기다리거라."

고 말하고는 겨우 허락을 하여 돌려보내 주었다.

夢竜も此に興盡きて、我家に帰りて日の暮るるを待つに、さても今日半日の長さよ。我室に坐して書架より書を抽出して繙読すれ共、眼は常に一行を上下するのみ。時折現はるるは春香の可愛き姿なり。されば一書を抜いて二三行音読しては又他書を音読し、更に二三行にして別書を音読し、まだ数時間ならぬに書架上の群籍は皆抜き盡したり。もはや読むべき書もなければ、声を揚げて見たや見たやと呼ぶ。隣室なる郡守は我児が頻りに見たや見たやと声高に呼ぶを聞き、訝かりて間の戸を開けて汝は何を見たしといふかと尋ぬれば、夢竜はさあらぬ顔して、詩の七月篇を見たしと云へるなりと答ふるにぞ、父はお

そくも欺かれ。さなるかさなるか、汝既に学業進歩して七月篇を見た
しとおもふ迄になれるか。うい奴うい奴、今度の京への使に托して必
ず詩經を購ひやらんと約し。我室に帰りて郡書記を呼び、鼻高々と我
児の学業の進歩こそ驚くに堪へたれ。今ははや七月篇見たしといふ様
になれり。さにあらずやと云ふにぞ。侫幸を以て唯一の技となせる郡
書記は上手に筈を合して、公子の学業の進歩をば令監の今始めて知り
玉へるとは燈下不明なり。郡吏の誰一人として驚嘆せぬはなきものを
など應ふ。

　　몽룡도 이에 흥이 다하여 자신의 집으로 돌아가서 날이 저물기를
기다리니, 그렇다고는 하더라도 오늘 반나절은 길기도 하구나. 자신
의 방에 앉아서 서가에서 책을 꺼내 펴 놓고 읽어 보지만, 눈은 언제
나 한 행을 위 아래로 볼 뿐이었다. 때때로 나타나는 것은 춘향의 사
랑스러운 모습이었다. 그런 이유로 책 한 권을 뽑아서 이삼 행을 음
독하고, 또 다른 책을 음독하고, 다시 이삼 행을 보더니 다른 책을 음
독하고, 아직 몇 시간 지나지 않았는데 서가 위의 많은 책을 모두 뽑
아 펼쳐 보았다. 이제는 읽을 책도 없자, 소리를 내어
　　"보고 싶구나. 보고 싶구나."
　　하고 외쳤다. 옆방에 있던 군수는 자신의 아들이 자주
　　"보고 싶구나. 보고 싶구나."
　　하고 소리를 지르는 것을 듣고는, 수상하게 여기어 사이의 문을
열어서
　　"너는 무엇을 보고 싶다고 말하느냐?"
　　고 물으니, 몽룡은 아무렇지도 않은 얼굴을 하며,

"『시경』의 「7월편」을 보고 싶다고 말하였습니다."

라고 대답하자, 아버지는 둔하게 속았다.

"그렇구나, 그렇구나. 너는 벌써 학업이 진보하여 「7월편」을 보고 싶다고 생각하는 데까지 이르렀느냐? 사랑스러운 녀석이도다. 사랑스러운 녀석이도다. 이번 서울로 가는 심부름꾼에게 부탁하여 반드시 『시경』을 사오게 하겠다."

하고 약속하였다. 자신의 방으로 돌아와 군서기를 불러, 콧대가 더욱 높아져서

"우리 아이의 학업의 진보가 이렇게 놀라울 정도이다. 지금 벌써 「7월편」을 보고 싶다고 말하는 경지에 이르렀느니라. 그렇지 아니하느냐?"

고 말하였다. 아첨하는 것이[6] 유일한 재주인 군서기는 능숙하게 [군수의]기분을 맞추면서,

"공자의 학업의 진보를 영감이 지금 처음 아시게 되었다는 것은 등잔 밑이 어두운 것입니다. 군리(郡吏)에 있는 어느 누구 한 사람도 경탄을 금하지 않는 자가 없습니다."

하고 대답하였다.

夢竜は早く日暮れよかしと待てども、中々容易に暗うならざれば、終に得堪へで僕を喚び、今は何時頃なるか出で見よと命ずるに、僕は微笑しつつ、室外に出で空を仰ぎ来りて未だ日暮れには程遠しと答ふ。夢竜は舌打して、今日の日足の遅きことよ。何物か日に紐を結付

---

6 일본어 원문에 '영행(倿幸)'으로 표기되어 있는데 이는 말로써 총애를 얻는 관리를 뜻한다.

けて進まぬ樣曳くに非ずやなとかこつ。され共もはや暮鍾遠近寺より
鳴出して、蒼然たる晩色庭樹を籠むれば、身づくろひして風采瀟洒と
して、晝間の僕を案内に、紗燈を揚げしめて静々と春香の家へと忍び
往きける。春香は此日帰りて丘上の事共詳しく母に物語れば、月梅は
得付くべき事と思ひつつ何彼と支度共なし、春香にも浴みさせ善き衣
着せて公子を待たしむ。春香も既に二八青春の齢に達したる身の母の
許しし人なれば待たずしもあらず。室を奇麗に片付けて琴取出して
静々と待人曲を彈じ居る。

　　　몽룡은 빨리 날이 저물기를 기다리지만 좀처럼 쉽사리 어두워지
지 않자, 결국에는 참다못해 종을 불러
　　"지금 몇 시쯤 되었는지 나가서 보거라."
　　하고 명하니, 종은 미소 지으며 밖으로 나가 하늘을 보고 돌아 와
서는
　　"아직 날이 저물기는 먼 것 같습니다."
　　하고 대답했다. 몽룡은 혀를 차며,
　　"오늘의 해의 걸음이 더디구나. 누군가가 해에 띠를 묶어 두어 시
간이 흐르지 않도록 끌어당기는 것이 아닌가."
　　하고 푸념하였다. 그렇다고는 하여도 어느덧 저녁 종이 멀고 가까
운 절에서 울리기 시작하고, 창연(蒼然)히 어두운 빛이 정원의 나무
를 흐릿하게 하였다. 옷차림을 단정히 고치고 풍채를 산뜻하고 깨끗
하게 하여, 낮의 [그]종의 안내로 사등(紗燈)을 들고 조용조용히 춘향
의 집으로 몰래 갔다. 춘향이 이 날 돌아와서 언덕 위에서의 일을 모
두 상세히 어머니에게 이야기하자, 월매는 이득을 얻는 일이라고 생

각하며 무언가 이것저것 준비를 하며, 춘향에게도 목욕시킨 후 좋은
옷을 입히고는 공자를 기다렸다. 춘향도 이미 이팔청춘의 나이가 된
몸으로 어머니가 허락하신 사람이라면 기다리지 않을 이유가 없었
다. 방을 깨끗하게 치우고 [가야]금을 내어서 조용히 사람을 기다리
며 곡을 연주하고 있었다.

やがて夢竜は到着きてほとほとと門を敲けば、月梅は出来りて故ら
に知らざる僞して君は誰人におわすと問ひ、夢竜なりといふを聞き、
吃驚せる様して、君は果して令尹の公子におはすかさても恐ろし、こ
の事父君に知れなば我家の禍量り難し、君は宜しく一室にて読書作文
しておはすべし。願くば速に帰り玉へといふ。夢龍は案に相違しつつ
も應ふる様、月梅決して憂ふる勿れ、我父君も今こそは儼しく見え玉
へど、若き昔は其道の名高き好者にて、妓生娼婦は固より、地獄の端
迄試み玉へりとぞ。我が今夜此家に来ること父に知れたりとて、鴨の
子に鴨の生れしものを何の怒り玉ふことあらん。早く通せ春香の待つ
らんとて無理に通りつれば、調度抔心を籠めてしつらひ、春香は琴に
対して我に背を向け居たり。月梅は打笑みながら公子の執拗さよ、さ
らば今夜一夜は心の儘に遊び玉へ、重ねては決して決して来玉ふなと
云ひつつ、やがて用意したる酒肴取出し山海の珍味坐に滿つ。此処に
夢龍は老妓月梅の取持ちにて春香と盃を交はし、魂魄飄々として雲漢
に飛揚せり。

　　이윽고 몽룡이 도착하여 똑똑 하고 문을 두드리자, 월매는 나와서
일부러 모르는 시늉을 하며

"그대는 누구신가"

하고 물으니,

"몽룡이다."

라고 말하는 것을 듣고, 깜짝 놀라는 척을 하며,

"그대가 정말 영윤(令尹)의 공자이시라면 두려운 일입니다. 이 일을 부군께서 아신다면 우리 집에 미칠 화를 헤아리기 어려우니, 그대는 마땅히 한 방에서 독서와 작문에 전념해야만 합니다. 원컨대 빨리 돌아가시기를 바랍니다."

라고 말했다. 몽룡은 넌지시 생각이 다르다고 하며,

"월매는 결코 걱정할 필요가 없다. 우리 부군도 지금이야 엄격하게 보이시지만, 젊은 옛날에는 그 방면에 이름 높은 풍류가로, 기생 창부는 물론 지옥의 끝까지 시험해 보셨을 것이다. 내가 오늘 밤 이 집에 온 것을 부군이 아신다고 히여도, 오리 새끼로 오리가 태어난 것이므로 어떠한 화도 내시지 않을 것이다. 서둘러 안으로 들어가게 해 주거라. 춘향이 기다리고 있을 것이다."

하고 무리하게 들어가니, 세간 등이 마음을 담아서 장식되어 있었다. 춘향은 [가야]금을 마주하고 등지고 있었다. 월매는 껄껄 웃으면서

"공자는 집요하구나, 그렇다면 오늘 밤 하루는 마음대로 즐기시되, 거듭 말씀드리지만 결코, 결코 [다시]오셔서는 안 됩니다."

라고 말하면서, 이윽고 준비한 술과 안주를 내오니 산해진미가 자리에 가득했다. 여기에서 몽룡은 노기 월매의 중개로 춘향과 잔을 주고받으며, 혼백이 표표히 구름 속을 비양(飛揚)하는 듯하였다.

夜も深更に及べば、宴を撤して洞房に入れるに、春香は公子妾と百

年を契り玉ひて如何なることありとも他の女に心を動かずと誓ひ玉は
ずば、妾は公子に許しまゐらすこと能はず。妾も固より一度公子に許
しまゐらせなば、海はあせ山はさけなむとも外の男に肌は觸れじと云
ふにぞ、夢龍も堅く誓ひたり。此より每夜此処に通ひて交情偏へに漆
膠に似たり。されば夢龍も自ら勉学心懈りて書架に塵堆し、歲月早く
過ぎて南原郡守はゆくりなく轉任の命を受けて京官となり、旅裝忙し
く京に向ひ去らんとす。夢龍春香は胸潰れたれ共如何ともせん術な
し。夢龍は出立の日事に托して中途より引返し、邑外五里町迄送り来
りし春香と馬を下りて手を握りて涙を流しつつ我明年春三月桃の花
天々たる頃、必ず再び此に汝と會すべければ、信じて我を待てとて、
指にはめたる金指輪を外し其迄の印しにと春香に與ふるに。春香は泣
きて言葉も出でず、懷より溫き面鏡を取り出して男に與へつ、かくて
あるべきにもあらねば、やがて東西へ別れ去りにけり。

밤도 깊은 밤에 이르자, 잔치를 파하고 동방(洞房)에 들어가니, 춘
향이

"공자께서는 첩과 백년[의 가약]을 맺으셨으니, 어떠한 일이 있어
도 다른 여인에게 마음을 움직이지 않을 것이라고 맹세하시지 않는
다면, 첩은 공자에게 허락할 수 없을 것입니다. 첩도 물론 한 번 공자
에게 허락한다면, 바다가 마르고 산이 갈라진다고 하더라도 외간 남
자에게 살갗을 접촉하게 하지 않을 것입니다."

라고 말하자, 몽룡도 굳게 맹세하였다. 이로부터 매일 밤 이곳을
다니며 정을 나누니 일심으로 칠교(漆膠)[7]와 같았다.[8] 그러자 몽룡도
스스로 면학에 마음을 게을리 하여 서가에 먼지만 쌓이고, 세월은

빨리 지나가 남원 군수는 생각지도 않던 전임의 명을 받아 서울의 관
리가 되어, 여장을 서둘러 서울로 향하여 돌아가고자 하였다. 몽룡
과 춘향은 가슴이 무너지는 것 같았지만 어떻게 할 방법이 없었다.
몽룡은 출발하는 날 일을 부탁하고 도중에 돌아와서, 마을 밖 오리
정(五里町)까지 왔다 갔다 하며 말에서 내려서 춘향과 손을 붙잡고 눈
물을 흘리며,

"나는 내년 봄 3월 복숭아꽃이 예쁠 무렵, 반드시 다시 이곳에 너
를 만나러 올 테니 믿고 나를 기다려라."

고 말하며, 손가락에 끼고 있던 금반지를 빼서 그때까지의 증표로
춘향에게 주었다. 춘향은 울면서 소리도 내지 못하고, 가슴에서 따
뜻한 거울을 꺼내어 남자에게 주고는, 그렇게 해야 하고 그러지 않
으면 안 되기에, 이윽고 동서로 헤어져서 떠났다.[9]

既に京に着きては翼なき身の南原に飛行くべくもあらねば、夢龍も
果なき思ひに苦まず。名師に就きて文学を勵み、日夜学業上達し其年
の末には科擧に應して康衢聴童謠なる題に答案し。文才大江の水を倒

---

[7] 칠교: 어떤 사물에 대한 집념이 강한 것을 의미하는 것으로, 한 번 붙으면 떨어지
지 않는 상태를 나타낸다(棚橋一郎・林甕臣編, 『日本新辞林』, 三省堂, 1897).

[8] 〈춘향전〉의 일반적 서사전개와 동일하다가 춘향과 이도령이 사랑을 나누는 대
목에 와서는 다카하시의 개작의 모습이 보인다. 두 남녀주인공의 결연장면을
보면, 두 남녀가 서로 마음을 확인하고 언약을 맺는 것으로 바로 마무리된다. 즉,
첫날 밤 사랑놀이, 노래 및 사설이 생략되었다. 첫날밤 장면을 삭제했으며 춘향
전의 사랑을 정신적인 사랑으로 이상화한 지향점이 보인다.

[9] 〈춘향전〉 원전과 달리 이별의 사건과 심정이 축약되어 있다. 즉, 울고불고 난리
를 치는 춘향의 모습과 그녀의 장광설을 찾아보기 어렵다. 이 속에는 첫 날밤 장
면의 생략과 마찬가지로, 춘향을 정숙한 여인으로 이상화시키는 지향점이 놓여
있다.

にするが如く、試官を駭かし、芽出度壯元に及第し、例に依りて暗行御史に任せられ馬牌を賜はりて四方の治政を察せんと出立てり。

　　이미 서울에 도착하여서는 날개 없는 몸으로 남원으로 날아갈 수도 없기에, 몽룡도 끝이 없는 생각에 괴로워하지 않았다. 이름 난 스승을 만나 문학에 힘써서 밤낮으로 학업이 향상되니, 그 해 말에는 과거에 응시하여 '강구청동요(康衢聽童謠)'라는 시제에 답하였다. 문의 재주가 큰 강의 물을 덮치는 듯하여, 시관(試官)을 깜짝 놀라게 하여 경사스럽게 장원 급제하고, 의례 그랬듯이 암행어사에 임명되어 마패를 하사받고 사방의 정치를 바로 잡고자 출발하였다.[10]

春香は五里町に夢龍と別れてよりは弊衣を着、雲髮を梳らず、婢僕の事を親らし、寡婦の如く行ひを澄まし、郎君の招くをのみ待ち居たり。此に南原郡守李氏の後任として間もなく着任したる郡守は、性いとど好色貪慳にして漁色貪財を以て事となすしれ者なりければ、登任の翌日書記を招きて此郡邑に香ありやと問ふに、書記は其の意を解せさるものの如く、香とは焚く香にか此地に香は産せずと答ふ。郡守性急げに没分明漢香とは春香の事なりといふにぞ、書記は春香なるか春香は郡邑第一の美人にして、退妓月梅の独女なり。され共前郡守の公子李夢龍と百年契約をなして夢龍京に去りしよりは門を閉ちて貞操を守り絶えて男子に顔を見することなしと云ふ。郡守は呵々大笑し、前

10　본래 〈춘향전〉 원전은 이별대목 이후 서사전개를 보면, 춘향의 수절과 고난으로 이어진다. 이에 비해 다카하시는 이몽룡의 과거급제란 화소를 이별대목 이후에 바로 배치했다.

郡守の小忰は前郡守の小忰、今の郡守は今の郡守なり。且つ代々妓生の家に生れて守節が何の守節か。郡邑第一の美人と聞きては其の儘におき難し。急ぎ司令を遣はして我か前に拉し来れ。早く早くと云ふにぞ、書記は急き司令共喚びて命を傳ふ。

춘향은 오리정에서 몽룡과 헤어진 이후로는, 해진 옷을 입고 헝클어진 머리를 빗지도 않고, 비복이 하는 일을 하며, 과부와 같이 행실을 맑게 하고서 낭군의 부름만을 기다리고 있었다. 이에 얼마 되지 않아 남원 군수 이씨의 후임으로 임용되어 도착한 군수는 성격이 한층 호색하고 탐욕스럽고 인색하여 여색을 밝히고 재물을 탐하는 것을 일삼는 자였다. 등임 다음 날 서기(書記)를 부르고는,

"이 고을에 향(香)이 있느냐?"

고 물으니, 서기는 그 뜻을 못 알아들은 척하며,

"향이란 사르는 향을 말하는 것입니까? 이 지역에 향은 나지 않습니다."

라고 대답하였다. 군수는 성급하게

"모른단 말이냐? 향이란 춘향을 말하는 것이다."

라고 말하자, 서기는

"춘향이 말입니까? 춘향은 군읍 제 일 미인으로, 퇴기 월매의 외동딸입니다. 그렇지만 전 군수의 공자 이몽령과 백년가약을 맺고, 몽룡이 서울로 간 뒤로는 문을 닫고 정조를 지키며 한 번도 남자에게 얼굴을 보여준 적이 없습니다."

라고 말하였다. 군수는 크게 껄껄 웃으며,

"전 군수의 자제는 전 군수의 자제, 지금 군수는 지금 군수이니라.

또한 대대로 기생의 집에서 태어나서 수절은 무슨 수절이란 말이
냐? 군읍 제 일의 미인이라고 들었는데 그대로 두기가 어렵구나. 서
둘러 사령을 시켜 내 앞에 잡아 들이거라. 서둘러라, 서둘러."

라고 말하자, 서기는 급히 사령들을 불러 명을 전하였다.

司令共は嚮に夢龍の在りし頃は時々春香方への伴を仰せ付かり。酒
肴にもあり付き、錢にもあり付きたりしに、この頃絶えて其事なくな
りし折なれば、仰せ畏み急き月梅許に赴き郡守の命令を達するに、月
梅は気を利かしてまづ酒肴を出して、飽く迄司令共を饗應し、又更に
幾許かの錢迄與へ、春香は此頃病に臥せりと復命しくれと依頼した
り。郡守は今や春香来ると待てども絶えて使のものさへ返り来らされ
ば、又も使を遣はして今度は有無を云はせず春香を引立て来らしめた
り。廳前に坐したる春香を見れば、飾らされ共天成の容色朧夜の月の
如くなれば、好心動きて止むへからず。かにかくと挑め共春香は斷乎
として貞婦不見二夫忠臣不仕二君妾は既に李夢龍に百年契約をなした
れば、国王召し玉ふともこの操を渝へんとは思はず。南原郡は狭しと
雖外に妓生娼婦は猶多し。御心に叶はん美人も少からざるべければ、
枉げて妾は許し玉へと伏して願へども、郡守は冷かに見やりて、妓生
の女に守節とは婦人の睾丸よりも聞かぬ話なり。聴かすば痛き目見せ
ん者共打てと呼はれば、司令は鞭振擧けて情無くも打ち握えやがて牢
へと送りけり。是より先きに春香一夜鏡落ちて破れたる夢を見、気に
懸りて之を占者に尋ねたるに、占者鏡落ちて破れなば何ぞ音なから
ん。不日必ず慶音ありと教へたり。

사령들은 이전에 몽룡이 있었을 때는 때때로 춘향의 집으로 동반을 명받았다. 술과 안주가 생기고 돈도 생겼다. 하지만 요즘은 전혀 그런 일이 없다고 생각하던 차에 분부를 받들게 되었다. 서둘러 월매가 있는 곳으로 가서 군수의 명령을 전하니, 월매는 눈치가 빨라서 우선 술과 안주를 내어 배불리 사령들을 먹이고 향연을 제공했다. 또한 얼마간의 돈까지 챙겨 주며,

"춘향은 요즘 병으로 누워 있다고 보고를 드려 달라."

고 부탁하였다. 군수는 이제나 저제나 춘향이 오기를 기다렸지만 도무지 부하들조차 돌아오지 않자, 다시금 부하를 시켜 이번에는 상대의 허락이 있든 없든 간에 춘향을 끌고 오게 하였다. 관청 앞에 앉아 있는 춘향을 보면, 꾸미지 않더라도 타고난 용모와 안색이 으스름달밤의 달과 같아, 좋아하는 마음이 움직이는 것이 멈추지 아니하였다. [신임 군수가]이래저래 구애를 해 보지만 춘향은 단호히,

"정부(貞婦)는 두 명의 남편을 보지 아니하며, 충신은 두 명의 임금을 섬기지 아니합니다. 첩은 이미 이몽룡에게 백년가약을 약속하였으므로, 국왕의 부르심을 받는다 하더라도 정조가 변하리라고는 생각하지 않습니다. 남원군이 좁다고 하더라도 그 밖에 기생창부는 많습니다. 그 마음에 드는 미인도 적지 않을 터, 명을 거스르는 첩을 용서해 주십시오."

라고 엎드려 빌어 보아도, 군수는 싸늘하게 바라보며

"기생인 여자에게 수절이란 음낭을 지닌 부인보다도 들어 보지 못한 이야기다.[11] 말을 듣지 않는 자에게 매질을 가하라."

---

11 기생인 여자에게 ~ 보지 못한 이야기다 : 다카하시 일역본에만 보이는 독특한 표현이다.

고 소리치자, 사령은 채찍을 휘두르며 무정하게도 일어날 수 없을 정도로 매질을 가하였다. 결국은 옥으로 보내졌다. 일전에 춘향이 어느 날 밤 거울을 떨어뜨려 깨뜨리는 꿈을 꾸고는, 마음이 쓰여서 이를 점쟁이에게 물었더니 점쟁이는,

"거울을 떨어뜨려 깨어졌다면 어찌 소리가 나지 아니하겠는가? 머지않아[12] 반드시 경사스러운 소식이 있을 것이다."

하고 가르쳐 주었다.

夢龍は暗行御史を授かり、乞食児の風をなして一人とぼとぼと南原郡に来りたるに郡邑に近き途上の石に腰打ち掛けたる僕風の一男あり。よくよく見ればこれは我が先年春香の家に案内させし彼の僕なり。僕は姿の餘り變れるに夢龍とは心付かで、何やらん独り語するを聴くに。ああ哀なり春香、李夢龍と百年を契約せしとて今の郡守の言葉に從はず牢に送られて毎日毎日の鞭を受く。さるにても不信なる夢龍かな。此地を去りてより既に十数月、まだ一度の風の便りもせずとかや。春香終に苦みに堪へかねて此に一書を栽して我に托して都なる夢龍に送らしむ。され共京城は此処より雲山猶幾百重、何日か果して夢龍に届くるを得む。よし又届けたりとも彼元来風流公子、鄙にてこそ春香と契りけれ、都に上りては上藤姫御前さては妓女倡女国中の粋を集め美を抜きたるを眺めて、外に増す花の出来居たらば何とせん。実に哀むべきは春香なり。不信なるは夢龍なり。ドレ歩まむかと腰を上げて行かんとするを、夢龍は喃々と呼止めて、汝が預れる一書を我

---

12 머지않아: 일본어 원문은 '不日'이다. 날이 [얼마] 되지 않은 혹은 이윽고 라는 뜻으로 해석되어진다(藤井乙男・草野清民編, 『帝国大辞典』, 三省堂, 1896).

に見せずやといふに、僕は目見張りて吃驚し大喝して汝何処の乞食児
が大膽にも預かりし密書を示せといふかと取合はんともせざるに、夢
龍は打笑みつつ顔を示して汝は前主人を忘れたるかといふに、始めて
認めて更に驚き又嘆息し、ああ哀れなり春香、この乞食児を持つとて
郡守を拒み毎日苦みを受くるか。呆れたり李夢龍、何とて俄にかくも
落振れしか。

몽룡이 암행어사를 임명 받고는 거지 행세를 하여 홀로 한 걸음
한 걸음 남원군으로 오는데, 군읍에서 가까운 노상의 돌 위에 허리
를 걸치고 앉아 있는 종 행색의 한 남자가 있었다. 자세히 보니 이는
자신을 작년에 춘향의 집으로 안내해 주었던 그 하인이었다. 종은
모습이 너무나 변해서 몽룡이라고는 알아차리지 못하고, 무언가 혼
잣말을 하였다. 들어 보니,

"아아, 불쌍한 춘향, 이몽룡과 백년가약을 맺어 지금 군수의 말을
따르지 않으니, 옥에 보내져 매일 매일 형벌을 받는구나. 그건 그렇
다 하더라도 믿을 수 없는 몽룡인가? 이 지역을 떠난 후 이미 십 수개
월, 아직 한 번도 소식이 없다. 춘향은 결국 고통을 참을 수 없어 이에
편지를 적어서, 나에게 부탁하여 서울에 당도한 몽룡에게 전하라고
하지만, 서울은 이곳에서 구름과 산이 몇 백 겹으로 과연 며칠 안에
몽룡에게 도착할 수 있겠는가? 또한 도착한다고 하더라도 그는 원
래 풍류 공자로 시골이었기에 춘향과 가약을 맺었으나, 서울로 가서
는 귀한 집 아가씨와 게다가 기녀 창녀 등 전국의 아름다움을 모아
뽑아놓은 미를 바라보며, 다른 애인이라도 생겼으면 어찌하는가?
실로 불쌍한 춘향이로다. 믿을 수 없는 것은 몽룡이로다. [또]얼마나

걸어야 하는가?"

라며 자리에서 일어나서 가려고 하는 것을, 몽룡은 중얼 중얼거리며 불러 세우고는

"네가 맡아 둔 편지를 나에게 보여 주거라."

고 말하니, 좋은 눈을 부릅뜨고 깜짝 놀라 크게 화를 내며

"너는 어디 거지이기에 대담하게도 맡아 둔 밀서(密書)[13]를 보여 달라고 하는 것이냐?"

고 말하며 상대도 하지 않으려하자, 몽룡은 껄껄 웃으며 얼굴을 보여 주고는

"너는 전 주인을 잊었단 말이냐?"

고 말하니, 비로소 인정하고 한층 놀라 또한 탄식하며,

"아아, 불쌍한 춘향, 이 거지를 기다리려고 군수를 거절하여 매일 고통을 받고 있단 말이냐? 기가 막힌 이몽룡, 왜 갑작스럽게 이렇게 몰락하였단 말이냐?"

され共宛名の本人なれば渡さすばなるまじと、懐中より取出し渡すを抜き見れば、此頃の苦みを記し其身の覺悟のほどを書き、偏へに夢龍の来救ふを待つといふなり。夢龍は始めて春香の其後の様子を知り驚駭し、傍の民家に就きて筆紙を求めて之に返事を認めて僕に托して春香に届けしむ。書意は単に不日に逢はんといふのみなり。彼は更に僕に別れて道々田野に耕作する農夫共の語るをよく聴くに、誰も誰も皆新郡守の怨聲のみなり。郡守登任してより何等の善政なく、唯毎日

---

13 밀서: 비밀 문서 혹은 편지를 뜻한다(金沢庄三郎編, 『辞林』, 三省堂, 1907).

毎日春香を鞭ちて我意に靡かせんとするのみ。春香は妓生の女なれ共
守節の女なり。彼女を責め苛むと郡政と何の関係がある。前郡守在職
當時こそ慕はしけれなど下民の言葉の公平なる夢龍は熟々聴きて、さ
ては新郡守は治郡の才にあらずと知られたり。是の如き官吏を罷革す
るこそ暗行御史の務めなりと心に決せる所あり、さあらぬ顔して農夫
等の群れ居る処に赴きて飯を乞ひ又煙草を喫み、猶其の語る所を聴く
に今月某日は新郡守の誕辰なりとて最早其の祝ひの大宴の用意共怠り
なく、郡の妓生は新曲を作りて練習中、既に招待狀は近隣の各郡守及
官屬等に発せられたり、嘸や盛大なることならん。され共後の御用金
仰付けらるるが怖しなと、何れも新郡守の悪声なり。夢龍は此に南原
を去りて其隣郡天安に至り。直ちに郡守の庁に至りて刺を通じて馬牌
を示し私かに郡守に托するに今月某日獄卒十数人を南原郡に遣はさん
ことを以てし、又飄然去りて南原に向ひ突如月梅の家を訪づれたり。

하지만 수신 인명의 본인이라면 건네주지 않을 수 없는 것이기에,
품속에서 꺼내어 넘겨 준 것을 뽑아 들고 보니, 요즘의 고통을 적고
그 몸의 각오의 정도를 적어, 오직 몽룡이 구하러 오는 날을 기다린
다고 적혀 있었다. 몽룡은 비로소 춘향의 그 후의 사정을 알고 깜짝
놀라, 옆에 있는 민가에 가서 종이와 붓을 구하여 이것에 답장을 적
어서 종에게 부탁하여 춘향에게 가져가도록 하였다.[14]

글의 뜻은 단순히 가까운 시일 뒤에 만날 것이라는 말뿐이었다.
그는 또한 종과 헤어지고 이 길 저 길 논밭과 들판에서 경작하고 있

---

14 답장을 적어서 ~ 가져가도록 하였다 : 이몽룡이 춘향에게 답장을 보냈다는 화소
는 다카하시의 일역본에서만 볼 수 있는 모습이다.

는 농부들이 말하는 것을 잘 들으니, 너나 할 것 없이 모두 신 군수에 대한 원성뿐이었다.

"군수가 등임하고 부터 아무런 선정(善政)도 없이, 오직 매일 매일 춘향을 벌주고 자신의 뜻에 따르게 하려고 할 뿐이다. 춘향은 기생인 여자이지만 수절을 하는 여자이거늘. 그녀를 책망하며 괴롭히는 것이 군정(郡政)과 무슨 관계가 있단 말인가?"

전 군수의 재직 당시가 그립다는 등의 백성들의 말을 몽룡은 공정히 깊이 새겨들으며, 그렇다면 신 군수는 군을 다스리는 능력이 없는 것이라는 것을 알게 되었다. 이와 같이 관리를 혁파하는 것이야말로 암행어사의 임무라고 마음에 결정한 바가 있어, 아무렇지도 않은 얼굴을 하고 농부들이 무리지어 있는 곳으로 가서는 밥을 빌어먹고 또 담배를 [얻어]피우며, 또한 그 이야기하는 것을 들으니 이번 달모일은 신 군수의 생일이라 벌써부터 그 축하 연회의 준비 등을 게을리 하지 않고, 군의 기생은 신곡을 만들어 연습 중이며, 이미 초대장은 인근의 각 군수 및 관속(官屬)들에게 보내어졌으니 필시 성대한 연회가 될 것이라는 것이다. 그건 그렇다 하더라도 나중에 공금을 지불하도록 분부를 받는 것이 두렵다는[등] 모두 신 군수에 대한 나쁜 소문[15]이었다. 몽룡은 이에 남원을 떠나 그 옆 군 천안으로 향하였다. 당장에 군수의 관청으로 가서, 지르듯이 들어가 마패를 보이고 은밀하게 군수에게 이번 달 모일에 옥졸 십 수인을 남원군으로 보내달라는 것을 부탁하고는, 또 표연히 길을 나서 남원으로 향하여 돌연 월매의 집을 방문하였다.

---

15 나쁜 소문: 일본어 원문은 '悪声'이다. 나쁜 소문이라는 뜻이다(金沢庄三郎編, 『辞林』, 三省堂, 1911).

月梅の家に来れるに久しく掃き清めさりしと見え墻処々崩れ門内塵
埃堆く、雀羅縦横に張りて闃然として陰森たり。さても囚はれ人の住
家とはかくも寂しきものかと夢龍は嗟嘆し。案内はよく知りたれば、
奥深く進み往けるに。月梅の声と覚しく独語に、ああ憎きは夢龍な
り。一人娘の春香を甘言もて欺き去りてより一回の雁信さへなく、日
夜春香をして憂へしめ、剰へ守節の為に囚はるるに至らしむ。我も既
に四十年を越えたる身の、春香を失ひては何を頼りにこの末生存らへ
ん。哀れむべし春香、憐むべし我月梅とてよよと啜り泣く。夢龍は知
らざる為して戸ほとほとと打叩き、飯あらば給はれといふ。月梅は乞
食の物乞ふを聴きつけ腹立しく立ちもせず甲走りたる声にて我が家の
如き不幸の家に何の乞食にやるべき飯やあらん、疾く往ねといふ。

월매의 집에 오랫만에 돌아오니, 쓸어서 깨끗하게 보이던 담벼락
곳곳은 무너져 있고 문 안에는 쓰레기로 가득 차 있으며, 종횡으로
새 그물이 펼쳐져 있어서 고요하고 음산하였다.

　　"참으로 죄인의 집이라고 하더라도 이렇듯 쓸쓸하단 말인가?"

　　하고 몽룡은 한탄하였다. 안내는(들어가는 길은)[16] 잘 알고 있기에
깊이 안쪽으로 들어갔다. 월매의 목소리라고 생각되는 혼잣말[17]이

　　"아아, 얄미운 몽룡이다. 외동딸 춘향을 감언으로 꾀어서 떠난 이

---

16 안내는(들어가는 길은): 일본어 원문에 표기된 '안내(案內)"란 문안(文案)의 사
　실, 사실의 이유를 기록한 문서, 지도 및 안내, 손님을 초대하는 등의 다양한 뜻
　을 나타내는데, 여기서는 들어가는 길과 같이 지도 및 안내의 뜻으로 해석하였
　다(松井簡治・上田万年編, 『大日本国語辞典』01, 金港堂書籍, 1915).

17 혼잣말: 일본어 원문은 '獨語'다. 상대가 없이 말을 하는 것 즉 혼잣말을 뜻하며,
　혹은 독일어를 뜻하기도 한다(松井簡治・上田万年編, 『大日本国語辞典』03, 金港
　堂書籍, 1917).

후로, 한 번의 서신조차도 없고 밤낮으로 춘향을 상심하고 슬퍼하게 하며, 그 뿐만 아니라 수절을 위하여 옥에 갇히게 하였다. 나도 이미 40을 넘긴 몸으로, 춘향을 잃고서는 무엇을 의지하고 남은 이 생을 살아가겠는가. 불쌍한 춘향, 가련한 나 월매여."

라고 말하며 흐느껴 울었다. 몽룡은 알 수 없는 행동으로 문을 똑똑 두들기며,

"밥이 있으면 주시오."

라고 말하였다. 월매는 거지가 구걸하는 것을 듣고는 화가 나서 일어나지도 못하고 날카로운 목소리로

"우리 집과 같이 불행한 집에 거지에게 먹일 어떤 밥도 없으니, 어서 가거라."

고 말했다.

夢龍は猶も去らずかにかくと飯なくば酒、酒なくば錢給へといふにぞ、月梅はさては乞食にてはあらざりけり、此の頃春香の囚はれてより日となく夜となく近処の破落戸共来りて或は春香を救ひやるべければ錢数多出し玉へとか、或は我春香を救はんに春香を我妻に給ふべきやなど脅かすに、これも亦彼等の悪戯かと立ち上りて戸を開き其人を見るに、こは如何に春香が日夜忘れず、其人故に牢に迄送られし李夢龍がしかも乞食の風して見すほらしく悄然としてイみ居たるに、更に驚き涙潜然として双頬を濕し、ああ汝春香、よく待ちたりな、よく守節したりな、乞食の風して来る此の人を待つとて守節したりな。さればこそ我が汝によくよく云ひしものを。我家は代々妓生にして我も我母も祖母も誰一人守節したる人を聞かず。水は流るるに任せて終に留

207

まりて淵をなす処あり。今夢龍を忘れて新郡守に従ひ、又新郡守を忘れて他兩班に従ふとも、終に福を致せば足れり。我言を聴かざりし汝は乞食児を待つ身となりしにあらずや。され共、夢龍、汝も折角此処に来りたれば、此より牢に往きて春香に逢ひ、彼女に汝を思切らしてくれとて、奥に通じて香のものにて冷飯を食はせ。

몽룡은 그래도 물러가지 않고 이런 저런[말을 하며]

"밥이 없으면 술이라도, 술이 없으면 돈이라도 주시오."

라고 말하였다. 그러자 월매는,

"거지에게는 줄 것이 없다. 요즘 춘향이 옥에 갇힌 후로 밤낮으로 근처의 파락호들이 찾아와, 어떤 자는 춘향을 구해 주겠다고 금전을 내 놓으라고 하거나, 어떤 자는 우리 춘향을 구해 줄 테니 춘향을 자신의 처로 달라고 협박하거나 하였는데, 이 또한 그런 자들의 못된 장난[18]이 아닌가?"

하고 말하며 일어서서 문을 열고 그 사람을 보니, 이는 그토록 춘향이 밤낮으로 잊지 못하고 그 사람 때문에 옥에 갇히게 되었던 이몽룡이[아닌가.] 게다가 거지꼴로 초라하게 힘없이 우두커니 서 있는 걸 보고, 한층 더 놀라 눈물이 흘러내려 두 볼을 적시며,

"아아, 너 춘향아, 잘도 기다렸구나. 잘도 수절했구나. 거지꼴이 되어 온 이 사람을 기다리려고 수절하였단 말이냐? 그러기에 내가 너에게 자주 이야기했던 것을. 우리 집은 대대로 기생으로 나도 우리 어머니도 할머니도 누구 하나 수절한 사람을 들어 본 적이 없다.

---

18 못된 장난: 일본어 원문은 '惡戯'다. 장난 혹은 장난치면서 가볍게 하는 나쁜 행동이라는 뜻이다(金沢庄三郎編, 『辞林』, 三省堂, 1907).

물은 흐르는 대로 맡겨 두면 결국 멈추어 깊은 못을 만드는 곳이 있
다. 지금 몽룡을 잊고 신 군수를 따르거나, 또는 신 군수를 잊고 다른
양반을 따른다면, 마침내 복이 넘쳐 날 것이었는데. 내 말을 듣지 않
고 너는 거지를 기다린 몸이 된 것이 아니냐? 그렇기는 하나 몽룡 너
도 모처럼 이곳에 왔으니, 지금부터 옥에 가서 춘향을 만나 그녀에
게 너를 단념하게 해 주오."

　　라고 하며, 안으로 들어가서는 절임[김치 혹은 장아찌]을 반찬 삼
아 찬밥을 먹이였다.

　　彼を伴ひて郡獄に到り春香を見る。月梅は牢室の戸の前よりもはや
涙声を張擧げて、春香はよく待ちたりな、待ちたりな、今日こそ汝が
待ちたる人を伴ひ来りたれば、よく見よやと呼ふにそ、春香は首枷重
気に戸に縋りて立ち見るに、晝夜忘れぬ其の人は、姿見すぼらしく悄
然として立てるに、怨まむにも言葉も出でず。又傍に母も在れば強い
て涙を抑へて、よく来玉へり、明日は新郡守の誕生日なりとて妓生共
皆招かるる由、或は妾も引出されんも知らず、この首枷重くして一人
にては歩行も辛し、明日其の頃来玉ひて首枷を支へ玉へやとのみ云ひ
て、悲みに堪へず沈伏し、嘘唏の声のみ洩れきこゆ。夢龍は何とも云
はず月梅に向ひて、さらば我等は家に帰らむと云ふに、月梅は訝しき
面持して汝の家とは誰の家かと問ふに、夢龍は我は汝の婿なれば汝の
家は即ち我が家ならずや答へて平然たり。月梅は呆れて眼を見張り、
落振れて面皮は益々厚くなりしか、汝は此より何処の庇下なり辻堂な
りに宿るこそ相應しけれと辱むれども、夢龍は魂なきが如く微笑し乍
ら、影の如く月梅に隨ひ行けば女の流石に打ちもならず、其儘に我家

に入れて兎も角も悪口しながら房に通じて粗餐を喫せしめたり。

　　그를 데리고 군옥(郡獄)에 도착해서 춘향을 보았다. 월매는 옥 문
앞에서 벌써 곡소리를 내며,

　　"춘향아, 잘도 기다렸구나, 기다렸어. 오늘이야말로 네가 기다리
던 사람을 데리고 왔으니, 잘 보거라"

　　고 부르니, 춘향은 목의 형틀에 무거워 하며 문에 기대어 서서 보
았다. 그랬더니 밤낮으로 잊지 못했던 그 사람이 초라한 모습으로
우두커니 서 있는 것이다. 원망의 말도 나오지 않았다. 또한 곁에 어
머니도 있으니 억지로 울음을 참으며,

　　"잘 오셨습니다. 내일은 신 군수의 생일로 기생 모두가 초대를 받
았으니, 어떤 경우는 첩도 끌려 나갈지 모릅니다. 이 목에 형틀이 무
거워서 혼자서는 걷는 것도 힘드니, 내일 그때쯤 오셔서 목에 형틀
을 잡아 주셨으면 합니다."

　　라고 전하고는, 슬픔을 참지 못하고 주저앉아 훌쩍거리는 소리만
이 새어 나와 들리었다. 몽룡은 아무 말도 하지 않고, 월매를 향하여,

　　"그러면 우리들은 집으로 돌아가자."

　　라고 말하니, 월매는 의아스러운 얼굴로

　　"너의 집이란 누구의 집을 말하는가?"

　　하고 물으니, 몽룡은

　　"나는 너의 사위이거늘, 즉 너의 집은 나의 집이질 않느냐?"

　　고 태연히 대답하였다. 월매는 기가차서 눈을 부릅뜨고,

　　"몰락한 주제에 낯짝이 더더욱 두꺼워졌구나. 너는 지금부터 어
딘가의 처마 밑에서나 불당 같은 곳에서 자는 것이 어울린다."

라고 모욕을 주었지만, 몽룡은 정신이 없는 것처럼 미소 지으며, 그림자처럼 월매를 따라가니 여자(월매) 또한 내치지는 못하고, 그 대로 자신의 집에 들어오게 하여 어쨌든 간에 욕을 하면서도 주방을 통해서 거친 음식을 먹여 주었다.

愈々翌日は新郡守の誕辰とて近隣の郡守共祝ひの品々を齎して或は輿に或は馬に、從者夥く隨へて練り来り。其他官屬共も其々の祝ひの品を献すれば、郡守の権威も現はれていとも仰山なる儀式なり。夢龍はかの天安郡守と約束したる時刻に郡衙に近けば、果して異様なる者共十数人集りゐたり。之に我が郡衙に上りたりと見なば直ちに門を排して入来りて我を護衛せよと命しおき。今や妓生の舞楽盛なる式場に正門より進入せんとするや、門衛は大喝し、おのれ何処の乞食奴、此処は汝等の入るべき所にあらずとあはや棍棒にて打たんとするに、逃出てて後門より窓かに進み入り、大庁前の広庭の妓生共の並ひ居る中に昂然と歩み入れば、新郡守は目早く見付け、彼何奴ぞ乞食ならずや、門衛共は晝寝やしつる。懈怠な奴原、何とて此奴を此処に通したる。誰かある急き逐ひ出せと喝するに、一座の中物好きなる雲峯郡守は之を止め。我熟熟彼の乞食児の様貌を見るに尋常の乞丐に似ざる所あり。いで彼に詩を作るを命じて作り能はずば即ち逐出さむ。詩を作りたらば妓生をして酒を斟ましめむは如何と云ふにぞ、皆々其はおもしろし名案なりとて、其の旨夢龍に通すれば、夢龍は即座に承引し韻を乞ひてさらさらと墨色美しく書き出したるを見れば、

金樽美酒千人血、玉盘佳肴萬姓膏
燭淚落時民淚落、歌聲高處怨聲高、

南原郡守は気味悪き詩なりと思ひたれ共、約束なれば妓生に命して酌せしむ。数多の妓生共何れも顔見合せて酌せむとするものなし。已むを得ず座中第一の老醜妓立ちて面を背けて酒を注く。

드디어 다음 날 신 군수의 생일이 되어 인근의 군수들이 축하 물품을 가지고 왔는데, 어떤 것은 수레에 어떤 것은 말에, 종도 많이 따라 와서 줄지어 들어오고 있었다. 그 외에 관속들도 각각 축하 물품을 헌상하니, 군수의 권위를 나타내는 많은 의식이었다. 몽룡은 일전에 천안 군수와 약속한 시각에 군아(郡衙) 가까이 가니, 생각한대로 수상한 사람 십 수 명이 모여 있었다. 이에

"내가 군아로 들어가는 것을 보거든 바로 문을 밀어 젖히고 들어와서 나를 호위하거라."

고 명해 두었다. 바야흐로 기생의 춤과 음악이 성대한 식장에 정문으로 진입하려고 하니, 문지기는 크게 화를 내며,

"이놈 어디서 온 거지냐, 이곳은 너희들이 들어 올 곳이 아니다."

라고 말하며 재빠르게 곤봉으로 치려고 하기에, 도망쳐서 후문으로 몰래 들어갔다. 대청 앞 넓은 뜰에 기생들이 나란히 서 있는 곳에 의기양양하게 걸어 들어가니, 신 군수가 재빨리 알아차리고,

"저자는 누구냐? 거지가 아니냐? 문지기들은 낮부터 잠을 자고 있느냐? 나태한 놈들, 어떻게 이런 자를 이곳에 들여 놓았느냐? 누군가 있으면 서둘러 내쫓거라."

고 화를 내니, 한 자리에 앉아 있던 호기심 많은 운봉(雲峯) 군수가 이를 말렸다.

"내가 눈여겨 저 거지의 모습을 보니 예사로운 거지는 아닌 듯하

오. 그에게 시를 지을 것을 명하여 지을 능력이 없다면 바로 쫓아내고, 시를 짓는다면 기생으로 하여 술을 따르게 하는 것은 어떠하오?"

라고 말하니, 모두들 그것은 재미있는 명안이라고 하여 그 취지를 몽룡에게 알렸다. 그러자 몽룡은 그 자리에서 승인하여 운을 받아 들고는 먹빛 아름답게 쓰기 시작했는데[그것을 보니],

금준에 담긴 맛 좋은 술은 천사람의 피요,
옥쟁반에 놓인 맛 좋은 음식은 만백성의 기름이라.
등불에 촛농 떨어질 때 백성의 눈물 떨어지고,
노랫소리 높은 곳에 원성도 높다네.

남원 군수는 기분[19] 나쁜 시라고 생각하였지만, 약속이기에 기생에게 명하여 술을 따르게 하였다. 많은 기생들이 모두 다 얼굴을 마주하고 술을 따르려는 자가 없었다. 어쩔 수 없이 좌중의 제일 늙고 추한 기생이 일어서서 얼굴을 등지고 술을 따랐다.

時に門外より高声に御史入りたり御史入りたりと呼ふ。堂上の群郡守共之を聞きて顔色を失し、禍の其身に皮ばんかと恐れて皆々慌てて堂上より下りて從者を喚びて、或は輿に、或は馬に乗じて、一散に走り還る。中にも慌てものの雲峰郡守は狼狽の餘り、後向きに驢に跨り一生懸命に鞭撻するにぞ、驢は首を打たれて驚き飛ひ上りてはね廻り

---

19 기분: 일본어 원문은 '気味'다. 향과 맛을 뜻하거나, 멋 혹은 풍미의 뜻으로도 사용하기도 하며, 기분이라는 뜻을 나타내기도 한다(落合直文編,『言泉』02, 大倉書店, 1922).

て走らさる滑稽もあり。此に天安郡の獄卒十数人威儀堂々と練り込み、夢龍は馬牌を示せば南原郡守は顔色蒼く身内顫ひ急き座を讓り、吏、戶、禮、兵、刑、工の六郡官屬は改服し、御史は嚴かに郡庫を封せしめ、次て獄囚を喚ひ来らしむ。新郡守来りてより訴訟頻りにして囚人獄に溢れたれば、御史は刑部の官屬に命して其の罪案を読ましめて一々之を裁判するに大方は無罪なり。

　　그때 문 밖에서 큰 소리로

　　"어사가 왔다, 어사가 왔다."

　　하고 외쳤다. 당상(堂上)의 여러 군수가 이를 듣고 안색이 변하여, 화가 자신에게 미치는 것을 두려워하여 모두 당황하여 당상에서 내려와 종자들을 부르니, 어떤 이는 가마에 어떤 이는 말에 올라타고는 한 눈 팔지 않고 곧장 달아났다. 그 중에서도 당황한 운봉 군수는 놀란 나머지 반대 방향으로 당나귀에 올라타서 열심히 채찍질을 하였다. 그러자 목을 맞고 놀란 당나귀가 높이 날아오르며 깡총깡총 뛰어 다니는 우스꽝스러운 모습도 있었다. 이에 천안군의 옥졸 십수 명이 위풍당당하게 줄지어 들어오고 몽룡이 마패를 보이자, 남원 군수는 얼굴색이 창백해지고 몸을 떨며 급히 자리를 내주었고, 이, 호, 예, 병, 형, 공의 군의 여섯 관속(官屬)은 옷을 고쳐 입었다. 어사는 엄숙하게 군고(郡庫)를 닫게 하고, 다음은 죄수를 불러 오게 하였다. 신 군수가 오고부터 소송이 빈번하여 하옥된 사람이 넘쳐났으니, 어사는 형부의 관속에게 명하여 그 죄의 내용을 읽게 하고 일일이 이것을 재판하였는데 대부분은 무죄였다.

最後に引出されしは女囚春香なり。御史は遙に春香を見下して、汝は何の罪ありて囚人となり首枷を箝せられしかと問へば、春香は悪ふれず、ありの儘に答ふ。御史は更に一段声を勵まし、汝賤妓の女の身を以て何故なれはしかく貞節を守らむとすると問ふに、春香は賤妓なりとも孔孟聖人の教へを奉するに人と異らんやと答ふ。是に於て御史は懷をかい深りてかの面鏡を取出して、司令に命して春香に見せしむ。春香此に始めて御史の夢龍なるを知りて、喜悅萬斛胸に溢れて地に伏して泣くのみ。

마지막으로 끌려 나온 것은 여자 죄수 춘향이었다. 어사는 멀리서 춘향을 내려다보며,

"너는 무슨 죄가 있어서 죄인이 되어 목에 칼을 씌우는 벌을 받고 있는 것이냐?"

고 물으니, 춘향은 나쁘게 말하지 않고 있는 그대로 대답하였다. 어사는 또한 한층 소리를 높여서,

"너는 천한 기녀의 몸으로 어찌하여 정절을 지키려고 하였느냐?"

고 물으니, 춘향은

"천한 기생이라고 하더라도 [어찌]공자와 맹자와 같은 성인의 가르침을 받드는 사람과 다르겠습니까?"

하고 대답하였다. 이에 어사는 품고 있던 것을 찾더니 일전의 거울을 꺼내어, 사령에게 명하여 춘향에게 보여 주었다. 춘향은 이에 비로소 어사가 몽룡이라는 것을 알고 기쁨이 이루 다 말할 수 없어, 가슴에 복받쳐서 땅에 엎드려 울기만 하였다.

此に月梅は今日も時分になれりとて鉢に粥を容れて春香に送らんと牢に来り、はや其処迄傳はりたる夢龍こそ御史なれとの噂をきく、粥鉢を地に投じて踴躍して云へらく、我家は代々不重生男重生女を家憲となし来れり。今日の今こそ家憲の宜しきを覚れり。さても春香は我教に從てよく守節したりしかな、もはや郡守も恐ろしからず、破落戸もこわからずと喜ひ勇みて家に還り、酒肴の用意に心を籠めて夢龍と春香とを待ち受けたり。

　　이때에 월매는 오늘도 그 시간이 되자 사발에 죽을 담아 춘향에게 보내려고 옥에 왔는데, 어느덧 그곳까지 전해진 몽룡이 어사가 되었다는 소문을 듣고, 죽 사발을 땅에 떨어뜨리고 껑충껑충 뛰며 말하기를,

　　"우리 집은 대대로 남자 아이를 낳는 것을 중요하게 생각하지 않고, 여자 아이를 낳는 것을 중요하게 생각할 것을 가훈으로 여겨 왔다. 오늘의 지금이야말로 가훈의 좋은 점을 깨닫게 되었다. 참으로 춘향은 나의 가르침에 따라서 잘도 수절하였구나. 이제는 군수도 두렵지 않고, 파락호도 무섭지 않다"

　　라고 말하며, 기쁘고 신바람이 나서 집으로 돌아와서는, 술과 안주를 준비하는 데 마음을 담아서 몽룡과 춘향을 기다렸다.

御史夢龍は此に一々南原郡守の罪狀を指摘して服罪せしめ、即坐に免官して雲峰郡守に南原郡守署理を命じ、復た去りて地郡に向へり。

巡視を果して更に南原を過ぎて春香を伴ひて上京し、委細を掌禮院に報告し、春香は節婦に旌表せれしと云ふ。

어사 몽룡은 그리하여 일일이 남원 군수의 죄상을 지적하여 복죄(服罪)하게 하고, 당장 관직에서 물러나게 하였다. [그리고]운봉 군수에게 남원 군수의 서리(署理)를 명하고는, 재차 떠나 다른 군으로 향하였다.

순시를 다하고 다시 남원을 지나 춘향을 데리고 상경하여, 상세한 사정을 장례원(掌禮院)에 보고하니 춘향은 절부(節婦)[20]에 선정되었다고 한다.

---

20 절부: 정조(貞操)가 바른 부인을 뜻한다. 혹은 절조(節操)가 굳은 부인을 뜻한다
   (松井簡治·上田万年編,『大日本国語辞典』03, 金港堂書籍, 1917).

한국주재 언론인, 호소이 하지메의 〈춘향전〉 발췌역(1911)

細井肇,『朝鮮文化史論』, 朝鮮研究會, 1911.

호소이 하지메(細井肇)

| 해제 |

호소이 하지메(細井肇)는 1908년 10월 내한하여 한국주재 언론인 집단인 경성 주재 일본인 지식층과 접촉했다. 1907년 제2차 한일협약의 체결로 통감부는 내각 각부에 일본인 차관을 둘 수 있게 되었는데, 이를 기반으로 한국주재 일본지식층이 대거 기용되게 된다. 이러한 동향에 발을 맞추며 호소이는 1910년 10월 신문기자 출신인 오무라 도모노조, 기쿠치 겐조와 함께 조선연구회를 조직하였다.『조선문화사론』은 이러한 호소이의 두 번째 조선이며, 조선연구회의 연구적 결실이었다. 호소이의 <춘향전 일역본>은『조선문화사론』(1911)에 수록된 일종의 발췌역이라고 말할 수 있다.『조선문화사론』8편 '반도의 연문학'에는 한국의 국문시가 및 소설 작품이 제시되어 있다. 호소이는 다카하시 도루가 이미 한국고소설을 일역한 사실을 잘 알고 있

었으며, 다카하시의 번역문을 읽어보는 것만으로도 충분히 해당 고소설 원전작품을 충분히 잘 알 수 있다고 판단했다. 따라서 다카하시의 번역작품에 대해서는 단지 해당 작품의 발췌역만을 제시한 셈이다.

▌참고문헌 ─────────

권혁래, 「근대 초기 설화·고전소설집 『조선물어집』의 성격과 문학사적 의의」, 『한국언어문학』 64, 한국언어문학회, 2008.

_____, 「다카하시가 본 춘향전의 특징과 의의」, 『고소설연구』 24, 한국고소설학회, 2007.

다카사키 소지, 최혜주 역, 『일본 망언의 계보』(개정판), 한울아카데미, 2010.

박상현, 「제국일본과 번역―호소이 하지메의 조선 고소설 번역을 중심으로」, 『일어일문학연구』 제71집 2권, 한국일어일문학회, 2009.

_____, 「호소이 하지메의 일본어 번역본 『장화홍련전』 연구」, 『일본문화연구』 37, 동아시아일본학회, 2011.

서신혜, 「일제시대 일본인의 고서간행과 호소이 하지메의 활동―고소설 분야를 중심으로」, 『온지논총』 16, 온지학회, 2007.

윤소영, 「호소이 하지메의 조선인식과 제국의 꿈」, 『한국 근현대사 연구』 45, 한국근현대사학회, 2008.

최혜주, 「한말 일제하 재조일본인의 조선고서 간행사업」, 『대동문화연구』 66, 성균관대 대동문화연구소, 2009.

李朝十二代仁祖の朝全羅道南原郡守李登の忰に李鈴と云ふ秀才ありけり、漸く長じて十六歳、皓たる美少年となりけるがその年の春一日、郊外に遊んで、圖らずも郡の退妓月梅の祕藏娘春香の容色に懸想

し、春香も亦李鈴を恋し、ここに千歳渝らぬ契りをぞ結びける。然るに、父なる李登ゆくりなくも轉任の命を受けて京官となり、京に向つて去らんとす、李鈴のなげき春香の失望云はん方なし、互ひに血涙を絞つて遺品を取交はし、再会を約して袂れ去りぬ。

이조 12대 인조조 전라도 남원군 이등(李登)의 자제에 이령(李鈴)이라고 불리는 수재가 있었다. 이윽고 장성하여 16세가 되어 빛이 나는 미소년이 되었는데, 그 해 봄 하루는 교외에서 놀다가 뜻밖에도 군의 퇴기 월매가 애지중지하는 딸 춘향의 용색(容色)을[보고] 연모하게 되었으며, 춘향 또한 이령을 사랑하여 이에 천년 변하지 않는 약속을 맺었다. 그런데, 아버지 되는 이등이 생각지도 못하게 전임의 명을 받고 서울의 관리가 되어, 서울로 향하여 떠나려고 하였다. 이령의 비통함과 춘향이의 실망을 전할 길 없이, 서로 피눈물을 흘리며 유품을 주고받고는, 다시 만날 것을 약속하고 헤어졌다.

李登に代つて南原郡守を拝したる某は、性いとど好色貪慳なり、乃ち春香をして枕席に侍らしめんとして百方苦慮すれども、李鈴去りて後の春香は紅脂粉黛を施さず、堅く操を守りけるより、新任郡守大いに怒り、春香を獄に投じて責めさいなみ、飽くまで意のままに振舞はんとせり。

ここに李鈴は京に上りて後ち科擧の試に壯元たり、文名一世に振ひ、暗行御史に任ぜられ、馬牌を賜りて四方の政治を察せんとて、乞丏児の姿にて南原に入り、郡守の漁色貪財を発きて之を免黜し、目出たく春香を救ひ、京に帰り、李細を掌禮院に報告し春香は節婦に旌表

せられたり。

　左に原書の二三節を揚ぐ。

　　이등을 대신하여 남원 군수에 임명된 자는, 성격이 한층 색을 밝
히고 탐욕스럽고 인색하였다. 즉 춘향으로 하여 수청을 들게 하려고
백방으로 고심하였지만, 이령이 떠난 후 춘향은 입술연지와 화장을
하지 않으며 굳게 정조를 지키었으니, 신임 군수는 크게 노하여 춘
향을 옥에 가두고는 몹시 괴롭히며 철저히 뜻대로 행동하였다.

　　이에 이령은 서울로 올라간 후에 과거 시험에 장원을 하고, 문장
의 명성[1]을 온 세상에 떨치며 암행어사로 임명되었다. 마패를 받고
는 사방의 정치를 살피고자 거지의 모습을 하고 남원에 들어가, 군
수가 여색을 밝히고[2] 재물을 탐하는 것을 파헤쳐서 이에 관직을 빼
앗았다. 경사스럽게 춘향을 구한 후 서울로 돌아가, 상세한 사정을
장례원(掌禮院)에 보고하니, 춘향은 절부(節婦)로 널리 칭송되었다.
아래에 원서의 2-3절을 게재하였다.

　○

晋處士(陶淵明)の五柳門は草綠帳を垂るゝが如し、後園綠陰の鶯は友
を喚び、狂風に驚ける蜂蝶は花叢を搖れり、花の薫り鳥の聲も長閑け
さに青年男女の情を動かさしむ、茲に李府使の忰、鈴は遊意勃然とし
て禁じ難く郊外散步を試みんものと房子(童僕)に本邑內に風景を求むる

1　문장의 명성: 일본어 원문은 '文名'이다. 문장이 높은 경지에 이르렀다는 평판을
　뜻한다(金沢庄三郎編, 『辞林』, 三省堂, 1907).
2　여색을 밝히고: 일본어 원문은 '漁色'이다. 이 사람 저 사람 가리지 않고 여자를
　탐하는 혹은 여자를 밝힌다는 뜻이다(金沢庄三郎編, 『辞林』, 三省堂, 1907).

勝地ありやを向ふ房子答へて曰く関東の八景(又嶺東八勝とも曰ふ即ふ
蔚珍望洋亭、三陟竹西樓、江陵鏡浦臺、襄陽落山寺、高城三日浦、干
城淸澗亭、通川叢石亭、歇谷侍中臺)海州の芙蓉堂、晋州の矗石樓、平
壤の鍊光亭、成川の降仙樓、廣州の月波雙城等ありと雖絶勝なる風景
は南原の廣寒樓に及ばず故に其名八道に響き稱するに小江南を以て
す。(關東の八景)

　　진처사(도연명)의 오류문은 초록장을 드리운 듯, 뒷동산의 녹음
중에 꾀꼬리는 친구를 불러들이고, 광풍(狂風)에 놀란 벌과 나비는
화총(花叢)을 흔들고, 꽃향기와 새 소리도 한가로움에 청년 남녀의
정을 움직였다. 이곳에 이부사(李府使)의 자제 령(鈴)은 놀[고 싶은]
생각이 갑자기 금할 수 없어 교외 산책을 시도하고자 하여 방자(어린
종)에게
　　"본 읍내에 풍경을 구할 수 있는 승지가 있느냐?"
　　고 물었다. 방자가 대답하여 말하기를
　　"관동 팔경(혹은 영동 팔승이라고도 말한다. 즉 울진의 망양정, 삼척의
죽서루, 강릉의 경포대, 양양의 낙산사, 고성의 삼일포, 간성의 청간정, 통천
의 총석정, 흡곡의 시중대)과 해주의 부용당, 진주의 촉석루, 평양의 연
광정, 성천의 강선루, 황주의 월파쌍성 등이 있다고는 하더라도, 절
승한 풍경은 남원의 광한루에 미치지 못하기에 그 이름 팔도에 울려
퍼져 일컫기를 소강남(小江南)이라고 합니다." (관동팔경)

○
其の嬋娟たる容姿を一瞥するに眉は八字の青山を畫けるが如く愛ら

しき顔面淡粧を施し皓歯丹脣は未開の桃花、一夜の露を浴びて半ば綻
べるに似たり黒雲の如き亂れ髮をば花龍(蒔繪)の櫛もて、つやつやと梳
づり髮のさきには[タンキ]당긔(リボンノ如キ髮飾り)と云へる幅広き紫
甲紗を結び付けたるを垂下しけり吉祥紗の肌衣、水紬綿紬袴(脛衣白永
繡紬の広き袴、光月紗の上衣、鶯鳳亢羅の大緞裳など瀟酒として着流
しけり、三承木綿(朝鮮木綿中の上等品)の襪(足袋)紫毛綃の唐鞋を穿ち
出の字の如く步み、前髮には民竹節(笄)後髮には金鳳馭(岐笄)を揷し右
の手には玉指攫を筘め耳朶には月貴彈を貫き腰に佩びたる物は、くさ
ぐさの名香(人物香の如き)を納れたる匂袋、巾着、珊瑚の枝、蜜花(琥
珀の如き黄色のもの)の佛手柑(飾り物)金沙鴨を彫めたる玉粧刀(小刀)
を五色の絹紐にてつなぎ両國大將の兵符南北兵の使弓袋(彤凱)を佩びた
るに、さも似たり。(春香の容姿を形容せる一節)

　그 곱고 아름다운 얼굴과 몸매를 한 번 흘낏 보니, 눈썹은 팔자 모
양의 청산을 그린 듯 하며, 사랑스러운 얼굴은 가볍게 화장을 하였
으며, 희고 고운 이와 붉은 입술은 아직 피지 않은 복숭아꽃으로, 하
룻밤의 이슬을 받고 반쯤 꽃봉오리가 조금 벌어진 듯하였다. 검은
구름과 같이 드리워진 머리는 화룡(蒔繪)의 빗으로 윤기 나게 빗어
머리끝에는 당긔(리본과 같은 머리장식)라고 불리 우는 폭넓은 자색
끈을 묶어서 드리웠다. 길상사(吉祥紗) 속옷, 수주면주(水紬綿紬) 바지
(경의 백빙 수주의 넓은 바지(袴)), 광월사 상의, 남봉황라 대단치마 등
말쑥하게 차려 입고, 삼승목면(조선 목면 중의 상등품)의 버선(足袋),
자주 모초(毛綃) 당혜(唐鞋)를[신고] 날 출 자와 같이 걸으며, 앞머리
에는 민죽절(비녀)을, 뒷머리에는 금봉차(옆으로 꽂는 비녀)를 꽂고,

오른손에는 옥지환을 끼고, 귓볼에는 월기탄을 꿰뚫고, 허리에 차고 있는 것은 여러 가지 이름 난 향(이궁전 대방전 인물향과 같이)을 담은 향낭, 건착(염낭), 산호가지, 밀화(호박과 같은 황색의 물건)불수와 같은 노리개(장식물), 금사오리를 새겨 넣은 옥장도(작은 칼)를 오색당사 끈에 연결하여, 양국대장 병부 차듯 남북병사 궁대(동개) 차듯 하는 것과 자못 닮았다. (춘향의 얼굴과 몸매를 형용하는 일절)

○

汝を呼びしは他意あるにならず、余も都に在りし頃は三月春風花柳の時と九秋黄菊丹楓の時も花露月夕、隙に乗じ酒肆青楼に遊び萬樽の香醞に醉ひ絶代佳人と結縁し清歌妙舞以て歳月を消遣したりと雖も今日汝を見るに世間の人物にあらず、心思恍惚蕩情に勝へず卓文君の琴に月姥繩を結び置き百年の期約を繼々繩々と垂れ見んとて呼びたるにあり。(春香との對話の一節)

너를 부른 것은 다른 뜻이 없었다. 나도 서울에 있을 때에는 3월 춘풍화류(春風花柳) 시절과 구추 황국단풍(黃菊丹楓)의 시절도 화로월석(花露月夕). 틈을 타 주사청루(酒肆青樓)에서 놀면서 만존향온(萬樽香醞)에 취하여 절대 가인과 결연하여 청가묘무(清歌妙舞)로 세월을 소일한다고 하였지만, 오늘 너를 보니 세상의 인물에는 있지가 않구나. 심사가 황홀하고 방탕한 마음을 이기지 못하여, 탁문군(卓文君)의 금(거문고)에 월묘(月姥)의 끈을 묶어 두고 백년기약을 영원히 드리워 보고자 불렀다. (춘향과의 대화 일절)

연동교회 목사, 게일의
〈춘향전 영역본〉(1917~1918)

J. S. Gale, "Choonyang", *The Korea Magazine* 1917. 9 ~ 1918. 8

게일(J. S. Gale)

∥ 해제 ∥

게일(James Scarth Gale, 1863~1937)은 40년 동안 한국에서 머물렀던 '개신교 선교사'이자, 경신학교와 정신여학교를 통해 많은 제자를 길러낸 '교육자'였으며, 많은 저술을 남긴 '한국학자'였다. 그가 본격적으로 한국문학을 번역하고 한국문학론을 개진했던 잡지가 바로 *The Korea Magazine*이었다. 게일은 이 잡지에『옥중화』를 저본으로 <춘향전 영역본>을 1917년 9월부터 8월까지 연재했다. 그의 <춘향전 영역본>의 번역사적 의의를 말한다면, 무엇보다 영미 및 서구권에 있어서 <춘향전>의 최초의 완역본이자 직역본이란 점을 말할 수 있다. 이는 게일 본인의 번역태도가 반영된 사례였으며, 그 번역수준은 원전『옥중화』와의 행단위 차원에서 저본대비가 가능한 수준이다.『옥중화』속의 전고와 한문맥, 언어유희 및 관용어, 조선의 문물관련 어휘를 충실히 번역했다. 게일은 물론 이처럼 원전을 충실히 번역하고자 지향했지만, 예외적인 번역은 분명히 존재한다. 예컨대 판소리계 소설의 특징인 장황한 사설 부분의 누락은 편집상의 이유, 독자의 지루함을 덜기 위한 편의적 선택으로 보인다. 또한 원전에서 해학적인 효과를 주는 장치이지만 비윤리적이거나 성적인 언어 표현, 욕설, 생리현상과 관련된 표현 등도 마찬가지이다. 그렇지만 이러한 예외적인 경우가 드러난 이유는 그가 번역하고자 한 원전『옥중화』의 본질에 위배되는 것이 아니었기 때문이다. 게일은 번역을 통해 한국(동양)의 이상 즉 여성의 정절을 서구인에게 전하고자 했다. 게일의 충실한 직역 원칙과 이와 모순되는 예외적 번역 양상은 모두 게일이 궁극적으로 전하고자 하는 감각, 즉 한국(동양)의 이상, 여성의 정절을 독자에게 전하려는 의도와 위배되지는 않았던 것이다.

┃ 참고문헌 ─────────

유영식,『착흔 목쟈 : 게일의 삶과 선교』1~2, 도서출판 진흥, 2013.

이상현,『한국고전번역가의 초상, 게일의 고전학 담론과 고소설 번역의 지평』, 소명출판, 2013.

이상현, 이진숙,「『獄中花』의 한국적 고유성과 게일의 번역실천」,『비교문화연구』38, 2015.

이진숙, 이상현,「게일의『옥중화』번역의 원리와 그 지향점」,『비교문학』65, 2015.

정혜경,「*The Korean Magazine*의 출판 상황과 문학적 관심」,『우리어문연구』50집, 2014.

최윤희,「『The Korea Magazine』의「한국에서 이름난 여성들」연재물에 관한 연구」,『비교문화연구』37, 2014.

R. Rutt and Kim Chong-un, *Virtuous Women: Three Masterpieces of Traditional Korean Fiction*, Korean National Commission for UNESCO, 1974.

R. Rutt, *James Scarth Gale and his History of Korean People*, Seoul:
the Royal Asiatic Society, 1972.

I. RIVERS AND MOUNTAINS[1]

I. 강산

---

1 이 작품의 첫 연재본은『옥중화』의 서사 허두부터 몽룡의 서책타령 장면까지가
번역되어 있다. 게일의 〈춘향전 영역본〉("Choonyang")은 1917년 9월부터 1918
년 7월까지 *The Korea Magazine*에 연재되었다. 또한『게일문서』(*Gale, James
Scarth Papers*)에는 향후 단행본 출판을 위해 책자 형태로 묶여져 있는 게일의
〈춘향전 영역본〉이 있다. 이 영역본에는 게일의 〈심청전〉과 〈토끼전〉영역본
과 달리 주석이 많이 달려 있다. 게일의 각주를 분류해 보면 다음과 같다.
① 중국인명(故事): 杜牧之(Toomokchee), 巢父(Soboo(Nest-Father),許由(Hoyoo),
蘇子瞻(Sojachum), 莊周(Changja), 楊貴妃(Yang Kwipee), 蓬萊天台採藥童(the
genii that dig elixir on the Pongnai Hills), 天皇氏(The Celestial Emperor), 夏禹氏
(Hau), 寧戚, 孟浩然, 李太白, 赤松子(Yongchuk / Maing Hoyon / Yee Taipaik /
Chok Songja), 結草報恩(bind the grass-인용자: 魏顆), 項羽(Hangoo), 箕子
(Keeja), 夫人의 놉흔史的(the story of Your Ladyships-인용자: 娥黃, 女英), 太姙
/太女似/太姜/盟姜(Tai-im /Tai-sa/Tai-gang/ Maingkang), 弄玉(Nangok), 蘇中
郎(Somoo), 班婕妤(Pan Chopyo)
② 중국지명(故事): 蕭湘江(Sosang River), 蓬萊山(Pongnai Hills), 黃鶴樓(The
Yellow Crane Pavilion)
③ 조선(중국) 문물 및 기타: 四書(The Four Classics), 千字文(The Thousand
Character), 三綱行實(the Three Relations), 鴛鴦鳥(Woonang Bird), 七去之惡
(Seven Reasons), 七星任(The Seven Stars), 三神(Three Spirits), 彌勒(the
Merciful Buddha),龍王(the Dragon King), 黃泉(the Yellow Shades). 結草報恩
(bind the grass), 妓生(*keesang*), 六房(Six Board), 칼·項鎖·足鎖(Cangue), 杜鵑
(Tookyon bird), 四海(Four Seas) 牽牛織女(Celestial Lovers), 雁脩海..(An-soo-hai etc.)
(Nahan) 釋迦如來(Sokka Yurai), 菩薩(Posal), 壬子生(Imja) 靑鳥(Azuere birds.)
본 역주자료집에서는 편의상 게일의 주석은 원문에 달도록 하며, '주석 원문(그
에 대한 번역문)'의 형식으로 표시할 것이다. 추가 주석은 게일 영역본에 대한
國譯文에 다는 것을 원칙으로 하되, 게일의 주석에 대한 보충 설명이 필요한 경
우 [편역자 주]로 구분하도록 한다. 게일의 〈춘향전 영역본〉은 이해조의『獄中
花』를 저본으로 한 것이다. 우리가 저본 대비로 활용할 자료는「보급서관 본 활
자본 〈옥중화〉」(김진영 외 편,『춘향전 전집』15, 박이정, 2004)이다.

When specially beautiful women are born into the world, it is due to influence of the mountains and streams. Sosee[2] the loveliest woman of ancient China, sprung from the banks of the Yakya River at the foot of the Chosa Mountain; Wang Sogun[3] another great marvel, grew up where the waters rush by and hills circle round; and because the Keum torrent was clear and sweet, and the Amee hills were unsurpassed, Soldo[4] and Tak Mugun[5] came into being.

---

2 Sosee. who lived about 450 B.C., was born of humble parents, but by her beauty advanced step by step till she gained complete control of the Empire, and finally wrought its ruin. She is the *ne plus ultra* of beautiful Chinese women. (서시: BC 450년의 중국 여인으로 출신은 미천하나 미모가 뛰어나 조금씩 지위가 상승하여 마침내 중국을 완전히 장악한 뒤 중국을 멸망에 이르게 한 중국 제일의 미인이다.)

3 Wang Sogun. This marvellous woman by her beauty brought on a war between the fierce barbarian Huns of the north and China Proper in 88 B.C. She was finally captured and carried away, but rather than yield herself to her savage conqueror, she plunged into the Amur River and was drowned. Her tomb on the bank is said to be marked by undying verdure. The history of Wang Sogun forms the basis of a drama translated by Sir John Davis and entitled the "Sorrows of Han." (왕소군: 이 불가사의한 여인의 아름다움 때문에 BC 88년 북방의 거친 야만인인 훈족과 중국 본토 사이에 전쟁이 일어났다. 그녀는 야만족의 포로로 잡혀갔지만 야만인 정복자에게 굴복하지 않고 아무르강에 몸을 던져 빠져 죽었다. 강가에 있는 그녀의 무덤에는 시들지 않는 특이한 초목이 있다고 한다. 왕소군의 이야기는 존 데이비스(John Davis)경이 번역한 "한의 슬픔(Sorrows of Han)"이라는 드라마의 토대가 된다.) [편역자 주: 게일이 접했던 왕소군 이야기에 대한 영역본의 출처는 'J. F. Davis, "The Sorrows of Han", Chinese *Literature,* London, New York: The Colonial Press, 1900'이다.]

4 Soldo. A famous woman of China who lived about 900 A.D. Excelling as a wit and verse writer, her name was given by her admirers to the paper on which the productions of her pen were inscribed, till at last it became a synonym for superfine notepaper.(설도. 900년경의 중국의 유명한 여인으로 그녀는 뛰어난 재치 있는 시인이었다. 그녀의 추종자들은 그녀의 글이 새겨진 종이에 그녀의 이름을 붙여 설도라 불렀다. 그리하여 설도는 최상급의 종이를 가리키는 말과 동의어가 되었다.)

5 Tak Mugun. A Chinese lady of the 2nd century B.C. famed in verse and story and associated with the charms and delights of sweet music.(탁무군. B.C. 2세기의 중국

유난히 아름다운 여인이 세상에 태어나는 것은 산과 강의 영향 때문이다. 고대 중국의 가장 아름다운 여인인 서시는 저라산[6]아래 약야강변에서 태어났고, 또 다른 위대한 가인 왕소군은 물살이 빠르고 산이 층층으로 둘러싸인 곳에서 성장하였고, 맑고 향기로운 금강과 수려한 아미산이 있었기에 설도와 탁무군이 생겨나게 되었다.[7]

여인으로 운문과 이야기로 유명하다. 탁무군은 달콤한 음악이 주는 매력과 기쁨을 연상시킨다.)

6 Chosa Mountain의 음역은 '저사산'이지만 Chora Mountion(저라산, 苧羅山)의 오기인 듯하다.

7 게일은 대문자 고유명사가 나오면 대부분 한자음으로 표기해 준 뒤 각주를 통해 풀이해준다. 여기에서도 약간의 변화가 있다. 왕소군(Wang Sogun), 탁무군(Tak Mugun)의 경우 각각 대소문자와 떼어쓰기를 통해 성과 이름을 구분해주지만, 설도(Soldo)와 서시(Sosee)는 이름만을 표기한다. 저라산(Chosa Mountain), 약야강(Yakya River)의 경우 산과 강을 각각 Mountain, River로 대문자로 표기하는데 반해 금강(Keum torrent)과 아미산(Amee hills)의 경우 소문자 torrent와 hills로 표기한다. 이 경우 산과 강의 크기와 흐름 등을 고려한 듯하다. 그러나 전체 흐름에서 벗어난 표기 등도 있다.

게일은 중국의 인명과 관련된 고사들을 한국문화에 있어서 중요한 유산으로 여겼다. 따라서 『옥중화』에서 제시된 여인들(西施, 王昭君, 薛濤文君)에 관하여 모두 주석과 본문 중에서 부연설명했다. 하지만 『옥중화』의 원문에서 "雙角山이 秀麗ᄒ야 綠珠가 삼겻스며"에 대응되는 중국 晉나라 石崇의 애첩 綠珠에 관해서는 누락했다. 게일은 한국에서 유명한 여인들이라는 제명으로 *The Korea Magazine*에 기획기사를 연재한 바 있다.(J. S. Gale, "Korea's noted Woman", *The Korea Magazine* 1917.1~10) 여기서 거론된 인물들 중에서 綠珠는 포함되지 않는다. 다른 여성들에 비해 상대적으로 중요성이 없는 인물로 간주했을 가능성이 존재한다.

綠珠는 『옥중화』속에서 이 부분 이외에도 다음과 같은 곳에서 등장한다. ① 綠珠의 色과 薛濤의 文章 木蘭의 禮節을 胸中에 품엇스니 萬古女中君子옵고 The beauty and fidelity of China's most famous women(축약) surely never surpassed her. (Ⅱ-2) ② 여보게 春香이 ᄌ네 나를 엇지 알니 나는 누구인고 ᄒ니 十斛明珠로 샤던 石崇의 小艾 綠珠로다 不側ᄒ 趙王倫이 나와 무슴 冤讐린가 樓前却似分紛雪ᄒ니 正是花飛玉碎時라 洛花猶似墮樓人은 나의 冤魂 그 아닌가. "You are Choonyang, I know, but how could you know who I am. I am Nokjoo, wife of Soksung, for whom he gave ten grain-measures of jewels. The awful Chowan-yoon, out of hatred toward me, threw me out of the pavilion into the trampled snow. But flowers have their time to fall, and jewels their time to crumble into dust, so beautiful

Namwun District of East Chulla, Chosen, lies to the west of the Chiri mountains, and to the east of the Red City River. The spirits of the hills and streams meet there, and on that spot Choonyang was born.

조선의 전라도 동쪽에 있는 남원부는 지리산의 서쪽과 적성강의 동쪽에 있다. 산과 강의 정기가 만나는 바로 그곳에서 춘향이 태어 났다.

Choonyang's mother was a retired dancing-girl, who after thirty years of age, gave birth to this only daughter. In a dream, one night, there came to her a beautiful angel from heaven bearing in her hand a plum and peach-blossom flower. She gave the peach-blossom, saying, "Care gently for this, and later, if you graft it to a plum, gladness and joy will follow. I must hasten," said she, "to carry this plum-blossom to its destined place." So saying she withdrew.

When she had awakened from her dream, and time had passed, she bore a daughter, and as the peach-blossom is a bud of springtime, she called her Spring Fragrance or Choonyang.

Although the daughter of a dancing-girl, yet, because her father

---

women, too, who have lived and died for virtue, fade and disappear."(ⅩⅣ-2) ①에 서 게일은 일관되게 생략하는 축약을 시켰다고 볼 수 있으며 ②는 이 일관성과 별도로 번역을 생략하지 않았다. 전자의 진술이 춘향에 관한 인물평에 국한되 나 후자는 내용 전개에 있어서 일어나는 사건이기에 그 중요성 때문에 번역을 누락시키지 않았을 수도 있다.

was of the gentry class, she was taught Chinese from her seventh year. In this she greatly excelled, as also in sewing, embroidery and in music. She was kept pure from every touch of the stranger, and grew flawless as the jewel.

춘향모는 은퇴한 무희(dancing-girl)[8]로 서른 살이 넘어 외동딸을 낳았다. 어느 밤 꿈에 이화와 도화를 손에 쥔 아름다운 천사가 하늘에서 내려와 도화를 주며 그녀에게 말했다.

"이것을 잘 간직하였다 나중에 이화에 접하면 즐거움과 기쁨이 올 것입니다. 나는 서둘러 이 이화를 정해진 곳에 가져가야 합니다."

이 말을 한 후 천사는 떠났다.

꿈에서 깨어난 후 시간이 흘러 춘향모는 딸을 낳았고, 도화는 봄의 꽃을 의미하기에 딸을 '봄 향기' 즉 춘향이라 불렀다.

춘향은 비록 무희의 딸이지만 아버지가 신사계급이라 7세부터 한자를 배웠다. 그녀는 바느질과 자수, 음악과 마찬가지로 글재주에서도 탁월했다. 춘향은 낯선 이의 손을 전혀 타지 않아 깨끗하게 보석처럼 흠 없이 자랐다.

Now there was living at this time in the department of Three Rivers, Seoul, a graduate named Yi whose family and home were widely noted for faithful sons and pure and beautiful women. His

---

8 게일은 기생을 dancing-girl로 번역하다 나중에 이탤릭체 *keesang*으로 표기하기도 한다. 처음부터 *keesang*(dancing-girl) 혹은 다른 식으로 표기하기보다 텍스트가 진행되면서 번갈아 가면서 사용하는 경우가 많다. 예로 Young Master와 Master Toryong, Boy와 Pangja가 있다.

Majesty, in his appointments, had selected Yi for District Magistrate of Namwon County. A month or so after his entrance upon office, the people unanimously proclaimed his virtues, and the streets and by-ways of the place were posted with notice boards of his righteous and illustrious rule.

이때 서울 삼청동에 충실한 아들과 정숙하고 아름다운 여인들로 널리 유명한 이씨 가문에 한 과거 급제자가 살고 있었다. 임금은 그를 임명[9]할 때 남원부의 지방관으로 선택하였다. 도임한 지 한 달쯤 지나 백성들이 너나 나나 할 것 없이 모두 그의 덕을 칭송하였고, 남원의 길과 골목 도처에는 그의 의기 있고 명철한 통치를 드러내는 게시물이 자주 붙었다.

The governor's unmarried son was with him, whose name was Dream-Dragon. He was eighteen years of age and handsome as China's [10]Toomokehee.

His face was comely as the polished marble, and in ability he was mature and well advanced. Poetry and music were known to him, and for a life of gaiety he led the way. In the night he hailed the moon over

---

9 임명(appointment): 게일이 원문의 '낙점(落點)'에 대하여 번역한 것이다. 『한영즈뎐』(1911)에서 "落點ㅎ다"는 "To mark off names of candidates from a list"로 풀이된다. 영한사전에서 "落點ㅎ다"로 풀이되는 영어 어휘는 "appoint"이다. (Underwood 1925)

10 Toomokchee. A famous Chinese poet who lived from 803 to 852 B.C. (두목지: BC 803-852 사이에 살았던 중국의 유명한 시인이다.)

the eastern ridges; and during the day he loved to go on excursions to greet the flowers and willows of the springtime, or to speak his condolences to the tinted leaves and chrysanthemums of autumn. He was a brave and gifted lad.

　　부사(governor)를 따라 미혼의 자제가 함께 왔는데 그의 이름은 몽룡(Dream-Dragon)[11]이었다. 나이가 18세[12]로 아름답기가 중국의 두목지였다.

　　그의 얼굴은 윤이 나는 대리석[13]처럼 잘 생기고 그 재주는 영글어 남보다 꽤 앞섰다. 그는 시와 음악을 알고 삶의 흥겨움에 일가견이 있었다. 그는 밤이면 동녘 산의 달을 맞이하고 낮 동안에는 풍경 구경을 가 봄의 꽃과 버드나무에게 인사하고 가을의 단풍나무와 국화에게 위로의 말을 건네기를 좋아했다. 그는 호기롭고 재주가 많은 젊은이였다.[14]

---

11 몽룡(Dream-Dragon): 춘향은 Spring Fragrance or Choonyang'으로 표기한 후 이후부터 춘향으로 음표기된다. 몽룡 또한 뜻풀이인 'Dream-Dragon'로 표기되다 5장에서 "Mongyong, or Dream-Dragon"으로 번역되어 있다. 즉 영어권 독자는 Dream-Dragon의 한국음이 몽룡(Mongyong)임을 이를 통해 알 수 있다.

12 18세(eighteen years of age): 원문에는 16세로 되어 있다. 이는 개신교 선교사들이 한국인의 무婚문제에 비판적이었던 당시의 경향(J. S. Gale, "The Beliefs of the People", **Korea in Transition,** 1909, p.76)을 감안할 때, 서구인 독자가 이몽룡과 춘향의 결연에 대하는 거부감을 가지는 것을 방지하기 위한 변용이라고 판단된다.

13 윤이 나는 대리석(polished marble): 미남을 의미하는 원문의 '冠玉'에 대한 게일의 번역이다. 『한영ᄌᆞ뎐』(1911)을 보면, "관옥"은 "The finest jade-used when speaking of a handsome person with a fair complexion"으로 풀이된다. 사전에서 한국어 어휘를 풀 때와 달리, 어휘 자체의 용례를 설명할 수 없는 상황에서 보다 더 영어식으로 전유하여 번역하는 방식을 보여주는 셈이다. 만고일색, 승지, 절대가인 등의 번역도 여기에 해당된다. 고유명사를 제외하고는 관용적 표현의 경우 대부분 영어식으로 풀이하는 번역 경향을 보인다.

On a certain day the young master, unable to resist the wooings of the springtime, called a *yamen* attendant and asked.

"Where are the best views in this country of yours?"

"What does the Young Master want with pretty views in the midst of his laborious studies?" inquired the Boy.

"But," replied Dream-Dragon, "in every place of natural beauty, there are also to be found verses and poems corresponding. Listen till I tell you. In the wonderful world of the Keui Mountain and the Yong River, where Soboo[15] and Hoyoo[16] played together they are seen; and where So Jachum[17] passed his happy days, and autumn moonlight nights on the banks of the Chokpyok River you will find them posted up. Also in the Yellow Stork Pavilion, in the Koso Outlook, in the

---

14 게일은 사대부 기방풍류를 긍정적으로 보지 않았다. 해당 원문은 "詩律風流와 愛酒貪心ᄒ야"이다. 여기서 "愛酒貪心ᄒ야"에 대한 번역을 생략한다. 또한 "豪俠"은 『한영ᄌ뎐』(1911)에서 "Extravagance"로 풀이되는 약간 부정적인 어감을 담고 있는 어휘인데, 게일은 원문의 "豪俠한 奇男子"라는 이몽룡에 대한 소개도 '용감하고 재주 있는 젊은이'(brave and gifted lad) 정도로 순화해서 번역한다.

15 Soboo. (Nest-Father). He is a legendary being said to have lived B.C. 2357, and to have made his home in a tree, hence his name. He was a man of singular uprightness who greatly influenced his age for good. Once when offered the rule of the empire by the great Yo, he went and washed his ears in the brook to rid them from the taint of worldly ambition. (소부[새둥지-아버지]): 기원전 2357경의 전설 속의 인물로 나무에 집을 지어 그 이름이 소부가 되었다 한다. 매우 강직한 인물로 그의 시대에 큰 영향을 미쳤다. 한번은 요임금이 그에게 중국을 다스려 달라고 부탁하자 그는 세상에 대한 욕심의 먼지를 없애기 위해 개울로 가 귀를 씻었다고 한다.)

16 Hoyoo. He was a friend of "Nest-Father" and equally an apostle of self-renunciation. (호유: 소부의 친구로 그와 마찬가지로 금욕의 사도였다.)

17 Sojachum. (1036-1101) A.D. He was a statesman and poet of China who, when banished to Hainan, spent his days in diffusing a knowledge and love of literature. (소자첨: 1036-1101년의 중국의 정치가이자 시인으로 해난으로 유배되자 문학에 대한 지식과 사랑을 전파하며 세월을 보냈다고 한다.)

Phoenix Tower, there are footprints of the Sages and the writers of the past. I too, am one of these. As the fleeting hours of springtime trip by and plum and peach blossoms beckon to me, shall I let them pass unnoticed?" The Boy said again,

"In our poor country there are but few places of interest. Shall I tell you of them one by one? Outside the North Gate there is the mountain city of Chojong, very good; beyond the West Gate there is the Temple of the God of War, where the view is wide and imposing; outside the South Gate there is the Moonlight Pavilion, which is well worth seeing; then there is the Crow and Magpie,[18] Bridge and the Fairy Temple of Yongkak, all of which are rated among the finest views of South Chulla."

어느 날 젊은 주인[19]은 봄의 매혹을 이기지 못하고 *아문(yamen)*[20]

---

18 [역주자 주]원문의 ','는 오기인 듯하다.

19 게일은 이몽룡을 지칭할 때 처음 소문자로 된 '작은 주인님(the young master)'으로 표기하다 이후부터는 대문자로 'the Young Master'로 표기함으로써 젊은 주인을 의미하는 특정한 단어가 한국어에 있음을 암시한다. 이것은 방자를 지칭할 때 'the Boy'라고 표현하는 것과 같은 맥락이다. 방자의 경우 이도령과 방자가 처음 춘향집을 방문했을 때 춘향모가 그를 'Pangja'로 부른다. 이에 반해 이도령은 방자를 'Boy'라고 부른다. 이후 작품이 진행되면서 어사가 된 이몽룡이 방자를 길에서 만났을 때 방자를 '*Bolljacksay*, Halfwit'으로 표기한다. 이로써 방자가 이름이 아닌 관청 내 하인의 특정 지위명임을 알 수 있다.

20 아문(*yamen*): yamen은 衙門의 중국어 발음으로 (상급) 관청을 의미한다. 원문의 이탤릭체 *yamen*을 번역문에서 음역의 번역임을 나타내기 위해 이탤릭체 *아문*으로 번역한다.
이후 원문의 이탤릭체는 두 가지 방식으로 국역한다. 먼저, 원문의 이탤릭체가 한국의 음을 옮긴 음역임을 나타나기 위한 이탤릭체이면 국역문에서 원문의 음가를 그대로 국문으로 옮긴 후 이를 이탤릭체로 옮긴다. 다른 하나는, 의미 표현에 이탤릭체가 있을 경우, 이탤릭체가 강조하기 위한 것으로 보고 국문역에서의 시자를 불러 물었다.

"네가 사는 이곳에서 풍경이 가장 좋은 곳이 어디이냐?"

방자(Boy)가 물었다.

"공부에 힘 써야 할 도령(Young Master)이 좋은 풍경은 찾아 무엇합니까?"

이에 몽룡이 대답했다.

"자연이 아름다운 곳마다 이에 상응하는 운문과 시가 또한 있다. 끝까지 들어 보아라. 소부와 허유가 함께 놀았던 기산과 용수의 기이한 세상에도 시가 있고, 소자첨이 가을 달빛을 받으며 행복한 나날을 보낸 적벽강에도 시가 붙어 있다. 황학루, 고소각, 봉황대[21]에도 또한 성현과 옛 작가들의 발자취가 남아 있다. 나 또한 그들 중 한 사람이다. 봄날이 쏜살같이 지나가고 이화와 도화가 나에게 손짓하는데 어찌 보지 않고 그냥 보낸다 말이냐?"

방자가 다시 말하였다.

"우리 지역이 보잘 것 없지만 그럼에도 재미있는 곳이 몇 군데 있습니다. 하나씩 말해볼까요? 북문 밖에는 조종 산성이 있는데 아주 좋고, 서문 너머 전쟁신 사원이 있는데 넓고 압도적이며, 남문 밖에 월광전(Moonlight Pavilion)[22]이 있는데 꽤 볼 만하고, 또한 오작교와

작은따옴표로 표시한다.

21 게일은 장소를 나타내는 고유명사 표기의 경우 고소각(Koso Outlook)의 경우는 '고소(Koso)+각(Outlook)'으로 표기하여 Koso가 음가이고 Outlook이 뜻풀이임을 암시하고, 봉황대(Phoenix Tower)와 황학루(Yellow Stork Pavilion)는 모두 뜻풀이로 번역한다. 하지만 한 각 단어를 대문자 처리함으로써 한국어에서 이들 단어의 의미와 동일한 특정 음가가 있음을 추정하게 한다.

22 월광전(Moonlight Pavilion): 게일은 이 작품에서 중요한 공간 배경인 광한루를 'the Moonlight Pavilion'으로 옮긴다. 참고로 H.N. Allen은 *Korean Tale*(1889)의 "Chun Yang-The Faithful Dancing-Girl wife"에서 광한루를 'Kang Hal Loo'로 음

용각선사가 있습니다. 이들 모두 전라남도에서 가장 경치가 좋은 곳
으로 꼽힙니다.”

"Let's saddle the ass," said Dream-Dragon, "and go see the
Moonlight Pavilion."

"All right, sir," said the Boy, and in a little he came forth with his
well brushed Chinese donkey, and made tight the saddle girth. He
had put in order the red tassels and purple reins, the embroidered
blanket, the gilded bridle, the blue and red plaited halter, and the
other head ornaments. He carried also the coral whip with which he
gave a sharp blow to bring the creature to attention.

He called, "I have done as Your Excellency has ordered."

Behold him go forth on his way. Well dressed he sits straight in the
saddle, handsome and high-born. So he prances forth skirting the
mountain spurs, and spiriting up the dust as he sails away on the
favouring breeze.

몽룡이 말했다.

"나귀에 안장을 놓아라. 월광전을 보러 갈 것이다."

"알겠습니다."라고 말한 뒤 방자는 잠시 뒤 빗질이 잘 된 중국 나
귀를 데리고 나와 안장 끈을 꽉 조였다. 그는 붉은 술, 자주색 고삐,
자수 덮개, 도금 굴레, 청홍사 줄 고삐, 다른 머리 장식구들을 대령하

표기하고 'the temple' 등으로 지칭한다.

였다. 그는 또한 산호 채찍을 가지고 와 나귀를 철썩 때려 정신을 차
리게 했다.

그가 소리쳤다. "나리,[23] 분부대로 거행했습니다."

길을 나서는 그를 보라. 잘 생기고 명문가의 자제인 그가 잘 차려
입고 안장에 똑바로 앉아 있다. 이리하여 그는 산모퉁이를 돌아 순
풍에 배가 나아가듯이 먼지를 날리며 의기양양하게 나아간다.

At every step, as he passes the blossoms, fragrance is wafted to
him. Rapidly he rides till he reaches the Moonlight Pavilion, where
he dismounts, ascends the steps, and looks forth upon the scene. Off
to the south is the Red City plain, where the early sun is brushing
aside the light cover of mist. The sweet flavour of springtime, with its
flowers and willow catkins, is borne to him on the breath of the
morning. The polished floors and ornamented walls call his attention
to the pavilion. The view from this kiosk is beyond compare. From it
the Magpie Bridge is visible, the Magpie Bridge which calls up the
story of the Milky Way and the Celestial Lovers[24].

---

23 나리(Your Excellency): His Excellency 혹은 Your Excellency는 국가와 관청의 수
   장 혹은 외교관인 대사를 존칭으로 부를 때 사용된다. 영한사전에서 이를 정리
   해보면, "대감, 대인, 령감(Underwood 1890), 각하(閣下)(Jones 1914) 대인(大人),
   각흐(閣下), 합하(閤下)(Underwood 1925)"로 풀이된다. 게일은 이 텍스트에서
   말하는 사람보다 높은 지위에 있을 사람을 존칭할 때 'Your/His Excellency'라고
   옮기고 있다. 그래서 상황에 맞게 존칭하는 말로 번역하면 무리가 없을 듯하다.
   그리하여 방자가 관직에 없는 도령을 'Your Excellency'라고 부를 때는 존칭인
   '나리', '도령님'으로 번역하고 관직에 있는 이부사나 변부사를 가리킬 때는 한
   국인들이 지방관을 부르는 존칭인 '나리', '사또' 등으로 번역한다.

24 Celestial Lovers. The Herdsman, supposed to be the star b in Aquila, and the Weaving

매 걸음, 꽃을 지나갈 때면, 꽃향기가 그를 감싼다. 그는 말을 빨리 몰아 드디어 월광전에 도착한다. 말에서 내려 계단을 올라 경치를 바라본다. 남으로 적성평야가 있고 아침 해가 엷은 안개를 밀어내고 있다. 꽃과 버들강아지가 있는 봄의 향긋한 향기가 아침 공기에 실려 그에게 다가온다. 월광전의 반질반질한 마루와 단장한 벽들이 그의 눈에 들어온다. 이 정자에서 바라본 경치는 가히 어떤 곳과도 비교 불가이다. 여기에서 은하수와 천상의 연인들의 이야기를 떠올리게 하는 오작교, 오작교가 보인다.

"How can they be absent from the scene?" thought he. "I surely am the Herdsman Star, but where is the Weaving Maiden for my companion? In this vale of flowers if I could only meet with her, the choice of all my revolving existences, how happy I should be."

"Boy, bring the glass, let's see who is the oldest among us here."

The Boy replied, "Yonder fellow to the rear with his dwarfish build and yellow face, he is over forty I know."

"He's away beyond me," said the Young Master, "Let him be placed number one among us, and you too, Boy, while we refresh ourselves, come up and take your place."

Damsel the star a Lyra, are lovers, who by the abyss of the Milky Way, are separated all the year round, till the 7th night of the 7th Moon, when the magpies of the earth assemble and form a bridge over the chasm, and enable them to meet. This is one of the Orient a most famous legends. (천상의 연인: 독수리자리의 b별로 추정되는 견우(Herdsman)와 거문고자리의 a별의 직녀(Weaving Damsel)는 연인이지만 은하수의 심연으로 일 년 내내 헤어져 있다 음력 7월 7일이면 땅의 까막까치가 모여 은하수에 다리를 놓으면 만난다는 동양의 매우 유명한 전설이 있다.)

"I am afraid to," said the Boy, "it isn't good form."

"Afraid of what?" asked the Master, "Nonsense!"

The table was brought in and the rear servant took the first sip of the glass; the Boy shared as well, and when the Young Master had taken his turn he addressed them saying, "When one is out for a good time, informally, it does not do to make too much of ceremony. It we do so there is an end to good fellowship and the interest is gone. In the country, age takes precedence. We've had our glass, now for a smoke."

그는 생각했다.

"저 장면에서 천상의 연인들이 빠질 수가 있는가? 나는 분명 견우성인데, 헌데 내 짝 직녀는 어디에 있는가? 꽃이 피는 이 골짜기에서 윤회하는 내 모든 전생의 배필인 그녀를 만날 수만 있다면, 참으로 행복하겠다."

"방자야, 잔을 가져오너라. 여기 우리 중 누가 제일 나이가 많은지 보자."

방자가 대답했다. "저기 땅딸막하고 얼굴이 누른, 뒤쪽에 서 있는 저 자가 사십이 넘은 것으로 압니다."

도령이 말했다. "나보다 훨씬 많구나. 그를 우리 중 상석에 앉히고, 방자야, 너도, 우리가 술을 마시는 동안 올라와 자리에 앉아라."

방자가 말했다. "모양새가 좋지 않습니다."

도령이 물었다. "뭐가 걱정이냐? 허튼소리!"

상이 들어오자 뒤쪽의 하인이 첫 모금을 마시고, 방자 또한 한 모금 먹고, 도령 차례가 되자 도령이 그들에게 말을 걸었다.

"밖에 나와 격 없이 좋은 시간을 보낼 때는 너무 예를 차리는 것은 보기에 좋지 않다. 그러면 좋은 우정도 끝나고 흥도 사라진다. 시골에서는 나이가 우선이다. 우리 술을 먹었으니 이제 담배를 피워 보자."

The Young Master, carried away with the joy of the occasion, got up and sat down, turned this way and that, looking here and there. Off to the south he saw the Jewel Curtain Outlook rising sky ward with its bright and shimmering windows, also the Fairies' Pavilion; to the rear was the Garden of the Immortals, with its ideographic flowers of white, and red, and green, and yellow. In fluttered heaps they lay scattered about dotting the landscape. The call of the oriole from the willow canopy added to the scene's delight. White butterflies in pairs flitted by on tiny wing dodging among the branches. The world was full of sweet fragrance bursting forth, white and red, from all the variegated bowers, like fairies and angel messenger.

도령은 이날의 즐거움에 도취되어 섰다 앉았다 이쪽저쪽 움직이며 여기저기를 바라보았다. 저기 남쪽으로 주렴각이 보이는데 하늘 위로 솟은 희미하게 빛나는 창이 있고, 또한 신선각이 있고, 뒤로 무릉도원이 있는데 흰색, 붉은색, 녹색, 노란색의 글자 꽃들이 무더기로 퍼덕이며 흩어져 점점이 풍경을 수놓는다. 버들나무 장막의 꾀꼬리 소리가 풍경의 흥겨움을 더한다. 흰나비는 쌍을 지어 작은 날개를 퍼덕이며 숲속을 난다. 세상을 가득 채운 향긋한 향이 희고 붉은 각양각색의 나무 그늘에서 뿜어져 나오고 마치 요정인 듯 천사의 전령인 듯하다.

II. THE VISION OF CHOONYANG
II. 춘향의 모습

Lo, we see Choonyang. From the circle of her retired enclosure she appears, swinging free and artlessly by a high hung rope of colored strands. Firmly she holds by each hand as she rises deftly and smoothly. Again away to the rear she goes, then forward like a kite-bird that sails low, now high, touching with outstretched wings the timid wavering tree-tops. Flowers fall at the impact of her soft embroidered toe. Back and forth, all unconscious, she swings while the Young Master, lost in wonder, peers before him, his soul tingling with inexpressible astonishment.

오호, 춘향이 보인다. 후미진 그녀의 집 밖으로 보이는데, 높이 매단 채색 밧줄로 거침없이 꾸밈없이 그네를 탄다. 양 손으로 그네를 꽉 잡고 능숙하고 시원하게 올라간다. 다시 저 멀리 뒤로 간 후 다시 앞으로 가는데 마치 낮게 날았다 높이 나는 솔개같이 쭉 뻗은 날개로 겁먹은 듯 흔들리는 나무 꼭지를 건드린다. 꽃들은 자수가 놓인 부드러운 발가락의 충격으로 떨어진다. 춘향이 앞으로 뒤로 정신없이 그네를 타는 동안 도령은 넋을 잃고 앞을 바라보는데 그의 마음은 형언할 수 없는 야릇함으로 울렁거린다.

"Boy!" called he, "look yonder."

The startled Boy gave a jump, more astonished if possible than even his master. "Yes, sir!"

"What is that that I see swinging there?"

"Nothing is visible, Your Excellency, to my vision," said the Boy.

"See, where my fan is pointing, look now," said the Young Master.

"Fan or fairy wand, I see nothing."

"What do you mean, you idiot? Do you tell me that lowcaste eyes are not the same as the eye of a gentleman? What golden vision of delight can that be?"

그가 불렀다. "방자야! 저기 보아라."

놀란 방자가 주인보다 더 놀라 펄쩍 뛰며, "예!" 한다.

"저기 보이는 그네 타는 저것이 무엇이냐?"

"내 눈에는 아무 것도 안 보입니다, 나리." 방자가 말했다.

"자, 내 부채가 가리키는 곳, 이제 보이느냐." 도령이 말했다.

"부채도 부처 지팡이도, 아무 것도 안 보여요."[25]

"무슨 말이냐, 멍청아. 천출의 눈은 신사의 눈과 다르단 말이냐? 그럼 저것이 기뻐서 보이는 금이겠느냐?"

"Golden," said the Boy, "Shall I tell you about gold? In the days of

---

[25] 부채이든 부처 지팡이든, 아무 것도 안보여요(Fan or fairy wand, I see nothing): 해당원문은 "부처 말고 彌勒님 바로 보아도 안이 뵈여요."이다. 원문의 불교의 부처와 彌勒님에 대한 언어유희를 게일은 fan, fairy wand로 영어 두음의 반복으로 원문의 느낌을 재현하고자 하였다.

ancient Han of China, one high lord in his attempt to usurp the power and privileges of another, scattered forty thousand golden dollars among the troops of Cho. What gold can you expect to talk about after that?"

"Then, 'tis marble I see," said the Young Master.

"I'll tell you about marble, too. In ancient days at the Goose Gate Festival, you remember that Pum Jing smashed the imperial block of marble till it became white flakes of snow, and a fire arose and licked up the remnants. When such as this has happened, what marble can you expect to find here?"

"Then it's the spirit of the fairies I see."

"But," said the Boy in reply, "in broad day-light, under a shining sun do fairies ever wander forth?"

"Then," said the Young Master, "if it is not gold, and not marble, and not a fairy, what can it be? Tell me Boy!"

방자가 말했다.

"금이라, 금에 대해 말해볼까요? 고대 중국 한나라 때 한 높은 왕이 다른 이의 권력과 특권을 빼앗고자 초나라 군대에 황금 40,000 달러어치를 뿌렸습니다. 그 이후 어떤 금을 말할 수 있겠습니까?"

"그럼, 내가 보는 것이 대리석이구나." 도령이 말했다.

"대리석에 대해서도 말하지요. 고대 홍문연에서 범증이 황제의 대리석판을 흰 눈가루가 될 때까지 깨부쉈고, 화재가 발생하여 나머지 대리석을 몽땅 태워버렸습니다. 이런 일이 있었는데, 여기에 어떤 대리석이 있겠습니까?"

"그럼, 내가 보고 있는 것이 요정의 혼령인가 보다."

방자가 대답한다. "벌건 대낮, 빛나는 태양 아래, 요정이 나오기나 합니까?"

도령이 말했다. "그럼, 금도, 대리석도, 요정도 아니라면, 저것은 무엇이란 말이냐? 말해 보거라, 방자야!"

The Boy then replied, "Oh, yonder, now I see what you mean. That's the daughter of Moon Plum, a former dancing-girl of this county, She is called Choonyang."

The Young Master on learning that it was Choonyang, gave a ringing outburst of surprise like the laugh of a king's guardsman.

"Tell me, Boy," said he, "is that really Choonyang? I have seen thousands of pretty girls but never one such as she. My spirit is dazzled, and my soul has shot half way up to heaven. My eyes are filmed over so that I cannot see. Not another word, Boy, but go and call her at once."

The Boy replied, "Choonyang, Your Excellency, is known through all this south country. From Governor to pettiest magistrate, everyone has tried to win her. The beauty and fidelity of China's most famous women surely never surpassed Her. She is in heart a princess, though born of a dancing-girl. Her mother's family, too, was originally of gentle origin. You cannot call her thus."

The Young Master laughed, "You ignoramus, you, what do you

mean? Every bit of marble from the Hong Mountain, and all the yellow gold from the waters of the Yaw, have each their master and owner. Go and call her."

그제야 방자가 대답했다.

"오, 저기, 이제야 무슨 말인지 알겠습니다. 전에 남원부의 무희였던 월매(Moon Plum)의 딸입니다. 춘향이라고 합니다."

도령은 그것이 춘향이라는 것을 아는 순간 왕의 호위병이 웃듯 갑자기 웃음소리를 터뜨렸다.

그가 말했다.

"여봐라, 방자야. 저것이 정말 춘향이냐? 내 어여쁜 여자를 수천 명 보았지만 저렇게 예쁜 여자는 없었다. 내 정신이 어질하고 혼은 하늘로 반쯤 올라갔다. 내 눈에 막이 있어 볼 수가 없다. 방자야, 잔말 말고 가서 당장 춘향을 불러와라."

방자가 대답했다.

"나리, 춘향은 이 남도 땅 전역에서 유명합니다. 감사에서 최말단 지방관에 이르기까지 모두들 춘향을 얻고자 했습니다. 중국의 가장 유명한 여인들의 아름다움과 충절도 춘향에 미치지 못합니다. 춘향이 비록 기생의 딸로 태어났지만 그 마음은 공주입니다. 춘향모의 집안 또한 원래 반쯤은 신사계급 출신입니다. 춘향을 이렇게 부를 수는 없습니다."

도령이 웃었다.

"이 무식아, 무슨 말이냐? 형산의 대리석 조각마다, 여수의 모든 황금마다 제각각 주인과 소유자가 있다. 가서 춘향을 불러와라."

There being no help for it, the Boy went to call Choonyang. Away like a butterfly he flew on the back of the summer breeze, over the ridge and underneath the trees, lost to sight, now seen, now gone again till he gave a loud call, "Choonyang!"

Choonyang, startled, slipped in a frightened way from her perch in the swing. "What is it?" she asked in alarm. "You almost made me fall."

The Boy grinned and said, "A young lady like you surely runs the risk of falling badly, swinging thus within sight of the king's highway, especially when the passers lose their hearts in inexpressible wonder. Do you think it wise? Our Young Master, son of the governor, has come out just now to Moonlight Pavilion, and his eyes have fallen on you. I told him two or three times not to do so, and yet he insists on asking you to come to him. It is no wish of mine, I am compelled to give the message. Please accede to it, won't you."

방자는 달리 도리가 없어 춘향을 부르러 갔다. 여름 미풍을 등에 업은 나비처럼 날듯이 산등성 위로, 나무 아래로, 시야에서 사라졌다 다시 보였다가 다시 사라졌다 하며 가더니 드디어 큰 소리로 불렀다.

"춘향!"

춘향은 깜짝 놀라 겁먹은 듯 그네 발판에서 내리섰다.

춘향이 기겁하여 물었다. "무슨 일이냐? 너 때문에 떨어질 뻔했다."[26]

방자가 씩 웃으며 말했다.

"너 같은 젊은 숙녀가 왕이 다니는 대로에서 이렇듯 그네를 타는 것을 보니, 분명이 낙상을 크게 당할 각오를 하는구나. 특히 행인들이 넋을 잃고 감탄하며 입을 다물지 못하고 있다. 이것이 현명한 처사이냐? 부사 자제 즉 우리 도령이 방금 월광전에 왔다가 너를 본 후 눈을 떼지 못하고 있다. 내가 두세 번 그러지 말라고 말했지만 너를 불러오라 고집한다. 이러고 싶지는 않지만, 나도 어쩔 수 없이 전갈을 전하는 것이니 제발 들어다오, 응?"

Choonyang said in reply, "I cannot go."

"What do you mean by 'cannot go?' When a gentleman calls a country girl, does she say 'I cannot go'?"

"Is your master, pray, the only one of the gentry? I also am freeborn as well as he."

"You may be of the gentry, but it is a lame kind you are. Never mind any more talk, please just come."

"I cannot," said Choonyang.

"Tell me why you cannot!"

"I'll tell you. Your Young Master should be at his studies instead of wasting time here. Even though he does see fit to go picknicking, he has no claim to call a girl like me to him in any such rude way. It is not becoming that I should answer."

---

26 원본에 춘향의 落傷을 落胎로 받아들여, 춘향의 말을 놀리는 방자의 수작이 있는데, 게일은 이 부분에 대한 번역을 생략했다. 해당 원문은 "(房) 世上이 엇지 되야 열더여섯살 먹은 계집 ᄋ희가 落胎란 말이 웬 말이냐. (春) 밋친 여석이로구나 내 언제 落胎라 ᄒ더냐 落傷홀 번ᄒ얏다 ᄒ얏지. (房) 그난 우슴의 말이로되"이다.

춘향이 대답했다. "못 간다."

"'못 간다'니 무슨 말이냐? 신사가 시골 계집을 부르는데 '나는 못 간다'라고 말하나?"

"네 주인만 신사이냐? 나도 그처럼 자유민이다."

"네가 신사계급 태생이라 하지만 너는 절름발이 신사이다. 잔말 말고 그냥 좀 가자."

"못 간다." 춘향이 대답했다.

"어째서 못 가는지 말해보라!"

"들어보아라. 너의 도령님은 여기서 시간을 허비할 것이 아니라 공부에 힘써야 한다. 소풍을 가기로 결정했다 하더라도 나 같은 처자를 이렇듯 무례하게 부를 권리가 없다. 내가 그의 부름에 응하는 것은 적절하지 않다."

The Boy turned his back on the roses in the shade and laughed to himself. Said he, "The Governor's son, the Young Master, is very handsome indeed, better looking than all his companions. As a scholar too, he is unequalled. Born of a family noted for its filial piety and loyalty, he is, in goods and property, rich as Yonan. His mother's family too, is honorable to the first degree. If you ever do really choose a husband could you expect to find one like him in this country place?"

"What do you mean by husband, you impudent fellow? Is a city husband necessarily better than a country husband?" said she, "Away you go."

방자는 장미 덤불 쪽으로 몸을 돌려 혼자 몰래 웃으며 말했다.

"부사의 자제, 도령님은 정말이지 아주 미남으로 또래 중 가장 잘 생겼다. 또한 학자로서 그를 따를 자가 없지. 효심과 충심으로 유명한 가문 출신에다 동산과 부동산에서 연안만큼 부자이다. 도령의 외가 또한 명문가다. 네가 정녕 남편을 고르고자 한다면 이 시골 마을에서 그만한 사람을 찾을 수 있겠어?"

그녀가 말했다.

"이 염치없는 자야, 남편이라니 무슨 말이냐? 도시 남편이 시골 남편보다 반드시 더 좋다더냐? 썩 가라."

"That's just it," said the boy, "the hills of Seoul and the hills of the country differ. Shall I tell you? The hills of Kyungsang Province are rough and jagged, and so the people born there are bull-headed and obstinate; the Chulla mountains are gentle and softly inclining, and so the people born there are smooth tongued and cunning; the hills of Choogchung are lofty, and those born under them are gifted. Now in Kyongke Province, where the Surak mountain falls away, we have the Tobong peak; and where Tobong falls away we have Chongnam Mountain ending in the Blue Dragon Ridge of Wangsimnee. Then there is the White Tiger of Mallijai, which falls into the sands of the Han River. There the tides from the sea roll up and Tongjak circles them round gathering the waters together and making the place supremely rich and strongly prosperous. Thus it is that in Seoul the good are very very good, and the bad are very very bad."

방자가 말했다.

"바로 그거다. 서울지역 산과 시골지역 산은 다르다. 내가 말해 볼까? 경상도 산은 험하고 삐죽삐죽하니 거기서 태어난 사람들은 황소고집에 고집불통이고, 전라도 산은 부드럽고 경사가 완만하니 그곳에서 태어난 사람들은 말이 부드럽고 간교하고, 충청도 산은 높으니 그 아래 태어난 사람들은 재주가 있다. 경기 지역은 수락산이 떨어지는 곳으로 도봉이 있고, 도봉 떨어지는 곳의 총남산 끝자락에 왕십리 청룡능이 있다. 그곳의 만리재의 백호는 한강 모래 속으로 떨어진다. 그곳에서 바다의 파도가 일어나고 동작은 파도를 에워싸 바닷물을 가두니 가장 기름지고 매우 번창한 곳이 되었다. 그러니 서울에서 선한 사람은 아주 아주 선하고 나쁜 사람은 아주 아주 나쁘다는 말이다."

"The Young Master has for maternal uncle Prince Puwon, and for grandfather the Chief of the Administration Bureau, while his father is chief of this district. If you do not come as he calls you I am afraid your mother may be arrested and locked up in the *yamen* enclosure. How would you like that? Would you be happy then, or would I? If you want to go, why go; but if you don't want to go, why don't go. I am going, that's all."

"도령님의 외숙[27]은 부원군이고 조부는 행정부의 수장[28]이다. 그

---

27 외숙(maternal uncle): 원문은 "外三寸"으로 되어 있는데, 게일은 이에 부응하여 단순히 uncle이 아닌 'maternal uncle'로 구체적으로 표현하였다. 이러한 번역은

의 부친은 이 고을의 수장이다. 그가 너를 부를 때 네가 가지 않는다
면 네 엄마가 체포되어 *아문*에 감금될 수도 있다. 그래도 괜찮으냐?
그러면 너는 좋겠냐? 나는 어떻고? 가고 싶으면 가고, 가고 싶지 않
으면 안 가도 된다. 그럼, 나는 간다."

Choonyang, in her innocence, beguiled by the words of the Boy,
said, "What shall I do? Listen to me please. Does the flower follow
every butterfly that lights upon it? Since your noble master has
ordered me, his humble servant to come, I'd like to, but, I'm ashamed.
Please say to him. *An soo hai; chup soo wha; hai soo hyol.*[29]"

춘향이 순진하여 방자 말에 꾀여 말했다.

『한영ᄌ뎐』(1911)의 "外三寸"을 "A maternal uncle"로 풀이한 것과도 동일하다.
28 행정부의 수장(Chief of the Administration Bureau): 원문의 "吏曹判署"를 게일이 번
역한 것이다. 『한영ᄌ뎐』(1911)에는 "The President of the Board of Civil Office."로
풀이된다. 하지만 소설의 문맥에서는 영향력 있는 기관의 장이라는 맥락이 강
조될 필요가 있기에, 사전의 풀이와는 다른 형태로 게일이 옮긴 것으로 판단된
다. 조선 왕조의 정부구성에 대해서는 헐버트의 저술이 당시 그들의 이해를 잘
보여준다. 그는 육조를 미국의 내각(Cabinet)에 비유했다. 그리고 그 중에서 吏
曹를 '내무성'(The Department of Interior. Home Department)이라고 말했으며 전
국적으로 도를 관장하고 있어, 형조·예조보다 훨씬 중요한 부서라고 말했다. 더
불어 중앙정부 산하의 여러 가지 직위를 임명하는 데, 사전에 후보자들의 예비
명단을 마련하고 있기 때문에 그 입김과 영향력이 큰 것으로 판단했다.(H. B.
Hulbert, "Government", *The Passing of Korea,* 1904, p.48)
29 *An-soo-hai* etc. These nine syllables are given according to the sound of the Chinese
ideographs composing them; and while correct as poetic composition they could not
be understood by an uneducated person, though a good scholar would soon unravel
their mystery.(안-수-해 등등. 이 9음절은 중국 한자의 소리를 적은 것이다. 정확
한 詩作이지만 배우지 못한 사람은 이 9음절을 이해하지 못한다. 그러나 훌륭한
학자라면 그 의미를 즉각 알 수 있다.)

"어떻게 하면 되냐? 내 말 좀 들어라. 꽃이 자기를 본 모든 나비를 따라가더냐? 너의 고귀한 주인이 비천한 하인인 나에게 오라고 명했으니 가고 싶다만 그렇지만 무안하구나. 도령에게 전해다오. *안수해, 접수화, 해수혈.*"

The Boy left and Choonyang went quickly into her house. The Young Master ceased his impatient walking back and forth, and turned to see if Choonyang were coming, but he saw that she had disappeared, and that the Boy was returning alone. Then he repeated to himself this line of poetry.

방자가 떠난 후 춘향은 재빨리 집 안으로 들어갔다. 도령은 조바심에 왔다 갔다 하다 걸음을 멈추고 몸을 돌려 춘향이 오는지 살펴보았지만, 춘향은 가고 없고 방자 혼자 돌아오는 것이 보였다. 그러자 그가 이 시 한 수를 홀로 읊었다.

When the fairy flits off to her butterfly home,
In the shade of the willows I winglessly roam,
And list to the clack of the jay-bird.

요정이 나비 집으로 훨훨 날아 간 뒤
나는 버드나무 그늘에서 날개 없이 배회하며
어치 새의 딱딱거리는 소리를 듣노라.[30]

III. THE LIMITATIONS OF HOME

III. 집의 제약

When the Boy came back the Young Master glanced fire at him and said "I sent you to bring Choonyang where is she?"

The Boy replied, "She just covered me with insult, that's what she did."

"What do you mean by insult?" inquired he.

"Why she said to me, *An soo hai; chup soo wha; hai soo hyol.*"

방자가 돌아오자 도령은 그를 쏘아보며 말했다.

"춘향을 데려오라고 보냈더니 춘향은 어디 있느냐?"

방자가 대답했다. "나에게 욕을 퍼부었습니다. 정말입니다."

"욕이라니 무슨 말이냐?" 그가 물었다.

"아니, 나한테, *안수해, 접수화, 해수혈*이라 했습니다."

When the master heard this he sat silent for a moment thinking, then he said, "That's all right, excellent. You ignoramus, you are wrong altogether. *An soo hai* means *an* for *wild-goose*, *soo* for *follow*, and *hai* for *sea*, *the wild-goose follows the sea*; *chup soo wha* means *chup* for *butterfly soo* for follows, and *wha* for *flower*, *the*

---

30 원문은 '神仙이 歸東天하니 空餘楊柳煙이오 只聞鳥雀喧이로다.'이다. 게일은 '신선이 귀동천'하는 것을 서양의 '요정(fairy)이 나비집으로 돌아가다'로 약간 의역한다. 영어에서 요정은 나비처럼 날개가 있는 작은 인간의 모습을 한 경우가 많다.

butterfly follows the flower. As for *hai soo hyol, hai* means *crayfish, soo* means *follow,* and *hyol* means *rock crevice, the sea-shell seeks the rock-crevice.* These forms trebled thus mean evidently the third watch of the night, and I am to call at her house at that hour. That's what she would say and this is her invitation to me."

도령이 이를 듣고 잠시 말없이 앉아 생각더니 말했다.

"옳다. 절묘하다. 이 무식한 놈아, 네가 완전히 틀렸다. *안 수 해*의 의미는 '기러기'를 뜻하는 *안,* '따를' *수,* '바다' *해*로 '기러기가 바다를 따른다'는 말이다. *접 수 화*란 '나비'를 의미하는 *접,* '따를' *수,* '꽃' *화*이니 '나비가 꽃을 따르다'는 말이다. *해 수 혈*이란 가재 *해,* '따를' *수,* '바위틈' *혈*이니 '조개가 바위틈을 찾는다'는 뜻이다. 이 세 글자들은 분명 밤 삼경[31]을 뜻하니 나는 그 시간에 춘향 집을 방문할 것이다. 춘향이 말하고 싶은 바이고 나를 초대한다는 뜻이지."

He mounted his donkey and rode hurriedly back to his study, but all other thoughts were absent from him in a thousand imaginings concerning Choonyang. All the questions of the *yamen* seemed to centre about her. He went into the inner quarters, and there too, everything reminded him of Choonyang. So metamorphosed had his sight become that she and she only occupied all his thoughts.

---

31 삼경(third watch): 게일은 'hour(시)'가 아닌 'watch(경)'로 표현함으로써 고풍스럽게 표현하고 있다. 일몰부터 일출까지 하룻밤을 다섯으로 나누어 부르는 시간의 이름으로 밤 7시부터 시작하여 새벽 5시까지 두 시간씩 나누어 각각 초경, 이경, 삼경, 사경, 오경이라 이른다.

"*An Ya*! I am to see her, Choonyang, Choonyang."

This he sang out without thinking. The Prefect, wearied with the affairs of state, was snoozing in the upper room, when suddenly the noise awakened him. He gave a start and shouted,

"Boy."

"Yes, sir!"

"Did some one in the study prick himself with a needle just now to make such an unearthly noise? Go and see!"

그는 나귀에 올라타고 서둘러 서재로 돌아왔지만 춘향의 수천가지 모습만 떠올라 다른 것은 전혀 생각나지 않았다. *아문*의 모든 질문들은 춘향에 관한 질문인 듯했다. 그는 안채로 들어갔지만 거기서도 모든 것이 춘향을 생각나게 했다. 눈이 완전히 뒤집어져 온통 그녀 생각뿐이었다.

"아이야! 춘향, 춘향, 춘향을 만날 것이다."

그는 생각 없이 이 말을 소리 내어 읊조렸다. 부사는 나라 일로 피곤하여 윗방에서 잠깐 눈을 붙이고 있었는데 그때 갑자기 나는 시끄러운 소리에 잠이 깼다. 그는 대경하여 소리쳤다.

"방자야."

"예, 나리."

"누가 서실에서 바늘에 찔려 저렇게 듣도 보도 못한 소리를 내는 것이냐? 가서 알아보아라!"

The messenger went. "Hush Young Master," said he, "His

Excellency, your father, has been startled out of his wits by the noise you made a moment ago and told me to find out what it meant."

The Young Master laughed and said, "If the Governor gets a start is that my affair? When the murmurings of the people fail to reach his sensitive ears, I don't see how a gentle word of mine should shake him up so. This is all a joke, say thus: 'We are greatly distressed to hear of Your Excellency's getting a start, but it was in reading the Chinese Classics and studying aloud that the uproar came about.'"

The messenger presented himself and gave his message.

The Prefect laughed, "Ha! Ha!" said he, "Dragons beget dragons, and phoenixes beget phoenixes. The son is like his father," and so he laughed again. He called the messenger once more gave him two candles from his room, and told him to give them to the Young Master and tell him to study all night long till these candles were burned out, and to study out loud so that everyone could hear him.

심부름꾼이 가서 말했다.

"도령님 조용히 하세요. 부친이신 사또께서 좀 전에 도령님이 낸 소리에 깜작 놀라 깨어나신 후 무슨 일인지 알아오라고 했습니다."

도령이 웃으며 말했다.

"부사가 놀란다고 그게 나와 무슨 상관이냐? 백성이 웅성거려도 부사의 예민한 귀는 듣지 못하는데, 어떻게 나의 작은 말에는 깨어 났는지 모르겠다. 다 농담이다.[32] 이렇게 전해라. '사또가 대경하였 다는 소리를 들으니 마음이 매우 괴롭습니다. 중국 고전을 읽으면서 소리 내어 공부하는 중에 큰 소리가 나게 되었습니다.'"

심부름꾼이 나타나 그의 말을 전했다.

부사가 "하! 하!" 웃으며 말했다.

"용은 용을 낳고 봉황은 봉황을 낳는다. 아들은 그 아버지를 닮는다."

그는 다시 웃었다. 그는 심부름꾼을 다시 불러 방에서 초 두 개를 꺼내 주며 이 초가 다 탈 때까지 모든 사람이 들을 수 있도록 밤새 크게 소리 내어 공부하라는 말을 도령에게 전하라 했다.

The messenger gave the candles and the message, but the Young Master threw them down indignantly. Then again he thought for a moment and said, "Boy, bring all my books here, every one of them."

He brought the Four Classics[33], the Three Sacred Books[34], and all the rest, and then in a loud voice he went reading them out, skipping sections as follows: "Mencius met king Yanghay, when the king, said to him you have come a long distance have't you⋯⋯"

"The Great Learning is intended to demonstrate Virtue, and to encourage the people to the attainment of perfection⋯⋯"

From the Book of Poetry, "The cooing pigeon on the waters of the river reminds one of the perfect lady, a mate indeed for the Superior Man."

---

32 원문은 "이는 다 광디의 妄發이라 그럴 理가 잇ㄴ냐"라는 서술자 개입 부분을 '농담이라'는 이몽룡의 말로 바꾼 것이다.

33 The Four Classics. These are the *Great Learning; the Doctrine of the Mean; the Conversation of Confucius; and the Sayings of Mencius.*(사서. 사서에는 『대학』, 『중용』, 『논어』, 『맹자』가 있다.)

34 The Three Sacred Books. The *Books of History; the Book of Poetry* and the *Books of Changes.*(삼경. 삼경에는 『서경』, 『시경』, 『주역』이 있다.)

"Namchang was an ancient county; Hodong was a new district under the Constellation *The Worm*, and its boundary line was Hyongyo. But away with all this uninteresting rubbish," said Dream-Dragon, "and bring me the Book of Changes."

심부름꾼이 도령에게 초와 아버지의 말을 전했더니 도령은 분개해서 초를 내던졌다. 그리고 다시 잠시 생각하더니 말했다.

"방자야, 여기 내 책을 모두 가지고 와라. 하나도 빼지 말고."

그는 사서와 삼경, 그리고 나머지를 모두 들이더니 어떤 부분은 그냥 넘기면서 큰 소리로 읽기 시작했다.

"맹자가 양혜왕을 만났을 때 왕이 그에게 먼 길을 오셨습니다 그려..."

"『대학』은 덕을 드러내고 백성들이 덕을 완성하도록 장려한다..."

『시경』을 보면, "강물 위에서 구구하는 비둘기는 군자의 진정한 짝인 완벽한 숙녀를 생각나게 한다."[35]

"남창은 고대의 마을이고, 호동은 '전갈자리' 아래의 새로운 지역으로 그 경계선은 형여이다. 이 재미없는 쓰레기는 모두 치우고," 몽룡이 말했다 "『주역』을 가지고 오라."

The Boy brought the famous classic, when he threw it open at the first page and began "The great Kon is primal, forceful, profitable, loveable, tractable, beautiful, good-luckable but Choonyang is

---

[35] 해당 원문은 "關關雎鳩 在河之州로다 窈窕淑女는 君子好逑로다"인데, 게일은 원문에 없는 『시경』이라는 출처를 달았다.

unmatchable."

The Boy standing by in astonishment, said, "Where does the Young Master get all his 'ables' from?"

"What does an ignoramus like you know about 'able,' or any other literary ending?"

Then he opens the Thousand Character Classic[36] and shouts out "Heaven *Ch'on*; Earth-*Chi*."

"I say," says the Boy, "Is the Young Master only three years old that he works over the a. b. c's of *hanal-ch'on* thus?"

　　방자가 그 유명한 고전을 가져오자 그는 첫 쪽을 쫙 펼쳐 놓고 읽기 시작했다.

　　"위대한 곤은 태고의, 힘센, 이로운, 아름다운, 다루기 쉬운, 아름다운, 행운의 대상이지만 그러나 춘향에 비할 바는 아니다."[37]

　　방자가 옆에 서 있다 놀라며 말했다.

　　"도령님은 어디서 이렇게 많은 '운'을 배웠습니까?"

　　"너같이 무식한 놈이 '운'이나 여러 문학적 어미를 어떻게 알겠느냐?"[38]

---

36 The Thousand Character. This is the first book from which Oriental boys learn their first lessons in the ideograph. (『천자문』: 동양의 소년들은 이 책으로 한자 공부를 시작한다.)

37 해당 원문은 "乾은 元코 亨코 利코 貞코 春香코 내코한디 디고 그리고 디리고ᄒ면 시코 나면 됴코 됴코 어불ᄉ 긱코가 드러왓고. /(房子) 곁에 셧다 여보 道令님 엇진 코가 그리 만소 내코 조금 너으시오"이다. 게일의 번역문 속에서 "primal, forceful, profit**able**, love**able**, tract**able**, beautiful, good-luck**able**"는 원문의 언어유희를 번역하고자 한 그의 노력이 담겨져 있는 것이다.

38 해당 원문은 "이놈 내가 千字 속을 알니오 뜻을 삿삿이 식여 읽으면 **똥을 졀로**

그런 후 『천자문』을 펴더니 소리쳤다.

"하늘 *천*, 땅 *지*"

방자가 말했다. "저기, 도령님은 3살도 아닌데 어째서 a, b, c 같은 '하늘'-*천*을 합니까?"

"What? You haven't the first idea of the inner meaning of the Thousand Character Book. If I were to read it off to you, one by one, your ignorant locks would stand on end. Let me tell you how to read and understand it. It reads on the surface thus: Heaven, earth, black, yellow, universe, expanse, etc, etc. Now about Heaven, you know it was born at one o'clock in the morning, saying nothing, but stretching over all the four corners of the earth, blue in the distance, that's what Heaven is. Earth appears at three o'clock, and by means of the Five Elements, bears all living things upon it, that's what the Earth does. Black stands for mysterious, hidden, colorless. The God of the North is black, that's what Black is. Yellow rules the Five Notes of Music, and is the color of the earth, that's what Yellow is. The Universe, how wide it is, unlimited is the Universe. The expanse is what has ruled through all the world's history the dynasties that rise and fall upon it, that's what the Expanse is."

쌀이라(①)"이다. 여기서 ①에 대한 번역은 생략했다. 게일은 『옥중화』속 이러한 생리적인 현상과 관련된 해학적인 표현들에 대해서는 번역을 생략하는 모습을 종종 보여준다.

"뭐라? 너는 천자문의 숨은 의미를 전혀 모른다. 내가 너에게 하나하나씩 읽어 주면 무식한 너의 머리가 주뼛주뼛 설 것이다. 읽고 이해하는 법을 말해주지. 표면적으로 천, 지, 흑, 황, 우, 주, 기타 등등이다. 자, '천'이라는 것은 오전 1시에 생겨 아무 말도 하지 않고 땅의 네 모퉁이 위로 뻗어가 저 멀리 푸른색으로 덮으니 그것이 '천'이다. '지'는 3시에 나타나 오행으로 땅의 모든 살아 있는 것들을 품으니 그것이 '지'가 하는 일이다. '흑'은 묘하고, 숨겨진 무색을 의미한다. 북방신도 검으니 그것이 '흑'이다. '황'은 음악의 오음보를 다스리고 땅의 색이니 그것이 '황'이다. '우'는 얼마나 광활한지 끝이 없는 것이 '우'이다. '주'는 모든 세계사에서 왕조의 흥망을 다스리니 그것이 '주'라는 것이다."[39]

"The time for lights out is a long way off yet," says the Boy.

"Go and see again," said the Young Master.

"Oh but its hours yet," said the Boy.

"Whether it's my old pater familias," said the young man, "or anybody else's, when he has too much white in his eyes, it shows that his disposition is bad."

At last the long delayed call of 'Lights Out' was heard, to the great satisfaction of the Young Master. "Boy," said he, "out with the lights."

---

[39] 『옥중화』에서는 몽룡이 방자의 엉터리 천자문 해석을 듣고 천자문에 대해 장황하게 세세하게 말해준다. 이에 반해 게일은 방자의 천자문 해석을 생략하고 대신 몽룡이 천지현황우주의 뜻을 간략하게 말하는 것으로 처리한다.

"소등 시간이 아직 많이 남았습니다." 방자가 말했다.

"가서 다시 보아라." 도령이 말했다.

"아, 시간이 아직. . ." 방자가 말했다.

"내 집 늙은 가장이든 다른 집 늙은 가장이든, 눈에 흰자위가 너무 많으면 성질이 나쁘다[40]는 증거야." 젊은이가 말했다.

드디어 오래 오래 기다렸던 '퇴등' 소리가 들리니 도령이 매우 흡족해 하며 말했다.

"방자야, 불을 내오너라."

(To be continued.)

---

40 성질이 나쁘다(his disposition is bad): 원문의 "心術이 됴치 못ᄒ것다"를 번역한 것이며 게일의 번역문에서 "diposition"를 "disposition"의 오기로 보고 옮긴다.

CHOON YANG[41]

(Continued from the *September* number)

Ⅳ. LOVE'S VENTURE

Ⅳ. 연인의 모험

The green gauze lantern was lighted, and with this in hand the Boy led the way to seek Choonyang's house. They passed Sleep Gate and Bell Road, and beyond the great South Entry out to where the rising moon greeted the birds in the hills, and the voices of the running streams told of springtime. The passing clouds played hide-and-seek with the moonlight across the narrow way. But why did it seem so long?

청사등을 밝혀 손에 든 방자를 앞세우고 춘향의 집을 찾아갔다. 숙문과 종로를 지나 남대문 너머 떠오르는 달이 숲속 새들에게 인사하고 흐르는 시냇물 소리가 봄을 알리는 곳을 지났다. 지나가는 구름이 좁은 길 건너 달빛과 숨바꼭질 놀이를 한다.[42] 그런데 길이 왜

---

41 J. S. Gale, "Choonyang", *The Korea Magazine* Ⅰ 1917. 10., pp.440~450.; 이몽룡이 춘향의 집에 도착하는 장면부터, 몽룡의 부친이 한림승차 소식을 듣는 장면까지가 번역되어 있다.

42 『옥중화』원문의 "花間에 프른 버들 몃번이나 써거스며 大道上 발자쵀는 몃번이느 沈陰ᄒ냐 鬪鷄少年 아히들은 夜入靑樓 ᄒ얏스니"가 생략되어 있다. 이 대목은 게일이 보기에 서구인의 사랑 관념이나 애정관에는 부합되지 않았던 것으로 보인다. 고소설 속에서 비록 노골적으로 제시되는 것이 아니지만 육체적인 情慾을 연상시키는 표현들을 게일은 번역하지 않는 모습을 보여준다.

이렇게 먼 것 같으냐?

At last they reached Choonyang's house, enwrapped as it was in a moonlight scene, where pines and bamboos formed a circling hedge, within which were white cranes keeping watch, and stately geese from the Tang's of China. Gold fish too, with their tinted and gilded bodies played in the miniature lake. The winding trailers of the grape clasped the pines and the bamboos, and tossed their leaflets at every stirring breeze. Looking from the enclosing wall there were winter and spring pines, red peonies, roses, orchids, everlastings, broad leafed bananas, the *gardenia rubra*, the white plum, white and red chryanthemums (though of course not in bloom) orange and grapefruit trees, apples, peaches and apricots.

드디어 그들은 춘향의 집에 당도했다. 춘향의 집은 달빛에 감싸여 소나무와 대나무가 둥근 울타리가 되고 집안에서는 백학이 망을 보고 중국 당나라의 당당한 거위가 있었다. 연못에는 엷은 금빛 몸을 살랑대는 금붕어도 있었다. 구불구불한 포도 덩굴은 소나무와 대나무를 움켜쥐고 바람이 불 때마다 그 잎이 흔들거렸다. 담에서 보면 겨울과 봄 소나무, 붉은 모란, 장미, 난초, 상록수, 잎 넓은 바나나, '치자나무,' 흰 매화, 아직 꽃이 피지 않은 흰 국화와 붉은 국화, 오렌지 나무, 포도나무, 사과, 복숭아, 살구 등이 있었다.

The dog sleeping under the lee of the wall, startled by the steps, awoke with a growl, and grumblingly barked out his suspicions, while the Young Master called to the Boy "Say, Boy!"

"Yes, sir!"

"How can we get over this obstruction?"

"Really I don't quite know," said the Boy. "By a running jump you might make it, sir, and after you had vaulted over you could then pay your respects to Miss Choonyang."

"You idiot, your words indicate that you are a fool. No one should attempt to get acquainted with a daughter without first knowing the mother. I must see her."

담벼락 구석에서 잠자던 개가 발소리에 깜짝 놀라 깨어나 으르렁 거리며 수상쩍은 자들을 향해 캉캉 짖자 도령이 방자를 불렀다.

"아이구, 방자야!"

"예, 도령님!"

"이 방해물을 어찌 처리하면 좋으냐?"

방자가 말했다.

"정말이지 전혀 모르겠습니다. 폴짝 뛰어 넘으면 할 수 있을지도 모르죠. 뛰어 넘은 후 춘향 아씨에게 문안 인사를 하면 되겠네요.[43]"

---

[43] 뛰어 넘은 후 춘향 아씨에게 문안드리면 되겠네요(you had vaulted over you could then pay your respects to Miss Choonyang): 해당 원문은 "道슈任이 와락 뛰여드러 가 春香을 꼭 붓잡고 실컨 마음 디로 才操디로 희보시구려"라고 되어 있다. 즉, 원문에서 방자의 대사는 조금 성적으로 노골적인 표현으로 이도령을 비꼬는 모습을 보이는데, 게일은 이를 뛰어 들어 춘향에게 인사하라는 차원으로 약간 순화해서 번역했다.

"이 멍청아, 네 말하는 것을 들어보니 너는 바보구나. 먼저 그 어머니를 알고 난 후 딸과 안면을 트는 것이 순서이다. 춘향모를 봐야겠다."

Just when he had finished saying this Choonyang's mother came out of the room, and gazed forth. She threw back the silken shutter with a rattling noise, but only the moonlight and the vacant court greeted her.

"Dog," said she, "stop that noise. Is it the moon over the mountains that you are barking at? The old saying that 'the dog barks at the moon' evidently meant you."

She moved cautiously back and then returned to the inner quarters where Choonyang was sitting reading. The mother said, "It's late, child, and are you still at your books?"

그가 이 말을 끝낸 바로 그때 이 춘향모라는 사람이 방에서 나와 앞을 보았다. 비단 덧문을 덜컹하며 젖혔지만 단지 달빛과 텅 빈 뜰만이 그녀를 맞았다.

그녀가 말했다.

"개야, 시끄럽게 짖지 마라. 산 위 달을 보고 짖느냐? 옛 속담에 '개가 달 보고 짖는다' 하더니 분명 너를 두고 하는 말이구나."

춘향모가 조심스럽게 물러나 안채로 돌아와 보니 딸이 앉아 책을 읽고 있었다. 춘향모가 말했다.

"애야, 밤이 늦었는데 아직 책을 보고 있느냐?"

Choonyang came hastily to her mother's side, who sighed and said,

"But I did have a strange dream!"

"What was your dream, mother?"asked the daughter.

"The light was burning low in my room," said she, "bright as day it was, and I was leaning on the arm-rest and reading the *Sosang Book*, when suddenly I dropped off to sleep and had a dream. From over your cot a luminous cloud seemed to rise, and then suddenly a great blue dragon took you in its mouth and flew off with you toward heaven. I caught the beast around the waist and held on with all my might, and thus went bounding through the firmament, up and down, till all of a sudden I awoke with a start. The cold sweat came out on my back and my heart beat thumping noises; my spirit was in a state of terror. I could not sleep any more and hearing you reading, I came in to see how you were. I wonder what such a dream can possibly mean? If you were a son I would conclude from it that you were to win some great honour at the Examination."

춘향이 급히 나와 모친의 곁으로 오니 춘향모가 한숨을 쉬며 말했다.

"참으로 이상한 꿈이기도 하지!"

"어머니, 무슨 꿈을 꾸었나요?" 딸이 물었다.

그녀가 말했다.

"내 방의 불이 낮게 타고 있었다. 낮처럼 환했고, 팔걸이에 기대어 『서상기』를 읽고 있었는데 갑자기 잠이 들어 꿈을 꾸었다. 너의 침대에 빛나는 구름이 일어나는 듯하더니 갑자기 큰 청룡이 너를 입에 물고 하늘로 날아갔다. 내가 그 짐승의 허리를 잡고 온 힘을 다해 붙잡았더니 창공 아래위로 이리저리 움직이며 가서 깜짝 놀라 깨었다. 등에서는 식은땀이 나고 심장은 쿵쿵거리고, 마음은 겁에 질려 있었다. 더 이상 잠을 이룰 수 없어 네가 글을 읽는 소리를 듣고 잘 있는지 보기 위해 왔다. 이 꿈이 도대체 무슨 꿈인지 모르겠구나. 네가 아들이라면 과거에 급제할 꿈이라 생각했을 것이다."

While the two talked together, Choonyang's mother cast her eyes along the hedge wall, and there she saw a boy trying to hide himself.

"Are you a spirit?" called she "or are you a mortal? Are you one of the genii that dig elixir on the Pongnai Hills[44] Who are you, I pray, that dares to go dodging about my house thus at midnight? I reckon you are some thief or other."

The boy, ashamed, jumped down from the wall saying, "It is the son of the Governor, Master Toryong who has come."

두 사람이 이야기를 나누는 동안 춘향모가 울타리 담으로 눈을 돌렸는데 거기서 한 총각이 몸을 숨기려고 하는 것을 보았다.

---

44 Pongnai Hills. One of the fabled abodes of the genii, supposed to belong to some celestial island in the Eastern Sea. The story of it dates from 250 before Christ. The fairy inhabitants of the place are said to live on the gems found on the sea-shore. The elixir of life is also dug from its enchanted slopes. (봉래산: 신선들이 사는 곳으로 동해 어느 천상의 섬에 있는 것으로 추정된다. 기원전 250년경의 이야기이다. 이곳에 거주하는 신선들은 해변에서 발견한 보석을 먹고 산다고 한다. 또한 생명의 영약을 영산인 이 산비탈에서 캘 수 있다.)

춘향모가 말했다.

"귀신이냐? 아니면 사람이냐? 봉래산에서 영약을 캐는 신령이냐? 누구기에 감히 이 한밤중에 내 집을 어슬렁거리느냐? 뭘 훔치려 왔구나."

총각은 부끄러워 담에서 뛰어내리며 말했다.

"누가 왔냐하면 다름 아닌 부사 자제 도령님(Master Toryong)[45]이오."

The mother gave a pretended start of amazement saying, "Who are you, are you not Pangja? Why didn't you say so? Really I've been very rude," said she, as she stepped toward the hedge-wall, and greeted the Young Master, taking him by the hand, "Don't be displeased at an old woman like me, whose eyes are dim and who talks without knowing what she is saying."

"At such an hour as this," replied he, "your words are the more grateful."

"Really you let me off too easily," said the mother. "Had I known it I should have given you a little more of my mind."

춘향모가 깜짝 놀라는 척하며 말했다.

"누구냐? 방자가 아니냐? 왜 그렇다고 말하지 않았냐? 참으로 내가 많이 무례했소."

그녀가 울타리 쪽으로 걸어가 도령의 손을 잡고 인사하면서 말했다.

---

45 도령님(Master Toryong): 게일은 여기서 처음으로 이몽룡을 Master Toryong으로 표현한다.

"나 같은 늙은이 때문에 기분 나빠하지 마오. 눈이 침침하고 뭐라고 하는지도 모르고 말하는 것이니."

그가 말했다. "이 같은 시간에 그렇게 말해 주니 더 고맙소."

춘향모가 말했다. "참으로 너무 쉽게 나를 용서하는구려. 이럴 줄 알았더라면 좀 더 내 마음대로 할 걸 그랬소.[46]"

The Young Master laughed and she went on, "I never, never dreamed of your making a call at my home. Come in and refresh ourself before you go."

"Thank you," said he. "If you were a lady of my own age I might but I am specially set against old people."

The mother laughed and said, "Yes, we old people ought to die and go away. You are set against Choonyang also, I suppose?"

"Ha, ha," responded he, "that's what I wanted to say."

도령이 웃자 춘향모가 말을 이었다.

"도령이 내 집을 방문할 것이라곤 정말이지 꿈에도 생각지 못했소. 들어가서 기분 전환하고 가시오."

그가 말했다. "고맙소. 당신이 내 나이 또래 숙녀라면 모를까 그런

---

46 이럴 줄 알았더라면 좀 더 내 마음대로 할 걸 그랬소(Had I known it I should have given you a little more of my mind): 원문에서 월매의 대사는 "아이고 더리 쉬 풀어질 줄 알엇더면 튜을 조금 만이 홀걸"이다. 튜은 『한영ᄌ뎐』(1911)에서 "Insult; abuse; outrage; disgrace"로 풀이된다. 원문의 튜은 당시 충분히 번역될 수 있는 어휘였다. 하지만 게일은 월매의 대사를 직역하기보다는 조금 더 순화시켜 번역한 것이다.

데 난 늙은이가 특히 싫소.”

춘향모가 웃으며 말했다. “맞습니다. 우리 늙은이들은 죽어 없어 져야지요. 그럼 도령은 춘향도 싫소?”

“하, 하,” 그가 대답했다. “내가 하고 싶은 말이 바로 그 말이요.”

The mother then led the way and with her left hand partially pushed aside the silken blinds of the room, saying, "Choonyang Master Toryong, the Governor's son, has heard of your proficiency in the Classics and has come to call on you."

Choonyang stepped to the door, her pretty form and face looking like a rose in a palace courtyard, or like the blossomlily of the lotus. She met him in a respectful manner, and after he was seated in her room the mother said, "Choonyang, the Young Master has come to see you, now say your word of greeting to him."

She did as directed and said, "Young Master, *allyung hassio!*" (Peace).

"Thanks," said he, "Peace to you!"

춘향모가 앞장서 가서 왼손으로 방의 비단 발을 옆으로 조금 젖히 며 말하였다.

“춘향아, 부사 자제 도령님이 네가 고전에 능통하다는 소리를 듣 고 너를 보고자 왔다.”

춘향이 문으로 나오니 그 어여쁜 몸과 얼굴은 궁궐 정원의 장미꽃 같고 연꽃이 만개한 백합과 같았다. 그녀는 그를 정중히 맞았고 그가 춘향의 방에 앉자 춘향모가 말했다.

"춘향아, 도령님이 너를 보러 왔으니 이제 인사를 하여라."

춘향은 시키는 대로 하면서 말했다. "도령님, 안녕하시오!"

그가 말했다. "고맙다. 너도 평안 하느냐!"

The mother then filled the pipe and gave it to him. He himself took a survey of the room, and while there was no special display of ornaments he saw, to his surprise, copies of several famous pictures. Here was King Tang, who offered himself a sacrifice for rain, and who, after trimming his nails and cutting his hair, carried out the required ceremonies so perfectly, that he brought on a great downpour that covered several thousand *lee*, and sent him flying back to the palace with his imperial robes drenched.

On the south wall he saw the Four noted Old Men of the Immortals. They had a Chinese checker-board before them, at which they sat and moved piece after piece. One old man with a bird-tailed overcoat on, and a gauze head-band held a white piece in his fingers, while another wearing a grass cloth head-gear held a black piece, and conned out the plan of the Lo River. A third old man with a staff in his hand, was prompting them as he looked over their shoulders. The fourth old man had taken off his head-band and had put on a wreath of pine and bamboo instead, and with a harp across his knees, was playing lightly and sweetly the Feather Mantle Tune, while the white storks about danced with delight at the music.

273

Looking at the north wall, he saw the thousand year peach that grows by the Lake of Gems, where the Royal Mother, So Wangmoo, has her pigeon-birds for messengers.

춘향모가 담뱃대를 채워 도령에게 주었고 도령은 방을 살펴보았다. 특별한 장신구는 없었지만 방에 명화가 몇 점 있는 것을 보고 매우 놀랐다. 직접 기우제를 지내던 탕왕의 그림도 있었다. 탕왕이 손톱을 다듬고 머리카락을 자른 후에 매우 완벽한 의식을 거행하면 몇천 *리*[47] 이르는 곳까지 큰 비가 내렸고 그러면 그는 비에 적은 황제의 옷을 입고 다시 궁으로 날아왔다.

남벽에는 '불멸의 유명한 네 노인'이 있었다. 그들은 중국식 체크판을 앞에 두고 앉아 한 점 한 점 옮겼다. 연미복을 입고 거즈로 된 머리띠를 한 노인은 손가락에 흰 것을 들었고, 삼베 모자를 쓴 다른 노인은 검은 것을 쥐고 요강(Lo River)의 미래를 점치고 있었다. 손에 지팡이를 든 세 번째 노인은 두 노인의 어깨 너머로 보면서 그들을 재촉하였다. 네 번째 노인은 머리띠를 벗고 대신 송죽관을 쓰고 무릎에 하프를 가로 놓고 우의곡을 경쾌하고 달콤하게 타고 있었다. 이에 흰 황새가 그 음악에 즐거워하며 춤을 추었다.

북벽을 보니 삼천년 된 복숭아가 요지호에서 자라고 왕의 어머니인 서왕모는 비둘기를 전령으로 삼는다.

---

47 천리(*lee*): 게일은 '리'를 이탤릭체 '*lee*'로 음가 표기함으로써 '리'가 조선의 고유 거리 측정 단위임을 암시한다. 또한 게일은 '리'를 서구의 고유 거리 측정 단위인 'mile'로 옮길 때 5리는 5 mile로 옮김으로써 수치의 변화를 주지는 않는다. 게일은 같은 단어를 음가 표기 한 후 서구식으로 번역하기도 하고 혹은 음가 그대로 옮기기도 한다.

Beneath these sat Choonyang, more entrancing than the pictures, and fairer than any flower. There were besides in the room, an ornamental book-case, a willow letter folder, a green ink-stand, a coral pen-case, a stone water-bottle, a phoenix-pen and rolls of letter-paper. The Young Master was a scholar himself, but had never seen anything so neat and charming as this. His heart beat quickly so that he could scarcely speak.

그 아래 앉은 춘향은 그 그림들보다 더 매혹적이고 어떤 꽃보다 더 아름다웠다.[48] 게다가 방에는 장식 책장, 버드나무 편지집, 푸른 잉크통, 산호 필통, 돌 물병, 봉황 펜과 편지지마리 등이 있었다. 도령 자신도 학자이지만 이처럼 정갈하고 매력적인 것은 본 적이 없었다. 도령은 심장이 쿵쾅거려 말을 할 수 없었다.

At last the mother said, "There was no call for you to come to my humble home and condescend to visit me. May I ask what is the object of your coming?"

Dream-Dragon, in his perturbation at being so questioned, could scarcely find utterance. "Don't mention it," said he, "my call to-night is due to the fact that the moonlight is so splendid, and I wanted specially to see your daughter Choonyang. I want to say something to

---

[48] 『옥중화』에서 춘향의 아름다움은 "越西施"와 "淑娘子"에 비견되며 서술된다. 게일은 이들 人名에 대한 번역은 생략했다.

you too but do not know how to say it, how you will take it, or whether you will grant my request or not. How would you view it if your daughter and I should make an endless contract and be married?"

마침내 춘향모가 말했다. "이 누추한 집에 온다는 연락도 없이 친히 방문해 주셨습니다. 그 연유를 물어봐도 되겠습니까?"

몽룡은 이런 질문을 받자 당황하여 할 말을 찾을 수 없었다. 그가 말했다.

"그런 말 마소. 오늘 방문한 것은 달빛이 너무도 멋지고 특히 당신 딸 춘향을 보기 위해서이오. 당신에게 말하고 싶은 것이 있지만 어떻게 말해야 할지 모르겠고 또 당신이 그것을 어떻게 받아들일지 혹 내 요청을 받아들일지 잘 모르겠소. 당신의 딸과 내가 영원한 언약을 맺고 결혼을 한다면, 당신은 이를 어떻게 생각하오?"[49]

V. An Oriental Wedding
Ⅴ.동양의 결혼

The mother heard this without changing color but very naturally said, "My daughter, Choonyang, is not of the lower classes. His

---

[49] 게일의 번역에서 이몽룡은 월매에게 춘향을 만나러 왔음을 조심스럽고 정중하게 말한다. 일례로 게일은 『옥중화』에서 이몽룡이 월매에게 하는 말, "**니 늙으니에게 홀 말이 잇스나 드를는지 즈니**(①) 쫄과 나와 百年既約홈이 엇더훈가" 중에서 ①은 생략했다.

Excellency Saw of Hoidong, came here years ago on office, at which time he put away all others and took me. We were married, but after only a few months, he left for the capital to fill a place in the cabinet, and my father being old I was unable to leave him. When my little child was born I wrote to say that I would bring her as soon as possible. But my poor fortunes are ill-adjusted, and His Excellency died ere I could go, and so I have been left alone to bring up my daughter by myself. At seven she read the 'Lesser Learning,' studied house-keeping and morals; and because she is of an old and talented family she made great advancement in what she gave her mind to. She acquired a knowledge of the *Three Relations[50], of Love, Truth and Wisdom, so that I hardly dared call her my daughter. As my station in life was so humble I could not seek marriage for her with the gentry, and the lower classes were too low. I therefore sought in vain for a place for her future, and wearied my soul over it day and night, till now Your Excellency has come. As a butterfly scents the flower, you have evidently come, but if you should not mean it sincerely, or should prove faithless, or should leave her later to wear out her years forsaken, would it not be a grievous wrong? Think well over it first before you decide; better never venture than venture and fail. Let us not enter upon it unless you mean it truly."

---

50 The Three Relations. The subject's duty to his sovereign; the son's duty to his father; the wife's duty to her husband. (삼강: 군주에 대한 신하의 의무, 아버지에 대한 아들의 의무, 남편에 대한 아내의 의무.)

춘향모는 그 말을 듣고 안색을 바꾸지 않고 아주 자연스럽게 말하였다.

"내 딸 춘향은 천출이 아니오. 희동의 서대감이 수년 전 이곳의 관직에 왔다가 그때 다른 모든 이들을 제치고 나를 선택했소. 우리는 결혼을 했지만[51] 몇 달도 되지 않아 그는 내각에 자리가 나 서울로 떠났소. 나는 아버지가 연로하여 떠날 수가 없었소. 딸이 태어났을 때 편지를 보내어 빠른 시일 내에 딸을 데려가겠다고 말했소.[52] 그러나 내가 운이 없어 춘향이를 데려 가기도 전에 나리가 사망하여[53] 혼자가 되었고 나는 홀로 딸을 키웠소. 춘향은 7세에 '소학'을 읽고, 가사와 도덕을 배웠소. 딸은 재주 있는 전통 가문 출신이라 마음먹은 바에서 큰 성과를 보여주었소. 그녀는 삼강에 대한 지식과, 사랑과 진리와 지혜에 대한 지식을 획득하여 나는 감히 내 딸이라 부르기가 민망할 때도 많았다오. 나의 지위가 매우 미천하여 상류계급과의 결혼을 구할 수 없었고, 하층 계급은 지위가 너무 낮았소. 딸에게 적합한 혼처를 구해보았지만 찾지 못하여 밤낮으로 마음이 쓰였는데 오늘 드디어 나리가 왔소. 나비가 꽃향기를 맡듯이 나리가 온 것이 분명

---

51 우리는 결혼을 했지만(We were married): 원문은 "늙은 나를 守廳키 ᄒ시니"로 되어 있는데, 게일은 두 사람이 결혼한 정도로 그 언어표현을 바꿨다.

52 『옥중화』에서는 성참판은 월매와 이별을 할 때, 그녀가 춘향을 임신한 사실을 알고 있었던 것으로 되어 있다. 하지만 게일은 월매가 편지를 보내 이 사실을 알린 것으로 그 내용을 바꿨다.

53 그러나 내가 운이 없어 춘향이를 데려 가기도 전에 나리가 사망하여(my poor fortunes are ill-adjusted, and His Excellency died): 해당 원문은 "그 덕 運數 不吉ᄒ야 令監이 別世ᄒ니"이다. 즉, 게일은 월매 본인의 운수가 좋지 않음으로 번역을 했으나, 원문은 성참판 댁의 운수가 좋지 않은 것으로 되어 있다. 남성 사대부와 월매 사이의 수직적 질서 혹은 월매의 사회적 위치에 관해 게일이 일부분 텍스트를 변용한 셈이다.

하지만 그 의도가 진지하지 않거나 신의가 없는 것으로 밝혀지거나 혹은 나중에 춘향을 버려 비참한 세월을 보내게 한다면, 이는 한탄스럽고 도리에 어긋난 일이 아니겠소? 결정하기 전에 먼저 이것을 잘 생각해 보시오. 해서 실패하는 것보다는 안 하는 것이 낫소. 진심이 아니라면 시작도 하지 마시오."

The Young Master replied "Choonyang is not yet married. I too, am not married, and with this thought only in mind have I come. I am in earnest, let's not deal with it flippantly, or make light of it. If you but give permission, though we can not have the marriage by all the Six Forms of ceremony, still as I am a gentleman whose word is his honour, let us swear the oath and write out the contract, and as sure as loyalty and filial faith hold good let me never waver. If I do may I become a dog. Grant me your permission."

도령님이 대답했다.

"춘향도 아직 미혼이고 나도 또한 미혼이라는 이 생각만 마음에 품고 왔소. 나는 진지하니, 이를 경박하게 다루거나 가볍게 여기지 말도록 하소. 당신이 허락을 해준다면 비록 우리가 결혼식의 모든 육례을 갖추고 결혼을 하지는 못 하겠지만 나는 신사이기에 내 말이 곧 나의 명예이니 우리 맹세를 하고 서약서를 적도록 합시다. 이것은 충과 효처럼 확실하니 나는 결코 흔들리지 않을 것이오. 만약 그런 일을 하면 나는 개와 다름없소. 허락을 해 주오."

The mother thought of the dream that she had had, and finding that his name was Mongyong, or Dream-Dragon, her mind was greatly moved, so that she made no light remarks but with an earnest countenance gave consent. Said she, "Even though the whole Six Forms of ceremony cannot be observed in a private wedding such as this, still we can have the regular certificated form made out and the witness sealed."

춘향모는 전에 꾸었던 꿈을 생각하고 그의 이름이 몽룡 즉 꿈—용 (Dream-Dragon)인 것을 알고 마음이 크게 움직여 가벼운 말을 전혀 하지 않고 대신 진지한 얼굴로 동의를 했다. 그녀가 말했다.
"결혼의 육례를 이와 같은 사적인 결혼에서 모두 지킬 수는 없지 만 그래도 정식 증서를 작성하여 확실하게 해 둡시다."

"Let's do so," said the Young Master.

The ink-stone was therewith brought, water from the corral bottle, and a weasel tailed pen, soft kneaded into shape, and then on white sky-paper the regular form was made out signed and sealed, and given to the mother. At the foot was this statement, "As wide as the heaven is wide, and as long as the earth endures, till the sea dries up the rocks are worn away, may the Guardian Spirit of Creation bear witness to this our marriage."

"그렇게 하소." 도령이 말했다.

잉크돌을 들이고, 산호병에서 물을 내고, 족제비 꼬리 펜을 부드럽게 문질러 모양을 낸 다음 하늘빛이 나는 흰 종이에 정식 증서를 작성하여 서명하고 봉인한 후 이몽룡은 이를 춘향모에게 주었다. 증서의 말미에 다음의 진술이 있었다.

"하늘처럼 넓고 땅처럼 오랫동안, 바다가 마르고 바위가 없어질 때까지, 창조의 수호신께서 우리의 이 결혼을 공증하소서."

Then according to the custom of the locality, a lacquered table was brought in with pickle on it, some dried fish, clams, and a plate of fruit.

The mother said, "Young Master, I have no sweets on hand, which is a bad omen for mother-in-law to begin with, forgive me won't you. Please now help yourself. Choonyang, don't be ashamed but serve your husband gracefully."

She poured out the dainty glass that served for cheer. This the Young Master took and said to her—

그런 후 그 지역의 풍습에 따라 옻칠한 상 위에 오이지, 말린 생선, 대합, 과일이 놓여 있는 상이 들어왔다. 춘향모가 말했다.

"도령님, 지금 당장은 단 것이 없소. 처음으로 장모가 되어 좋지 않은 징조이지만 나를 용서해주지 않겠소. 이제 마음껏 드시오. 춘향아, 부끄러워하지 말고 남편을 잘 모시어라.[54]"

---

54 춘향아, 부끄러워하지 말고 남편을 잘 모시어라(Choonyang, don't be ashamed but serve your husband gracefully): 해당 원문은 "春香아 붓그러히 알지 말고 슐 부

춘향은 예쁜 잔에 술을 부어 권하였다. 도령은 이를 받고 그녀에게 말했다.

"Like sweet sleep and yet not sleep, like a lovely dream yet not a dream. All the graduation charms in the world could not make me so happy as tonight. What cheering drink is this? There is virtue in it, in the first glass virtue for the father; in the second, virtue for the mother. The two united, mean virtue for the family and the home. The *Celestial Emperor[55]'s virtue was a Wooden virtue, and the Terrestrial Emperor's virtue was a Fire virtue; [56]Hau's was Water virtue. We have met by virtue of the Sages who have long preceded us and have made a hundred year contract, due also to the virtue of our good and true-hearted mother, Choonyang's virtue and mine united asks that she drink and be cheered."

"잠은 아니나 단잠 같고, 꿈은 아니나 어여쁜 꿈같다. 세상의 모든 매력적인 급제도 오늘처럼 나를 행복하게 할까. 이것은 무슨 흥을 돋우는 술이냐? 술에 덕이 있다. 첫 잔은 아버지를 위한 덕이고 두 번

어라"이다. 이 부분을 게일은 정중하게 남편을 잘 모시라는 정도로 번역했다.

55 Celestial Emperor, Terrestrial Emperor. These two belong to the legendary period or prehistoric ages of China. It is interesting to note that this Celestial Emperor's name is composed of the same characters "Tenno" the high title of His Imperial Majesty today. (천상의 황제(천요), 지상의 황제(지요): 두 임금은 중국 선사 시대 혹은 전설 시대의 인물이다. 천상의 황제를 나타내는 이름은 오늘날 황제 폐하를 지칭하는 최고 명칭인 "천요"와 같은 글자로 구성되어 있다는 점이 흥미롭다.)

56 Hau. He was the founder of the Ha Dynasty of China 2205 B.C. (하우: BC 2205년 중국 하나라의 시조이다.)

째 잔은 어머니를 위한 덕이다. 두 덕이 합하여 가족과 가정을 위한 덕이 된다. 천상의 황제[천요]의 덕은 목덕[木德]이요, 지상의 황제 [지요]의 덕은 화덕[火德]이고, 하우의 덕은 수덕[水德]이다. 우리는 우리 앞의 옛 성현의 덕으로 만나 백년 서약을 맺었으니, 이 또한 훌륭하고 진실한 우리 어머니의 덕 덕분이니, 춘향과 나의 덕을 합한 술이니 즐겁게 마시기를 청하오."

Choonyang then passed the glass to her. She took it, gave a sigh, dropped a tear, cleared her voice and said "A happy day this surely, never was there a happier. A father-less home was mine but God has had mercy and sent this son of an illustrious family, and we have made a hundred year contract. What a boundlessly happy day! I long for my departed husband that he might have seen it with his eyes. I am dizzy at the thought."

춘향은 춘향모에게 잔을 건넸다. 춘향모는 잔을 받고 한숨을 쉬며 눈물을 떨어뜨리고는 헛기침을 하며 말하였다.
"이 날은 분명 좋은 날이다. 이보다 좋은 날이 있었던가. 아버지가 없는 집이었지만 하나님이 자비를 베풀어 명망가의 자제를 보내주어 우리는 백년 서약을 맺었다. 남편이 살아서 직접 눈으로 이것을 보았으면 얼마나 좋을까. 그 생각에 머리가 어지럽구나."

Choonyang too, was rendered tearful like the rosebud in the morning with its drops of dew, but the Young Master comforted the mother saying, "To-day is a happy day, don't bother about the past, please, but have some refreshment."

She helped herself to a glass or two, and laughed and joked, and then sent away the table by the hand of the Boy, who did not fail to help himself liberally. He said to his master by way of congratulation "Please sir, peace to you on this happy occasion."

"Yes, yes," said the Master in reply, "but you keep your wits about you and do your work."

춘향 또한 눈물을 머금어 아침에 이슬 맺힌 장미꽃망울 같았지만 도령이 춘향모를 위로하며 말했다.

"오늘은 좋은 날이니 지난날을 이제 잊고 안주나 먹읍시다."

춘향모는 한두 잔 기분 좋게 먹고 웃고 농담을 하였다. 그런 후 상을 내어 방자의 손에 보냈더니 그는 음식을 푸짐하게 먹을 수 있는 기회를 놓치지 않았다. 그는 주인에게 축하 차 말했다.

"도령님, 이 좋은 날에 편안히 지내시오."

도령님이 대답했다.

"그래, 그래. 그건 그렇고 너는 정신을 차리고 네 일을 하여라."

When the Boy had gone away the mother continued to talk to them in an aimless way and by an endless succession of haverings, till the Young Master wished her gone. He yawned and pretended all kinds of wearinesses. At last she laid the comforts for the night and took her departure. The two then remained alone, diffident somewhat and bashful before each other, till Choonyang took down a harp that she had, and played to him in a way that broke all the restraint.

"That's lovely," said he, "better than the flute of the Yellow Crane Pavilion[57] so long ago; prettier than the midnight bell-calls of the Hansan Monastery." Delighted at the music, he took her in his arms and told how his thoughts found their fulfillment of joy in her as in no other.

방자가 간 후 춘향모는 두서없이 끊임없이 계속해서 잡담을 이어 갔기에 도령은 춘향모가 갔으면 싶었다. 그는 하품을 하고 온갖 지 겨운 척은 다했다. 마침내 그녀는 그날 밤을 위한 이불을 내려놓고 나갔다. 둘만이 남게 되자 서로 앞에서 다소 삼가고 부끄러워하다 마침내 춘향이 하프를 내려놓고 그를 위해 연주하니 모든 어색함이 사라졌다.

"좋구나." 그가 말했다. "옛날 옛적의 황학전의 플루트 소리보다 더 좋고, 한산사의 한밤중의 종소리보다 더 아름답구나."[58]

음악의 흥에 취하여 그는 춘향을 품에 안고 다른 것에서는 찾지 못한 최고의 기쁨을 어떻게 그녀에게서 알게 되었는지 말하였다.

---

57 The Yellow Crane Pavillion. This is a famous ode written about 705 A.D. by a Chinese poet called Choi Kyong. So beautifully was it expressed, that when Yee Taipaik, the greatest writer of the Middle Kingdom, saw it he said, "I will indite no more." (황학 루: 705년 경 중국의 시인 최경이 쓴 유명한 시이다. 그 표현이 너무도 아름다워 중국의 가장 위대한 작가 이태백이 이 시를 보고 "이제 시를 쓰지 않겠다."고 말 하였다.)

58 게일의 고소설 번역을 보면 고소설 속에서 드러난 육체적 정사 장면을 생략하 는 경향이 있다. 『옥중화』에서도 이러한 그의 번역양상은 동일하다. 원문 속 "네 가 먼져 버셔라~깊은 밤에 滋味있게 잘 놀았더라" 부분에 대한 번역을 생략했다.

VI. **IT NEVER DID RUN SMOOTH**

VI. 그들의 사랑은 결코 순탄치 않았다

Days passed, one, two, five, ten. How they loved and delighted in each other. One day in his light-hearted joy toward her he sang this love song.

하루, 이틀, 닷새, 열흘이 지났다. 두 사람은 얼마나 서로를 사랑하고 기쁨을 맛보았던가. 어느 날 그는 춘향과 희롱하며 그녀에게 이 사랑가를 불러 주었다.

"In the craggy clefts of his castle height

The old streaked tiger holds his prey,

But his teeth are dull and the deadly bite

That he once possessed has passed away.

The blue scaled dragon of the north

Holds in his maw the jewel bright,

He rides the clouds as he sallies forth,

And sails through the air on the wings of night.

The phoenix of the purple hills,

Has found the bamboo's fabled child,

Its charming flavor cools his ills

And fills his soul with raptures wild."

"성처럼 높고 험준한 굴에

늙은 줄무늬 범이 먹잇감을 쥐었으나

무뎌진 이빨로 위협적이었던

그 옛날의 기세는 가고 없구나.

푸른 비늘의 북해용이

빛나는 보석을 입에 물고

출격하듯 구름을 타고

밤의 날개를 달고 하늘을 가르는구나.

자색 산의 봉황은

전설의 죽동(竹童)을 발견하고

그 매혹적은 맛은 봉황의 병을 진정시켜

그 영혼을 거침없는 황홀함으로 채우는구나.

"Oh how happy," said he, "so happy. Yongchuk[59] rode the ox, Maing Hoyon rode the donkey, Yee Taipaik rode the whale, and Chuk Songja rode the crane, while the fishermen on the long stretch of river rode their leaf-like slender shallop. Creakety-creak, creakety-creak went the long propeller thrusts that sent the waters skurrying by. But Dream-Dragon has no wish to ride abroad, and doesn't wish to go away. My pretty one, my love, if you should die, what would I do? I shouldn't wish to live; and if I died what then for

---

59 Yongchuk, Maing Hoyon, Yee Taipalk, Chok Songja are all famous Chinamen renowned in history. (용척, 맹호연, 이태백, 적송자: 모두 중국 역사의 명사들이다.)

you? Ah, ha, how lovely, she, my pretty sweetheart, how I love her. When we die we'll make an endless contract that will bind us ever and forever. When you die what will you be? and when I die what will I be? If you become a river, let it not be the river of the sky the Milky Way, nor the river of the mighty ocean, but the great and marvellous Eum-Yang river, that dries not up in hopeless years of famine, I, when I die, will be a bird, not a rock-pigeon, nor an oriole, nor a talking-bird, nor a peacock with a wavy tail, but the Woonang bird[60] I'll be and on the smoky wavelets of the blue limpid waters, touched with the white wings of the summer, I'll sport my days and nights and you'll know me, won't you, my pretty one my sweetest love."

그가 말했다.

"오, 행복하고 행복하구나. 영척은 소를 타고, 맹호연은 나귀 타고, 이태백은 고래 타고, 적송자는 학을 탔지만, 길게 뻗은 강 위의 저 어부들은 나뭇잎 같은 가는 작은 배를 탔다. 찌거덕 찌걱, 찌거덕 찌걱, 긴 노로 밀어 강물을 스치고 지나간다. 허나 몽룡은 타고 나가고 싶은 마음도 멀리 가는 싶은 마음도 없다. 내 어여쁜 사랑, 내 사랑, 네가 죽으면 나는 어떻게 하나? 죽고 싶겠지. 나 죽으면 그럼 너는? 아, 하, 참으로 사랑스러운 그녀, 내 아름다운 연인, 참으로 너를 사랑한다. 우리 죽으면 영원히 우리를 묶을 영원한 서약을 맺자. 너는

---

60 Woonang Bird. This is the mandarin duck, which in the Orient is the emblem of conjugal fidelity. (원앙새: 만달린 오리로 동양에서는 결혼의 정절을 상징한다.)

죽으면 무엇이 되고 나는 죽으면 무엇일 될까? 네가 강이 되면 하늘의 강 은하수도, 거대한 대양의 강도 다 버리고 수년의 속절없는 가뭄에도 마르지 않는 크고 경이로운 음양(Eum-Yang)의 강이 되고, 나는, 나는 죽으면 새가 되어 검은 비둘기, 꾀꼬리, 말하는 새, 물결 꼬리의 공작 모두 버리고 원앙새가 되어 맑고 푸른 강의 뿌연 잔물결 위에 여름의 흰 날개를 만지며 밤이고 낮이고 놀 것이다. 그러면 너는 나인 줄 알 지 않겠느냐, 내 어여쁜 사랑 내 가장 사랑스러운 사람이여."

"When you die if you should be a flower, be not the peach which lines the river bank, where fishers follow in the wake of the beckoning waters, nor the willow catkins bedewed with the light morning rain that shades the dusty ways; nor the lotus; nor the azalea; nor the chrysanthemum, yellow or white; but the loveliest peony, and I, a butterfly, would in the soft spring breezes light upon your bosom, and waving in the sunshine, spread my wings and flutter here and there, and you would know me, would'nt you? My love, my love, my pretty love."

"너는 죽어 꽃이 되면, 어부들이 물의 손짓을 따라가는 강둑에 늘어선 도화도, 아침 가랑비에 젖어 먼짓길을 드리우는 버들강아지도, 연꽃도, 진달래도, 황국화도, 백국화도 모두 버리고, 가장 어여쁜 모란이 되고, 나는 나비가 되어 부드러운 봄바람에 네 꽃잎에 살포시 앉아 햇살에 흔들거리며 날개를 펴고 여기저기 퍼덕이면 나인 줄 알렴. 내 사랑, 내 사랑, 내 어여쁜 사랑."

The world's songs of love were marred by many uncomely words and references, such that a true and virtuous girl like Choonyang might not hear, and so he sang only selected ones.

　　세상의 사랑가 중에는 춘향같이 진실하고 유덕한 처녀가 듣기에 아름답지 않는 단어와 표현을 담은 훼손된 사랑가들이 많이 있어, 도령은 엄선된 노래만을 불렀다.[61]

"My pretty love," sang he, "If I look here I see my love; if I look there I see my love, companion of my future; my queen of virtue, I can see her one marked in history, I can see her; equal to Sawsee, I can see her; like to Yang Kwipee,[62] I can see her; better than Suk

---

61 세상의 사랑가 중에는 ~ 불렀다(The world's songs of love~he sang only selected ones.): 해당 원문은 "近來 ᄉ랑歌에 情字노리 風字노리가 잇스되 넘오 亂ᄒ야 風俗에도 關係도 되고 春香 烈節에 辱이 되깃스나 넘오 무미ᄒ닛가 大綱大綱ᄒ던 것이었다"이다. 이 부분은 흔히 『옥중화』의 개작과 관련하여 이해조의 개입으로 지적 받는 대목이다. 게일의 전반적인 번역양상을 감안할 때, 이처럼 서술자가 직접 개입하는 지점들은 대체적으로 생략되는 편이다. 하지만 게일은 이 부분에 관해서는 원본의 내용을 상당량 반영해서 번역을 했다. 이러한 서술자의 개입과 번역자 게일의 관점 사이에는 어느 정도 접점을 지니고 있기 때문이다.

62 Yang Kwipee. She was one of the most famous of China's beautiful women and lived about 750 A.D. The Emperor by an utter abandonment to her fascinations spent his time and squandered the nation's resources to please her. At last the advance of the northern hordes awoke him from his dream but it was too late, for at *Ma-kwei Pass* he was massacred and the famous Yang Kwipee was strangled by one of her own eunuchs in order to save her from the hands of the savage conqueror. (양귀비: 750년경의 중국 여인으로 중국 미인 중에서도 가장 유명하다. 황제는 그녀의 매력에 푹 빠져 그녀를 기쁘게 하느라 나라의 재원을 탕진하며 시간을 보냈다. 마침내 북방 유목민이 침입하여 그는 꿈에서 깨어났지만 이미 너무 늦은 뒤이었다. 왜냐하면 그는 마께 고개에서 학살되었고 그 유명한 양귀비도 그녀를 모시는 환관이 그녀를 야만적인 정복자의 손에서 구하기 위해 그녀를 교살했기 때문이다.)

Yangja I find her. My love, my pretty love! What would she like?
What can I find to please her? A round cash piece for a present?"

"No" she says, "I have no use for money."

"Then what?" says he, "Round drops of mountain honey tipped on
a silver spoon?"

"No," she says, "I want not honey."

"Then what?" says he again, "Sweet apricots, if not gold or silver
money?"

　　그가 노래했다.

　　"내 어여쁜 사랑, 이리 보아도 내 사랑, 저리 보아도 내 사랑, 내 앞
날의 짝이여. 나의 유덕한 여왕, 그 덕은 역사에 남을 것이네. 서시같
은 그녀, 양귀비같은 그녀, 숙낭자보다 어여쁜 내 사랑, 내 어여쁜 사
랑이여! 무엇을 좋아할까? 무엇을 주면 좋을까? 둥근 동전을 선물로
줄까?"

　　그녀가 말했다. "아니요. 나는 돈 쓸 곳이 없어요."

　　그가 말했다. "그럼 무엇을 줄까? 은수저에 뚝뚝 떨어지는 둥근
산꿀을 줄까?"

　　그녀가 말했다. "아니요. 꿀은 싫어요."

　　그가 다시 물었다. "그럼 무엇을 줄까? 달콤한 살구? 금돈? 은돈?"

He requested her to sing him a love-song and she at last consented.
"My love, my love, my gallant love! If I look here I see my love; if I
look there I see my love. I see him a future candidate with honours; I

see a master crowned with laurel; I see the chief of all the literati; I see him as a minister renowned; I see him great in counsels of the state; I see him chief among the senate, my love. My true love, loftier he than all the mountains; deeper than the deepest sea; I see him fairer than the moon across the Musan hill tops; sweeter than the pipes that play for love's first dances; handsomer than peach and plum blossoms that show through the hanging shades at the close of the day. My love, my handsome love!"

그가 그녀에게 사랑가를 불러달라고 요청하자 그녀는 마침내 이에 응했다.

"내 사랑, 내 사랑, 늠름한 내 사랑! 여기 보아도 내 사랑, 저기 보아도 내 사랑. 장래의 장원 후보자, 월계관을 쓴 장원급제자, 모든 문인들의 수장, 명성 높은 장관, 나라의 대고문, 원로원장이 될 내 사랑.[63] 높은 산보다 더 높고, 깊은 바다보다 더 깊은 내 진정한 사랑, 무산 꼭대기에 걸린 달보다 더 아름답고, 연인의 첫 춤에 연주되는 피리보다 더 달콤한, 해질녘 그늘 틈으로 보이는 도화와 이화보다 더 멋진 내 사랑, 아름다운 내 사랑이여!"

Thus as they sang and addressed each other the cock crew. On this the Young Master thought of his father and mother and hurriedly started for the *yamen*. Choonyang remarked, "It's an old saying that

---

[63] <옥중화>에서 각각 장래 진사, 장래 급제, 교리 수찬, 육조 판서, 삼정승, 기사당상에 해당된다.

all begins well but little ends well. I think of our agreement of a hundred years. May we have no tears and sorrow through it." The Young Master heard this and came back once again to tell her how he loved her, saying "Let's not say Good bye."

이렇듯 노래하고 말을 주거니 받거니 하다 보니 수탉이 울었다. 이에 도령은 아버지와 어머니를 생각하고 서둘러 *아문*으로 떠났다. 춘향이 한마디 했다.

"시작이 좋은 것은 많으나 끝이 좋은 것은 드물다는 속담이 있어요. 우리의 백년서약이 생각나는군요. 우리에게는 눈물도 슬픔도 없기를."

도령은 이를 듣고 다시 돌아와 얼마나 그녀를 사랑하는지를 말했다. "이별이라고 말하지 마."

A day or so later, however, there came a despatch from the palace, saying that the governor was promoted to be Secretary of a Board, and that he was to return at once to Seoul. He called his head-runner and his head-bearer, and had his official palanquin put in order; called his captain of the guard, and arranged his baggage, summoned the heads of the six offices and took account of their work, made note of expenditure and receipts, and then, sent for an office-boy to call the Young Master.

그러나 한 이틀 뒤 궁에서 파발이 왔는데, 부사가 정부의 한 부처의 장으로 승진하였으니, 서울로 당장 돌아오라는 것이었다. 부사는 그의 도사령과 도가마꾼을 부르고, 공식적인 가마를 준비하도록 이르고, 호위부장을 불러 짐을 정리하고, 육방의 장들을 소환하여 그들의 일을 심사하고, 비용과 영수증을 기록한 후 그리고 나서 심부름꾼을 보내 도령을 불러오게 했다.

At this very moment he had just come in, and the Governor said to him "Look here youngster, where have you been?"

"I have been to the Moonlight Pavilion," answered Dream-Dragon.

"What have you been to the Moonlight Pavilion for?"

"I went there," said he, "because I heard that there were many famous inscriptions posted up that I wanted to read."

"I have heard a lot of ugly rumors about you," said the Governor. "The son of a gentleman, nearing twenty years of age, who cares nothing about a matter of promotion in his own family, but goes aimlessly about here and there is a pretty hopeless case."

"What matter of promotion?" asked Dream-Dragon.

"Why, I have been made Secretary of a Board and am to return to Seoul. Get your accounts straightened out at once and be ready to start tomorrow. You must leave in the morning early with your mother."

바로 이 순간 도령이 들어오니 부사가 그에게 말했다.

"여봐라, 애야, 어디 갔었느냐?"

"월광전에 다녀왔습니다." 몽룡이 말했다.

"월광전에는 뭐하러 갔느냐?"

그가 말했다. "유명한 비문이 많이 걸려 있다고 해서 읽고 싶었습니다."

부사가 말했다. "너에 대한 흉한 소문이 많다. 신사의 아들이 20세가 다 되도록 자기 집안의 승진 문제에는 전혀 관심이 없고 여기저기 하릴없이 돌아다니다니 참으로 한탄스러운 일이다."

"승진이라니 무슨?" 몽룡이 물었다.

"그야, 내가 수석비서관[64]으로 임명되어 서울로 다시 가게 되었다. 당장 네 일들을 바로 잡아 내일 떠날 준비를 하여라. 너는 네 어머니와 아침 일찍 떠나야 한다."

When Dream-Dragon heard this he was simply dumbfounded, Tears blinded his eyes. If he had dared to wink they would have fallen over his face like rain, so he held them open and gazed.

Said he, "Father, if you go first, I'll put my affairs in order and follow."

"What do you mean? Nothing of the kind, you must go at once."

The Young Master turned him about.

"You'll make a proper fool of yourself some day yet," said the father.

---

64 수석비서관(Secretary of a Board): <옥중화>의 동부승지(承旨, 조선 시대에, 승정원에 속하여 왕명의 출납을 맡아보던 정삼품의 당상관).

몽룡은 이를 듣고 그저 말문이 막히고 눈물이 앞을 가렸다. 눈을 깜빡이기라도 하면 눈물이 얼굴 위로 비처럼 흘러내릴까봐 눈을 크게 뜨고 앞을 바라보며 말했다.

"아버지, 아버지가 먼저 가면, 제가 일을 정리한 후에 따라 가겠습니다."

"무슨 말이냐? 그럴 일은 없으니 당장 먼저 가라."

도령은 돌아섰다.

"그러다가 언젠가 제대로 바보가 될 것이다." 그의 아버지가 말했다.

Since there was no help for it, he came forth wilted down like a bedraggled flag cloth. Formerly when he had looked toward Choonyang's home the world had all been sunshine, now his eyes were beclouded and his eyes and his thoughts were misty and confused. He said to himself in his perplexity, "Shall I leave her and go, or take her and go? I am afraid I cannot take her, and yet I cannot leave her. What shall I do? My heart is in agony. Shall I laugh, or shall I cry? If I propose to take her my father's fierce and awful resentment will fall upon me. I cannot take her. If I say I'll leave her, she is the kind to break her heart and die over it. What shall I do?"

어쩔 도리가 없어 그는 물에 젖은 천 깃발처럼 풀이 죽어 나왔다. 이전에 춘향 집 쪽을 바라보면 세상이 온통 밝았으나 이제 그의 눈은 흐리고 눈과 생각은 안개가 낀 듯 혼란스러웠다. 그는 당황하여 혼잣말을 했다.

"춘향을 두고 가야 하나 아니면 데리고 가야하나? 같이 갈 수도 없고 두고 갈 수도 없으니 어떻게 해야 하나? 마음의 애가 끓는구나. 웃어야 하나 울어야 하나? 데리고 간다고 하면 아버지의 불같은 끔찍한 분노가 나에게 떨어질 것이니 데려갈 수 없다. 두고 간다고 말하면 춘향은 마음이 찢어져 그로 인해 죽을 사람이다. 어떻게 해야 하나?"

(To be continued)

CHOON YANG[65]

(Continued from the *October* number)

VII. PARTINGS ARE SAD

VII. 이별은 슬프다.

Thus were his prospects as he made his way slowly to Choonyang's home. At this moment Choonyang was working at an embroidered purse that she intended giving to Dream-Dragon; so she met him with a delighted expression saying "I'm so glad to see you, but why have you come so late today? What is all the commotion about at the *yamen*. Have guests come? I see anxiety written between your eyes. There are marks of tears on your face too. Are you ill, or were you scolded? Tell me please, what is it? Has your father heard of you and me and stormed about it?"

"Stormed? What do I care for a scolding or a beating either compared with this?"

"What does your trouble mean, my love?" asked Choonyang. "They say letters have come from your home in Seoul. Has word come that some of your relatives are dead?"

"Dead? If ten thousand of such relatives as mine should die my eye

---

65 J. S. Gale, "Choonyang", *The Korea Magazine* I 1917. 11., pp.496~505.; 이몽룡이 춘향에게 이별을 고하는 장면부터 이한림 부부가 춘향과 월매에게 돈과 쌀을 보내는 장면까지가 번역되어 있다.

wouldn't moisten a wink."

도령은 춘향 집으로 천천히 걸어가면서 이렇게 생각했다. 이때 춘향은 몽룡에게 줄 주머니에 수를 놓고 있다가 그를 보자 방긋 웃으며 말했다.

"많이 기다렸어요. 그런데 오늘은 어쩐 일로 이렇게 늦게 오셨어요? *아문*은 왜 그렇게 법석대나요? 손님이 왔나요? 근심이라고 눈 사이에 쓰여 있군요. 얼굴에 눈물 자국도 있네요. 몸이 아파요? 아니면 꾸중이라도 들었나요? 말해 봐요? 무슨 일이예요? 아버지가 당신과 나에 대한 이야기를 듣고 진노하셨나요?"

"진노라? 야단맞고 매 맞는다 해도 이 일에 비할까?"

"곤란한 일이 무엇인가요, 내 사랑?" 춘향이 물었다. "서울 집에서 편지가 왔다고 하던데 친척이 죽었다는 편지가 왔어요?"

"사망이라? 그런 친척 만 명이 죽는다 해도 내 눈 하나 깜짝하지 않을 것이다."

"Then what is it? Tell me, I am anxious."

"The Governor has tumbled out of his place," said Dream-Dragon, Choonyang gave a start. "What, has His Excellency slipped and fallen?"

"Pshaw!" said he, "Why do you take me so? If he should fall and hurt himself all he would have to do would be to put on a plaster and get well; but to be required in Seoul as a Board Secretary, that's what I mean, and he has to leave tomorrow."

Choonyang heard this and said, "Oh that's just what I've always wished. I shall go to Seoul. Truly I always wanted to. Is it really so that you are going?"

The Young Master was speechless.

"I hate the sound of it, I shall die," said he.

"그럼 뭐예요? 말해 봐요, 불안해요."

몽룡이 말했다. "부사가 자리에서 굴러 떨어졌다."

이에 춘향이 깜짝 놀라 말했다. "사또가 미끄러져 떨어졌나요?" 그가 말했다.

"푸! 왜 내 말을 그렇게 듣나? 아버지가 떨어져 다쳤다면 약을 바르고 나으면 그만이지만 내 말은 아버지가 수석비서관으로 임명 받아 내일 이곳을 떠나 서울로 가야 한다는 뜻이다."

춘향이 이를 듣고 말했다.

"오, 내가 항상 바라던 바예요. 서울로 가게 되었네요. 정말로 서울에 항상 가고 싶었어요. 당신이 가는 것이 정말인가요?"

도령이 말이 없었다.

"그 소리 듣기 싫어 죽겠다." 그는 말했다.

Choonyang again, in wonder, said to him, "What do you mean? Tell me. His Excellency has been promoted. Is it because you are so happy and glad that you cry? Or do you fear that I will not be willing to accompany you? The wife must follow the husband, that's the law of God you know. Of course I'll follow, why be anxious?"

The young man said, "Please listen to me. If I could take you with me I should be so gad and you would be glad, we both would be glad, but the Governor's ideas are that if a son of the aristocracy, before his regular marriage, takes a concubine from the country, and it gets noised abroad, his name will be cut out from the family register, and he'll not be able to share in the household sacrifices. That's my difficulty."

춘향은 이상하여 다시 그에게 말했다.

"무슨 말이에요? 말해 봐요. 부사 나리가 승진하여 너무 행복하고 기뻐서 우는 것인가요? 내가 당신을 따라가지 않을까봐 걱정인가요? 아내가 남편을 따라가는 것은 하늘의 법이니 당연히 따라갈 것인데, 왜 걱정하세요?"

도령이 말했다.

"내 말 좀 들어보아라. 너를 데리고 갈 수 있다면 나도 기쁘고 너도 기쁘고 우리 둘 다 기쁘겠지만, 부사는 귀족 계급의 아들이 정식 결혼 전에 시골 출신 첩을 데리고 가면 바깥이 시끄럽게 되어 그 이름이 족보에서 빠지게 되고 그러면 집안 제사에도 참석하지 못한다고 생각한다. 그래서 내가 힘들다."

When Choonyang heard this her pretty face became scarlet, then pale, and her eyebrows unbended into a line of deadly consternation. Her foot caught in the edge of her skirt and it tore. She tossed away her hand mirror, dropped upon her knees and began to cry, "Is this what I am, a cast-off bride, what use has she for mirrors? Alas, alas, am I thus, what use now to dress and be neat?" Then she drew close up to Dream-Dragon and said, "What do you mean? What have you said? A concubine? Why such terrible words to me? When you sat there and I here what was the promise you made me? Till the trackless sea become a mulberry field, and the mulberry field a sea, let us swear never to part. Was it not so? Now you will go to Seoul and marry again with some wife prettier than the pitiful one you left. You will study and after graduation ride on the high wave of popularity. Not even in a dream will I be thought of and our decision to live and die together will have faded away forever. So it comes that I am not to go and you are to leave me. I must not live out the watches of this night. I must die. If you are to leave me please take my life before you go, or if you let me live let me accompany you. Please let me go too, please let me go too."

춘향은 이 말을 듣고 그 고운 얼굴이 붉었다 하얘졌다 하고 눈썹이 일자가 되어 죽을 듯이 경악했다. 발이 치마 끝에 걸려 찢어졌다. 그녀는 손거울을 집어 던지고 무릎을 꿇고 울기 시작했다.

"버림받은 신부, 이게 나란 말인가? 거울이 있으며 무엇해? 아이고, 아이고, 이 모양인데, 예쁜 옷 차려입고 단장하는 것이 무슨 소용이야?"

그런 후 그녀는 몽룡에게 바싹 다가가 말했다.

"무슨 말인가요? 뭐라고 했어요? 첩이라고요? 어떻게 내게 그런 끔찍할 말을 해요? 당신은 저기 앉고 나는 여기 앉자 당신이 나에게 한 약속은 무엇인가요? 길 없는 바다가 뽕나무 밭이 될 때까지, 뽕나무 밭이 바다가 될 때까지 절대 헤어지지 말자고 맹세했어요. 그렇지 않나요? 당신은 서울 가서 다시 결혼한 뒤 당신이 버린 불쌍한 아내보다 더 예쁜 아내를 얻겠죠. 공부해서 과거에 급제한 후 높은 인기의 파도를 타겠죠.[66] 꿈에서조차 나를 생각도 하지 않을 것이니 같이 살고 죽자는 우리 결심은 영원히 희미해질 테죠. 나는 못 가고 당신은 나를 떠나야 하니 이 밤의 시간이 지나기 전에 난 죽을 것이에요. 나를 떠난다면 가기 전에 나를 죽이고, 나를 살리고자 한다면 나를 데리고 가세요. 제발 나도 가게 해줘요, 나도 데려가줘요.”

The Young Master was speechless.

“Don't cry,” said he “Don't cry. Even though I go I am not going forever, and while away I shall never, never forget you. Let not the fires of even this brazier melt your determined purpose to wait till we meet again.”

도령은 할 말이 없었다.

“울지 마라.” 그가 말했다. “울지 마라. 가더라도 영원히 가는 것이 아니고, 멀리 있더라도 나는 너를 결코 절대 잊지 않는다. 이 화롯불에도 우리가 다시 만날 때까지 기다리겠다는 너의 굳은 마음을 녹

---

66 높은 인기의 파도를 타겠죠(ride on the high wave of popularity): 해당 원문의 대목은 “名妓名唱 風流 속에 晝夜浪遊 노실 격에”로 이몽룡이 서울의 기방 풍류문화 속에 있게 될 것이라는 의미이다. 하지만 게일은 이몽룡이 성공한 후 인기가 많아질 것이라는 정도로 조금은 더 추상적으로 표현했다.

이지 마라."

All this time the mother-in-law, like a monastery cat doubled up was sleeping comfortably on the warm floor of the inner room, when she heard a commotion of words and a sound of crying from the room opposite. She got up and said laughingly to herself. "They are having a lovers' quarrel yonder." She arose in a loosely dressed and dishevelled way, and forcing open the door came out on tip-toe, and listened at Choonyang's window. To her amazement they were saying good-bye to each other, at which she gave a sudden start of alarm. "It is parting from each other that they evidently mean," said she to herself.

이때에 장모는 절 고양이처럼 웅크린 채 안방의 따뜻한 바닥에서 편안하게 잠자고 있다 건넛방에서 나는 입씨름과 우는 소리를 들었다. 춘향모 일어나 혼자 웃으며 말하였다.

"저기서 사랑싸움을 하고 있구나."

그녀는 일어나 대충 옷을 걸치고 단정치 못한 모습으로 문을 억지로 열고 발끝으로 나와 춘향의 창에 귀를 대고 들었다. 놀랍게도 그들이 서로에게 이별을 말하고 있었기에 그녀는 깜짝 놀랐다.

"이별한다고 말하는 것이 분명해." 그녀는 중얼거렸다.

She hurried back, finished dressing, and then opened the shutter with a bang, and with a loud cough said, "Ha, ha, what are these tears about? I couldn't sleep for your noise. The folks in the village will be kept awake. Why are you crying? Think of it, a girl of your age at midnight making a row like this! No thought of your mother or of outside people! Are you possessed, what is it? You have no father but do you want to kill your mother too, that you act so? What kind of behaviour is it after all the classics and teachings of the Sages that you have read and studied? What are you crying about?"

춘향모는 서둘러 돌아와 옷을 마저 입고 덧문을 소리 나게 연 뒤 기침을 크게 하고 말했다.

"하, 하, 이게 무슨 눈물이냐? 시끄러워 잠을 잘 수 없다. 동네 사람들 다 깨겠다. 왜 우느냐? 생각해 보아라. 한밤중에 네 나이의 처녀가 이렇게 소란을 피우다니!⁶⁷ 네 엄마나 밖의 사람들은 생각도 안하느냐! 귀신에 씌었느냐? 무슨 일이야? 아버지 없는 네가 엄마도 죽이고 싶어 이렇게 행동하느냐? 성현의 가르침과 고서들을 모두 읽고 공부했다더니 이게 무슨 행동이냐? 왜 우느냐?"

Choonyang had gathered her skirt over her face and was choked and speechless, while tears rained from her eyes.

"The Young Master says he is going away," said she.

---

67 한밤중에 너 나이의 처녀가 이렇게 소란을 피우다니!(a girl of your age at midnight making a row like this!): 『옥중화』 원문의 "時俗 계집兒孩 열댓살 먹으며 논"와 달리 게일은 나이를 구체적으로 번역하지 않았다. 또한 "書房인지 南方인진 이고지고 스랑싸홈 눈이시여 볼 수 없다"라는 월매의 대사에 대한 번역을 생략했다.

"Going where?" inquired the mother.

"His Excellency has been promoted and ordered back to Seoul, and so he is leaving."

Choonyang's mother gave a wild laugh and said, "Child, the opportunity of a lifetime! If the Young Master is lucky it means distinction for you and for me, so why cry? If he leaves right away, I shall not be able to follow at once, but you can go with him. In going you need not go ahead but keep behind five *lee* or so, meeting at night but journeying separate during the day. Is it because that you are not to be with him during the day as well that you upset the hours of this night? When I was young I was separated from my husband as much as fifty days at a time. Why cry? I'll sell the things little by little and follow you."

춘향이 치마를 모아 얼굴을 가리고 숨이 막힌 듯 말이 없는데 눈물이 비처럼 떨어졌다.

"도령님이 멀리 간다고 해요." 그녀가 말했다.

"어디로 가는데?" 춘향모가 물었다.

"나리가 승진하여 서울로 다시 오라는 명을 받아서 떠난다고 해요."

춘향모 호탕하게 웃으며 말했다.

"애야, 평생 바라던 기회구나! 도령에게 행운이면 너와 나에게도 명예인데, 왜 우느냐? 도령이 당장 떠난다면, 나는 바로 따라가지 못하겠지만 너는 같이 가면 된다. 갈 때 앞에 가지 말고 오 *리* 정도 뒤에서 가다가 밤에 만나고 낮에는 떨어져 가면 된다. 낮 동안에 같이 있지 못하게 된다고 이 밤에 우는 것이냐?[68] 내가 젊었을 때 남편과 한 번에 오십 일도 떨어진 적이 있었다.[69] 왜 우느냐? 나는 물건을 조금씩 판 뒤 너를 따라갈 것이다"

Choonyang replied, "The Young Master doesn't intend to take me."

"Why won't he take you?" demanded she, "Did you say you wouldn't take her?" she screamed.

"But really now mother, just listen! When a son of the aristocracy, while his hair is still plaited down the back, takes a concubine from the country, the rumor of it endangers his reputation, and he cannot share in the sacrificial ceremonies. So while we regret it for the present, we shall just have to stand by our agreement for the future."

When the mother heard this her black face grew fiercely red and pale by turns; she caught her skirts about her and jumped up and down, while she said to Choonyang, "If Dream-Dragon goes whose affection will you work for next? Die, you wretched creature!"

춘향이 대답했다. "도령님은 나를 데리고 갈 생각이 없어요."

---

68 게일은 원문 속 월매의 대사 전체를 번역하지는 않았다. 그가 생략한 대목은 "慾心 만은 盜賊년이 낫에 못보는 이가 타셔 남 다 자는 이 밤중에 이고지고 디고 우 리 道令任을 꼭 미여서 네 고름에 취워주랴"이다.

69 원문의 긴 월매의 대사를 내용의 요지만 맞춰 줄인 것이다. 해당 대목은 "나는 한 창 少年時에 하로밤 書房離別 쉰도 ᄒ고 빅도 ᄒ되 能幹能手 잇는고로 個個히 다 밋쳐서 돈을 쥬다 乾達되면 神主ᄭ지 갓다쥬니 各집 神主 모아 노은 게 아마 열 셥 턱은 되지"이다.

"왜 너를 안 데리고 가겠다는 것이냐?" 춘향모가 따졌다.

"춘향을 데리고 가지 않겠다고 했소?" 춘향모가 소리를 질렀다.

"장모, 이제 좀 들어 보소! 아직 등 뒤로 머리를 땋은 귀족 자식이 시골에서 첩을 얻었다는 소문이 나면 평판이 나빠져 제사에도 참여할 수 없소. 그러니 당분간은 섭섭하지만 그저 앞날을 기약한다는 약속밖에 할 수 없소."

춘향모가 이 말을 듣고 검은 얼굴이 번갈아 심하게 붉었다 하얘졌다 하더니 치마를 잡고 펄쩍펄쩍 뛰며 춘향에게 말했다.

"몽룡이 가면 그 다음엔 누구의 애정을 구할 작정이냐? 죽어라, 이년아!"

She gave a leap forward, took her seat square in front of Dream-Dragon and said, "You son of a rascal, you, I've got a word to say to you. Have you found any fault in the conduct of my daughter that you treat her thus? Has she grown ugly? Is she refractory or disobedient? Is she loose in life or impure? What is there about her at which you find fault? A gentleman never puts away a faithful woman except for one of the Seven Reasons.[70] Don't you know this? You have gone here and there on the still hunt until you found my daughter, and then without cessation, day and night, you professed your delight in her.

70 Seven Reasons. These grounds for divorce in the orient are Childlessness; 2. Wanton Conduct; 3. Neglect toward Husband's Parents; 4. Shrewishness; 5. Robbery or Thievishness; 6. Jealousy; 7. Malignant Disease. (칠거지악: 동양에서 이혼의 근거에는 1. 무자식, 2. 부정한 행위, 3. 시부모 무시, 4. 나쁜 입버릇, 5, 강도 혹은 도둑질, 6. 질투, 7. 유전병이 있다.)

Now, behold you want to throw her away. After the gossamer webs of springtime have been swept aside by your ruthless hand, and the flowers and leaves have fallen, what butterfly ever returns to visit the faded remains? My daughter's pretty face, once that the day of youth has been marred, will grow old and white hairs will follow. One's day never comes twice. Do you not think of this, you wretch!"

춘향모가 앞으로 성큼 다가가 몽룡 앞에 바싹 자리 잡고 앉아 말 하였다.

"이 못된 자식아, 너에게 할 말이 있다. 내 딸 행실에 어떤 흠이 있어 네가 내 딸을 이렇게 대하느냐? 내 딸 얼굴이 밉더냐? 남을 욕하거나 말을 듣지 않더냐? 행실이 부정하고 불순하더냐? 춘향의 어떤 점이 마음에 들지 않더냐? 칠거지악이 아니면 신사는 충실한 여인을 결코 버리지 않는다. 이것도 모르느냐? 너는 지금까지 여기저기 다니며 계속 사냥하다 드디어 내 딸을 만난 후 주야로 내 딸에게서 기쁨을 찾더니만 이제 오호라, 춘향을 버리고 싶구나. 봄날의 고운 거미집이 너의 무자비한 손에 일소되고, 꽃과 나뭇잎이 떨어지니, 어떤 나비가 시든 잔해를 보고자 돌아오겠는가? 내 딸의 고운 얼굴, 젊은 시절 한번 망가지면, 늙고 흰머리가 날 것이다. 젊은 시절은 두 번 다시 오지 않는다. 이것은 생각지도 않느냐? 이놈아."

She gave a wild spring, and took a grip of him with her teeth. Fortunately, for him, she had lost her front incisors early in life, so that her bite was but a savage pinch, and did no special harm.

The young man was scared clear out of his wits. "Look here, mother," said he, "I'll take her, I'll take her. I've thought of a way. I just now remember that I have a tablet-chair that goes along, immediately ahead of me. I'll put the tablet in my sleeve-pocket, and Choonyang inside the chair. Others seeing it will think it is the tablet, they will never think of Choonyang. I know of no other way."

Choonyang heard this and said, "Mother, please go to your room. He has his reputation to uphold and is in difficulties. Please think of that and do not speak so. Go to your room, won't you."

춘향모는 와락 뛰어들어 이빨로 도령을 꽉 물었다. 도령에겐 다행스럽게도, 춘향모는 젊은 시절 앞니가 빠져 물어도 야만스럽게 건드리기만 할 뿐 도령에게 특별한 해를 가하지는 못했다.

도령이 놀라 얼이 빠져 말했다.

"이보오, 장모. 데려가겠소, 데려가겠소. 방법을 생각 중이오. 내 바로 앞에 위패 가마가 간다는 것이 방금 생각났소. 위패를 나의 소매 주머니에 넣고 춘향을 그 가마 안에 앉힐 것이오. 다른 사람들이 이를 보고 위패라 생각하지 춘향이라고는 생각하지 못할 것이오. 다른 방법이 없소."

춘향이 이를 듣고 말하였다.

"어머니, 제발 방으로 가세요. 도령님도 지켜야 할 평판이 있고 힘들어요. 제발 이를 생각하고 그렇게 말하지 마세요. 방으로 가세요. 제발."

VIII. RESIGNATION

VIII. 체념

After sending her mother away she turned to him and said, "So you are going. Over your long journey of a thousand *Lee* I shall think lovingly of you still. Through the dust and the rain and the falling of the night how tired you will be. You may be ill too, but cease to think of me please and go in peace. When you reach the capital the pretty dancing-girls of all the happy homes of Seoul will play to you and you'll soon forget a poor little creature like Choonyang, whose fortunes forsook her and who was left to die. What is she to do I wonder?"

저의 어머니를 보낸 후에 춘향이 몽룡을 바라보며 말했다.

"그래, 당신은 가는군요. 당신이 천 *리*먼 길 가더라도 나는 당신을 여전히 사랑하겠어요. 먼지와 비를 지나 간 당신이 밤이 되면 얼마나 피곤하겠어요. 당신도 아플지도 모르니, 나에 대한 생각은 그만하고 안녕히 가세요. 서울에 도착하면 서울의 모든 행복한 집의 예쁜 무희들이 당신을 위해 춤을 추겠지요. 그럼 당신은 불쌍하고 미천한 춘향 같은 것은 곧 잊겠지요. 운명에 버림받고 죽을 일만 남은 춘향은 이제 어떻게 해야 하는가?"

Thus she sat and cried bitterly till Dream-Dragon was struck blind and speechless. "Don't cry, don't cry," said he, "I am not going away for long. I'll not forget you. Don't you know the line from the classics that reads 'My husband went to far-off Sokwan, on duty, while I stayed in the Oh kingdom.' The husband in Sokwan and the wife in distant Oh thought of and loved each other till they grew old in years.

'And how far was the way to Kwans in a for the distant pilgrims, while the faithful women dug lotus roots in the grim days of cold and loneliness waiting for them.' They dug the roots and thought thereon. After I have gone to Seoul, when the moon shines through the silken window do not think of the thousand *lee* that lie between us, or that I shall find other attractions, for I shall be thinking of you only. Do not cry, do not cry. In the haste of the journey I go, but I shall soon return."

춘향이 이렇듯 앉아 서럽게 우니 몽룡은 앞이 캄캄하고 말문이 막혔다. 그가 말했다.

"울지 마라, 울지 마라. 오랫동안 멀리 가지 않을 것이다. 너를 잊지 않을 것이다. '내 남편은 임무 차 멀리 소관으로 가고 나는 오나라에 머물렀다'는 옛글도 모르느냐? 남편은 소관에 있고 아내는 멀리 오나라에 있었어도 서로 생각하고 사랑하다 수년을 늙어갔다더라. '긴 순례 길의 관(Kwan)으로 가는 길은 얼마나 먼가? 그동안 충실한 여인들은 춥고 외롭고 우울한 날에 연근을 캐며 그들을 기다렸다.' 그 여인들은 연근을 캐며 그들을 생각했다. 내가 서울로 간 후에 달이 사창 밖을 비추면 우리 사이 놓인 천 *리*를 생각하지 말라. 또는 내가 다른 즐거움을 찾을 것이라 생각하지 말라. 나는 너만 생각할 것이다. 울지 마라, 울지 마라. 갈 길이 급하여 지금 가지만 나는 곧 돌아올 것이다."

The Young Master then set out for the *yamen* and after salutations had been made to his father, he was hastily ordered to saddle his donkey. He rode out to the Five Mile Pavilion, said good-bye to all the servants and retainers, and rode quickly away. Again he reached Choonyang's house, which he once more entered. Her tears were like the dew-drops on the petal, and her accents like the calling of the nightingale among the shadowy branches. He rushed in and put his arms about her.

"Don't cry my love, don't cry," said he.

But she withdrew from him saying, "Let me go, please You sit yonder. I don't wish it, let me go."

그런 후 도령님은 *아문*으로 출발했고 아버지에게 인사를 한 후 서둘러 나귀에 안장을 올리라는 명을 받았다.[71] 그는 오마일정까지 말을 타고 나가 모든 하인과 가신들에게 안녕을 고한 후 급히 말을 타고 다시 춘향의 집에 도달하여 한 번 더 들어갔다. 그녀의 눈물은 꽃잎 위의 이슬방울 같고 우는 소리는 그늘진 나뭇가지 사이 나이팅게일 소리와 같았다. 도령은 달려가 그녀를 안았다.

"울지 마라 내 사랑, 울지 마라." 그가 말했다.

---

71 게일은 원문에서 이몽룡이 부친을 뵌 후, "內衙에 얼풋 단녀 冊房으로" 나와, 방자를 시켜 나귀 안장을 올리는 장면을 축약했다.

그러나 그녀가 그에게서 떨어지며 말했다. "놓으세요. 저기 앉으세요. 싫으니 놓으세요."

There being no help for it he gradually released her, and so they sat apart, opposite to each other. Choonyang, realizing that it was in all probability a final parting, spoke thus: "Through tears are eyes of tears; broken hearts greet broken hearts. The willow catkin by the river have no power to bind my husband to me. After the short sweet days of springtime, the glory of the season goes its way, and my husband with it. Partings, partings, alas for partings! When once spring is over there is an end to bloom and blossom. The distant trees and river absorb all one's store of love and bear it to forgetfulness. A thousand miles into the distance, so he recedes from me and is gone. The fleeting glories of the three moons of springtime accelerate his parting. In the rain and winds of Makweiyok the King of Tang bade good-bye to Kweepee. Great ones of earth have had to say farewell, and hopes have dissipated like sunshine before the clouds and wind. The wild geese of springtime have to say farewell. All these are sad but was there ever so sad a one as mine? Parting seems to say 'Let us die' and yet the bright sunshine says 'Let us live.' What shall I do? What shall I do?"

어쩔 도리 없어 도령이 그녀를 조금씩 풀어주자 그들은 떨어져 앉아 서로 마주 보았다. 춘향은 이것이 마지막 이별이라는 사실을 인지하고 이렇게 말했다.

"눈물 속에 눈물의 눈이 있고 찢겨진 가슴이 찢겨진 가슴을 만나는구나. 강가의 버들강아지는 내 남편과 나를 묶어줄 힘이 없다. 달콤했던 짧은 봄날은 지나가고, 봄의 영광과 함께 내 남편도 가는구나. 이별, 이별, 아아 이별이여! 봄이 가고 나면 이제 꽃도 꽃나무도 끝이구나. 먼 곳의 나무와 강은 모든 이의 사랑을 흡수하여 품고 망각으로 간다. 천리 멀리 나에게서 멀어져 간다. 봄날의 삼 개월의 쏜살같은 영광은 그와의 이별을 강조하는구나.[72] 마외역 비바람에 당나라 왕이 귀비와 작별하였다. 세상의 위인들도 이별을 고해야 하고 희망이 비와 구름 앞의 햇살처럼 흩어진다.[73] 봄날의 기러기도 이별해야 하다. 이 모든 이별이 슬프지만 나처럼 슬픈 이별도 있을까? 이별은 '죽자'는 말처럼 들리지만 밝은 햇살은 '살자'고 말한다. 어이할까? 어이할까?"

"Don't cry," said Dream-Dragon, "I'm going to Seoul just now, and when I pass my examination I'll come and get you, So don't cry, but be happy."

He took from his silken pocket a little mirror and gave it to Choonyang, saying, "A gentleman's heart is honest as a mirror, in a thousand years it can never change."

---

72 게일은 『옥중화』속 춘향의 이별가 속 한문 문구를 충실히 번역했지만 전체를 번역한 것은 아니다. "黃鶴樓上 故人離別 楚漢四面萬營月ᄒ니 楚覇王의 美人離別"을 생략했다.

73 원문의 "淫淚辭丹楓~兄弟離別"에 이르는 다양한 인물들의 전고를 요약하여 번역한 것이다.

Choonyang took it, then slipped a ring from her finger and gave it to him saying, "A little crystal ring, a plaything of my girlhood; please wear it at your belt for me. Let its unchanging nature, and its enclosing circle stand for a husband's faithful and enduring love."

The Young Master said, "Yes, yes, now don't be troubled, keep well and strong and I'll come back to get you next spring."

"울지 마라." 몽룡이 말했다. "이제로 서울 가서 시험에 합격하면 너를 데리러 올 것이니 울지 말고 잘 지내라."

그는 비단 주머니에서 작은 거울을 꺼내 춘향에게 주며 말했다.

"신사의 마음은 거울처럼 밝으니 천년이 지나도 결코 변하지 않는다."

춘향이 거울을 받고 손에게 반지를 빼서 그에게 주며 말했다.

"이 작은 수정 반지는 내 소녀시절 노리개입니다. 나를 위해 그것을 허리띠에 차주세요. 수정반지의 변함없는 성질과 둥근 모양으로 남편의 정절과 변함없는 사랑을 보여주세요."

도령이 말했다.

"그래, 그래, 서러워 말고 아프지 말고 건강하게 있으면 내년 봄에 돌아와서 너를 데리고 가겠다."

At this moment Choonyang's mother, thinking of the parting, dazed and stupefied came in. She refused to eat and like a cow-beast afflicted with distemper thought only of her misery. Helpless to do anything she came in and said quietly, "Please, Young Master, I am

fifty years old and more, and I bore that girl when I was well on in
life. I reared her as though she had been a jewelled treasure. I prayed
to God about her, prayed to the Seven Stars[74] about her; prayed to the
Nahan[75]; prayed to the Three Spirits[76]; prayed to the Merciful
Buddha[77]; sacrificed to the Dragon King[78]; sacrificed to the
Mountain Spirits with all my heart even till today. Thus she grew and
thus we won our place in life. I longed for a fitting companion for her
and home's joys and happiness, when beyond all my dreams and
expectations came the Young Master and prayed me earnestly for
this union. My mind was dazed and my sight turned from me, so that
I gave permission, and now my precious child meets with this awful
fate. Better out with her eyes and her tongue and cast her to the dogs.
Like a fallen gate will she be; like a shot arrow spent and done for.
There is no use in getting angry or fighting the fates I suppose. A
fallen woman of earth, a fallen woman of hell, old and wrinkled shall
she grow. Her fate is sealed at such a parting as this, at the sight of it

74 The Seven Stars. The Big Dipper, a special object of worship in the East. Connected
with most of the Buddhist Temples will be found a little shrine to this divinity. (칠성:
북두칠성은 동양에서 특별한 숭배의 대상이다. 대부분의 불교 사원에는 이 칠
성과 연결된 작은 사당을 볼 수 있다.)

75 Nahan. These are the canonized disciples of Buddha.(나한: 시성화된 부처의 제자
들이다.)

76 The Three Spirits. These are the three supreme deities supposed to preside over
childbirth. (삼신: 출생을 관장하는 것으로 보이는 최고의 세 신이다.)

77 The Merciful Buddha (A mida). This is thought by many to be the Orient's
interpretation of Christ. (미륵불(아미다): 많은 사람들은 미륵불을 동양의 그리스
도라고 생각한다.)

78 The Dragon King. The God of rains and water. (용왕: 비와 물의 신이다.)

my soul would yield up the ghost. Who can stop the endless waters of the river, or make to halt the sun that falls behind the Oxen Hills? What kind of heart could let you go so coldly, or what love could ever thole to cast her off? Don't think of mother or wife, but go peacefully. One thing I want to charge you with. I am now in age half a hundred, and today or tomorrow, I don't know when, I shall die and pass away. Please don't forget Choonyang. If you'll stand by her and your hundred year agreement, in the [79]Yellow Shades of the world to come [80]I'll 'bind the grass' in grateful favour for your kindness."

이때 춘향모는 이별을 생각하며 정신이 아득하여 멍한 채로 들어왔다. 그녀는 먹기를 거부하고 디스템퍼 병이 든 젖소처럼 자신의 비참함만을 생각했다. 춘향모는 달리 어쩔 도리가 없어 들어와 조용히 말했다.

---

79 Yellow Shades. One of the names for Hades or the next world. (황천: 하데스 혹은 다음 세상을 의미하는 이름 중 하나이다.)

80 "Tie the grass." Wi Kwa, a Chinese general of the 6th century B.C., was asked by his father when dying to take to wife the father's favorite concubine, a most unusual request and yet one that he carried out in order to prove himself a filial son. Later on in a campaign he defeated his enemy, and when the commander tried to escape, a spirit suddenly appeared and tied the long coarse grass so firmly in front of him that he was tripped up and captured. At night the spirit appeared to him and said, "I am the father of the woman, whom you faithfully married, and so have tied the grass to reward you." ("풀을 묶다(결초)." 기원전 6세기 중국의 장군이었던 위과에게 그의 아버지는 죽어가면서 자신의 애첩을 아내로 들이라고 아들에게 요청한다. 너무도 황당한 요청이었지만 위과는 효자임을 증명하기 위해 이를 따른다. 이후 적을 물리친 전투에서 지휘관이 도망가려고 하자 한 귀신이 갑자기 나타나 그 앞에 거친 장초를 단단히 묶어 걸려 붙잡히게 했다. 밤에 귀신이 위과에게 나타나 말했다. "나는 당신이 정절로 결혼한 여인의 아버지이오. 당신에게 보답하고자 풀을 묶었소.")

"제발, 도령, 내 나이가 오십이 넘었소. 저 딸을 품었을 때 내 삶이 참으로 행복했소. 내 딸을 보석 같은 보물인 듯 길렀소. 딸을 위해 하나님께 기도하고, 칠성님께 기도하고, 나한에게 기도하고, 삼신에게 기도하고, 미륵 부처께 기도했고, 오늘날까지 온 마음을 다해 산신께 제를 올렸소. 이와 같이 자란 딸과 나, 우리 두 사람은 이렇게 살아왔소. 나는 딸에게 어울리는 짝과 가정의 즐거움과 행복을 바랐는데 꿈과 기대 이상으로 도령이 와서 나에게 이 결합을 열렬히 청하였소. 내 마음이 얼얼하고 내 눈이 뒤집혀 허락을 했더니 이제 내 소중한 딸이 이런 끔찍한 변을 당하게 되었소. 딸의 눈과 혀를 뽑고 딸을 개에게 던져 주는 것이 더 낫겠소. 춘향은 무너진 문처럼 될 것이고, 쏘아 놓은 화살처럼 될 것이오. 화를 내 봐야, 운명과 싸워 봐야 소용없을 것 같소. 땅의 타락한 여자, 지옥의 타락한 여자가 되어 늙고 주름져 가겠지. 춘향의 운명은 이 이별로 정해졌으니 이를 보는 내 혼은 유령이 될 것 같소. 끝없는 강물을 누가 막을 것이며 우산에 지는 해를 누가 막겠소? 어떤 마음이기에 그렇게 냉정하게 떠나가오? 어떤 사랑이기에 춘향을 버릴 수 있소? 장모와 아내는 생각하지 말고 잘 가시오. 한 가지 당부하고 싶은 말이 있소. 내 나이 이제 반백이라 오늘 내일 언제인지 모르지만 나는 죽어 사라지겠지만 제발 춘향은 잊지 마소. 도령이 춘향과의 백년서약을 지킨다면, 앞으로 황천에 가더라도 결초보은하겠소이다."

Thus she wept though the Young Master ordered refreshments brought, but she refused to eat. She stifled the mighty sobbings of her soul which moved her spirit almost unto bursting. Choonyang too wept, but quietly, while the servant girl Hyangtanee covered her face with her frock and cried with all her might.

The Boy hearing this and panting for breath said, "Look here master, this is a bad affair. Why do you part in this long drawn out fashion? Just say Good-bye and Good luck to you, give a smile and be done with it. What sort of parting is this any how when all one's bones are melted. Her Ladyship, your mother, has already got far ahead on the road."

The Young Master then awakened to consciousness embraced his mother-in-law and said, "Mother, I'm going, don't cry but keep up heart. Choonyang, I'm going, don't cry, stay by your mother, and keep well. Hyangtanee, good-bye to you."

Then he mounted his horse, "Good-bye Choonyang!"

도령이 명하여 술상을 들여왔지만 춘향모는 이렇듯 울기만 하고 먹기를 거부했다. 춘향모는 마음의 거센 복받침을 참느라 가슴이 터질 지경이었다.[81] 춘향도 울었지만 소리 없이 울었고 반면 하녀 향단이는 치마에 얼굴을 묻고 통곡했다.

방자는 이를 듣고 숨을 헐떡이며 말했다.

"여보세요 도령님, 야단났어요. 왜 이렇게 이별을 질질 끌며 길게 합니까? 잘 가시오 잘 있으시오 말하고 웃으면 그것으로 됐지 무슨 이별을 이리 사람 뼈가 녹도록 합니까? 도령님 모친 대부인께서는

---

81 원문에는 이도령 역시 "당나귀 우름울 듯 울름보가 터지는디 열두 마듸를 쑥 썩 거" 우는 모습이 나오나 게일은 이에 대한 번역을 생략했다.

벌써 멀리 갔어요.”

그제야 도령님이 정신이 들어 장모를 안고 말하였다.

“장모, 나는 가오. 울지 말고 기운을 차리시오. 춘향, 나는 간다. 울지 말고 너의 어머니와 함께 잘 있어라. 향단이, 너도 안녕.”

그는 말에 올라탔다. “춘향아 잘 있어라!”

With one hand Choonyang held the gate and with one held to him. "My dear Young Master, on the long dusty road and through the weariness of the way close your eyes early for sleep and wake refreshed in the morning."

"Yes, yes" said he "I'll do so, I Good-bye."

The Boy ran forward, gave the horse a stroke and said "Get up." Away it went like a flying leopard round one spur of the hills and then another till off into the distance like the mandarin duck-bird that has lost its mate and skims along the river or like the white gull over the wrinkled waves of the sea, on he went past the winding at the foot of the receding hill, and then lost he was to view and gone.

춘향이는 한 손으로 문을 잡고 한 손으론 도령을 잡았다.

“내 사랑하는 도령님, 먼지 나는 긴 길에 지치면 눈 감고 일찍 자고 아침에 개운하게 일어나세요.”

그가 말했다. “그래, 그래. 내 그렇게 하마. 잘 있어라.”

방자가 앞으로 달려와 말을 치며 “일어나”라고 한다. 말은 표범이 멀리 날아가듯 한 모퉁이 돌고 또 한 모퉁이 돌아 마침내 짝 잃고 강

위를 스쳐 나는 만달린 오리 새처럼, 잔잔한 파도 위를 나는 흰 갈매기처럼 계속 먼 산기슭을 굽이굽이 지나가더니 이제 시야에서 보이지 않고 사라졌다.

Now Choonyang watched till he had faded in the distance and then all hope departed from her life.

"Hyangtanee!" she called.

"Yes!"

"Watch and see if you can tell how far the Young Master has gone."

Hyangtanee said in reply, "One stroke of the whip and the miles grow apace, four strokes and he is lost."

Choonyang's senses depart and she sits dazed upon the matting.

"Now I am hopeless, we are parted. He for whom I cried and who cried with me is gone. His last good-bye rings discordant in my ears. A twice eight year pitiful girl bereft of husband, how can she live?"

Choonyang's mother dazed and speechless bewailed their lot, but Choonyang is a faithful daughter. She gradually stifled her own grief and comforted the maternal sorrows. The mother seeing the daughter's actions ceased crying herself and made a return of kind words to comfort Choonyang. By such unselfish actions as this it was that she had won the happy name of Moon Plum.

춘향은 그가 멀리서 사라질 때까지 바라보았다. 마침내 모든 희망도 그녀의 삶에서 떠나갔다.

"향단이!" 그녀가 불렀다.

"네!"

"도령님이 어디까지 멀리 갔는지 살펴보아라."

향단이 대답했다. "채찍 한번 치니 몇 리 멀어지고, 네 번 치니 보이지 않습니다."

춘향은 정신이 나가 요 위에 멍하니 앉았다.

"이제 희망이 없다. 우리는 이별을 하였구나. 그 때문에 울었는데 나와 함께 운 그 사람은 가고 없구나. 그의 마지막 작별의 말이 아직도 내 귀에 쟁쟁하다. 남편을 빼앗긴 이팔청춘 불쌍한 년은 어떻게 살란 말인가!"

춘향모가 기가 막혀 그들의 신세를 탄식하였지만 춘향은 신실한 딸이라 조금씩 자신의 슬픔을 억누르고 모친의 슬픔을 위로했다. 춘향모도 딸의 행동을 보고 울음을 그치고 좋은 말로 춘향을 위로했다. 그녀가 월매라는 좋은 이름을 얻은 것은 자신을 생각하지 않는 바로 이런 행동 때문이었다.

When night came the Young Master stopped at Ohsoo Post Station, unrolled his coverlets and pillow and slept alone. Then his thoughts were all with Choonyang, for whom he longed till the tears came! He lay and thought of her; he sat up and thought of her, and as he thought and thought he longed and longed to see her till his brain seemed going wild.

"However shall I live when I want to see her so? [82]Hangoo's song for his distant mate, and Myongwhang[83]'s burden of a thousand *lee* are nothing compared to mine." He sighed sore and deeply and when the day broke he had his breakfast, and at last reached Seoul.

밤이 되어 도령은 오수역에 도착하여 이불과 베개를 펴고 홀로 잠들었다. 그는 춘향 생각뿐이었고 그녀가 보고 싶어 눈물이 나왔다. 누워서도 그녀를 생각하고 앉아서도 그녀를 생각하고, 생각하고 생각하니 보고 싶고 또 보고 싶어 머리가 돌 지경이었다.

"이렇게 그녀가 보고 싶은데 내 어찌 살아갈 수 있을까? 항우가 먼 곳의 제 짝을 위해 부른 노래도, 명황의 천 *리* 길도 나만 할까."

그는 마음이 아파 깊은 한숨을 쉬었고 동이 트자 아침을 먹고 출발하여 드디어 서울에 당도했다.

Later His Excellency and her Ladyship hearing of what had taken place, talked matters over, and while they thought first of sending for Choonyang, they feared that it might become an embarrassment to their son, so they sent a servant with three hundred *yang* instead saying, "Give this to Choonyang's mother and say that though it is so

---

82 Hangoo. He was a great giant who appeared in China about 200 B.C. between the kingdom of China and Han. He fought many battles but at last was defeated by the founder of Han. Seeing that the end had come he sang the song referred to and then committed suicide. (항우: 중국 왕국과 한나라 사이의 기원전 2세기경에 출현했던 중국의 거대한 거인이다. 그는 여러 전투에서 싸웠지만 결국 한나라의 시조에 패했다. 그는 끝이 오는 것을 보고 언급된 노래를 부른 후 자살했다.)

83 Myongwhang. Died A.D. 762. The unfortunate husband of Yang Kweepee. ((당)명황: 762년 사망한, 양귀비의 불행한 남편이다.)

little, still it may help out in the expenses of the home. After the
Young Master has graduated he'll come and get your daughter, so
don't be anxious."

Her Ladyship called for a secretary and ordered a number of bags
of rice, some rich material for clothing, and three ounces of gold to be
given to Choonyang saying, "Take these things and give them to
Choonyang along with this pocket ornament which I have worn. Ask
her to wear it, and tell her that we'll soon come to bring her, so not to
worry."

The secretary got his orders, called the Boy and sent him with the
money, rice, clothes and ornaments, with the message from His
Excellency and Her Ladyship.

Choonyang's mother thanked them and put the things carefully
away, thinking of Dream-Dragon with more of longing than ever.

나중에 부사와 대부인은 무슨 일이 있었는지 듣고 서로 그 일에
대해 의논하고서는 춘향을 부르러 보낼까 생각도 했지만 그러면 아
들에게 흠이 될까 봐 대신 하인에게 삼백 냥을 주어 보내며 말했다.

"이것을 춘향모에게 주고 비록 아주 적은 돈이지만 살림에 보태
라고 하고 도령이 급제한 뒤에 와서 딸을 데려갈 테니 걱정하지 말라
고 전하라."

대부인이 비서를 불러 많은 쌀과 옷감 그리고 삼 온스의 금을 춘
향에게 주라고 명하며 말했다.

"이것들과 내가 차던 이 장식 주머니를 춘향에게 전해주거라. 춘

향에게 이 장식 주머니를 차라고 하고 우리가 곧 데리러 올 테니 걱정하지 말고 잘 지내라고 전해라.”

비서는 이 명을 받고 방자를 불러 돈과 쌀, 옷, 장신구 그리고 부사와 대부인의 말씀을 전하라고 보냈다.

춘향모는 보내온 물건들을 받고 감사 인사를 한 뒤 조심스럽게 물건 정리를 마쳤다. 그러자 어느 때보다 몽룡 생각이 간절했다.

CHOON YANG[84]

(Continued from the *November* number)

IX. THE GLORIES OF OFFICE

Ⅸ. 관직의 영광

Time runs his rapid course. The former governor had gone and a new one had been appointed in his place. Months had flown by, and Choonyang had lost heart and fallen ill. Her doors were closed and she was shut away alone with her broken-hearted thoughts dreaming of the distant husband.

시간이 빠르게 흘러갔다. 전임 부사가 떠나고 신임 부사[85]가 이 지역에 임명되었다. 여러 달이 흘렀고 춘향은 낙심하여 병이 들었다. 춘향집의 문은 굳게 닫혔고 그녀는 혼자 틀어 박혀 먼 곳의 남편을 꿈꾸며 생각하느라 가슴이 찢어졌다.

"My husband, handsome as polished marble, I long to see thee. The soft breezes rise and awaken my longings. How sweet is spring time, when the happy flowers break forth with smiling faces. But dearer than the flowers I long to see him. Whom can I tell my sorrows

---

84 J. S. Gale, "Choonyang", *The Korea Magazine* Ⅰ 1917. 12., pp.551~558.; 신관사또의 도임장면부터 행수기생이 춘향을 부르러 가는 장면까지를 번역한 것이다.
85 게일은 변사또와 관련하여 부임초기에는 新館으로, 잔치에 있어서는 本官에 맞추어 각각 A new Official, host로 번역한다.

to? Only those who know it, know it. God cares not for me. My tears would cause the Yellow River to o'er flow its banks. My anxieties would flatten out the horned peaks of yonder mountains. No one can surpass parents in worth and dearness, and yet the longing for a lover, who can fathom it? In my sleep the tears cease not to flow. One grain of heart's love makes a thousand sacks of sorrow. If we could but meet again my griefs would all assuage, but when will that be, and when shall we clasp hands and tell our love together? I suppose some would not mind it, but I shall die to see my love. Still I must not die. As the gods have decreed so let me live. Some time, some day, we shall meet, my love and I, and we'll tell over all our pent up sorrows of the past."

"윤기 나는 대리석처럼 아름다운 내 남편, 당신이 보고 싶다. 미풍이 일어나 내 그리운 마음을 일깨운다. 행복한 꽃들이 웃는 얼굴로 피는 봄날은 얼마나 사랑스러웠는가. 허나 나는 꽃보다 더 귀한 내 남편이 더 보고 싶다. 누구에게 내 슬픔을 말할 수 있나? 아는 자만이 안다. 하나님도 나를 생각지 않는다. 내 눈물로 황하가 넘쳐날 것이다. 내 근심은 저기 산의 뾰족한 봉우리를 깎을 것이다. 부모보다 귀하고 가치 있는 것이 없다지만 임에 대한 이 사랑을 그 누가 헤아릴 수 있나? 자면서도 눈물이 그치지 않고 흐른다. 마음속의 한 낱알의 사랑이 수천 석의 슬픔이 된다. 우리 다시 만난다면 내 슬픔이 모두 없어지겠지만 그날이 언제가 될 것이며 우리 언제 손을 꼭 잡고 같이 사랑을 말하게 될까? 어떤 사람들은 괜찮겠지만 나는 내 님이 보고

싶어 죽을 것만 같다. 허나 죽을 수는 없다. 신들이 정해 준대로 살아
가다 보면 어느 시간 어느 날 내 님과 나, 우리는 만날 것이다. 우리는
그 날 참았던 지난날의 모든 슬픔을 말하리라."

A new official had entered upon office, had spent a year and then
had been removed to Najoo, and now another new one was to come,
a man of some repute from the west ward of Seoul by name Pyon, son
of the gentry, a very handsome man and highly gifted in music and
singing. A master hand he was in all the ways of a fast and dissolute
life, lavish with money and fond of drink. He had one great defect,
namely a stubborn and stupid nature. He doubted what was true and
faithful, and readily believed what was false. When it came to excess
and riot he was ever in favour of it as a man carelessly rushes into the
flames with bags of gunpowder on his back. He was like a bad egg
with a heart mouldy and ill of flavour. However, by virtue of his
ancestors, he had secured the place of governor of Namwon and now
the various office bearers had gone up to the capital to meet him, and
were having their audiences one by one.

신임 관리가 부임했다 일 년을 보낸 후에 다시 나주로 옮기고 이
제 다른 신임 관리가 오게 되었는데 그의 성은 변으로 서울 서쪽에서
조금 유명했으며 신사 가문의 자제로 미남에다 음악과 노래에 재주
가 많았다. 그는 모든 면에서 여자를 잘 후리고 방탕한 삶을 살며 돈
을 마구 쓰고 술을 좋아하는 선수였다. 그에게는 한 가지 큰 허물이

있는데 그것은 고집이 세고 미련하다는 것이었다. 진실되고 신실한 말은 의심하고 거짓은 기꺼이 믿었다. 주색이라면 등에 화약통을 지고 불 속으로 돌진할 정도로 좋아했다. 그는 속이 썩고 냄새 나는 상한 달걀 같았지만 조상 덕으로 남원 부사 자리를 얻게 되었다. 그리하여 지금 남원의 여러 실무진들이 그를 맞이하기 위해 수도로 올라와 한 사람씩 그를 알현하는 하는 중이었다.

"This is the first secretary of ceremonies; this the head office boy; this the chief runner; this the crier; this the number one attendant; chief beaters, body servants, etc."

The governor interposed,

"So you are here! All safe are you? Nothing special in your district?"

"All well, sir," said the chief secretary.

"Is it true, as I have heard that there are a lot of pretty girls in your town?"

"The prettiest girls in the world," said the secretary.

"Does a famous beauty, named Choonyang, live near you?" asked the governor.

"Yes, sir, the greatest wonder since ancient times," was the answer.

The governor hearing the word 'greatest wonder' gave an appreciative shrug of the shoulders.

"Is Choonyang well?" asked he.

"Yes, she's fine," answered the head secretary.

"How far is it from here to Namwon anyway?" asked the governor.

"About six hundred and ten lee," was the answer.

"With a good horse could a man make it in a day?"

"Why, yes, though it takes five or six days usually, still if Your Excellency says 'one day' we'll make it one day; or if it be ten days distant and you say one day, sir, we'll make it one day."

"Your way of putting it just suits me," said the governor "You have a great future before you my good fellow."

"예방의 제1 비서입니다. 도방자입니다. 도사령입니다. 급창입니다. 수통인입니다. 도군노입니다. 사환입니다. 등등."

부사가 끼어들었다. "그래 너희들이 왔구나! 다들 무사하냐? 너의 지역에 특별한 일은 없느냐?"

"네, 그렇습니다, 나리." 비서실장이 말했다.

"남원에 예쁜 여자들이 많다고 하던데 참이냐?"

"세상에서 최고로 예쁘지요." 비서가 말했다.

"춘향이라는 유명한 미인이 근처에 사느냐?" 부사가 물었다.

"네, 고대 이래 최고의 미인이지요." 그가 대답한다.

부사가 '최고 미인'이라는 말을 듣고 평가하듯 어깨를 으쓱 하더니,

"춘향은 잘 있느냐?" 그가 물었다.

"네, 잘 있습니다." 비서실장이 대답했다.

"여기서 남원까지 얼마나 머냐?" 부사가 물었다.

"약 육백 십리입니다" 라고 답한다.

"좋은 말을 타면 하루 만에 갈 수 있느냐?"

"아이고, 그렇습니다. 보통 대엿새 걸리지만 나리께서 '하루'라고 하면 하루에 갈 것이고, 십일 먼 거리라도 하루라고 하면 하루에 가도록 하겠습니다."

부사가 말했다. "네 대답이 마음에 든다. 너는 나의 훌륭한 부하로 앞길이 창창하다."

On the following day immediately the first streak of dawn the new official made preparations for his journey. After bowing before His Majesty and thanking him, he called at the various government offices to say good-bye. He recited his prayers and prostrated himself before the family tables, and then like a glorious summer cloud he set forth in a horse palanquin to travel to Chulla Province. Beautiful as a cluster of peonies was it. There were the swastika designs in the windows; the four bird wing shades out over the sides; a beautiful horse between the shafts; and tall chair bearers in swallowtail coats holding to the rear. Thus equipped away they went through the South Gate, passing the Spring Flower City, and all the sights of the season, with the gently waving willows by the roadside, on over the sands of the Han River, over the South Pass, heralded by out-runners ahead, solders, secretaries, drummers, flag-bearers, messengers, hangers-on, sweeping gaily and easily on ward, in step, while the ringing calls of the company made the hills to echo. There were on horseback as well, soldiers, umbrella bearers, retainers stretching out into a procession of three miles or more.

그 다음날 첫 새벽빛에 신임 부사는 떠날 준비를 하였다. 그는 임금에게 절을 올리고 감사인사를 드린 후 여러 정부 집무실을 방문하여 작별을 고하였다. 그는 가문의 사당 앞에서 기도문을 암송하고 엎드려 절한 후 영광스런 여름 구름처럼 말 가마를 타고 전라도 지방으로 출발했다. 가마는 아름답기가 모란꽃 무리 같았다. 창 무늬는 만자였고, 새 날개 같은 4개의 그늘막이 옆으로 나 있고, 끌채 사이엔 멋진 말이 있으며, 연미복을 입은 키 큰 가마꾼이 뒤를 잡고 있었다. 이렇듯 갖추고 그들은 남대문을 통과해, 춘화성을 지나, 길가에 살며시 흔들리는 버드나무가 있는 그 계절의 모든 풍경을 보며, 한강 모랫길, 남고갯길을 지나갔다. 선두 사령, 병졸, 비서, 고수, 기수, 전령, 군식구들이 앞장서 경쾌하고 사뿐히 맞추어 나아갈 때 일행들의 소리가 산에 울려 퍼졌다. 말을 탄 이, 병졸, 양산 든 하인, 가신들의 행렬이 3마일 넘게 길게 뻗어 있었다.

"Look here *mapoo*, keep your eyes on the horse will you, and see that the chair does not swing to one side," calls the leader.

"Look out for stones!" shout the bearers.

Thus they go lightly onward. The chief secretary, dressed in silken coat and trousers and grass cloth flying duster, sitting high upon his pack, keeps close behind the palanquin. A special secretary also, in quilted trousers, and outer coat of Chinese silk, decorated with perfumed pockets, crane-jointed spectacles and felt hat, sits mounted on his charger.

"이보게 *마부*, 말을 잘 살피고 가마가 한 쪽으로 기울지 않도록 살펴라." 대장이 소리쳤다.

"돌을 조심하라!" 가마꾼이 소리쳤다.

이렇듯 사뿐히 나아갔다. 비서실장은 비단 코트와 바지와 그리고 날아갈 듯한 모시 더스터를 차려 입고 무리에 높이 앉아 교자 뒤를 바싹 붙는다. 특별비서 또한 누비바지와 중국제 비단 외투를 입고 향낭과 학테 안경과 펠트 모자로 치장하고 군마에 올라앉는다.

Here, too, is the chief crier, tall in stature and graceful in swinging motion, handsome and highly gifted at repartee, with headband ornaments, tortoise-shell buttons, well twisted topknot, and coral pin stuck firmly in it. His amber wind-catcher shines from underneath his head gear with wondrous colour, and he wears a hat with two hundred strands in its widely reaching brim, and dons it straight as the horizon line across his head. His trousers are of white corded silk, and he has a Hansan outer overall, gathered at the waist and tied behind with grass-cloth fastenings. He wears also a Chinese silken vest and carries a silver mounted knife attached to a belt of sky blue. Hanging from his waist are figured silk pockets, pocket strings, and tobacco pouch. He wears grass shoes of four strands each for sole, fastened across the instep with things made of old examination paper.

여기 도급창도 있다. 그는 키가 크고 걸음이 우아하고 잘생긴데다 말솜씨가 탁월하고, 머리띠 장식, 대모갑 단추를 갖추고 잘 말아 올린 머리끝 묶음을 산호 핀으로 단단히 고정시켰다. 그의 호박 바람 잡이는 헤드기어 아래에서 광채가 나고, 2백 줄의 챙 넓은 모자를 머리 위 지평선처럼 똑바로 쓴다. 바지는 흰 코디드 실크이고, 한산 오버올 외투를 허리에서 모아 모시로 뒤에서 묶어 고정시켰다.[86] 또한 중국제 비단 조끼를 입고 은장도를 하늘색 허리띠에 달았다. 허리에서부터 문양 넣은 비단 주머니, 주머니 줄, 담배쌈지가 달려 있다. 신발 바닥에는 4줄로 꼬고 그 안은 오래된 시험 종이로 만든 것을 대어 고정시킨 짚신을 신고 있다.

On they go.

"Look here *mapoo* don't watch your own feet, watch the horse's feet. Take care of those stones! Keep a sharp look out! Hold the chair even!"

"All right, here's another stone," comes the reply.

Behold now the chief of the beaters. He has a wild beast felt hat on, with red lining underneath the brim and the letter for 'Brave' printed square in the middle. His outfit includes a suit of Chinese silk, a wide red belt, short wristlets, a silver knife, a handkerchief of many colours, a blue fancy girdle, silk pockets, several of them tied to his girdle string. With wild fierce eyes he glances here and there. "Clear the way, clear the way, out of the road with you," shouts he.

---

86 뒤에서 묶어 고정시켰다(behind with grass-cloth fastenings): 해당 원문은 "뒤로 젓쳐 잡아밀고"이다. 게일의 번역문에는 "fastenngs"로 되어 있는데, 오기로 판단되어 "fastening"으로 정정해서 옮겼다.

Here is the soldier man too. He has a Tongyung hat on, with a long feather in it, yellow beads for hat-string, wide sleeves, and long divided outer coat. He carries a willow paddle over his shoulder, and a bell attached that clatters as he jogs along. "Out of the way there, you beast you, clear the track."

그들은 나아갔다.

"이보게 *마부*, 네 발을 보지 말고 말의 발을 보아라. 저 돌을 조심해! 빈틈없이 살펴! 가마를 평평하게 들어!"

"알겠습니다. 여기 또 돌이 있습니다."라고 대답한다.

이제 도군노을 보아라. 그는 산짐승으로 만든 펠트 모자를 쓰고 챙 아래 붉은 안감을 대고 정중앙에 용감한 '용'자를 새겼다. 그의 옷차림을 보면, 중국제 비단 양복, 넓고 붉은 벨트, 짧은 팔목대, 은색 칼, 각 색의 손수건, 화려한 푸른 띠, 몇 개의 띠 줄에 묶인 비단 주머니를 하고 있다. 그는 거칠고 난폭하게 여기저기를 훑어본다.

"비켜라. 비켜라, 길에서 물렀거라." 그는 소리친다.

여기 병졸도 있다. 그는 통영 모자에 긴 깃을 꽂고 노란 구슬로 모자 줄을 달고 소매가 넓고 길게 갈라지는 외투를 입고 있다. 그는 어깨에 버드나무 곤장을 지고 있는데, 그가 걸어갈 때면 곤장에 달린 방울에서 쨍그랑 소리가 난다.

"길에서 물렀거라, 이놈들아, 길을 비켜라."

Into the Provincial Governor's town of Chunjoo they stream and await orders from His Excellency. Then they pass Grandmother

Rock, hasten on away beyond Imseel and sleep at Ohsoo Post Station. Then again at break of day they ride on over Paksook till they meet outrunners from their own town, with the various secretaries in charge of office, the deputies, marshals, orderlies. Like a flock of wild geese they come. The head steward with a Tongyung hat on his head, amber beads beneath his chin, and a gay sky blue outer coat, sits majestically on his horse holding to his wand baton. By twos and twos come the captains, sergeants, corporals and other military men dressed in yellow plate armor, on fine horses looking like the "braves" of China's ancient kingdoms; centurions, chiefs, headmen, leaders in full uniform and horsetail hats.

그들은 전라도 감사가 있는 전주시 안으로 연이어 들어가 명을 기다린다. 그런 후 그들은 조모바위를 지나, 서둘러 임실을 넘어 오수역에서 잠을 잔다. 다시 동이 틀 때 백석까지 말을 타고 갔다. 그곳에서 남원에서 온 선두 사령들, 각급 직책의 비서들, 부관들, 경관들, 잡역병들이 기러기 떼처럼 나와 그들을 맞았다. 도집사는 머리에 통영 모자를 쓰고 뺨 아래 호박 구슬을 달고 선명한 하늘색 외투를 입고 방망이를 잡은 채 위엄 있게 말 위에 앉았다. 두 명씩 짝을 이루어 대위, 병장, 상병 그리고 노란 판금 갑옷 입은 군인들이 멋진 말을 타고 오는데, 마치 제복을 갖춰 입고 말총 모자를 쓴 고대 중국의 "맹장들(braves)"인 백부장, 대장, 부장 같았다.

The commander in chief gives his orders in stentorian voice, and they all deploy outward into lines of stately attention, with drum fore and aft, gongs to right and left, flutes in pairs, trumpets, cymbals, bugles, staff-flags. Pretty girls burst into view, like the fairies, gracefully capped and dressed to do honour to the occasion.

"*Kwang!*" go the drums.

"*T'ong!*" the guns.

"*Choi-roo-roo!*" say the cymbals.

"*Doo-oo!*" blare the bugles.

총지휘관이 큰 목소리로 명을 내리니 그들은 대열을 정리하여 장엄하게 줄을 섰는데 전후로 북, 좌우로는 징, 한 쌍의 플루트, 트럼펫, 심벌즈, 뷰글, 영기들이 섰다. 요정처럼 예쁜 여자들이 이 날을 축하하기 위해 우아한 옷과 모자로 단장하고 앞으로 나온다.

"*콩!*" 북이 울린다.

"*탕!*" 총소리.

"*최 루 루*" 심벌즈 소리가 난다.

"*두-우!*" 뷰글 소리 울린다.

X. THE WORLD OF THE DANCING GIRL

X. 무희의 세계

When the drums sounded the convoy got into motion, and at the piping calls of the runners the way opened to proceed. At this time the governor, seated in a chair, held a fan before his face and shouted

"Call the head *Keesang*[87] will you!"

"Yes, sir!" some one answers.

"Are all those girls yonder *Keesang*?" asks he:

The head *Keesang* in amazement at such a question replies "Yes, sir, they are all *Keesang*."

Then the governor, with evident delight says "I've met my fate surely with all these pretty girls."

북소리가 나자 호위대가 움직였고, 사령들의 피리 소리에 길이 열리고 앞으로 갔다.[88] 이때 부사는 가마에 앉아 부채를 얼굴 앞에 들고 소리쳤다.

"행수*기생*을 불러라!"

"예!" 누군가가 대답했다.

"저기 있는 여자들이 모두 *기생*이냐?" 그가 묻는다.

행수*기생*은 이와 같은 질문에 깜짝 놀라 대답한다.

---

87 *keesang.* These were the dancing-girls attached, one of the recognized classes of women slaves attached to public offices in old Korea. They were frequently well educated, gifted in music and singing, and were entirely at the service of their master. They were obviously of the lower class but no special disgrace or degradation attached to them as it would to a daughter of the people who had departed from the way of virtue. ('기생': 이들은 옛날 한국의 관청에 소속된 무희로 공인된 여자 노예 계층이다. 교육을 많이 받은 이들이 많고 음악과 노래에 재주가 있었다. 그들은 전적으로 주인이 원하는 대로 하였다. 기생들은 분명히 낮은 계층이지만 그들에게 특별히 수치와 타락의 꼬리표가 붙지는 않았다. 반면에 도리에서 벗어난 사람의 딸에게는 그런 취급을 하였다.)

88 『옥중화』에서 기생점고가 시작되는 장면에 대한 묘사는 더욱 상세한 편인데, 게일은 이를 요약해서 제시했다. 묘사가 생략된 해당장면은 "吹打行樂聲은 年豊을 즈랑ᄒ고 勸馬聲은 前導ᄒ올 제 物色과 威嚴이 一邑에 가득ᄒ니 上下男女老少 人民이 左右 구경ᄒ올 졔"이다.

"네. 모두 *기생*입니다."

부사는 매우 기뻐하며 말한다. "이 예쁜 여자들과 함께 하는 것이 내 운명임이 분명하다."

He goes first to bow in the tablet house of His Majesty the King, then enters his office and takes his seat. According to good form he should wait three days before running over the list of office holders, but his impatience fairly grinds its teeth at the delay. In the shortest possible time after inspecting the list of those attached to the six departments, he summoned the head steward saying,

"Let's make haste and run over the list of *Keesang*."

The head steward, thus directed, opened the record of names and called them out in order. He did it in a fantastic and extravagant manner as follows:"Far to the south, where the sailor boys bend at the oar, rides the cinnamon mast and silken sail of the ORCHID BOAT."

The chief *Keesang* thus named, answered the call and stepped out gracefully in her silken skirt, that she caught in folds and held before her. "I am here, sir," she answered.

그는 먼저 임금을 모신 위패 사당에 절을 한 뒤에 집무실에 들어가 자리에 앉는다. 좋은 모양새는 3일을 기다린 후에 관원 명부를 살펴야 하는 것이지만, 그는 일이 지연되는 것에 조바심이 나 이를 갈았다. 가능한 짧은 시간에 육방에 딸린 이들의 명부를 검사한 후에 도집사를 불러 말했다.

"서둘러 기생 명부를 보자."

지시를 받은 도집사는 명부를 펼치고 순서대로 그들을 불렀다. 그는 이름을 환상적이고 과장되게 불렀다.

"남쪽 먼 곳에 선원 아이가 노를 젓고, **난주**의 계수나무 돛대와 비단 돛을 탄다."

이렇게 이름이 불리자 행수*기 生*이 부름에 답하고 비단치마를 접어 앞에 쥐고 우아하게 걸어 나온다.

"여기 있습니다." 그녀가 대답했다.

"Looking over the hills where the great writer So Tongpa dipped his pen and cheered his friends, are you there RISING MOON?"

'RISING MOON' entered dressed in a red skirt, that she gathered before her, and stood in a sweet and pretty manner, expectant like the willow leaf before her breeze.

"I am here, sir," said she.

Then the governor remonstrated, "If you call them over in that long-winded fashion, you'll never get through in a hundred years. I can't stand that. Call them off quickly."

"위대한 작가 소동파가 펜을 적시고 친구들을 격려했던 산을 바라보니, **월출**이 거기 있느냐?"

'월출'이 붉은 치마를 입고 앞에 모아 상냥하고 예쁘게 서 있는데 미풍 앞의 버드나무 잎처럼 부풀었다.

"여기 있습니다." 그녀가 말했다.

그러자 부사가 책망했다. "기생들을 그렇게 길게 둘러가며 부르면, 백년이 지나도 못 끝내겠다. 못 참겠으니 빨리 부르라."

The head steward thus admonished, began calling them off in verse couplets of fives,

"The morning rain has laid the dust,

And brightened up the WILLOW GREEN."

"Here!" answers Willow Green.

"Aslant behind the silken blind,

The shadow greets the SILVER MOON."

"Here!" says Silver Moon.

"Chittering in the gentle breeze,

Pass and repass the SUMMER SWALLOW."

"Here!" says Swallow.

"Off on the winds to far Kangneung,

Goes the soft-footed, TINTED CLOUD."

"Here!" says Tinted Cloud.

"Transplanted from the fairies' dell,

Queen of all sprites the LOTUS BUD."

"Here!" says the Lotus.

"Among the spirits of the shade.

Stealing so softly, PLUM FAIRY."

"Here!" says the Fairy.

"SILKEN FRAGRANCE!" "ORCHID SWEETNESS!"

"MOONLIGHT PERFUME!"

도집사는 책망을 듣자 기생들을 운을 지어 2행 5연구로 부르기 시작했다.

"아침 비가 먼지 위에 내려

환해지는 **류청**."

"네!" 류청이 대답한다.

"비단 창에 기울어진

그림자가 인사하는 **은월**."

"네!" 은월이 답한다.

"부드러운 미풍에 지저귀며

가고 또 가는 **하연**."

"네!" 연이 말한다.

"멀리 강릉 가는 바람에 실려

조용히 걸어간다, **채운**."

"네!" 채운이 말한다.

"요정 궁에서 옮겨 심은

요정 중의 요정, **연화**"

"네!" 연화가 말한다.

"숲속 정령들 사이

사뿐히 몰래 움직이니, **매선**."

"네!" 매선이 말한다.

"**금향!**" "**난향!**"

"**월향!**"[89]

"Look here steward," said the governor.

"Yes, sir!" answered he.

"You said that Choonyang lived here but you have not called off her name from the list. What is the meaning of this?"

The steward replied, "Choonyang is not a *Keesang*, sir. She is the daughter of a retired *Keesang*, however, but her name is not on the list. She grew up in the village near here, and has had her hair done up (been married) by the son of the former governor."

"The son of the former governor did her hair up did he? Did he take her with him?"

"He did not take her with him, she is at her former home."

"I have heard," said the governor, "that she is the child of a *Keesang* and that she is a matchless beauty. Write her name down in the list and have her report to me at once."

"이보게 집사." 부사가 말했다.

"네, 사또!" 그가 대답했다.

"너는 춘향이 여기 산다고 했는데 명부에서 춘향 이름을 부르지 않았다. 그 이유가 무엇이냐?"[90]

---

89 게일은 기생점고 장면 속에서 『옥중화』에서 표현된 기녀의 이름, 이와 관련된 한시문구들을 촘촘히 번역하려고 했음을 엿볼 수 있다. 물론 이는 전체를 번역한 것은 아니다. 『옥중화』에서 "木花~竹葉"을 생략했다.

90 『옥중화』에서 변학도가 취향, 금향, 난향, 월향 등을 이름을 들으며 춘향을 보기를 기대하는 장면 ("使道가 香字만 드르면 궁둥이가 짱에 붓게 들먹디며")에 대한 번역을 생략했다. 즉, 사또의 행동묘사를 통해, 춘향을 기다리며 바라는 모습을 제시한 원문의 언어표현을 번역하지는 않은 셈이다.

집사가 대답했다.

"춘향은 *기생*이 아닙니다. 은퇴한 *기생*의 딸이지만 춘향 이름은 기생명부에 없습니다. 춘향은 여기서 가까운 마을에서 자랐고 전임 부사의 자제가 그녀의 머리를 올려 주었습니다."

"전 부사의 자제가 춘향이의 머리를 올려 주었다고? 그가 춘향을 데리고 갔느냐?"

"같이 가지 않았고, 춘향은 옛 집에 있습니다."

"춘향이 *기생*의 딸로 뛰어난 미인이라 들었다. 춘향을 기생명부에 적고 내 앞으로 당장 데려오거라."

The head steward hearing this order politely bowed, and while making a pretence to carry it out, and thinking of his own safety in the matter called the head dancing-girl(*Keesang*) saying, "His Excellency has ordered that Choonyang's name be placed on the list, so I want you to go to her house, see her mother and ask that she come at once and make her obeisance."

The head *Keesang* received this order and set out to summon Choonyang. She hastened by the Moonlight Pavilion, crossed the Magpie Bridge, entered Choonyang's house and laughed saying, "I say, Miss Choonyang, Her Ladyship from Seoul and the Governor ask that you make haste and come"

도집사는 이 명을 듣고 공손하게 절한 뒤 명을 수행하는 척하면서 이 문제에서 자신의 안전을 생각하여 행수 무희(*기생*)를 불러 말했다.

"부사께서 춘향의 이름을 명부에 넣으라고 명했으니 네가 춘향 집에 가서 춘향모를 만나 춘향을 당장 보내 명대로 하라고 일러라."

행수 기 생은 이 명을 받고 춘향을 부르러 길을 나섰다. 그녀는 서둘러 월광전을 지나, 오작교를 건너 춘향의 집에 들어가 웃으며 말하였다.

"이봐요, 춘향 아씨, 서울서 온 대부인과 부사께서 빨리 오라고 하오."

Choonyang colored slightly and replied, "Does the Governor really call me? He is the father of his people and has a right to call anyone, but if he calls me as a dancing-girl, I can not go. I have been unwell now for several months and should not really go out. Please, sister, if you return answer that I am very ill, I think he will excuse me. Do your best for me won't you?"

The head *Keesang* replied, "The new governor's disposition is a very overbearing and masterful one, and there's no playing tricks with him, but I'll do my best to arrange it so that you'll not be called."

춘향이 얼굴색이 약간 변하며 답했다.

"부사께서 정말 나를 불러요? 그는 백성의 아버지이니 누구든 부를 권리가 있지만 만약 나를 무희로 부른다면 나는 못 가요. 지난 몇 달간 몸이 좋지 않아서 밖에 나갈 수 없어요. 언니, 돌아가면 나의 몸상태가 아주 안 좋다고 말해주세요. 그러면 사또께서 용서해 줄 거예요. 나를 위해 애를 좀 써주시지 않겠어요?"

행수 기 생이 대답했다.

"신임 부사의 성정이 매우 횡포하고 능수능란하여 속이는 것이 불가능하지만 최선을 다해 일을 수습하여 동생이 부름을 받지 않도록 하겠소."

She said this and then returned to the *yamen*, where she reported to the head steward, but she did not report at all what Choonyang had said; jealously desiring to get her fangs into her as a great saw devours wood, "Choonyang says that if she dies she will not come."

"What does she mean by that?" inquired the steward.

"She made answer, 'If His Excellency calls me, why do you come to give the order?' and I replied that the head steward had directed me to do so, but she made answer, 'If the fool head steward should order me himself I would not go.'"

The head steward however, knew Choonyang better than this and thought to himself, "She would not say a thing like that, she is not that kind of person." Guessing the real character of what had taken place, he went in and reported to the governor "Your humble servant went to call Choonyang, but she has fallen ill from anxiety over her husband, and so cannot come. What does your Excellency command?"

그녀는 이렇게 말한 뒤 *아문*으로 돌아가 도집사에게 보고하였는데, 춘향이 말했던 것을 있는 그대로 전하지 않고 큰 톱이 나무를 집어 삼키듯 질투심으로 춘향을 물어뜯었다.

"춘향이 죽어도 오지 않겠다고 합니다."

"그게 무슨 말이냐?" 집사가 물었다.

"'부사가 나를 부르면, 왜 도집사가 와서 명하지 않느냐'고 춘향이 대답했습니다. 그가 나에게 그렇게 하라고 일렀다라고 대답했지만 춘향은 '바보 같은 도집사가 직접 내게 명한다 해도 나는 가지 않겠다.'고 대답했어요."

그러나 도집사는 춘향이 이런 사람이 아니라는 잘 알아 속으로 생각했다.

"춘향은 그런 말을 하지 않아, 그런 사람이 아니야."

그는 실제 무슨 일이 있었는지 추측하고 들어가 부사에게 보고했다.

"소인이 춘향을 부르러 갔지만 남편에 대한 근심으로 병이 나서 오지 못했습니다. 어떻게 하시겠습니까?"

(To bo continued)

CHOON YANG[91]

(Continued from the *December* number)

NOTE: The Editors have been asked if this is a literal translation of Choonyang and they answer. Yes! A story like Choonyang to be added to by a foreigner or subtracted from would entirely lose its charm. It is given to illustrate to the reader phases of Korean thought, and so a perfectly faithful translation is absolutely required.

주석: 편집자들은 이것이 <춘향전>을 직역한 것인지를 묻는 질문을 받았기에 이에 답변한다. 맞다! 춘향 같은 이야기는 외국인이 원전에서 더하거나 뺀다면 작품의 매력이 완전히 상실된다. 이 번역은 독자들에게 한국적 사상의 단면들을 보여주기 위한 것이 목적이므로 그러기 위해서는 완벽하고 충실하게 번역하는 것이 절대적으로 필요하다.[92]

XI. THE MAN EATER

XI. 사람 잡는 자

---

91 J. S. Gale, "Choonyang", *The Korea Magazine* II 1918. 1., pp.21~28. 군노사령이 춘향을 부르러 가는 장면부터 춘향의 수청거부장면까지를 번역했다.

92 편집자의 이 짧은 논평은 게일의 <춘향전 영역본>이 지닌 새로운 '직역'이라는 지향점과 그 번역사적 맥락을 잘 드러내주는 말이기도 하다. 게일 <춘향전 역역본>은 『옥중화』라는 저본을 확정할 수 있는 완역본이었다. 또한 게일을 비롯한 서구인 독자들에게 『옥중화』의 언어는 충실한 직역을 통해 轉寫해야 될 대상이었다. 요컨대, 이 속에서 원본 <춘향전>의 형상은 하나의 단행본, 원본을 훼손해서는 안 되는 문학작품으로 형상화된다. 이는 과거 구전설화 혹은 저급한 대중적 독서물로 인식되었던 고소설의 형상과는 다른 것이었다.

The governor heard this and replied furiously, "I order her to come! What do I care for her notions? Chastity! Whew! If they should hear of that in my women's quarters, my wife would have a fit. A common dancing-girl talking about virtue! Go and call her at once."

부사는 이를 듣고 화가 나 대답했다.

"내가 저를 오라고 명했건만! 왜 내가 저의 생각을 고려해야 하느냐? 절개! 휴! 내 여자들이 거처에서 그 소리를 들었다면, 내 아내가 발작했겠다. 천한 무희가 덕을 말하다니! 당장 가서 춘향을 불러 오너라."

The office bell sounds "Tullung," and the chief runner answers.

"Yea-a-a! Yes sir!"

"Go at once and bring Choonyang."

"Yea-a-a!"

So the chief runner goes. At the top of his voice he shouts,

"Kim Number-one!"

"What is it?"

"Pak Number-one!"

"What are you calling me for!"

"She's caught, caught for sure."

"Who's caught, you idiot?"

"The woman Choonyang is caught. She's under the paddle now all right. Too proud altogether, she and her husband of the gentry. It

doesn't do for one to show off over much. We who have to carry the
message to her, however, are dogs, both of us, you are a dog and so
am I. But it's all right."

집무실 종이 "털렁"하고 울리니 도사령이 대답한다.

"예-이! 예, 사또!"

"당장 가서 춘향을 들이라."

"예-이!"

도사령이 간다. 목소리를 최대한 크게 하여 소리친다.

"김일번!"

"무슨 일이야?"

"박일번!"

"무엇 때문에 불러?"

"그녀가 걸렸다, 확실히 걸렸어."

"이 멍청아, 누가 걸렸다고?"

"그 여자 춘향이 걸렸다. 지금 제대로 곤장을 맞게 생겼다. 춘향과
신사계급의 남편 두 사람 모두 너무 거만했어. 자랑이 너무 지나치
면 좋지 않아. 그런데, 춘향에게 명을 전해야 하는 우리는 둘 다 개다.
너도 개, 나도 개. 그러나 괜찮을 거야."[93]

---

[93] 춘향에게~그래도 괜찮아(We who~all right.): 해당 원문의 표현은 "春香에게 私
情 두는 놈 너도 긔아들이오 나도 긔아들이니라 그—안이꼽고 쥬제넘은 년 잘
되얏다 잘 걸녓다"이다. 『옥중화』는 '춘향에게 사정을 주면 두 사람 다 개'라는
표현과 달리, 게일은 '춘향에게 부사의 말을 전해야 하니 두 사람 모두 개'라고
번역을 한 셈이다. 또한 金番首와 朴番首의 춘향에 대한 조롱이 생략된 셈이기
도 하다.

They had their wild-hair felt hats on, with red linings and the character for "Brave" pasted on the front. They wore soldiers' uniforms and red belts, and so they started forth, fluttering in the wind like evil birds of prey, or hungry tigers glaring through the brushwood. They reached her place and then gave a great shout.

"Choonyang…!"

그들은 짐승의 털로 만든 펠트 모자를 썼는데, 모자 안은 붉은 천을 대었고 모자 앞에는 "용맹"이라는 글자를 붙였다. 그들은 군복에 붉은 띠를 착용하고, 먹이를 앞에 둔 사악한 새가 바람에 펄럭이듯, 혹은 굶주린 호랑이가 덤불숲을 노려보듯 출발했다. 그들은 춘향 집에 다다라 크게 소리쳤다.

"춘향!"

Just when they called her she was engaged in reading a letter from her husband that she had spread out before her. It ran thus:

"A thousand *lee* of separation and endless thoughts of thee day and night! Are you well, I wonder, and your mother? I am as ever, without special cause to murmur. My father and mother, as you asked are well. In my heart too, I'm so glad. You know my heart and I know your heart. What more can I say? I have no eight wings or I would fly to you. A single hour seems like a long season but how can it be helped? What I have in mind are just two characters, one, *chol*, meaning a noble woman's virtue, and the other, *soo*, to *guard*, *keep* or *hold to*. Hold fast to your faithfulness just as we swore in our contract. Under the good guidance of Heaven will not the day come when we can meet? Rest in peace and wait. I cannot say the thousand and one things I would like to. All that confronts me fills me with unrest. That's all, my love, just now.

Year…; moon…; day…Yee Dream-Dragon.

P.S. Is hyangtanee well?"

Said Choonyang "This letter comes, but why does not my love come too? Why may I not go?"

그들이 춘향을 부른 바로 이때에 그녀는 남편에게서 온 편지를 앞에 펼치고 읽느라 정신이 없었다. 편지는 이러했다.

"천 *리* 간의 이별하고, 밤낮 끝없이 너를 생각한다. 잘 있느냐? 너의 어머니도 잘 있느냐? 나는 여전하고, 특별히 불편한 것은 없다. 네가 문안 인사한 부모님이 편안하시니 내 마음도 매우 기쁘다. 너도 내 마음을 알고 나도 네 마음을 안다. 더 이상 무슨 말이 필요하겠느냐? 여덟 개의 날개가 있다면 너에게 날아갈 수 있을 터인데. 한 시간이 마치 한 계절처럼 길구나. 허나 이를 어찌 하겠느냐? 내 마음에는 단지 두 글자만 있다. 한 글자는 고귀한 여인의 덕을 의미하는 *절*이고 다른 한 글자는 '지키다'와 '유지하다' 혹은 '고수하다'를 의미하는 *수*이다. 우리가 서약에서 맹세한 대로 너는 정절을 단단히 지켜라. 하늘의 좋은 뜻이 있으면 언젠가 다시 만날 날이 오지 않겠느냐? 마음 편안히 하고 기다리거라. 하고 싶은 말은 무수히 많지만 그럴 수 없구나. 나에게 닥친 이 모든 일들로 마음이 편하지 않구나. 내 사

353

랑, 그럼 이만.

　년…, 월…, 일…. 이몽룡

　추신: 향단이는 잘 있느냐?"

　춘향이 말했다.

　"편지는 오는데 왜 나의 님은 함께 오지 않는가? 왜 나는 못 가는가?"

At the bamboo gate the dog begin to bark and on opening it, there were two of the *yamen* floggers seen. Choonyang stepped out softly toward them saying. "Kim Number-one, is it you? and Pak Number-one have you come as well? Were you not tired with your long journey to Seoul and back? Your coming thus kindly to call on me is certainly beyond all my expectation."

She invited them in much deference. "Please come in," said she, "come in."

These two rough fellows, in all their lives, had never before been treated so by a lady. When she spoke so sweetly to them the goose-flesh came out over their astonished bodies.

"But," said they, "Young Mistress, why have you come out, when you are not well? You will be the worse for it, go inside please."

　　대나무 문에서 개가 짖기 시작하여 문을 여니 *아문*에서 온 2명의 태형리가 보였다. 춘향이 가만히 그들에게 다가가 말했다. "김일번, 맞아요? 그리고 박일번도 왔어요? 서울까지 먼 길 오고 가느라 피곤하지 않았어요? 이렇게 친절하게도 찾아주다니, 생각지도 못했네요."

그녀는 너무도 정중하게 그들을 맞이했다.

"들어오세요. 어서 들어오세요."

이 거친 두 사내는 평생 단 한 번도 숙녀에게서 그런 대접을 받은 적이 없었다. 그녀가 그들에게 아주 달콤하게 말을 건네자 그들은 놀라 몸에 소름이 돋았다.

"그런데," 그들이 말했다. "춘향 아씨, 몸도 안 좋은데 왜 나왔소? 병이 덧날 수 있으니 어서 안으로 들어가소."

They entered the room and sat down. The two *yamen* floggers' hearts beat a tattoo inside their breasts, and for once the daylight before them seemed turned to darkness. Just then Choonyang's mother came in.

"Well, boys," said she, "are you not footsore in coming so far to my house? You meant to call on an old wife like me too, didn't you? Hyangtanee⋯! There are no special dainties on hand but bring some *sool*, plenty of it."

The *sool* table was brought in and they were urged to drink. After they had tasted, they said "Let's speak the truth now. The governor wants you for his concubine, and has sent us on this errand with no end of haste; but still, if we have anything to do with it, we'll see that you get off."

Choonyang replied. "Metal makes the best sound, they say. I trust you two good men to stand by me."

"You may be sure of that," replied they, "no need to say it twice, lady."

그들은 방에 들어가 앉았다. *아문*의 두 태형리의 심장은 가슴 안쪽에서 두근거렸고, 대낮의 빛이 어둠으로 바뀌는 듯했다. 바로 그때 춘향모가 들어왔다.

"아이구, 녀석들아," 춘향모가 말했다. "멀리 내 집까지 오느라 발병 나지 않았나? 나 같은 늙은 부인을 방문할 생각을 다했구나. 향단아…! 당장은 별난 안주거리가 없지만 술을 가져오너라. 많이 가져오너라."

술을 들이고 그들에게 술을 권했다. 그들은 술맛을 본 후에 말했다.

"이제 사실을 말하겠소. 부사께서 아씨를 첩으로 들이기를 원해 우리에게 이 심부름을 시키며 빨리 데려오라 계속 재촉했소. 그러나 우리가 이 일에서 할 일이 있으면 아씨가 빠져나가도록 살피겠소."

춘향이 대답했다. "금속이 가장 좋은 소리를 낸다고 합니다. 나는 착한 두 분이 나를 지켜줄 것을 믿어요."

"믿어도 좋소." 그들은 대답했다. "두 번 말할 것도 없소, 부인."

An extra runner now came hurrying after to hasten them.

"Are you coming?" he shouted.

"Keep quiet will you," replied Kim and Pak.

"Are you not coming?"

"You beast you, stop the row. We know all about it, come in here and have a drink."

So the three sat all together and drank till the sky-line narrowed down to a ten-penny piece, and all the world turned yellow.

또 다른 사령이 서둘러 그들을 따라와 재촉했다.

"오는가?" 그가 소리쳤다.

"조용히 해." 김과 박이 대답했다.

"안 오는가?"

"이 놈아, 소란 떨지 마라. 우리도 다 알고 있으니, 이리 와서 한잔 하자."

그리하여 세 사람이 모두 앉아 마셨는데 하늘이 십 페니 동전만큼 작아지고 온 세상이 노랗게 변할 때까지 마셨다.

Choonyang gave them three *yang* of money besides, saying, "On your way in get some refreshments for yourselves."

"What do you mean by this?" they inquired. "Iron eats iron, and flesh eats flesh, what right have we to receive money from you?"

Still they fastened the string of it securely to their belts, remarking mean while, "I wonder if all the pieces are correctly counted out and none lacking. Let's go."

Choonyang said good-bye and waited at the gate, while the three hand in hand started on their way.

"Let's sing a song."

"Good! Let's."

And so they sing:

춘향은 그들에게 석 *냥*을 따로 주며 말하였다.

"들어가는 길에 마실 거라도 사 드세요."

그들은 물었다.

"이게 무엇이오? 쇠가 쇠를 먹고 살이 살을 먹는데, 무슨 권리로 우리가 아씨의 돈을 받겠소?"

그러면서 그들은 동전을 묶은 줄을 허리띠에 단단히 매면서 한마디 했다.

"동전을 모두 정확하게 세어 하나도 빠지지는 않았겠지. 자, 가자."

춘향이 작별 인사를 하며 문에서 기다리는 동안 세 사람은 손에 손을 잡고 갈 길을 떠났다.

"노래를 부르자."

"좋아! 그러자."

그들은 이렇게 노래한다.

"Never mind my sea-gull, so don't be frightened now."

"I've left the service of the king and come to make my bow."

"All you brave chaps that ride white steeds,"

"With golden whips in hand,"

"And pass my willow silken blinds,"

"Across the tipsy sand,"

"Is it because you play the harp"

"That you are feeling glad?"

"Or is it when one really knows,"

"The soul is rendered sad?"

"If you don't know, come list to me,"

"I'll teach you how to play,"

"With *koong* and *sang* and *kak* and *chee*,"

"And all the gamut gay,"

"Until your notes will rise up high,"

"And move the clouds to tears,"

"And shake the heaven, and thrill the earth,"

"And hush the demon spheres."

"괜찮아, 나의 기러기야, 이제 놀라지 마라."

"왕을 떠나 너에게 인사하려 왔으니."

"백마 탄 너네 모든 용감한 녀석들은"

"손에 황금색 채찍을 들고"

"내 버드나무 사창을 지나"

"술 취한 모래를 가로지르는구나."

"하프를 연주해서

"너희들의 기분이 좋은 것이냐?"

"진정으로 알기 때문에"

"마음이 슬퍼지는 것이냐?"

"모르면 와서 나의 연주를 들어라."

"궁과 *상*과 *각*과 *지*와"

"모든 살아있는 음률로"

"연주하는 법을 가르쳐 주마."

"그러면 너네의 음은 하늘 높이 올라가"

"구름을 움직여 눈물을 흘리게 하고"
"하늘을 흔들고 땅을 진동하게 하고"
"악령의 세계를 침묵시킬 것이다."

"You go in first," says one to the other when they reached the *yamen*.

"You go first yourself," is the reply.

"Let's do it this way," said the third, "We'll hold hands and go in together."

"That's the way," say they all.

The three of them went, each holding to the other's topnot, dancing in to the governor.

"먼저 들어가라." *아문*에 도착했을 때 한 사람이 다른 사람에게 말했다.

"네가 먼저 가라." 다른 이가 대답한다.

"그럼 우리 이렇게 하자. 우리 서로 손을 잡고 함께 들어가자." 세 번째 사람이 말했다.

"그렇게 하자." 세 사람 모두 말한다.

세 사람은 각자 다른 사람의 머리끝묶음을 잡고 춤을 추며 부사에게 갔다.

They shouted, "Choonyang has captured the floggers and brings them to your Excellency."

The governor was at his wits end to know what this meant.

"You rascals, you," roared he, "What have you done with Choonyang? What do you mean by Choonyang's arresting you? To the rope with every of you."

그들은 외쳤다. "춘향이 태형리들을 잡아 사또께 데리고 왔습니다."

부사는 이 말 뜻을 알고는 제 정신이 아니었다.

그가 고함을 질렀다. "이놈들, 춘향과 무슨 일이 있었느냐? 춘향이 너희들을 체포하였다니 무슨 말이냐? 너희 모두를 밧줄로 묶어야겠다."

Then one of them explained, "Choonyang is very ill, at the point of death, sir, and she earnestly made request of us. She filled our hungry souls, too, with good drink and savoury sweets till we are most ready to yield up the ghost. She gave us a *yang* of money as well, and so, according to the law of human kindness, we had no heart to arrest her; but if Your Excellency says we have to, even though I have to fetch my mother in her place, I'll do it. By the way my mother is a beauty who far surpasses Choonyang."

그들 중 한 명이 설명했다.

"춘향은 몸이 너무 안 좋아 죽을 지경이라 우리에게 간절히 요청했습니다. 그리고 춘향이 좋은 술과 맛있는 과자로 우리의 굶주린 영혼도 채워 주었기에 우리는 유령에게 기꺼이 넘어갈 준비가 되었습니다. 춘향이 또한 우리에게 돈 한 *냥*을 주었기에 우리는 인정상 그녀를 체포할 수 없었습니다. 그러나 만약 사또께서 우리에게 그리 해야 한다고 하면, 춘향 대신 나의 어머니를 데려 오더라도 그리 하겠습니다. 그런데 나의 어머니는 춘향보다 훨씬 뛰어난 미인입니다."

"If your mother is such a beauty," asks the governor "how old is she, pray?"

"Why she's just ninety nine come this year, sir."

"You impudent idiot," replied the governor, "go now at once and if I hear of any loitering on the way, your death warrant will be written out and executed. Bring her now without delay."

The floggers heard the order. "Precious," said they, "as a thousand gold pieces is one's own body, and beyond this body what is there? Even though we would like to spare Choonyang, still, since it is death under the paddle for us otherwise we'll fetch her."

"너의 어머니가 그렇게 미인이면" 부사가 물었다. "나이가 어떻게 되는고?"

"아이고, 올해 겨우 99세입니다."

"이 건방진 놈." 부사가 말했다.

"지금 당장 가라. 만약 도중에 늑장을 부린다는 소리가 들린다면, 너의 사망 보증서를 작성해서 집행할 것이다. 지금 당장 춘향을 데리고 오라."

이 명을 받은 태형리들이 말했다.

"천금처럼 귀중한 것이 우리의 이 몸이니 이 몸보다 중한 것이 어디에 있겠어? 춘향을 봐주고 싶지만 그녀를 데리고 오지 않으면 우리가 곤장을 맞고 죽을 지경이니 춘향을 데리고 와야지."

XII. INTO THE JAWS OF DEATH

XII. 죽음의 문턱에서

They arrived once more at Choonyang's house, pushed inside the gate and called, "Look here missus, never mind about your Seoul connection, but come along with us. The governor says we've disobeyed him, and he's had the head-steward put under the paddle, and the head-beater and head-constable are handcuffed and locked up. We can't help the matter, come along with us, come now."

There being no help for it, she started for the *yamen*. Her hair was somewhat in disorder, and with her trailing skirt gathered up, she went like a storm-tossed swallow, sadly step by step, but prettier far than Wang Sogun of ancient China ever was.

그들은 한 번 더 춘향 집으로 가 문을 밀고 안으로 들어가 불렀다.

"여봐요, 아씨. 서울 연줄은 생각하지 말고 우리와 함께 가오. 우리가 부사의 명에 불복하면 도집사에게는 곤장을 치고 도집장과 도군노에게는 수갑을 채워 옥에 가두겠다고 했소. 우리도 어쩔 수 없으니 함께 가소. 지금 가소."

춘향은 어쩔 도리 없어 *아문*을 향해 떠났다. 약간 헝클어진 머리에 바닥에 끌리는 치마를 모아 쥐고 폭풍에 흔들리는 제비처럼 한발짝 한발짝 슬픈 걸음으로 갔지만, 그 모습은 고대 중국의 왕소군보다 더 어여뻤다.

Into the *yamen* enclosure with its ornamented walls and shady groups of willows she was pushed, and there she waited.

The head-crier came out and shouted.

"Choonyang, appear at once before His Excellency."

The governor looked upon her and said, "Surely the most beautiful woman of all the ages! Come up here."

Choonyang dared not refuse, but went up, scenting the noxious atmosphere as a frightened kitten does the smoke. She stepped modestly aside and trembled. The governor looked with greedy eyes upon her helpless form.

단장된 담과 그늘진 버드나무들이 있는 *아문* 안으로 춘향은 떠밀려 들어가 그곳에서 기다렸다.

도급창이 밖으로 나와 소리쳤다.

"춘향, 당장 사또 앞으로 오라."

부사가 춘향을 보고 말하였다.

"확실히 고금의 가장 아름다운 여인이로구나! 이리로 올라오라."

춘향이 감히 거절하지 못하고 올라가는데 놀란 고양이가 담배를 피우듯 유해한 기운을 풍겼다. 그녀는 조신하게 옆으로 걸으며 몸을 떨었다. 부사가 탐욕스런 눈으로 그녀의 불쌍한 형상을 바라보았다.

"Pretty she truly is! Sure as you live! She'd make the fishes to sink and the wild-geese to drop from the sky. I thought they had over praised you, my lady, but now that I see you, the moon may well hide her face and the flowers drop their heads for shame. I have never seen your equal. I left all the better salaries of Milyang and Sohung, and made application for Namwon in order to see you. I am somewhat late, I understand, but never mind that, I'm in time enough still. I hear that the student son of a former governor had your hair done up for you. Is that so? Since he left I don't expect that you have been quite alone, you no doubt have some lover or other. Does he belong to the *yamen* here, or is he some rake about town? Now don't be ashamed, but tell me the truth."

"참으로 어여쁘구나! 사람이 맞느냐? 물고기도 가라앉히고 기러기도 하늘에서 떨어뜨리겠구나. 나는 사람들이 너를 과도하게 칭송한다 생각했는데, 오늘 너를 보니, 달은 부끄러워 얼굴을 감추고 꽃은 머리를 숙이겠다. 너 같은 미인은 본 적이 없다. 녹봉이 많은 밀양과 서흥 등을 모두 마다하고 나는 너를 보기 위해 남원에 지원했다. 내가 약간 늦은 것은 알지만 그건 괘념치 마라. 너무 늦은 것은 아니니까. 학생이었던 전 부사의 아들이 너의 머리를 올렸다고 들었다. 그러하냐? 그가 떠난 이후 네가 혼자였다고는 생각하지 않는다. 너에게 분명 애인 비슷한 것이 있겠지. 그 사람이 여기 *아문*에 있느냐? 아니면 남원 주변의 난봉꾼이냐? 부끄러워 말고 사실대로 말하여라."

She replied firmly but modestly, "I truly am the child of a dancing-girl, but I have never had my name on the roll of the *keesang*. I grew up here in the village. The former governor's son out of love for me came to my house and earnestly sought me by a marriage contract. My mother consented and so I am forever his, and in the contract that we made I took a faithful oath. The spirits of evil have separated us, and I have lived alone dreaming and thinking of him night and day, and waiting till he comes to take me. Please do not say 'a *yamen* lover.' I have never had such."

춘향은 단호하지만 겸손하게 답했다.

"내가 무희의 자식인 것은 사실이지만 기생 명부에 이름이 올라간 적이 없습니다. 나는 여기 이 마을에서 자랐습니다. 전 부사의 자제는 나에 대한 사랑으로 내 집에 와서 진지하게 나와의 결혼 서약을 간청하였습니다. 나의 어머니가 이에 동의하여 나는 영원히 그의 사람이 되었습니다. 나는 우리의 결혼 서약에서 정절을 지키겠다는 맹세를 하였습니다. 비록 악령들이 우리를 갈라놓았지만 나는 주야로 그를 생각하고 꿈꾸며 혼자 지내며 그가 나를 데리러 올 때를 기다리고 있습니다. '*아문* 애인' 같은 말은 하지도 마십시오. 절대 그런 것은 없습니다."

The governor heard this and gave a great laugh and applauded.

"When I see your words, I find you are equally remarkable inside as well as out. But since ancient times outward beauty means some defect somewhere. Women with pretty faces have little virtue. To have a flawless face and a flawless heart is indeed impossible. I recognize your purpose, but when young Yee really gets married and passes his exams, will he ever think again of a nameless girl, a thousand *lee* off in the distant country, who constituted for him a moment's delight? It seems hard, I know, for your lot is like that of the plucked flower, and your ridiculous contract is worthless. They say you are educated. Let me remind you of some of those from history. Yee Yang, you remember, was the second wife of Cho and yet her chastity is renowned the world over. If you are virtuous in my behalf you will be just like Yee Yang. I'll dress you out well and give you no end of delights, so you will begin by taking charge of this office of mine today."

부사가 이 말을 듣고 크게 웃으며 그녀에게 갈채를 보냈다.

"너의 말을 들어보니, 네가 겉과 속이 똑같이 훌륭하다는 것을 알겠다. 그러나 옛날부터 외면의 아름다움은 어딘가에 어떤 결함이 있음을 뜻한다. 얼굴이 예쁜 여인들은 덕이 부족하다. 흠 없는 얼굴과 흠 없는 마음을 가지는 것은 사실상 불가능하다. 네 의도를 알겠다만, 이도령이 결혼하고 시험에 합격했을 때, 그가 과연 한 순간의 즐거움을 주었던 천 *리* 밖 먼 지방에 사는 이름 없는 여자를 다시 생각

하겠느냐? 그러기는 힘들 것이다. 너의 운명은 꺾인 꽃과 같고 너의
우스꽝스러운 서약은 무가치하기 때문이다. 네가 글을 배웠다고 하
니, 너에게 역사 속의 몇몇 인물을 이야기해주겠다. 너도 기억하듯
이 예양이는 조의 두 번째 부인이었지만 그녀의 수절은 온 세상에 널
리 알려져 있다. 네가 나를 위해 수절하면, 너는 바로 예양처럼 될 것
이다. 너에게 좋은 옷과 끝없는 기쁨을 줄 것이니 너는 오늘 나의 이
집무실을 맡는 것으로 소임을 시작하라.[94]"

Choonyang replied, "My purpose in this matter differs from that of
Your Excellency. Even though the young master should prove
faithless and never come to take me, my model would still be Pan
Chopyo,[95] and I would rather watch through all my life the fireflies
go by my window, than be faithless. When I die I shall seek the
resting place of Yo Yong and Ah Whang,[96] and dwell with them

---

94 너에게~소임을 시작하라(I'll dress~this office of mine today.): 해당원문은 "衣服
丹粧 곱게 ᄒᆞ고 오날부터 守廳ᄒᆞ라"이다. 하지만 게일은 "의복단장 곱게 ᄒᆞ고"
를 앞으로 "좋은 옷과 기쁨을 줄 것이니"로, "오날부터 守廳ᄒᆞ라"를 "자신의 집
무실을 맡아라"(taking charge of this office of mine)라는 다른 의미로 번역했다.
원래 수청의 의미는 벼슬아치가 자는 동안 그 옆을 지키며 시중들다라는 일반
적인 의미에서 점차 성을 제공하는 잠자리 시중으로 의미가 바뀌었다. 게일은
원문의 의미(성 제공)를 번역에 담지 않고 수청을 守(직무, 지키다) 廳(관청, 마
루, 마을, 건물)로 문자 그대로 번역하였다.

95 Pan Chopyo. A famous keesang who lived about 20 B.C., and who was faithful in her
remonstrances to the Emperor against a life of ease and pleasure. (반첩여: BC 20년
경 살았던 유명한 기생으로 그녀는 충성심에서 황제를 비난한 후 안락한 삶을
살지 못했다.)

96 Yo Yong and Ah Whang. These were two sisters, daughters of the Emperor Yo. (2238
B.C.) who like Leah and Rachel were given to his successor as his faithful wives.
Tradition relates that they journeyed south with him till he reached Chang-oa where
he died. They wept and their tears falling on the leaves caused to come into being the

among the shaded bamboos of the nether world. To marry a second time is something to which I can never consent."

춘향이 대답했다.

"이 문제에서 나의 뜻은 사또와 다르오. 도령이 신의가 없어 나를 데리러 오지 않는다고 해도, 나는 여전히 반첩여를 따를 것이오. 나는 신의를 버리기보다는 평생을 반딧불이 내 창가를 지나는 것을 지켜보겠소. 나는 죽으면 여영과 아황이 쉬는 곳을 찾아 그들과 함께 저승의 그늘진 죽림에 머물겠소. 두 번 결혼하라는 명령은 절대 따를 수 없소."

The governor when he began his interview did not know definitely what kind of person he had to deal with, and so had addressed her lightly; now, however, that he had met and seen her, he recognized that she could not be won thus. If he had said to her, "Well done," had commended, and sent her safely home, all sorts of good will would have resulted from it, and his praises would have been sung throughout the land; but his determination was fixed and he thought to terrify her into yielding, so he used her virtue as a catch-word of contempt and roared at her. "What times we've landed on! When

---

spotted bamboo. (여영과 아황: 두 사람은 자매로, 요임금(2238 B.C.)의 딸이다. 요임금은 레아와 라헬처럼 정숙한 아내였던 두 사람을 그의 후계자에게 주었다. 전설에 따르면, 그들은 남편과 함께 남방을 여행하고 있었는데, 그들의 남편이 창오(Chang-oa)에 도착한 후 죽었다. 그들은 울었고 그들의 눈물이 잎에 떨어진 후 얼룩진 점이 있는 대나무가 생기게 되었다고 한다.)

*keesang*s talk of virtue, my virtuous sides will split with virtuous laughter. Your virtuous desires to see your paramour make you virtuously break my orders do they? Your virtue lands you under the paddle where you may virtuously taste of death for it."

　부사가 처음 춘향을 만났을 때 그는 자신이 상대해야 사람이 어떤 사람인지를 정확히 몰랐기에 그녀에게 가볍게 말을 걸었다. 그러나 이제 그녀를 만나본 후 그는 이런 식으로는 그녀를 얻을 수 없다는 것을 깨달았다. 만약 그가 그녀에게 "장하다"라고 말하고, 그녀를 칭찬하고 집으로 무사히 보냈다면, 온갖 선의가 이로 인해 생겼을 것이고, 온 나라가 그를 칭송하는 노래를 불렀을 것이다. 그러나 그는 결심이 확고하여 그녀를 겁박하면 굴복시킬 수 있다고 생각하고 춘향의 덕을 경멸하는 문구로 그녀에게 고함쳤다.

　"우리의 시절이 참으로 이상하구나! 기생이 덕을 말하니 내 덕스러운 옆구리가 덕스러운 웃음으로 쪼개지겠다. 네 애인을 보고자 하는 너의 덕스러운 욕망으로 너는 나의 명령을 덕스럽게 거절하느냐? 너의 덕으로 너는 곤장을 맞을 것이고 너는 덕 때문에 죽음을 덕스럽게 맛볼 것이다."

Choonyang in a sudden rush of anger, caring not whether she lived or died, said, "Your Excellency is a gentleman, and you know what you ought to do. To take a helpless woman by force, is that the part of the governor of his people? Those who destroy virtue, man or woman, I despise and abhor."

춘향은 죽고 사는 것을 괘념치 않고 갑자기 벌컥 화를 내며 말했다. "나리가 진정한 신사라면 어떤 것이 도리인지 알 것이오. 힘없는 여자를 강제로 취하는 것, 그것이 백성을 다스리는 부사가 할 일이오? 남자든 여자든, 나는 덕을 파괴하는 사람을 한없이 경멸하고 혐오하오."

CHOON YANG[97]

(Continued from the *January* number)

X Ⅲ. UNDER THE PADDLE
XⅢ. 곤장을 맞으며

When the Governor heard this defiant speech, his two eyes grew dim, his nostrils closed with smothering tightness, his head-band cracked from pressure, and his topknot stood sharp on end while his chin quivered.

부사가 이 반항적인 말을 듣자 두 눈은 흐릿해지고, 콧구멍은 질식할 듯 꽉 막히고, 머리띠는 압박으로 툭 터지고, 머리끝묶음은 바싹 서고, 턱은 덜덜 떨렸다.

"Here⋯!" shouted he.

"Yea-a-a, Yes sir," answered the Boy.

"Haul this wench out."

"Where's the crier?" called the Boy.

"Here!" answered the crier.

"Have Choonyang out."

"You runners, haul Choonyang out of this."

---

97 J. S. Gale, "Choonyang", *The Korea Magazine* Ⅱ 1918. 2. pp.69~75.; 춘향의 십장가 대목부터 춘향의 꿈속의 장면이 묘사되는 부분까지를 번역했다.

"Out with her," roared the governor.

"이봐라!" 그가 소리쳤다.

"예-이-이." 방자가 대답했다.

"이년을 밖으로 내던져라."

"급창은 어디 있느냐?" 방자가 불렀다.

"여기 있습니다!" 급창이 대답했다.

"춘향을 밖으로 끌어내라."

"사령들아, 춘향을 여기에서 끌어내라."

"밖으로 끌고 가라." 부사가 으르렁거렸다.

The runners rushed in, caught her queue, twisted it round and round the hand, gave her a jerk, dragged her forth and fastened her securely into the torture chair.

"Director of Torture are you there?" shouted the Governor.

"Yes I am here," was the response.

"This wench is to be beaten to death, write out a statement of her offence."

"All right, sir."

He wrote it out and thus it ran:

"You, an insignificant *keesang*, dare to disobey the strict orders of your governor, pretending that your wretched self is exercised over the virtues of womanhood. For this a thousand deaths would not suffice. You shall be beaten till you die, that your punishment may be a warning to all others. Die, you wretch, as you deserve, and no complaints about it."

　　사령들이 달려들어 춘향의 머리채를 잡고 손으로 빙글빙글 감은 후에 힘껏 잡아 당겨 그녀를 질질 끌고 가 고문 의자에 단단히 결박하였다.

　　"고문[拷問]장, 거기 있느냐?" 부사가 소리쳤다.

　　"예" 하고 대답한다.

　　"이년을 쳐서 죽일 것이니, 죄를 지었다는 진술서를 작성하라."

　　"알겠습니다."

　　고문장이 작성한 진술서는 다음과 같다.

　　"하찮은 기생아, 너는 감히 부사의 엄정한 명에 불복종하고, 비천한 네가 여인의 절개를 행하는 척하였다. 이로 인해 너는 천 번을 죽어 마땅하다. 너는 맞아 죽을 것이고, 너를 벌하여 일벌백계로 삼고자 한다. 네 이년 죽어 마땅하니 불평하지 마라."

The Director of Torture, having written this out, went to Choonyang and told her to affix her signature to it, which she did without in the least showing any signs of submission. With a soul like iron she wrote the character One, and beneath it the character for HEART or MIND. "Of one and the same mind am I" is what it said. With that she threw down the pen and remained silently waiting.

The rough head-beater, with an arm like an arrow quiver, bared from the shoulder, brought in a bundle of bastinados, which he threw down with a clatter at Choonyang's feet so that even a heart of stone would have quailed before it. He then selected from their number this one and that. Any that had a flaw, or was weak in the back, he cast aside, and thus he made ready.

고문장은 이 진술서를 작성한 후 춘향에게 가서 진술서에 서명하라고 말하였다. 그녀는 조금도 굴하지 않고 서명을 했다. 그녀는 쇠 같은 마음으로 글자 일(一)을 적고 그 아래에 **마음** 혹은 **정신**에 해당하는 글자(心)를 적었다. "일심[一心] 즉 내 마음은 단 하나"라는 뜻이다. 그런 후 그녀는 펜을 내던지고 가만히 처분을 기다렸다.

거친 도집장이 어깨를 드러낸 채 화살통 같은 팔로 한 다발의 매를 들여와 춘향 발치에 덜컥 소리 나게 던지는데 돌 같은 마음을 가진 이도 그 앞에서는 움찔하였을 것이다. 그는 이것저것 골랐다. 흠이 있거나 뒤가 약한 것은 모두 옆으로 제치고 춘향을 때릴 준비를 하였다.

The Governor called out, "You may beat this creature to the breaking of her bones, but if you beat her lightly you will pay for it with your own life."

The beater bowed low and said, "Shall I look with any favour on such a wretch as she? I'll see that she gets a breaking in."

When the command came "Beat her," he jumped well back, came to attention, and then sprang forward giving a fierce blow on the front of the legs just below the knee. With a sharp snap like the crack of a rifle the broken paddle went spinning off through the air. Dull and dead, and yet fiery as the acupuncture needle was the effect on Choonyang, so that a great trembling came over her as if her soul would melt. To support her self-control she counted off the blows, one by one, as one might dictate sentences in the Examination arena.

부사가 소리쳤다.

"저것의 뼈가 부러지도록 때려도 좋지만 만약 살살 때렸다간 네 목숨을 내 놓아야 할 것이다."

집장이 낮게 엎드리며 말하였다.

"저런 년에게 호의를 봐주겠습니까? 뼈가 부러지도록 치겠습니다."

"쳐라"라는 명이 나오자 집장은 상당히 뒤로 물러가, 차렷 자세를 취한 후에, 앞으로 내달아 무릎 바로 아래 앞다리를 세게 쳤다. 소총이 터지는 듯 탁 하는 날카로운 소리와 함께 부러진 곤장[98]이 공중으로 빙 날아갔다. 죽은 듯이 가만히 있지만 바늘 침이 찌르는 듯 몸이 화끈거리니, 그녀는 마치 영혼이 녹은 것처럼 몸을 크게 떨었다. 그녀는 자제력을 잃지 않기 위해 과거시험장에서 문장을 구술하듯 매를 한 대 한 대 세었다.

---

98 부러진 곤장(the broken paddle): "부러진 刑杖가지"에 대한 게일의 번역이다. 곤장(paddle), 형장(bastinado)이 조금 다른 의미이지만 게일은 별 차이를 두지 않고 쓰는 듯하다. 『한영ㅈ뎐』(1911)을 보면, "棍杖"은 "A paddle for beating criminals"로, "刑杖"은 "The small paddle for shin torture"로 풀이된다. 그 형태의 차이는 분명히 다른 것으로 풀이되지만, 둘 다 "paddle"로 풀이된다.

"…one long departure separates me from my husband; …one hour seems like three autumn seasons; …one master only shall I love and serve; …one hour's beating I shall laugh to scorn; …one thousand times though I die…one jot or tittle change I never shall."

A second blow! Two!

"…second moon with its soft plum blossoms and our sweet contract; …two names united; two thousand *lee* divides us; …two minds never, never shall I have; …twice eight green summers have I seen; …two, God and the King, will surely avenge my wrongs."

A third blow! Three!

"…three chances of life to nine of death; …three bonds I hold to like the…three great lights of heaven; …three relationships of home hold fast; …three existences of my soul are bound in our happy contract."

"…한 번의 긴 떠남으로 나와 남편은 이별하고, …한 시간은 세 번의 가을과 같고, …한 주인만을 나는 사랑하고 섬길 것이고, …한 시간의 매질도 웃으며 조롱할 것이고, …한 천 번을 죽는다 해도 …한 점 혹은 한 획도 나는 변하지 않겠다."

두 번째 매요! 이!

"…이월에 핀 은은한 이화와 우리의 달콤한 서약[99], …두 개의 성이 합하니, 이 천 *리*가 우리를 갈라놓아도, 두 마음을 결코 품지 않을

---

[99] 이 구절 앞에, 『옥중화』의 "二君不事 忠信이오 二夫不更 烈女로다"의 번역이 생략되었다.

것이고, …이팔청춘을 보았고, …두 분, 하나님과 왕이 분명 나의 원한을 풀어줄 것이다.”

　세 번째 매요! 삼!

　“…삼생구사라, …나는 삼강을 …하늘의 거대한 삼광같이 고수하고, …가정의 삼륜을 단단히 하고, …삼생을 산다 해도, 내 마음은 우리의 행복한 서약을 지킬 것이다.”

A fourth blow! Four!

“…four years old when I first began to study; …four Classics and three Sacred Books all teach the same; …four Virtues and…four Deeds of Worth such as a good governor would long for in his people; …four seasons with their never failing virtues.”

A fifth blow! Five!

“…five ranks that wait upon His Excellency; …five virtues that he should show forth; …five punishments that he will not escape; …five and fifty counties, and yet the worst of all is he.”

　네 번째 매요! 사!

　“…사세 때 공부를 시작하여, …사서삼경이 모두 같은 것을 가르치니, …사덕과 …사덕행같은 훌륭한 지방관을 백성들은 바라니, …사계절 변함없는 덕.”

　다섯 번째 매요! 오!

　“…사또를 받드는 다섯 관직, …그가 보여줘야 할 다섯 미덕, …사또가 피하지 못할 다섯 가지 벌, …다섯하고 오십 군현에서 그가 최악이라."

"Does not this woman know something of the Great Law?"

Choonyang replied "What is the Great Law, please I wish to know?

The governor then called to the Director of Torture to bring the Great Law, and to read out to her sins.

The Director bows and says, "Yes, sir."

"Choonyang, listen, the Great Law reads, 'Rebellion is a sin for which men are beheaded and quartered.' Disobedience is a sin for which exile is fitting. Don't bemoan your lot, you simply get according to the law."

Choonyang replied, "I know it reads thus, but what does it say, please, in regard to those who force their way between husband and wife?"

The governor gave a great start.

"Be quick with your paddle and lay it on to this impudent creature."

"이년이 대법을 조금도 모르느냐?"

춘향이 대답했다. "대법이 무엇인지 알려 주시오."

그러자[100] 부사가 고문장에게 대법을 가져와서 그녀의 죄를 낱낱

---

[100] 그러자(then): 게일의 번역문 'them'은 'then'의 오자인 듯하다.

이 읽게 했다.

고문장이 절을 하고 말한다. "예."

"춘향은 들어라. 대법에는 '반역죄인은 머리를 자르고 사지를 절단한다.'라고 되어 있다. 불복종은 유배를 보낼 수 있는 죄이다. 너의 운명을 한탄하지 마라. 대법에 따라 너를 벌하는 것뿐이다."

춘향이 대답했다.

"그 법이 그렇다는 것을 알지만, 남편과 아내 사이에 강제로 끼어드는 이들을 대법은 뭐라고 말하는지요?"

부사가 화들짝 놀랐다.

"어서 곤장으로 저 뻔뻔한 것을 내리쳐라."

A sixth blow! Six!

"···six kings who did evil and were remonstrated with, so reads the story; Six Boards[101] lock up the helpless Choonyang, and lay on torture; ···six portions of her body torn in agony."

A seventh blow! Seven!

"···seventh evening the Herdsman and the Damsel meet year by year; ···seven hundred lee, when will he come to me?···seven years, how can I pass them?···seven feet long, the keen headsman's knife will be my lot; ···seven chances to ten and I shall be among disembodied spirits."

An eighth blow! Eight!

---

101 The Six Boards. Civil Office, Revenue, Ceremonies, War, Punishments, and Works. (육부: 인사, 조세, 예식, 전쟁, 형벌, 작업 [이, 호, 예, 병, 형, 공])

"…eight tens of years great Kang Takong had lived when his good word of warning saved the king; …eight deformed monsters of all antiquity, none ever equalled this."

여섯 번째 매요! 육!

"…악을 행하고 비난받은 여섯 왕이 있다고 하더라. 육부가 힘없는 춘향을 가두고 고문하니, …춘향 몸의 여섯 부분이 고통으로 찢어진다."

일곱 번째 매요! 칠!

"칠석 견우와 직녀가 매년 만나는데, …칠백 리 먼 곳의 그는 언제 나에게 오는가? …칠 년을 어떻게 지낼까? …칠 피트 길이의 견우의 칼이 내 운명이 될 것이고, …열에 칠 나는 육신을 떠난 영혼이 될 것이다."

여덟 번째 매요! 팔!

"… 강태공은 나이 팔십 때 훌륭한 조언으로 왕을 구했다.[102] …고금의 뒤틀린 여덟 괴물도 이보다 악하랴."

A ninth blow! Nine!

"…ninth heaven is where the fairies live. Could I become a heron bird I'd sail off through the…nine reaches of the sky, and tell my… nine woes in the palace of the king."

A tenth blow! ten!

---

102 『옥중화』 원문의 "八百諸侯 歸順호들 八十雙眉 春香情曲 八分이나 굽히릿가"가 생략된 채 다르게 번역되었다.

"···ten births and nine deaths could not make my soul forget its woes; ···ten times have they tried to beat down my spirit; ···ten and eight years cannot long withstand this agony, but must go soon into the shadows of forgetfulness."

Fifteen and more they beat her.

A twentieth blow!

"Oh that the Young Master could come to me and help me bear my pains."

A thirtieth blow was given with a stinging force that seemed to break its way through the tender flesh and bone.

아홉 번째 매요! 구!

".. 구천에는 요정들이 산다. 내가 황새가 되면 구곡창공을···날아 왕의 궁전에 가 나의 아홉 가지의 서러움을 말할 것이다."[103]

열 번째 매요! 십!

"···십생구사해도 이 서러움을 잊을 수 없을 것이다. ···열배 세게 내리쳐 내 정신을 꺾고자 한다면, ···십팔 세는 이 괴로움을 오래 견디지 못하고 곧 망각의 그림자 속으로 사라진다."

그들은 열다섯 대 이상을 내리쳤다.

스무 번째 매요![104]

"오, 도령님이 나에게 와서 이 고통을 참을 수 있게 도와주었으면."

---

103 『옥중화』 원문의 "九月霜風 搖落호들 九月皇華 이 우릿가"에 대한 번역이 생략 되었다.

104 『옥중화』 원문의 "二十度로 알리외다 二十文章 子長갓치"에 대한 번역을 생략 했다.

서른 번째 매를 찌르듯 세게 치니 연약한 살과 뼈가 부서지는 듯
했다.

The Governor in disgust said, "Who could dream of the
determination of this wretch? Like a poisonous viper she is, sharper
than pepper-sauce. Put a *cangue*[105] on her neck, her feet in the stocks,
and lock her up in prison."

"Yea-a-a, Yes sir," replied the beater.

부사가 혐오스럽게 말하였다.

"누가 이년의 고집을 생각이나 했겠나? 독하기가 독사 같고 맵기
가 고추장보다 더하구나. 그년의 목에 *칼*을 씌우고 발에는 족쇄를
채워 감옥에 가두어라."

"예-이-이"라고 집장이 대답했다.

XIV. IN THE SHADES
XIV. 저승에서

They dragged her out and threw her underneath the terrace. She
was unable to get her breath and seemed all but dead. The prison
guard cried over her as he fastened the *cangue* upon her tender neck,
calling the governor a hundred evil names, whistling out his horror

---

105 cangue. A wooden collar of great weight that is locked on to the neck of the prisoner.
(칼: 죄수의 목에 걸어 잠그는, 엄청난 무게의 나무 형틀)

with wild glaring eye; grumbling to himself. He put a seal upon the *cangue*, and bore her gently out beyond the *yamen* gates.

그들은 춘향을 끌어내어 테라스 아래로 던졌다. 그녀는 숨을 쉴 수 없어 거의 죽은 것 같았다. 간수는 춘향의 연한 목에 큰 *칼*을 고정시키면서 울었다. 그는 부사에 대한 욕을 수없이 하고 눈을 크게 부라리며 그가 정말로 잔인하다고 씩씩대며 구시렁거렸다. 그는 *칼* 위에 봉인을 찍고 그녀를 부드럽게 안고 *아문*의 문밖으로 나갔다.

At this Choonyang's mother came rushing forward and taking her daughter in her arms, cried, "Oh dear me, he has killed my daughter."

She put her arms around her neck and fondled and caressed her.

"Oh, God," cried she, "Who seest and knowest everything, my daughter is dying. Save her, save her! Alas! she is dying, what use for me to live?"

She jumped up and down, and fell over gasping for breath, and gurgling like imprisoned water.

"I say, Governor," continued she wildly, "why have you killed my daughter? You put no store on her being a faithful and virtuous woman, but in a brutal and horrible way attempted to destroy her. You have beaten her to pieces under your frightful paddle. In the face of death I thought her spirit might have given way. God seems to have no mercy and the Buddha is soulless. Hyangtanee! Go at once to the drug-store and get me a restorative."

이때 춘향모가 앞으로 달려와 딸을 품에 안고 울었다.

"아이고, 그가 내 딸을 죽었구나."

그녀는 딸의 목을 안고 쓰다듬고 또 쓰다듬었다.

그녀는 울었다.

"모든 것을 보고 아시는 하나님, 내 딸이 죽어가고 있습니다. 내 딸을 살려주십시오. 내 딸을 살려주십시오! 아이고! 딸이 죽어 가는데 살아 무엇 하나?"[106]

그녀는 위아래로 펄쩍 뛰다 넘어져 숨을 헐떡거리며 갇힌 물처럼 거렁거렁 거렸다.

그녀의 거친 말이 이어졌다.

"이봐요, 부사, 어째서 내 딸을 죽였는가? 당신은 내 딸이 충실하고 유덕한 여인인 것을 전혀 고려하지 않고, 짐승에게 하듯 끔찍하게 내 딸을 파괴하려고 했소. 부사는 내 딸을 무서운 곤장으로 때려 찢어 놓았소. 나는 딸이 죽음에 직면하여 정신을 잃었을 것이라 생각했다. 하나님은 자비심도 없고 부처님은 무심하다. 향단이! 당장 약방에 가서 회복제를 사 오너라."

The medicine was brought and after a little Choonyang seemed to revive. The mother wept aloud and Hyangtanee bewailed her lot also.

---

106 『옥중화』에는 월매가 매를 맞고 온 춘향을 위해 약을 구하고, "童便"을 찾아, 치료하는 장면이 나온다. 해당원문은 "香壇아 官藥房 急히 가셔 淸心丸을 사오너라 童便을 밧아라 童便을 못밧으면 니가 누마 크다흔 함지롤 디고 와르르 오줌 누어 그 오줌에다 약을 기여 春香 입에 드르부으니 春香이 暫時間에 끼여나는지라"이다. 이 번역의 생략은 오줌을 받아 먹이는 장면이 서구인 독자에게 거부감을 일으킬지 모른다는 게일의 자기검열일 수도 있다.

Servants, runners, attendants, crowds of people heard and came in to see. They stamped with their feet, stormed and imprecated, for who could look on unmoved.

Had Choonyang really been a dancing-girl, the ordinary *keesang* would have called to condole with her at such a time as this, but because she was not, there were no such callers.

In pain and suffering she lifted the *cangue* while Hyangtanee helped her. The old people of Namwon and the widows wept for her, as they said to each other, "Noble girl! Wonderful!"

약을 가져온 후 잠시 뒤 춘향이 깨어난 듯했다. 춘향모는 통곡하고 향단이도 춘향의 운명에 눈물을 흘렸다. 하인, 사령, 시자, 군중들이 이에 대해 듣고 춘향을 보러 들어왔다. 그들은 발을 구르고 폭풍 같은 저주를 퍼부었다. 누가 춘향을 보고 마음이 아프지 않겠는가.

춘향이 정말로 무희였다면, 정식 *기생*들이 이와 같은 때에 춘향을 위로하러 방문했을 것이지만 기생이 아니기 때문에 그녀를 방문하는 기생들이 없었다.

춘향이 아파하고 고통스러워하며 *칼*을 들었고 향단이가 그녀를 도왔다. 남원의 노인들과 과부들은 그녀 때문에 눈물을 흘리며 서로에게 말했다.

"고결하다! 기특하다!"

Thus they extolled her virtues as they helped to bear her gently to the prison. The jailer went ahead and the Director of Torture walked behind. When they reached the entrance, the great gates, like the barriers of a city, opened with a creaking, grinding noise, and she was taken in and the place locked. Then the mother fell in a faint, and Hyangtanee beat the ground with her little fists.

이렇듯 그들은 춘향의 덕을 칭송하며 그녀를 살머시 안고 감옥으로 가는 것을 도왔다. 간수가 앞장 서고 고문장이 뒤따라 걸었다. 그들이 감옥 입구에 도착하자, 큰 문들이 성읍의 관문처럼 삐걱 끼익거리며 열렸다. 그녀를 안으로 들인 후 감옥 문이 잠겼다. 그러자 춘향모는 기절하여 쓰러지고 향단이는 조그마한 주먹으로 땅을 쳤다.

"Oh, my dear mistress," said she, "What shall I do? What shall I do?"

The crying of the women that followed made such an uproar, that the jailer stamped with his foot, and said to the Director, "Shameful! Pitiful! Stocked, and locked, and cangued! The thing will die yonder if left so."

He heaved a sigh, and went in where Choonyang had recovered her consciousness somewhat.

"Don't cry, mother," said she, "Be careful of yourself. I am innocent, I shall not die. Water, fire, swords and spears cannot kill me. Don't be anxious. Please go back home. If you stay here and cry so, (it's an unfilial thing to say,) but I shall surely die. So, please go home. I cannot bear to see you so."

There being no help for it, Choonyang's mother left her daughter in the prison, made her exit, and staggered away, while the women who had followed her, helped her to her home.

"오, 아씨," 향단이가 말했다. "이를 어이합니까? 어이합니까?"

뒤를 따르던 여자들의 울음소리가 하도 크자 간수는 발을 구르며 고문장에게 말했다.

"부끄럽다! 불쌍하다! 꼼짝 못하고 갇혀서 칼을 차다니! 저렇게 두면 저것은 죽소이다."

그가 한숨을 쉬며 들어가니 춘향의 정신이 조금 돌아와 있었다.

"울지 마세요, 어머니." 춘향이 말했다. "어머니 몸조심하세요. 나는 결백하니 죽지 않습니다. 물도 불도 칼도 창도 나를 죽일 수 없습니다. 걱정 마세요. 집으로 돌아가세요. 여기 있으면서 그렇게 우시면, 자식으로서 해서는 안 되는 말인 것을 알지만 나는 분명 죽고 말거예요. 그러니, 집으로 가세요. 어머니가 우는 것을 차마 볼 수가 없어요."

어쩔 도리가 없어, 춘향모는 딸을 감옥에 두고 문을 나가며 걸음을 비틀거리니 춘향의 뒤를 따랐던 여인들이 춘향모를 집에 데려다 주었다.

Choonyang, thus left, moaned to herself, "Alas, my mother, who brought me up without help from my father. How many kindnesses have entered into your faithful years. So tenderly you regard me, finding no enjoyment for yourself but giving up everything for me. I can never repay it even though I die. What a wretched creature I am!"

"Hyangtanee…!"

"Yes, I am here," said Hyangtanee.

"Don't be anxious for me but hurry home and ask the friends that they help to comfort mother. Have something specially nice prepared for her in the way of food. In my jewel letter case you'll find some ginseng, have it steeped and give her some morning and night. Tell her not to worry. If you do this I'll not die but shall get well and reward you. I know you will. I cannot stand the crying, it will break my heart, so dry your tears now and go."

춘향은 이렇게 남게 되자 탄식하였다.

"아아, 아버지의 도움 없이 홀로 나를 키우신 어머니. 어머니는 그 세월을 한결같이 나를 사랑으로 키우셨지. 다정하게 나만 바라보며 자신의 즐거움은 찾지 않고 나를 위해 모든 것을 포기하셨지. 죽어서도 그 고마움을 다 갚을 수 없는데, 나는 이 얼마나 나쁜 딸자식인가!"

"향단이!"

"예, 여기 있습니다." 향단이가 말했다.

"내 걱정은 말고 빨리 집으로 가서 친구들을 청해 어머니를 위로해 달라고 하여라. 특별히 좋은 것을 준비해서 어머니께 드려라. 나의 보석 편지함에 인삼이 약간 있으니 그것을 달여 주야로 드려라. 어머니께 걱정하지 말라고 전하라. 네가 이렇게 해주면 나는 죽지 않고 다시 몸을 회복하여 너에게 보답하겠다. 나는 너를 안다. 네 울음소리에 심장이 찢어질 듯 견디기가 힘들구나. 그러니 이제 눈물을 닦고 가거라."

After she had sent Hyangtanee away Choonyang was left alone.
She looked about the prison. There were only slats in the front door,
and only the outside part of the rear wall remained, so that the cold
wind came searchingly through like pointed arrows, blowing up the
dust from the old matting.

"What is my sin?" said she. "Have I robbed someone that I am
here? Have I counselled murder? Why am I fast with neck pinioned
and feet in the stocks? A mad world surely! But what is the use of
complaining or crying?"

Wishing for death and hopelessly confused, she beat her head on
the wooden block and cried.

춘향은 향단을 보낸 후에 홀로 남겨졌다. 그녀는 감옥 주위를 바
라보았다. 앞문에는 널만 있고 뒤벽에는 외만 남아 있어 찬바람이 뾰
족한 화살처럼 벽을 뚫고 들어와 오래된 자리에서 먼지가 일어났다.

"내 죄가 무슨 죄냐?" 그녀가 말했다. "남의 것을 훔쳐서 여기 있
는가? 살인을 교사했는가? 어이하여 내 목에는 칼이 발에는 족쇄가
채워져 있는가? 참으로 미친 세상이구나! 한탄한들 운들 무슨 소용
있는가?"

그녀는 죽기를 바라며 속절없이 혼란스러워 나무 가로막에 머리
를 치며 울었다.

In his dreams Changja[107] became a butterfly, and again the butterfly became Changja. While his soul was thus transformed, it rode away on a breath of air and on a cloud till he reached a region where the heaven was void, and earth had passed away. Into the mountains and valleys of mystery he went, and there found in a fairy bamboo grove a Picture Palace on which the night rain was falling. This is the manner in which a spirit travels about on the wind and through the air, mounting high up into heaven or going deep down into the earth. Thus the spirit of Choonyang in the flash of a moment, had gone thousands of *lee* to the Sosang River.[108] She dreamed not where she was, but went on and on, till she was met by angels dressed in beautiful white garments, who came up to her and bowed courteously, saying, "Our Lady Superior invites you, please follow."

장자는 꿈에서 나비가 되고 나비는 다시 장자가 되었다. 그의 혼

---

107 Changja. A great teacher of Taoism who flourished about 300 B.C. He wrote many things about elfs. fairies and the genii. One of his verses runs thus:
There is a fish in the great North Sea / Whose name is Cone. / His size is a bit unknown to me. / Though it stretches a good ten thousand *lee,* / Till his wings are grown, / And then he's a bird of enormous sail, / With an endless back and a ten-mile tail / And he covers the heavens with one great veil, / When he flies off home. (장자: BC 300년 경 창궐했던 도교의 대 스승. 요정, 신선, 정령들에 관한 글을 많이 썼다. 그의 한 시는 다음과 같다.
대북해에 한 물고기가 있다. / 그 이름은 곤이다. / 펼치면 만 리에 달하지만 / 그 크기를 조금도 알 수 없다. / 날개가 자라면 / 항해를 잘 하는 새가 된다. / 등은 끝이 없고 꼬리는 10마일이다. / 하나의 큰 장막으로 하늘을 덮고 / 집으로 날아간다.)
108 Sosang River. The place where the Emperor Soon died and where the two faithful wives Yo Yong and Ah Whang were left to mourn. (소상강: 순황제가 죽은 후 남겨진 그의 정숙한 두 아내인 여영과 아황이 순황제를 애도했던 곳이다.)

은 이렇게 변하는 동안 신선한 공기와 구름을 타고 멀리 가 마침내 하늘이 텅 비고 땅이 사라지는 곳에 도달했다. 그는 기이한 산과 계곡으로 들어간 후 그곳 전설의 죽림에서 밤비가 떨어지는 화각[畵 閣]을 발견했다. 이렇듯 한 영혼은 바람과 공기를 타고 다니며 하늘 높이 솟거나 땅속 깊이 내려간다. 그렇게 춘향의 영혼은 찰나에 수천 *里* 떨어진 소상강으로 갔다. 그녀는 어디에 있는지 생각하지 않고 가고 또 가 마침내 흰옷을 곱게 차려입은 천사를 만났다. 그들은 그녀에게 다가와 공손하게 절을 하며 말했다.

"우리의 낭랑께서 당신을 청하니 따라오세요."

They trimmed their lights and led the way, while Choonyang accompanied. Arriving at a raised terrace with an inscription on it in large gilded letters, she read "The Whangneung Temple of Faithful Women." Her soul was filled with dazzled wonder as she looked about her. Upon a raised dais she saw two queenly ladies, holding in their hands, each, a jewelled sceptre. They invited her up but Choonyang being a cultured woman, and acquainted with the proper forms of approach and salutation said, "I am a humble dweller in the dusty world, I dare not mount to the place of honour to which you invite me."

그들이 등불을 조절하여 길을 안내하고 춘향은 따라갔다. 높은 테라스에 도착하니 금으로 된 "정렬왕능사"라는 큰 글자가 새겨져 있었다. 그녀는 아찔한 경이로움에 빠져 주위를 둘러보았다. 그녀는 높은 연단에 여왕 같은 두 부인이 각자 손에 보석 홀을 쥐고 있는 것을 보았다. 그들은 춘향에게 오르라고 청했지만 그녀는 교육 받은 여인으로 접근법과 인사의 적절한 형식을 알기에 말하였다.

"저는 진세[塵世]에 사는 미천한 사람이라 청하신 영광스러운 자리에 감히 오르지 못하겠습니다."

The ladies hearing this replied, "Wonderful! Beautiful! We always said from ancient times that Chosen was a land of courtesy and faithfulness. The teachings of Keeja[109] remain still with you, so that even one born of a dancing-girl is chaste and true in life. The other day when I entered the glorious portals of heaven, I heard your praises being sung filling the celestial spheres with music. I longed to see your face and could not further resist, so I have called you all this distance to the Sosang River. I am greatly anxious, too, for having given one so good and dear so great a trouble. Since the beginning of time glory ever follows in the wake of the bitter pains and crosses of this life. The same pertains to women as to men."

부인들이 이를 듣고 대답했다.

"기특하다! 아름답다! 우리는 자고로 조선이 예와 충의 나라라고 항상 말했다. 기자의 가르침이 여전히 너에게 남아 있어, 무희의 딸

---

109 Keeja. The first civilizer of Korea who arrived in this country 1122 B.C. bringing the literature and the laws of China. (기자: BC 1122년 한국에 도착한 이 나라 최초의 문명자로 중국의 문학과 법을 들여왔다.)

조차도 삶이 정숙하고 진실하다. 전날 영광스러운 하늘의 문에 들어 갔다 너를 칭찬하는 노랫소리가 천상계에 가득 울리는 것을 들었다. 너의 얼굴을 보고 싶은 마음을 더 이상 억누를 수가 없어 너를 소상 강 이 먼 곳으로 불렀다. 이토록 착하고 귀한 사람에게 이토록 큰 수 고를 하게 하였으니 참으로 걱정이다. 태초부터 이승의 비참한 고통 과 시련 후에 영광이 항상 뒤 따른다. 이는 남자도 여자도 마찬가지 이다."

Choonyang bowed twice before the dais and said, "Though I am untaught, I have read in the ancient books the story of Your Ladyships,[110] and my wish was ever to remember it waking and sleeping. I had even wished to die so that I might look upon your faces. Today I now meet and see you in this temple of the Yellow Shades. So let me die and I shall have no murmurings any more to offer."

The Ladies hearing this said in reply, "You say you know us. Come up here and sit beside us."

춘향은 당상 앞에서 재배하고 말하였다.

"제가 비록 무지하나 옛날 책에서 부인의 이야기를 읽었습니다. 제 소망은 자나 깨나 그 이야기를 항상 기억하는 것이었습니다. 부 인들의 얼굴을 보기 위해 심지어 죽기를 바란 적도 있습니다. 오늘

---

110 Your Ladyships. Ah Whang and Yo Yong referred to above. (대부인: 위에서 언급한 아황과 여영을 말한다.)

황천(Yellow Shades)의 이 사원에서 부인들을 만나 보았으니 죽어도 여한이 없습니다."

부인이 이를 듣고 답하였다.

"네가 우리를 안다 하니 여기로 올라와 우리 옆에 앉으라."

The waiting women saw her up and when they had seated her, one said, "You say you know me, let me tell you now: The Great Emperor Soon went on a tour through the south lands, till he reached Chango mountains where he died. We two, his consorts, having no longer hope in life, went into the bamboo grove hard by, and wept tears of blood. Today still you will see on each branch and leaf the marks of our sorrowing souls. Till the Chango Mountains fall and the Sosang River dries away, the marks of our tears on the bamboo will never cease to show. For a thousand years we have had no place to tell our sorrow, till at last we meet with you, and our souls find companionship."

She had scarcely finished speaking when her sister broke out into tears, and all the ladies to right and left were greatly moved. Then the lady lifted her hand and said, "Choonyang, you will know all those who are here, this is Tai-im[111]; this is Tai-sa; this is Tai-gang; this is Maingkang."

---

111 Tai-im. Tai-sa, Tai-gang, Maing-kang are all famous Chinese women mentioned in history. (태임, 태사, 태강, 맹강: 모두 역사서에 언급된 중국의 유명한 여인들이다.)

시녀가 춘향을 위로 인도하여 자리에 앉히니 한 부인이 말했다.

"네가 나를 안다 하니 나의 말을 들어보아라. 위대한 순황제는 남쪽 땅으로 순방을 갔다 창오산에 이르러 그곳에서 사망했다. 그의 왕비인 우리 두 사람은 살 희망을 잃고 죽림으로 들어가 피눈물을 흘렸다. 오늘날에도 가지마다 잎마다 우리의 슬픈 혼의 흔적을 볼 수 있다. 창오산이 무너지고 소상강이 마를 때까지 대나무에 흘린 우리의 눈물의 흔적은 결코 사라지지 않을 것이다. 천년 동안 우리의 슬픔을 말할 곳이 없더니 이제 너를 만나 우리의 혼이 동지를 찾았다."

한 부인이 말을 마치자마자 다른 부인이 눈물을 쏟아내었고, 좌우의 모든 부인들이 크게 슬퍼했다. 그러자 부인이 손을 들어 말하였다.

"춘향, 너는 여기에 있는 모든 부인들을 알 것이다. 이 분은 태임이고 이 분은 태사이고 이분은 태강이고 이분은 맹강이시다."

Again a spirit was heard sobbing by the south wall, and at last a lady came forth, who stroked Choonyang lovingly on the back and said, "Are you Choonyang? Noble, beautiful! You will not know me. I am Nangok[112] who played on the flute in the ancient Chin Kingdom, and became an immortal; the wife of Sosa I was. We bade each other goodbye in the Flowery Mountains, and he became a dragon and I a

---

112 Nangok. (6th century B.C. China). She was the wife of Sosa the most renowned of all China's flutists. She learned from him and when they played together it is said that they brought down angel-birds(phoenixes) from the sky to hear them. (농옥: BC 6세기 중국 최고의 통소 연주자인 소사의 아내이다. 그녀는 남편으로부터 통소를 배웠다. 두 사람이 함께 연주하면 하늘에서 그들의 연주를 듣기 위해 천사 같은 새들(불사조들)이 내려왔다고 전해진다.)

flying phoenix. I played out my sorrow on my flute hoping for his return, but have never learned where he has gone. Spring comes back and the plum blossoms bloom but he returns no more."

다시 남벽에서 훌쩍거리는 한 혼의 소리가 들리더니 드디어 한 부인이 앞으로 나와 춘향의 등을 사랑스럽게 쓰다듬으며 말하였다.

"네가 춘향이냐? 고귀하고 아름답구나! 너는 나를 모르겠지만 나는 옛날 진나라에서 플루트를 연주하다 불멸의 존재가 된 농옥으로 소사의 아내였다. 화산에서 서로에게 작별을 고한 후 그는 용이 되고 나는 불사조가 되었다. 나는 그가 돌아오길 희망하여 플루트로 슬픔을 연주하였지만 그가 어디로 갔는지 결코 알지 못하였다. 봄이 다시 오고 이화가 다시 피었지만 그는 다시 돌아오지 않는구나."

Before she had done speaking, from the east side there came in a very beautiful woman, neatly dressed who took Choonyang by the hand, "You are Choonyang, I know, but how could you know who I am. I am Nokjoo, wife of Soksung, for whom he gave ten grain-measures of jewels. The awful Chowang-yoon, out of hatred toward me, threw me out of the pavilion into the trampled snow. But flowers have their time to fall, and jewels their time to crumble into dust, so beautiful women, too, who have lived and died for virtue, fade and disappear."

그녀가 말을 마치기 전에 동편에서 단정하게 옷을 입은 매우 아름다운 여인이 나와 춘향의 손을 잡았다.

"나는 네가 춘향인 것을 알지만 내가 누구인지 네가 어떻게 알겠느냐? 나는 석숭의 아내 녹주로 그는 나를 위해 열 섬의 보석을 주었다. 끔찍한 조왕윤은 나에 대한 미움으로 나를 전각에서 뭉개진 눈 속으로 던졌다. 꽃도 지는 때가 있고 보석도 부서져 먼지가 될 때가 있듯이 덕을 위해 살고 죽는 아름다운 여인 또한 조금씩 사라진다."

When she had finished speaking an uncanny wind suddenly rustled through the place, and a chilling air settled down; clouds gathered over; the lights burned low, gave sputtering gasps, and then went out. Then something came creeping forward through the shadows. It was not a human being nor did it seem a spirit either. Dimly it appeared and then a great outburst of demon crying followed, "Look here Choonyang, you will not know who I am. I am the wife of the founder of the great Han Dynasty. After my lord was dead Queen Yaw poisoned my son and severed me member from member, dug out my two eyes, called me a swine and threw me into a cesspool. For a thousand years I have had no place to tell my woes, till I found you and my soul is rested."

녹주가 말을 마치자 기이한 바람이 갑자기 그곳에서 일어나 찬 기운이 내려앉으니 구름이 모이고, 불이 낮게 타오르며 타닥타닥 하더니 꺼져버렸다. 그때 어떤 것이 어두운 곳에서 앞으로 기어 나왔다.

그것은 인간도 아니고 또한 귀신도 아닌 듯했다. 희미해 보이는 그 모습에 이어 악마가 울부짖는 큰소리가 들렸다.

"춘향, 여기 보아라, 너는 네가 누구인지 모를 것이다. 나는 위대한 한고조의 아내이다. 내 주군이 죽은 후에, 여후가 내 아들을 독살하고 나의 사지를 자르고 내 두 눈을 파고 나를 돼지라 부르며 구정물에 던졌다. 나는 천년 동안 한을 말할 곳을 찾지 못하다 마침내 너를 발견하였으니 내 마음이 편안하구나."

Before she had finished this, the two wives of Soon called Choonyang saying, "The place where you now are is the place of the dead. Its ways are different from those of the living, and so we must part, you must not stay longer."

They called the attendants, had her say a hasty goodbye and urged her to be gone quickly. When Choonyang had taken one or two steps toward the east side of the room, the crickets were heard chirping in the prison of Namwon, and it was a dream from which she awoke with a start. The distant village cock crowed and bell in the watch-tower beat *Deng, deng*!

그녀가 이 말을 마치기 전 순의 두 아내가 춘향을 부르며 말하였다.

"네가 지금 있는 곳은 죽은 자들이 있는 곳이다. 그 길은 산 사람의 길과 다르니 우리는 헤어져야 한다. 너는 더 지체해서는 안 된다."

그들은 시자들을 불러 그녀에게 서둘러 작별하고 급히 갈 것을 재촉하였다. 춘향이 방의 동쪽 편으로 한 두 걸음 옮기자 귀뚜라미가 찌르르하는 소리가 남원 감옥에 들렸다. 그녀가 깜짝 놀라 깨어나 보니 꿈이었다. 원촌의 수탉이 울고 종각의 종소리가 '딩, 딩' 울렸다.

(To be Continued)

CHOON YANG[113]

(Continued from the *February* number)

XV. HONOURS OF THE *KWAGO*(Examination)
XV. 과거(시험)의 장원

Cold sweats broke out upon her body, and her mind seemed all confused. It was the fifth watch of the night and the moon was setting over the western horizon; wild geese, too, were flying toward the south. They were in a flock with outstretching flanks calling to their mates as they went clamouring by.

"Whither ye wild geese? Are ye those messengers who carried letters from Somoo[114] when he was taken prisoner by the northern

---

113 J. S. Gale, "Choonyang", *The Korea Magazine* Ⅱ 1918. 3., pp.122~130.; 게일은 춘향이 사령의 권유로 몽룡에게 편지를 쓰는 장면부터 몽룡이 볼짝쇠를 만나 춘향의 편지를 보는 장면까지를 번역했다.

114 Somoo. A faithful courtier of the founder of Han 100 B.C. He went as an envoy to the Tartar Hans, and while he there tried to kill a renegade Chinaman who was in league with barbarians. For this he was arrested and exiled for nineteen years to tend the Tartar flocks in the wilderness. He carried along with him his wand of office and used it as a shepherd's staff thus signifying that he was as ever faithful to his rightful king. In his efforts to get into communication with his own state he caught a wild goose and tied a letter to it. As chance would have it, it was shot by the Emperor of Han himself and thus he discovered where his faithful courtier was. (소무: 기원전 100년 한고조의 충성스러운 조신이다. 그는 사신으로 한나라의 타타르에 갔다가 그곳에서 야만족에게 협력한 배신자를 죽이고자 했다. 그는 이 때문에 체포, 유배되어 19년간 황야에서 타타르의 양떼를 돌보며 살았다. 소무는 항상 공무용 지팡이를 가지고 다니면서 양치기의 지팡이로 사용하였는데, 이것은 그가 그의 적법한 왕에게 영원히 충성을 바친다는 의미였다. 그는 본국에 소식을 전하고자 노력하였고 마침내 기러기를 잡아 편지를 묶어 보냈는데 우연히도 이 기러기는 한

hordes? Are you the geese who left the tender grass, the blue waters and the white sands of the Sosang River from fear of the crying spirits? Listen till I speak to you and give you a message for my master."

When she looked, however, the geese were already gone, and were lost in the distant clouds, among the stars and moon and once more she turned stunned and dazed to the actualities of the prison. She wept afresh and so passed the time till the day began to break.

춘향의 몸에서 식은땀이 나고 마음은 온통 혼란스러웠다. 밤 오경으로 달이 서쪽 지평선 너머로 지고 기러기 또한 남쪽으로 날아가고 있었다. 기러기는 좌우로 줄을 지어 소란스럽게 지나가며 짝을 불렀다.

"기러기들아 어디로 가느냐? 너희들은 북쪽 도당에게 포로로 잡혀 있던 소무의 편지를 나르던 그 전령이냐? 우는 귀신들이 무서워 소상강의 연한 풀과 푸른 강과 흰 모래를 떠났던 그 기러기냐? 내 말을 듣고 내 주인에게 소식을 전해다오."

그러나 그녀가 보았을 때 기러기는 이미 가고 없고 먼 구름 속, 별과 달 사이로 사라지니 그녀는 다시 한 번 현실 속의 감옥에 직면하여 정신이 멍하고 어질해졌다. 그녀는 울고 또 울며 그렇게 시간이 흘러 동이 텄다.

The moon had set and the sun had risen. The gate-keeper of the

---

고조가 직접 보낸 새이었다. 그리하여 한고조는 그의 충성스러운 신하가 어디에 있는지 알게 되었다.)

prison came briskly out.

"Jailer!" shouted he.

"What do you want?" asked the jailer.

"Tomorrow after salutation you are to have Choonyang out, and she is to be killed, the Governor says. Make ready the paddle bastinados. What a pitiful, poor thing! She will die under it. Tell her to write to Seoul."

The gate-keeper returned and the jailer said to Choonyang, "Write a letter to Seoul, why don't you? If they know of this in Seoul, will they not do something?"

Choonyang replied, "That's so, get me a messenger."

He called the Young Master's former Boy, whose name was *Bolljacksay*, Halfwit, and Choonyang spoke to him.

"I'll give you," said she "ten *yang* now, and when you come back from Seoul I'll give you a suit of white clothes."

Halfwit replied, "Never mind about what you'll give me, write the letter please, Miss. I'll go double distances night and day."

달이 지고 해가 떠올랐다. 감옥 문지기가 부산스럽게 나왔다.

"간수!" 그가 소리쳤다.

"무슨 일이야?" 간수가 물었다.

"내일 조례 후에 자네는 춘향을 밖으로 데리고 나와야 한다. 춘향을 죽일 것이니 곤장 형장을 준비하라는 부사의 명이다. 가엾고 불쌍한 것! 매를 맞아 죽겠구나. 춘향더러 서울에 편지를 쓰라고 하게."

403

문지기가 돌아가자 간수가 춘향에게 말했다.

"서울에 편지를 하지 왜 안 하오? 서울에서 이를 알면 뭔가를 하지 않겠소?"

춘향이 대답했다.

"그러네요. 전인을 구해 주오."

그가 도령의 전 방자를 불렀는데 방자의 이름은 반편이를 뜻하는 *볼작쇠*였다. 춘향이 그에게 말했다.

"지금 열 *냥*을 주고 서울에서 돌아오면 흰옷 한 벌 해주겠소."

반푼이 대답했다.

"아씨, 나한테 줄 것은 생각하지 말고, 편지를 쓰시오. 주야로 달려 두 배로 빨리 가겠소."

As Choonyang wrote the letter the borders of her dress-skirt were wet with tears. The paper, too, was made and the writing blurred. A heart of stone would have melted to read it. To conclude it she bit the third finger of her left hand, and let her blood mark the page drop by drop, and then she sealed and addressed it. A hundred times she counselled and warned Half wit, "Hasten, hasten on your way; but while the Master writes his reply do not hurry him. Go and come quickly."

After dispatching him, she drew a long, painful sigh and said. "The letter goes, but why not I? How far Seoul seems away. What a lot of hills to climb and how many streams to cross! If I could only be a heron with its graceful wings, I would rise and speed through space, till I could look my loved one in the eyes and tell him my sorrows o'er and o'er, but I cannot. If I were dead and in the quiet mountains, I'd become a Tookyon bird,[115] and flit among the flowers and shadows neath the silvery moon, and I'd whisper my callings into my master's ear, and he'd know me I am sure."

춘향이 편지를 쓰는 동안 그녀의 치맛자락은 눈물로 젖었다. 종이 또한 젖어 글자가 흐려졌다. 돌 같은 마음도 그 편지를 읽으면 녹을 것이다. 편지를 마무리하며 왼손의 세 번째 손가락을 물어 피를 툭 툭 떨어뜨려 그 장에 찍고 봉한 후 건네주었다. 그녀는 반편에게 신신당부했다.

"서두르소, 길을 서두르소. 그러나 도령님이 답장을 쓸 때는 그를 재촉하지 마오. 가서 빨리 돌아오소."

반편을 보낸 후 그녀는 길고 고통스러운 한숨을 푹 쉬며 말했다.

"편지는 가는데 어찌 나는 못 가는가? 서울이 멀고도 멀구나. 얼마나 많은 산을 오르고 얼마나 많은 강을 건너야 하나! 우아한 날개 달린 학이라면 하늘로 빨리 날아올라 내 님을 눈으로 보고 그에게 내 슬픔을 말할 터인데 그럴 수가 없구나. 죽으면 조용한 산의 두견새가 되어 달빛 아래 꽃과 그림자 사이를 퍼덕이며 님의 귀에 속삭이면 님은 나임을 분명 알 것이다."

While she laboured through her sorrows thus, the young master

---

115 Tookyon bird. The whip-poor-will. (두견새 혹은 쪽독새.)

had meanwhile gone to Seoul, and had set diligently to work at his studies waiting impatiently for the Examination. The time came at last and he entered the arena for the *Alsongkwa* (Special Examination). His entry was worthy of note. He had his book of selected Korean sayings, his dictionary, his tent, an awning, a lampstand, an umbrella, a felt carpet, pickets wrapped in bundles and carried before him by his servants. On entering the ground he saw the notice place for subject erected under the lamp-stand, and as he looked he descried underneath the main pavilion, the snow white royal dias, high perched, with waving awnings reaching out like clouds. He lifted his eyes toward the Royal Presence, and the sight was thrilling and inspiring. The canopy, the embroidered umbrellas, the green and red coats, the banners, the fans, the dragon and phoenix flags, the tiger-tailed spears and ornamented battle-axes, the three-pronged tridents and curved sabres, were all at the service of the Minister of War. A great sight! Officers, police, officials had fallen in order. In shining caps and ceremonial robes, they stood in splendid array, wearing horn-belts and belts of tortoise-shell. The special head-gear they wore indicated their rank as did also the embroidered breast-plates of double stork designs and whiskered tigers. Numerous underlings were about in felt-hats and green coats, carrying quivers full of arrows. Palace stewards, too, were in evidence through the crowd. In front was the general of the vanguard; midway the lieutenant-general of the mid corps; and behind, the general of the rear. Subordinate officers, detectives and police were present everywhere. A hundred palace guards had charge of the Examination. Around the outside were mounted soldiers, ordered there by the Six Departments. Following these were paddle-bearers, runners, etc., each in his place, and so the Examination was proclaimed opened.

그녀가 슬픔으로 이렇게 괴로워하는 동안 도령은 서울로 간 후 열심히 공부하며 초조하게 과거를 기다렸다. 마침내 때가 되어 *알성과* (특별시험) 시험장에 들어섰다. 그가 과거시험장에 들어가는 모습은 장관이다. 그의 하인은 한국 말씀 선편, 사전, 텐트, 차양, 등경[燈檠], 우산, 모직 카펫, 팻말을 다발로 묶어 등에 지고 앞장서고 도령은 그의 뒤를 따라 갔다. 시험장에 들어서자 주제를 알리는 게시판이 등경[燈檠] 아래에 세워져 있고 제일 전각 아래에 눈처럼 흰, 높이 솟은 궁의 연단과 구름처럼 멀리 뻗은 차양이 흔들리는 것이 보였다. 눈을 들어 어전을 바라보고 그 모습에 전율하며 감동했다. 양산, 자수 우산, 청홍 겉옷, 현수막, 부채, 용과 불사조 깃발, 호랑이 꼬리 창과 장식된 전투용 도끼, 삼지창과 곡선 날의 칼이 모두 병조 판서를 받들고 있었다. 장관이구나! 장수, 경찰, 관리들이 줄을 서 있다. 빛나는 모자와 예복을 착용한 그들은 뿔 벨트와 거북껍질 벨트를 하고 눈부시게 정렬했다. 그들이 쓴 특별한 관모는 그들의 지위를 암시하고 마찬가지로 쌍학 문양의 흉배와 구레나룻의 호랑이도 마찬가지였다. 펠트 모자와 푸른 옷을 착용한 수많은 병사들이 화살이 가득 담긴 화살통을 들고 있었다. 궁중 집사들 또한 무리에 있었다. 맨 앞에 서는 선봉장, 가운데는 중군장, 그 뒤에는 후군장이 섰다. 하급 관리들과 포교들과 순검들이 모든 곳에 섰다. 백 명의 왕실 근위대가 시험장을 경호했다. 밖에 있는 기병대는 육조의 명을 받았다. 이 뒤를 따라 집장, 사령 등이 각각 제자리를 지키고 있었다. 마침내 과거시험의 시작이 선포되었다.

"Attention!" was the call.

The officials prostrated themselves before His Majesty and then the deputy-herald posted up the notice which ran as follows:

"The Sun all Bright; the Moon all Clear."

"The Stars all Brilliant; the Sea all Calm."

Two or three times was this called forth, to the immense excitement of the crowd and the commotion and confusion of the palace.

"차렷!" 소리가 났다.

관리들이 임금 앞에 엎드린 후 부전령관이 공지를 걸었는데 다음과 같다.

"태양은 더욱 밝고, 달은 더욱 청명하다."

"별은 더욱 찬란하고, 바다는 더욱 고요하다."

이 공지를 두세 번 반복하자 군중이 크게 흥분하여 궁궐은 소란과 혼란에 휩싸였다.[116]

---

116 과거 시험의 주제만 제시될 뿐 이몽룡이 시험을 치루는 과정은 생략되었다. 즉, 『옥중화』의 "李道令 龍硯에 먹을가라~春塘臺가 써ㄴ간다" 부분을 누락했다. 이러한 누락은 이몽룡의 행위보다는 과거장의 급제자 행차와 같은 장면묘사를 게일이 더욱 중점적으로 번역했음을 말해준다. 그렇지만 이러한 누락으로 말미암아 이야기 전개의 전후맥락이 부적절하게 된 측면이 분명히 존재한다.

A beautiful form and handsome as the gods was Dream-Dragon. Especially when dressed afresh in ceremonial robes, and as he stepped forth with the government runners escorting him on each side. He was the winner of the contest, whose praises were now to be specially celebrated by the King's own band; and who had been appointed by His Majesty to the office of Deputy-Guardian of Literature. He comes forth from the Hong-wha Gate wearing the champion's wreath of flowers and the blue robes of honour; carrying the silver wand and shaded by the green umbrella. Silk coated flower children lead the way, playing on jade pipes of which the music rings out delightfully. Crowds dance to do him honour, and thousands of the literati push and tug to get a glimpse of him, falling and tumbling over each other. Hearing his praise who would not envy him? Prizeman Yee however, had his disappointments. He was not yet made a member of the Hallim, not being of the 5th Degree, but said he, "What can we say about it, when it is all through the favor of the King?"

신처럼 그 모양이 아름답고 잘 생긴 사람이 몽룡이었다. 예복으로 새로 갈아입은 그가 정부 소속 사령들의 호위를 양쪽에서 받으며 발을 내디딜 때 특히 그러했다. 그는 그 시험의 장원이 되었고, 왕의 악단이 그의 우승을 특히 축하해 주었다. 왕은 그를 문학 부담당관[117]

---

117 문학 부담당관(Deputy-Guardian of Literature): <옥중화>의 부수찬[副修撰](조선 시대에, 홍문관에 속하여 경적(經籍)과 문한(文翰)에 관한 일을 맡아 보던 종

에 제수하였다. 장원 화환을 쓰고 청색 장원복을 입고 홍화문 밖으로 나왔을 때 손에는 은색 지팡이를 쥐고 푸른 우산 아래에 있었다. 비단 옷을 입고 화동[花童]들이 앞에 서서 옥피리를 부니 그 음악 소리가 흥겹게 울려 퍼졌다. 군중들이 춤을 추며 그를 축하하고, 수천 명의 문인들이 밀고 당기며 그를 보고자 하여 서로 넘어지고 엎어졌다. 그의 칭송을 듣고 누가 그를 질투하랴? 그러나 이몽룡은 장원급제는 했지만 한림학사에 오르지 못해 5품이 아니었다. 몽룡이 이 부분이 섭섭했지만 말했다.

"모든 것이 임금님의 은혜로 이루어지는 것이니 우리가 이에 대해 무엇이라 말하겠는가?"

Just then the palace steward, who introduces guests, came with orders that Yee Dream-Dragon, Deputy-Guardian of Literature, champion of the Kwago should enter at once the Royal Presence, such being the King's command.

He entered. Said His Majesty to him, "The Palace is deep and shut away. The Four Seas[118] are far, far off and the people greatly to be pitied, so I am sending you as my secret commissioner to the eight provinces. Evil influences are abroad among official classes. Seeing you and what you have written, I take it as a gift from the gods, and a blessing to my nation that you are at my service. You are young and

---

육품 벼슬)에 해당된다.

118 Four Seas. A synonym for the Chinese Empire, used also for the kingdom of Korea. (사해: 중국 제국을 의미하는 동의어로 한국의 왕국을 나타낼 때도 사용된다.)

can, therefore, enter more readily into the sorrows and joys of the common people by this office to which I appoint you. I want you to go to the south as my special commissioner, in behalf of my subjects, to see how magistrates and governors rule, to take impartial note of who are faithful sons, and who are chaste and loyal women, to write me out a report and send it. So take care of yourself and return in safety."

His Majesty gave him the "Horse" seal, and his wand, the insignia of office. This appointment to the Hallim and the high honours of Commissioner, overpowered Dream-Dragon. He prostrated himself in gratitude before His Majesty and said, "I am so young and have no ability. I cannot do as did Pompang who took command and made a clear sweep of it. Still I shall follow in his faithful steps in seeing that the wicked are punished and the faithful rewarded. With all my might I shall try to repay the gracious favor of Your Majesty."

바로 그 때 손님을 소개하는 궁의 시중이 장원 급제자이자 문학 부담당관인 이몽룡은 속히 어전에 들라는 왕의 명을 가지고 왔다.

그가 궁에 들어가니 임금이 그에게 말했다. "궁은 깊고 차단되어 있다. 사해는 멀고멀어 백성들이 매우 가엾으니 나는 너를 전국 팔 도에 밀사로 보내고자 한다. 사악한 세력들이 관리 계층에 널리 퍼 졌다. 너와 너의 글을 보고, 나를 위해 일할 신이 주신 선물이자 나라 의 축복이라 생각했다. 너는 젊어 이 직으로 일반 백성들의 슬픔과 즐거움 속으로 보다 쉽게 들어갈 수 있을 것이라 생각하여 너를 이

직에 임명한다. 나의 특사로 너를 남쪽으로 보내고자 하니, 나의 백
성들을 위하여, 지방관과 부사들이 어떻게 다스리는지, 누가 충실한
아들이고 누가 정숙하고 충성스러운 여인인지, 공평하게 살핀 후 보
고서를 작성하여 나에게 보내라. 몸조심하고 무사히 돌아오라."

임금이 그에게 어사의 표지인 '말' 인장, 봉을 주었다. 한림으로
임명되고 어사라는 큰 영예를 얻게 되자 몽룡은 황공하였다. 그는
고마움으로 임금 앞에 엎드려 말하였다.

"저는 나이도 어리고 재주도 없습니다. 범방처럼 명을 받고 깨끗
하게 할 수는 없겠지만 그의 충성스러운 예를 따라 사악한 자는 벌을
받고 충직한 자는 보상을 받도록 살피겠습니다. 온 힘을 다하여 전
하의 은혜에 보답하겠습니다."

He said good-bye and made his *kotow*, and departed bearing the
mandate of the king. He left the city with all speed, passing the South
Gate by fast post-horses, by ferry over the river, and then by climbing
the shoulder of the hill, past Kwachon where he took his mid-day rest
and changed horses. On he went past this town and that, leaving
behind him Buddha Hall and Devil-Height Pavilion. Into the North
Gate of Soowon he dashed, crossing the city, and spending his night
outside the south wall. Passing countless post stations, he reached
Chinwee, where the noon-day repast was taken. Here he again
changed horses, and crossing the broad plain of Pyongwon, on and
on and on he went till he arrived at Pyong-myong. Here he did away
with post-horses, changed his dress, called his servants and

attendants to him and made a special agreement with them giving to each his separate orders saying, "You will go by way of Yawsan, Iksan and such and such places, and on the 15th of the present month, meet me at noon at the Moonlight Pavilion in Namwon District."

"Yes, sir!" answered the soldier.

그는 하직하고 *고도*[119]한 후 왕의 명을 품고 떠났다. 그는 왕도를 급히 떠나 *빠른* 역마로 남문을 지나, 강에서는 배를 타고, 산등성이에 오르고, 과천에서 정오 휴식하고 말을 바꾸었다. 계속 내달아 이 도시 저 도시를 지나고, 불교 전당과 괴구정을 지나갔다. 수원 북문으로 내달아 수원시를 가로질러 남쪽 성벽 밖에서 밤을 보냈다. 수많은 역을 지나 진위에 도착하여 정오 휴식을 하고 여기서 다시 말을 갈아타고 평원의 넓은 평야를 가로질러 가고 또 가 마침내 평명에 도착했다. 여기서 그는 역마를 버리고 옷을 갈아입고 하인과 시자들을 불러 특별한 약속을 하며 각자에게 다른 명을 내리며 말했다.

"너는 여산, 익산, 이런저런 곳으로 가서 이 달 15일 정오에 남원부 월광전에서 나를 맞으라."

"예!" 병사가 대답했다.

---

119 고두(*kotow*): 원문에는 "叩頭謝恩"으로 되어 있다. 게일은 "叩頭"를 "Kotow [kowtow]"로 옮긴 것이다. 『한영ᄌ뎐』(1911)에서 "叩頭ᄒ다"는 "To bow to the ground; to make a deep obeisance"로 풀이되며, "叩頭"를 포함한 "叩頭敬禮ᄒ다"나 "叩頭謝罪ᄒ다"는 각각 "To make Kowtow bow"와 "To kowtow and confess one's fault"로 풀이된다. "kotow[kowtow]"는 영한사전에서 "고두(叩頭), 돈슈직비 (頓首再拜)(Jones 1914, Underwood 1925)"로 풀이되고 있어 "叩頭=kotow [kowtow]"란 등가관계가 성립되어 있었음을 알 수 있다.

"You, too, will leave here and go by way of Impee, Okkoo, and such and such places and meet me this month, 15th day, at noon at the Moonlight Pavilion. I, myself, shall go by way of Chunjoo, Imseil, Moojoo through such and such places, shall inspect, one by one, the various townships of Namwon District, noting this and that, and shall finally arrive at the county-seat. You hurry along to meet me, always remembering that one seeing is worth ten hearings. Don't trust to what others say. Official avarice, maltreatment of the people, lawless acts, disloyalty, lack of filial piety, take note of these. Take note, too, of those who wrong others, of drunkards, of those who do murder and hide away the dead, of those who are disrespectful to their seniors, of those who steal from government supplies, of those who separate husband from wife, of those who steal grave-sites, of those who disgrace their home by unfaithful living, of those who beg while having enough to live on, of those who lose everything by drink and gambling, of those who set fire to other's houses. Make notes of all such things and meet me, every one of you, on the 15th day at noon in the Moonlight Pavilion."

"Yea-a-a!" answered they all.

"너희들 또한 여기를 떠나 임피, 옥구, 이런저런 곳으로 가서 이달 15일 정오에 월광전에서 나를 맞으라. 나는 전주, 임실, 무주로 가서 이런저런 곳을 지나 차례차례로 남원부의 여러 마을을 조사하고 이 것저것을 살핀 후 마침내 남원부 *아문*에 도착할 것이다. 너희들은

서둘러 가서 나를 맞고 상시 한번 보는 것이 열 번 듣는 것보다 낫다
는 것을 기억하라. 다른 사람들의 말을 믿지 마라. 관리의 탐욕, 백성
들에 대한 학대, 무법 행위, 불충, 불효, 이것들을 기록하라. 또한 다
른 사람들을 부당하게 괴롭힌 자, 술주정뱅이, 살인하고 시체를 숨
긴 자, 노인을 공경하지 않는 자, 국가의 물품을 훔치는 자, 남편과 아
내 사이를 갈라놓는 자, 묘지를 훔치는 자, 부정으로 가문을 수치스
럽게 하는 자, 먹고 살만 한데도 구걸하는 자, 술과 도박으로 탕진한
자, 타인의 집에 불을 지른 자를 기록하라. 이와 같은 모든 것을 기록
하고 너희들 모두는 15일 정오 월광전에서 나를 맞으라.”

“예-이-이” 그들 모두 대답했다.

X VI. INCOGNITO

XVI. 미복잠행

Thus having instructed them he sent them off. He himself, dressed
in the garb of a common tramp, went first to Yusan District, and from
there on he took note, section by section, ward by ward, village by
village. The various officials got wind of the fact that a secret
commissioner was on the way, and hastily took cognisance as to
whether all was right regarding government accounts, etc.

And now the Commissioner has dismissed his post-horses, post-
servants, secretaries, attendants, and is wholly alone, making his way
through a narrow defile, when he meets an uncouth countryman
coming toward him, a rough dishevelled fellow with hempen garters

tied about his legs, and his feet in wraps instead of stockings. He has around his waist a long pocket of whity cloth, and in his hand a hard-wood gad, trimmed at the ends, with which he goes swinging along, singing a sad kind of refrain that agreed with his non-mirthful cogitations.

어사는 이렇게 지시한 후 그들을 보냈다. 그 자신은 보통의 떠돌이 옷을 입고 먼저 여산군으로 가 그곳에서 군와 군, 현과 현, 동과 동을 샅샅이 살폈다. 여러 관리들이 밀사가 온다는 풍문을 듣고 서둘러 정부 회계와 관련된 모든 것이 제대로 되었는지 감독하였다.

이제 어사는 역마, 역졸, 비서, 수행원들을 모두 버리고 완전히 혼자되어 길을 갔다. 좁은 길을 지날 때 그의 쪽으로 다가오는 투박한 시골 사람을 만났다. 그는 대충 옷을 입고 삼베 각반을 다리에 두르고, 발에는 양말을 신지 않고 천을 감았다. 허리에는 흰 천으로 만든 긴 주머니를 달고, 손에는 양끝이 다듬어진 단단한 나무 막대를 쥐고 흔들며, 슬픈 곡조의 후렴구를 부르는데 슬픈 그의 정서와 잘 어울렸다.

"How shall I go? Alas, alas, how shall I go?

"A thousand *lee* to Hanyang(Seoul) how shall I go?

"The road is long, so deadly long, how shall I make it, tell me, pray,

"With stones, and streams, and mud, and miles, where is this Hanyang anyway?

"Some kinds of luck are great and good, glory and riches, drink and food,

"But this chap's luck is beastly mean and so he's tired and poor and lean,

"And goes by day a long stage pull, to get his hungry stomach full.

"My luck and Choonyang's, what's the cause? Most desperate luck that ever was:

"This new born Gov. is most inhuman, and does't prize an honest woman.

"But wants by everything that's coarse, to down her with his brutal force.

"While she has stood her ground sublime, just like the bamboo and the pine.

"How shall I go, how shall I go? For me it's pain, for her it's woe."

"어이 가나? 에고, 에고, 어이 가나?

"한양(서울) 천 리 어이 가나?

"길은 멀고 죽도록 먼데 이 길을 어이 가는지 말해 주오.

"돌과 개울과 진흙을 헤치고 수 마일을 가야 하는 이 한양이 도대체 어디냐?

"어떤 이는 운도 크고 좋아 부와 명예와 술과 음식이 있고

"이놈의 운은 짐승같이 비천하여 지치고 가난하고 허약하니,

"굶주린 배를 채우기 위해 하루치 먼 길을 간다.

"내 신세나 춘향 신세나, 왜 이런 것인가? 참으로 더러운 신세로

구나.

　"이 갓 생긴 부사는 몰인정하여 정직한 여인을 귀히 여기지 않고

　"온갖 비열한 방법과 금수의 위력으로 춘향을 억누르고자 하나

　"춘향은 송죽처럼 숭고하고 굽힘이 없다네.

　"어이 가나, 어이 가나? 나에게는 고통이고 춘향에게는 애환이로

구나."

The Commissioner resting under a tree listened to the song of the lad. On hearing it his eyes started from their sockets, and his heart beat a scared tattoo, his spirit melted and his senses well nigh took their departure.

When the boy came opposite to him he said, "Youngster, look here."

The boy, however, was a country lad with a stiff neck and stubborn disposition.

"Why do you call for me?" asked he, "Who are you, you callow kid to call a man of my age 'Youngster'?"

"Oh I beg your pardon, I made a mistake. Don't be angry please, but where do you live, anyway?"

"Where do I live? Why I live in our town."

"I don't mean that, I told you before that I had made a mistake. Don't be cross now! Where do you live?"

"I live in Namwon."

"And where are you going?"

"I am taking a letter to the home of the former governor."

"Let me see the letter, will you?"

"See the letter? Would you ask to see someone else's correspondence, and that from the woman's quarters, too?"

"Right you are," said Dream-Dragon, "and yet you display your ignorance of literature in saying so. Have you never read the saying, 'The man on the road meets us and opens our letters?' It'll be all right I am sure."

The Boy laughed, "Ha! ha!"

"The saying runs that important information may be found in a hempen pocket," says he to himself. "His looks are not up to much, but nevertheless, let him read it."

He gives the letter.

어사가 나무 아래서 쉬다 청년의 노래를 들었다. 이를 듣자 눈이 캄캄하고 심장이 놀라 둥둥거리고 정신이 혼미해지고 의식을 잃을 지경이었다.

그 아이가 맞은편에 오자 그는 말하였다.

"이봐, 젊은이."

그 아이는 그러나 목이 뻣뻣하고 고집 센 시골 청년이었다.

"왜 부르오?" 그가 물었다. "누구기에 풋내기 아이 같은 사람이 내 나이의 어른을 '젊은이'라고 부르오?"

"아, 잘못했다. 실수했다. 화내지 마라. 그런데 어디에 사느냐?"

"내가 어디 사느냐고? 나는 내 마을에 산다."

"그런 뜻이 아니다. 내가 실수했다고 했으니 이제 꼬아서 듣지 마라. 어디에 사느냐?"

"나는 남원에 사오."

"그런데 어디로 가는 중인가?"

"전 부사의 집에 편지를 가지고 가는 중이오."

"그 편지 좀 보세, 응?"

"편지를 보자고? 다른 사람의 편지를 보겠다고 청하는 것이오, 그것도 여자가 보낸 편지를?"

몽룡이 말하였다.

"바로 그 말이다. 그러나 그렇게 말하다니 너의 무식함을 알겠구나. '길 위에서 만난 남자가 우리의 편지를 본다.'라는 속담도 읽어보지 못했느냐? 전혀 문제가 되지 않는다."

방자가 "하! 하!" 하며 웃었다.

그는 속으로 말했다.

"그 속담은 삼 주머니에도 중요한 정보가 들어 있을 수도 있다는 뜻이지. 저 사람의 모습은 별거 아니지만 그래도 보여주겠어."

그는 편지를 주었다.

Dream-Dragon takes it, breaks the seal, and sees to his amazement that it is in the hand of Choonyang. It reads:

"Since your departure three years have already gone and letters have ceased to come. No little azure birds[120] bear me messages over

---

120 azure birds. The great Mother of Taoism Queen Su-wang-mo is supposed to have dwelt on Mount Kwenlun at the head of the troops of genii. For hundreds of years she

the thousand lee, and the wild-goose carrier has failed me. I look longingly toward heaven but my waiting eyes find nought to see; the haloed mountains have moved off into the distance, and my spirit is breaking. The *tookyon* bird cries in the plum forest, while the midnight rain falls on the *odong* trees. I sit alone and think, and think, while the earth seems lost and empty, and the heavens old and gray. This sorrow is too hard to bear. In the butterfly-dream one goes a thousand *lee*, and yet never breaks away from love. I dare not think of my lot. I pass the flowery mornings and the moonlight nights in tears and sighing. The new governor on taking office ordered me to be his concubine, and this has brought me very low even to the gates of death. I have been tortured but my soul refused to die. Still under the paddle my spirit will shortly take its flight. I pray that my dear husband may live long and enjoy health and blessing. In the eternal future ages, when this poor life is over, and a thousand years have borne away its memory, may we meet again and never, never part."

몽룡이 편지를 받고, 봉인을 열어보니, 놀랍게도 그것은 춘향이

---

has been regarded as one of the Orient's greatest divinities. She abides on the Lake of Gems near whose border grow the peach trees of the fairies. Anyone eating of its fruit will live forever. The gentle messengers that carry her royal despatches are the azure pigeons mentioned here. (청조: 도교의 대모인 서왕모는 최고 신선으로 곤륜산에 거주하는 것으로 여겨진다. 수백 년 동안 서왕모는 동양의 최대 신성으로 간주되었다. 그녀는 요지호에 사는 데 이 근처에 신선들의 복숭아나무가 자란다. 이 과일을 먹으면 누구든 영원히 산다. 서왕모의 편지를 나르는 온유한 전달자는 여기서 언급된 푸른 비둘기이다.)

손으로 쓴 것이었다. 편지는 다음과 같다.

"당신이 떠난 지 벌써 삼 년이 되었고 편지는 끊어졌습니다. 작은 청조도 천리 너머 나에게 소식을 전하지 않고 기러기도 나를 실망시킵니다. 나는 염원을 담아 하늘을 보지만 기다리는 내 눈에는 아무것도 보이지 않습니다. 안개 낀 산은 먼 곳으로 갔고 내 마음은 찢어졌습니다. 두 견새가 이화 숲에서 울고 한밤중의 비는 오동나무에 내립니다. 홀로 앉자 생각하고 생각하니 땅이 없어지고 빈 듯하고 하늘은 늙어 흰 듯합니다. 이 슬픔을 참기가 너무 어렵습니다. 나비 꿈에서 천리를 간다 하지만 결코 내 사랑을 깨지는 못합니다. 나는 내 신세를 감히 생각하지 않습니다. 나는 꽃 같은 아침과 달빛의 밤을 눈물과 한숨으로 보냅니다. 신임 부사는 도임 후 나에게 그의 첩이 되라고 명하였고 이로 인해 나는 죽음의 문턱의 나락에 떨어졌습니다. 나는 고문을 받았지만 내 혼은 죽기를 거부했습니다. 그러나 곤장을 맞으면 내 영혼은 곧 날아가겠지요. 내 사랑하는 서방님은 오래 오래 건강과 축복을 누리기를 빕니다. 미래의 영원한 시대에 이 가련한 생이 끝나고 천년 동안 그 기억이 사라지지 않을 때 우리 다시 만나 다시는 다시는 헤어지지 않기를 바랍니다."

Like the wild-goose foot-prints upon the silvery sand, there were blood marks, drop, drop, drop, upon the letter. Dream-Dragon read it in bewilderment, fell forward on his face, and cried, "Alas! Alas!" while the carrier looked at him in speechless amazement.

"I say, Boss," said he, "your cryings have soiled the letter. If in reading this woman's epistle, you take on as one would at the three great sacrifices for the dead, what would you have done had you read of her death? Pulled down your hair I suppose. Are you some relation of hers?"

Dream-Dragon said, "What do you mean? As I read her letter her case is pitiful and her sentences are marked with blood. Wood or stone itself would be moved by it, wouldn't it?"

은빛 모래 위의 기러기의 발자국처럼 편지 위에 핏자국이 뚝, 뚝, 뚝 떨어져 있었다. 몽룡은 편지를 읽고 당황하여 얼굴을 묻고 "아아! 아아!" 하고 우는데 편지를 전하는 사람이 그를 보고 놀라 말문이 막혔다.

그가 말했다.

"이봐요, 상전. 당신이 울어 편지가 더러워졌소. 이 여인의 서한을 읽고 죽은 자를 위한 삼대제[三大祭]에서 하듯 운다면, 그녀가 죽었다는 편지를 읽었다면 참 가관이겠소. 머리를 풀겠구먼. 춘향과 무슨 관계요?"

몽룡이 말했다.

"무슨 말이냐? 춘향의 편지를 읽어보니 그 사연이 가련하고 글이 피로 쓰여 있어 나무라도 돌이라도 이를 읽고 마음이 움직이지 않겠느냐?"

Now the carrier lad, Halfwit, was the same boy who had acted the part of messenger for Dream-Dragon when he was in Namwon, and had gone and come with letters to Choonyang's house. After a little inspection there was no mistaking in his mind as to who this stranger was, but still he acted his part for a time, and then at last he made a rush toward his former master, bowed very low and inquired as to his honourable health. He once more gave the letter from his pocket, told all about Choonyang and what had befallen her, till Dream-Dragon ground his teeth with rage, and forgetting that Half-wit overhead him declared what he would do, "I shall dismiss this rascal from his office and send him flying."

지금 편지를 나르는 청년인 반편은 몽룡이 남원에 있을 때 그의 편지를 들고 춘향 집을 왕래하던 전령의 역할을 했던 바로 그 아이였다. 잠시 살핀 후 마음속으로 이 낯선 이가 누구인지 분명히 알아보았지만, 한동안 모르는 척한 후에, 드디어 전 주인 앞으로 달려가 납작 엎드리며 그의 안부를 물었다. 그가 다시 한 번 주머니에서 편지를 내어 주며 춘향과 그녀에게 무슨 일이 생겼는지 모두 말하자 몽룡은 분노로 이를 갈며 반편이 듣는 것도 잊고 그가 앞으로 어떻게 할지 선언했다.

"내 이놈을 파직시켜 날려 버리겠다."

The Boy had drunk *yamen* waters for twenty years or so and was not slow to guess what such a speech could mean. When this was said, he himself chimed in, "If I could only be the attendant soldier-guard to Your Excellency, just as soon as we get into Namwon I'd help to break his bull-beast head."

"What do you mean?" asked Dream-Dragon, "If I were the King's

Commissioner I said I would do so and so, but how could I ever expect to be that?"

The Boy laughed a broad grin, saying, "I know this, and I know that please don't deceive your humble servant, sir!"

방자가 *아문* 물을 20년 넘게 마셨으니 그 말이 무슨 뜻인지 추측하기가 어렵지 않았다. 이 말을 듣자 방자가 맞장구를 쳤다.

"나리의 수행 호위병이 되기만 하면 우리가 남원으로 들어가는 즉시 그 소 같은 놈의 머리를 내가 부숴버리겠습니다."

몽룡이 물었다.

"무슨 말이냐? 내가 만일 왕의 어사라면 이러이러한다고 말했다. 그런데 내가 어떻게 그리되길 바랄 수 있겠느냐?"

방자가 씩 웃으며 말했다.

"이것도 알고 저것도 아니 미천한 하인을 속이지 마십시오, 나리!"

To be Continued

CHOON YANG[121]

(Continued from the *March* number)

XⅦ. BEFORE THE BUDDHA
XVⅢ 부처님께 드리는 기도

Now that the Commissioner had disclosed himself thus to Halfwit, he took him with him to a neighbouring monastery, which was called the Temple of a Thousand Blessings. It was to this same-temple that Choonyang's mother had come, years ago in her desire for a child. She had made no end of contributions, rice fields and the like, and had asked earnest prayers, so that in the course of time Choonyang was born. Now again that Choonyang had fallen under the bastinado, and was nearing death's border-line, she had engaged all the priests to offer sacrifice in the main temple and to pray to the Buddha. Thus they were rigged out in all their paint and feathers. Some were braided, some had on headcaps; some wore cassocks; some held gongs, some cymbals, some gongbells: some wooden rattleclaps, while little boys held drums and red-wood drums ticks.

The drums went, "T*oo-ree Toong-toong!*" the cymbals "*kwang-kwang,*" the wooden rattle claps "do-doo-rak," "*do-doo-rak,*" the

---

121 J. S. Gale, "Choonyang", *The Korea Magazine* Ⅱ 1918. 4. pp.169~176; 몽룡이 볼짝 쇠와 만덕사로 향하는 장면부터 농부들을 만나 춘향을 비방했다가 혼쭐나는 장면까지를 번역했다.

gong-bells "*chal-chal*"; the gongs "jang-jang"; the pipes "*chew-roo-roo.*"

어사는 자신을 이렇듯 반편에게 드러낸 후에 그를 데리고 천복사로 불리는 인근의 사원으로 갔다. 이곳은 춘향모가 수년 전 아이를 얻고자 왔던 바로 그 사원이었다. 그녀가 논과 그런 류를 계속해서 기부하고 간절히 기도하는 중에 춘향이 태어났다. 이제 다시 춘향이 형장을 맞아 죽음의 문턱에 가게 되자 춘향모는 모든 사제들을 불러 본당에서 제를 올리고 부처님께 축원했다. 그들은 모두 그림과 깃털로 의장을 갖추었다. 어떤 이는 머리를 땋고, 어떤 이는 모자를 쓰고, 어떤 이는 가사(裟裟)를 입고, 어떤 이는 징을 어떤 이는 심벌즈를 어떤 이는 징벨을 들고, 어떤 이는 목탁을 쥐고, 동자들은 북과 홍목 북채를 들었다.

북은 "*두 리 둥 둥!*", 심벌즈는 "*쾅쾅*," 목탁은 "*도 두 락*" "*도 두 락*," 공벨은 "*찰 찰*, 징은 "*장 장*," 피리는 "*추 루 루*"한다.

The prayer was: "O, Amida Buddha! O, Buddha who rulest in the four quarters of Nirvana with its endless heights and illimitable distances: Have mercy, O, Amida Buddha! O, Sokka Yurai[122]! O, Merciful Buddha! O, Saviour Buddha! O, *Posal*[123] of the Earth, and thou five hundred *Nahans*, and you guardian of the eight regions of

---

122 Sokka Yurai. The highest title of the Buddha, meaning without origin or end. (석가여래: 부처를 가리키는 최고 존칭으로 기원 혹은 끝이 없음을 의미한다.)

123 Posal. A Buddhist divinity one step below the great Divinity. (보살: 불교의 신성으로 대신성보다 한 단계 아래에 있다.)

the gods, hear our prayers in behalf of the unfortunate Choonyang, whose family name is Song, who was born in the year *Imja*,[124] in the village of the Descent of the Fairies, in Namwon county, east Chulla, in the Kingdom of Chosen. She is now in prison, and her frail life hangs by a thread, under the awful menace of the paddle. Cause thou that Yee Dream-Dragon, who lives in Seoul, in Three Stream Town come south to Chulla as governor, or secret Commissioner of His Majesty, so that she may not die, This is our prayer."

기도는 이러하다.

"오, 아미다 부처님! 오, 끝없이 높고 한 없이 넓은 네 곳의 열반을 다스리는 부처님. 오, 자비로운, 아미다 부처님! 오, 석가여래님! 오, 자비로운 부처님! 오, 구세주 부처님! 오, 땅의 *보 살*님과 오백 *나 한* 님! 신이 사는 여덟 지역을 지키는 수호신이여, 조선, 동전라도, 남원 군, 강선동, *임자*년에 태어난 성씨 성의 불쌍한 춘향을 위해 저희들 의 기도를 들어주십시오. 지금 옥중에 있는 춘향의 가느린 생명은 하나의 줄에 매달려 있고 끔찍한 곤장을 맞을 처지에 놓여 있습니다. 서울 삼청동의 이몽룡이 부사이든 왕의 밀사로든 남쪽 전라도로 오 게 해 춘향이 죽지 않게 해주십시오."

While the pipes went,

---

124 Imja. This is one of the names of the years of the cycle of which there are sixty. Imja might mean 1552, 1612, 1672, etc. Eulchook is another of the names that make up the sixty. (임자년: 60년 주기에서 한 연도의 이름이다. 임자년은 1552, 1612, 1672년 등을 의미하고, 을축년은 60년에 들어있는 또 다른 연도의 이름이다.)

"*Chew-roo-roo!*"

The cymbals,

"*Kwang-kwang!*"

The drums,

"*Soo-ree, toong-toong!*"

The rattle-claps,

"*Do-doo-rak!*"

With their wide sleeved coats the priests waved their arms, and beat a tattoo this way and that, like the fluttering moths of the summer time, moving back and forth in Buddhist order.

피리는

"*추루루!*"

심벌즈는

"*쾅쾅!*"

북은

"*수리, 둥둥!*"

목탁은

"*도두락!*"

넓은 소매 옷을 입은 사제들이 팔을 흔들고 이리저리 북을 치고, 마치 여름날 나방이 퍼덕이듯 불교 의식에 따라 앞뒤로 움직였다.

The Commissioner beheld it all in wonder.

"I thought it was by virtue of my ancestors," said he, "that I am coming south in this capacity, but I find that it is due to the Buddha."

On the following day he called the priests together, presented them with a thousand *yang*, then hurriedly wrote a letter and gave it to Halfwit, saying, "I shall wait here for a time. Take the letter and give it to the captain of the guard at Oonbong. He'll give you something for it in return, so deliver it carefully, and wait for me tomorrow morning."

"Yes, sir," answered Halfwit.

He took it and went with all speed to Captain Oonbong. Oonbong read it and then suddenly called a soldier saying, "Lock this chap up in prison, will you. See that he's well fed and cared for, and await my order."

"Yes, sir." said the soldier, and so they locked up Halfwit.

　　어사는 이 모두를 넋을 잃고 바라보며 말했다.

　　"어사가 되어 남쪽으로 온 것이 내 조상님 덕인 줄 알았더니 부처님 덕분이었구나."

　　다음날 그는 사제들을 모두 불러 그들에게 천냥을 주었다. 그런 후 서둘러 편지를 써서 반편에게 주며 말했다.

　　"나는 여기서 잠시 기다릴 터이니 너는 이 편지를 운봉을 수비하는 대장에게 주어라. 그러면 대가로 너에게 어떤 것을 줄 것이다. 그러니 이 편지를 조심해서 전달하고 내일 아침 나를 기다리라."

　　"예, 나리." 반편이 대답했다.

　　반편은 편지를 들고 빠른 속도로 운봉수비대장[125]에게 갔다. 운봉은 이를 읽은 후 갑자기 한 병사를 불러 말했다.

"이 놈을 감옥에 가두어라. 잘 먹이고 잘 보살피며 내 명을 기다리라."
"예." 그 병사가 말한 후 그들은 반편을 가두었다.

XVIII. THE BLIND SORCERER

XVIII 맹인 마법사

When the Commissioner had despatched Halfwit to Oonbong he made all haste to leave. At this same time Choonyang had fallen asleep and had a dream. She dreamt that the apricot and plum blossoms before the window had fallen; that the looking glass that she used to dress by had been broken in two; that a scarecrow image was hanging over the door; and that the crows outside on the wall were calling "*ga-ook, ga-ook, ga-ook.*"

She sat now wondering whether it were a bad or good-omened dream, her thoughts troubling her. At this moment she heard going by the prison the blind sorcerer Haw, who read prayers and cast horoscopes for the town folk, so she summoned the keeper and asked him to call fortune-teller Haw to her.

어사는 반편을 운봉에게 급파한 후 서둘러 출발했다. 바로 이때 춘향은 잠이 들고 꿈을 꾸었다. 그녀는 창문 앞의 살구꽃과 자두꽃 이 떨어지는 꿈을 꾸었다. 옷을 입을 때 사용하던 거울이 둘로 깨졌

---

125 운봉수비대장(Captain Oonbong): <옥중화>의 운봉영장(營將)에 해당된다.

고, 허수아비 상이 문 위에 걸려 있고, 문 밖에서 까마귀가 "*가옥, 가*
옥, 가옥" 했다.

춘향은 이제 앉아 그 꿈이 흉몽인지 길몽인지 생각하니 마음이 심
란했다. 이 순간 그녀는 마을 사람들에게 기도문을 읽어주고 별점을
치는 맹인 마법사 허씨가 감옥 옆을 지나는 소리를 들었다. 그녀는
간수를 불러 점쟁이 허씨를 불러 달라 청하였다.

He came in forthwith and sat down.

"Please excuse my not calling and making inquiry for you before,"
said the blind man. "You have had a hard time under the rod. Let me
massage you, will you? Though I cannot see, yet my fingers are
medicinal fingers. I can dispel pain from the body as one would
scatter a thousand troops. Let me see. Let me see."

He began in a rude and immodest way to handle her, but she,
instead of pushing him off with a stroke of the hand, being anxious to
get his interpretation of her dream, influenced him thus: "Blind
Master, I want to tell you something. My mother has always said to
me that Master Haw, who lives outside the West Gate, although
blind, is really at heart a gentleman; that his behaviour is always of
the highest order; and that everybody speaks well of him. 'When you
were a little girl,' said she to me, 'he frequently saw you, and used to
take you on his knee like a father, saying 'My little daughter, My
little daughter!' He would shake you and pat your cheek." I often
wished after growing up to go and see you. It is as if it were but

yesterday that I heard all these good things."

그가 들어와 앉으며 말했다.

"진작 와서 안부를 묻지 않을 것을 용서해다오. 매 맞느라 힘들었구나. 내가 안마해도 괜찮겠지? 눈은 보이지는 않지만 내 손은 약손이라 천 명의 군사를 흩어 놓듯이 몸의 고통을 쫓아낼 수 있단다. 어디 보자. 어디 보자."

그는 뻔뻔하게 춘향을 마구 주무르기 시작했다. 그녀는 꿈의 해몽을 얻고 싶은 마음에 그를 손으로 쳐서 밀어내지 않고 대신 이런 말로 그의 마음을 움직였다.

"봉사님, 말할 것이 있소. 어머니가 항상 나에게 서문 밖에 사는 허봉사님은 비록 그 눈은 보이지 않지만 마음이 정말 신사이고, 그 행동은 항상 매우 고상하여 모든 사람들이 그를 칭찬한다고 했소. 그리고 '네가 어릴 때 허봉사가 너를 만나면, 내 귀여운 딸아, 내 귀여운 딸아! 하며 아버지처럼 너를 무릎에 앉히고 흔들고 뺨을 어루만져 주었다'고 했소. 장성한 후 봉사님을 가끔 찾아뵙고 싶었소. 이 좋은 말들을 들은 지가 마치 어제인 듯하오."

The fortune-teller, hearing this, changed his touch to the gentlest, kindest and most reserved.

"Yes, that's so, but what wretch ever beat you thus?"

"The beater 'Big-bell' did it," said Choonyang.

"He is a brute," said Haw.

"If he calls me to read prayers for him at the month end, I'll set him

433

a day that will play havoc with his full stomach. But what was your dream?"

점쟁이가 이를 듣고 손길을 바꾸어 가장 부드럽고 친절하게 예의를 갖추어 만졌다.

"그래, 그렇지. 그런데 어떤 놈이 너를 이렇게 쳤느냐?"

"집장 '왕방울'이 그랬소." 춘향이 말했다.

"짐승 같은 놈이구나." 허가 말했다.

"이달 말에 나에게 독경해 달라고 부르면, 하루 동안 배탈이 심하게 나는 날을 정해줘야겠다. 근데 너는 무슨 꿈을 꾸었느냐?"

When Choonyang told all her dream, Haw cast lots with his silver mounted divining-box. He put in the dice, held it high in the air, and then called out his prayer thus:

"Heaven do you say nothing? and Earth do you say nothing too? And yet you will be moved to give me what I ask, I know. For a goodman's virtue is one with Heaven and Earth, and its glory is like the Sun and Moon, and its comeliness is like the order of the Four Seasons, and its luck is like that of the gods. In this year *Eulchook*, in the 5th moon on the 20th day, in the land of Chosen, in East Chulla province, in the county of Namwon, in the township of Phoenix-bamboo, in the village of the Descent of the Fairies, we make our petition. There was born in the year *Imja*, one whose family name is Song, and whose given name is Choonyang. She is just now locked up in prison and has suffered pain for many days. Tell when she will be set free, I pray; when she will meet Yee Dream- Dragon of Three Streams in Seoul, and what her fortune will be. As you revealed secrets to the ancients so now reveal this to me."

춘향이 꿈을 모두 말하자 허봉사는 은 점통으로 점을 쳤다. 그는 주사위를 넣고 그것을 공중에 높이 든 후 기도문을 외웠다.

"하늘도 침묵하고, 땅도 침묵하지만 천지가 감동하여 저에게 답을 주실 것을 믿습니다. 선량한 사람의 미덕은 천지와 함께 하고, 그 영광은 해와 달과 같으며, 그 아름다움은 사계절의 질서와 같으며, 그 행운은 신들과 같습니다. 올해 을축년 음력 5월 20일 조선 땅 동전라도 남원군 봉죽면 강선동에서 염원합니다. 임자년 성이 성이고 이름은 춘향이 태어났습니다. 지금 옥에 갇혀 수일을 고통 받고 있습니다. 춘향이 언제 풀려날지, 서울 삼청동의 이몽룡을 언제 만날지, 그녀의 운명이 어떻게 될지 말해 주시길 바랍니다. 옛사람들에게 그러했듯 오늘 나에게 비밀을 알려 주십시오."

He compared the dice and gave a great laugh, "A good throw indeed! The 'official-devil' meets a 'blank.' When the 'official-devil' meets a 'blank' it means that the case is off. You'll be free today or tomorrow. Next, the 'green-dragon,' the 'official devil.' and the 'posthorse!' Ha, ha! That means official promotion. Sure! We have here the highest official office in the land. The 'tiger' comes forth in the night from 'Inwang Mountain' and crosses the 'Han

River.' He's coming; my casts are casts of the gods. You'll see. Tie a knot on your apron string and lay a wager."

그는 주사위를 비교하더니 크게 웃었다.

"좋은 점이구나! '관귀[官鬼]'가 '공[空]'을 만난다. '관귀'가 '공'을 만난다는 뜻은 송사가 끝났다는 뜻이다. 너는 오늘 아니면 내일 풀려날 것이다. 다음은 '청룡', '관귀' 그리고 '역마'구나. 하, 하! 이것은 관리의 승진을 뜻한다. 틀림없다! 이 땅에서 가장 높은 관직이 여기에 있다. '호랑이'가 밤에 '인왕산'에서 나와 '한강'을 건넌다. 그가 오고 있다. 내 점은 신점이다. 알게 될 것이다. 앞치마 끈으로 매듭을 지어 내기하자."

Choonyang replied, "Your words along given me courage, now tell me my dream."

Haw made answer, "I'll do so. The *falling blossoms* indicate that the time of fruit has come. The *broken glass* indicates a sound, a report, a ringing noise. The *scare-crow* over the door means that all the people will look up to see as they pass by; and the crow on the prison wall who went '*ga-ook, ga-ook go-ook*' means the *Ga* of Beautiful, and the *Ook* of Mansion. You are to meet with great fortune. When you meet a gentleman at the 5th watch of the night there will be no end of gladness this *kapin* day. At the tenth hour of *pyongjin* day, you will ride in a gorgeous palanquin, and if you don't, may I die and be confounded. Be not afraid."

"If it comes thus as you say," said Choonyang, "I'll surely reward you."

"I say," said blind Master, "There are lots of folks, now-a-days, wearing headcaps of rank, even though they have no rank. Give me a head cap will you. It will all come about in a day or so. Mind I tell you."

He said good-bye and left.

　　춘향이 대답했다.

　　"그 말에 용기가 났으니 이제 내 꿈을 말해주시오."

　　허가 대답했다.

　　"그래. '낙화'는 열매 맺을 때가 왔음을 말한다. '파경'은 소리, 소문, 울리는 소음을 말한다. 문 위의 '허수아비'는 모든 사람이 지나가며 위를 본다는 뜻이고 '가 욱, 가 욱, 가 욱' 하며 가는 감옥 담의 까마귀에서 가는 아름다움을, 옥은 집을 의미한다. 너는 큰 행운을 누릴 것이다. 밤 오경에 신사를 만나면 이날 갑 인 일에 기쁨이 끝이 없을 것이다. 병 진 일 10시에 너는 화려한 교자를 탈 것이다. 만약 그렇게 되지 않는다면 내가 죽어 저주를 받아도 좋다. 걱정하지 마라."

　　"말한 대로 되면 반드시 보답하겠소." 춘향이 말했다.

　　허가 말했다.

　　"근래 관직이 없으면서 관모[官帽]를 쓰는 사람들이 많다. 나에게 관모를 하나 다오. 모든 것이 하루 이틀 내에 일어날 것이다. 내 말을 명심하라."

　　허봉사는 작별 인사를 하고 떠났다.

XIX. AT THE HAND OF FARMERS

XIX. 농부의 손에서

At this time the Commissioner, thinking of Choonyang, made all the speed he could, his heart in a state of trepidation. The time of year was when the farmers were out transplanting their rice seedlings. People in hundreds were busy in the fields, in reed hats and grass rain-coats, making their plantings. While they worked they sang so that the hills re-echoed;

이때 어사는 춘향 생각에 마음이 조급해져서 최대한 속도를 내었다. 한 해의 이때는 농부들이 밖으로 나와 볍씨를 옮기는 때였다. 수백 명의 사람들이 논에서 갈대모와 풀 비옷을 착용하고 들판에서 바쁘게 볍씨를 심고 있었다. 일하는 동안 그들은 산이 울리도록 노래를 불렀다.

"Too-ree toong-toong, kwang, sang-sa twee-o."

"To start schools, and learn the sacred teachings, is the calling of the Superior Man,"

"Oh Yo-yo sang-sa twee-o;

"To live luxuriously in the mansions of the blessed, is the fortune of high ministers of state.

"Oh yo-yo sang-sa twee-o;

"To go horse-back riding and cock-fighting in the flowery hills is the delightful calling of the sportive youth.

"Oh yo-yo sang-sa twee-o;

"There are lots of callings in the world of the gentry, but we poor farmers only work, and eat, and drink, and sleep,

"Oh yo-yo sang-sa twee-o;

"Listen to me you lads, Let's go abroad in ships upon the big blue sea, travel far and view the world, learn this and that, and prove ourselves first dwellers in the land,

"Oh yo-yo sang-sa twee-o.

One farmer would pipe out in a loud voice the leading couplet, while others came in on the chorus.

"Oh yo-yo sang-sa twee-o;

"The Superior Man puts away the drinkings and immoralities of the world, and with high and noble purpose meets his fellow; treats him honestly and well in all his acts and words.

This is the manner of the Superior mans.

"Oh lol-lol sang-sa twee-o;

"To ride on a fine horse, with a wide and liberal spirit inside of one, and a mind stored with the sacred teachings of the Sages, and to shake the world with skill and knowledge, this is the part of the Superior Man,

"Oh lol-lol sang-sa twee-o;

"He who gathers the young under his kindly sway, and sees that they are taught the sacred writings, assisting each in the direction of his particular talent, and aiding them to become strong and good men, does the part of the Superior Man,

"Oh lol-lol sang-sa twee-o;

"Not sparing his thousands of gold, but giving liberally to aid all sections of society; with Heaven's love of life and prosperity emanating from him, so that he becomes a living Buddha, this is the work of the Superior Man,

"Oh lol-lol sang-sa twee-o;

"Looking into the ways and means of government, so as to help the poor; keeping the national treasury well filled so that the merchants' prices may rise and fall at pleasure, this too is the calling of the Superior Man;

"Oh lol-lol sang-sa twee-o;

"He who in his dealings with public affairs, when he finds a difficulty, never-retreats, but moves forward so that with due patience and gentleness, all come right, he is the Superior Man,

"Oh lol-lol sang-sa twee-o;

"We are singing now of the Superior Man whose thought is deep, and who in heart out distances the world. We are borne down by the thought of him and our throats are dry.

"Oh lol-lol sang-sa twee-o;

"From the icy caverns, where the cold streams run ceaselessly, drink deep, and then work as no man on earth ever worked before,

"Oh lol-lol sang-sa twee-o."

"두리 둥둥, 쾅, 상사 디오."

"학교를 다니며 성스러운 가르침을 배우는 것이 군자의 소명이오,

"오 여여 상사 디오,"

"복 받은 저택에서 화려하게 사는 것은 고관대작의 행운이오,

"오 여여 상사 디오,

"말을 타고 꽃 산에 투계하러 가는 것은 놀기 좋아하는 청년의 즐거운 소명이다.

"오 여-여 상-사 디오,

"신사의 세계에는 할 일도 많지만 우리 가난한 농부들은 일만 하고 먹고 마시고 잠만 자네.

"오 여여 상사 디오,[126]

"청년들아 내 말을 들어 보아라. 배를 타고 넓고 푸른 바다로 나가서, 먼 곳을 여행하며 세상을 보고 이것저것 배워 우리가 이 땅의 제일 주인임을 직접 증명하자.

"오 여여 상사 디오.

한 농부가 큰소리로 선창을 뽐어내면 다른 농부들은 코러스로 합창한다.

"오 여여 상사 디오,

"군자는 술과 세상의 부덕을 멀리하고 높고 고귀한 뜻으로 친구를 만나고 오로지 정직하고 건전한 행동과 말로 대하느니.

이것의 군자의 방식이라.

---

126 『옥중화』의 丈夫事業家 대목 중에서 "大丈夫 世上에 나 酒色의 累 를 벗고~改良風俗ᄒᄂᆫ 것도 大丈夫의 일이로다" 부분을 장황한 사설로 게일이 여겼는지 번역에서 누락시켰다.

"오 럴-럴 상-사 디오,

"멋진 말을 타고 거침없고 자유로운 영혼을 품고 성현의 신성한 가르침으로 마음을 채워 재주와 지식으로 세상을 흔드는 것, 이것이 군자의 일이라.

"오 럴럴 상사 디오,

"청년들을 모아 감화시키고 성스러운 글을 배우게 하여 각자 특정한 재주를 가지도록 도와주어 강인하고 선량한 사람이 되도록 하는 것이 군자의 일이라.

오 럴-럴 상-사 디오,

"천금을 아깝다 않고 아낌없이 각계각층을 도와주고, 하늘의 생명 사랑과 번성을 몸소 드러내어 살아있는 부처가 되니, 이것이 군자의 일이라.

"오 럴-럴 상-사 디오,

"정부의 세입을 살펴 빈민을 도우며 상시 국고를 가득 채워 상인의 가격이 마음대로 오르고 내리도록 하니, 이것 또한 군자의 일이라.

"오 럴-럴 상-사 디오,

"공사를 처리할 때 어려움에 부딪히면 결코 물러서지 않고 전진하여 인내심과 온화함으로 모든 것을 이루니, 그는 군자이니라.

"오 럴-럴 상-사 디오,

"그 생각이 깊고 그 마음을 쫓아가기 힘든 군자를 노래하니 군자의 사상에 압도되어 목이 마르구나.

"오 럴-럴 상사 디오,

"찬물이 쉼 없이 흐르는 얼음 동굴의 물을 시원하게 마신 후 세상 누구보다 더 열심히 일하자.

"오 럴럴 상사 디오."

After a season spent thus at transplanting, they all came out of the paddy field to have a taste of native whiskey. At one side of the crock stood a farmer who had his hoe over his shoulder, and a straw umbrella hat on his head. His grass rain-coat was stuffed through his belt, and he stood before a brazier warming his hands. He took from his dog skin tobacco pouch some tobacco, emptied it into his left hand, wet it with his breath, spat on it, ground it fine with his thumb, and then drew his pipe from under his top-knot where it had been transfixed, filled it and took a long deep puff from the ash fire, drawing with a bellows strength.

한동안 이렇게 볍씨를 옮긴 후에 농부들은 모두 논에서 나와 토속술을 맛보았다. 옹기 한 편에 호미를 어깨에 메고 머리에 짚으로 만든 우산 모자를 쓴 농부가 서 있다. 그는 풀로 만든 비옷을 벨트로 동여매고 화로 앞에 서서 손을 따뜻하게 하고 있었다. 그는 개가죽 담배주머니에서 담배를 조금 꺼내 털어 왼손에 붓고 숨으로 축이고 침을 뱉고 엄지로 잘 간 다음 머리끝묶음 아래에 꽂아 두었던 담뱃대를 꺼내 여기에 담배를 채운 후 잿불에서 배 힘을 다해 빤 후에 깊고 길게 훅 내뱉었다.

The Commissioner watched him from the side.
"Ha, ha," said he, "He's a strong mouthed chap you."

The farmer looked up at him and said, "Now that they say that there's a Secret Commissioner abroad, such creatures as this one are all about us, on the go."

The Commissioner then ventured to inquire, "Say, friend, what about your governor's conduct, any way?"

The farmer laughed. "This fellow makes pretence that he is a Commissioner, and inquires for the governor's acts. How does he do his work? Why he eats well, and drinks well, and hoes well, and spades well, and even rakes well. Nobody does better than he, and tomorrow after a big feast that is to be held in the *yamen*, he is going to beat to death an honest woman by the name of Choonyang. This rascal is only going to kill her, that's all; but he'll ride out yet one of these days on a hangman's chair."

어사가 곁에서 그를 지켜보았다.

"하, 하," 그가 말했다. "그 사람 입심이 세군."

농부가 그를 올려 보고 말했다.

"암행어사가 나온다고 하더니 이런 것들이 온통 주위에 있네, 가던 길 가소."

어사가 나서 물었다.

"이봐, 친구, 여하튼 당신네들 부사의 행실이 어떠한가?"

농부가 웃었다.

"이 자가 어사인 척하며 부사의 행위를 묻는구나. 그가 일을 어떻게 하느냐고? 잘 먹고 잘 마시고 호미질 잘 하고 삽질 잘 하고 심지어

갈퀴질도 잘한다. 그보다 잘하는 사람 없지. 내일 *아문*에서 대연회를 연 후에 춘향이라는 정직한 여인을 매로 쳐서 죽일 것이다. 이놈이 춘향을 그저 죽이려고만 하지, 그게 다야. 그러나 그 놈은 조만간 사형 집행인의 의자를 타게 될 것이다."

"Look here Myongsamee!"

"Well?"

"Did you see that round robin?"

"I saw it."

"There were a thousand names from our forty-eight townships alone written on it weren't there?"

"Shut up, don't talk like that."

The Commissioner pretended that he did not know what they said.

"Look here," said he, "did this Choonyang really go off with another man and disobey what the governor said?"

"여보게 명삼이!"

"응?"

"그 사발통문을 보았나?"

"보았네."

"우리 사십팔 마을에서만 사발통문에 이름을 쓴 이가 수천 명이 되지 않나?"

"닥치게. 그런 말하지 말게."

어사는 그 말을 알지 못한 척하며 말했다.

"이보게, 춘향이 정말로 다른 남자랑 바람나서 부사의 말을 거역했는가?"

The farmer suddenly glared fierce anger at him, shut his two fists and like a wild tiger sprang forward and gave him a fierce blow across the cheek. "You low born runt you, will you dare to accuse a good woman like Choonyang, and dishonor her name? Have you seen it? Have you heard it? If you have seen it, then out with your eyes; or if you have heard it off with your ears. Tell the truth now."
Then he gave him another blow.
"Say you there (speaking to a comrade) bring that shovel here, and we'll dig a hole and bury this creature." He gave him such a wrench by the scruff of the neck that Dream-Dragon thought his last hour had come.
"Please," said he, "don't kill me. I did wrong. You know it is a saying that men born of the military class make slips of the tongue. I did not know and so said what I ought not to have said. Please pardon me."

농부가 갑자기 불같이 화를 내며 두 주먹을 쥐고 성난 호랑이처럼 앞으로 내달아 어사에게 따귀를 날렸다.
"이 천한 놈의 새끼, 네가 감히 춘향 같은 훌륭한 여인을 비난하고 그 이름을 욕되게 해? 네가 보았느냐? 네가 들었느냐? 보았다면 네 눈을 뽑고, 들었다면 네 귀를 자르자. 당장 바른대로 말해라."

그런 후 한 번 더 따귀를 때렸다.

"이봐 거기 자네, 여기 저 삽을 가져 오게. 우리 구덩이를 파서 이 자를 묻으세."

그가 멱살을 잡고 목을 비틀자 몽룡은 마지막 순간이 왔구나라고 생각했다.

"제발, 살려주게. 정말 잘못했네. 군인 집안에서 태어난 사람은 말 실수를 한다는 속담도 있지 않나. 모르고 해서는 안 되는 말을 했으 니 제발 용서해주게."

Then an old farmer came out and said, "There now, that will do. Let him alone. He is young and has no sense. Let him go. I tell you."

At which all the farmers raised a laugh.

"If you say such things again," said they, "you are a dead man. Mind what we tell you, now go."

Dream-Dragon, scared almost out of his wits, was glad to leave.

"All you farmer gentlemen, fare ye well and rest in peace."

He said his good bye thus and took his departure.

그때 늙은 농부가 나와 말하였다.

"거기 이제 그만하면 됐네. 내버려두게. 어리고 지각없어 그러하 니 보내게. 얼른."

이에 모든 농부들이 크게 웃었다.

"다시 그런 말을 하면" 그들이 말했다. "너는 죽은 사람이다. 우리 의 말을 명심하고 당장 가."

몽룡은 혼줄이 나서 무서웠지만 기뻐하며 떠났다.

"농부 신사들, 다들 잘 있고 평안하소."

그는 작별 인사를 하고 길을 떠났다.

To be Continued

CHOON YANG[127]

(Continued from the *April* number)

X X. THE MOTHER-IN-LAW

XX. 장모

He had met with insult and yet there was an interesting side to it, which he greatly enjoyed. He slept at Osoopost-house, crossed hard Stone Hill, there rested his tired legs on a rock under a pine tree, where he nodded off to sleep for a little and had a dream. In it he saw a beautiful woman fallen in the long grass, that was on fire. She rolled and tossed in helplessness, and then called "Commissioner Yee won't you help me?" He rushed into the fire in great excitement, took her in his arms and carried her safe outside, and then with a start awoke to find that it was a passing dream. But his heart was disturbed by it, and he hurried along on his way, till he reached Namwon, saying to himself, "Is poor imprisoned Choonyang dead, or is she alive? Does she think of me and break her heart? If she knew I were coming she'd dance to meet me, and laugh to greet me, but she does not know, and all is yet uncertain."

---

127 J. S. Gale, "Choonyang", *The Korea Magazine* Ⅱ 1918. 5., pp.213~223; 몽룡이 바위 위에서 미인이 불 속에 빠지는 꿈을 꾸는 대목부터 춘향을 옥중 면회하는 장면 까지가 번역되어 있다.

그는 모욕을 당하였지만 재미있는 부분이 있어 매우 즐거웠다. 그는 오수역 숙소에서 자고, 석산을 힘들게 넘어, 소나무 아래 바위에서 지친 다리로 쉬는데, 잠시 꾸벅 졸다 꿈을 꾸었다. 그는 불이 붙은 장초에 아름다운 여인이 떨어지는 것을 보았다. 그녀는 구르고 뒤척여도 소용없자 소리쳤다.

"이어사, 도와주지 않겠습니까?"

그는 크게 당황하여 불속으로 달려들어 그녀를 품에 안고 안전하게 밖으로 데리고 나왔다. 깜짝 놀라 깨어보니 지나가는 꿈이었다. 그러나 그는 꿈을 꾼 후 마음이 심란해져 길을 재촉하였고 마침내 남원에 도착하였다. 그는 중얼거렸다.

"감옥에 갇힌 불쌍한 춘향은 죽었는가 살았는가? 나를 생각하며 상심하고 있는가? 만약 내가 오는 것을 안다면 춤을 추며 나를 맞고 웃으며 나에게 인사할 터인데, 춘향은 모른다. 그리고 아직 모든 것이 불확실하다."

He saw once more the old sight that he had lived among and known, "The hills are the same hills; the streams are the same streams, and the green trees line the same pleasant pathways that I journeyed over years ago. I see again the mountain city of Choryong. Is it you, too, Fairy Monastery, that I behold? and are you well Moonlight Pavilion? I am so glad, old Magpie Bridge!"

He climbed up once more into the pavilion, and looked down toward Choonyang's house. The gate-quarters were leaning sideways and there was nothing left worth seeing.

"It's not quite three years since I left Namwon, why does the place look so deserted?"

그는 이전에 살며 알았던 옛 경치를 다시 한 번 보았다.

"산은 같은 산이고, 물도 같은 물이며, 수년 전 즐겁게 다니던 같은 길에 푸른 나무가 줄 지어 있구나. 조룡 산성을 다시 본다. 너는 선은사이냐? 월광전은 잘 있느냐? 오래된 오작교야, 참으로 반갑구나!"

그는 다시 한 번 월광전에 올라 춘향의 집을 내려 보았다. 문간채는 찌그러져 볼만 한 것은 하나도 남지 않았다.

"내가 남원을 떠난 지 3년도 안 되었는데, 어찌하여 저곳이 저렇게도 황폐해 보이는가?"

He went here and there slowly stepping softly, and at last reached Choonyang's house that nestled among the trees. The whitened wall at the front and to the rear was broken down in places, and wild grass grew upon the terrace tops. There were few traces of people anywhere. The hungry dog before the twig gate did not know him, and so barked snarlingly. But the trees under the windows were the same green bamboos and ever verdant pines. Soon the day would fall, and the moon would rise over the eastern hills. His heart was full of crowding thoughts, while the calling of the birds filled him with intense sadness. He heard a low moaning sound toward which he looked here and there among the evergreens, where they grew thickest together, and just where he could dimly distinguish, there was seen Choonyang' mother before a little shrine built to the Seven Stars(Big Dipper). She had brought a basin of holy water and was burning incense and bowing, as she prayed. "Oh thou spirit of Heaven and Earth, thou spirit of the Stars, thou Saviour Buddha, and thou five hundred Nahan, thou Dragon king of the Seas, thou kings of the Eight Regions of the Dead, thou Lord of the city before whom I pray, Please send Dream-Dragon Yee of Hanyang (Seoul) as governor, or as Commissioner, so that my child may be saved from death and prison. Thou Spirit of the Heaven and Earth, be moved by my prayer and save her!"

그는 여기저기 천천히 완보하여 마침내 나무들 속에 자리 잡은 춘향 집에 도달했다. 앞과 뒤의 흰 벽은 곳곳이 무너졌고 잡초가 테라스 위에 자랐다. 어느 곳에도 사람의 흔적이 없었다. 싸리문 앞의 배고픈 개는 그를 몰라보고 으르렁거리며 짖었다. 그러나 창문 아래 나무들은 상시 푸른 대나무와 상시 청청한 소나무로 지난날과 같았다. 곧 날이 저물고 달이 동산에 떠오를 것이다. 그의 마음은 온갖 생각으로 가득한데 새 소리는 그의 마음을 더욱 깊은 슬픔으로 채운다. 그는 낮게 우는 소리를 듣고 상록수 사이를 여기저기 살펴보았다. 나무가 가장 빽빽하게 자라 앞을 거의 분간할 수 없는 곳에 춘향모가 작은 칠성단 앞에 있는 것이 보였다. 그녀는 성수를 담은 대접을 가져와 향을 피우고 절을 하며 기도했다.

"오, 천지신이여, 성신이여, 구세주 부처님과 오백나한이여, 바다

의 용왕님이여, 팔부신장이여, 성주님 전에 빕니다. 제발 한양(서울)
의 이몽룡을 감사나 어사로 보내주시어 내 딸을 죽음과 감옥으로부터
구해주십시오. 천지신이여, 제 기도를 듣고 내 딸을 구해주십시오!"

She prayed for a time, and then half fainting away, said, "My child
Choonyang, thou precious twig, thou priceless leaf, I brought thee up
without help of father or husband why have we come to such a pass
as this? Is it on account of the miserable mother from whom you are
born, whose sins of past existences have to be atoned for, that you
die? My child, my child, alas! alas!"

춘향모는 한동안 기도하다 반 실신 상태에서 말했다.
"내 딸 춘향, 소중한 가지이고 소중한 잎이여. 나는 너를 아버지와
남편 도움 없이 키웠는데 어째서 우리는 이 지경에 이르게 되었느
냐? 너를 낳은 어미가 비천하기 때문인가? 네 어미의 전생의 죄를 내
가 죽어 갚으려느냐? 내 딸아, 내 딸아, 아이고! 아이고!"

She cried so bitterly that Dream-Dragon was almost overcome. He
drew a long sigh and went step by step quietly to the gate, and there
coughed a loud cough.

"Come here-e-e!" he called (their way of knocking).

When he had so sung out two or three times, Choonyang's mother
stopped her crying.

"Hyangtanee!" said she. "go and see who is calling at the gate."

Hyangtanee went step by step, wiping her tearful face with her frock.

"Who is it?" she asked.

"It is I."

"I? Who is I?" asked she again.

"Don't you know me?" inquired the voice.

Hyangtanee looked carefully and then shouted for joy "Oh, who is this?"

She threw her arms about Dream-Dragon, and cried for delight, while Choonyang's mother gave a great start of surprise, and came bounding out.

"Who is it that is beating this child?"

But Hyangtanee replied, "Madame, the Master has come from Seoul."

춘향모가 아주 서럽게 울자 몽룡은 울컥했다. 그는 숨을 길게 쉬고 한걸음 한걸음 조용히 문으로 가서 기침을 크게 하였다.

"여기-이-이 오너라!" 그는 불렀다(그들의 노크 방식이다.)

그가 두세 번 부르자 춘향모가 울음을 멈추고 말했다.

"향단이! 가서 누가 문에서 부르는 지 보아라."

향단이 한걸음 한걸음 치맛자락으로 얼굴의 눈물을 닦으며 나왔다.

"누구시오?" 그녀가 물었다.

"나다."

"나? 나가 누구요?" 그녀가 다시 물었다.

"나를 모르느냐?" 목소리가 말했다.

향단이 자세히 본 후 기뻐 소리쳤다.

"오, 이게 누구세요?"

그녀가 몽룡을 껴안고 기뻐 우니 춘향모는 깜짝 놀라 펄쩍 뛰어 나왔다.

"누가 이 아이를 때리는가?"

그러나 향단이 대답했다.

"마님, 주인님이 서울서 왔어요."

Choonyang's mother, like a person struggling for life in deep water gave a plunge of amazement saying. "Oh, my! Oh! my!" She flung her arms about his neck. "Who is this?" said she, "Who is this? Can it be he? be he? God has heard. The Buddha has been moved. Did you fall from heaven or come forth from the ground, or ride in on the winds? Do you look just the same as you did? Let me see you, come in quickly, come, come."

She drew him by the hand and when they were seated in the room, she hastened out of the door once more calling, "Hyangtanee, make a fire in the next room; call Disorder's mother and tell her to prepare a meal; call Hook-prong also, and get him to buy some meat at the *yamen*, and you, yourself catch a chicken and make ready."

춘향모는 깊은 물에서 목숨을 구하고자 버둥거리는 사람처럼 화들짝 놀라며 말하였다.

"오, 이런! 오! 이런!"

그녀는 그의 목을 확 껴안았으며 말했다.

"이게 누구인가? 이게 누구인가? 그 사람인가? 맞는가? 하나님이 듣고, 부처님이 감동했구나. 하늘에서 떨어졌는가? 땅에서 나왔는가? 아니면 바람 타고 왔는가? 예전과 다름없는가? 한번 보세. 빨리 들어가세. 어서 어서 들어가세."

춘향모는 그의 팔을 끌어 방에 앉힌 뒤 서둘러 문 밖으로 나와 한 번 더 소리쳤다.

"향단이, 옆방에 불을 넣고, 뒤숭 어미 불러 식사 준비시키고, 고두쇠도 불러 *아문*에 가서 고기 좀 사게 하고, 그리고 너는 닭을 잡아 준비하여라."

After she had given these orders, and returned to the room she took her son-in-law by the hand and looked him well over, General stupefaction added to her already beclouded vision, and a dim uncertain light, rendered him difficult to see, so she got up opened the wall-box, took out a candle case, and had four or five of them trimmed and lit in the room, till the place was illuminated like the sun. She sat down opposite and inspected Dream-Dragon through her filmy eyes, and truly his face was as the gods, but his clothes were dirty and ragged, and of the appearance of desperate poverty. Suddenly her vitals grew cold within her and everything went black before her eyes. As if she had been struck, she gave a scream.

"What do you propose by this appearance, and what's the meaning of it?"

춘향모는 이런 명을 내린 후에 방으로 돌아와 사위 손을 잡고 그를 자세히 바라보았다. 그녀의 시력이 이미 흐릿해진데다 빛이 흐리고 침침하여 그를 보기가 어려웠다. 그녀가 일어나 벽 궤에서 초 상자를 꺼내 네 다섯 개를 다듬어 방에 불을 켜니 그곳이 태양처럼 환해졌다. 그녀는 그의 맞은편에 앉아 흐릿한 눈으로 몽룡을 살폈는데 그의 얼굴은 참으로 신과 같으나 더러운 누더기의 옷은 지극히 가난한 모습이었다. 갑자기 그녀의 내장들이 안에서 서늘해지고 눈앞에 있는 모든 것이 캄캄해졌다. 그녀는 뭔가에 맞은 듯 비명을 질렀다.

"도대체 이 모습이 무엇인가? 왜 이런 것인가?"

"Listen mother to what I say," was his answer. "I worked at my books diligently, and yet for the thousand I read I got nothing. I failed at exams. The promotion that I had hoped for has faded away, and the means is cut off for my advancement in life. What can one do against the eternal fates? Since I am so disgraced, I have decided to go here and there and beg my living, and give the village dogs something to snap at. Naturally in my plight I thought of my relations, that they would help me out and I specially thought of you, mother. I have overcome all feelings of shame and with that my old love for you has returned, so that I have longed to see you every day and every hour. I have no clothes or baggage to bother with, and so I came lightly and easily, and have been a month, or so, on the way, stopping in this guest room and that, wanting to see you all the time, you understand and here I am. Like frost on top of a fall of snow, I am surprised to find Choonyang's plight, which adds to my misery. My throat is dry trying to spell out the meaning of these things, and I am ashamed and don't wish to see her."

"장모, 내 말을 들어보소." 그가 대답했다. "내 부지런히 책에 힘썼지만 천 번을 읽어도 아무 것도 얻지 못하여 시험마다 낙방했소. 바랐던 출세는 멀어져 갔고 더 나은 삶을 살 방법은 끊어졌소. 누가 영원한 운명에 저항할 수 있겠소? 처지가 너무도 한심하게 되어 여기저기 구걸하며 살 생각을 하고 품위는 동네 개나 물어가도록 줬소. 곤경에 처하니 자연스럽게 나를 도와 줄 친척들이 생각났고 특히 장모가 생각났소. 모든 수치스러운 감정을 누르고 장모에 대한 옛 사랑으로 이곳으로 돌아오며 매일 매시간 장모 보기를 바랐소. 나는 옷도 없고 성가신 짐도 없으니 가볍고 편안하게 왔소. 길을 떠난 지한 달쯤 되었고 이 객방 저 객방에 머물며 내내 장모 만나기를 바라며 여기 왔다는 것을 알아주소. 눈 내린 위에 내린 서리처럼 춘향의 곤경을 알고 놀랐소. 내 더욱 비참하오. 이런 일들의 의미를 세세히 말하고자 하니 목이 메고, 부끄러워 춘향을 만나고 싶지 않소."

The mother hearing this gave a bound into mid-air and fell prone. "She is dead, she is dead. We are both dead, mother and child," screamed she. "Ya! Is God as mean as this? He has no love. The spirit of the Stars too, and the Buddha, and the five hundred Nahan, and all the rest are good for nothing. Hyangtanee! Go into the rear garden and destroy that shrine that I built there, clean it all out. I have built a good-for-nothing altar and worn my hands thin in prayer. Oh my poor child, how pitiful thou art! My child, my child, of twice eight sunny summers, my precious child, doomed to die, away from all the joys of life. You were unblessed in your mother and are to die thus hopelessly. How can I bear to see you, I shall die myself first."

춘향모가 이를 듣고 공중으로 펄쩍 뛴 후 앞으로 넘어졌다.

"춘향은 죽는다, 죽어. 우리 모녀 둘 다 죽는다. 야! 하나님이 이렇게 야박하냐?" 그녀는 악을 썼다.

"하이고! 하나님이 이렇게 야박할 수 있나? 사랑이 없구나. 성신도, 부처도, 오백 나한도, 모든 다 쓸데없다. 향단이! 뒤뜰에 가서 내가 세운 제단을 부수고 싹 치워라. 아무짝에도 쓸모없는 제단을 세워서 기도하느라 내 손만 닳았구나. 오 불쌍한 내 딸, 참으로 가엽다! 내 딸아, 내 딸아, 이팔청춘의 내 귀중한 딸이 삶의 모든 기쁨을 못 누리고 죽게 생겼구나. 어미 잘못 만나 이렇듯 하릴없이 죽게 되었구나. 네가 죽는 것을 내가 어찌 보겠느냐, 내 먼저 죽을란다."

Her throat grew hoarse, and her heart beat a wild rattle. She raged about deciding to take her own life, till Dream-Dragon was really anxious about her, and put his arms round her saying, "Look here mother, calm yourself, please."

"Let me go," said she. "I hate the sight of you. Get away from me, you thief. Taking advantage of your social standing you came like a robber to my home. You tramp from Seoul! Since I see what you look like I wonder what you have escaped arrest. You will surely be taken yet."

그녀의 목은 쉬었고 가슴은 크게 쿵쿵거렸다. 그녀가 화를 내며 스스로 목숨을 끊는다고 하니 몽룡은 너무 걱정이 되어 그녀를 안고 말하였다.

"여보시오, 장모, 제발, 진정하소."

그녀가 말했다.

"놓아라. 네 꼴 보기 싫다. 꺼져라, 도둑놈아. 사회적 지위를 이용해 내 집에 강도처럼 왔구나. 서울 쓰레기 같은 놈아! 네 모습을 보아하니 포박을 피해서 온 듯하구나. 너는 분명 붙잡힐 것이다."

Dream-Dragon replied, "I say, mother, don't talk like this. I know my appearance is against me, and that I make no show outwardly, and yet who can tell how it may turn out. Although the heaven fall, there will be some manner of escape I reckon; and though the mulberry fields become blue sea we'll overcome it in some way or other. Don't cry, please calm yourself."

"What way out, pray?" demanded the mother. "Become an *Osa* (Commissioner), or a *Kamsa* (Governor) and you might; but there is no *Osa* or *Kamsa* for the like of you, nothing but a *kaiksa* (a dead beggar), I imagine."

"Never mind," was the replay, "any kind of sa at all would improve matters. I am hungry, give me a spoonful or two of rice will you."

"I have no rice," was the emphatic reply.

    몽룡이 대답했다.

    "장모, 그런 말 마소. 내 모양새가 형편없다는 것, 겉으로 보여줄 게 없다는 것도 알지만, 그래도 앞으로 어떻게 될지 누가 알겠소. 하늘이 무너져도 도망갈 방법이 있을 것이고, 뽕밭이 푸른 바다가 된다 해도 어떤 방법으로도 이겨낼 수 있을 것이오. 울지 말고 제발 진정하소."

    "빠져 나갈 어떤 길?" 춘향모가 따져 물었다. "*어사*(Commissioner)나 *감사*(Governor)나 되면 가능하겠지. 그런데 너 같은 것이 *어사*이겠는가 *감사*이겠는가. *객사*(a dead beggar)나 하겠지."[128]

    그가 대답했다.

    "상관없소. 어떤 '사'가 되든 상황이 나아지겠지. 배고프니 밥이나 한두 스푼 주소."

    "밥 없다." 단호한 대답이었다.

Hyangtanee came in crying to say, "Mistress don't take on so, please. If the young mistress should know of this she would throw her life away. What is the use of adding distress and misery to our

---

128 고소설 번역에 있어, 그 내용전개와 중심된 화소를 번역하는 문제보다 음성상징을 통한 언어유희를 번역하는 것은 어려운 문제였다. 게일이 월매의 언어유희인 어사, 감사, 객사를 "*Osa*, Commissioner", "*Kamsa*, Governor", "*kaiksa*, a dead beggar"와 같이 음과 뜻풀이를 함께 제시했다. 이 점은 『옥중화』의 세밀한 언어 표현을 모두 번역하는 것이 얼마나 어려운 문제인지를 잘 보여준다.

troubles? It will do no good. Please calm yourself. It's not late yet so rest a little, and then well go and see the young mistress."

Hyangtanee went out and hastily prepared the meal, brought it into Dream-Dragon, who knelt down before it and ordered a glass of wine.

"Please, Young Master, dine liberally," said she.

"Sure," was the reply, "I'll devour every bit."

향단이 울며 와서 말했다.

"마님, 그렇게 하지 마세요. 작은 아씨가 이를 알면 목숨을 버리려고 할 겁니다. 지금도 힘든데 더 한탄하고 더 애통해 한들 무슨 소용 있겠어요? 쓸 데 없어요. 제발 진정하세요. 늦지 않았으니 잠시 쉰 후 작은 아씨를 만나러 가요."

향단이 나가서 급히 식사를 준비하여 몽룡에게 가지고 와 그 앞에 꿇어 앉아 술 한 잔을 올렸다.

"도령님, 많이 드세요." 그녀가 말했다.

"그래, 모두 다 먹을 것이다."라고 대답한다.

Dream-Dragon though a Royal Commissioner, had already been insulted by his mother-in-law, and looked at with the wildest of contempt, so to make himself, if possible, more hateful than ever, he pulled the table greedily up toward him, and ate every scrap of side dish there was drank a great bowl of water on top of it, and called,

"Hyangtanee!"

"Yes, sir."

"Bring any cold rice that you have laid by will you!"

몽룡이 비록 왕의 어사이지만 장모에게 이미 모욕을 당하고 아주 심한 경멸을 받았지만 가능하다면 자기를 더 밉상스럽게 보이도록 하기 위해 상을 게걸스럽게 앞으로 당겨 거기 있는 반찬을 하나도 남기지 않고 다 먹고 그 위에 큰 사발의 물을 마시고 소리쳤다.

"향단이!"

"예."

"찬밥이라도 있으면 가져오너라!"

The mother's soul was furious. "Look at the greedy parasite, He's full up now to distension. Really he has become a 'rice-bug,' and when he's old he'll die a beggar."

He sent away the table and filled his pipe, while the water clock struck "*Dang, dang*."

Hyangtanee lit the dragon-lantern and said, "The water clock has struck the hour let's go now and see the young mistress."

춘향모의 마음에 불이 났다.

"저 걸신들린 기생충 보게. 잔뜩 먹어 배가 빵빵하구나. 정말 '밥 —벌레'가 되었구나. 늙어 거지로 죽을 것이다."

그가 상을 물리고 담뱃대를 채우는 데 물시계가 "*댕, 댕*" 쳤다.

향단이가 용등에 불을 붙이고 말했다.

463

"물시계가 쳤으니 지금 가서 작은 아씨를 만나요."

ⅩⅩⅠ. THE PRISONER
XXI. 죄수

Hyangtanee took the lantern and led the way for the mother, while the son-in-law followed behind, and they wended their desolate procession to the prison. It had come on to blow and to rain, while the wind moaned "*oo-roo, oo-roo*," and gusts sent the showers scattering here and there. The thunder roared "*wa-roo, wa-roo*," and the lightning flashed. The spirits of the dead wailed and cried from the prison enclosure "*too-roo, too-roo*," There were ghosts of those who had died under the paddle; of those who had died under the bastinado, those who had died in the torture-chair, those who had died by rods, those who had been hanged dangling from the beams. In pairs and trios they whistled and whined.

"*Whee-whee, ho-ho, ay-eh, ay-eh.*"

향단이가 등을 들고 춘향모를 위해 길을 안내하고 사위가 그 뒤를 따랐다. 그들은 쓸쓸한 행차를 하며 감옥으로 갔다. 바람이 불고 비가 오기 시작했고, 바람이 "우-루, 우-루" 울고 돌풍이 여기저기 소나기를 흩뿌렸다. 천둥이 "와-루, 와-루" 울려 퍼지고 번개가 번득였다. 죽은 자의 영혼들이 감옥에서 "두-루, 두-루" 통곡하여 울었다. 곤장 맞고 죽은 유령, 형장 맞고 죽은 유령, 고문 의자에서 죽은 유령, 매 맞고 죽은 유령, 들보에 목이 매달려 죽은 유령이 있었다. 둘씩 셋씩 짝을 지어 휘파람을 불고 "*휘-휘, 호-호, 아이-이, 아이-에이, 아이-에이*" 하며 흐느꼈다.

The lightning flashed and the rain scurried by; the wind whirled and tossed; and the loose paper on the doors flapped and sang. The gates rattled, and the drip from the eave went "*dook-dook.*" The distant crow of the cock was heard from the neighbouring village while Choonyang lay helpless and desolate.

"How hard and cold seems my Young Master. We said farewell and he seems to have forgotten me. Not even in my dreams does he come any more. Bring him to me, oh ye dreams! Let me meet him. In my twice eight summers what sins have I committed that I should be an orphaned spirit shut up here within the prison? Even though you are not moved by me, think kindly of my white haired mother. When shall I see my husband?"

번개가 번득이고 비는 후둑후둑 내리고, 바람은 휘익 날리고, 문에 바른 헐거운 종이는 펄럭이며 노래했다. 대문은 덜컹덜컹하고 처마에서 물이 "둑-둑" 떨어졌다. 수탉 소리가 희미하게 이웃 동네에서 들리는데 춘향은 힘없이 적막하게 누워 있었다.

"내 도령님은 참으로 모질고 냉정하구나. 이별한 후 나를 잊었나 보다. 꿈에서조차도 이제 도령님이 보이지 않는구나. 오 꿈아, 그를 나에게 오게 하라! 그를 만나게 해다오. 이팔청춘에 내 무슨 죄를 지

었기에 여기 옥에 갇혀 부모 없는 영혼이 되어야 하는가? 나를 생각
하지 않는다 해도 제발 백발의 내 어머니를 생각해다오. 언제 내 남
편을 보게 될까?"

So she lay upon the unyielding pillow and slept, and in her
troubled dreams the Young Master came and sat silently beside her.
Looking carefully at him she saw a golden crown upon his head, and
a girdle of honour about his waist, while his appearance was like the
gods. So awe-inspiring was his presence, that she was amazed and
took him reverently by the hand and then with a sudden start she
awoke and he was gone. But the *cangue* remained fastened about her
neck, and the husband whom she loved and wept for, and whom she
had met for just the moment, had not waited long enough to have her
tell him anything. She wept to think of this, when at that moment her
mother arrived outside the gate.

"Choonyang!" she called, "Are you there?"

이런 생각을 하며 춘향이 딱딱한 베개에 누워 잠이 들었는데, 그
녀의 뒤숭숭한 꿈에 도령님이 와서 가만히 그녀 옆에 앉았다. 그를
자세히 보니 머리 위엔 황금관, 허리엔 장원의 요대를 둘렀는데 그
모습이 마치 신과 같았다. 그녀는 너무도 경외심을 가지게 만드는
그의 모습에 감탄하며 그의 손을 경건하게 잡았다. 그러자 그녀는
깜짝 놀라며 잠에서 깨어났는데 그는 사라지고 없었다. 칼이 목에
단단히 고정되어 있었기에 잡을 수 없었고 그녀의 눈에 눈물이 나게

한 사랑하는 아주 잠시 보았던 남편은 그녀에게 말할 시간도 주지 않고 사라졌다. 춘향이 이를 생각하며 우는 바로 그 순간 춘향모가 감옥 문 밖에 도착했다.

"춘향!" 춘향모가 불렀다. "거기 있느냐?"

When she heard the voice she gave a start, "Who is it calling me?" asked she. "Is it the shades of Soboo and Hawyoo who dwelt near the Key Mountains and the Yong River? Is it the Four Ancients of Shang-san seeking me? Is it Paikee and Sookjay, who dug weeds on the Soyaw Mountains who seek me? Is it the seven Righteous Men of the Bamboo forest, who left the glories of the Chin Kingdom to seek me? Are you Paik Mangho who went to Turkestan to seek the married lovers of the Milky Way, and was taken prisoner who comes asking that I go with him? Are you Paik Nakchon who loved music and the wine cup who comes seeking me? Tis only the wind and the rain, nobody seeks for me, but who is it that called?"

그 목소리를 듣자 춘향이 깜짝 놀라며 물었다.

"누가 나를 부르는 것이요? 기산과 용강에 거주했던 소부와 허유의 그림자인가? 상산의 네 명의 옛사람들이 나를 찾는가? 소여산에서 풀을 캐던 백이와 숙제가 나를 찾는가? 진나라의 영광을 두고 떠났던 죽림칠현이 나를 찾는가? 은하수의 결혼한 연인을 찾으러 투르케스탄으로 가서 포로로 잡혔던 박망후가 함께 가자고 나를 오라고 하는가? 음악과 술을 좋아했던 백낙천이 나를 찾는가?[129] 바람과 비뿐, 아무도 나를 찾지 않는데, 누가 나를 부르는 것인가?"

"Call louder," said the son-in-law.

"Don't you make a row here," retorted the Mother-in-law, "If the Governor were to hear of it you would lose your liberty and your bones would be properly broken up."

Then Dream-Dragon gave a great yell,

"Choonyang!"

When thus called Choonyang have a start,

"Who are you?" she asked.

"It is I," replied the mother.

"Is it you, mother? How did you come?"

"I just came."

"Why have you come? Is there any news from Seoul? Has some one come to take me? Who did you say had come?"

"더 크게 부르소." 사위가 말했다.

장모가 톡 쏘아 붙였다.

"여기서 소란 피우면 안 되오. 부사가 들으면 너의 자유를 뺏고 뼈도 제대로 분질러 놓을 것이니."

그러자 몽룡이 소리를 크게 내질렀다.

---

129 게일은 원문 속 춘향의 대사를 번역하지는 않았다. 일례로 "冤痛코 셜운 冤情 玉皇任이 알으시고 求ㅎ려고 날 찻나", "富春山 嚴子陵 諫議大夫~訪梅次 날 찻나" 부분은 생략되었다.

"춘향!"

이 소리에 춘향이 깜짝 놀라며 물었다.

"누구요?"

"나다." 춘향모가 대답했다.

"어머니세요? 어떻게 오셨어요?"

"그저 왔다."

"왜 오셨어요? 서울에서 소식이라도 있나요? 나를 데려갈 사람이 왔나요? 누가 왔다는 거예요?"

"It's turned out fine," said the mother, "just as you would wish, never saw the like, would delight your soul, beautiful, pitiful, wretched, a nice beggar indeed has come."

"But who has come, mother?"

"Your beloved, your long thought of Yee Sobang, Worm Sobang, has come."

Choonyang on hearing this replied, "He whom I saw for a moment in my dream shall I actually see alive?"

"잘 되었다." 춘향모가 말했다. "네가 원하는 꼭 그대로. 저런 것은 본 적도 없으니 네 마음이 기쁠 것이다. 아름답고 가련하고 처참한 참으로 멋진 거지가 왔다."

"어머니, 누가 왔어요?"

"네가 사랑하는 오래 생각하던 이 서방(Yee Sobang), 충 서방(Worm Sobang)[130]이 왔다."

춘향이 이를 듣고 대답했다.

"잠시 꿈에서 만났던 서방님을 실제로 살아서 보게 되는 건가요?"

She gathered her dark tresses about her neck, and turned the heavy *cangue* about and about to get rest from it. "Oh, my back, my knees!" said she. Having turned the *cangue* she stooped down, and came on all fours toward the door.

"Where is my husband? If you are here please let me hear you speak?"

The mother clipped despairingly with her tongue.

"Look at that she is crazy, poor thing."

But Choonyang said in reply, "Even though he's in misfortune he's my husband. High officialdom and nobility I have no desire for. I want no high pay. Why talk of good or bad about the one my mother chose for me? Why treat so unkindly him who has come so far to see me?"

그녀는 목 주위의 검은 머리 다발을 모으고, 무거운 칼을 이리저리 돌려 몸을 편히 하고자 하며 말했다.

"아, 허리야, 무릎아!"

그녀는 칼을 돌린 후 웅크린 채로 네 발로 문 쪽으로 왔다.

---

130 이 서방(Yee **Sobang**), 충 서방(Worm **Sobang**): 원문의 언어유희를 살리려고 한 게일 나름의 번역양상이다.

"서방님은 어디 있나요? 여기 있으며 말소리를 들려주세요."

춘향모가 기가 막혀 혀를 차며 말했다.

"저 미친 것을 봐라. 불쌍한 것."

그러나 춘향이 대답했다.

"그가 불행해져도 내 남편입니다. 높은 공직도 귀족도 나는 바라지 않아요. 많은 급여도 원하지 않아요. 어머니가 나를 위해 골라놓고 왜 사람을 좋다 나쁘다 하세요? 나를 보러 이 멀리 온 사람을 왜 그렇게 괄시하세요?"

The mother thus rendered speechless, looked on while the son drew near.

"Choonyang," said he, "You've had a hard time, and it's not your fault; a thousand things have contributed toward it."

"Put your hand in through the chink of the door, please, and help me up," said she.

The son in his haste pushed forward his hand to reach her but they were still too far apart and could not touch.

"Stoop down here, mother," said he.

"You wretch, why ask me to stoop down?"

"I wanted to rest my foot on you, so as to be able to reach in my hands to Choonyang."

"Contemptible creature, more contemptible than ever," was the only reply.

춘향모가 할 말을 잃고 바라보는데 사위가 가까이 다가가 말했다.

"춘향아, 고생이 많구나. 너의 잘못이 아니다. 다사다망하여 이렇게 되었구나."

"문틈으로 손을 넣어 나를 좀 일으켜 주세요." 그녀가 말했다.

사위는 급히 손을 안으로 넣어 그녀를 잡으려고 했지만 두 사람이 너무 멀리 떨어져 있어 손이 닿지 않았다.

"장모, 여기 엎드리소." 그가 말했다.

"이놈, 왜 나보고 엎드리라고 하느냐?"

"내 발을 장모 위에 놓아 손으로 춘향을 잡으려고 하오."

"더러운 놈일세, 이제 보니 더 더러운 놈일세." 그 대답뿐이었다.

Choonyang with great difficulty reached forward her hand and trembled as she rose.

"Where have you been so long?" she asked. "Have you been to see the pure waters of the Sosang; or did you go to visit Soboo, who washed his ears to rinse away the hateful word of favor; or have you been lost in some butterfly dream with a new love? You have not loved me, you have not loved me."

Dream-Dragon with her hand in his laughed at times, and cried at times.

"God has had pity," said she, "and I have not died but lived. Who would have thought that we would ever meet? Have you married again?"

"Married again? What do you mean? I haven't even managed to

make a decent way. I, when I left you, went up to Seoul, and absorbed so deeply in you, failed in my studies, and my father sent me off so that I have gone about in the guest-rooms of my friends, getting a little here and there to eat, not hearing anything of you but wanting to see you so. I have walked the thousand lee; but you have had it harder even than I. The world is all confused and my heart is distressed so that I shall die."

춘향이 아주 힘들게 손을 앞으로 내밀어 몸을 떨며 일어나 물었다.

"어디 갔다 이제 오셨어요? 소상강 맑은 물을 보러 갔었나요? 아니면 듣기 싫은 부탁의 말을 없애기 위해 귀를 씻은 소부를 만나러 갔었나요? 아니면 새로운 연인을 만나 나비의 꿈에 빠졌었나요? 나를 사랑하지 않는군요. 나를 사랑하지 않는군요."

몽룡이 그녀의 손을 잡고 때로 웃고 때로 울었다.

"하나님이 나를 불쌍하게 여겨," 그녀가 말했다. "나는 죽지 않고 살았어요. 우리가 다시 만날 것이라고 누가 생각이나 했겠습니까? 다시 결혼했나요?"

"다시 결혼했나니? 무슨 말이냐? 제대로 살아 보지도 못했다. 나는 너를 떠나 서울로 올라가 너만 깊이 생각하다 공부에 실패했다. 그러자 아버지가 나를 내쫓아 친구의 객방을 이리저리 다니며 여기저기서 먹을 것을 조금 얻었다. 네 소식을 조금도 듣지 못했지만 너 보기를 바라며 천리 길을 걸어왔는데 너 처지가 나보다 더 어렵구나. 세상이 온통 어지럽고 마음이 괴로워 죽을 것 같다."

Choonyang replied, "Mother, please hear me. When the day is light in the room where we two were united, make a fire spread out the mattress smoothly and attractively. From the three story chest in the room opposite, take some of the rolls of cloth and make inner and outer clothes for the Young Master. Get a good hat and headband that fit him. The extras you will find in the tortoise shell box. Get the thousand *yang* from deputy Song, that I left with him, and use it as is necessary. See that he is well cared for with good things to eat, and also see to yourself, my mother dear. If when I am away you are in a state of fever and anxiety, how it will disturb my husband who has come so far. He knows your disposition, but if you treat him with contempt, not only will I be a disobedient daughter to you, but it will hasten my death. Please help me."

춘향이 답하였다.

"어머니, 들어보세요. 날이 밝으면 우리 두 사람이 하나가 되었던 방에 불을 넣고 요를 부드럽고 예쁘게 펴세요. 건넛방 삼단 서랍장에서 옷감 몇 롤 꺼내어 도령님의 속옷과 겉옷을 만드세요. 도령님에게 어울리는 좋은 모자와 머리띠도 사주세요. 나머지는 대모갑 함에 있어요. 성부관에게 천 냥을 맡겼으니 찾아 그것으로 필요한데 쓰세요. 서방님을 잘 보살펴 좋은 것 먹게 살펴주고 사랑하는 어머니도 몸을 챙기세요. 만약 내가 없을 때 어머니가 열 내고 화내면 아주 멀리서 온 서방님이 얼마나 마음이 힘들겠어요? 서방님이 어머니의 성정을 알지만 어머니가 그를 함부로 대한다면 나는 불효녀가 될 뿐만 아니라 그것은 내 죽음을 앞당기는 일이 될 것이니 제발 나를 도와주세요.”

The mother heard this and was silent, but under her breath she spoke resentful remonstrances, “The beggarly creature has taken these fits now!”

“Are you there Hyangtanee!” asked Choonyang.

“Yes!” answered Hyangtanee.

“Will you see to Master's sleeping and eating. His being well cared for and comfortable rests with you. See to his meals with every attention. If required get medicine from Yee Cho-boo outside the East Gate, and serve him just as though I were with him. You know my mind and I know Yours so why should I tell you?”

춘향모가 이 말을 듣고 가만히 있었지만 속으로 분개하며 욕하였다.

“저 거지같은 것이 이제 발작을 하는구나!”

“향단이 거기 있니?” 춘향이 물었다.

“예!” 향단이 대답했다.

“서방님의 자는 것과 먹는 것을 살펴줘. 그가 편안히 잘 지내는 것은 너한테 달려있다. 정성으로 식사를 봐주고 필요하면 동문 밖 이주부에게 약을 지어 그를 섬겨 마치 내가 그와 함께 있었을 때처럼 해줘. 너도 내 마음을 알고 나도 너의 마음을 아니 무슨 말이 더 필요하겠니.”

475

"My husband!"

"Yes, what is it?"

"They say that tomorrow there is to be a birthday feast, and that at the end of the feast I am to be taken and killed, and that the keeper of the prison has orders to make many rods and bastinados. Please do not leave me, keep just outside the prison or just before the *yamen* and wait. When the order comes to bring me out, help me with the *cangue*, and when they have killed me and cast me aside, let no one else put hands upon me but just you. Come in quickly and take my body and carry me home, and after putting me to rest call out for my spirit. Take the coat that I have worn in prison, and that has been wet with my tears and shake it toward heaven and say, 'In this east land of Chosen, east Chula, in the county of Namwon, in the town of the Descent of the Fairies, whose birth year was *Imja*, Song Choonyang, *Pok, Pok, Pok!*' tossing it up on top of the house. Make no special shroud for me, but take something from what I have already made, and dress me in it. Do not put me in a coffin but let my young Master take me in his arms and go to some quiet resting place, dig deeply and wrap me in your own great coat, bury me and put a stone in front of my grave with this inscription, 'This is the grave of Choonyang who died to save her honour.' Write it in large characters so that it can be seen and read, and I'll not mind then even though you say that it is the grave of your dead concubine."

"서방님!"

"그래, 무엇이냐?"

"내일 생일잔치가 있고 잔치가 끝날 때 쯤 나를 데려다 죽일 것이니 옥지기에게 매와 회초리를 많이 장만하라 명했다 합니다. 서방님은 나를 떠나지 말고 감옥 바로 밖이나 아니면 *아문* 바로 앞에서 지키며 기다리세요. 나를 내어오라는 명이 오면 나의 *칼*을 들어주고, 그들이 나를 죽인 후 내치면 다른 사람들이 절대 나에게 손대지 못하게 하고 서방님이 빨리 와서 내 시체를 들고 집으로 가져가 나를 눕힌 후에 내 혼을 불러 주세요. 감옥에서 입었던 내 눈물로 축축해진 겉옷을 가져다 하늘을 향해 흔들며 말하세요. '동쪽 나라 조선 동전라도 남원군 강선동 *임자*년 성춘향 복, 복, 복!'하며 지붕 위로 던지세요. 내 수의를 따로 짓지 말고 이미 있던 것을 가져다 그 옷으로 나를 입혀주세요.[131] 나를 관에 넣지 말고 나를 안고 조용하고 한적한 곳으로 가서 땅을 깊을 파고 서방님의 옷으로 나를 감싼 뒤 나를 묻고 내 무덤 앞에 다음의 글이 새겨진 돌을 세워주세요. '명예를 지키기 위해 죽은 춘향의 묘'라고 큰 글자로 적어서 보고 읽을 수 있게 해주세요. 서방님이 내 죽은 첩의 무덤이라고 말해도 나는 괜찮아요.[132]"

"My poor mother, who will care for her when I am dead and turned

---

131 원문은 "壽衣도 흐지 말고 나 입으랴지은 衣服 갓초갓초 다 잇스니 마음디로 골라 입혀"이다. 원문과 대비해보았을 때, 게일의 번역문 "dress, me"는 오기로 보이며, "dress me"로 고쳐서 옮겼다.

132 원문은 "妾의 죽은 魂이라도 아모 한이 업겟느니다"이다. 게일은 妾을 춘향이 자신을 낮추는 말이 아니라 "concubine"로 해석하여 춘향이 자신이 첩으로 죽음을 당해도 괜찮다는 의미를 추가한 셈이다.

to dust. She has been so distressed and like to die. If she dies unsheltered and uncared for, she will be at the mercy of crows and kites. Who will drive them off, alas! alas!" and the tears flowed from her eyes and wet all her worn and trampled skirts.

She asked "My husband!"

"What is it?"

"If I had attended my Master, and we had grown old together, I might have asked a favour of him, but to have never served him at all, and to die so pitifully, what could I dare to ask? But still I must, and it is about my mother. By your good will, which is broad and deep as the river, please take my mother under your care, as tenderly as you would me, and when you come to meet me in the Yellow Shades, I'll reward you with the 'tied grass.' All we have failed of in this life we will make up in the world to come and never part again. I could talk forever to thee, but the day dawns, so I speak only this one wish. But you will be wearied, go quickly, sleep and rest."

"Yes!" said he, "Don't be anxious. I'll wait for the day to dawn and then I'll know how it goes as to death or life. Let us think only of meeting again."

"불쌍한 내 어머니, 내가 죽어 먼지가 되면 누가 어머니를 보살필까? 어머니는 괴로워 죽고 싶겠지. 어머니가 집도 없고 보살필 사람도 없이 죽어 까마귀와 솔개가 달려들면 누가 쫓아 줄 것인가, 아이고! 아이고!"

그녀의 눈에서 눈물이 흘러 내려 낡고 뭉개진 치마를 온통 적셨다.

그녀가 불렀다. "서방님!"

"왜 그러느냐?"

"서방님을 모시고 함께 늙어갔다면 서방님의 호의를 바랄 수도 있겠지만, 모신 적이 단 한 번도 없고 아주 불쌍하게 죽어 가는 내가 감히 무엇을 바랄 수 있겠습니까? 그래도 어머니에 관해 말해야겠습니다.[133] 강처럼 넓고 깊은 서방님의 선의로 나의 어머니를 잘 보살펴 주시고 나한테 하듯이 따뜻하게 해주시면 당신이 나를 만나러 황천에 왔을 때 '결초'로 보답하겠습니다. 당신에게 한없이 말할 수 있지만 날이 밝았으니 단지 이 한 가지 소원만 청합니다. 피곤할 터이니 빨리 가서 주무세요."

그가 말했다.

"알았다! 걱정마라. 나는 날이 밝기를 기다릴 것이고 그때면 생사가 어떻게 되는지 알게 되겠지. 우리 다시 만날 것만 생각하자."

To be Continued

---

133 서방님을 모시고 함께 늙어갔다면~어머니에 관한 것입니다(If I had attended my Master~my mother): 원문에는 춘향이 이몽룡에게 부탁의 말을 하기 전, 양해를 구하는 대목("道理는 아니오나 긴이 말 付託홀 일 잇나이다")이 있는데, 게일은 이에 대한 번역은 생략했다.

CHOON YANG[134]

(Continued from the *May* number)

X X Ⅱ.

XXⅡ[135].

"Where are you going?" asked the mother.

"Where am I going? Going to your house of course."

"Go somewhere else, hadn't you better, to a bigger and greater house than mine. Go to the Guest Hall (where beggars congregate), and act as judge among our own kind."

"Yes," said he "what you say is true after all. How did you know about it? Wherever I go in any District, I have a big guest house all my own awaiting me. Hurry home. I'm going to the Guest Hall."

Hyangtanee came running along and took hold of Dream-Dragon by the hand to compel him to come.

"Don't be offended," said she, 'at the mistress' words; let's go home."

"Yes, but I've got something special to see to. Get my rice ready and I'll be there in a little."

---

134 J. S. Gale, "Choonyang", *The Korea Magazine* Ⅱ, 1918. 6. pp.267~272; 몽룡이 거지 차림으로 변사또의 생일잔치에 참석하는 장면을 번역했다.

135 영어 원문의 전체 장에서 유일하게 제목이 없다.

"어디로 가나?" 춘향모가 물었다.

"어디로 가다니? 당연 장모 집으로 가지."

"다른 곳으로 가소. 내 집보다 더 크고 더 훌륭한 좋은 집이 있지 않소? 객사(거지들이 모이는 곳)로 가서 우리 같은 사람들에게 판사 짓이나 하소."

그가 말했다.

"알겠소. 장모가 말한 것이 참이오. 그것을 어떻게 알았소? 가는 곳마다 나를 기다리는 나만의 큰 객사가 있소. 어서 집으로 가소. 나는 객사로 가겠소."

향단이 뛰어와 몽룡의 손을 붙잡고 같이 가자고 했다.

"'마님'의 말에 마음 상하지 말고, 집으로 가세요."

"알겠다. 그러나 나는 살펴야 할 특별한 일이 있다. 내 밥을 준비하여라. 잠시 뒤 가겠다."

The mother and Hyangtanee went home, while the Commissioner took his way to the Moonlight Pavilion. Hither and thither he walked, thinking over how he was to act; and now from the *Sa* hour the head secretaries, middle men, post servants and others, began to gather, making their salutations before him.

"Today," said he, "you must all be present at the feast to be given at the *yamen*; and you will act so and so. Wait quietly, on hand and take the signal when I give it."

"All right, sir," answered they.

When the secretaries, middle-men, attendants and soldiers had received their instructions, they scattered again in different directions; while the Commissioner himself went to the gate-quarters of the *yamen* just as the various District Governors were coming in, in full regalia.

춘향모와 향단이 집으로 갔고 어사는 월광전으로 길을 잡았다. 그는 이리저리 거닐며 어떻게 해야 할지 생각했다. 이제 *사시*[136]부터 비서, 연락책, 역졸 그리고 다른 이들이 모이기 시작하여 그에게 경례를 하였다.

어사가 말했다.

"오늘, 너희들은 모두 *아문*에서 열리는 잔치에 참석하여 이렇게 저렇게 행동하라. 현장에서 조용히 기다리다 내가 신호를 주면 행동하라."

"예, 나리." 그들이 대답했다.

비서, 연락책, 수행원, 병사들이 어사의 지시를 받은 후 사방으로 다시 흩어졌다. 한편 어사는 *아문*의 대문채로 갔는데 마침 그때 여러 지역의 수장들이 훈장을 달고 들어가고 있었다.

"Imsil," shouted the servants, meaning the governor of that district.

"Koksang," is the echo.

---

136 사시(Sa hour): 이는 원본의 "巳時"(오전 9시에서 11시)를 말하기 위해서, 즉 4시가 아님을 말하기 위해서 게일이 의도적으로 '음(Sa)+ 뜻풀이(hour)'의 조합으로 번역한 것으로 보인다.

"Yes-a-a-a!" is the response.

In the noise and shouting it is learned that the Governor of Tamyang District has arrived, of Sonchang also, and Koonsoo, etc, while the trumpets blow "Da-a-ah! Clear the way."

Now the captain of the guard Oonbong has come. The host of the day has given orders strictly to the different attendants to have oxen killed; he has called his house-servants and has had tables made ready; called the kitchen women and given orders regarding the kinds of food; has commanded the heads of departments to see that dainties are prepared. He has called the stewards and given them directions for the band and music; has called the head *keesang* and given her orders about the dancing-girls; has had all the visitors appointed to their proper places.

"임실" 하인들이 그 지역의 지방관을 뜻하는 의미로 소리쳤다.

"곡성" 하고 다시 말한다.

"예-이!" 하고 대답한다.

소란과 외침 속에서 담양 부사, 순창 그리고 군수 등이 도착했음을 알 수 있고[137] 이때 트럼펫은 "다- 아- 아! 길을 비켜라"라 소리 낸다.

이제 운봉수비대장이 들어왔다. 그날의 주인은 여러 시자들에게 엄한 명을 내려 소를 잡게 하고, 집의 하인들을 불러 상을 준비하게

---

137 담양 부사, 순창 그리고 군수 등이 도착했음을 알 수 있고(the Governor of Tamyang District ~ etc): 해당 원문을 보면, "潭陽府使 드러오고, 淳昌郡守玉果求 禮連續이 드러올 졔"이다.

하고, 부엌 담당 여자를 불러 어떤 음식을 만들라 명을 내리고, 부장들에게 산해진미가 잘 준비되는지 살필 것을 명했다. 그는 집사들을 불러 악단과 음악에 관한 지시를 내리고 행수기생行首妓生을 불러 무희들에 대한 명을 내리고 모든 방문객들이 정해진 자리에 앉도록 시켰다.

The distinguished guests in silk, come in, in streams. The playing of the band was equal to the fairy music of Lake Yojee in ancient China. Every few seconds the big drum would come rolling in like the sound of spring thunder. The high notes of the flutes were like the calls of the phoenix, while the whistling of the spotted bamboo from the Sosang River awakened all one's sense of pain and sorrow. Through the thrummings of the harp were heard echoes of the year of plenty. The five-stringed viol gave a flavour of the Namhoon Palace. The smaller harps touched the chords of pity. The voices of the men were deep and strong, and those of the women soft and clear. Though one loves the old times, still the new ones may often awaken the envy of Paika the great musician of China. The Commissioner with his sense of delight all aroused, went, in his beggar garb, straight to the feast.

비단옷을 입은 저명한 손님들이 물밀 듯이 들어온다. 악단의 연주는 고대 중국 요지호의 신선의 음악에 견줄만하다. 쉼 없이 울려 나오는 큰북 소리는 봄의 천둥소리 같았다. 플루트의 높은 음들은 불사조의 울음소리 같고, 한편 소상강의 얼룩진 대나무의 휘파람소리는 모든 사람에게 고통과 슬픔의 감각을 일깨웠다. 하프 현 뜯는 소리 속에 풍년의 메아리가 들렸다. 오현의 비올은 남훈궁의 정취를 느끼게 했다. 더 작은 하프는 연민의 마음을 일깨웠다. 남자들의 목소리는 깊고 힘찼고, 여자들은 부드럽고 맑았다. 사람은 옛 시절을 좋아하지만 그래도 중국의 위대한 음악가 백아는 새로운 시대를 부러워하기도 한다. 어사는 흥에 대한 감각을 모두 유발하여 거지꼴을 하고 곧장 연회로 갔다.

"I say, you runners you, and you Boys look yonder," shouted the host, "see that tramp coming in he evidently wants to pilfer something."

The noise of it made such a report and commotion, that the host grew very angry and said, "Look you, kick that creature out will you!"

But the Commissioner held fast to a pillar near by, and was not to be dislodged. Said he, "The man who said 'Kick me out' is fit to be my son, but the man who lets himself be kicked out is no man at all."

"이 봐라, 사령아, 그리고 방자야, 저기 봐라.[138]" 주인이 소리쳤다. "저기 부랑자가 들어온다. 분명 무엇을 훔치려 왔다."

그 소리에 엄청난 보고와 소동이 일어났고 주인은 매우 화가 나 말했다.

"이봐라, 저 놈을 밖으로 쫓아내라!"

그러나 어사는 옆의 기둥을 꽉 잡고 떨어지지 않으려고 하며 말했다.

---

138 이 봐라~저기 봐라(I say~yonder): 원문은 "使令아 엿주어라 通人아~"라는 이몽룡의 대사이지만, 게일이 축약하는 중에 변사또의 대사와 합쳐버린 듯하다.

"'나를 쫓아내라'고 말하는 자는 내 아들이고, 쫓겨 나가는 자는 사람도 아니다."

The beggar shouted at the soldiers so that Oonbong looked at him with surprise and inquiry in his eye, for in spite of his ragged clothes and damaged hat, he was evidently some peculiar personage or other.

Oonbong called the Boy and said, "Yonder fellow is a gentleman evidently, give him a place at the foot, spread a mat and treat him well."

"Yea-a-a!" answered the Boy as out he went.

"You runner, yonder!"

"What is it?"

"Call that gentleman to come up here."

그 거지가 병사들에게 외치는 소리에 운봉이 놀랍고 의아스러운 눈으로 그를 바라보았다. 비록 옷이 남루하고 모자가 망가졌지만 그는 분명 이런 저런 특별한 면모가 있는 인물 같았다.

운봉이 방자를 불러 말했다.

"저기 저 사람은 신사가 분명하니 그를 말석에 앉히고 자리를 펴서 잘 대접하라."

"예-이!" 방자가 밖으로 나가면서 대답했다.

"봐라, 사령!"

"말하오."

"저 신사를 여기로 올라오라고 하라."

The Commissioner laughed and said to himself, "He knows, he knows, Oonbong knows. Oonbong has reached his final term of office, but he is in for promotion of three years more."

With a bound, up he came and sat down by Oonbong, bowing, simply.

Oonbong spoke thus: "I have something to say to you guests."
"What is it?"

"The gentleman sitting on the last mat is a beggar, but still I propose that we recognize him as a gentleman of honor, and treat him accordingly. What do you say to it?"

The host screwed up his face and made answer, "When creatures like that come near, look out for your fans and pipes, or they'll be stolen. Why treat him in any such way?"

　　어사가 웃으며 속으로 말했다.
　　"안다, 안다, 운봉은 안다. 운봉은 마지막 임기지만, 승진해서 삼년 더 하겠다."
　　그는 한달음에 위로 올라가 운봉 옆에 앉으며 간단히 인사했다.
　　운봉의 말은 이러했다.
　　"손님 여러분들께 드릴 말이 있습니다."
　　"무엇이오?"
　　"말석에 앉은 저 신사는 거지입니다. 그래도 우리가 그를 명예를 아는 신사로 생각하고 그에 따라 대우할 것을 제안합니다. 어떻게 생각하십니까?"

주인이 얼굴을 찡그리고 대답했다.

"저런 자들이 가까이 오면 부채와 담뱃대를 조심해야지 안 그러면 도둑맞아요. 그런 자를 어째서 신사로 대접해야 합니까?"

When he had so spoken well laid tables were brought in but the beggar was given no fruit or dainties, so that Oonbong grew anxious about it.

"Boy," said he, "Come here!"

"Yes, sir!"

"Bring in a proper table for that gentleman also."

"Yes, sir!"

They brought it in but it was an old table, from which the lacquer and tortoise-shell veneering had fallen off, and its legs were crooked like dog's legs. A rib of beef too, on the table was only bone. Some sprouted beans there were, and a plate of chaff like leavings. Fish tails and a cup of mouldy spirit constituted the rest. Dream-Dragon looked at it and then with the handle-end of his fan, he gave it a poke and kicked it over, nudging Oonbong mean while in the side.

그가 말을 마쳤을 때 잘 차려진 상이 들여왔지만, 그 거지에게는 과일과 진미가 주어지지 않아 운봉이 이를 걱정하여 말했다.

"방자야, 이리 오너라!"

"예, 나리!"

"저 신사에게도 제대로 된 상을 내오너라."

"예, 나리!"

그들이 상을 내왔지만 상이 낡아 옻칠과 대모갑이 떨어져 나가고 상다리는 개다리처럼 휘어 있었다. 소갈비라는 것도, 상 위에는 뼈만 있었다. 콩나물 약간, 먹다 남은 껍데기 한 접시, 생선 꼬리와 곰팡내 나는 술 한 잔이 다였다. 몽룡은 이를 보고 부채의 손잡이 끝으로 음식을 찔러 보고 뒤집어보기도 하면서 운봉의 옆구리를 쿡쿡 질렀다.

"I say, Oonbong!"

Oonbong gave a jump. "Look here, what do you mean by that?" asked he.

"Give me a cutlet, will you?"

"Hold up friend, if you want a rib take it, or do you want one of my ribs that you poke me so?"

Oonbong again called the Boy, "Take this cutlet and give it to the gentleman."

"No, no." said the Commissioner, "a beggar is never served by other people in that way, he always helps himself."

So he moved round among the tables, picked up this dainty morsel and that carried them back to his dog-legged table with a dancing tipsy motion, and piled up a perfect mountain of good things. He gave Oonbong a second poke with his fan.

"I say, fellow are you crazy?" asked Oonbong.

"No, I'm not crazy, but since we have these dancing-girls let's have them give a song first before we drink."

   "보시오, 운봉!"

운봉이 펄쩍 뛴다.

   "이보시오, 무슨 짓이오?" 그가 물었다.

   "저기 갈비 한 점 주시겠소?"

   "집어 가시오. 갈비를 먹고 싶으며 가져가시오. 아님 내 갈비뼈를 원해서 그렇게 찌르시오?"

운봉이 다시 방자를 불렀다.

   "이 갈비를 가져다 저 신사에게 주어라."

어사가 말했다.

   "아니오, 아니오. 거지는 결코 다른 사람의 시중을 받지 않고, 항상 알아서 잘 먹소."

그가 상 사이를 발끝으로 춤추듯이 돌아다니며 여기 조금 저기 조금 집어다 개다리 상에 옮겨다 놓으니 맛있는 음식이 산처럼 가득 쌓였다. 그는 부채로 운봉을 다시 찔렀다.

   "이 작자가, 미쳤소?" 운봉이 물었다.

   "아니오, 안 미쳤소. 그런데 무희들이 있으니 마시기 전에 노래를 먼저 들어봅시다."

   Oonbong called a *keesang* saying, "Sing a song for this gentleman will you?"

   In ancient times, as now, there was no difference, dancing-girls were dancing-girls, and had to do as ordered.

One girl says, "Look at that creature, does he want me to sing? What crazy thing is he? Why did you call me?"

Oonbong shouted, "None of that now, whoever calls you it's no business of yours, do as you are told."

"Come here," said the Commissioner, "and sit by me."

"I don't want to." said the *keesang*.

"Do as you are bid." said Oonbong.

운봉이 *기생*을 불러 말했다.

"이 신사를 위해 노래를 불러 주어라."

고대에도 지금과 별반 다르지 않게 무희는 무희인지라 시키면 시키는 대로 해야 했다.

한 무희가 말한다.

"저 자를 보세요. 그 사람이 내 노래를 원합니까? 참으로 미친 자가 아닙니까? 어째서 나를 불렀나요?"

운봉이 소리쳤다.

"지금 그런 소리할 때가 아니다. 누가 부르든 그것은 네 알 바가 아니니 시키는 대로 하라."

"이리 오너라." 어사가 말했다. "그리고 내 옆에 앉아라."

"싫소." 기생이 말했다.

"시키는 대로 하라." 운봉이 말했다.

She then sat down on the mat by the beggar and he handed her a bone that he had been eating from and told her to share it.

"I don't want it," she said, "it's dirty."

"What, you a *keesang*, and you don't like me?" asked the Commissioner.

"What do you mean any way? I don't like you, you are nasty."

"Do you say 'nasty'?"

"Take it and eat it," said Oonbong, "do you hear?"

Then the *keesang* did take it and touched it to her lips.

"That'll do," said the Commissioner, "now you may go. Pour out a glass and sing to us."

"I can't sing." said the girl.

"You a *keesang* and can't sing, what do you mean?"

그녀가 거지 옆 자리에 앉자 그는 자기가 먹던 뼈를 건네주며[139] 같이 먹자고 말했다.

"싫소." 그녀가 말했다. "더럽소."

"뭐라고, *기생*, 너는 내가 싫으냐?" 어사가 물었다.

"도대체 무슨 말이오? 나는 당신이 싫소. 더럽소."

"'더럽다'고 했느냐?"

"가져다 먹어라." 운봉이 말했다. "알겠느냐?"

그러자 *기생*이 그것을 정말로 가져다 입술에 살짝 댔다.

어사가 말했다. "됐다. 이제 그만하고 술 한잔 따르고 노래를 불러 보아라."

---

139 그는 자기가 먹던 뼈를 건네주며(he handed her a bone that he had been eating from): 해당원문은 "御使道가 살비를 뜯든 아니ᄒ고 앞 뒤로 침만 담북 뭇쳐 갈비에 침이 쑥쑥 흐르ᄂ듸"로 훨씬 세밀한 언어표현으로 제시된다. 하지만 게일은 그냥 몽룡이 먹던 것을 기생에게 주는 차원으로만 번역했다.

"못 부르오." 그녀가 말했다.

"너는 *기생*인데 노래를 못한다니 무슨 뜻이냐?"

Then she poured it out and began.

"*Chapjee keuryo, chapjee keuryo* (a low form of expression meaning take the glass).

Let this glass stand for woe and tears

When this you drink,

Just let me think,

Yes, be a beggar for ten thousand years."

"Your song is evidently a new one, improvised, eh? Great you are."

He did not drink anything, however, but poured out the *sool* on the matting.

"Pshaw! I've spoiled a nice mat."

그러자 기생이 술을 붓고 노래를 시작했다.

"*잡지 그려, 잡지 그려*'(잔을 잡는다는 의미의 비속한 표현).

이것은 고통과 눈물의 술잔이니

이 잔을 네가 마시고,

어찌될까 내 잠시 생각해보니,

그래, 너는 천만 년 거지가 되어라."

"네 노래는 분명 새로운 노래구나. 즉흥곡이냐? 응? 너 참 대단하다."

그는 술을 조금도 마시지 않고 자리에 부었다.

"푸아! 내가 좋은 자리를 더럽혔구나."

He got his sleeves wet, too, and then sprinkled the guests with his flourishing movements, so that they were all disturbed and agitated.

Oonbong ordered this and that ridiculous thing, so that the place was turned up side down.

The host thought, "This creature is surely a son of the gentry. No ordinary young man would ever act like that. He must be some reprobate of the better class, uneducated, evidently. Let's set him a subject to write a poem on and get rid of him in that way; so said he, "Good friends lend me your ears. Let's write a verse each, and the one who does the worst let him bear the brunt of it and be ejected from our midst."

그가 소매에 술을 적셔 부산스럽게 움직이며 손님들에게 튕기니 모두들 마음이 상해 짜증이 났다.

운봉이 이런저런 우스운 것을 명하여 그 자리가 엉망이 되었다.[140]

주인은 생각했다.

"이놈은 분명 상류층의 자식이다. 보통의 젊은이라면 결코 저렇게 행동하지 않는다. 좋은 가문의 어떤 잡놈으로 분명 무식할 것이다. 그에게 주제를 주어 시를 짓게 해서 쫓아내자."

그가 말했다.

"친구네들, 내 말을 들어보오. 시 한 수씩 지어봅시다. 가장 형편

---

140 그는~그 자리가 엉망이 되었다.(He~side down): 해당 원문과 비교해 보면, 원문은 "座中이 發動호야"라는 연회장 사람들의 시점에서 "雲峯은 우슨 것을 다 請호야 座席이 搖亂호오"라고 상황을 표현한 반면 게일은 서술자의 서술로 대체한 셈이다.

없는 시를 지은 사람을 벌로 이 자리에서 내쫓도록 합시다.”

He gave as rhyme characters "sweet" and "strain" at which the beggar also came in and sat down, saying, "I too by the goodness of my father and mother learned to write verses a bit shall I try my hand?"

Oonbong heard this with delight and gave him pen, ink and paper. He took them and wrote rapidly, and when he had finished he pushed it under the mat where he sat, and said to the host, "A beggar from far away has had a fine meal thanks a thousand times, au revoir!"

He then arose and left to the great relief of the master of the occasion.

"Go in peace, sir." said the host, "when shall we meet again?"

"Oh, we'll meet in a little," said the beggar.

그는 "달콤한"과 "선율"에 해당하는 운자를 주었다.[141] 이에 거지 또한 들어와서 앉으며 말했다.

"나도 아버지와 어머니 덕택으로 배운 것이 있어 시를 약간 지으니, 내 한번 해보겠소."

운봉이 이를 듣고 기뻐하며 그에게 펜, 잉크, 종이를 주었다. 그는 그것으로 빠르게 적고 다 쓴 후 시를 앉은 자리 아래에 밀어 넣고는 주인에게 말했다.

---

141 "달콤한"과 "선율"에 해당하는 운자(He gave as rhyme characters "sweet" and "strain"): 해당 원문은 "本官이 韻字를 내엿스되 놉홀 高 기름 膏 두 字를 붙으거늘"이다. 게일은 원문에서 운자에 해당되는 두 한자를 그대로 번역하지는 않았다. 하지만 '고'라는 동일한 음으로 제시되는 점에 초점을 맞춰 "sweet"과 "strain"으로 그 운율을 번역한 셈이다.

"멀리서 온 거지는 잘 먹었으니 천배 감사하오. 다시 봅시다!"
그런 후 일어나서 떠나자 그날의 주인은 크게 안도했다.
주인이 말했다. "편히 가시오. 언제 다시 만나나?"
"오, 잠시 뒤 만날 것이오." 거지가 말했다.

When he had gone, Oonbong extracted the paper from underneath
the matting and it read thus:
"Golden cups of perfumed wine!
'Tis the blood of human swine.
Jewelled fare and dainties sweet,
Wear the smell of swollen feet.
Candle lights and laughing glee,
Mixed with sweat and tears I see.
Songs and music's lofty strain,
Rest on inward moans and pain."

그가 떠나자 운봉이 자리 밑에서 종이를 꺼냈다. 시는 이러했다.
"금잔의 향기로운 술!
인간 돼지의 피로구나.
보석 같은 음식과 sweet(달콤한) 안주에서
썩은 발 냄새가 나는구나.
촛불과 쾌활한 웃음 속에
땀과 눈물이 섞여있구나.
노래와 음악의 높은 strain(선율) 속에

내면의 신음과 고통이 있구나.”

When Oonbong read it he trembled from head to foot. “Gentle host,” said he, “have a good time. I have something to see to and must go.”

Imsil, too, likewise stunned, got up. “I also must go at once,” said he.

“What have you to go for?” asked the host.

“My mother has fallen and hurt herself.”

“Pshaw! Your mother nonsense!” said the host.

운봉은 이 시를 읽자 머리에서 발까지 떨며 말했다.

“사또, 좋은 시간 보내시오. 나는 일이 있어 가봐야겠소.”

임실 또한 마찬가지로 충격을 받고 일어나며 말했다.

“나도 당장 가 봐야겠소.”

“무슨 일이오?” 주인이 물었다.

“어머니가 낙상하였소.”

“푸아! 당신 어머니가, 말도 안 되오!¹⁴²” 주인이 말했다.

To be continued.

---

142 푸아! 당신 어머니라니! 말도 안 되오!(Pshaw! Your mother nonsense!): 비록 직접적으로 표현하지 않았지만, 원문의 落傷과 落胎의 언어유희가 본관 사또의 대답 속에는 일정하게 투영되었다. 게일이 번역을 생략한 “大夫人이 落胎를 ᄒ엿다고 곳 긔별이 왓소~아니오 落胎가 아니라 落傷을 ᄒ엿다는 것을 겁결에 잘못ᄒ 말이오”라는 임실군수의 말실수에 대한 본관 사또의 답변이기 때문이다.

CHOON YANG*

(Continued from the *June* number)[143]

X X III. JUDGEMENT.

XXIII. 판결

The Commissioner's servant hearing Oonbong read this verse from behind the screen, came forward and gave orders, "Call the three office chiefs," said he; "call the heads of departments; the chief writers, and proceed accordingly; call the guards of the treasury; call the chief of works; call the head of the rites office and see how the prison is; call the steward, the head runners, the head beaters, flagbearers, workers, and see how matters stand with them; call the jailor and inquire as to punishments; call the butcher and see how the candle lights are; summon the head soldiers and the head slaves; call 'Big-bell' the flogger and the executioners, and have them fall in in order, slaves, *keesang*, runners, waiters, soldiers, etc."

어사의 하인은 병풍 뒤에서 운봉이 이 시를 읽는 것을 듣고 앞으로 나와 명을 내리며 말했다.

"주요 세 부서의 책임자들을 불러라. 각 부장들을 불러라. 도서기들을 불러 전례대로 진행하라. 창고 경비병을 불러라. 공방을 불러

---

143 J. S. Gale, "Choonyang", *The Korea Magazine* II 1918. 7., pp.326~336.; 몽룡의 어사출도 장면부터 『옥중화』의 후일담 부분까지를 번역했다.

라. 예방을 불러 감옥을 단속하라. 집사, 도사령, 도집장, 기수, 일꾼
들을 부르고 그들의 일을 단속하라. 간수를 불러 형벌에 대해 질문
하라. 백정을 부르고 촛불을 살펴라. 도병사와 도노비를 소환하라.
태형리 '왕방울'과 집행인들을 불러 정렬하고 노비, *기생*, 사령, 종
자, 병사 등의 순서대로 줄을 세워라."

Such wild confusion you never saw, people running here and
there, there and here.

"Look out what are you doing!" some one shouts.

"Don't you know that a lot of you'll get killed?" says another.

The Commissioner waited for the noon hour just outside the
yamen. The secretary, by the raised hand gave the signal "Boots and
saddles" and ordered that they should all make ready.

"Steward take these orders!" shouts some one, "On with outer
coats, red shoulder sashes and leggings."

"Saddle the horses; fasten the reins; bring the large horse for His
Excellency; shorten the girths; tack on the outer reins; on with your
felt hats, girdles, sticks and swords."

Like tigers they rushed to make all ready, and with their six sided
batons held aloft they came sweeping in. They beat loudly on the
outer gate with noisy thumpings.

"The Commissioner of His Majesty! The Commissioner of His
Majesty!" shouted they.

Two or three such calls in front of the *yamen* rendered the place electrified.

"Hither the Three Counsellors!"

"Yea-a-a!" responded they.

그런 야단법석이 없어, 사람들은 이리저리, 저리이리 뛰었다.

"잘 보고 다녀!" 누군가가 소리쳤다.

"너희 중 많은 사람들이 죽게 된다는 것을 몰라?" 다른 이가 말했다.

어사는 *아문* 바로 밖에서 정오 시간을 기다렸다. 서리가 손을 올려 '부츠와 안장' 신호를 주며 모든 준비를 갖출 것을 명했다.

누군가가 소리쳤다.

"집사, 이 명을 받아라! 겉옷, 빨간 어깨띠와 각반을 착용하라."

"말에 안장을 놓고, 고삐를 단단히 하고, 큰 말은 어사께 가져가고, 배띠를 졸라매고, 바깥 고삐를 씌우고, 펠트 모자와 허리띠 착용하고, 방망이와 칼을 쥐어라."

그들은 호랑이처럼 달려들어 모든 준비를 하고 육모방망이를 높이 들고 물밀 듯이 들어갔다. 그들은 바깥문을 시끄럽게 쾅쾅 크게 두드렸다.

"어사출두요! 어사출두요!" 그들은 소리쳤다.

두세 번 *아문* 앞에서 이렇게 외치자 그곳은 감전된 듯했다.

"세 고문관[144]들은 이리 오라!"

"예-이!" 그들이 대답했다.

---

144 세 고문관(Three Counsellors): <옥중화>의 삼공형(三公兄, 조선 때 각 고을의 호장, 이방, 수형리).

The commissioner then gave this order, "Ask the officers of the Six Boards and others who were in the service of my father to stand by out of the way," then to the soldiers he said, "You soldiers, forward!"

The soldiers heard this order and went in, smashing up the remnants of the feast. Silken and embroidered screens went careening over the banister. All the fancy tables, dishes, spittoons, platters, plates, wine bottles, went crashing and splintering before this onset of clubs and batons. Harps and fiddles, flutes and pipes, drums and gongs went kicking and scattering their remains all over the place. The frightened guests fled for their lives. Oonbong lost his seal and found he had in hand a gourd instead, the governor of Tamyang, in place of his hat had carried off a reed basket; the chief of Sunchang lost his big divided coat and escaped in a *mongdoree*, while the host in craven fear made his exit and hid in the women's quarters.

It was a time indeed for fear for here was His Majesty's Commissioner with all his powers. Such noises and confusion and reversing of commands and orders were never heard. Horses refused to go but backed up into the face of His excellency. The ground seemed to roll up in front of his fiery chariot. One set of servants seemed to have lost their heads; others went shouting and crying about like maniacs.

어사는 이런 명을 내렸다.

"육부의 위관들과 나의 아버지를 모셨던 사람들은 물러서라 하라."

그리고 병사들에게 말했다.

"진격!"

병사들은 이 명을 듣고 안으로 들어가 연회의 남은 것을 박살냈다. 비단 자수 병풍이 난간 위로 넘어갔다. 화려한 상, 그릇, 타구, 쟁반, 접시, 술병이 곤봉과 방망이에 맞아 깨어지고 흩어졌다. 하프와 바이올린, 플루트와 파이프, 북과 징이 차여 잔해가 온 사방에 흩어졌다. 놀란 손님들은 살기 위해 도망쳤다. 운봉은 도장을 잃고 대신 손에 박을 쥐고 있고, 담양 군수는 모자 대신 대바구니를 나르고, 순창의 책임자는 갈라진 큰 옷을 잃고 *몽도리*[145] 입고 도망가고, 겁에 질린 주인은 도망가 여자들 방에 숨었다.[146]

막강한 권력을 가진 임금의 어사가 여기 있기에 참으로 두려운 시간이었다. 이와 같은 소란과 혼란, 지시와 명이 뒤바뀐 적은 한 번도 없었다. 말은 가기를 거부하고 어사 앞으로 뒷걸음질한다.[147] 땅은

---

145 몽도리(mongdoree): 원문의 조선시대 기생이나 무당이 입던 옷, 몽도리를 그대로 한글음으로 제시한 것이다.

146 겁에 질린 주인은 도망가 여자들 방에 숨었다(the host in craven fear made his exit and hid in the women's quarters): 해당 원문은 "本官은 劫을 내여 안악으로 드러가며"이다. 게일은 이 부분은 번역했으나 이후 이어지는 본관사또의 대사 "어 무섭다 御史 보아라 문 드러온다 바람 닷아라 요강 마렵다 오좀 드러라"는 비속한 표현 혹은 장황한 사설로 판단했는지 번역을 생략했다.

147 말은 가기를 거부하고 어사 앞으로 뒷걸음질한다(Horses refused to go but backed up into the face of His excellency): 해당 원문은 "雲峯營將 말을 걱구로 타고 압다 이이 말 보아라 압흐로는 아니가고 御史道 계신더로만 가는고나 御史道 縮地法도 흐는구나 말을 걱구로 타 게시니 바로 타옵쇼셔 언제 돌너 타고 잇겟ᄂᆞᆫ냐 말 목아지를 이리 갓다 박어라"이다. 즉, 원문은 운봉이 말을 거꾸로 타고 있는 상황인데, 게일은 말이 가지 않고 뒷걸음치는 상황으로 번역했다.

어사의 불같은 전차 앞에서 굽어지는 듯했다. 한 무리의 하인들은 정신이 빠진 듯하고 다른 이들은 미치광이처럼 소리치고 울며 갔다.

At a given signal an agile attendant bounded into the place of office.

"Steward!" shouted he.

"Here!" answered the steward.

"Stop the noise will you, and get these people quiet."

"Yes, sir."

"What is it?"

"Get these people quiet will you!"

"All you runners fall in," said the steward.

"Yea-a-a!" was the answer.

신호가 주어지자 민첩한 한 시자는 집무실로 달려갔다.

"집사!" 그가 소리쳤다.

"네!" 집사가 대답했다.

"소란을 막고, 사람들을 조용히 시켜라."

"예, 나리."

"뭡니까?"

"사람들을 조용히 시켜라!"

"모든 사령들은 정렬하라." 집사가 말했다.

"예-이!"라고 대답한다.

Then suddenly every thing fell into a great calm. Those who had played in the band ceased playing; the dogs who had barked themselves hoarse, fell silent; the birds refused to fly and all the noises of the hills and streams, in the fear that fell on them were quiet.

The Royal Commissioner then took his seat in the place of office, and after making preliminary arrangements, spent his first hour in running over the list of prisoners, a hundred or more. He called them one by one, spoke kindly to them and let them go, so that a prisoners' dance resulted and praises were sung to the glory of his name. He then called the Chief of Torture and inquired particularly for Choonyang, and when the Chief had told him all carefully and explicitly, he suddenly ordered Choonyang to be brought in.

갑자기 모든 것이 큰 정적 속으로 빠졌다. 악단에서 연주하는 이들은 연주를 중지하고, 목이 쉬도록 짖던 개들도 침묵하고, 새들은 날기를 거부하고, 산천의 모든 소음들은 그들에게 닥친 것이 두려워 고요해졌다.

어사는 집무실에 자리를 잡고 앉아 사전 준비를 한 후에 첫 한 시간을 백 명 이상의 죄수의 목록을 훑어보는데 보냈다. 그는 죄수들을 차례로 불러 다정하게 말하고 그들을 방면했다. 이에 죄수들은 춤을 추며 그의 이름을 영예롭게 하는 찬미가를 불렀다. 그는 고문 책임자[148]를 불러 춘향에 대해 특히 질문했다. 그가 어사에게 모든 것을 소상하

---

[148] 고문 책임자(Chief of Torture): 〈옥중화〉의 수형리(首刑吏, 조선 시대, 지방 관아의 형리의 우두머리).

고 명확하게 말하자 어사는 갑자기 춘향을 들이라고 명했다.

The warden called the jailer and they went together to the prison. They summoned the attendants of the Six Bureaus and conferred thus, "He is an enlightened Commissioner. If he lets Choonyang go free he will be renowned for a hundred years; and yet we do not know just what he will really do." They reached the prison and found its locked gates standing like a city wall. These opened with a great creaking, groaning noise. They took a saw with them, went in and set to, *kokak*, *kokak*, sawing off the *cangue* from poor Choonyang's neck.

"Take courage, little woman." said they. "The Commissioner orders that you be sent to Seoul, and though we do not know definitely his commands, we are sure that he will set you free. Just gather your wits about you and answer him clearly. God knows your faithfulness which is like the eternal green of the bamboo and the pine. How can it be otherwise?"

간수장이 간수를 불러 함께 감옥으로 갔다. 그들은 육방관졸들을 불러 이렇게 의논했다.

"어사는 명철한 사람이다. 그가 춘향을 풀어주면 백 년 동안 이름이 알려질 것이지만 사실 그가 어떻게 할지 우리도 모른다."

그들은 감옥에 도착했고 잠긴 감옥 문은 성벽 같았다. 문이 삐거덕 끼익하는 큰 소리를 내며 열렸다. 그들은 톱을 들고 안으로 들어가 '*코 각*,' '*코 각*,' 불쌍한 춘향 목의 칼을 톱질해 벗겨 내기 시작했다. 그들이 말했다.

"어린 부인, 용기를 내소. 어사가 당신을 서울로 보내도록 명했소. 그의 명이 명확히 무엇인지 모르지만 당신을 석방할 것이 확실하오. 마음을 추스르고 어사에게 분명하게 대답하오. 하나님도 푸른 송죽처럼 영원한 당신의 정절을 알 것이오. 어떻게 모를 수가 있겠소?"

But Choonyang's mind was all confused.

"Hyangtanee!" she called.

"Yes."

"Look and see who is outside the prison."

"There is nobody," answered Hyangtanee.

"Look again."

"There is nobody."

"The hardest master in all the world is surely he. When he came I charged him earnestly, and now noon is past and he doesn't come, and no message either. Where has he gone, that he does not wish to see me die? Is he tired and has he fallen asleep I wonder? Hard and cruel master, he does not come to see me even once before I die. Why does he not come? My tears like blood fall on my bedraggled clothing."

그러나 춘향의 마음은 온통 심란했다.

"향단이!" 그녀가 불렀다.

"예."

"감옥 밖에 누가 있는지 보아라."

"아무도 없어요." 향단이 대답했다.

"다시 보아라."

"아무도 없어요."

"세상에서 가장 독한 주인이 바로 서방님이다. 왔을 때 그렇게 간절히 당부했는데 이제 정오가 지나는데 오지 않고 소식도 없구나. 어디로 갔기에 내가 죽는 것을 보려고 하지 않는 것인가? 피곤한가? 아니면 잠이 들었는가? 독하고 잔인한 도령님이다. 내가 죽기 전에 나를 보러 단 한 번도 오지 않는구나. 왜 오지 않는 것인가? 피 같은 눈물이 더러운 내 옷 위에 떨어지는구나."

Choonyang's mother stamped her feet and beat her breast.

"What shall we do?"

Hyangtanee cried as well. The warden and the jailer were both in tears but they said, "Don't cry, don't cry. Even amid the confusion of horses and spears there are unexpected ways of escape; and though the heavens fall there are corners and holes into which one can fly."

The 'Whip' of the *yamen* comes with a roar that fairly upsets the universe, calling "Hurry up, you!"

춘향모는 발을 구르고 가슴을 쳤다.

"어이할꼬?"

향단이 또한 울었다. 간수장과 간수도 눈물을 흘렸지만 말했다.

507

"울지 마오, 울지 마오. 말과 창이 어지러운 가운데서도 뜻밖의 도
망 길이 있소. 하늘이 무너져도 우리가 날아갈 수 있는 모퉁이와 구
멍이 있소."

*아문*의 '채찍'은 천지를 요동하는 소리를 내며 들어와 "서두르
시오!"하며 재촉한다.

In the haste of it Choonyang is conducted to the *yamen*,
Hyangtanee helping her along while her mother follows hard behind.
Just at this time all the windows of the town, have come in a group to
save Choonyang if possible. They present a petition. One beautiful
old lady with a white dress on was there. The younger women,
shamefacedly, and in comely manner have coats over their heads.
The one who spoke was tall and neat and eloquently gifted. There
were poor windows too with hoe and spade in hand fresh from the field,
also woodcutter's old wives from the hillsides, several hundred of them
so that the court was filled with women, and the Commissioner said.

"Who are all these women folk? What do you want here?"

Then one stepped forward and said, "Our coming is because we
have a petition to present to your enlightened Excellency."

He again asked, "What is it you want? Tell me now exactly."

서둘러 향단이가 춘향을 부축하고 춘향모가 힘들게 뒤따라가는
가운데 춘향은 *아문*으로 옮겨졌다. 바로 이때 남원의 모든 과부들
이 무리 지어 춘향을 살리기 위해 왔다. 그들은 청원했다. 흰 옷을 입

은 한 아름다운 노부인이 거기 있었다. 더 젊은 여인들은 부끄러운 듯 예쁘게 겉옷을 머리 위로 걸쳤다. 말을 하는 부인은 키가 크고 깔끔하고 화술이 뛰어났다. 호미와 삽을 손에 쥐고 방금 논에서 온 가난한 과부들, 산에서 온 나무꾼의 늙은 아내들 등 *아문*은 수백 명의 여자들로 가득했다. 어사가 말했다.

"이 여인들은 모두 누구인가? 여기엔 무슨 일이냐?"

그 때 한 부인이 앞으로 나와 말하였다.

"우리가 온 것은 명철하신 나리께 드릴 청원이 있어서입니다."

그가 다시 물었다.

"원하는 것이 무엇인가? 정확하게 말하라."

The widow replied, "A woman's faithfulness to her husband is the first of queenly virtues, All know of this your Excellency, lords and governors as well as common folk. Now Moonplum's daughter Choonyang, though born of a *keesang* has gentle blood in her veins, for her father was a Minister of State. The son of a former governor, Master, Yee, took Choonyang by a sworn marriage contract, but alas there are so many devils on earth who seek woe and misery for people, she was compelled to say goodbye to him, she has been faithful. The present occupant of office had this good woman arrested and tortured in order to force her name into the register of the *keesang*, and to compel her to a life of dishonour. But she has held out so that he has beaten her nearly to death. This may be the way. however, that God wants to show forth her faithfulness. Her wavering thread of life hangs in the balance, and we have come hoping as from God, that you will see how true she is and let her go."

과부가 대답했다.

"여자가 남편에게 정절하는 것은 여왕의 덕 중에서도 으뜸입니다. 어사도 군주도 감사도 또한 일반 백성도 모두가 이를 알고 있습니다. 오늘 월매의 딸 춘향은 비록 *기 生*에게서 태어났지만 그녀의 아버지가 재상이었기에 신사의 핏줄입니다. 전임 부사의 아들인 이도령과 춘향이 결혼 서약을 맹세했지만 슬프게도 사람의 애환과 비참함을 원하는 악마들이 많아 어쩔 수 없이 춘향은 이도령과 이별하고 수절하였습니다. 현재의 *아 문*의 점령자가 춘향의 이름을 기생 명부에 올려 수치스러운 삶을 강요하기 위해 이 훌륭한 여인을 체포하고 고문하였습니다. 그러나 춘향이 이를 끝까지 견디자 그는 그녀를 때려 죽을 지경으로 만들었습니다. 그러나 이것은 춘향의 정절을 드러내고 싶은 하나님의 방법일 뿐입니다. 춘향의 흔들리는 생명줄이 위기에 처하여 하나님에게 희망하듯이 어사께서 춘향이 얼마나 진실한지 보고 풀어주기를 바라며 왔습니다."

The Commissioner made reply, "Choonyang is a dancing-girl who has been disrespectful and disobedient to the Governor, she cannot, therefore, be forgiven."

On this statement, there came bundling forth, from among the widows, a woman of well nigh a hundred years, with well favoured face still, hearing and eyesight intact, strength unimpaired having a soul gifted with a fierce and implacable flavour, and a tongue skilled at invective. She was indeed a woman to be feared. She came forth bobbing her head, with her eyebrows fiercely posed across her face, and her jaw set for immediate action.

"What do you mean by such a decision?" said she. "Because she was faithful to her husband is that her crime? To give up her virtue and save her life she refused; and because she refused will this man who put her under the paddle go unpunished? You say that her sin is one of disobedience, a ridiculous decision! And now that Your Excellency has the power, why don't you send soldiers to Seoul and arrest a rascal there called Dream-Dragon or whatever his name is. A thief and a robber assuredly, who ought to be gagged and manacled and put into the torture chair."

어사가 대답했다.

"춘향은 무희로 부사에게 불손하고 그 뜻에 불복종하였으니 용서받을 수 없다."

이 말이 끝나자 과부 무리에서 백 살이 족히 넘고, 얼굴이 여전히 곱고, 듣고 보는 것이 말짱하고, 힘이 아직 정정하고, 마음은 사납고 인정사정없는 면이 있고, 혀는 욕하는 재주가 있는 한 여인이 나왔다. 그녀는 가히 무서운 여인이었다. 그녀는 머리를 끄덕이며 앞으로 나왔는데 눈썹은 얼굴 위로 꼿꼿하게 섰고 턱은 당장이라도 행동을 할 준비가 되어 있었다.

그녀는 말했다.

"왜 그리 판단하십니까? 춘향이 남편에게 수절한 것이 죄입니까? 춘향은 정절을 포기하면 목숨을 구할 수 있는데 이를 거절했습니다. 춘향이 거절했다고 그녀에게 곤장을 친 이 사람은 벌을 받지 않아도 됩니까? 춘향의 죄가 불복종의 죄라고 말한다면 참으로 웃기는 판결입니다. 나리께서 이제 힘이 있으니 병사를 서울로 보내 몽룡인지 뭔지 하는 그 놈을 체포하십시오. 도둑놈이고 강도임이 분명하니 그를 재갈에 물리고 족쇄에 채워 고문 의자에 앉혀야 합니다."

The soldiers on hearing this said "Sh-h-h!"

"Sh-h-h! What do you mean by Sh-h-h? Is there a snake going by that says Sh-h-h? What are you anyway you craven creatures you? If I were once in the place of this mock Commissioner I'd make it lively for some of you folk."

The Commissioner, delighted with all this, shook inwardly with laughter. He said, "It will all turn out right, ladies, don't get yourselves worked up. Thanks, you may go now."

As they went out the old woman said further. "Your Excellency, don't you dare to do as you said, or you'll meet with a catastrophe that will be something awful."

And now they all retired outside the yaman to await the decision regarding Choonyang.

병사들이 이를 듣고 "쉬-이!"라고 말했다.

"쉬-이! 쉬-이 라니? 뱀이 쉬-이라고 하며 지나가는가? 너 비겁한

놈, 너는 누구냐? 만일 내가 이 가짜 어사의 자리에 있으면 너희 몇
놈을 가만두지 않겠다."

어사는 이를 듣고 기뻐 속으로 웃음이 나서 몸을 흔들며 말했다.

"부인들, 일이 제대로 될 것이니 너무 기운을 빼지 마오. 고맙소,
이제 가도 좋소."

그들이 나갈 때 노부인이 덧붙였다. "사또, 말한 대로 하지 않을
경우, 끔찍한 재앙을 맞게 될 것이오."

이제 그들은 관의 밖에으로 모두 물러나와 춘향에 대한 판결을 기다
렸다.

The Commissioner gave orders to bring her in.

She was helped in as one nearly dead. Her pitiful condition was
such that no one could see it without being moved to tears, so to hide
his feelings and to disguise himself he shouted loudly.

"Listen now to what I say, you, a *keesang* of the common order,
have disobeyed the commands of your superior officer, and have
made a disturbance in the courtyard of the *yamen*. Is that not so? You
therefore deserve a thousand times to die. You were ordered to be the
servant of the Governor but you refused. I would ask, will you be a
servant to me now the Commissioner?"

어사는 춘향을 들이라는 명을 내렸다.

춘향은 다 죽어 가는 사람처럼 부축을 받고 들어왔다. 그녀의 가
련한 형상은 눈물 없이는 볼 수 없을 지경이었다. 어사는 감정을 숨

기고 자신을 감추기 위해 크게 소리쳤다.

"내 말하는 것을 들어라. 너는 천출 *기생*으로 관리인 너의 상관의 명에 불복종하여 *아문*의 법정을 소란스럽게 했다. 그렇지 않느냐? 너는 천 번 죽어 마땅하다. 너는 부사의 하인이 되라는 명을 받았지만 거절했다. 내가 묻겠다. 이제 어사인 나의 하인이 되겠느냐?"

He shouted so loudly that the place echoed. She replied, "Similar trees are all of a similar colour; crabs and crayfish are the same in kind. All the gentry are of like mind it seems, in their view of a low woman's faithfulness. I am the daughter of a *keesang* but am not a *keesang* myself. Can Your Excellency not see that I am innocent? In ancient times a faithful *keesang* served the learned Doctor Tai; and the woman Hongbul followed Yee Chong. Cannot low women of the *keesang* class even be faithful? While they may or not believe me, the sharpest knife may kill me, the deepest sea may drown me, the fiercest fire may burn my soul, still I must be faithful. Do what may be best, but know that I cannot do other wise. If I be destined to death let me die, or if to life please let me live!"

그가 그곳이 쩌렁쩌렁하도록 크게 소리쳤다. 그녀가 대답했다.

"비슷한 나무는 모두 비슷한 색깔을 띠고, 가재와 게가 같은 종이라더니. 상류층이 모두 같은 마음으로 미천한 여인의 정절을 바라보는 것 같소. 나는 *기생*의 딸이지만 나 자신은 *기생*이 아니오. 내가 죄가 없다는 것이 어사에게는 보이지 않소? 옛날에 충실한 *기생*은

학식이 뛰어난 태사를 섬겼고, 홍불이라는 여인은 이정을 따랐소. 미천한 *기생* 계급의 여인이라고 절개가 없을까? 그들이 나를 믿든 아니든, 가장 날카로운 칼이 나를 죽일 지라도, 가장 깊은 바다가 나를 삼킬 지라도, 가장 거센 불이 내 혼을 태울 지라도, 그래도 나는 정절을 지킬 것이오. 좋을 대로 하시오. 그러나 나는 결코 정절을 포기하지 않을 것이오. 내가 죽을 운명이면 죽이고 살 운명이면 살리시오.”

The Commissioner after another question or two, took from his pocket the ring that she had given him on his departure, and called the head *keesang*, saying, “Take this ring and give it to her, will you.”

The head *keesang* took the ring and placed it before Choonyang, but she was so dazed and stupefied, that she simply saw that it was a ring, but never recognizing for a moment that it was the one that she had given to him so long ago.

어사가 한두 질문을 더한 후에 주머니에서 그가 떠날 때 그녀가 준 반지를 꺼냈다. 그리고 행수*기생*을 불러 말하였다.

“이 반지를 가져가 춘향에게 주어라.”

행수*기생*이 반지를 들고 가 춘향 앞에 놓았지만 그녀는 정신이 어지럽고 멍하고 그것이 반지인 것은 보았지만 오랜 전 그에게 주었던 반지인 줄은 한동안 알아보지 못했다.

Then he said, “Look up, won’t you?”

After repeating this order two or three times, Choonyang looked

515

up, and lo it was her husband, who had visited her in the prison the night before. She might have bounded forward at once, put her arms around him and wept and danced for joy. But did she? No. One kind of human nature is such, that when it lights upon unspeakable joy it cries out its soul in tears of tenderest emotion. The crowd of onlookers saw falling from her eyes upon her dress skirt tears like pearls. There were tears not from the ordinary affections, nor from the six thousand joints and ligaments of the body, but tears from the heart of hearts, the inmost of the very being, "Oh my husband is it you? Am I dead or am I dreaming? You came last night to the prison and saw my plight. You said to me a hundred times, 'Let your spirit be at peace, rest and wait,' but I did not understand you."

She buried her poor bruised heart in the folds of his Royal Commissionership and wept at last her inarticulate feelings of relief from pain, of safety, and of her entrance into bliss and joy.

그때 어사가 말했다.

"고개를 들어 보아라."

그가 이 명을 두서너 번 반복하자 춘향이 고개를 들었다. 이럴 수가 전날 밤 감옥에 있던 그녀를 방문했던 남편이 아닌가. 그녀는 당장 한걸음에 달려가 그를 안고 울며 기쁨의 춤을 추고 싶었을 지도 모른다. 그러나 그녀가 그렇게 했을까? 아니다. 인간 본성이라는 것은 말할 수 없는 기쁨에 갑자기 직면했을 때 마음의 비명을 지르며 가장 상처받은 감정의 눈물을 흘린다. 모인 구경꾼들은 그녀의 눈에서 진주 같은 눈물이 치마 위로 흘러내리는 것을 보았다. 그 눈물은 흔한 감정으로 생기는 눈물도 아니고 몸의 육천 개의 관절과 인대에서 나오는 눈물도 아니고, 우리 존재의 가장 내밀한 마음 중의 마음에서 나오는 눈물이었다.

"오, 서방님, 당신인가요? 내가 죽은 것인가? 꿈을 꾸는가? 당신이 전날 밤 감옥에 와서 내 곤경을 보고 수백 번 나에게 '마음을 편히 하고 평안히 기다리라' 말했지만 나는 당신 말을 이해하지 못했어요."

춘향은 멍들고 가련한 가슴을 어사의 옷 주름에 묻고 고통에서 벗어난 해방감과 안도감 그리고 희열과 기쁨으로 말로 표현하기 힘든 감정에 북받쳐 마침내 울음을 쏟아냈다.

XXIV. THE LAUREL WREATH

XXIV. 월계관

The Commissioner then had a four man chair brought and had her sent to her home. On account of the recognized prohibition to enter the *yamen* without permission, her mother had been all this time outside, going through stages of excitement. On seeing her daughter come forth thus she simply went mad with delight, sent her on ahead while she stayed for a time to talk it over with the women.

Said she, "*Ul-see-go-na*! My beggar son-in law, who came last night is a Royal Commissioner! What do you mean? Is it a dream, or am I alive? If it is a dream, may I never wake; and if I am alive, may I live forever. *Chee-wha-ja, Chee-wha-ja*"

"Look here, you soldier boys, open that gate, the mother of the Commissioner is going in. She is going in. What shall I do? Buy fields or lands? Such a day as this! All you women don't wish for sons, wish for daughters. This is my daughter's gift to me, this day."

어사는 4인 가마를 들인 후 춘향을 집으로 보냈다. 허락 없이 *아문* 에 들어갈 수 없다는 공식적 금지 조항으로 춘향모는 이 모든 상황이 발생하는 동안 밖에서 여러 감정을 느끼며 서 있었다. 딸이 나오는 것을 보자마자 춘향모는 미친 듯이 기뻐했고, 딸을 먼저 보내고 자신은 한동안 그곳에 남아 그 일을 부인들과 이야기를 나누었다.

그녀가 말했다.

"*얼씨구나*! 어젯밤에 왔던 거지 사위가 어사라니! 이게 웬일이냐? 꿈인가? 생시인가? 꿈이면 절대 깨지 말고, 생시이면 영원하길. *지화자, 지화자*"

"이봐라, 병사들아, 저 문 열어라. 어사의 장모가 들어간다. 장모가 들어간다. 어떻게 할까? 논을 살까 땅을 살까? 이런 날도 있구나! 모든 부인네들, 아들 바라지 않고 딸을 바라시오. 이 날, 이것이 딸이 나에게 주는 선물이오.[149]"

In she went.

---

[149] 아들 바라지 않고 딸을 바라시오. 이 날, 이것이 딸이 나에게 주는 선물이오(All you women don't wish for sons, wish for daughters. This is my daughter's gift to me, this day): 원문에는 "아달 낫키 원을 말고 쏠만 만히 나흐시되 **호티줄에 너다셧식 쏙쏙 쏩아 너쓰리소(①)**"로 되어 있다. 게일은 내용의 요지는 분명히 전달했다. 다만 ①은 비속한 표현 혹은 번역하기 어려운 표현이라 번역을 생략했다.

"I'm crazy, I insulted you, my son, last night to no end, and treated you disgracefully. You wretched woman, what did you do it for? Bring a knife and make an end of this woman's evil tongue. He is like the gods and yet he was a beggar last night. Why did he deceive me so? This morning at the last cock crow, there were several runners who came in uniform, coats and hats, peeking in at our garden gate and pointing with the finger. Now I know they were his soldiers.

"I hope he'll not be angry with me. However angry he may be, what can he do with me his mother-in-law? After my son went up to Seoul, this old woman built a shrine in the rear garden, and prayed to the Seven Stars and lit the lights, prayed day and night that our son-in-law might fare him well and prosper, and God heard it and made him to become a Royal Commissioner. But I have something to tell him, please hear it, it is this. Don't be hard on the present Governor. He is old and yet is greedy and revengeful. Hearing that Choonyang was beautiful beyond all others, he called her and attempted to compel her to become his concubine. He tried to coax her too, in a thousand ways, till at last he took the course of severity, and in fierce anger endeavoured to break her down. If you were like him you would have him killed, but since now by your favour we live, let it be extended to him likewise. If it were not for him we should never have known of Choonyang's worth.

"Wonderful it is! Last night's beggar, my son-in-law and Royal Commissioner. Wonderful it is! Choonyang who was at the point of

519

death is alive, alive. Wonderful it is! The woman Wolmai is the mother of a Royal Commissioner, wonderful it is! Let's all dance for the joy of it, wonderful indeed! Among all the wonders that be greatest, wonderful, wonderful!"

She and the women, hand in hand, made their way to her home. A beef was killed and all who came were welcomed to a share in the feast.

춘향모 들어갔다.

"내가 미쳐서 어젯밤 끝도 없이 내 사위를 욕하며 구박했소. 너 죽일 년, 왜 그랬느냐? 칼을 가져와 이년의 사악한 혀끝을 자르소.[150] 사위는 신과 같은데 전날 밤은 거지였소. 왜 나를 그렇게 속였소? 오늘 아침 수탉이 마지막으로 울 때 제복, 코트와 모자를 착용한 사령이 몇몇 와서 우리 정원 문을 엿보고 손가락으로 가리켰소. 이제 보니 그들은 어사의 병사들이었소.

"어사는 나 때문에 맘 상하지 않았으면 하오. 아무리 화가 나도 내가 장모이니 어쩌겠소? 사위가 서울로 올라간 후에 이 늙은 것은 후원에 재단을 세우고 칠성님께 기도하고 등을 밝히며 주야로 우리 사위 잘 되어 번성하기를 기도했소. 하나님이 내 기도를 듣고 어사가

---

150 너 죽일 년 ~ 혀끝을 자르소(You wretched woman~this woman's evil tongue): 해당 원문은 "이 비러먹을 년이 그 무슴 미친 짓이야 이년 쥬둥이를 칼노 쎄일 봇게 수가 업네 여보소 옷고름의 찬 칼 좀 주소 **이년의 입 쎄일나네 쎄면 아마 압흘 걸 압홀테니 못 쎄겟네(①)**"이다. 게일은 거지가 된 이몽룡을 욕한 것을 월매가 반성하는 내용으로만 번역했다. 하지만 원문 속 ①에서 입을 쎄면 아프니 쎄지 않겠다라는 월매의 해학적인 표현에 대한 번역은 생략했다.

되게 해주었소. 그런데 어사에게 할 말이 있으니 들어주소. 내 말은
현재의 부사를 심하게 하지 마소. 그는 나이는 많지만 탐욕스럽고
복수심이 많소. 춘향이 다른 모든 이보다 아름답다는 소리를 듣고
불러다 강제로 첩이 되도록 시도했소. 그는 천 가지로 춘향을 달래
도 보다 마침내 독한 방법을 선택하여 불같이 화를 내며 춘향을 꺾고
자 했소. 사위가 그와 같은 사람이면 그를 죽었겠지만, 사위의 은혜
로 지금 우리는 살았으니[151], 그 은혜가 그에게도 가도록 합시다. 그
가 아니었다면 우리가 춘향의 가치를 어떻게 알았겠소.

"놀라운 일이오! 전날 밤의 거지, 내 사위와 어사라. 놀라운 일이
오! 죽을 뻔한 춘향이 살아났네, 살아났어. 놀라운 일이오! 월매라는
여자가 어사의 장모가 되다니 놀라운 일이오! 모두 기쁨의 춤을 추
세. 참으로 놀라운 일이오! 놀랄 일이 많다 해도 이보다 더 놀라울까.
놀랍고 놀랍도다!"

춘향모와 부인들은 손에 손을 잡고 춘향의 집으로 갔다. 소를 잡
고, 오는 사람마다 반겨서 잔치 음식을 나눠 주며 기쁨을 함께 했다.

And now the boy Half-wit who had been locked up in Oonbong's
town, hearing that the Royal Commissioner had arrived at Namwon,
made his escape and came flying to pay his respects to Dream-
Dragon.

The Commissioner said, "You rascal, you were locked up by

---

151 사위가~우리는 살았으니(you were~favour we live): 해당 원문은 "本官使道 나 갓
으면 單搏 쩌려 죽여슬걸 本官使道 어진 處分 至今껏 살녀스니"로 되어 있다. 게일
은 본관사또로 인해 살 수 있었다는 대사를 이몽룡이 살려준 것으로 전환시켰다.

Oonbong, how did you get out without my orders?"

He replied, "Have I done any wrong to be locked up so? In Your Excellency's letter there was an order to lock me up and that's why I was arrested. Do you treat a chap who has been faithful to you for years in that way?"

The Commissioner laughed, "You had done no wrong, but because you are a half-wit with a long tongue I had you looked up."

At once he wrote out his promotion to a higher office in the District, signed the paper, which appointed him for ten years, and gave it to him.

이때 방자 반편이는 운봉읍에 갇혔다 어사가 남원에 도착했다는 소리를 듣고 도망쳐 몽룡에게 경의를 표하고자 날라 왔다.

어사가 말했다.

"이놈, 너는 운봉에 갇혀 있었는데 어떻게 내 명도 없이 나왔느냐?"

그는 대답했다.

"갇힐 만큼 내가 그렇게 잘못했소? 사또의 편지에 나를 가두라는 명이 있어 그 때문에 내가 체포되었지요. 수년 동안 충성을 바친 사람을 그런 식으로 대하오?"

어사가 웃었다.

"너는 하나도 잘못한 것이 없지만 수다스러운 반편이라 너를 가두었다."

어사는 당장 반편이를 그 지역의 더 높은 직에 승진시키고 10년 동안 그 직에 임명한다는 서류를 적어 서명한 후 그에게 주었다.

At this time the Governor, pale as death, brought his seal of office and gave it up to the Commissioner, who called him and spoke to him kindly.

"I have heard of your high reputation, but we meet for the first time. Do you know who I am?"

The Governor bowed and said, "Of course I know."

The Commissioner said with a laugh, "Men all like beautiful women; and if we did not have some way to prove it, the pure and beautiful would never be known. If it were not for you no one would ever have guessed the worth of Choonyang. Thanks for what you have disclosed."

이때 부사는 죽은 사람 같이 창백한 얼굴로 관의 인장을 가져다 어사에게 넘겨주었다. 어사는 그를 불러 다정하게 말했다.

"당신의 높은 명성을 들어왔지만 만나기는 처음이오. 내가 누구 인지 아시오?"

부사가 절을 하며 말했다.

"그렇고 말구요."

어사가 웃으며 말했다.

"남자들은 모두 아름다운 여인을 좋아하고, 우리가 어떤 식으로 그것을 증명하지 않으면 순수하고 아름다운 여인인지 누가 알겠소. 당신이 아니었다면 어느 누구도 춘향의 가치를 짐작하지 못했을 것 이오. 부사가 이를 드러내어 주어 감사하오."

The Governor ashamed and abashed, made no reply.

The Commissioner then went on to say, "Namwon is a large District, and in a year of famine would suffer greatly. Do your best to govern well, be a shelter for the people, and make ready to help them in time of need."

When they said goodbye the Governor bowed twice and said, "I am most grateful for your liberal treatment."

> 부사는 부끄럽고 낯이 뜨거워 아무 말도 하지 않았다.
> 어사가 말을 이었다.
> "남원은 큰 지역이고, 일 년의 기근에도 남원은 큰 고통을 받소. 최선을 다해 잘 다스려 주고, 백성들의 보호막이 되고, 필요할 때 백성들을 기꺼이 도와주시오."
> 그들이 작별을 할 때 부사는 절을 두 번하며 말했다.
> "너그러운 처분에 대단히 감사합니다."

It was now the third watch of the night, and all the voices of the people had ceased. The noisy world had receded into the region of sleep, so he ordered a soldier to conduct him to Choonyang's home. As he went along, the shadows of the trees were just as they used to be, and the moon's soft beams were as of yore. The *tookyon* bird in the shadowy hills called to him; and there was the cry of the heron who felt his old love return, and shook his wings to say, "Glad to see you, sir." In the lotus pond the gold-fish were sporting in the moonlight, and the geese in the shade of the plants and flowers awoke at the sound of passing feet.

지금은 밤 삼경이라 사람들의 목소리는 모두 끊기고 시끄러웠던 세상은 이제 잠의 지역으로 물러났다. 하여 어사는 병사를 불러 자기를 춘향 집으로 안내하게 했다. 가는 동안 나무 그림자는 옛날과 똑 같았고 달의 은은한 빛도 옛날과 같았다. 어두운 숲의 두 견새는 그에게 소리치고, 황새는 옛 연인의 돌아옴을 느끼고 날개 짓하며 "어사또, 만나서 반가워요." 하며 운다. 연꽃이 가득 핀 연못의 금붕어는 달빛에서 노닐고, 꽃과 풀의 그늘에 있는 거위는 지나가는 발소리에 잠을 깼다.

The soldier called, "Swee-e-e."

Choonyang's mother gave a start, "Dear me, has the Commissioner come, I wonder?"

She came out to welcome him, and he went at once into Choonyang's room. She was resting and arose with difficulty and took him by the hand. He wiped away all traces of her tears saying cheerfully, "Of all the heroes of the ages there were none who won the day without trial. You met me by accident but yet you have suffered hard for me. It is all my fault, don't ever cry again my dear."

병사가 소리쳤다.
"스위-이-이."

춘향모는 깜짝 놀랐다.

"아이고, 어사가 오는 것인가?"

그녀는 어사를 맞이하기 위해 밖으로 나왔고 그는 곧장 춘향의 방으로 들어갔다. 춘향은 쉬고 있다 힘들게 일어나 그의 손을 잡았다. 그는 춘향의 눈물 자국을 모두 닦으며 쾌활하게 말했다.

"모든 시대의 영웅들 중에서 시련 없이 결실을 맺은 이는 아무도 없다. 너는 우연히 나를 만났지만 나로 인해 고생을 하였다. 모두 내 잘못이니 다시는 울지 마라, 내 사랑."

He comforted and consoled her with a thousand loving words, had all the sweet things known prepared for her and the best medical treatment.

"Now we two are happy to live out our hundred year agreement," said he, "Be quick to return to health. Sell your things here and go first up to Seoul and wait for me. As I am under His Majesty's orders I cannot tarry longer just now. I shall have to leave tomorrow, but shall send you a messenger from every stopping place. You shall hear often. The head of the Board of Rites will go with you and prepare your way. I have written home so that servants will be here soon to meet and escort you with a guard of honour."

어사는 수천가지의 사랑의 말로 그녀를 위로하며 다독이고, 갖가지 맛난 음식을 먹게 하고, 최고의 명의를 불러 치료하게 했다.

그가 말했다.

"이제 우리 두 사람은 백년가약으로 행복하게 살 것이다. 얼른 건강을 회복한 후 여기의 것들을 팔고 먼저 서울로 올라가 나를 기다려. 나는 어명을 수행 중이니 여기에 더 오래 지체할 수 없다. 내일 당장 떠나야 하지만 어느 곳으로 가든 사람을 보내 너에게 자주 소식을 전달할 것이다. 예방[152]이 너와 함께 가서 준비를 해 줄 것이다. 본댁에 편지를 하였으니 본댁 하인들이 곧 이리로 와서 의장대와 함께 너를 모시고 서울로 갈 것이다."

He thus gave his orders to the mother and daughter and departed. Once again, but only for a little, they had to say goodbye. He came at break of day, had his baggage set in order, and left.

He went through all the fifty-three Districts of Chulla Province, like a passing cloud, making careful note in every place, and when his records were prepared he went back to Seoul.

He became in time a Royal Secretary, the Guardian of Literature, a Cabinet Minister, a special Adviser to the King.

When he reported Choonyang's wonderful behaviour she was decorated by His Majesty and recorded in the state records as one of the Kingdom's "Faithful Women." Her name made all the age in which she lived to resound with her praises.

어사는 춘향모와 춘향에게 이렇듯 명을 하고 떠났다. 잠시 동안이

---

152 예방(The head of the Board of Rites): 원문에는 吏房으로 되어 있으나 게일은 예방으로 번역했다.

지만 다시 한 번 그들은 이별을 해야 했다. 그는 새벽녘에 왔다가 짐을 챙겨 다시 떠났다.

그는 전라도의 53 군현을 지나가는 구름처럼 두루 다니며 모든 곳을 꼼꼼하게 기록했고 기록물을 모두 준비하자 서울로 돌아갔다.

그는 곧 왕의 비서, 문학 책임자, 내각의 장관, 왕의 특별 고문이 되었다[153].

어사가 춘향의 거룩한 행동을 보고한 후 춘향은 왕의 훈장을 받았고 국사에 나라의 "열녀"로 기록되었다. 춘향의 이름을 칭송하는 노래가 그 시대 내내 울려 퍼졌다.

---

153 <옥중화>의 승지(承旨), 대사성(大司成), 내직(內職), 보국(保國)에 각각 해당된다.

자유토구사의
〈춘향전 일역본〉(1921)

趙鏡夏 譯, 細井肇 閱, 『通俗朝鮮文庫』 4, 自由討究社, 1921.

조경하 역, 호소이 하지메 교열

▌해제▐

호소이 하지메는 1920년대 말 조선회관의 부대사업으로 구상하고 있던 자유토구사를 설립한다. 조선민족의 심성을 연구할 목적으로 본사와 지사를 각각 도쿄와 경성에 두고 『통속조선문고』와 『선만총서(鮮滿叢書)』로 한국의 고전을 출판했다. 과거 한국고전을 영인출판한 조선고서간행회, 한국고전에 대한 문헌고증작업을 수행한 조선연구회의 한국고전정리사업과 달리, 자유토구사는 한국고전을 일본의 통속적인 언문일치체로 번역했다. 자유토구사는 3.1운동을 주목하며 조선인의 심층적인 민족성 탐구를 위해 한국의 고소설을 주목했다. 여기서 고소설은 구전설화, 저급한 대중문학이 아니라 한국 민족성 탐구를 위한 중요한 연구대상으로 그 형상이 변모되어 있었다. 자유토구사 역시 그 임원진 구성을 보면 과거 한국주재 일본인 민간학

529

술단체와 같이, 조선총독부와 무관한 자율학술단체가 아니었음을 알 수 있다.

자유토구사 〈춘향전 일역본〉의 제명은 『광한루기』로 되어 있으나 그 번역저본은 『옥중화』이다. 본래 조선총독부의 『조선도서해제』(1919)에 그 서지사항이 정리되고, 자유토구사의 간행 예정 도서 목록 속에서 향후 출판이 예고된 『춘향전』의 판본역시 한문본 『광한루기』였다. 그 이유를 추정할 수는 없으나, 자유토구사는 『광한루기』란 제명으로 실은 『옥중화』에 대한 일역본을 출판한 셈이다. 후일 호소이 하지메의 『조선문학걸작집』에는 『춘향전』으로 이 일역본이 재수록 되게 된다. 하지만 『옥중화』의 세밀한 언어표현을 모두 번역한 것은 아니며, 오히려이전에 출판된 게일의 영역본(1917~1918)에 비해서 훨씬 축약된형태라고 볼 수 있다. 또한 현대의 일본인 독자를 위해 본래 마침표가 없이 본래 한문의 통사구조에 놓인 하나의 서술문을 문장 단위로 나누었으며, 단어 단위로 풀어서 서술한 특징을 보여준다.

| 참고문헌 ─────

다카사키 소지, 최혜주 역, 『일본 망언의 계보』(개정판), 한울아카데미, 2010.

박상현, 「제국일본과 번역―호소이 하지메의 조선 고소설 번역을 중심으로」, 『일어일문학연구』 제71집 2권, 한국일어일문학회, 2009.

_____, 「호소이 하지메의 일본어 번역본 『장화홍련전』 연구」, 『일본문화연구』 37, 동아시아일본학회, 2011.

서신혜, 「일제시대 일본인의 고서간행과 호소이 하지메의 활동 - 고소
설 분야를 중심으로」, 『온지논총』 16, 온지학회, 2007.

윤소영, 「호소이 하지메의 조선인식과 제국의 꿈」, 『한국 근현대사 연
구』 45, 한국근현대사학회, 2008.

이상현, 『한국고전번역가의 초상, 게일의 고전학 담론과 고소설 번역
의 지평』, 소명출판, 2013.

최혜주, 「한말 일제하 재조일본인의 조선고서 간행사업」, 『대동문화연
구』 66, 성균관대 대동문화연구소, 2009.

(一) 廣寒樓の半日

(1) 광한루에서의 반나절

昔から絶代の佳人は、常に江山の精氣を受けて生れるものである。
西施が苧羅山の若耶溪に生れ、王昭君が群山萬壑の赴刑門に生れ、綠
珠が秀麗なる雙角山に生れた如きは、皆その著しい例である。

　예로부터 절대 가인은 항상 강산의 정기를 받아서 태어나는 법이
다. 서시(西施)가 저라산(苧羅山) 약야계(若耶溪)에서 태어나고, 왕소
군(王昭君)이 군산만학(群山萬壑)의 부형문(赴刑門)에서 태어나고, 녹
주(綠珠)가 수려한 쌍각산(雙角山)에서 태어난 것처럼, 모두 그 현저
한 예이다[1].

---

1 『옥중화』의 서사 허두를 옮겼다. 원문 『옥중화』에서 서시(西施), 왕소군(王昭
君), 록주(綠珠)의 탄생을 "종출(鐘出)", "생장(生長)", "삼겻느며"로 각기 다른
어휘를 통해 풀이한 것과 달리, 모두 "태어났다" 정도로 풀었다. 더불어 설도(薛
濤)·문군(文君)에 대해서는 생략했다. 이하 저본대비는 『옥중화』에서 생략된 부

ここに全羅南道南原郡の生れで、名を春香といふものがあった。南原郡は東に智異山高く聳え、西に赤城江の流れを控へて、山水の景勝見るべきの地である。春香の母月梅といふのは元妓生であったが、年三十を越えてから春香を孕んだ。その孕む時、夢にひとりの仙女が李花と桃花を各一枝づゝ両手に捧げて天から降りて来て、その桃の花だけを月梅の手に渡しながら、

『この花をよく培養して、後日李花に接木すれば、將來必ず幸福を得らるるであらう。この李花を渡すべき処他にあるから、今は急いで其処へ行かなくてはならない。ゆめ此の言葉を疑ってはならぬ。』

と告げて煙の如く消え去った。

이때에 전라남도 남원군에서 태어나 이름을 춘향이라고 부르는 자가 있었다.[2] 남원군은 동으로 지리산이 우뚝 솟아 있고, 서로는 적성강(赤城江)의 흐름이 가로 놓여 있어, 가히 산수의 경승을 볼 수 있는 곳이다. 월매라 불리는 춘향의 모는 원래 기생이었는데, 나이 30을 넘어서 춘향을 임신하였다. 임신하였을 그 때, 꿈에 선녀 한 사람이 배꽃나무와 복숭아꽃나무를 각각 한 송이씩 양 손에 바쳐 들고 하늘로부터 내려와서는 그 복숭아꽃만을 월매의 손에 건네주면서,

"이 꽃을 잘 배양하여서, 후일 배꽃나무에 접목한다면 장래에 반드시 행복을 얻을 수 있을 것이요. 이 배꽃나무를 건네야 하는 곳이 따로 있기에, 지금은 서둘러서 그곳으로 가지 않으면 안 되오. 꿈속

분보다는, 표현이 달라진 부분을 중심으로 주석 상에 제시하도록 한다.
2 원문에서는 남원부의 산수를 먼저 제시한 반면, 일역본에서는 춘향을 먼저 등장시켰다.

의 이 말을 의심해서는 아니 되오."

라고 말하고는 연기처럼 사라졌다.

春香の母月梅は、この夢を見てから十ヶ月目に一人の娘を生み落した。それが春香であった。夢の中の桃花を思ひ出し、桃は春に香ふ花だといふので春香とは名づけたのである。

春香は妓生の娘ではあったが、天性怜悧で、七歳にして一通りの文字を知り、漸く長じては裁縫刺繡、繪畫音楽、何一つ通ぜないことはなかった。で、附近一帶誰一人春香を褒めないものとてはなかったのである。

춘향의 어머니 월매는 이 꿈을 꾸고 나서 10개월째 되는 날 딸아이 한 명을 낳았다. 그것이 춘향이었다. 꿈속의 복숭아꽃나무를 떠올리며, 복숭아는 봄에 향기 나는 꽃이라고 하기에 춘향이라고 이름을 붙였다.

춘향은 기생의 딸이기는 하였지만, 천성이 영리하여[3] 7살 때부터 웬만한 글을 깨우쳤으며, 점차 장성하여서는 재봉, 자수, 회화, 음악 어느 것 하나 못하는 것이 없었다. 그리하여 인근 일대에서 어느 누구하나 춘향을 칭찬하지 않는 자가 없었다.[4]

---

3 천성이 영리하여 : 원문은 "根本이 잇는 故로"로 되어 있다. 즉, 퇴기의 딸이지만 양반의 자녀이기도 한 춘향의 신분에 초점이 맞춰진 반면, 일역본은 재능이 뛰어난 정도로 번역한 셈이다.
4 인근 일대에서 ~ 자가 없었다 : 이 부분은 원문에는 없는 부분이며 원문은 사대부 규방의 여성처럼, "外人相通 안이ᄒ고 金玉"같이 자라났다는 춘향을 소개하고 있다. 여성의 미덕, 존귀한 여성에 대한 한국의 전통적인 관점과 준거와는 다른 방식으로 춘향을 말하고 있는 셈이다.

その頃京城三淸洞に李翰林といふ名門があった。南原郡の府使を拜命して、赴任以來熱心に事務を執ったので、治蹟大に擧り、僅に一ヶ月程の間に郡內處々に善政碑が立てられるといふ有樣であったが、その子に夢竜といふ今年十六になる靑年があった。風采は杜牧之に比し、顏は冠玉の如く諸学に通じ詩文に湛能に、而も一面豪磊たる奇男子の氣象を備へて居った。

　그 무렵 경성 삼청동(三淸洞)에 이한림(李翰林)이라고 불리는 명문가가 있었다.[5] 남원군의 부사를 임명받고는, 부임 이후 열심히 사무를 보아 치적을 크게 올려, 불과 한 달 사이에 군내 곳곳에서 선정비(善政碑)가 세워질 정도였다. 그 아들로 그 해 16세가 되는 몽룡이라 불리는 청년이 있었다. 풍채는 두목지(杜牧之)에 비할 만하고, 얼굴은 관옥(冠玉)과 같았으며, 여러 학문에 두루 능통하였는데 특히 시문이 뛰어나고, 게다가 일면 사소한 일에 거리낄 것 없는 걸출한 남자의 기상[6]을 갖추고 있었다.

　ある日李夢竜、郡內の名勝を探って見たい心を起し、房子(郡廳の小使)を呼んで、

　夢『この郡內で一番景色の好い處は何處だ。』

---

5 이몽룡의 집안을 소개함에 번역본 역시 "명문거족"이란 점은 밝혔으나 춘향의 소개와 마찬가지로 근본과 연원이 있는 집안("累代忠孝大家")이란 점, 임금이 이한림을 남원부사로 낙점했다는 내용은 생략되었다.

6 일면 사소한 일에 거리낄 것 없는 걸출한 남자의 기상 : 이몽룡이 "豪俠한 奇男子"라 소개되며, "애주탐화(愛酒探花)"한 풍류가로 서술되는 『옥중화』와는 다른 부분이다. 『옥중화』에 비해 이몽룡은 자상한 남자로 형상화되는 면모가 번역본에는 존재한다.

と訊く。房子容を改めて、

房『御修業中のあなたが、景色の好い処などをおききになって何となされます。』

어느 날 이몽룡은 군내의 명승을 찾아보고 싶다는 마음이 생겨, 방자(군청의 하인)를 불러서는,

몽 "이 군내에서 가장 경치가 좋은 곳은 어디냐?"

고 물었다. 방자는 자세를 바로하고는,

방 "수업 중인 그대가 경치 좋은 곳 등을 물어 보시다니 무슨 일이십니까?"

夢竜笑って、

夢『昔は箕山や潁水に巣父や許由の遊んだこともあれば、赤壁の秋月に蘇子瞻の遊んだことは誰知らぬものもない。その他黄鶴樓、姑蘇臺、滕王閣、鳳凰台等の高樓巨閣には、いづれも文章名筆の跡があるのだ。俺も一個の豪傑、此の花咲く春を無為に送ることはできない。餘計なことは言はずに早く何処かへ案内しろ。』

房 『では申上げませう。この郡での名勝といへば北の方では朝宗山城、西では関王廟、何方も申分のない景色のいい処です。又、南門を出ると廣寒樓があります。その附近の烏鵲橋及び瀛洲閣は三南屈指の名勝です。』

夢『よし、では其の廣寒樓へ行かう。』

몽룡은 웃으면서,

몽 "예전에 기산(箕山)과 영수(穎水)에서 소부(巢父)와 허유(許由)가 놀기도 했고, 적벽(赤壁)의 추월(秋月)에서 소자담(蘇子瞻)이 놀기도 했던 것을 모르는 사람이 없거늘. 그밖에 황학루(黃鶴樓), 고소대(姑蘇臺), 등왕각(滕王閣), 봉황대(鳳凰台) 등의 고루(高樓) 거각(巨閣) 어느 곳에나 문장 명필의 흔적이 있다. 나도 한 사람의 호걸로서, 이 꽃피는 봄을 아무 것도 하지 않고 보낼 수는 없느니라. 쓸데없는 말은 하지 말고 어서 어딘가로 안내를 하거라."

방 "그렇다면 아뢰겠습니다. 이 군에서 명승이라고 할 만한 곳은 북쪽으로는 조종산성(朝宗山城)이 있고, 서쪽으로는 관왕묘(關王廟)가 있으며, 어느 쪽도 이루 말할 수 없는 경치 좋은 곳입니다. 또한 남문을 나서면 광한루가 있습니다. 그 인근에 있는 오작교 및 영주각(瀛州閣)은 삼남(三南) 제일의 명승입니다."

몽 "그렇구나, 그렇다면 그 광한루로 가자꾸나."

李夢竜は房子の案内で廣寒樓に着いた。南の空を望めば赤城の朝日は霞に蔽はれ、晩春の綠樹には東風が吹きめぐってゐる。李夢竜は此の景色を見て頗る滿足の態で、二人の房子と共に酒を取寄せて宴を開いた。房子は夢竜と同席することを遠慮して、堅く辭退したが、夢竜が強いて止めて酒を飮ました。

이몽룡은 방자의 안내로 광한루에 도착하였다. 남쪽 하늘을 바라보니 적성(赤城)의 일출은 안개에 덮였고, 늦은 봄의 녹수(綠樹)에는 동풍이 불고 있었다. 이몽룡은 이 경치를 보고 대단히 만족한 듯, 두 명의 방자와 함께 술잔을 기울이며 연회를 열었다. 방자는 몽룡과 동석하는 것을 꺼려하여 정중히 거절하였지만, 몽룡은 억지로 말리며 술을 마시게 하였다.

　醉のまはるに隨ひ、李夢竜は頻りに立ったり坐ったりしてゐた。南方を見れば珠簾翠閣碧空に聳ち、前には流州、閣後には武陵桃園を控へて、實に別天地の感がある。で、恍惚として眺めて居る折柄、ふと眼にとまったのは天女の如き一人の女が、鞦韆に乘って遊び戲れて居る姿である。それは外でもない春香であった。

　　술에 취하여 이몽룡은 계속해서 섰다가 앉았다가 하였다. 남쪽을 보니 주렴취각(珠簾翠閣)은 벽공(碧空)에 우뚝 솟아있고, 앞으로는 유주(流州)[7]가 있으며, 뒤로는 무릉도원이 놓여 있으니, 실로 별천지와 같은 느낌이었다. 그리하여 황홀히 바라보고 있는 그때에, 문득 눈에 들어 온 것은 천녀(天女)[8]와 같은 한 명의 여자가 그네를 타고 노닐고 있는 모습이었다. 그것은 다름 아니라 춘향이었다.

　春香も亦、此の日晩春の景色を見ようとして樓の附近に來たのであったが、何がさて美しい女のこととて、一目見た李夢竜はうっとりとして、しばし心を奪はるるばかりであったが、やがて房子を呼んで扇子で春香の方を指しながら、
　夢『あすこに往ったり來たりするのは、あれは何者か』

---

7 유주(流州) : 원문에는 영주(瀛州)라고 표기되어 있다.
8 천녀 : 불교에서 여신의 이름 아래에 붙여서 경어를 표시하며 선녀(仙女) 혹은 신녀(神女)와 같은 의미의 뜻을 나타낸다(藤井乙男·草野淸民編,『帝国大辞典』, 三省堂, 1896).

房子は直ちに春香であることを知ったが、わざと知らぬ顔をして、
房『手前の眼には何も見えませんが』
と言ふ。

　　춘향도 또한 이날 늦은 봄의 경치를 보고자 광한루 근처에 온 것
이었는데, 여하튼 아름다운 여인인지라 한 번 본 이몽룡은 넋을 잃
고는 한동안 마음을 빼앗긴 채 있다가, 이윽고 방자를 불러서 부채
로 춘향이 있는 쪽을 가리키며,
　　몽 "저쪽에 왔다 갔다 하는 것 저것은 무엇이냐?"
　　방자는 금방 춘향이라는 것을 알아챘지만, 일부러 모르는 체 하
며[9],
　　방 "제 눈에는 아무 것도 보이지 않습니다만"
　　라고 말하였다.

夢『おれの扇子の指す方を見ろ。』
房『いくら見ても何も見えません。』
夢『これこれ、貴様たちと俺との間には身分の相違はあるかも知れん
が、眼まで違ってる筈はないぢゃないか。それとも俺は慾心のない人
間だから金が變化して見えるのか知らん。』
房『金は昔楚漢の時、陳平が范亞父を捕へようとして黄金四萬兩を楚
軍に與へました。それ以来金のある筈はありません。』

---

9 방자의 심정을 서술자가 서술하는 이러한 양상을 원문에는 없는 것이다. 축역
을 지향하다보니, 행동 혹은 장면묘사를 통해 추정해볼 수 있는 등장인물의 심
정을 보다 더 상세히 제시하는 모습이 보인다.

몽 "내 부채가 가리키는 쪽을 보아라."

방 "아무리 보아도 아무것도 보이지가 않습니다."

몽 "이거, 이거, 너[10]와 나 사이에 신분의 차이는 있을지 모른다만, 눈마저 다를 리가 없지 않느냐? 그렇지 않다면 나는 욕심(慾心)[11]이 없는 인간인지라 금이 변하여서 보이는 것이란 말이냐?"

방 "금은 옛날 초한(楚漢) 때에 진평(陳平)이 범아부(范亞父)를 잡으려고 황금 4만 냥을 초군(楚軍)에게 건네주었습니다. 그 이후로 금이 있을 리가 없습니다."

夢『金でないとすれば玉かな。』

房子は心のうちでをかしく感じながら飽くまでしらを切って、

房『鴻門宴の時范増が毀した玉は白雪となり、又崑岡山は山火事で玉石共に焼けてしまひましたから、玉なんてある筈がありません。』

夢『それでは鬼神か知らん。』

房『真昼間鬼神の出る訳はありません。』

夢『金でもなく玉でもなく、また鬼神でもないとすると、彼れは一體何だらう。』

房子もこれ以上餘り冗戲をいふのは気の毒だと感じたので、遂に正直に言った。

---

10 너: 일본어 원문은 '貴様'이다. 대칭(對稱)을 나타내는 대명사로 경칭(敬稱)을 나타내나, 오늘날(사전이 출판된 당시의 시대 즉 19세기를 의미)은 아랫사람에게도 보통 사용되고 있다(棚橋一郞·林甕臣編,『日本新辞林』, 三省堂, 1897).

11 욕심: 원하는 마음 혹은 욕망 있는 마음으로 사용되며, 또한 애욕의 뜻과 색욕(色慾)의 정(情으)로도 사용되어진다(松井簡治·上田万年編,『大日本国語大辞典』04, 金港堂書籍, 1919).

房『実はあれは、此の郡の妓生で月梅といったものの娘、春香といふものです。』

몽 "금이 아니라면 옥이란 말이냐?"

방자는 마음속으로 우스꽝스럽다고 생각하면서도 철저히 시치미를 떼며,

방 "홍문연(鴻門宴) 때 범증(范增)이 깨트린 옥은 흰 눈이 되었으며, 또한 곤강산(崑岡山)은 산불로 옥석(玉石)이 함께 불타버렸기에, 옥이 있을 리가 없습니다."

몽 "그렇다면 귀신(鬼神)[12]이란 말이냐?"

방 "백주대낮에 귀신이 나올 리가 있습니까?"

몽 "금도 아니고 옥도 아니고, 또한 귀신도 아니라고 한다면, 그것은 도대체 무엇이란 말이냐?"

방자도 이 이상 지나치게 농담을 말하는 것은 딱한 일이라고 느꼈기에, 결국에는 솔직하게 말하였다.

방 "실은 저것은 이 군의 기생 월매라고 하는 자의 딸로, 춘향이라고 합니다."

李夢竜は有名な春香と聞いて大に喜び、早速あの者を連れて来るやうにと命じた。

房『春香の花容と雪膚とは三南の名物で、監使でも兵使でも府使でも郡守でも、誰一人春香を近づけようとしない人はないのですが、あの

---

12 귀신: 귀신 혹은 우악하고 사나운 사람을 뜻한다. 또는 죽은 사람의 영혼을 뜻하기도 한다(棚橋一郎・林甕臣編, 『日本新辞林』, 三省堂, 1897).

女は本来妓生でもなく、また父親といふは相當身分のある人でもあったものですから、なかなか應じません。それに春香は、緑珠の容色と薛濤の文章と木蘭の禮儀とを兼ね備へた當世の女君子ですから、あれを連れて来るなんてことは迚も容易ぢゃありません。』

夢『それは貴様、一を知って二を知らないと云ふものだ。荊山の白玉と麗水の黄金とは誰でも欲しがるが、之を取るものは別にチャンときまって居るのだ。餘計なことは言はずに早く呼んで来い。』

이몽룡은 그 유명한 춘향이라고 듣고는[13] 크게 기뻐하며, 서둘러 그 자를 데리고 오도록 명하였다.

방 "춘향의 꽃과 같은 얼굴과 눈과 같은 피부는 삼남의 명물로, 감사(監使)도, 병사(兵使)도, 부사(府使)도, 군수(郡守)도 어느 누구 하나 춘향을 가까이 하려고 하지 않는 자가 없었지만, 저 여자는 본래 기생도 아니고 또한 아버지라는 사람은 상당히 신분이 높은 사람인지라, 좀처럼 응하지 않습니다. 게다가 춘향은 녹주(綠珠)같은 용모와 안색에, 설도(薛濤)의 문장과 목란(木蘭)의 예의를 두루 갖춘 당대의 군자와 같은 여자이니, 저자를 끌고 오는 것은 그리 쉬운 일은 아닙니다."

몽 "그것은 그대가 하나만 알고 둘은 모르기에 하는 말이다. 형산(荊山)의 백옥과 여수(麗水)의 황금이라는 것은 누구라도 원하는 것이지만, 이것을 취하는 자는 따로 정해져 있는 것이니라. 쓸데없는 말은 하지 말고 어서 불러 오너라."

---

13 이몽룡은 그 유명한 춘향이라고 듣고는 : 『옥중화』에서 이몽룡은 춘향이라는 이름을 미리 알고 있지 않았다.

房子は已むなく春香のところへ行って、李夢竜の言葉を傳へた。春香は首を振って、

春『私は行かれません。』

房『どうして？』

春『どうしてって、考へても御覧なさい。青年の身で学問を忘れて物見遊山に出るなどといふことが既に面白くないことです。それも名勝を探るだけならいいとして、人の娘を喚び寄せるなどとは以ての外ぢゃありませんか。たとひ喚ぶのは男の勝手でも、女としてはハイソレと應じる訳にはゆきません。』

방자는 할 수 없이 춘향이 있는 곳으로 가서, 이몽룡의 말을 전하였다. 춘향은 고개를 저으며,

춘 "나는 갈 수 없습니다."

방 "왜?"

춘 "왜냐고요? 생각해 보십시오. 청년의 몸으로 학문을 잊고서는 관광 유람에 나서는 것 자체가 이미 바람직하지 않습니다. 그것도 명승을 찾는 것 만이라면 그렇다 치더라도, 남의 딸을 불러 오게 하는 것 등은 당치도 않은 일 아닙니까? 가령 부르는 것은 남자의 마음대로라고 하더라도, 여자로서 '네 그러겠습니다' 하고 대답할 까닭이 없습니다."

房子は笑って、

房 『府使様の若旦那は仲々の美男子で、風采は杜牧之、文章は李太白、書は王羲之にも比すべき方だ。而も代々忠孝の大家で、門閥地位

は言ふまでもない。もしお前が嫁にゆかうといふ気があるなら、今の
うち若旦那の処へ往って近付になって置くのが何よりだ。もしまた幾
ら厭だと云っても、若旦那が腹を立てて一言府使様に話をされたら、
明日はお前のお母さんが役所へ曳き出されて、さんざひどい罰を受け
なきゃならない。』

　　　방자는 웃으며,
　　　방 "부사 어르신의 도련님은 상당한 미남으로, 풍채는 두목지(杜
　　牧之)이고, 문장은 이태백이며, 글은 왕희지에 견줄 만한 분이시다.
　　게다가 대대로 충효 대가로, 문벌 지위는 말할 것도 없다. 혹 네가 시
　　집을 갈 생각이 있다면, 바로 지금 도련님이 계신 곳으로 가서 가까
　　이 지내는 것이 좋을 것이다. 혹 또한 아무리 싫다고 말하더라도, 도
　　련님이 화가 나셔서 부사 어르신에게 한 마디 하신다면, 내일은 너
　　의 어머니가 관청에 끌려 나가서 지독히 심한 벌을 받지 않으면 안
　　될 것이다."

　春香は少し顔を赧めて恐ろしさうに、
　春　『房子よお聴きなさい。蝶は花にとまるのが當然で、花が蝶を探
すって法はありますまい。身分の高い若旦那が、私風情の賤しいもの
を聘んで下さるのは何よりの光栄ではありますが、女子の本分として
直ぐに應ずる訳にはまゐりません。何卒若旦那に、雁は海に隨ひ、蝶
は花を便り、蟹は穴に隨ふものだとお傳へ下さい。』
　と言ひすてて往ってしまった。そこで房子も仕方なくひとりで夢竜
の処へ戻って来た。

543

춘향은 잠시 두려움에 얼굴을 붉히며,

춘 "방자, 들으시게나. 나비가 꽃에 머무는 것이 당연한 것이지, 꽃이 나비를 찾는 법은 없지 않습니까? 신분이 높은 도련님이 나같이 미천한 자를 불러 주신 것은 무엇보다 광영이기는 하지만, 여자의 몸으로 바로 응할 까닭이 없습니다. 아무쪼록 도련님에게, 기러기는 바다를 좇아가고, 나비는 꽃을 찾아오고, 게는 동굴을 좇아가는 것이라고 전하여 주시오."[14]

라고 말하고는 가버렸다. 그런 까닭에 방자도 어쩔 수 없이 홀로 몽룡이 있는 곳으로 돌아왔다.

此の間李夢竜は廣寒樓にあって、ひとり其処此処と徘徊しながら、熱心に春香の来るのを待って居る。ところへ房子ひとりでぼんやりとして戻って来たので非常に落膽して、怨めしげに春香の去った方を見送りながら、一詩を作った。

君は帰りぬ

洞天に

君は帰りぬ

残れるものは柳の煙

鳥の声

이때 몽룡은 광한루에 있었는데, 홀로 여기저기를 배회하면서 열심히 춘향이 오기를 기다리고 있었다. 그러던 찰나에 방자 혼자 기

---

14 원문의 "안수해 접수화 해수혈(雁隨海 蝶隨花 蟹隨穴)"을 풀어서 제시했다.

운 없이 돌아왔기에, 매우 낙담하고 원망하며 춘향이 떠난 쪽을 바
라보면서, 시 한수를 지었다.

그대는 돌아갔다.

동천으로

그대는 돌아갔다.

남아 있는 것은 버드나무에 서린 안개

새 소리[15]

やがて房子に向ひ、李夢竜は声を荒らげて、

夢『貴様は何故春光[16]を帰へしたのだ。』

房『はい、まことに申譯はありませんが、私は春香から悪口ばかり聞
いて来ました。』

夢『悪口とは何だ。』

房『雁は海に隨ひ、蝶は花を便り、蟹は穴に隨ふものだと申しまし
た。』

夢竜はこれを聴いて喜んで、

房[17]『よしよし、それはいいことだ。お前にはその意味が分らないか
ら悪口だと思ってゐるのだらう。実は悪口どころか、俺に自分の家へ
来いといふのだ。では今晩早速往かう。』

と言って、その日は房子共々家に帰った。

---

15 원문의 "神仙이 歸冬天ᄒ니 空餘柳楊煙이오 只聞鳥雀喧이로다"를 번역하여 제
시한 것이다.

16 春光: 일본어 원문에 '春光'으로 표기되어 있다. 이는 전후 문맥을 고려하여 생
각해 볼 때 '春香'의 오자로 보인다.

17 방(房)의 오자이다. 전후 문장을 고려해 보면 이몽룡의 대화 내용이다.

이윽고 방자를 향하여, 이몽룡은 소리를 거칠게 하며,

몽 "너는 어찌하여 춘향을 돌려보내었느냐?"

방 "네, 정말로 죄송합니다만, 저는 춘향으로부터 욕만 듣고 왔습니다."

몽 "욕이란 무엇이냐?"

방 "기러기는 바다를 쫓아가고, 나비는 꽃을 찾아오고, 게는 동굴을 쫓아가는 것이라고 말하였습니다."

몽룡은 이것을 듣고는 기뻐하며,

몽 "그렇구나, 그렇구나. 그것은 좋은 일이다. 너는 그 뜻을 알지 못하기에 욕이라고 생각하였구나. 실은 욕하기는커녕, 나에게 자신의 집으로 오라고 말한 것이다. 그럼 오늘밤 서둘러 가자꾸나."

라고 말하고, 그날은 방자와 함께 집으로 돌아갔다.

(二) 美男佳人と契る
(2) 미남 미인과 인연을 맺다

帰るは帰ったが、眼に見えるものは皆春香の姿で、暫くの間も忘れることが出来ない。書物を取り出して読んで見るが、幾度読んでも同じ処ばかりで少しも行が進まない。終には声を挙げて 『見たい見たい』と頻りに独語を言ったので、折柄奥の間で書見をして居た父翰林の耳にも聞えた。

돌아오기는 하였지만, 눈에 보이는 것은 모두 춘향의 모습으로 잠시 동안도 잊을 수가 없었다. 서적을 꺼내어서 읽어 보지만, 아무리

읽어도 같은 곳으로 조금도 나아가지 않았다. 결국에는 소리를 내어,

몽 "보고 싶구나, 보고 싶구나."

라고 계속해서 혼잣말[18]을 하기에, 마침 그때 안 쪽 방에서 책을
보고 있던[19] 아버지 한림의 귀에도 들리었다.

翰林は怪んで使令を喚んで、『夢竜は先刻から何を言ってるのか、調
べて来い』と命ずる。で、使令が夢竜の処へ往って、

使『若旦那、今あなたは大きな声で何を見たい見たいと仰ってゐたの
ですか。実はお父様が驚いて、直ぐ調べて来いと仰いましたが。』

夢『そいつは弱ったね。では仕方がない、かう言って呉れ、若旦那は
詩の七月篇を見たがって、見たい見たいと仰って居ますとな。』

そこで使令が父翰林にその旨復命すると、翰林は大いに喜んで、

翰『夢竜は能く勉強するだけに、もう七月篇を見たがるほどに上達し
たか。ウム、末頼もしい奴だ。』

などなど頻りに夢竜を褒めた。

한림은 이상히 여기어 사령(使令)을 불러서,

한 "몽룡은 아까부터 무엇을 말하고 있느냐? 살펴보고 오너라."

고 명하였다. 그래서 사령이 몽룡이 있는 곳으로 가서,

사 "도련님, 지금 그대는 큰 소리로 무엇을 보고 싶다, 보고 싶다

---

18 혼잣말: 일본어 원문은 '獨語'다. 상대가 없이 말을 하는 것 즉 혼잣말을 뜻하며,
혹은 독일어를 뜻하기도 한다(松井簡治·上田万年編, 『大日本国語辞典』03, 金港
堂書籍, 1917).

19 책을 보고 있던: 일본어 원문은 '書見'이다. 글을 읽는 것, 혹은 책을 보는 것이라
는 뜻으로 사용된다(金沢庄三郎編, 『辞林』, 三省堂, 1907).

고 찾으십니까? 실은 아버님이 놀라셔서 곧장 살펴보고 오라고 분
부하셨습니다만."

　몽 "그것 참 곤란하구나. 그렇다면 어쩔 수 없구나. 이렇게 말해
주게나. 도련님은 시 7월편을 보고 싶어서 보고 싶다, 보고 싶다고
찾고 있다고."

　그리하여 사령이 아버지 한림에게 그 뜻을 전달하자, 한림은 크게
기뻐하며,

　한 "몽룡이 열심히 공부하더니 벌써 7월편을 보고 싶을 정도로 늘
었단 말이냐? 허허, 믿음직스러운 자식이로다."

　등등 계속해서 몽룡을 칭찬하였다.

　夢竜は早く日が暮れるやうにと日脚ばかりを眺めて居たが、待てば
なかなか日は暮れない。やっと夕暮になると、手早く夕飯をすまし
て、房子に提灯を持たして春香の家に案内させた。やがて春香の家に
着く。恰も月は天心に上って、犬の啼声のみ聞える。

　夢『おい、一體どうすればいいのか。』

　房『此の場になって考へることはありません。此の侭すっとお入りな
さい。』

　夢　『それはいけないよ。誰か紹介するものがなければ気まりが悪い
ぢゃないか。』

　房『それぢゃ春香にあふ前に、先づ母親に会って談判をおやんなさ
い。』

　몽룡은 어서 날이 저물도록 해의 움직임[20]만 바라보고 있었는데,

기다려도 좀처럼 날은 저물지 않았다. 겨우 저녁때가 되자, 재빠르게 저녁을 먹고는 방자에게 등불을 들게 하여 춘향의 집으로 안내하게 하였다. 이윽고 춘향의 집에 도착하였다. 마침 달은 하늘의 한가운데[21] 높이 떠 있고, 개 울음소리만 들리었다.

몽 "이봐라, 도대체 어찌하면 좋으냐?"

방 "이제 와서 생각하실 필요는 없습니다. 이대로 지체하지 마시고 들어가십시오."

몽 "그럴 수는 없다. 누군가 소개하는 자가 없으면 쑥스럽지 않으냐?"

방 "그렇다면 춘향을 만나기 전에, 우선 어머니를 만나서 담판을 지으십시오."[22]

　内では此の時春香の母は、うつらうつら居睡りをして居たが、頻りに犬の啼き声がするので眼を覚まして、春香の室へ往った。ひとり寂しく書物を読んで居た春香は、母の入って来たのを見て嬉しく迎へた。母はつくづく春香の顔を見やりながら、

　月『今ちょッと居睡りをしたら、變な夢を見たよ。』

　春『どんな夢ですか。』

　『お前の寝て居る布團から五色の雲が起ってね、青竜がお前を取り卷いて天に上ったと思ったら眼が覺めたのだが、これはきっと吉い夢に

20　해의 움직임: 일본어 원문은 '日脚'이다. 태양의 운행이라는 뜻으로 사용된다(松井簡治·上田万年編,『大日本国語辞典』04, 金港堂書籍, 1919).

21　하늘의 한가운데: 일본어 원문은 '天心'이다. 넓은 하늘의 한 가운데라는 뜻을 나타낸다(金沢庄三郎編,『辞林』, 三省堂, 1907).

22　원본에서 춘향의 모친, 월매를 만나라고 제안한 것은 방자가 아니다. 그는 다소 놀리는 말투로 이야기를 했고, 이를 생각한 것은 이몽룡으로 되어 있다.("知女는 莫如母라니 春香母를 보아야 興盛이 될 듯ᄒ다")

ちがひない。お前がもし男の子だったら、これは文科に及第する夢だよ。』

　話をして居ると玄關口に人の音なふ声がするので、春香の母は驚い
て出て見ると、顔も見知らぬ總角の若者である。

　　　안에서는 이때 춘향의 어머니가 꾸벅꾸벅 졸고 있었는데, 계속해
　　서 개 울음소리가 들리기에 잠에서 깨어나서 춘향의 방으로 갔다.
　　홀로 쓸쓸하게 책을 읽고 있던 춘향은 어머니가 들어오시는 것을 보
　　고 기뻐하며 맞이하였다. 어머니는 주의 깊게 춘향의 얼굴을 바라보
　　면서,
　　　월 "지금 잠시 졸고 있었는데, 이상한 꿈을 꾸었구나."
　　　춘 "어떤 꿈이었습니까?"
　　　"네가 자고 있는 이불에서 오색의 구름이 일더니, 청룡이 너를 감
　　싸고 하늘로 오르는 가 했더니 잠에서 깨었단다. 이것은 아마도 길
　　몽임에 틀림없다. 네가 혹시 남자였다면, 이것은 문과에 급제하는
　　꿈인 것을."
　　　라고 말하고 있는데 현관 입구에서 사람 소리가 들려오기에 춘향
　　의 어머니 놀라서 나가 보니, 얼굴도 알지 못하는 결혼하지 않은 젊
　　은 사람이었다.

　で、屹となって、
　　月『あなたは何人です。仙童か人童か、或は蓬萊の探藥童か。それと
　も夜中案内もなしに人の家に入って来るからは、盜賊の顔でもある
　か。』
　　房子は李夢竜を気の毒がり、盜賊でもなければ仙童でもない、府使

様の若旦那であることを話すと、春香の母は恐れ入って、

　月『若旦那、年寄りといふものは誠に眼がうとくて、まア飛んでもない疎忽をいたしました。どうぞお許し下さいまし。それにしてもあなたが此んなむさくるしい処へお出で下さるとは思ひ掛けもないことで。私共にとっては何より光栄でございます。どうぞまア此方へ……』

と言って自分の室へ案内しようとした。

『年寄りの室にははいりたくもないから、どうか僕と同じ年頃の若い人の方へ案内して下さい。』

　流石に元は妓生の母は、斯う言はれて直ぐその意味を汲み取り、笑ひながら春香の室に夢竜を導いた。

　月『春香や、府使様の若旦那がお前のためにわざわざお出で下さったのだから、御挨拶をなさい。』

　　　그리하여 엄숙한 얼굴을 하고는,

　　　월 "그대는 누구인가? 선동(仙童)인가? 인동(人童)인가? 혹은 봉래(蓬萊)의 채약동(採藥童)? 그도 아니라면 밤중에 안내도 없이 남의 집에 들어왔다는 것은 도둑이기라도 하는가?"

　　　방자는 이몽룡을 딱히 여겨, 도둑도 아닐뿐더러 선동도 아니며 부사 어르신의 도련님이라는 것을 말하자, 춘향의 어머니는 황송해 하며,

　　　월 "도련님, 노인네라는 것은 정말로 눈이 어두워서, 당치도 않게 경솔함을 저질렀습니다. 아무쪼록 용서해 주십시오. 그건 그렇다 하더라도 그대가 이렇게 누추한 곳에 오실 것이라고는 생각지도 못한 일이기에, 저희들에게 있어서는 무엇보다 광영입니다. 자 이쪽으로……"

551

라고 말하고 자신의 방으로 안내하려고 하였다.

"노인네의 방에는 들어가고 싶지 않으니, 아무쪼록 비슷한 나이의 젊은 사람 쪽으로 안내해 주시오."

과연 원래 기생이었던 어머니는 이렇게 말을 듣고는 바로 그 뜻을 헤아려서, 웃으면서 춘향의 방으로 몽룡을 이끌었다.

월 "춘향아, 부사 어르신의 도련님이 너를 위해 일부러 와 주셨으니, 인사를 하여라."

春香は黙って禮をした。その様さながら朝日に匂ふ秋海棠か、露を含んだ芙蓉花のやうである。李夢竜恍惚として、勸められた煙草を喫ひながら、徐ろに四邊を見まはすと、室内の装置左まで贅澤といふではないが、三方の壁にはとりどりの名畫が懸けられて、一しほ主人公に趣を添へて居る。その下には玳瑁の机、翡翠の現、珊瑚の筆挿しなどがあって、本棚には四書三經並に種々の珍書が積まれてある。元来此ういふ処へ来たのは初めてであるから、流石の夢竜も何と口をきっていいやら分らない。

춘향은 말없이 예를 갖추었다. 그 모습은 마치 아침에 향기 나는 추해당(秋海棠)이나, 이슬을 머금은 부용화(芙蓉花)와 같았다. 이몽룡은 황홀히 권유받은 담배를 피면서 천천히 사방을 둘러보니, 실내의 장치는 그렇게 사치스럽지는 않았지만 삼면의 벽에는 각양각색의 명화가 걸려 있었는데, 더욱 주인의 취향에 맛을 더하였다. 그 아래에는 대모(玳瑁)[23]로 만든 책상, 비취로 만든 벼루, 산호로 만든 붓꽂이 등이 있었으며, 책장에는 사서삼경과 같은 수준의 다양한 진서

(珍書)가 쌓여 있었다. 원래 이러한 곳에 온 것은 처음이었기에, 과연 몽룡도 뭐라고 말을 시작해야 좋을지 몰랐다.

　心も落付かす差し俯いて黙って居ると、春香の母は李夢竜に向ひ、
　月　『若旦那は貴い御身分でわざわざこんな処へお出で下さいましたが、何か御用でも……』
　夢竜はやっと、
　夢『いや、実は今夜は月を観がてら春香に会ひに来たのですが、実はそれについてお願ひがあるのです。外でもない、私はあなたの娘さんと結婚したいのですが、』

　　마음도 안정되지 않아 고개를 푹 숙이고 조용히 있으니, 춘향의 어미는 이몽룡을 향하여,
　　월 "도련님은 높으신 신분으로 일부러 이런 곳에 오셨습니다만, 무언가 용무라도……"
　　몽룡은 겨우,
　　몽 "아니, 실은 오늘 밤은 달을 보는 김에 춘향을 만나러 왔습니다만, 실은 그 점에 관해서 부탁이 있습니다. 다름 아니라 나는 그대의 딸과 결혼하고 싶습니다만"

　母月梅は、豫期してゐたことのやうに少しも驚かず、落ち付いた態

23　대모: 거북이 종에 속하며 대부분 열대(熱帶) 바다에서 서식한다. 모양은 바다거북이를 닮았으며, 앞다리가 길고 13개의 등껍데기는 물고기의 비늘과 같이 연결되어 있다. 노란색에 검은 점이 있는데, 이를 부드럽게 손질해서 다양한 공예품을 만들기도 한다(金沢庄三郎編, 『辞林』, 三省堂, 1907).

度で

月『思召し難有う存じます。実は娘春香は、賤しい妓生風情の腹には出来ましたが、父は決して賤しいものではございません。京城の城(姓)參判(次官)令監が本郡の府使になられた時、私を側近く召され、二ヶ月目に京城へ榮轉せられました。私は家庭の都合上隨行することができなかったのですが、令監と別れて間もなく彼の娘を宿しました。そこでその訳を話して、身二つになって乳が離れるやうになったら連れて行くことに約束をして置いたのですが、不幸にもその令監は程なく亡くなられましたので、仕方なく私の手一つでまあ彼れまでに育て上げたのでございます。でも七つの歳にはもう小學全部を終って、修身齊家の道から三綱行實、仁義禮智、まづ一通りは殿方にも負けないやうに修めさせてあります。で好い人があったら結婚させるつもりで、段々探してみましたが、これと思ふ適當な人もなくて今日まで居ります。処へ今のお話を承ってまことに難有く存じますが、しかし一時のお慰みにして後は直ぐ振り棄てるといふやうなお考へなら、娘の生涯は此上もなく不幸ですから、寧ろはっきりお斷りして置く方がいいかと存じます。その邊のことも能うくお考へ下さって、今夜は暫くお遊びの上一先づお帰り下さるやうに。』

어머니 월매는 예상하고 있었다는 듯이 조금도 놀라지 않고 안정된 태도로,

월 "호의는 감사합니다. 실은 딸 춘향은 미천한 기생과 같은 신분인 자에게서 생겨났지만, 아버지는 결코 미천한 자가 아닙니다. 경성에 있는 성참판(성은 성(城)이고 참판은 차관(次官)) 영감이 본 군의

부사가 되었을 적에 저를 가까이 두셨는데, 2개월이 지나 경성으로 영전하여 가셨습니다. 저는 가정 형편상 수행할 수가 없었습니다만, 영감과 헤어지고 얼마 되지 않아 저 아이가 생겨났습니다. 그래서 그러한 연유를 이야기 하였더니 2살이 되어 젖을 떼게 되면 데리고 간다고 약속을 해 주었습니다. 하지만 불행하게도 그 영감은 얼마 되지 않아 돌아가셨으므로, 어쩔 수 없이 제 손으로 저 나이까지 키운 것입니다. 하지만 7살이 되었을 때 벌써 소학(小學) 전부를 마치고, 수신제가의 도리에서 삼강행실, 인의예지를 누구에게도 지지 않을 정도로 익히게 하였습니다. 그래서 좋아하는 사람이 생기면 결혼시킬 마음으로 차츰 찾아보았습니다만, 이렇다 할 적당한 사람도 없어서 오늘날까지 [홀로] 있습니다. 그건 그렇고 지금 이야기를 받들고 참으로 감사하게 생각합니다. 하지만, 한때의 위안으로 하여 나중에 바로 버리실 생각이라면, 딸의 생애는 이보다 더 불행한 일은 없을 것이니 차라리 분명히 거절해 두는 것이 좋다고 생각합니다. 그러한 점도 잘 생각하시어, 오늘 밤은 잠시 노시고 일단 돌아가십시오.”

李夢竜は一寸案外な感じもしたが、

夢『春香も十六、僕も十六、年から云っても至極似合はしい縁だと思ひます。僕は決して一時の慰に供しようとするのでない。たとへ六禮は備へることが出来なくても、兩班の子として決して二枚舌を使ひはしません。どうぞ焦らさないで早く許して下さい。』

春香の母は、此の時先刻の夢を思ひ出した。即ち夢竜の名は夢に竜であるから、将来必ず幸福を享けるにちがひないと、

月『それでは六禮は備へなくても、せめては婚書禮狀の代りに書付でも一通願ひます。』

と云って、直にその場で快諾した。

夢竜は喜んで硯を引き寄せ、

『天長地久、水は涸れ石は磨するとも、二人の縁は切るべからず。天地神明よ、此の盟を證せよ。』

と黑痕美はしく書いて渡した。

이몽룡은 잠시 뜻밖이라는 생각도 들었지만,

몽 "춘향도 16, 저도 16, 나이만 하더라도 지극히 어울리는 인연이라고 생각합니다. 저는 결코 한때의 위안으로 함께 하려고 하는 것은 아닙니다. 설령 육례(六禮)는 갖추지 못하더라도, 양반의 자제로서 결코 거짓말을 하지는 않습니다. 아무쪼록 초조해 하지 말고어서 허락하여 주십시오."

춘향의 어머니는 이때 잠시 앞의 꿈을 떠올렸다. 즉 몽룡의 이름은 몽(夢)에 용(龍)이기에, 장래에 반드시 행복을 누릴 것임에 틀림없을 것이라고,

월 "그렇다면 육례는 갖추지 못하더라도, 적어도 혼서예장(婚書禮狀) 대신에 증서[24]라도 부탁드립니다."

라고 말하자 곧 바로 그 자리에서 쾌히 승낙하였다.

몽룡은 기꺼이 벼루를 끌어당겨서,

"천장지구(天長地久), 물이 마르고 돌이 닳고 없어지더라도 두 사

---

24 증서: 일본어 원문은 '書付'다. 기록한 문서라는 뜻이나 여기서는 전후 문맥상 증서라고 해석하였다(金沢庄三郎編, 『辞林』, 三省堂, 1907).

람의 인연은 천지신명께서 이 맹세를 증명함이다."

　라고 먹빛 아름답게 적어서 전달하였다.

すると月梅は、次の室から酒肴を運んで、

月『若旦那、何はなくともお印です。一つ召上れ。春香や、恥かしが
らないで、お酌をして上げな。』

で、春香は銚子を取って夢竜に勧める。夢竜は夢心地に盃を受けな
がら、母に向ひ

夢『丈母さん、僕の今晩の心持は文科及第どころぢゃありませんよ。』

月『私も今晩のやうな嬉しいことはありません。父親の顔も知らない
で育てられた此の娘が、天の佑けといふか何といふか、あなたのやう
な名門の若旦那と百年の契りを結ぶやうになったのは此上もなく芽出
たいことですが、それにつけても死んだ成参判令監に一目見せたら何
んなに喜ぶことでせう。思ひ出すと悲しくてなりません。』

春香もこれを聞いて顔を曇らしたが、それがまた朝露に濕うた牧丹
の花のやうで、一層風情がまさって見えた。

　　그러자 월매는 다음 방에서 술과 안주를 나르고,

　　월 "도련님, 특별한 것은 없지만 증표입니다. 하나 드십시오. 춘향
아, 부끄러워하지 말고 술을 따라드리거라."

　　그리하여 춘향은 술병을 잡아들고 몽룡에게 권하였다. 몽룡은 꿈
을 꾸는 듯한 기분으로 잔을 받으면서, 어머니를 향하여

　　몽 "어머니, 저의 오늘 밤 심정은 문과급제 정도가 아닙니다."

　　월 "저도 오늘 밤과 같이 기쁜 일은 없습니다. 아버지의 얼굴도 모

르고 자라난 이 아이가, 하늘이 도운 것인지 다른 어떤 것인지 그대와 같은 명문가의 도련님과 백년의 인연을 맺게 된 것은 이보다 더 축하할 일은 없습니다만, 그와 관련하여 돌아가신 성참판 영감에게 한번 보여드린다면 얼마나 기뻐하실까요. 생각하면 너무나 슬픕니다."

춘향도 이것을 듣고는 얼굴이 흐려졌지만, 그것이 또한 아침 이슬에 젖은 목단 꽃과 같아서, 한층 모습이 뛰어나 보였다.

夢竜は、

夢『今晩はめでたい席だから、過ぎ去ったことは忘れてしまって、あなたも一つお過ごしなさい。』

とて、盃を月梅にさして慰める。房子も共々酒を飲んで、大分酔が廻って来た頃、

房『若旦那、ぢゃ私はこれでお暇いたしますから、どうぞ大事を無事におすませなさいまし。』

夢『よし、ではお前は一應帰って、あす朝早く迎ひに来て来れ。』

やがて房子が帰ってしまふと、

夢『さア、これで寝なければならないが』

と独語のやうに呟きながら、それとなく母にその室へ帰るやうに促した。母の月梅はもとよりその道の人とて、粋をきかして直に二人の床をのべ、

『ぢゃ若旦那、ゆっくりお寝みなさい。春香や、御機嫌よう。』

と言って自分の室へ退いた。

몽룡은,

몽 "오늘 밤은 축하하는 자리이기에, 지나간 일은 잊어버리고 그대도 잠시 즐기게나."

라고 말하며, 월매를 향하여 잔을[드리우며] 위로하였다. 방자도 함께 술을 마시며, 상당히 취기가 돌았을 때,

방 "도련님, 그럼 저는 이만 쉬겠으니, 아무쪼록 큰일을 무사히 마치시도록 하십시오."

몽 "그렇구나, 그럼 너는 일단 돌아가서, 내일 아침 일찍 데리러 오너라."

이윽고 방자가 돌아가 버리자,

몽 "자, 이제 자지 않으면 안 되는구나." 라고 혼잣말과 같이 내뱉으면서, 넌지시 어머니에게 [자신의]방으로 돌아가도록 재촉하였다.

어머니 월매는 원래 그 방면에 능통한 사람으로, 눈치껏 바로 두 사람의 이부자리를 깔고,

"그럼 도련님, 천천히 주무십시오. 춘향아, 좋은 시간 보내거라." 고 말하고는 자신의 방으로 물러갔다.

後には夢竜と春夢とただ二人、今朝の廣寒樓の話から始めて、しばし世間話を語りかはしてゐるうちいよいよ夜も更けて寢る時刻となった。丁度夢竜が脱いだ着物を春香が、箪笥の抽出した仕舞はうとする時、傍らに立てかけてあった琴の絲に着物が觸れて、スラリンと音がした。夢竜は之を聞いて、

『ああ好い音だ。黄鶴樓の笛の音も、寒山寺夜半の鐘声も、恐らく之には及ぶまい。さア、お前も着物をお脱ぎ……』

春香は流石に恥かしがって、容易に着物を脱がないので、夢竜は春

香の細腰を抱いて、着物を脱がせて布團の中へ引き入れた。…………

그런 뒤 몽룡과 춘향 단 두 사람은 오늘 아침 광한루에서의 이야기부터 시작해서 잠시 세상 이야기를 하[고 있었는데 그러] 는 동안에, 이윽고 밤이 깊어져서 자는 시각이 되었다[25]. 때마침 몽룡이 벗은 옷을 춘향이 장롱[26]의 서랍에 넣어두려고 할 때에, 옆에 걸려 있던 거문고의 줄에 옷이 스치며 스르렁 하는 소리가 났다. 몽룡은 이것을 듣고,

"아아, 좋은 소리로구나. 황학루(黃鶴樓)의 피리소리도, 한산사(寒山寺)의 한밤중의 종소리도, 필시 이것에는 미치지 못할 것이다. 자, 너도 옷을 벗고……"

춘향은 과연 부끄러워하며 쉽게 옷을 벗지 않기에, 몽룡은 춘향의 가는 허리를 안고는 옷을 벗기어 이불 안으로 끌어넣었다.

(三) 相思の別れ

(3) 서로 사랑하는 사람과의 이별

それ以来李夢竜は、毎日或は隔日に春香を訪ねたが、日を重ぬるほど情は濃くなりまさって、今は離れようとしても離れることが出来なくなった。処が此の時父翰林は、治績良好の故を以て同副承旨に榮轉

---

25 『옥중화』에는 없는 춘향과 몽룡 두 사람이 이야기를 하며 밤이 깊어가는 내용을 첨가했다. 몽룡과 춘향이 사랑을 나누는 장면 역시 암시를 하는 차원에서만 제시되었다.

26 장롱: 일본어 원문은 '簞笥'다. 서랍이 있으며 의복 등을 넣어 두는 곳이라는 뜻이다(棚橋一郎・林甕臣編, 『日本新辞林』, 三省堂, 1897).

し、京城へ帰ることとなった。かくて日ならず此の地を立ちのくこと
になったが、

　　　그 이후 이몽룡은 매일 혹은 격일로 춘향을 찾아왔는데, 날이 갈
　　수록 정은 깊어만 가서, 지금은 떨어지려고 해도 떨어질 수 없게 되
　　었다. 그런데, 이때 아버지 한림은 치적이 좋다는 이유로 동부승지
　　(同副承旨)로 영전하여 경성으로 돌아가게 되었다. 이리하여 오래지
　　않아 이 지역을 떠나게 되었는데,

或る日、翰林は夢竜を呼んで、
翰『お前は先日、房子に案内さして何処へ往ったのか。』
夢『廣寒樓へ往って来ました。』
翰『何しに廣寒樓へ往った。』
夢『彼処には名勝や古蹟が多いといふことでしたから、観に往きまし
た。』
翰『お前の様子が此の頃は少し可笑しいやうだが、一體どうしたとい
ふのだ。俺の榮轉も知らないで……』
夢竜は驚いて、
夢『榮轉とは、何ういふ榮轉です。』
翰『おれは今度同副承旨になって、京城へ帰るのだ。全部後始末をし
て帰るのだから、俺はまだ三四日かかるだらう。お前はお母さんと一
緒に明日先きへ帰れ。』
李夢竜は春香のことが気にかかって、
夢『父上お先へお帰りなさい。後の始末は僕がやりますから。』

561

翰『何を言ふのだ。俺の言ふ通りにしろ。』

어느 날 한림은 몽룡을 불러서,

한 "너는 지난 날 방자에게 안내받아서 어디를 갔느냐?"

몽 "광한루에 갔다 왔습니다."

한 "무엇을 하러 광한루에 갔느냐?"

몽 "그곳에는 명승과 고적이 많다고 하여 보러 갔습니다."

한 "너의 모습이 요즘 조금 수상하다만, 도대체 어찌된 일이냐? 나의 영전도 알지 못하고……"

몽룡은 놀라서,

몽 "영전이란 무슨 영전을 말씀하십니까?"

한 "나는 이번에 동부승지가 되어 경성으로 돌아간다. 모든 뒤처리를 하고 가야하니까, 나는 3-4일 걸릴 것이다. 너는 어머니와 함께 내일 먼저 돌아가거라."

이몽룡은 춘향의 일이 신경이 쓰이어,

몽 "아버지 먼저 가십시오. 뒤처리는 제가 하겠습니다."

한 "무슨 소리를 하느냐? 내가 말하는 대로 하거라."

　で、夢竜は仕方なしに父の言ひつけに從ったが、何としても心にかかるのは春香である。何うしたものかといろいろ思案をして見たが、さてこれといふ妙案もない。

　夢『春香を同伴するとなれば父はどんなに叱るかも知れない。と云って此のまま春香を残して帰れば、百年の契りを反古にする事になる。そればかりか俺はどうも今彼女と離れることは一日でもたまらない。

ああどうしたらいいか。』
　と歎息しながら、独語しながら、春香の家へたどりついた。

　　그리하여 몽룡은 어쩔 수 없이 아버지가 말씀하신 대로 따랐지만, 무슨 일이 있어도 마음에 걸리는 것은 춘향이었다. 어찌하면 좋을지 이리저리 생각해 보았지만,[27] 이렇다 할 묘안도 없었다.

　　몽 "춘향을 동반하고자 하면 아버지는 얼마나 화내실지 모른다. 그렇다고 해서 이대로 춘향을 남겨두고 간다면, 백년의 인연을 쓸모 없게 만드는 것이다. 그것뿐만 아니라 나는 아무래도 지금 그녀와 떨어지는 것은 하루라도 참을 수 없다[28]. 아아, 어찌하면 좋은가."

　　라고 탄식하며 혼잣말을 하면서 춘향의 집에 도착하였다.

　恰度此の時春香は、いとしい夢竜に贈らうとて錦の嚢に刺繍を施して居たのであったが、夢竜の顔を見るなり嬉しく立ち迎へて、

　春『今日は大層おいでが遅うござんしたが、何か差し障りでもあったのですか。それはさうとして今日は何うしたことやら、あなたは少しも元気がなく、心配さうなお顔をしていらっしゃいますが、お父さまに叱られでもなさいましたか。』

　夢『いや叱られはしない。また叱られたぐらゐならこんな顔はしない。実は今父上が同副承旨に榮轉されて、不日京城へ帰ることなった

---

27 이리저리 생각해 보았지만: 일본어 원문은 '思案'이다. 어떤 안을 깊이 생각하며 분별하는 것을 뜻한다(棚橋一郎・林甕臣編, 『日本新辞林』, 三省堂, 1897).
28 『옥중화』에서는 이몽룡은 이처럼 춘향을 남겨 놓고 갈 때, 그녀를 보고 싶어 참을 수 없는 자신의 심정 때문에 고민을 하지는 않는다. 오히려 춘향을 "두고 가자 ᄒ니" 춘향의 "그 마음 그 行實"을 볼 때, 춘향이 "自決"할 바를 걱정한다.

のだ。』

　　마침 이때 춘향은 사랑스러운 몽룡에게 주고자 비단으로 만든 주
머니에 자수를 넣고 있었는데, 몽룡의 얼굴을 보자마자 기뻐서 일어
나 맞이하며,

　　춘 "오늘은 방문이 매우 늦으셨습니다만, 무언가 방해되는 것이
라도 있으셨습니까? 그건 그렇다 하더라도 오늘은 어쩐 일인지 그
대는 기운이 없이 근심어린 얼굴을 하고 계십니다만, 아버님에게 혼
이라도 나신 것입니까?"

　　몽 "아니 혼나지 않았다. 또한 혼난 것쯤이라면 이런 얼굴은 하지
않는다. 실은 지금 아버지가 동부승지로 영전하여, 며칠 안에 경성
으로 돌아가게 되었다."

春香は喜んで、

春『私も一生に一度は京城へ行きたいと思ってゐたのです。それは何
より好い都合です。』

夢竜は呆れて、

夢『そんなことを言はれると僕は一層困ってしまふ。』

春香はやや驚きの眼を見張りながら、

春『それは何故でせう。府使様がお帰りになればあなたも御一処でせ
うしあなたがお帰りになれば私も一処にお伴するのは當然のことで
す。女は夫に從ふと言ひますから、たとひ千里萬里でも決して離れは
いたしません。あなたは私が一処に行くのを厭がるとでも思ってい
らっしゃるのでせうが、決してそんな御心配はいりませんわ。』

춘향은 기뻐하며,

춘 "저도 일생에 한 번은 경성에 가보고 싶다고 생각하고 있던 차입니다. 그것은 무엇보다 좋은 일입니다."

몽룡은 어이가 없어서,

몽 "그런 말을 들으면 나는 한층 더 곤란해져 버린다."[29]

춘향은 조금 놀란 눈으로 바라보면서,

춘 "그것은 무엇 때문인지요? 부사 어르신이 돌아가신다면 그대도 함께일 것이고, 그대가 돌아가신다면 저도 함께 동반하는 것은 당연한 일입니다. 여자는 남편을 따르는 것이라고 말하거늘, 가령 천리만리라도 결코 떨어져서는 안 됩니다. 그대는 제가 함께 가는 것을 싫어할 것이라고 생각하고 계신다면 결코 그런 걱정은 필요 없습니다."

夢竜いよいよ困って、

夢『春香や、まア能く聴いてお呉れ。お前を一緒に連れて行かれるほどなら何も心配はしないのだよ。それが出来ればお前も仕合せ、僕も仕合せだが、苟も兩班の子として、未婚者でありながら妾を置くとなれば、親戚知舊から何んなに排斥されるかも知れない。父上がそれを許して呉れる筈がない。して見れば何うでも僕は今お前と別れなければなければならないのだ。それで心配して居る。』

---

29 그런 말을 들으면 나는 한층 더 곤란해져 버린다 : 원문에서 이몽룡의 대사는 "듯기 실타 나 죽겟다"이다. 이는 "난처(難處)"하다라는 뒷부분에 나오는 이몽룡의 대사를 기반으로 원본의 내용을 해석하여 번역한 것으로 보인다. 『옥중화』에서 심정의 표현보다 상대적으로 번역본은 직접적인 표현을 보여준다.

565

몽룡은 더욱 더 곤란해 하며,

몽 "춘향아, 잘 들어라. 너를 함께 데리고 갈 수 있다면 아무런 걱정이 없는 것을. 그것이 가능하다면 너도 행복하고 나도 행복하다만, 만약 양반의 자녀로서 결혼하지 않은 자가 첩[30]을 두려고 한다면 친척과 오랜 벗들로부터 배척당할지 모른다.[31] 아버지가 그것을 허락해 주실 리가 없다. 이러한 처지로서는 나는 지금 너와 헤어지지 않으면 안 되는 것이다. 그래서 걱정하고 있는 것이다."

春香は聞いて忽ち美くしい顔を曇らしたが、やがて憤然として化粧匣や文房具などを毀しながら、

春『夫の無い女に此んな道具が要るものか。』

と言って夢竜の前に進み出で、

春『今何と仰いましたの、もう一度仰やってみて下さい。妾とは一體何のことです。此の前あなたが初めて此処へいらした時に、あなたは彼処に居て、私はここに坐って、あなたは何と仰いました。あなたは御自分の言ったことをもうお忘れになりましたか。碧海が桑田となり、桑田が碧海となっても、二人は決して別れはしないと言って、堅く誓ったのをお忘れになりましたか。あなたはこれから京城へ帰れば、間もなく美くしい奥さんをお迎へになり、また文科試験に及第して役人にもなれば、自然名妓名娼思ひのまま近寄せてお遊びになることができるでせう。さうなれば私のやうなものは何うならうと、思ひ

---

30 첩: 소실, 첩, 측실의 뜻을 나타낸다(金沢庄三郎編, 『辞林』, 三省堂, 1911).

31 친척과 오랜 벗들로부터 배척당할지 모른다: 원문에는 부친이 "族譜에 쎄고 祠堂祭"에 참여하지 못한다고 할 것이라고 나온다.

出しても下さらないにきまってゐます。そんな口惜しい目に遭はされ
るよりいっそ今のうちに死んでしまった方がいい。もしどうでもあな
たが一人で帰っておしまひになるなら、私は今夜の五更に必ず死んで
しまひます。』

と言って泣き出した。夢竜も涙を拭きながら、

夢『一旦は京城へ帰るとしても、僕は決してお前のことを忘れはしな
い。そのうちきっとまた会へる機会があるから、暫らく辛抱して待っ
てゐて呉れよ。』

춘향이 듣고는 순식간에 아름다운 얼굴이 어두워지면서, 이윽고
벌컥 화를 내며 화장품 상자와 문방구 등을 깨뜨리고는,

춘 "남편도 없는 여자에게 이러한 도구가 무슨 필요가 있겠습니
까?"

라고 말하며 몽룡 앞으로 나아가,

춘 "지금 뭐라고 말씀하셨습니까? 다시 한 번 말씀해 주십시오.
첩이라는 것은 도대체 무슨 말씀이십니까? 지난번에 그대가 처음
이곳에 오셨을 때, 그대는 저쪽에 계시고 나는 여기에 앉아 있을 때,
그대는 뭐라고 말씀하셨습니까? 그대는 자신이 말한 것을 벌써 잊
으셨습니까? 벽해가 상전되고 상전이 벽해가 된다고 하더라도, 두
사람은 결코 헤어지지 않을 것이라고 말하고, 굳게 맹세하신 것을
잊으셨습니까? 그대는 지금부터 경성으로 돌아가시면, 얼마 되지
않아 아름다운 부인을 맞이하고, 또한 문과시험에 급제하여 관리가
되시기라도 한다면, 자연 명기와 명창을 마음먹은 대로 가까이하여
노실 수 있으실 것입니다. 그렇게 된다면 저와 같은 것은 어떤 일이

있어도 당연히 기억해 주시지 않으실 것입니다. 그런 비참한 일을
당하느니 차라리 지금 이 자리에서 죽는 것이 낫습니다. 만약 아무
리 해도 그대가 홀로 돌아가신다면, 저는 오늘 밤 오경에 반드시 죽
어 버릴 것입니다."

라고 말하고 울기 시작했다. 몽룡도 눈물을 닦으면서[32],

몽 "일단은 경성에 돌아간다고 하더라도, 나는 결코 너의 일을 잊
지 않을 것이다. 가까운 시일 안에 반드시 다시 만날 기회가 있을 터
이니, 잠시 동안 참고 기다려 주거라."

此の時春香の母月梅は、春香の室で物の毀れる音やら人の泣声やら
が聞えたので、

月『コレ春香や、まア何うしたといふものです。』
と言ってはいって来た。春香は母に向ひ、

春『若旦那がお帰りになりますとサ。』

月『何処へね？』

春『府使様が同副承旨に榮轉されたから、皆さん京城へお帰りになる
のですって。』

이때 춘향의 어머니 월매는 춘향의 방에서 물건이 깨지는 소리와
사람이 우는 소리가 들리어서,

월 "이 봐라 춘향아, 무슨 일이냐?"

고 말하며 들어왔다. 춘향은 어머니를 향하여,

---

32 원문에는 이 대목에서 몽룡이 눈물을 흘리지 않는 것으로 되어 있다.

춘 "도련님이 돌아가신다고 합니다."

월 "어디로?"

춘 "부사 어르신이 동부승지에 영전하셔서, 모두 경성으로 돌아가신다고 합니다."

月梅は喜びの色を現はして

月『それはおめでたいことぢゃないか。旦那がお帰りになればお前も一処に往かれるのだ。それだのに何故泣いてゐるの？』

春『いいえ、旦那は、旦那は、ひとりでお帰りになるさうです。』

月梅も少しく驚いて、夢竜に向ひ、

月『それは本當ですか。』

夢竜も仕方なく、

夢[33]『さうです。ひとりで帰らなければならないのです。兩班の子として未婚者が妾を置くことは許されませんから、今別れるのは僕も非常に辛いけれど、またの機会を待つより外仕方がありません。』

と聞いた月梅大に憤って、ブルブル身體を顫はしながら春香に向ひ、

月『春香や、早く死んでお仕舞ひ。別れてからのお前の様子は、とても私にや見て居られないから。』

월매는 기쁜 기색을 나타내며,

월 "그것은 축하할 일이 아니냐? 남편이 돌아가시게 되면 너도 함

---

33 몽(夢) : 원문에는 춘향의 대사로 나와 있지만 전후 문장의 내용으로 보아 몽룡의 대사이다.

께 가는 것이다. 그러한데 왜 울고 있느냐?”

　춘 “아니오, 남편은, 남편은, 홀로 돌아가신다고 합니다.”

　월매도 조금은 놀라서 몽룡을 향하여,

　월 “그것은 정말입니까?”

　몽룡도 어쩔 수 없이,

　몽 “그렇습니다. 홀로 돌아가지 않으면 안 됩니다. 양반의 자녀로
서 결혼하지 않은 자가 첩을 두는 것은 허락되지 않기에, 지금 헤어
지는 것은 저도 매우 슬픕니다만, 다음 기회를 기다리는 것 말고 방
법이 없습니다.”

　라는 말을 들은 월매 크게 화를 내며, 부들부들 몸을 떨면서 춘향
을 향하여,

　월 “춘향아, 얼른 죽어 버려라. 헤어지고 나서의 너의 모습을 나는
차마 볼 수가 없다.”

　更に夢竜に向って、

　月『あなたは何故私の娘を玩んだのです。何故今になって振り捨てよ
うとなさるのです。娘の品行が悪いと仰しやるの。顔が気に食はない
と仰しやるの。昔の君子は七去の理由が無ければ決して女を去らな
かったことはあなたも知って居るでせう。今までは毎日のやうにやっ
て来て、さんざおもちゃにしながら、またの機会も無いもんだ。よく
抜け抜けとそんなことが言はれますねえ。』

　と言って夢竜の膝にしがみついた。尤も年とった月梅には、もう歯
がすっかり無かったので少しも痛くはなかったが、若い夢竜は今更の
やうに怖ろしがって、

夢『お丈母さん、それでは春香を連れて往きます。今度帰るのに先祖
の位牌を入れてゆく輿があります。その位牌を懷へ入れて、春香を輿
にのせて往きませう。』

　　또한 몽룡을 향하여,

　　월 "그대는 왜 내 딸을 희롱하셨습니까? 왜 지금에 와서 버리려고
하십니까? 딸의 품행이 나쁘다고 말하려고 하십니까? 얼굴이 마음
에 들지 않는다고 말하려고 하십니까? 옛날의 군자는 칠거[34]의 이유
가 아니면 결코 여자를 떠나지 않았던 것을 그대도 알고 계시지오?
지금까지는 매일과 같이 찾아 와서 가지고 노시더니 다음 기회는 없
다니. 뻔뻔스럽게 잘도 그런 말을 하십니다."

　　라고 말하고 몽룡의 다리를 깨물었다. 상당히 나이가 든 월매에게
는 이빨이 전혀 없었기에 조금도 아프지 않았지만, 어린 몽룡은 새
삼스럽게 두려워하며,

　　몽 "어머니, 그렇다면 춘향을 데리고 가겠습니다. 이번에 돌아갈
때에 선조의 위패를 넣어가는 가마가 있습니다. 그 위패는 품에 넣
고 춘향을 가마에 태워 가겠습니다."

春香は傍らから、

春『お母さん、もうお止しなさい。兩班のお身分でああまで言はれる
のを聞いたら、私は気の毒になりました。さアお母さん、もう室へ

---

34 칠거: 부인을 내쫓을 수 있는 일곱 가지의 조항이다. 즉 부모를 따르지 않고, 자
식이 없으며, 말이 많고, 도둑질을 하며, 간통을 하고, 질투를 하며, 나쁜 질병이
있는 것을 칭한다(金沢庄三郎編,『辞林』, 三省堂, 1907).

帰って下さい。』

　と云って母を帰へし、歎息しながら

　春『私を残して一人京城へお帰りになるあたなの心持もお祭しします。これからは私のことはすっかりお忘れなすって、おからだを大事にして下さい。』

　とて尙ほもよよと泣き出した。李夢竜も涙を抑へながら、遠からず再び会へる機械があるほどに、決して力を落さずにと幾度も幾度も慰めて、出発の準備に郡衙へ帰った。

　　춘향은 옆에서,

　　춘 "어머니, 이제 그만하세요. 양반의 신분으로 저런 말을 하게 하는 것을 듣고 있자니, 저는 죄스러운 마음이 듭니다. 자, 어머니 이제는 방으로 돌아가 주세요."

　　라고 말하고 어머니를 돌려보내고 탄식하면서,

　　춘 "저를 남겨 두시고 홀로 경성으로 돌아가시는 그대의 마음도 알겠습니다. 이제부터는 저의 일은 완전히 잊으시고, 건강에 주의하여 주십시오."

　　라고 말하고 여전히 울기 시작했다. 이몽룡도 눈물을 참으면서, 머지않아 다시 만날 기회가 있을 것이라고, 결코 낙심하지 말라고 몇 번이고 몇 번이고 위로하고는, 출발 준비를 위해서 군아(郡衙)로 돌아갔다.

　京城へ向ふ途中、も一度春香の家に寄って、泣いて居る春香を抱き寄せながら、

夢『必ず近いうちに文科に及第して、お前を京城へ迎へるから、どうか當分の悲みをこらへて呉れ。』

と言って懷中から鏡を取り出し、

夢『男子の淸い心は此の鏡と同樣である。千萬年を經て決して渝ることはない。』

とて春香に手渡した。春香も涙を袖に抑へて指に箝めてあった玉の指環を夢竜に渡し、

春『玉は堅くて潔いものです。また環は首尾の切れないものです。どうぞあなたは此の心をお忘れのないやうにして下さい。』

とて夢竜の膝に伏し倒れて泣いた。

경성으로 향하는 도중, 다시 한 번 춘향의 집에 들려 울고 있는 춘향을 안고는,

몽 "반드시 가까운 시일 안에 문과에 급제하여 너를 경성으로 부를 테니까, 아무쪼록 당분간 슬픔을 참아 주어라."

고 말하고 품속에서 거울을 꺼내어,

몽 "남자의 깨끗한 마음은 이 거울과 같은 것이다. 천만 년을 지나도 결코 바뀌는 일은 없을 것이다."

라고 말하고 춘향에게 전해 주었다. 춘향도 눈물을 소매로 닦으면서 손가락에 끼고 있던 옥 반지를 몽룡에게 전하며,

춘 "옥은 견고하고 깨끗한 것입니다. 또한 반지는 시작과 끝이 끊어지지 않는 것입니다. 아무쪼록 그대는 이 마음을 잊지 않도록 하여 주십시오."

라고 말하며 몽룡의 다리에 엎드려서는 울었다.

此の時春香の母は、どうしても別れることと諦らめて、更めて夢竜に頼むのであった。

月『若旦那、どうぞおからだを大事にして、當分は春香のことを思ひ切って熱心に御勉強なさい。そして一日も早く文科試驗に及第して娘を連れていってやって下さい。お願ひします。』

と云って新らしく別離の涙をそそいだ。傍らに立ってゐた女中の香丹も貰ひ泣きした。

이때 춘향의 어머니는 아무리 해도 헤어질 것이기에 포기하고, 다시금 몽룡에게 부탁하였다.

월 "도련님, 아무쪼록 몸을 조심히 하시어, 당분간은 춘향의 일은 잊으시고 열심히 공부하십시오. 그리고 하루라도 빨리 문과시험에 급제하여서 딸을 데리고 가 주십시오. 부탁드립니다."

라고 말하고 새로이 이별의 눈물을 흘렸다. 옆에 서 있던 하녀 향단도 따라서 울었다.

此の時房子は、表から出発を急がしたので、李夢竜は仕方なく立ちながら春香、月梅、女中の香丹にそれぞれ別れの言葉を残して馬に乗った。最後に春香の手を握って、『春香や』と言ったけれども、春香は物も言はずにうつぶしてしまった。

이때 방자가 밖에서 출발을 재촉하였기에, 이몽룡은 어쩔 수 없이 일어서면서 춘향, 월매, 하녀인 향단에게 각각 이별의 말을 남기고 말을 탔다. 마지막으로 춘향의 손을 잡고,

"춘향아"

라고 말했지만 춘향은 아무 말도 하지 않고 머리를 숙이고 말았다.

(四) 新任府使の非望
(4) 신임 부사의 무리한 소망

　二人は遂に別れた。李夢竜の乗った馬は猛虎の走るが如くに山を越えて、やがて形は見えなくなった。春香は自分の室へ帰るのも忘れて地に倒れたまま動かないのを、母は慰め抱き起して、やっと室に連れ帰った。

　夢竜の父李翰林は、その後夢竜と春香とのことを聞き知って、妻と相談の上春香を喚び寄せようとしたのであったが、今喚び寄せては夢竜が修業の邪魔になる虞れがあるからといふので、文科に及第するまで延ばすことにした。そして白米や衣類や其他の品物を、そっと春香に送って慰めてやった。

　두 사람은 결국 헤어졌다. 이몽룡이 탄 말은 맹호가 달리는 것과 같이 산을 넘어, 마침내 형태가 보이지 않게 되었다. 춘향이 자신의 방으로 돌아가는 것도 잊고 땅에 쓰러진 채로 움직이지 않는 것을, 어머니는 위로하며 안아 올려서는 겨우 방으로 데리고 돌아갔다.

　몽룡의 아버지 한림은 그 후 몽룡과 춘향의 일을 듣고는 부인과 상담한 연후에 춘향을 불러오려고 하였지만, 지금 불러온다면 몽룡의 학업에 방해가 될 우려가 있다고 생각하여, 문과에 급제할 때까지 연기하기로 하였다. 그리고 백미와 의류, 그 밖의 물건들을 몰래 춘향에게 보내어 위로해 주었다.

　一年ばかりして、京城から卞学道といふ兩班が李翰林の後任として
やって来た。門閥と云ひ地位と云ひ、李翰林にも劣らぬほどの府使で
はあったが、酒と色との二道にかけては却々の痴者であったから、赴
任の翌日吏房等に向ひ、
　　府『聞けば南原郡には美人が多いといふことだがさうか。』
　　房『ハイ、事実であります。』
　　府『南原郡の春香といふは聞えた美人だが、居るかね。』
　　房『ハイ居ります。有名な美人です。』
　　府『南原までは何里程あるか。』
　　房『六十一里です。』
　　府『では馬に乗って朝早く出発すれば昼頃には着くだらう。』

　　1년 남짓 지나, 경성에서 변학도라는 양반이 이한림의 후임으로
　오게 되었다. 문벌[35]도 그렇고 지위도 그렇고 이한림에 비해 떨어지
　는 부사였는데, 술과 색의 두 방면에서는 각각 광적인 면[36]이 있었기
　에, 부임 다음 날 이방 등을 향하여,
　　부 "듣자 하니 남원군에 미인이 많다고 들었는데 그러하느냐?"
　　방 "네, 사실입니다."
　　부 "남원군의 춘향이라고 하는 자가 듣기로는 미인이라고 하던데

---

35 문벌: 집안, 가문을 의미하며 문지(門地)의 뜻으로 사용한다(棚橋一郎·林甕臣
　　編,『日本新辞林』, 三省堂, 1897).
36 광적인 면: 우둔한 사람, 감당하기 어려운 사람, 주체 못하는 사람 등의 뜻으로
　　사용한다(金沢庄三郎編,『辞林』, 三省堂, 1907).

있느냐?"

　방 "네, 있습니다. 유명한 미인입니다."

　부 "남원까지는 몇 리 정도이냐?"

　방 "61리입니다."

　부 "그렇다면 말을 타고 아침 일찍 출발하면 점심 때 쯤에는 도착하겠구나."

　それから出発の用意をして、その翌日多数の人に守護されながら赴任の途に着いた。いよいよ南原郡に近くなると、新らしい府使を歓迎する音楽の声は時代の泰平無事を顯はし、沿道の老若男女山の如くに集まって此の行を祝した。此の時卞府使はその状態を見て意気揚々、使令をよんで一群の女達を指ざしながら、

　『おい、あの女だちは皆妓生か。』

　使令は府使の常識のないのに呆れながら、その通りであると答へると、卞府使は大に喜んで

　府『俺は平生妓生の澤山居る処へ往きたいと望んで居たが、今日こそ俺の希望通りに行ったのだ。』

　とて、ひたすらその方にのみ心を奪はれて居た。

　그리하여 출발 준비를 하여서, 그 다음 날 많은 사람에게 수호 받으며 부임지에 도착하였다. 드디어 남원군에 가까워지자 새로운 부사를 환영하는 음악 소리는 시대의 태평무사를 나타내고, 연도(沿道)에 나와 있는 남녀노소는 산과 같이 모여서 이 행렬을 축하하였다. 이때 변부사는 그 상황을 보고 의기양양해 하며, 사령을 불러서 한

577

무리의 여자들을 가리키면서,

　"이 봐라, 저 여자들은 모두 기생이더냐?"

　사령은 부사가 상식 없는 것에 어이없어 하면서 그러하다고 대답했는데, 변부사는 크게 기뻐하며,

　부"나는 평생 기생이 많이 있는 곳에 가고 싶다고 바랐는데, 오늘 이야말로 나의 희망대로 되었구나."

　라고 말하고 오로지 그 쪽으로만 마음을 빼앗겼다.

　いよいよ郡衙に着いて、二日間は旅路の疲れを休めるために、何事も出来なかったが、三日目に初めて事務所に出て大體の視察を終へるや否、直に妓生の點呼に着手した。そして戸房が妓生の名簿を持って、一々その名を呼び上げると、それに應じて妓生は一人一人府使の前に出てお辭儀をした。翠香とか錦香とか藺香とか月香とか、香の字の名を呼ぶ毎に、春香ではないかと氣を付けて居たが、しかし妓生の點呼を終った時に春香といふ名は遂に見えなかった。

　　드디어 군아에 도착하여서, 이틀간은 여행의 피로를 풀기 위해서 아무 일도 하지 못했지만, 3일째 처음으로 사무소에 나와서 대체적인 시찰을 끝내자마자, 바로 기생의 점호(點呼)[37]를 착수하였다. 그리하여 호방이 기생의 명부를 가지고 일일이 그 이름을 부르니, 그에 응하여 기생은 한 사람 한 사람 부사 앞에 나와서 인사를 하였다. 취향(翠香), 금향(錦香), 린향(藺香), 월향(月香) 등 향(香)이 들어가는

---

37 점호: 일일이 이름을 가리켜 부르는 것이라는 뜻이다(金沢庄三郎編, 『辞林』, 三省堂, 1907).

글자의 이름을 부를 때마다, 춘향이 아닌가 하고 주의하고 있었다. 하지만 기생의 점호가 끝났을 때 춘향이라고 하는 이름은 결국 보이지 않았다.

卞府使は稍々失望して戸房に向ひ、

府『南原には春香といふ有名な妓生があることを聞いて来たが、それが見えないのは何うしたことか。』

房『はい、春香といふのは居るには居りますが、あれは元來妓生でなく、元妓生をしてゐた月梅といふものの娘です。ですから名簿には載って居りません。それのみか春香は前府使李翰林の一人息李夢竜と約束のある女ですから。』

府『では、李夢竜が春香を連れて行ったといふのか。』

房『いいえ、連れては往きませんが、李夢竜と別れてからの春香は、一切化粧もせず外出せず、ずっと家に引籠ってばかり居ります。』

府『それは不都合だ。妓生の娘なら妓生になるのが當然であるのに、引籠って居るとは不都合だ。そんな美人を妓生にしないで置くといふ法はない。どうでも妓生にして、今直ぐ名簿に載せて、急いで顔を出させて呉れ。』

변부사는 조금 실망하여 호방을 향하여,

부 "남원에는 춘향이라고 하는 유명한 기생이 있다는 것을 듣고 왔는데, 그것이 보이지 않는 것은 어찌된 일이냐?"

방 "네, 춘향이라는 자가 있기는 있습니다만, 그 자는 원래 기생이 아니고, 원래 기생이었던 월매라고 하는 자의 딸입니다. 그러므로

명부에는 올라와 있지 않습니다. 그뿐만 아니라 춘향은 전 부사 이
한림의 외동아들 이몽룡과 약속한 여자이기에.”

부 “그럼 이몽룡이 춘향을 데리고 갔단 말이냐?”

방 “아니오, 데리고 가지는 않았습니다만, 이몽룡과 헤어지고 나
서 춘향은 일절 화장도 하지 않고 외출도 하지 않고, 계속 집에 틀어
박혀서 지낼 뿐입니다.”

부 “그것은 곤란하구나. 기생의 딸이라면 기생이 되는 것이 당연
하거늘, 틀어박혀 있다는 것은 곤란하구나. 그런 미인을 기생으로
쓰지 않고 두는 법은 없다. 어떻게 하든 간에 기생으로 만들어서 지
금 바로 명부에 올리고, 서둘러 얼굴을 내밀게 하여라.”

戸房は、隨分無茶なことをいふ人だと思ったが、仕方がないので、
行首妓生に春香を呼びにやった。行首妓生が春香の家に往ってその訳
を話すと、春香は顔色を變へて

春『府使樣のお召しとあれば何を措いても往かねばならない筈であり
ますが、私は妓生ではないのですから、府使樣の命令でもそればかり
は承ることは出来ません。それに李夢竜と別れて此方といふもの、始
終氣分が惡くて一切外出をしないで居るやうな訳ですから、どうぞ此
の事を府使樣に申上げて下さい。』と言ふ。行首妓生がその通りを復命
すると、卞府使は大に怒って、使令と軍奴とに急ぎ春香を捕へて来い
と命令した。使令と軍奴とは直に春香の家に走って行った。

호방은 상당히 무례한 것을 말하는 사람이라고 생각했지만, 어쩔
수 없으므로 행수기생에게 춘향을 부르러 가게 했다. 행수기생이 춘

향의 집에 가서 그 연유를 이야기하자, 춘향은 안색이 변하여,

춘 "부사 어르신의 부르심이 있다면 무슨 일이 있어도 가지 않으면 안 되는 법이지만, 저는 기생이 아니므로 부사 어르신의 명령이라도 그것만은 따를 수 없습니다. 게다가 이몽룡과 헤어지고 나서 저로 말할 것 같으면 계속 속이 좋지 않아서 일절 외출을 하지 않고 있을 정도입니다. 아무쪼록 이 일을 부사 어르신에게 고해 주십시오."

라고 말하였다. 행수기생이 그대로를 고하자, 변부사는 크게 화를 내며 사령과 군노에게 서둘러 춘향을 잡아오도록 명령하였다. 사령과 군노는 바로 춘향의 집으로 달려갔다.

恰度春香は、李夢竜から来た手紙を涙ながらに読んでゐた。手紙は左の如くであった。

千里相別れて昼夜に思ふことのみ滋く候。其許は老母の膝下にありて日々無事にお暮らしなされ居候や、小生また恙なく家族と共に賑やかに暮らし居候に付御安心下被度候。其許の心は我之を知り、我が心また其許の知る所なれば、今更別に申上ることもなく候へども、貞女の貞の字と約束を守る守の字とだけは、一刻の間もお忘れなきやう願上候。遠からず再会の機会有之べくと存候に付、御安心下され度候。

때마침 춘향은 이몽룡으로부터 온 편지를 눈물을 흘리면서 읽고 있었다. 편지는 다음과 같다.

"천리로 서로 헤어져서 주야로 생각이 많아질 뿐이구나. 그대는 노모 슬하에서 하루하루 무사하게 지내고 있겠지. 나 또한 자애로운 가족과 함께 활기차게 지내고 있으니 안심하여라. 그대의 마음은 내

가 알고 나의 마음은 그대가 알 것이므로 새삼스럽게 따로 말할 것은 없다만, 정녀(貞女)의 정(貞)이라는 글자와 약속을 지키다 의 수(守)라 는 글자만은 한시라도 잊지 않도록 부탁한다. 머지않아 재회의 기회 가 있을 것이라고 생각하고 안심하여라."

春香が何度も繰り返しては読んで居るところへ、使令と軍奴とが 入って来た。春香は驚きながらも少しも慌でず、座敷へ通して酒肴を もてなし、

春『何はなくとも、一つ召食って下さい。』

使『実は府使様の命令で、かうして此家へ来たのですが、今あなたが 應じて行ったら折角今までの貞節も何の役にも立たないことになりま す。だから私たちは此の侭帰って、府使様を欺して無事に済ませます から、御安心なさい。』

春『難有う存じます。どうか宜しくお願ひいたします。』

と言って、帰る時には金を三両づゝ握らせた。

춘향이 몇 번이고 반복해서 읽고 있던 차에, 사령(使令)과 군노(軍 奴)가 들어왔다. 춘향은 놀랐지만 조금도 당황해 하지 않고, 객실로 들어오게 하여서 술과 안주를 대접하였다.

춘 "아무 것도 없지만 드셔보십시오."

사 "실은 부사 어르신의 명령으로 이렇게 이 집에 왔습니다만, 지 금 그대가 응하여서 간다면 어찌되었든 지금까지의 정절도 아무런 의미 없는 일이 될 것입니다. 그러니까 우리들은 이대로 돌아가서 부사 어르신을 속여서 무사히 정리할 것이니 안심하십시오."

춘 "감사합니다. 아무쪼록 잘 부탁드리겠습니다."

라고 말하고, 돌아갈 때는 돈을 3냥씩 쥐어주었다.

醉っ拂った使令と軍奴は、上機嫌で謠をうたひながら郡衙に帰る
と、待ち兼ねてゐた卞府使は、使令等の様子を見て憤り、

府『こらこら、貴様だちは春香を連れても来ないで、酒に酔っぱらふ
とは何事だ。』

使『実は春香の奴、病気で何うしても来られないと云ひます。その癖
手前どもに酒を飲まして錢を三両づづも呉れましたので、とうとう連
れて来ることができませんでした。

술에 취한 사령과 군노가 기분 좋게 노래를 부르면서 군아로 돌아
가자, 애타게 기다리고 있던 변부사는 사령 등의 상태를 보고 화를
내며,

사 "이 봐라, 이 봐라, 너희들은 춘향을 데리고 오지도 않고 술에
취하다니 어찌된 일이냐?"

"사실은 춘향이라는 자가 병이 들어서 아무래도 올 수 없다고 하
였습니다. 그러면서 저희들에게 술을 마시게 하고 돈을 3냥씩 주었
기에 아무래도 데리고 올 수가 없었습니다.

併し是非共御入用とあれば、どうです春香の代りに手前のお袋でも
連れて参りませうか。実は手前の母は春香よりもっと美人でございま
す。』

卞府使は美人と聞いて涎を流し、

『お前の母でも美しければいいが、年は一體いくつか？』

『ヘイ、年は確か今年で丁度八十五……』

『馬鹿ッ、気違ひめ、餘計なことを言はないでもう一度急いで春香の家へ往って、何ういふことがあっても必ず連れて来い。もし連れて来なければ貴様たち皆殺してしまふぞ。』

殺すと聴いて使令たちは縮み上り、再び急いで春香の家に往って事情を話すと、春香も今は詮方なく、化粧もせず着物も着かへず、そのまま郡衙に出かけて行った。

하지만 꼭 필요하시다면 어떻습니까? 춘향을 대신해서 저의 어머니라도 데리고 올까요? 실은 저의 어머니는 춘향이보다 더욱 미인입니다.”

변부사는 미인이라고 듣고는 군침을 흘리며,

“너의 어머니라도 미인이라면 좋다만, 나이는 도대체 몇 살이냐?”

“에, 나이는 아마도 올해 딱 85[38]……”

“[이런]바보, 미치광이, 쓸데없는 것은 말하지 말고 다시 한 번 서둘러서 춘향의 집으로 가서, 무슨 말을 하든지 반드시 데리고 오너라. 혹 데리고 오지 못하면 너희들은 모두 죽여 버릴 것이다.”

죽인다는 말을 듣고 사령들은 움츠러들어서, 다시 서둘러 춘향의 집으로 가 사정을 이야기하니, 춘향도 이제는 어찌할 도리 없어, 화장도 하지 않고 옷도 갈아입지 않고 그대로 군아로 나아갔다.

---

38 85 : 원문에는 아흔 아홉으로 되어 있다.

府使はつくづく見て大に喜び、

府『成程お前は別嬪だな、お前の美くしいことは京城でも聞いてゐた
ので他郡の府使よりどうかして是非南原郡の府使になりないと禱って
ゐた。お蔭で今度南原郡に来ることになって、お前の顔を見ることが
出来て、俺はこれに越した愉快はない。ただ惜しいことには少し時期
が遅れて、李夢竜の奴に先んぜられたが、今ではもう別れてしまった
ことだしそれに夢竜は年が若いからもう今頃は気が變って居るだら
う。そんな奴の事はさっぱりと思ひ切ってしまって、今晩から俺の妾
になれ。いいか。』

春『私は妓生の腹には生れましたけれど、元々妓生でもなければ妓生
の名簿に名を載せたこともございません。圖らぬ縁で李夢竜と契りを
結び、間もなく別れることにはなりましたが、女の本分として二人の
夫に見えることはできません。私は何時までででも李夢竜と添ふ日を
待って居るつもりです。たとひまた夢竜が薄情な男であって、私を此
のまま振りすててしまひませうとも、私は班婕好の心を学んで、決し
て貞操を破らないつもりでございます。折角のお言葉ではあります
が、絶對に御免を蒙ります。』

府『お前が何うあっても俺の言ふことを肯かないとあればひどい目に
あはせるから覚悟しろ。』

부사는 자세히 보고는 크게 기뻐하며,

부 "참으로 너는 미인[39]이구나. 너의 아름다움은 경성에서도 들

---

[39] 미인: 일본어 원문은 '別嬪'이다. 미인, 미녀의 뜻으로, 젊은 부인의 아름다움을
칭할 때 사용한다(金沢庄三郎編, 『辞林』, 三省堂, 1907).

어보았기에, 다른 군의 부사보다는 어떻게든 해서 꼭 남원군의 부사가 되고 싶다고 기도하였느니라. 덕분에 이번에 남원군에 오게 되고, 너의 얼굴을 볼 수 있게 되어 내게는 이보다 더한 기쁜 일이 없구나. 다만 아쉬운 점은 조금 시기가 늦어져서 이몽룡이라는 자에게 선수를 빼앗기긴 하였지만 지금은 이미 헤어졌다고 하고, 게다가 몽룡은 나이가 어린지라 벌써 지금쯤은 마음이 변해 있을 것이다. 그런 자의 일일랑은 완전히 잊어버리고, 오늘 밤부터 나의 첩이 되거라. 알겠느냐?"

춘 "저는 기생의 배에서 태어나기는 하였지만, 원래 기생이 아닐 뿐더러 기생의 명부에 이름을 올린 적도 없습니다. 뜻밖의 인연으로 이몽룡과 인연을 맺고 얼마 되지 않아 헤어지기는 하였습니다만, 여자의 본분으로 두 사람의 남편을 보는 것은 할 수 없습니다. 저는 언제까지라도, 언제까지라도 이몽룡과 부부가 되는 날을 기다릴 작정입니다. 가령 다시 몽룡이 박정(薄情)한 남자로 저를 이대로 버린다고 하더라도, 저는 반첩여(班婕妤)의 마음을 배워서 결코 정절을 깨뜨리지 않을 작정입니다. 어찌하였든 답을 드리자면 절대로 거절하겠습니다."

부 "네가 뭐라고 하더라도 내가 말한 것을 듣지 않는다고 한다면, 곤란한 지경에 빠지게 될 것이니 각오하여라."

春香は心にきっと決心する所あるものの如く、

春『あなたも兩班であって見れば、禮儀といふものは御存じでせう。その上民を治むる父母の地位に在りながら、婦人の操を汚さうとは何といふ事です。』

之を聞いた卞府使は赫と憤り、直ぐ使令を呼んで、

府『此奴を笞打⁴⁰て。』

と命じた。

　　春향은 마음에 꼭 결심한 것이 있는 것처럼,

　　춘"그대도 양반일지 언데 예의라는 것은 알 것입니다. 더구나 백성을 다스리는 어버이의 지위에 있으면서, 부인의 정조를 더럽히려고 하는 것은 어찌된 일이십니까?"

　　이를 듣고 있던 변부사는 얼굴을 붉히며 화를 내고 바로 사령을 불러서,

　　부"이 자를 매우 치거라."

　　고 명하였다.

使令は春香を刑台を坐らせ、刑具を備へた。卞府使は春香に向ひ、

府『お前は元来賤しい身分をもちながら、官長の命に從はず、自ら貞節などと稱する、その罪正に死に當るから直に打ち殺す。』

と言って、之を紙に書いて春香に見せ、その餘白に署名することを命じた。春香悪びれたるさまもなく、平然としてそれに自分の名を署し、甘じて刑を待った。

　　사령은 춘향을 형틀에 앉히고 형벌을 가할 도구를 준비하였다. 변

---

40 태타(笞打): 원문에서는 '태타'로 표기 되어 있다. '태타'는 일본 에도시대의 고문의 한 형태로 피의자의 상반신을 벗기고 양 손목을 등 뒤로 해서 묶은 뒤에 채찍으로 어깨 부위를 세게 때리는 채찍질 고문이었다.

587

부사는 춘향을 향하여,

부 "너는 원래 미천한 신분이면서, 관장의 명을 따르지 않고 스스로 정절 등이라고 칭하는 그 죄 참으로 죽어 마땅하기에 바로 때려죽이겠노라."

고 말하고, 이를 종이에 적어서 춘향에게 보이고는 그 여백에 서명할 것을 명하였다. 춘향은 주눅 드는 기색 없이, 태연하게 거기에다 자신의 이름을 적고 벌을 달게 받기를 기다렸다.

使令は棍杖をもってウンと一つ毆った。すると棍杖は二つに折れて、一つは空に刎ね上って落ちた。春香少しも恐れない。また一杖を加へた。尚ほも神色自若として居る。三杖、四杖、五杖、六杖、此の間春香は一回毎に自分の思ふ所を直言して憚らない。

府『お前は大典通編を知らないのだらう。』

春『知りません。』

府使は大典通編を取り出して、

府『聴け春香、大典通編には官長に逆ったものの罪は嚴治の上定配すべしとある。お前は死んでも悔むまいぞ。』

春『それでは大典通編には、夫ある人の妻を辱かしめんとする罪は何とありますか。』

사령은 곤장으로 힘껏 때렸다. 그러자 곤장이 두 개로 갈라져서, 하나는 하늘로 날아가다가 떨어졌다. 춘향은 조금도 두려워하지 않았다. 다시 한대를 더하였다. 더욱더 신색자약(神色自若)하고 있었다. 3대, 4대, 5대, 6대 그 사이 춘향은 한 번 때릴 때마다 자신이 생각하는 바를 직언하는 것을 꺼려하지 않았다.

부 "너는 『대전통편(大典通編)』을 모르는 것이냐?"

춘 "모릅니다."

부사는 대전통편을 꺼내어,

부 "듣거라, 춘향아. 『대전통편』에는 관장을 거스르는 자의 죄는 엄히 다스린 후에 마땅히 정배(定配)하게 되어 있다. 너는 죽어도 억울해 해서는 안 된다."

춘 "그렇다면 『대전통편』에는 남편 있는 남의 부인을 욕보이고자 하는 죄는 뭐라고 적혀 있습니까?"

此の一語に府使は更に憤りを増し、続いて烈しく毆らせた。棍杖の数も三十に至っては、流石に雪を欺く玉の肌も肉はただれ、血は流れて、ただ骨のみ砕けて残るかと思ふばかり。府使もその様子を見て、

府『さても頑固な女だな』

と呆れ返り、やがて命じて獄に下した。

이 한 마디에 부사는 더욱 화가 나, 계속해서 몹시 치게 하였다. 곤장의 수도 30에 이르러서는, 과연 눈을 무색하게 하던 옥과 같은 피부도 살이 짓물러지고 피가 흐르며 오직 부서진 뼈만이 남아있는 것처럼 생각되었다. 부사도 그 모습을 보고,

부 "참으로 완고한 여자로구나"

라고 어이없어 하면서 곧 명하여 옥에 가두었다.

使令が命を受けて、春香を邢臺から引き下ろした時は、春香の息は

あるか無きかの有様であった。流石に人々は春香を哀れと思はぬはな
く、府使の非道を責めぬはなかったが、さて如何とも救ふ術なく、
やっと獄に入れようとして郡衙の正門を出た時に、春香の母月梅が出
て来て、ひしと春香に取り縋り、

　月『ああ府使様は何故私の娘を殺しました。娘の貞節を褒めることを
しないで、何故辱かしめようとはしました。』

　と泣き叫びながら、清心丹を取って春香に飲ませた。春香漸く気が
付いて微に眼を見開き母に向ひ、

　春『お母さん、どうぞ悲しまないで下さい。からだを大事にして下さ
い。罪のない春香がむざむざ死ぬる筈はありません。』

　と言って、今度は傍らの香丹に向ひ、

　春『私の事は心配しなくともいいから、お母さんを連れて帰って私の
代りに能くお世話して上げてお呉れ。もしお母さんが病気にかかられ
たら、私の部屋に人蔘があるから、あれを出して飲まして上げてお呉
れ。』

　と母を気遣ひ気遣ひつつ、寂しく冷たい獄へと下った。

　　사령이 명을 받고 춘향을 형틀에서 꺼냈을 때는, 춘향의 숨은 있
　는 듯 없는 듯한 상태였다. 과연 사람들은 춘향이 불쌍하다고 생각
　하지 않은 자가 없었고, 부사의 그릇됨을 꾸짖지 않은 자가 없었다.
　하지만, 아무리 해도 구제할 방도가 없어 겨우 옥에 넣으려고 관아
　의 정문을 나서려고 할 때, 춘향의 어머니 월매가 나와 춘향에게 꼭
　매달리고는,

　　월 "아아, 부사 어르신은 왜 내 딸을 죽이셨습니까? 딸의 정절을

칭찬하지는 않고 왜 욕보이고자 하셨습니까?"

라고 울부짖으면서, 청심단(淸心丹)을 꺼내어 춘향에게 먹였다[41].

춘향은 잠시 동안 정신이 들어서 어렴풋이 눈을 뜨고는 어머니를 향하여,

춘 "어머니, 아무쪼록 슬퍼하지 마십시오. 건강을 조심하십시오. 죄 없는 춘향이 쉽사리 죽을 리가 없습니다."

라고 말하고, 이번에는 옆에 있는 향단을 불러,

춘 "나의 일은 걱정하지 않아도 좋으니, 어머니를 모시고 돌아가서 나 대신에 잘 보살펴 드려라. 혹 어머니가 병에 걸리시면 내 방에 인삼이 있으니 그것을 꺼내어 드시게 하여라."

고 어머니를 걱정하고 또 걱정하며, 쓸쓸히 차가운 옥으로 내려갔다.

人々は此の憐れな様を見て一層春香を気の毒がり、何とかして一日も早く救うてやりたいものといろいろ相談した結果、京城の李夢竜に此の事を知らせるのが一番よからうといふことになり、そっと春香に手紙を書かせて、以前李夢竜が使って居た房子に、それを京城まで待たせてやることにした。

사람들은 이 불쌍한 모습을 보고 한층 춘향을 딱히 여겨, 어떻게 해서든 하루라도 빨리 구해주고 싶다고 이리저리 상담한 결과, 경성에 있는 이몽룡에게 이 일을 알리는 것이 가장 좋다고 생각하여, 춘

---

41 원문에는 월매는 '동편(東便)'에 약을 타서 먹이는 것으로 되어 있다.("香壇아 官藥房 急히 가셔 淸心丸을 사오너라 童便을 밧아라 童便을 못밧으면 니가 누마 크다흔 함지롤 디고 와르르 오줌 누어 그 오줌에다 약을 긔여 春香 입에 드러부으니 春香이 暫時間에 씨여나는지라")

향에게 몰래 편지를 쓰게 하고 이전 이몽룡이 부렸던 방자에게 그것
을 경성까지 가져가게 하였다.

(五) 夢竜暗行御史となる
(5) 몽룡 암행어사가 되다

話変って李夢竜は、その後京城へ帰って一生懸命に勉強したお蔭
で、学問はいよいよ進み、その年の文科試験には抜群の成績で登弟
し、直に副修撰に任命された。

　　한편 이몽룡은 그 후 경성에 돌아가서 열심히 공부한 덕분에, 학
문은 더욱더 향상되어 그 해의 문과시험에서 발군의 성적으로 등제
하여 바로 부수찬(副修撰)에 임명되었다.

二三日すると夢竜は宮中から召された。早速参内すると、王様は夢
竜をお側近く召して、
『宮闕は雲深くして四海の事漠然たる憾みがある。此の際人民の疾苦
を一々洞察せしむる為め、各道へ暗行御史を遣はすことにしたが、汝
は最も適任と思ふにより、全羅道の暗行御史に任ずる。宜しく百姓を
慰撫し守令方伯の行政ぶりを視察し、孝子節婦を表彰せよ。』
との勅命である。そこで李夢竜は深く優旨を畏みて、名誉の馬牌を
持し、駅吏駅卒を大勢引き具して全羅道へ向った。

　　이삼일이 지나 몽룡은 궁중에 불려갔다. 곧바로 입궐하자 왕은 몽

룡을 가까이로 불러서는,

　"궁궐은 구름이 깊어서 서해의 일에 대해서는 막연한 애석함이 있다. 근래에 인민[42]의 질고(疾苦)를 일일이 통찰하기 위해 각 도에 암행어사를 보내기로 하였다만, 네가 가장 적임자라고 생각하여 전라도의 암행어사로 명하노라. 백성[43]을 잘 달래고 수령 방백의 행정 모습을 시찰하며, 효자와 절부(節婦)에게는 표창하거라."

　는 칙명을 내렸다. 이에 이몽룡은 깊은 감사의 말로 받들며, 명예로운 마패를 지니고 역리와 역졸을 대거 거느리고 전라도로 향하였다.

　かくて恩津郡に到った時、李御史は部下の駅吏駅卒に向ひ、

　夢『俺はここから全州、任實、淳昌、潭陽、雲峰等の名郡を廻って南原郡に行くつもりであるが、汝等は夫々定められた區城の各郡を廻って調査せよ。調査に関して心得べきことは、決して人の言葉のみによって事を斷ぜず、必ず實地に就いて真相を確めなければならぬ。また貧官虐民の如き不法の事、或は不忠不孝の者、人に中傷的行動を為す者、老人や尊長を凌辱する者、人を殺して之を祕す者、国穀を横領した者、人の妻を姦する者、人の墳墓を堀る者、其他一定の職業なき浮浪者等は、悉く之を調べて本月十五日正午までに廣寒樓へ集れ。』

　と云ひ付けて、自分は乞食姿に身を竄し、豫定の各郡を廻って調査に着手した。

---

42 인민: 사회를 조직하는 인류, 백성을 뜻한다(金沢庄三郎編, 『辞林』, 三省堂, 1907).

43 백성: 하늘 아래 일반 사람, 신하되는 사람을 뜻한다. 혹은 어리석은 백성을 일컬어 사용하기도 한다(金沢庄三郎編, 『辞林』, 三省堂, 1907).

　　이리하여 은진군(恩津郡)에 도달하였을 때, 이어사(李御史)는 부하
인 역리와 역졸을 향하여,

　　夢 "나는 여기서부터 전주, 임실, 순창, 담양, 운봉 등 각 군을 돌아
서 남원군으로 가려고 하니, 너희들은 각각 정해진 구역의 각 군을
돌아서 조사를 하여라. 조사에 관해서 명심해야 할 것은, 결코 남의
말만으로 사정을 판단하지 말 것이며, 반드시 현장에 가서 진상을
확인하지 않으면 안 된다. 또한 빈궁(貧窮) 학민(虐民)과 같은 불법 혹
은 불충불효를 범하는 자, 남을 중상 모략하는 행동을 저지르는 자,
노인과 손윗사람을 능욕하는 자, 사람을 죽이고 이를 숨기는 자, 나
라의 곡식을 횡령하는 자, 남의 부인을 겁탈하는 자, 남의 무덤을 도
굴하는 자, 그 밖의 일정한 직업이 없는 부랑자 등 모조리 이를 조사
하여 이번 달 15일 정오까지 광한루로 모이거라."

　　고 전하고, 자신은 거지차림으로 몸을 초라하게 변장하여 예정대
로 각 군을 돌면서 조사에 착수하였다.

　　此の時全羅道管內の各府使は、暗行御史の任命を聞いて、税米の收
納其他一般の公務に細心の注意を拂ひ、着々成績を擧げつつあった。
李御史は各郡を探査して、漸く南原郡の近くに着いた頃、一人の若者
が旅の姿で歌を歌ひながら坂を下りて来た。

　　『ああ、京城まではまだ千里もある。どうしたら早く着くことができ
るか知ら。それにしても不運なのは春香だ。酷い奴は新任府使だ。春
香の貞烈を褒めようとはしないで、却って暴威を振って自分の自由に
しようとして居る。新任府使は怪しからぬ奴だ。しかし松にも竹にも
比すべき春香の操はだれにも折らるる筈はない。』

独言して居るのを李御史は聴いて、驚いて、詳しい事情を聴かうも
のと、その若者を呼び止めた。

　이때 전라도 관내 각 부사는 암행어사의 임명에 관해 [소식을]듣
고, 세미(稅米) 수납과 그 밖의 일반 공무에 세심한 주의를 기울이며
착착 성적을 올리고 있었다. 이어사가 각 군을 심사하며 점차 남원
군 가까이에 도착할 무렵, 한 젊은 사람이 여행복 차림으로 노래를
부르면서 고개를 내려왔다.

　"아아, 경성까지는 아직 천리나 남았다. 어떻게 하면 일찍 도착할
수 있을지 모르겠다. 그건 그렇다 하더라도 불운한 것은 춘향이다.
가혹한 놈은 신임부사다. 춘향의 정조가 굳음[44]을 칭찬하려고 하지
않고, 오히려 폭위(暴威)를 떨치며 자기 마음대로 하고자 한다. 신임
부사는 괘씸한 놈이다. 그러나 소나무에도 대나무에도 비교할 수 있
는 춘향의 정조는 누구에게도 꺾일 리가 없다."

　혼잣말을 하고 있는 것을 이몽룡이 듣고, 놀라서, 자세한 사정을
물으려고 그 젊은이를 불러 세웠다.

此の若者こそは、春香の手紙を携へて京城の李夢竜へ使する南原郡
の房子であった。

夢『おい、一寸待って呉れ。』

男『何だと？見れば乞食の癖に、一寸待てとは何だ。』

夢『これは悪かった。君は一體何処の人です。』

---

44 정조가 굳음: 일본어 원문은 '貞烈'이다. 굳게 정조를 지키는 것을 뜻한다(松井
　簡治·上田万年編, 『大日本国語辞典』03, 金港堂書籍, 1917).

男『俺は俺の邸に住んでゐるのだ。』

夢『いやお願ひだから冗戲はよして、本當のことを言って下さい。』

男『ぢゃ本當のことを言はう。俺は南原郡のものだ。』

夢『そして何処へ行くのかね。』

男『少し急ぎの手紙をもって京城の李翰林様のお邸へ往くのだ。』

夢『では一寸その手紙を見せて呉れないか。』

男『飛んでもないことを言ふ人だ。他人の手紙を途中で見せて呉れとは。』

夢『いや、実はおれはその李翰林の親戚の者だ。全くの他人の手紙を見るといふ訳ぢゃない。』

　이 젊은이야말로 춘향의 손 편지를 지니고 경성에 있는 이몽룡에게 심부름 가는 남원군의 방자였다.

　몽 "이보게 잠깐 기다려 주게."

　남 "뭐라고? 보아하니 거지인 주제에 잠깐 기다리라니."

　몽 "이거 미안하구나. 너는 도대체 어디 사는 누구냐?"

　남 "나는 내 집에서 살고 있소."

　몽 "이거 참, 부탁이니까 농담은 그만하고, 진실을 이야기해 주게나."

　남 "그럼 진실을 말하리다. 나는 남원군에 사는 사람이오."

　몽 "그리고 어디로 가는지?"

　남 "조금 급한 편지를 가지고 경성의 이한림 씨 댁에 가는 길이오."

　몽 "그렇다면 잠깐 그 편지를 보여 주지 않겠는가?"

　남 "당치도 않는 말을 하는 자구나. 남의 편지를 도중에 보여 달라는 것은."

　몽 "이거 참, 실은 나는 그 이한림의 친척 되는 자요. 전혀 다른 남
의 편지를 보고자 함이 아니요."

　若者は李翰林の親戚の者と聞いて、つらつら李御史の顔を見入って
ゐたが、忽ち気付いて大に喜び、今までの無禮を謝すると同時に一伍
一什の話をして春香の手紙を渡した。李夢竜早速封おし切って読み下
すと、まがふ方なき春香の血書で、それには綿々の情緒と共に新任府
使の罪狀が書かれてあった。一言一句血と淚との文字であるから李夢
龍はしばし言葉も出でず、漸く我れに返って更に詳しき事情を房子の
口から聽くに及び、憤りと悲みとに前後を忘れて、
　夢『おのれ卞府使、怪しからん奴だ。よし此奴を真先に取っちめて出
道しよう。』
　と独り語した。

　젊은이는 이한림의 친척이라는 것을 듣고 곰곰이 이어사의 얼굴
을 주시하였는데, 금방 알아차리고 크게 기뻐하며 지금까지의 무례
함을 사과함과 동시에 자초지종을 이야기하고 춘향의 편지를 전하
였다. 이몽룡은 서둘러 봉투를 뜯고 읽어 내려가니, 틀림없는 춘향
의 혈서로 거기에는 면면한 정서와 함께 신임부사의 죄상이 적혀 있
었다. 일언일구가 피와 눈물로 쓰인 글이기에 이몽룡은 한동안 말도
하지 못하다가, 차츰 정신을 차리고 또한 상세한 사정을 방자의 입
으로부터 [전해]듣고는 분노와 슬픔으로 전후 사정을 잊고,

　몽 "네 이놈, 변부사. 괘씸한 놈이구나. 이놈을 가장 먼저 잡으러
출도(出道)해야겠구나."

라고 혼잣말을 하였다.

房子は李夢龍の見すぼらしい姿を、初めは訝かしく思ってゐたが、今の独語を聴くに及んで、兼ねて全羅道管内に暗行御史の来ることを聞いて居たが、さては李夢龍が暗行御史に違ひないと、心の中に喜びながら、

房『手前があなたの驛卒であったら、あなたが南原郡へ御出道の折、手前は真先に卞府使の頭を打ち毀してやりませうに。』

と腕をまくって猛り立った。

방자는 이몽룡의 초라한 모습을 처음은 수상하게 여겼지만, 지금의 혼잣말을 듣고는 이전부터 전라도 관내에 암행어사가 온다는 것을 듣고는 있었는데, 그렇다면 이몽룡이 암행어사임에 틀림없다고 마음속으로 기뻐하면서,

방 "제[45]가 그대의 역졸이라면 그대가 남원군에 출도하였을 때, 저는 가장 먼저 변부사의 머리를 때려 부술 것입니다."

라고 말하며 팔을 걷어붙이고 홀로 서있었다.

李夢龍はウッカリした独語から自分が暗行御史であることを覚られ、これは失策つたと思ったので、飽くまで之をかくさうと、

夢『コレコレ、お前は何を勘違ひしてゐるのだ。俺が御史なら何もこ

---

45 제: 일본어 원문은 '手前'이다. 호칭으로 겸손하게 자신을 스스로 칭할 때 사용하는 대명사, 혹은 아랫사람에게 사용하는 대칭 대명사이다(金沢庄三郎編, 『辞林』, 三省堂, 1907).

んなに心配することはないのだがー』

　と言ふと、房子は笑って、

　房『若旦那、おかくしなすっても駄目ですよ。餘人なら兎も角、手前は十年近く郡衙に勤めてゐますから、それ位のことに目先のきかないッてことはありません。』

　　　이몽룡은 무심코 한 혼잣말로 자신이 암행어사였다는 것이 알려졌기에, 이것은 실책이었다고 생각하고 어디까지나 이것을 감추고자,
　　　몽 "이거, 이거, 너는 무엇을 착각하는 것이냐? 내가 어사라면 이렇게 아무런 걱정이 없겠다만…"
　　　라고 말하자, 방자는 웃으며,
　　　방 "도련님, 감추시려고 해도 소용없습니다. 다른 사람[46]이라면 몰라도 저는 10년 가까이 군위(郡衛)에서 근무하고 있었으니, 그 정도의 일로 앞을 보지 못하지는 않습니다."

　李御史は祕密の洩れたことを後悔し、心に一策を案じて一書を認め、房子に渡しながら

　夢『では此の手紙を雲峰郡の府使の邸へ屆けて呉れ。何とも言はずに渡して返事を貰って來ればよい。』

　房子は、春香を援け出す爲の手紙に違ひないと思って、急いで雲峰郡へ往って府使に渡すと、府使は手紙を讀み終わって使令を呼び、

　『此奴を早速獄へ入れて遁がさないやうにしろ。しかし大した罪はな

---

46 다른 사람: 일본어 원문은 '餘人'이다. 타인 혹은 다른 곳에 있는 사람의 뜻으로 사용된다(金沢庄三郞編, 『辞林』, 三省堂, 1907).

いから待遇だけは好くしてやれ』

と言ひ付けた。房子はオヤオヤとばかり驚いたが、仕方なしに獄へ入った。

李御史は房子を雲峰郡に送っておいてから、やっと安堵して南原郡に向った。

　　이어사는 비밀이 누설된 것을 후회하고 마음에 한 가지 방책을 생각해 내고 글을 적어서, 방자에게 전하며,

　　몽"그렇다면 이 편지를 운봉군 부사 댁에 전해 주거라. 아무 말도 하지 말고 전하여 답장을 받아 오면 된다."

　　방자는 춘향을 구하기 위한 편지임에 틀림없다고 생각하며, 서둘러 운봉군으로 가서 부사에게 전하자, 부사는 편지를 다 읽고 사령을 불러서,

　　"이놈을 어서 옥에 넣어 도망치지 못하도록 하여라. 그러나 큰 죄는 아니니 대우는 잘 해 주어라."

　　고 말하였다. 방자는 어, 어라고 하면서 놀랐지만, 어쩔 수 없이 옥에 들어갔다.

　　이어사는 방자를 운봉군에 보내고 나서, 겨우 안도하여 남원군으로 향하였다.

　一方獄裡に呻吟してゐる春香は、夢に桃の花が落ちて鏡が毀れたり、長い雨の後の日が出たりする光景を見たが、目が覚めてから頻りに夢判断に迷うた。丁度その時一人の易者が獄の外を通ったのを幸に、呼び止めて判断を頼むと、易者は暫く占うてから、

易『それはまことに吉い夢で、両三日中にあなたはきっと放免されます。それから京城の李夢竜といふ方ですが、その方は何でも非常に権威の高い官に就かれたらしい。尙ほ明日の晚五更には必ずその李夢竜に逢ふことが出来ます。』

と言ふ。春香はそれを聞いて大に喜び、その翌晚の来るのを待った。

한편 옥중에서 신음하고 있던 춘향은 꿈에 복숭아꽃이 떨어져 거울이 깨지고, 기나긴 비가 내린 이후에 해가 뜨는 광경을 보았는데, 눈을 뜨고 나서 계속 꿈의 판단이 망설여졌다. 때마침 그 때 다행히 점쟁이 한 사람이 옥 밖을 지나기에 불러 세워서 판단을 부탁하니, 점쟁이[47]는 한동안 점을 보고 나서,

역 "그것은 참으로 길한 꿈으로, 이삼일 내로 그대는 분명히 방면될 것입니다. 그리고 경성의 이몽룡이라고 하는 분입니다만, 그 분은 어떻든 상당히 권위 높은 관직에 오른 것 같습니다. 또한 내일 밤 오경에는 반드시 그 이몽룡을 만날 수 있습니다."

라고 말하였다. 춘향은 그것을 듣고 크게 기뻐하며, 그 다음날 밤이 오기를 기다렸다.

李夢竜は頻りに行程を急いだが、連日の旅の疲れを休めようと、或日岩の上に憩ふと知らず知らず眠ってしまった。すると一人の美人が火の中へ入って、全身猛火につつまれながら、

---

47 점쟁이: 일본어 원문은 '易者'다. 점치는 사람을 뜻한다(金沢庄三郎編, 『辞林』, 三省堂, 1907).

『李公よ、どうか早く私を助けて下さい。』

と叫ぶ。その声に驚いて眼をさませば、あたりにはそれらしいもの
もなくて、ただ岩上に横はった自分を見出すのみである。で、窃に心
を痛めながらいよいよ南原郡の管内に着いた。

『獄舍に入れられた春香は果してまだ存命であらうか。或は今見た夢
のやうに、最早死んだのではなからうか。』

ひとりごちながら涙を拭うて、遠近の景色を眺めると、恰も三年前
自分が居った頃と少しも變りがない。殊に遙かの彼方には、廣寒樓が
依然として聳へて居る。曾て春香を初めて見た思出多き処とて、李夢
竜はしばし低徊去るに忍びざる能であったが、やがてその日も暮れ方
には、春香の家に辿り着いた。

이몽룡은 계속 여정을 서둘렀지만 연이은 여행의 피곤함을 쉬고
자, 어느 날 바위 위에서 쉬고 있었는데 부지중에 잠을 자 버렸다. 그
러자 미인 한 사람이 불 속에 들어가서 거센 불길에 전신이 휘감겨
싸이면서,

"이공이여, 아무쪼록 빨리 나를 구해 주세요."

라고 외쳤다. 그 소리에 놀라서 눈을 뜨니, 주변에는 그럴 만한 것
도 없고, 단지 바위 위에 누워 있는 자신만이 있을 뿐이었다. 그래서
몰래 마음을 아파하면서, 이윽고 남원군의 관내에 도착하였다.

"옥사에 갇힌 춘향은 과연 아직 살아있을까? 혹은 지금 본 꿈과
같이 이미 죽은 것은 아닐까?"

혼잣말을 하면서 눈물을 닦으며 멀리 있는 경치를 바라보니, 마치
3년 전 자신이 있을 때와 조금도 다르지 않았다. 특히 아득히 저 멀리

에는, 광한루가 여전히 우뚝 솟아 있었다. 일찍이 춘향을 처음 본 추억 많은 곳으로 이몽룡은 한동안 배회하면서 차마 떠나지 못하였는데, 이럭저럭 그날도 해질녘 춘향의 집에 당도하였다.

そっと内の様子をうかがふと、此の時春香の母月梅は、後園に七星壇を設けて焼香をしてゐた。

月『天地の神々、日月星晨、観音諸佛、五百羅漢、四海竜王に禱りをさざげます。京城に居ります李夢竜が、一日も早く全羅監司又は暗行御史となって、獄中で死に瀕して居ります娘春香の命を助けて呉れますやうにどうぞ天地の神々、此の真情を汲んで私の願ひを叶へて下さいますやうに……』

と熱心に祈願を籠めては、壇の前に打ち倒れて咽び泣いて居る。

조용히 안의 모습을 엿보니, 이때 춘향 모 월매는 뒤뜰에 칠성단(七星壇)을 만들어 향을 피우고 있었다.

월 "천지신명이시여, 일월성신, 관음보살, 오백나한, 서해용왕에게 비나옵니다. 경성에 있는 이몽룡이 하루라도 빨리 전라감사 혹은 암행어사가 되어 옥중에서 죽어가고 있는 딸 춘향의 목숨을 살려 줄 수 있도록 아무쪼록 천지신명이시여, 이 진심을 참작하시어 저의 기도를 들어주시도록……"

라고 열심히 기원을 담아서는 단 앞에 엎드려서 울고 있었다.

この様子を見た夢竜は、餘りの気の毒さに我を忘れて飛び込まうとしたが、やっと涙を拭きをさめて正門の方へ廻はり、

『御免下さい。』

と二三度つづけて呼んだ。声聴きつけた月梅は、自ら玄関に出る元気もなかったので、女中の香丹に云ひつけて取次をさせた。香丹も涙を拭きながら、

丹『どなたです。』

と言ふ。その顔を見て李夢竜は、

夢『私だよ。』

　　이 모습을 본 몽룡은 너무나도 애처로워 자신을 잊고 뛰어 들어가려고 하였는데, 겨우 눈물을 닦아내고 정문으로 돌아가서[48],

　　"실례합니다."

　　라고 두세 번 계속해서 불렀다. 소리를 들은 월매는 스스로 현관에 나갈 힘도 없었기에, 하녀 향단에게 말하여 전하게 하였다. 향단도 눈물을 닦으면서,

　　단 "누구십니까?"

　　라고 말하였다. 그 얼굴을 보고 이몽룡은,

　　몽 "나다."

　　香丹はその顔をつくづくと眺めて、やっと李夢竜であることを知った。と、忽ちわっと声を上げて泣きながら春香のことを話し懸ける。月梅は、香丹の泣声に怪しみながらそっと玄関をのぞいて見ると、そ

---

48 너무나도 애처로워~정문으로 돌아가서 : 원문에서 월매의 모습을 본 이몽룡의 행동은 "氣가 막혀 恨숨 쉬고 이러셔서 자최엽시 감안 감안 門前에 이르러서 기침을 크게 ᄒ고"로 서술된다. 월매가 애처로워 뛰어들고 눈물을 흘리는 묘사는 없다.

こに李夢竜が立って居たので、餘りの思ひがけなさと、嬉しさ悲しさ
とで頓に言葉も出なかったが、やがて李夢竜の手をとって

月『ああ、まさかにこれは夢ぢゃあるまい。私の祈禱を神様がお取り
上げ下さったのか。それとも天から降ったのか、地から湧いたのか、
ああ嬉しい。そこではお姿もよく見られませんから、さア早く此方へ
お出で下さい。そして三年前のお顔を今一度ようよう見せて下さい。』
と言って春香の室に案内した。

향단은 그 얼굴을 자세히 보고, 겨우 이몽룡인 것을 알았다. 그러
자 갑자기 엉하고 울면서 춘향의 일을 말하였다. 월매는 향단이 우
는 소리를 수상히 여기면서 조용히 현관을 엿보았는데, 거기에는 이
몽룡이 서 있었다. 너무나도 뜻밖의 일로 기쁨과 슬픔으로 갑자기
말도 나오지 않는데, 곧 이몽룡의 손을 잡고,

월 "아아, 설마 이는 꿈이 아니겠지요. 나의 기도를 신이 들어주신
것인가? 아니면 하늘에서 내려온 것인가? 땅에서 솟아난 것인가?
아아, 기쁩니다. 거기에서는 모습이 잘 보이지 않으니, 자 어서 이쪽
으로 오십시오. 그리고 3년 전의 얼굴을 지금 다시 자랑스럽게 보여
주십시오."

라고 말하고 춘향의 방으로 안내하였다.

で、燈をつけてよく見ると、顔は三年前と少しも變らぬ美くしさで
あるが、風體は似ても似つかぬ乞食姿であるから

月梅は呆れて、

『まアあなたは、何うしたといふのです。』

と言ふ。夢竜はここでも、自分の暗行御史たることを告げる譯には
ゆかないので、態と恥かしさうに、

夢『お丈母さん、大抵は此の風體でお察しがつきませうが、私は京城
へ帰ってから何一つ思ふやうにならず、今は糊口にも困って仕方なし
に乞食をして居ります。けれど一目春香に逢ひたくてたまらず、恥か
しさを忍んで此の姿でやって来ました。聞けば春香は獄に入れられて
死にかかってゐるとのこと、私はもう何とも言ふことが出来ません。』

　　그리고 등을 켜고 자세히 보니, 얼굴은 3년 전과 조금도 변함없이
아름답지만, 풍채는 전혀 딴판인 거지이기에 월매는 기가 막혀서,
　　"아니 그대는 어찌된 일이십니까?"
　　라고 말하였다. 몽룡은 여기서도 자신이 암행어사인 것을 말할 수
가 없기에, 일부러 부끄러운 듯,
　　몽 "장모, 대체로 이 풍채로 아시겠지만, 저는 경성에 돌아가서 어
느 것 하나 생각대로 되지 않고, 지금은 입에 풀칠하기[49]도 힘들어
어쩔 수 없이 거지가 되어 생활하고 있습니다. 하지만 춘향을 한번
보고 싶어서 창피함을 무릅쓰고 이 모습으로 왔습니다. 듣자하니 춘
향은 옥에 갇혀서 죽어가고 있다고요? 저는 이제 아무 말도 할 수가
없습니다."

月梅は此の言葉を聞いて、夢竜の意気地なしに呆れ果て、プリプリ

---

49 입에 풀칠하기: 일본어 원문은 '糊口'다. 죽을 먹는다는 뜻으로, 가까스로 생을
　보내다 혹은 생계, 생활의 의미로 사용한다(金沢庄三郎編, 『辞林』, 三省堂,
　1907).

怒り出した。

月『ああ私の可愛い娘は、とうとう此の乞食のために獄中で死ぬの
だ。ああ可哀相な娘だ。毎晩々々祈禱をしたのが、何の利益もなかっ
たか。ああ口惜しい。』

と言って泣く。李夢竜は慰めて、

夢『お丈母さん、私は乞食こそして居れ苟も男一匹です。決して春香
をむざむざ獄中で死なせるやうなことはしません。兎も角一度春香に
会はせて下さい。』

と言ふ。やがて月梅と香丹とが案内して、春香が入れられてゐる獄
舍の方へと、李夢竜を導いた。

　　월매는 이 말을 듣고 몽룡의 무기력함에 기가 막혀서, 몹시 화를
　　내었다.

　　월 "아아, 나의 사랑스러운 딸은 드디어 이 거지 때문에 옥중에서
　　죽는구나. 아아, 불쌍한 딸이로다. 매일 밤 매일 밤 기도를 올렸건만
　　아무런 소득도 없구나. 아, 분하다."

　　라고 말하고 울었다. 이몽룡은 위로하며,

　　몽 "장모, 저는 거지이기는 하지만 적어도 사내대장부입니다. 결
　　코 춘향을 쉽사리 옥중에서 죽게 하지는 않을 것입니다. 어쨌든 춘
　　향을 한번 만나게 해 주십시오."[50]

---

50 장모~만나게 해 주십시오 : 몽룡이 장모를 위로하는 해당 원문의 표현은 "여보
丈母 그 말 말소 行色이 草草ㅎ야 녯 風采 업슬망뎡 엇지 될 줄 丈母 아나 하늘이
문어져도 소사날 궁기 잇고 桑田이 碧海 되여도 빗겨 설 길 잇느니 울지 말고 眞
定ㅎ소"이다. 번역본에서처럼 몽룡 자신이 춘향을 죽게 내버려 두지 않을 것이
라는 직접적으로 말하는 부분은 없다. 어떻게 되든지 방법은 나온다는 식의 위

라고 말하였다. 곧 월매와 향단은 안내하여, 춘향이 갇혀 있는 옥
사로 이몽룡을 이끌었다.

春香は暗い寂しい獄舎の中で、ひとり打伏して只管夢竜のことを思
ひつづけてゐた。

春『ああ夢竜さんは何といふ薄情な人だらう。もう私のことは忘れて
しまったのか知ら、夢にも見えて呉れない。もし生きて再び逢へない
のならせめては夢にでも逢はせて呉れればよからうものを。若い身空
で罪もなく獄舎で死ぬるとは何の因果か。死ぬる私は構はぬとして
も、後にのこった白髪の母を誰が養うて呉れるのか。』

と歎いては伏し、歎いては臥した。

춘향은 어둡고 쓸쓸한 옥사 안에서, 홀로 엎드려서 오로지 몽룡을
생각하였다.

춘 "아아, 몽룡씨는 얼마나 박정한 사람[51]인가. 벌써 나를 잊어버
린 것이란 말이냐? 꿈에도 나타나지 않는구나. 혹 살아서 다시 만날
수 없다면 적어도 꿈에서라도 만나게 해 준다면 좋을 것을. 젊은 몸
으로 죄도 없이 옥사에서 죽는 것은 무슨 업보란 말이냐? 죽는 나는
상관없다만, 나중에 남은 백발의 어머니를 누가 보살펴 줄 것이란
말인가?"

라고 탄식하며 엎드리고, 탄식하고 드러누웠다.

로이다. 또한 춘향을 직접 만나겠다란 몽룡의 언급 또한 원문에는 없다.
51 몽룡씨는 얼마나 박정한 사람 : 원문에는 춘향이 이몽룡의 이름을 직접 부르는
대목이 없으며, "野俗흔 우리 任"이라고 표현된다.

暫くすると夢のうちに、李夢竜が頭に金の冠を載き、腰に□□を捲いて春香の傍に現はれた。春香は嬉しさのあまり、矢庭に手をとって話をしようとすると、夢は覚めてその人の姿はない。春香は、さては夢であったかと、再び歎きに沈む折から、室の外で

『春香や、春香や』

と呼ぶ母の声が聞える。春香はびくりして、

『どなたです、』

と言ふ。

月『私だよ。お母さんだよ。』

と言ふのは確かに母の声。

春 『ああお母さんですか。どうして夜中に此処へは来て呉れましたか。』

母『来たンだよ。』

春『何が来たのですか。京城から返事でも来たのですか。』

母『手紙ぢゃない。お前が死ぬほど待ち焦れてゐた李夢竜が、乞食になって来たンだよ、』

春香は、夢にのみ見た李夢竜が、夢でなく本當に来て呉れたのだと思ふと、嬉しくてたまらず、痛い足を引きずるやうにして窓近く身體を寄せ、

春『ほんとうに李夢竜さんが来て呉れたのですか。ほんとうにさうならば声だけでも聴かして下さい。』

잠시 후 꿈에서 이몽룡이 머리에 금관을 쓰고, 허리에 풍위를 두르고 춘향의 곁에 나타났다. 춘향은 기쁜 나머지 그 자리에서 손을

잡고 이야기하려고 하니, 꿈이 깨고 그 사람의 모습은 없었다. 춘향
은 꿈이었구나 하며 다시 슬픔에 젖어 있는데, 밖에서

"춘향아, 춘향아."

하고 부르는 어머니의 목소리가 들렸다. 춘향은 놀라서,

"누구십니까?"

라고 말하였다.

월 "나다, 어미다."

라고 말하는 것은 틀림없는 어머니의 목소리

춘 "아아, 어머니십니까? 어찌하여[이렇게] 밤중에 이곳에 와 주
셨습니까?"

모 "왔다."

춘 "무엇이 왔습니까? 경성에서 답장이라도 왔습니까?"

모 "편지가 아니다. 네가 죽도록 기다리던 이몽룡이 거지가 되어
서 왔다."

춘향은 꿈에서만 보던 이몽룡이 꿈이 아니라 정말로 와 주었다고
생각하니, 기뻐서 어쩔 줄 모르고 아픈 다리를 끌면서 창 가까이 몸
을 기대어,

춘 "정말 이몽룡이 와 주셨습니까? 정말 그렇다면 목소리만이라
도 들려주십시오."

李夢竜は手を差し延べて春香の手を握りながら、

夢『春香や、永い間唯だ苦しんだことであらう。お前がこんなになっ
たのは、皆此の俺の所為だ。堪忍して呉れ。』

春『神様のお蔭で死ぬ前にあなたに逢ふことが出来て、私はこんな嬉

しいことはありません。あれからあなたは何うなさったのです。』

夢『俺は京城へ帰ったが、それ以来運が悪くて役人にもなれず、食ふ
に困って乞食をして処々方々を廻って居る。一目お前に会ひたくて
遙々尋ねて来たのだったが、お前はこんなことになってゐて、しみし
み逢ふことも出来ないのは悲しい。』

이몽룡은 손을 뻗어서 춘향의 손을 잡으며,

몽 "춘향아, 오랫동안 오로지 고생만 했겠구나. 네가 이렇게 된 것
은 모두 나 때문이다. 참고 견뎌다오."

춘 "신(神) 덕분에[52] 죽기 전에 그대를 만날 수 있어서, 저는 이보
다 기쁜 일은 없습니다. 그 후 그대는 무엇을 하셨습니까?[53]"

몽 "나는 경성에 돌아갔지만, 그 이후 운이 나빠서 관직에도 나가
지 못하고 먹는 것도 곤란한 거지가 되어 이곳저곳을 돌아다니고 있
다. 너를 한 번이라도 만나고 싶어서 찾아 왔다만, 네가 이렇게 되어
서 만날 수 없는 것이 절실하게 슬프구나."

春香は、乞食と聞いても別段心にとめる様子もなく、母に向ひ、

春『お母さん、李夢竜さんはたとひ乞食になっても私の夫にちがひな
いのですから、どうぞ以前同様に大事にしてあげて下さい。着物を
作って着換へさしてあげて下さい。お金がなければ私の道具でも何で

---

52 신 덕분에 : 원문은 "하느님이 感動해서"로 되어 있는 데 반에, 하느님의 음덕 때
문인 것으로 번역되어 있다.

53 원문에서 춘향이 이몽룡에게 묻는 말은 "장가 드럿소"이다. 대화 속 세밀한 부
분이 아니라, 이후 이몽룡의 답변이 춘향과 이별한 후 자신의 근황을 말하는 전
체부분에 초점을 맞춰 번역을 했기에, 질문이 달라졌다.

も売り拂って、上げて下さい。』

　更に李夢竜に向ひ、

　春『聞けば明日は新任府使様の誕生日とかで、盛んな宴会が催うされますさうです。そして宴会が済んでから私を引出して笞刑に処し、その上で殺すことにきまって居るさうです。私が死にましたら、どうぞ死體だけは人手に渡さず、あなた御自身で引取って埋めて下さい。墓の前には「守節寃死春香之墓」と書いた墓標を立てて下さい。それから今一つのお願ひは、どうぞ私の老母を私に代っていつまでも面倒を見てやって下さい。それから明日の朝早く獄の前で、私の郡衙に入るのを待って最後のお顔を見せて下さい。今晩はお疲れでせうから、母と一緒に帰ってお寝みなさいまし。』

　夢『よく分った。きっと覚えて置く。が、俺にも考へがあるから、まア安心してお出で。』

　と言ひ残して帰った。

　　춘향은 거지라고 들어도 특별히 마음에 담아두지 않고, 어머니를 향하여.

　　춘 "어머니, 이몽룡씨는 가령 거지가 되었다 하더라도 저의 남편임에는 틀림없습니다. 그러니 아무쪼록 이전과 같이 소중히 대해 주십시오. 옷을 만들어 갈아입게 해 주십시오. 돈이 없다면 저의 도구든 뭐든 팔아서 주십시오."

　　또한 이몽룡을 향하여,

　　춘 "듣자하니 내일은 신임부사의 생일이라서, 성대한 연회가 열린다고 합니다. 그리고 연회가 끝나면 저를 끌어내어서 태형에 처하

고, 게다가 죽이는 것으로 결정되었다고 합니다. 제가 죽거든 아무
쪼록 사체(死體)만은 남의 손에 넘기지 말고 당신이 직접 거두어 주
십시오. 무덤 앞에는 '수절면사 춘향지묘'라고 적은 묘표(墓標)를 세
워 주십시오. 그리고 지금 한 가지 부탁은 아무쪼록 저의 노모를 저
를 대신하여 언제까지라도 보살펴 주십시오. 그리고 내일 아침 일찍
옥 앞에서 제가 군아에 들어가는 것을 기다려서 마지막 얼굴을 보여
주십시오. 오늘 밤은 피곤하실 테니, 어머니와 함께 돌아가서 주무
십시오."

몽 "잘 알았다. 꼭 기억해 두겠다. 하지만 나에게도 생각이 있으
니, 어쨌든 안심하거라.[54]"

라는 말을 남기고 돌아갔다.

(六) 奸人遂はれ貞女救はる

(6) 교활한 자를 쫓아내고 정녀(貞女)를 구하다

翌日李御史は、兼ねて約束通り正午に廣寒樓に往って、出道をなす
準備をしながら樓上をブラブラ徘徊して居た。するうち驛史驛卒は次
第々々に集まって来た。李御史は一同の労を慰めてから、

夢『今日此の郡の新任府使の宴会がある。それが果てる頃に出道をす
るから、一同それぞれ準備をして待って居れ。』

と言ひ渡した。

---

54 하지만 나에게도 생각이 있으니, 어쨌든 안심하여라 : 원문에서는 "今日 히만 企
待리면 生死間을 알 터이니 別 무 옴을 먹지말고 다시 보기 生覺히라"로 되어 있
다. 원문은 이몽룡이 직접 사건에 개입한다는 언급은 없으며, 시간이 경과되면
상황을 보고 파악할 수 있을 것이라고 돌려서 표현하는 차원이다.

　　다음 날 이어사는 예전의 약속대로 정오에 광한루로 가서, 출도를
하기 위한 준비를 하면서 누각 위를 어슬렁어슬렁 배회하였다. 그러
는 동안에 역리와 역졸은 차례로 모였다. 이어사는 모두의 노고를
위로하며,

　　몽"오늘 이 군의 신임부사의 연회가 있다. 그것이 끝날 무렵 출도
를 할 것이니, 모두 제 각각 준비를 하고 기다리거라."

　　고 말을 전하였다.

　かくて乞食姿の李御史は、郡衙の三門の前に着くと、任實谷城、潭
陽、淳昌、玉果、求禮、雲峰等七郡の府使が、或は馬に或は轎に意気
揚々として宴席に集って来た。宴席は郡衙の事務所に設けられてあ
る。裝をこらした妓生の舞や、音曲の賑かさは譬ふるに物もない。

　　이리하여 거지 모습을 한 이어사가 군아(郡衙)의 삼문(三門) 앞에
도착하자, 임실, 곡성, 담양, 옥과, 구례, 운봉 등 칠군(七郡)의 부사가
혹은 말을 혹은 가마를 타고 의기양양하게 연석(宴席)에 모여들었다.
연석은 군아의 사무소에 설치되었다. 몸치장을 한 기생들의 춤과 음
악[55]의 떠들썩함은 비교할 만한 것이 없었다.

此の時李御史は、態々無遠慮に近いて、
　夢『どうか其の宴席に参加させてもらひたい。』

───────────────
55 음악: 일본어 원문은 '音曲'이다. 노래하는 것, 혹은 금(琴)이나 샤미센(三味線)
　　의 곡조에 맞추어 노래하는 것을 뜻한다(松井簡治·上田万年編,『大日本国語辞
　　典』01, 金港堂書籍, 1915).

と申込んだ。それを見た新任府使は大に怒って、

府『おい、彼の気違ひ乞食を遂ひ出せ。』

と命じた。使令が走って来て李御史を引ッ立てようとする。李御史は使令を叱り付けて、構はず宴席に上らうとする。

이때 이어사는 거리낌 없는 태도로,

몽 "부디 그 연석에 참가시켜 주십시오."

라고 청하였다. 그것을 본 신임부사는 크게 노하며,

부 "어이, 그 정신 나간 거지를 쫓아 내거라."

고 명하였다. 사령이 뛰어와서 이어사를 끌어내려고 하였다. 이어사는 사령을 혼내며, 개의치 않고 연석에 올라가려고 하였다.

此の體を見た雲峰郡の府使は元来目先きの見える人であるから、必定これはタダの乞食ではないと見て取り、新任府使に向ひ、

夢『あの乞食は姿こそ見苦しいが、顔は兩班らしい処がある。特に参加させてやっては……』

と言ふ。そこで仕方なく李御史を引入れて、妓生に酌をさせなどして優遇した。

이 형상을 본 운봉군의 부사는 원래 선견지명이 있는 사람이기에 필시 이는 그냥 거지가 아니라고 보고, 신임부사를 향하여,

운 "저 거지는 모습은 누추하지만, 얼굴은 양반과 같은 구석이 있소. 특별히 참가하게 하는 게……"라고 말하였다. 이에 어쩔 수 없이 이어사를 들어오게 하여서, 기생에게 술을 따르게 하는 등 대접하였다.

李御史は態と大に酔うたふりして、傍若無人に振舞うた。新任府使
は、それを非常に苦々しく思って、雲峰府使を顧みながら、

府『あの者は兩班だか何だか知らないが、何うもああ亂暴されては仕
方ない。何うせ無教育な奴にきまってゐるから、皆で詩を作ることに
して、奴にも一つ詩を作らしたらひとりで遁げ出すにちがひない。』

そこで一同に詩を作るやうにふれ渡ると、李御史は忽ち一篇を作っ
て、新任府使の手に渡しながら、

『段々と無禮をしました。これでお暇申します。』

とて出て行った。

　　　이어사는 일부러 크게 취한 척하며, 무례하고 건방지게 행동하였
다. 신임부사는 그것을 상당히 불쾌하게 생각하며, 운봉부사를 뒤돌
아보며,

　　　부 "저자가 양반인지 뭔지는 모르겠지만, 저렇게 난폭하게 구는
것은 어쩔 수 없소. 교육을 받지 못한 자임에 틀림없으니, 모두 시를
짓기로 하여 저자에게도 시 한편을 짓게 하면 자연스럽게 달아날 것
이오."

　　　이에 모두에게 시를 짓도록 전달하자, 이어사는 갑자기 시 한편을
지어서 신임부사의 손에 전하면서,

　　　"여러모로 무례했습니다. 이것으로 물러나겠습니다.[56]"

　　　라고 말하며 나갔다.

---

56 여러모로 무례했습니다. 이것으로 물러나겠습니다 : 해당 원문의 "먼디 잇는 거
러지가 酒肉을 飽食ᄒ니 恩惠難忘이호 後日에 다시 보옵시다"를 해석한 것으로
보인다.

その詩は

　グ 시는,

金樽美酒千人血。玉盤佳肴萬姓膏。
燭淚落時民淚落。歌聲高處怨聲高。

　　금동이의 아름다운 술은 천 사람의 피요,
　　옥소반의 아름다운 안주는 일만 백성의 기름이라.
　　촛불 눈물 떨어질 때 백성의 눈물 떨어지고,
　　노래 소리 높은 곳에 원망 소리 높더라[57].

とある。

　라고 적혀 있었다.

　之を読んだ雲峰郡の府使は、早くも今の乞食が暗行御史であること
を知り、顫へながら新任府使に向って、
　雲『私は少し急用が出来ましたからあ先に御免を蒙ります。どうかお
ゆッくり。』
　と言ふ。任實府使も同じやうに、顫へながら帰らうとすると、
　府『あなたは一體どうしたのです。』

---

57 원문의 "金樽美酒는 千人血이오 玉盤佳肴는 萬姓膏라 燭漏落時에 民淚落이오
歌聲高處에 怨聲高라"를 풀이하여 제시한 것이다.

任『私も実は大變なことが起ったのです。』

府『大變とは何です。』

任『いや、その、母が流産をしましてね。』

府『あなたのお母様はいくつです。流産するやうなお年ですか。』

任『今年八十九です。』

府『冗戲を言っちゃ困りますね。八十九にもなって流産する奴があるものですか。』

任『いや、流産は間違ひです。怪我をしたのを慌てて流産と云ったのです。』

이를 읽은 운봉군 부사는 이미 지금의 거지가 암행어사인 것을 알고 떨면서 신임부사를 향하여,

운 "저는 조금 급한 용무가 생겨서 먼저 실례하겠습니다. 아무쪼록 천천히 즐기십시오."

라고 말하였다. 임실부사도 같이 떨면서 돌아가려고 하자,

부 "그대는 대체 왜 그러십니까?"

임 "저도 실은 큰일이 생겼습니다."

부 "큰일이란 무엇입니까?"

임 "아니, 그게 어머니가 유산을 하여서."

부 "그대의 어머니는 몇 살입니까? 유산할 정도의 나이입니까?"

임 "올해 89세입니다."

부 "농담을 하면 곤란합니다. 89세가 되어 유산하는 자가 있단 말입니까?"

임 "아니, 유산은 실수입니다. 다친 것을 당황하여 유산이라고 말

하였습니다.[58]"

此の時李御史は、多勢の駅吏駅卒をして郡衙の三門を叩かせ、

『暗行御史の出道―』

と大声に呼ばせて入って来た。残ってゐた府使たちは、初めて暗行
御史の出道と聞いて、それぞれ遁げ出した。任実府使は官印箱を見
失って西瓜をさげて遁げ出し、谷城府使は笠をなくして坐布團を冠っ
て遁げ出し、淳昌府使は笠の臺を失って妓生の冠る花冠をかぶって遁
げ出し、玉果府使は慌てて馬に逆に乗って、

『どうして此の馬は後ろ後ろへと走るだらう。』

と怒る。使令がそれは逆ですといふと、

『乗り代へる暇がないから、馬の首を取って尻へ付けろ。』

と言ひながら、後へ後へと遁げて行った。

　이때 이어사는 많은 역리와 역졸로 하여 군아의 삼문을 두드리게
하고,

　"암행어사 출도요"

　라고 큰소리로 외치게 하며 들어왔다. 남아 있는 부사들은 비로소
암행어사가 출도 했다는 것을 듣고 제 각각 달아났다. 임실부사는
관인(官印) 상자를 잃어버리고 수박을 늘어뜨리고 달아나고, 곡성부
사는 우산을 잃어버리고 방석을 쓰고 달아나며, 순창부사는 우산대
를 잃어버리고 기생이 쓰고 있는 화관을 쓰고 달아나고, 옥과부사는

---

58 원문의 '낙상(落傷)'과 '낙태(落胎)'에 관한 언어유희가 반영된 것이다.

　　당황하여 말을 거꾸로 타며,

　　"왜 이 말은 뒤로만 달리느냐?"

　　고 화를 냈다. 사령이 그것은 반대라고 말하자,

　　"고쳐 탈 여유가 없으니, 말의 목을 베어서 엉덩이에 붙여라."

　　고 말하면서 뒤로만 달아났다.

　　李御史は郡衙の事務所に席を定めてそれぞれ事務を整理した。そして春香の事を調べてから、使令をして春香を呼び出させた。使令は獄にいって春香に傳へた。

　　『京城から暗行御史が見えてお呼び立になる。』

　　春香は、暗行御史が自分を何う処分するつもりかと、些か心配しながら、女中の香丹を呼んで、

　　春『獄舎の前に誰か来ては居ないか。』

　　丹『誰も居りません。』

　　春『ようよう見て御覧、誰か居る筈だが。』

　　丹『いいえ、本當に誰も居りませんですよ。』

　　春香は之を聞いて、

　　春『ああ李夢竜様は薄情な人だ。昨日逢った時に、私が郡衙へひかれるまでに是非逢って下さいと、あれほど頼んで置いたのに、一體どうなさったのだらう。』

　　と言って泣く。香丹も共に泣いてゐるところへまたまた使令が出延を促がして来たので、今はとばかり仕方なく、立ち上ってとぼとぼ郡衙へ向っていった。

　이어사는 군아의 사무소에 자리를 정하고 각각의 사무를 정리하였다.

　그리고 춘향의 일을 조사하면서 사령으로 하여 춘향을 불러 오게 하였다. 사령은 옥에 가서 춘향에게 전하였다.

　"경성에서 암행어사가 오셔서 부르신다."

　춘향은 암행어사기 자신을 어떻게 처분할까 하고 약간 걱정하면서 하녀 향단을 불러서,

　춘 "관사 앞에 누가 오지는 않았느냐?"

　단 "아무도 없습니다."

　춘 "잘 살펴보아라. 누군가 분명히 와 있을 것이다."

　단 "아니오, 정말로 아무도 없습니다."

　춘향은 이것을 듣고,

　춘 "아아, 이몽룡은 박정한 사람[59]이다. 어제 만났을 때에 내가 관아에 끌려가기 전에 꼭 얼굴을 보게 해 달라고 그토록 부탁하였거늘, 대체 어찌된 일인가."

　라고 말하며 울었다. 향단도 함께 울고 있는 곳에 재차 사령이 나갈 것을 재촉하며 왔기에, 지금은 어쩔 수 없구나 하면서, 일어서서 터벅터벅 군아를 향하여 갔다.

　此の時、南原群管内の寡婦共は、春香を気の毒に思ふあまり、群を為して郡衙の事務所に集まって来た。李御史は之を見て一同の者に、

---

59 이몽룡은 박정한 사람 : 원문에서 춘향은 이몽룡의 이름을 직접 거론하지 않는다. 원문에서 춘향이 이몽룡을 지칭하는 구절은 "天地間 모진 兩班", "無情ᄒ고 野俗ᄒ 任"으로 되어 있다.

夢『お前たちは何しに来たか。』

と尋ねると、寡婦の一人は進み出て

寡『昔から貞女二夫に見えずといふことは、婦徳のうちでも一番尊い
ものとされて居ります。月梅の娘春香は、身分こそは賤しけれ、前の
府使様の息李夢竜と百年の契りを結び、譯あって暫く別れて居るもの
でありますが、新任府は使赴任すると直ぐから春香を挑み、妾になれ
と云って肯かれません。春香は堅く操を守って應じなかったために、
酷い罰を受けて獄舎に下り、今にも息が絶えるばかりになってゐま
す。御史使道よ、どうか春香を憫れと思召し、救ひ出してやって下さ
いまし。』

と歎願した。

이때, 남원군 관내의 과부들은 춘향을 불쌍히 여긴 나머지, 무리
를 지어 관아 사무소에 모였다. 이어사는 이를 보고 모두에게,

몽 "너희들은 어떻게 왔느냐?"

고 묻자, 과부 중 한 사람이 나서며,

과 "예전부터 정녀는 두 남편을 섬기지 않는다고 하여, 부덕 중에
서도 가장 중하게 여기고 있습니다. 월매 딸 춘향은 신분은 미천하
지만 전 부사 어르신의 아들 이몽룡과 백년가약을 맺었습니다. 사정
이 있어서 잠시 헤어져 있었습니다만, 신임부사가 부임하자마자 바
로 춘향에게 구애하며 첩이 되라고 하여도 수긍하지 않았습니다. 춘
향은 굳게 정조를 지키며 응하지 않았기에, 혹독한 벌을 받고 옥사
에 갇혀 당장에라도 숨이 끊어질 것 같습니다. 어사 사또 아무쪼록
춘향을 불쌍히 여겨 구해주십시오."

라고 탄원하였다.

御史は一同に向ひ、ただ考へて置くとばかり答へて春香を呼び出した。春香は屠所の羊のそれのやうに、しほしほとして李夢竜の前に出て差し俯いた。一目見た夢竜の眼からは熱い涙がハラハラとこぼれた。が、わざと声をはげまして、

夢『これ春香といふは其方か。汝は賤しき妓生の娘でありながら、官長の命に從はないとは何ういふ所存か。新任府使の妾になるが厭とあらば、此の御史の妾になってはどうか。』

春香は泣きながら、

春『女の操は身分によって区別のある筈はございません。又私は妓生の娘ではありますが、元来妓生でもありません。私の心は何人が何と云っても變へることはできませんから、断じて仰せには從ひかねます。どうか私の心を憐んでお免し下さるやう願ひます。』

李御史はそこで、別れる時春香が呉れた玉の指環を使令を渡し、

『これを春香にやれ。』

と言ふ。

어사는 모두를 향하여, 단지 생각해 보겠다고만 대답하고 춘향을 불러냈다. 춘향은 도살장의 양과 같이 맥없이 이몽룡 앞으로 나아가 고개를 푹 숙였다. 한번 본 몽룡의 눈에서는 뜨거운 눈물이 뚝뚝 흘러내렸는데, 일부러 소리를 높여,

몽 "이자가 춘향이라고 하는 그자인가? 너는 미천한 기생의 딸이면서 관장의 명을 따르지 않는 것은 무슨 마음이냐? 신임 부사의 첩

이 되는 것이 싫다면 이 어사의 첩이 되는 것은 어떠하냐?"

춘향은 울면서

춘 "여인의 정조는 신분에 의해서 구별할 리가 없습니다. 또한 저는 기생의 딸이기는 합니다만, 원래 기생은 아닙니다. 저의 마음은 사람들이 뭐라고 말하더라도 변하지 않을 것이니, 절대로 명령에 따를 수 없습니다. 아무쪼록 저의 마음을 불쌍히 여겨 주시기를 바랍니다."

이어사는 이에 헤어질 때 춘향이 준 옥 반지를 사령에게 전하며,

"이것을 춘향에게 주어라."

고 말하였다.

使令がそれを春香に手渡すと、春香は初めて御史が李夢竜であることを知り、仰いでその人の顔を見ると、疑もなく李夢竜にちがひないので、狂氣の如くに喜んで、言葉もなく嬉し涙に暮れた。

李御史は使令に命じて、春香を轎に乗せて家に送らした。郡衙の門に心配しながら待って居た母の月梅や、寡婦共は、春香が許されて出て来たのを見て、喜んでその後ろに従った。

사령이 그것을 춘향에게 전하자, 춘향은 비로소 어사가 이몽룡이라는 것을 알고 그 사람의 얼굴을 올려다보았는데, 의심할 여지없이 이몽룡임에 틀림없기에 미친 듯이 기뻐하며 말없이 통곡하였다.

이어사는 사령에게 명하여 춘향을 가마에 태워 집으로 보냈다. 군아의 문에는 걱정하면서 기다리고 있던 어미 월매와 과부들이 춘향이 용서받고 나오는 것을 보고 기뻐서 그 뒤를 따랐다.

一時雲峰郡に拘禁されてゐた房子も、此の時獄から脱け出して、春香の無事出獄を祝した。李夢竜は房子に向て、拘禁しなければならなかった譯を話して、その労を謝し且つ慰めた。

일시적으로 운봉군에 구금되어 있던 방자도 이때 옥에서 빠져 나와서, 춘향이 무사하게 출옥한 것을 축하하였다. 이몽룡은 방자를 향하여 구금할 수밖에 없었던 이유를 말하며 그 노고에 사례하고 또 위로하였다.

夜に入って李夢竜は、驛卒に護られて春香の家に往った。春香は夢竜の入って来たのを見るや否、嬉しさの餘り夢竜の手を握って泣き出した。夢竜は春香を撫でさすり、涙を拭いてやりながら言ふ、

『昔から絶代の佳人は、兎角いろいろの艱難に出会ふものだ。しかし私のために此の様な苦労をさせたかと思ふと、気の毒でならない。これから後、二人は楽しく一生を暮らすことができるのだから、一日も早く身體を恢復して、一足先きへ京城へ行ってて呉れ。私は君命を受けた身であるから、いつまでも此家に滯在してゐることはできない。成るべく早く用務を済まして京城へ帰るから。』

と言ひ残して翌日出発した。

밤이 되어 이몽룡은 역졸을 거느리고 춘향의 집으로 갔다. 춘향은 몽룡이 들어 온 것을 보자마자, 기쁜 나머지 몽룡의 손을 잡고 울기 시작했다. 몽룡은 춘향을 어루만지고 눈물을 닦아 주며 말하기를,

"예전부터 절대가인은 어쨌든 여러 가지 곤란에 처하게 되는 것

이다. 그러나 나로 인해 이와 같은 고생을 시켰다고 생각하니 불쌍하기 그지없구나. 앞으로는 둘이서 즐겁게 일생을 살 수 있을 테니, 하루라도 빨리 몸을 회복하여서 한 발 먼저 경성에 가 주거라. 나는 군명을 받든 몸이기에, 언제까지고 이 집에 체재할 수는 없다. 가능한 한 일찍 용무를 끝내고 경성으로 돌아갈 테니."

라고 말을 남기며 다음 날 출발하였다.

後京城に帰って同副承旨に榮轉し、次第に官位も進んで遂に輔国に至ったが、春香の節行は世間に汎く表彰され、富貴榮達を極めて世を終った。

훗날 경성으로 돌아와서 동부승지에 영전하고, 차차 관위도 높아져 마침내 보국(輔國)에 이르렀는데, 춘향의 절행(節行)은 세상에 널리 표창되어 부귀영화를 다하고 세상을 마쳤다.